本书得到国家社科基金一般项目的资助

作家笔下的创作生活

——亨利·詹姆斯、伊迪丝·华顿与文学市场研究

李 晋 著

首都师范大学出版社
CAPITAL NORMAL UNIVERSITY PRESS

图书在版编目(CIP)数据

作家笔下的创作生活：亨利·詹姆斯、伊迪丝·华顿与文学市场研究/李晋著.—北京：首都师范大学出版社，2022.12

ISBN 978-7-5656-7303-0

Ⅰ.①作… Ⅱ.①李… Ⅲ.①詹姆斯(James，Henry 1843—1916)—小说研究②华顿(Wharton，Edith 1862～1937)—小说研究 Ⅳ.①I712.074

中国版本图书馆 CIP 数据核字(2022)第 214080 号

ZUOJIA BIXIA DE CHUANGZUO SHENGHUO

作家笔下的创作生活

——亨利·詹姆斯、伊迪丝·华顿与文学市场研究

李 晋 著

责任编辑 钱 浩

首都师范大学出版社出版发行

地 址 北京西三环北路 105 号

邮 编 100048

电 话 68418523(总编室) 68982468(发行部)

网 址 http：//cnupn.cnu.edu.cn

印 刷 北京印刷集团有限责任公司

经 销 全国新华书店

版 次 2022 年 12 月第 1 版

印 次 2022 年 12 月第 1 次印刷

开 本 710mm×1000mm 1/16

印 张 25.25

字 数 400 千

定 价 68.00 元

前　言

本书研究的对象是亨利·詹姆斯(Henry James，1843—1916)、伊迪丝·华顿(Edith Wharton，1862—1937)与文学市场(literary marketplace)。本书旨在国内外相关研究成果的基础上，梳理詹姆斯与华顿的作家身份建构过程，剖识他们的作家题材作品中的作家、评论人、读者及出版人等形象，分析他们的创作理念以及出版观上的异同，阐明詹姆斯与华顿的文学观、文学批评观以及文学市场观。前言部分将阐述“文学市场”这一概念，概括学界对19世纪美国文学市场以及对詹姆斯、华顿与文学市场的研究现状，说明本书作者对研究对象的理解。

“作者”(author)一词常用来形容某部作品的书写者，具有培育性质和权威性两个特点。“作者”的拉丁词根意为“使生长，出自于，宣扬，增加”，可指“有权威发表声明的人，权威人物，信息提供者”。[①]“作者”类似培育者，其作品是其劳作果实，是其思想的反映。“对字面意义上的诠释(即人类作者)，集中研究的是个体作者的道德品格和文学地位。”[②]这一意义上的个体作者具备评判力，他对其作品的形成有一定的权威作用，读者在阅读这些作品的过程中在一定程度上会受到影响。“作者可以影响他人，作者常被视为在观点表述事宜上有权威、值得信赖的人物，甚至有人追随他。”[③]作者有特权宣告其立场并为之正名，他被赋予一定的责任感。“当代语境下的‘作者’，是产出独特的、原创性作品的唯一负责人，因此独有他

---

① *Oxford English Dictionary*. Ed. John Simpson. 2nd ed. New York: Oxford UP, 2009. CD-ROM. 除专门标明外，本书所用引文的译文均出自笔者。

② Burke, Seán, ed. *Authorship: From Plato to the Postmodern: A Reader*. Edinburgh: Edinburgh UP, 2006, p. 7.

③ Bennett, Andrew. *The Author*. London: Routledge, 2005, p. 7.

享有该荣誉。"[1]

"作者研究"始于18世纪，最初从事创作职业的人被称为"职业作者"(author by profession)，当今学界更多采用的术语是"职业作家"(professional writer)。[2] 伊萨克·德·伊萨雷利(Issac D' Israeli)在《作者的灾难》(*Calamities of Authors*, 1812)中探究了"职业作者"这一术语的发展脉络，他将作者分为两类，一类"受人敬佩"，他们在追求创作艺术的成长过程中"饱经风霜"，另一类是遭人唾弃的"职业作者"，他们被授意为某特殊团体或个人写作。[3] 第一类作者侧重的是精神追求，倾向于自主地实现他们的人生价值。第二类作者则是为表达他人的意志和满足个人生计所需而写作，写作内容的培育性质不是他们的关注对象。第一类作者与文学市场的关系更为密切，他们的职业发展也因文学市场上的不可知因素变得波折不断。第二类作者尽管会得到特殊团体或个人的赞助，但并不排除作者与文学市场建立关联。[4]

"文学市场"的提法最早出现在英国浪漫主义时期和美国内战前期，与作品出版和评论以及各类读者的购买和阅读相关。"评论者、出版社以及购书人或借书者这些内容，在英国浪漫主义时期和美国内战前期常被称为'文学市场'、'文学机构'或'文学职业'。"[5]约翰·M. 昂斯沃斯(John M. Unsworth)对文学市场的定义纳入了作者身份，"文学市场向来包括作者身份(authorship)、出版文化(publishing)和读者群(audience)这三个核心要素。"[6]文学市场的研究内容，包括作家的身份建构以及与发表作品相关的各要素。其中，作家的身份建构及其创作具有主观性，而作品销售情况相对具有客观性。有关作品销售的诸要素，在20世纪的出版语境中变得更加具体。詹姆斯·L. W. 韦斯特三世(James L. W. West Ⅲ)进一步细化了

---

① Woodmansee, Martha. *The Author, Art and the Market: Rereading the History of Aesthetics*. New York: Columbia UP, 1994, p. 35.

② Griffin, Dustin. *Authorship in the Long Eighteenth Century*. Newark: U of Delaware P, 2014, p. 143.

③ Griffin, *Authorship in the Long Eighteenth Century*, p. 143.

④ Griffin, *Authorship in the Long Eighteenth Century*, p. 161.

⑤ Rowland, William G., Jr. *Literature and the Marketplace: Romantic Writers and Their Audiences in Great Britain and the United States*. Lincoln: U of Nebraska P, 1996, p. ix.

⑥ Unsworth, John M. "The Book Marketplace II". *The Columbia History of the American Novel*. Ed. Emory Elliott et al. Beijing: Foreign Language Teaching and Research P, 2005. 679-696, p. 679.

人们对文学市场的认识，“文学市场中的多数工人——出版人、文学代理人及印刷人——在这一世纪已变得高度有组织化，作者不得不直接或间接与他们打交道，以便将其未出版的小说和诗歌转化为可售商品”。[①] 韦斯特三世认为，20世纪文学市场由以下要素构成：作者身份(authorship)、出版(publishing)、发行（distribution)、编辑（the editor)、代理人（the agent)、杂志市场(the magazine market)、附属权(subsidiary rights)及畅销书(blockbusters)。[②] 其中，作者身份和出版、发行、编辑、代理人及附属权，分别与文学市场三要素中的“作者身份”及“出版文化”相对应，而杂志市场及畅销书，则与昂斯沃斯提出的“读者群”要素相关联。

有学者将文学市场理解为作者与书商之间的经济关系。如达斯廷·格里芬(Dustin Griffin)所写，文学市场包括以下生产环节：“(1)作者将版权出售给书商；(2)书商相互出售版权；(3)书商雇佣作家，按页支付作家稿费；(4)书商作为零售商，将书籍出售给读者。”[③]该定义倾向于侧重经济层面，一定程度上忽略了作者与出版界、出版界与读者，以及作者与读者之间的多元、动态联系。但无论怎样界定文学市场，它的三个核心要素，即作者身份、出版文化和读者群，已得到学界的普遍认同。文学市场研究旨在揭示作家、文本及各种文化因素之间相互建构的过程。作家向来以想象力丰富著称，英国浪漫主义时期的作者常被神秘化。

英国浪漫主义时期的文学创作，常被视为一种带有神秘色彩的活动，但文学创作与经济等因素有着密切联系，尤其是出版语境与读者群。自古以来，人们对艺术家怀有钦佩之情。在查尔斯·泰勒(Charles Taylor)看来，“有一套思想和直觉感悟至今仍未被人们充分理解，和任何其他文明相比，这让我们更羡慕艺术家和创造者；这使我们确信，艺术创作或艺术表演生活显然颇具价值。”[④]泰勒所说的价值，主要指精神层面，与艺术家的敬畏心理和自觉的道德意识有关。然而，这些内容并不孤立存在。用戴维·桑德斯(David Saunders)和伊恩·亨特(Ian Hunter)的话来说，作者的

---

① West III, James L. W. *American Authors and the Literary Marketplace Since 1900*. Philadelphia: U of Pennsylvania P, 1988, p. 7.

② See West III, *American Authors and the Literary Marketplace Since 1900*.

③ Griffin, *Authorship in the Long Eighteenth Century*, p. 180.

④ Taylor, Charles. *Sources of the Self: The Making of the Modern Identity*. Cambridge: Harvard UP, 1989, p. 22.

多重个性身份，无法等同于单一潜在的意识，或不断发展变化的主体或自我的历史，它是"社会存在的多种积极形式，根据多种文化、法律、技术、经济和伦理诉求，以多种形式不均衡地分布于不同个体和机构"。[①] 作者与他的生活环境相互依存，相互建构。"作家不仅是艺术家，还是追求经济利益的个体，而且他的艺术性与经济性通常相互冲突。"[②]譬如，威廉·华兹华斯(William Wordsworth)提倡做纯粹文人的同时，认定自己是文化价值的代言人，并致力于争取版权和保护合法出版物。[③] 再如，塞缪尔·泰勒·柯勒律治(Samuel Taylor Coleridge)建议文学职业者在创作的同时从事其他工作，因为"追求'文学职业的作家，或说得更直白些，从事作家生意的人'，会受到诱惑去生产市场需要的产品，并参与仅仅是'生产诗歌'的活动，将其他作家的词汇重新组合成满足多数读者趣味的内容"。[④] 在这一语境下，"生产"一词的负面含义较明显，暗示作家背叛想象力，通过拾人牙慧炮制出劣质作品，以满足市场所需。作家在创作过程中需克服物质诱惑，避免因迎合大众趣味而沦为纯粹贩卖消费品的生意人。做到这一点，无疑需要作家坚定艺术信仰，尤其是诗人，"史上没有哪种职业像诗歌创作那样需要更早、更恒久或更坚持不懈的投入"。[⑤]

最早的一批美国作家具有多重身份。劳伦斯·比尔(Lawrence Buell)将美国独立战争时期和美国内战期间的作家分为五代：

> 独立战争时期的作家，在18世纪80年代中期或之前实现了思想上的成熟；联邦时期的作家在创作风格上大概于1790—1812年的战争期间日臻成熟；另外三代是新英格兰浪漫主义作家，他们大致分别在以下时段渐入佳境：1815—1835年间的华盛顿·奥尔斯顿(Washington Allston)、威廉·卡伦·布莱恩特(William Cullen Bryant)及老理查德·亨利·达娜(the senior Richard Hen-

---

① Saunders, David, and Ian Hunter. "Lessons from the 'Literatory': How to Historicize Authorship". *Critical Inquiry* 17. 3 (1991): 478-509. *JSTOR*. Web. 2016-07-25, p. 483.

② Bruccoli, Matthew J., ed. *The Profession of Authorship in America, 1800-1870: The Papers of William Charvat*. Columbus: Ohio State UP, 1968, p. 292.

③ Rowland, William G., Jr. *Literature and the Marketplace: Romantic Writers and Their Audiences in Great Britain and the United States*, pp. 17-18.

④ Griffin, *Authorship in the Long Eighteenth Century*, pp. 182-183.

⑤ 转引自 Griffin, *Authorship in the Long Eighteenth Century*, p. 183.

> ry Dana)；1830—1850 年间的爱默生(Ralph Waldo Emerson)、霍桑(Nathaniel Hawthorne)及朗费罗(Henry Wadsworth Longfellow)；1845—1865 年间的洛威尔(Robert Lowell)、梭罗(Henry David Thoreau)和狄金森(Emily Dickinson)。[①]

最早一批的美国作家具有多重身份，如比尔所写，就作为第一代领军作家的年纪较大的康涅狄格州智者群体而论(包括约翰·特朗布尔[John Trumbull]、乔尔·巴洛[Joel Barlow]、蒂莫西·德怀特[Timothy Dwight]及戴维·汉弗莱斯[David Humphreys])，这些作家的重要特点是，他们"集文学圈的领导权和公民领导权于一身"。[②]

美国作家的职业化始于 19 世纪 20 年代，它的早期发展受到英国作家职业化的影响。英国作家职业化的发展是在 1805—1820 年之间，当时伦敦和爱丁堡两地的出版界发现，沃尔特·司各特(Walter Scott)与乔治·戈登·拜伦(George Gordon Byron)的小说及诗歌可以成为"有价值的商业财产"。[③] 最早研究 19 世纪美国文学市场的批评家威廉·查维特(William Charvat)指出，英国职业作家的发展与诸多因素相关，除作家最初为各类读者写作、读者的购买力有所提高、出版社拉近作家与读者之间的距离这些因素外，还有两个因素，即"作品生产的规律性——拜伦及司各特有能力、有规律地产出作品，为他们的产品创立了一种品味和需求——以及从拜伦时代起就一直存在着的对作家的尊重"。[④] 19 世纪的美国印刷技术和公民教育水平有了大幅度的提高，如罗纳德·赞博雷(Ronald Zboray)所写，19 世纪美国的公共教育和家庭教育的发展，以及铁路运输路线的开辟等要素，大大增加了书籍报刊的销量，公民的阅读文化有很大改善。[⑤] 这些都为美国作家的职业化提供了有力的发展条件。

---

① Buell, Lawrence. *New England Literary Culture: from Revolution Through Renaissance*. Cambridge: Cambridge UP, 2008, p. 24.

② Buell, *New England Literary Culture: from Revolution Through Renaissance*, p. 25.

③ Bruccoli, *The Profession of Authorship in America, 1800-1870: The Papers of William Charvat*, p. 29.

④ Bruccoli, *The Profession of Authorship in America, 1800-1870: The Papers of William Charvat*, p. 30.

⑤ See Zboray, Ronald J. *A Fictive People: Antebellum Economic Development and the American Reading Public*. New York: Oxford UP, 1993.

随即产生的英美出版业之间的竞争，推动了美国职业作家群体的形成。美国出版社在国际版权法尚未颁布前，常从英国进口书籍，并印刷发行、廉价出售畅销书。这看似会威胁到美国作家的生存，实则有利于他们的职业化发展。英国作家所取得的成功，启发他们的美国同行开始以创作谋生。美国人在见证文学职业在英国的成功后，“就开始出现一批作家，他们的作品非常受欢迎，随即被英国出版商占有，这些作家开始与英国的文学界展开竞争”。[①] 英美文学界的竞争集中反映在经济方面，如查维特所写，“也许是巧合，1840—1843 年的经济萧条，恰好也是英美文学竞争最激烈的时期。”[②]

美国作家队伍的壮大，与他们试图通过创作获得市场成功不无关系。19 世纪 40 年代初，英美文学市场的竞争最为激烈，这促进了美国文学的繁荣。“这次的文学繁荣虽然比不上 1850—1855 年间的繁荣，却非常重要，因为它促使美国文人从以乡绅和业余者身份为主的作者阶段过渡到职业化和商业化阶段。”[③]然而，作家职业的发展需要国际版权法的保护。美国在未通过国际版权法之前，其作家职业的发展受到限制。譬如，约翰·德·福里斯特(John De Forest)率先提出“伟大的美国小说”这一概念，他认为：“除非有更多天才投入创作，否则不可能出现伟大的美国小说，我们相信，如果没有国际版权法的鼓励，几乎无法发现这类够格的天才。”[④]19 世纪的美国作家批量涌现，与出版人的全力投入和出版文化的发展有着密切的联系。从地域上讲，波士顿成为美国内战后的文学中心，但其他周边地区如新罕布什尔的沃波尔镇(Walpole)“在 18 世纪 90 年代成为当地的最佳文学出版地，这还得感谢约瑟夫·丹尼(Joseph Dennie)——‘美国的(约瑟夫·)艾迪生([Joseph] Addison)’”。[⑤] 1801 年，约瑟夫·丹尼成为《卷宗》(*Port Folio*)杂志的编辑，该杂志“迅速成为美国第一个稳定、盈利的文学期

---

① Bruccoli, *The Profession of Authorship in America, 1800-1870: The Papers of William Charvat*, p. 31.

② Bruccoli, *The Profession of Authorship in America, 1800-1870: The Papers of William Charvat*, p. 74.

③ Bruccoli, *The Profession of Authorship in America, 1800-1870: The Papers of William Charvat*, p. 77.

④ Wineapple, Brenda, ed. *Nineteenth-Century American Writers on Writing*. San Antonio: Trinity UP, 2010, p. xv.

⑤ Buell, *New England Literary Culture: from Revolution Through Renaissance*, p. 27.

刊”。[①] 丹尼的办刊宗旨是面向“学者和有品位的人”，而且只有少数“国家栋梁之材”才可在杂志上发表作品。[②] 这一时期文学期刊的兴盛，推动了美国作家职业化的发展。

在19世纪的美国作家职业化的语境下，读者的消费情况直接决定着职业作家的存亡。19世纪美国的一个特点是教育民主化，读者受教育能力的提高与文学生产情况相辅相成。担任当时的政治文学期刊《美国杂志和民主评论》(*United States Magazine and Democratic Review*)的编辑约翰·奥沙利文(John O' Sullivan)指出：“文学精神与民主精神是一回事。”[③]不过，从事文学创作未必能给作家带来多少经济收益。譬如，斯蒂文·朗费罗(Stephen Longfellow)听说儿子亨利·沃兹沃斯·朗费罗(Henry Wadsworth Longfellow)准备从事文学创作后劝道：“这个国家还不够富足，不能给纯粹的文人提供足够的鼓舞或资助，……你不走运，也没有殷实的家产可以致富(我不会判断这是利还是弊)，你必须从事一种既能让你糊口又能让你成名的职业。”[④]换言之，纯粹文人是文学职业者追求的理想目标。19世纪美国作家在当时的经济和文化背景下很难实现自主创作，作家的个人经济状况是限制他自主创作的主要因素。如查维特所写，“1821年前，詹姆斯·费尼莫尔·库珀(James Fenimore Cooper)之前的作家当中，没有一个在经济上很成功”。[⑤] 查尔斯·布罗克登·布朗(Charles Brockden Brown)被视为美国第一个职业作家，他最初是业余作家，其散文《叙事诗朗诵者》(“Rhapsodist”)粗制滥造，质量低劣，但他逐渐变得更加专业：“布朗愿意满足读者的趣味，他靠写作谋生，同时还探索严肃素材，而他写这些严肃作品并不仅仅为了卖钱。”[⑥]布朗的双重性可见一斑，一方面他依靠写作维持生计；另一方面他要求自己写出有思想性的内容。职业作家既期待他的创作活动有所回报，又看重作品蕴含的精神价值。

---

① Buell, *New England Literary Culture: from Revolution Through Renaissance*, p. 27.

② Gardner, Jared. *The Rise and Fall of Early American Magazine Culture*. Urbana: U of Illinois P, 2012, p. 132.

③ Wineapple, *Nineteenth-Century American Writers on Writing*, p. xiv.

④ Wineapple, *Nineteenth-Century American Writers on Writing*, pp. xiv-xv.

⑤ Bruccoli, *The Profession of Authorship in America, 1800-1870: The Papers of William Charvat*, p. 20.

⑥ Bruccoli, *The Profession of Authorship in America, 1800-1870: The Papers of William Charvat*, p. 26.

埃德加·爱伦·坡(Edgar Allan Poe)集诗人、小说家和批评家等身份为一体，较典型地反映了19世纪美国作家与读者和出版界之间的关联。坡最初具备较明显的精英意识，试图通过创办文学刊物主导美国文学的发展，并且只针对“极有天赋的尊贵读者”。[①] 不过，坡的观点随后逐渐发生改变，他不再区分阳春白雪和下里巴人。坡指出：“旨在哗众取宠的作家，在没有成功地强迫人们接受他的观点时，总是错的一方。”[②]根据坡的理解，定义作家是否成功的一个现实标准在于，他的作品能否做到雅俗共赏。在他的创作后期，坡越来越从编辑的角度审视其作品，这时他才“越来越倾向于强调那种能成功‘结合受大众青睐的’写作‘技巧’，可以推断，他逐渐相信，这种技巧胜过只有少数人欣赏的技巧”。[③] 具有多重身份的坡，一方面希望其诗作接近读者，另一方面希望其作品有一定的品位。譬如，他在《创作的哲学》(“The Philosophy of Composition”)一文中通过分析自己创作《乌鸦》(“The Raven”)一诗的过程，试图缩短他与读者的距离。[④] 坡有意识地将诗歌从圣坛的位置降到能被大众接受的层面。他认为，“漂亮女性之死无疑是世上最富诗意的创作主题”，这多少符合了多愁善感的读者群的阅读需求。[⑤] 如查维特所写，《乌鸦》给坡带来的成功，可能促使他“修订其诗歌创作理念，开始考虑在诗歌及小说创作中探索‘同时满足批评家品位和大众趣味的’可能性”。[⑥]

作家通常借助给自己的作品写序言来建构其身份。华盛顿·欧文(Washington Irving)为其作品写序，有利于塑造其更正面的形象。如戴维·道林(David Dowling)所写，“欧文在避免被人视作安抚性的亲英派的同时，小心翼翼地不把自己刻画成诡计多端的资本家。因此，序言便演变

---

① Bruccoli, *The Profession of Authorship in America, 1800-1870: The Papers of William Charvat*, p. 91.

② Bruccoli, *The Profession of Authorship in America, 1800-1870: The Papers of William Charvat*, p. 93. 着重号为原文所有。

③ Bruccoli, *The Profession of Authorship in America, 1800-1870: The Papers of William Charvat*, p. 93.

④ Bruccoli, *The Profession of Authorship in America, 1800-1870: The Papers of William Charvat*, p. 96.

⑤ Bruccoli, *The Profession of Authorship in America, 1800-1870: The Papers of William Charvat*, p. 96.

⑥ Bruccoli, *The Profession of Authorship in America, 1800-1870: The Papers of William Charvat*, p. 95.

成有趣的故事，讲述一个完全缺乏商业本能的浪漫作家如何在英国书海中漂泊不定的经过。”[①]欧文善于利用副文本凸显自己对艺术忠贞不渝，试图引导读者认可他对世俗成功的鄙视。不过，他并非完全不具备“商业本能”。事实上，詹姆斯·费尼莫尔·库珀曾感慨道：“华盛顿·欧文赚取黄金的本能太强了！”[②]

19世纪美国作家在物质和精神上的追求，因地域差异而有所不同。对比19世纪的纽约和波士顿后不难发现，后者的文化氛围更为浓厚。在威廉·迪安·豪威尔斯(William Dean Howells)看来，波士顿“显然有一种文学氛围，这种氛围或多或少存在于整个社会阶层”。[③] 纽约则是个“庞大市场，文学是纽约在市场上兜售的货物之一；但我们整个社会阶层，只像关心在纽约市场上买卖的货物那样关心文学；纽约人对马匹或股票要比对书籍更感兴趣，我认为这一点和其他大都市没有两样”。[④] 可见，攫取物质利益和营造文化氛围两种活动，始终交织在19世纪美国作家职业的发展过程中。

学界对19世纪美国文学市场的研究，大致可分三个阶段。第一，20世纪30年代至70年代的研究，通过挖掘作家建构其身份所依存的各类语境，丰富了文学史的撰写方法以及读者对作家的认知。第二，20世纪70年代至90年代的研究，主要结合作家的成长经历和文本分析，探究作家为调和其精神与物质追求之间的矛盾所付出的努力。第三，20世纪90年代至今的研究，拓宽并加强了文学与社会、历史、经济等领域的关联。

在20世纪30年代至70年代的研究当中，威廉·查维特可谓开拓者。查维特一生致力于19世纪美国文学市场研究，其开拓性的探索丰富了文学史的景观。从查维特最早发表的文章《美国浪漫主义与1837年的经济萧条》到晚期发表的《坡：新闻业与诗歌理论》一文，都表明他一以贯之地关注作家和出版业以及读者群之间的联系，反映出他敏锐的洞察力和独到的见解。《美国浪漫主义与1837年的经济萧条》一文指出，浪漫主义作家的阶级

---

① Dowling, David. *Literary Partnerships and the Marketplace: Writers and Mentors in Nineteenth-Century America*. Baton Rouge: Louisiana State UP, 2012, p. 20.

② Dowling, *Literary Partnerships and the Marketplace: Writers and Mentors in Nineteenth-Century America*, p. 21.

③ Howells, William Dean. *Literature and Life Studies*. New York: Harper & Brothers, 1902, p. 179.

④ Howells, *Literature and Life Studies*, p. 179.

优越感，受到新兴中产阶级物质利益诱惑的威胁。《坡：新闻业与诗歌理论》一文则论述了坡的诗歌创作理论上的变化与他考量大众阅读趣味之间的关联。[①] 这些文章启发学界从出版文化入手，探究作家创作理念上的沿革等议题。查维特的这一研究丰富了文学史的研究方法及内容，譬如，他的文章《人民的赞助》与《作为商业的文学》收录在《美利坚合众国文学史》中。勒内·韦勒克(René Wellek)与奥斯汀·沃伦(Austin Warren)在《文学理论》(*The Theory of Literature*，1949)中论及文学史编写时强调，文学史撰写人应重视独创性，其研究工作应达到"衡量和比较的阶段"，他们还指出："确立每一部作品在文学传统中的确切地位，是文学史的首要任务。"[②]查维特对韦勒克与沃伦的这一指责回应道："人们也很容易认同韦勒克和沃伦在其名作《文学理论》中提出的观点，即文学史写得不够有文学性。不过，我认为，同样值得注意的是，很多文学史没有新意，是因为其历史性不够。"[③]如查维特所写，历史性能赋予文学史新意。研究者首先需充分了解作品的生产过程及接受情况，其次需在阅读和思考这些史料的基础上得出可靠的价值判断，只有完成两项活动后，方有可能进行"衡量和比较"，并可靠地确立作品在文学史上的地位。以上两种观点分别侧重作品和作品的生产与接受，韦勒克与沃伦强调作品研究的系统性和研究方法的独创性，却疏忽了作品生产和接受中隐含的价值判断；而查维特注意到作者与出版语境以及读者的关联，但在作品分析方面较欠缺。不过，查维特的独到之处在于，他发现了作者与出版语境以及读者的关系："作者与读者之间不是线性关系，而是三角关系。他们的对面是图书及杂志贸易这一复杂机构，该贸易在过去200年间至少对文学界起到了积极、动态的作用。"[④]关注这些作用，或许不能系统地呈现某些内容，但会对后人在这方

---

① Bruccoli, *The Profession of Authorship in America, 1800-1870: The Papers of William Charvat*, pp. 84-99.

② 勒内·韦勒克、奥斯汀·沃伦：《文学理论》，刘象愚、邢培明、陈圣生、李哲明译，杭州：浙江人民出版社，2017年版，第258页。

③ Bruccoli, *The Profession of Authorship in America, 1800-1870: The Papers of William Charvat*, p. 283.

④ Bruccoli, *The Profession of Authorship in America, 1800-1870: The Papers of William Charvat*, p. 284.

面的研究有所启发。“查维特没有创立学派，但他可能会激发人们继续探究。”[①]

查维特对美国作家职业化的研究，丰富了学界对美国文学史的认知。他的《美国文学出版业：1790—1850年》(1959)与《美国作家职业：1800—1870年》(1968)，分别阐述了早期美国文学出版业的兴起与19世纪美国作家的职业发展演变，是研究19世纪美国文学及出版文化的经典文献。第一本著作通过结合历史、政治、经济和地理等诸因素，以及文学出版社的数据，分析了美国文学出版业成功背后的原因。查维特强调出版语境与文学史的相关性，“出版只有在证明它最终对文学产生深远影响时，才对文学史有相关性。”[②]《美国作家职业：1800—1870年》是经后人整理后出版的书稿，包括查维特生前发表的9篇文章。该书追溯了这一时期的出版界对美国文学发展的重要影响，为学者重新评价文学史提供了新的思路。查维特回顾19世纪20年代至70年代期间美国文学市场的形成史后指出，美国作家职业化的兴起与英国作家职业化的发展相关。查维特从美国第一个职业作家查尔斯·布罗克登·布朗开始，分别论述了包括詹姆斯·费尼莫尔·库珀、坡、赫尔曼·麦尔维尔(Herman Melville)、朗费罗、爱默生等在内的作家的创作与出版市场之间的关系。[③] 查维特认为，忠于文学的出版人，是推动19世纪中叶美国文学市场发展甚至第一次美国文艺复兴的主力。查维特的研究，丰富了学界对美国作家职业化与19世纪美国文学史的认识。

查维特在研究相关作家时，主要凭借他们的书信，介绍其创作活动如何受到美国的经济状况、读者接受和出版人的理念的影响。譬如，第一个连续成功地靠写作谋生的职业作家库珀，因出版人的经济考虑，或放弃自己希望写作的话题，或放弃与其他出版社的合作机会，其创作自主性受到

① Jones, Howard Mumford. Forward. *The Profession of Authorship in America, 1800-1870*. By William Charvat. Ed. Matthew J. Bruccoli. Columbus: Ohio State UP, 1968. v-xiv, p. xiv.

② Charvat, William. *Literary Publishing in America, 1790-1850*. Philadelphia: U of Pennsylvania P, 1959, p. 7.

③ 查维特说，他的研究没有包括欧文和霍桑，是因为他们长期在政府部门兼职，而且长期中断创作。Bruccoli, *The Profession of Authorship in America, 1800-1870: The Papers of William Charvat*, pp. 68-69.

牵制。[①] 再如，19世纪上半叶，小说被认为具有写实性质，一些作家如麦尔维尔采取了与书中的人物描写保持距离的策略，保护自己不受攻击。[②] 查维特的研究侧重作品的市场因素，对作家的创作理念泼墨较少。他的著作中列举的销量数额由于缺少具体的文本语境，读者的接受情况显得含糊不清。此外，因出版人的经济考量，这些数字未必属实，它们能说明的问题更有局限性。

自文化研究在美国兴起以来，学界对19世纪作家与文学市场关系的研究更加具体。譬如，迈克尔·T. 吉尔摩(Michael T. Gilmore)指出："美国浪漫主义时期是市场时代。"[③]他正确地指出，研究当时的文学市场，是理解爱默生、梭罗、霍桑、麦尔维尔等浪漫主义作家及其作品的必要起点。吉尔摩突出了市场对建构浪漫主义作家身份的作用，他在细读文本和研究市场作用的基础上总结道："文学与经济变化的关系既不是完全摧毁性的，也不是赋权性的，而是两者的复杂结合。"[④]吉尔摩研究的小说包括霍桑的《红字》(*The Scarlet Letter*)、《带七个尖角阁的房子》(*The House of Seven Gables*)及麦尔维尔的《白鲸》(*Moby Dick*)，与市场相关的内容集中体现在这些小说的隐喻性文字上，但反映这些小说家文学观的艺术家题材作品却遭到忽略。

就亨利·詹姆斯与市场的关系而论，迈克尔·阿耐斯克(Michael Anesko)的研究在一定程度上具有颠覆性。阿耐斯克的个案研究以查维特的文学史观为基础，他认同收集出版语境中的客观事实的重要性。"作家与社会在情感上达成默契的成功，不能靠猜想来决定……批评家和历史学家均需要工具：出版社记录；作者和编辑的通信(多数仍未出版)；杂志发行和图书销量的事实；还有——最难发现的——可靠的读者反应。"[⑤]鉴于詹姆斯与文学市场之间的密切关联，学者在研究詹姆斯时无法回避以上要

---

① Bruccoli, *The Profession of Authorship in America, 1800-1870: The Papers of William Charvat*, p. 83.

② Bruccoli, *The Profession of Authorship in America, 1800-1870: The Papers of William Charvat*, pp. 206-207.

③ Gilmore, Michael T. *American Romanticism and the Marketplace*. Chicago: U of Chicago P, 1985, p. 1.

④ Gilmore, *American Romanticism and the Marketplace*, pp. 12-13.

⑤ Anesko, Michael. *"Friction with the Market": Henry James and the Profession of Authorship*. New York: Oxford UP, 1986, p. 8.

素。阿耐斯克通过梳理詹姆斯与美国职业作家写作传统的关联以及詹姆斯的书信，阐述了詹姆斯与出版社的交往经历和詹姆斯的文学生产过程，剖析了詹姆斯的小说人物，这些小说包括《波士顿人》(*The Bostonians*)、《卡萨玛西玛公主》(*The Princess Casamassima*)及《悲剧缪斯神》(*The Tragic Muse*)等。阿耐斯克还根据大量史料，探究了詹姆斯的纽约版作品选集的成书过程。不过，阿耐斯克在介绍詹姆斯的《霍桑传》(*Hawthorne*)时，只是强调霍桑致力于追求文学事业，[①] 并未详细指出詹姆斯对霍桑创作的负面评论，如霍桑的"不明确的态度"以及"略微不安的良心"。[②] 阿耐斯克对詹姆斯小说的研究，更多地试图通过列举小说的出版语境，说明詹姆斯渴望得到世俗成功，但忽略了小说所反映出的艺术与市场关系方面的内容。譬如，阿耐斯克交代了詹姆斯连载和出版《悲剧缪斯神》时与英国出版社在稿酬支付上的纠葛，但并未深入剖析背后的消费主义倾向。小说描写主要人物的职业和艺术观时颇多反讽，无不指向詹姆斯对艺术与市场的关系的认识，即真正的成功取决于艺术家对艺术怀有的真挚情感。此外，阿耐斯克的研究，忽略了詹姆斯的作家题材短篇作品，而这些作品在一定程度上反映出詹姆斯的文学观、文学批评观和文学市场观。

R. 杰克逊·威尔逊(R. Jackson Wilson)的著作《作家之声：美国作家与文学市场——从本杰明·富兰克林到艾米莉·狄金森》，提出去经典化的观点，拓宽了作家与文学市场的研究范围。威尔逊按自传、小说、新闻、散文和诗歌五个文类，分别选取本杰明·富兰克林、华盛顿·欧文、威廉·罗德·加里森(William Lloyd Garrison)、拉尔夫·沃尔多·爱默生及艾米莉·狄金森五位作家，结合他们与出版市场之间的关联，考察其职业身份建构。在威尔逊看来，"至少从18世纪70年代起，文学市场的存在就开始为作家提出不可回避的问题"。[③] 他分别结合欧文的小说主人公塑造以及狄金森的诗句，分析这些作品如何与出版语境以及他们各自的作家形象认同交相辉映。威尔逊认识到作家身份的多元性，"没有人只是作家，

① Anesko, "*Friction with the Market*": *Henry James and the Profession of Authorship*, p. 65.

② James, Henry. *Hawthorne*. *Literary Criticism*. Ed. Leon Edel and Mark Wilson. Vol. 1. New York: The Library of America, 1984. 319-448, p. 357.

③ Wilson, R. Jackson. *Figures of Speech*: *American Writers and the Literary Marketplace*, *from Benjamin Franklin to Emily Dickinson*. New York: Knopf, 1989, p. 17.

也没有人只为市场写作”。[1] 他还结合作家的成长历程及相应的文本，论证了文学市场对作家身份建构的动态影响。该书作者对废奴主义者威廉·罗德·加里森新闻写作的研究即为一例。威尔逊以独立章节探讨以上作家，各章均采取生平研究和文本细读方法。威尔逊认为欧文的《瑞普·凡·温克》(“Rip Van Winkle”)与《睡谷传说》(“The Legend of Sleepy Hollow”)分别再现了选择和放弃作家职业的主题，但他作文本分析时详略程度不一。此外，尽管19世纪美国女性小说家与文学市场有着密切关联，但以上研究较少涉及这些女性小说家。

玛丽·凯莉(Mary Kelley)的研究改善了这一状况。凯莉的著作《私密女性，公共舞台——19世纪美国的文学家庭性》，从夏洛特·帕金斯·吉尔曼(Charlotte Perkins Gilman)、凯瑟琳·玛利亚·塞奇威克(Catherine Maria Sedgwick)、苏珊·沃纳(Susan Warner)及斯托夫人(Harriet Beecher Stowe)等女性作家的文学成就入手，探究这些作家如何受到家庭教育的影响。这些内容具体表现在她们争取受教育权、担任妻子和母亲双重角色、用笔名发表作品、在创作和出版过程中遭遇性别偏见、生活拮据以及成名后出现的身份困惑等障碍。该书于2002年再版时，凯莉讲述了文学研究方法的发展变化。该书第一版于1986年出版后，文学批评家认为凯莉是历史学家，对她研究作家及其小说表示不理解。凯莉指出，当时人们咨询女性作家研究方面的信件，大多寄到她所在大学的英语系，而如今这类信件会直接寄到历史系。凯莉还写道，19世纪美国女性作家研究领域已开始采用跨学科的方法，文化历史学家和文学批评家已跨越各自的学科疆界。[2] 跨学科的视角使19世纪美国女性作家与文学市场的关联得到更深入的凸显，文学史的研究范围也得到进一步拓宽，读者对这些作家作品的理解有望得到深化。凯莉的研究审视了19世纪美国女性作家的成长经过，这些内容增加了文学市场研究的性别维度。不过，需要指出的是，过于偏重这些作家的书信和日记等史料，会影响作家人物剖析的深度。

20世纪90年代以来，19世纪美国文学市场研究领域不断拓展，这表

---

① Wilson, *Figures of Speech: American Writers and the Literary Marketplace, from Benjamin Franklin to Emily Dickinson*, p. 14. 着重号为原文所有。

② Kelley, Mary. *Private Woman, Public Stage: Literary Domesticity in Nineteenth-Century America*. Chapel Hill: U of North Carolina P, 2002, p. xvii.

现在两方面。第一，对19世纪美国文学市场的蓬勃发展与美国国民道德素养建构之间的关系的研究；第二，对19世纪美国文学市场中的多种经济形式与作家及文学界同人之间的友情的研究。

关于第一方面，学界研究的焦点集中在美国内战前的文学市场，在评价这一时期文学的社会功用方面，至少存在两种声音。第一种声音将性别、阶级、种族和地域纳入研究范围，从文学市场角度揭示出美国的社会弊端。这一声音以拉若·兰格·科恩(Lara Langer Cohen)为代表，科恩的《编造美国文学——欺骗和内战前的出版文化》结合出版语境，运用马克思主义文学批评和社会学等理论，突出了研究的性别、阶级、种族与地域视角等维度。该著作既包括对经典作家坡的研究，又包括对畅销作家范尼·费恩(Fanny Fern)的评论，并且解构了美国边疆英雄戴维·克罗克特(Davy Crockett)神话，指出克罗克特编写的历书掩饰了阶级差异。此外，该书研究了黑人形象吉姆·克劳(Jim Crow)的流通与克罗克特历书的流通在文本上的共谋关系，还细致地梳理了黑人作家詹姆斯·威廉斯(James Williams)的奴隶叙事的出版语境，尖锐地揭示出叙事中被遮蔽的种族歧视内容。不过，以上个案研究所得出的一些概括性结论，尚可通过增加其他文本的分析得到进一步验证。譬如，该书作者虽然提及坡的文学批评题材作品，如《蒂格姆·鲍勃先生的文学生活》("The Literary Life of Thingum Bob, Esq.")、《如何给〈布莱克伍德杂志〉写文章》("How to Write a Blackwood Article")、《名人》("Lionizing")、《一段话的删除》("X-ing a Paragrab")、《绝境》("Loss of Breath")及《汉斯·普法尔无与伦比的冒险经历》("The Unparalleled Adventure of One Hans Pfaall")等，但最后一个短篇中的气球意象似乎并不足以论证内战前的文学批评以相互吹捧为特点。此外，尽管该书将范尼·费恩纳入研究范围，但科恩不仅将费恩的作品界定为新闻报刊文章，而且忽略了反映费恩创作观的代表作《露丝·霍尔》(*Ruth Hall*)，没有谈及费恩追求艺术事业与经济独立的精神也是一个重要疏忽，"科恩的研究没有充分讨论范尼·费恩及女性作者。"[①]另外，科恩论证该观点时虽然引用了查维特的研究成果，但查维特肯定内战前文学批

① Roggenkamp, Karen. Rev. of *The Fabrication of American Literature: Fraudulence and Antebellum Print Culture*, by Lara Langer Cohen. *African American Review* 46. 2-3 (2013): 542-544. *Project Muse*. Web. 2018-02-18, p. 543.

评的积极作用的这部分内容未受到足够关注。

第二种声音则认为，美国内战前的作家在塑造国民道德素养中发挥了积极作用。持这一观点的学者以德里克·帕克可(Derek Pacheco)与苏珊·瑞安(Susan Ryan)为代表。帕克可的《道德经济：美国内战前的文学与教育》，从教育改革和文学革新之间的关联对读者的影响角度出发，结合出版人兼教育改革家霍勒斯·曼(Horace Mann)发起的《学校图书馆》丛书(*The School Library*)、霍桑的儿童文学书写、玛格丽特·富勒(Margaret Fuller)的教学与编辑工作，以及伊丽莎白·皮博迪(Elizabeth Peabody)的图书借阅和销售经营等活动对发展教育和文学的推动作用，指出这些作家或教育家更重视精神追求而不是物质利益。[①] 帕克可的著作侧重于探究文学界与教育界人士的社会贡献，突出了这些人士融人文关怀与经济考虑为一体的特点，一定程度上拓展了研究范围，与查维特的作家观相呼应。帕克可在分析霍桑的儿童文学作品时，反复提及《手稿中的魔鬼》(“The Devil in Manuscripts”, 1835)与《祖父的椅子》(“Grandfather's Chair”, 1841)中的道德关怀主题等，表明这些作家题材短篇应是探究霍桑儿童文学作品中的道德意识的有效途径，但该研究的文本分析略显薄弱，而且并未阐明这些作品与霍桑的儿童文学作品之间的关联。苏珊·瑞安在《美国作者身份建构中的道德经济：名誉、丑闻及19世纪美国文学市场》中的论述，与帕克可的观点有不谋而合之处。她们从不同角度论证了道德关怀在构建想象共同体方面的积极影响力。帕克可从教育层面强调《学校图书馆》丛书对建构国家文学的积极作用，她指出：“一定程度上，《学校图书馆》丛书的做法，应被视为具有这样的性质，即通过类似方式，借用在美国流通时间较久的英国经典文本，以培育国家身份认同。”[②]瑞安结合库珀、弗雷德里克·道格拉斯(Frederick Douglass)及斯托夫人的个人经历，从作家的道德品质建构角度指出：“在19世纪中叶，作者的道德认同在关键的历史地域鸿沟之间架起一座桥梁，一端是经常得以表述的建立国家文学的欲望——假如是含糊的或不连贯的话——这是指有能力担负代表国家这一重任的作者和文

---

① Pacheco, Derek. *Moral Enterprise: Literature and Education in Antebellum America*. Columbus: Ohio State UP, 2013, p. 11.

② Pacheco, *Moral Enterprise: Literature and Education in Antebellum America*, p. 34.

本，另一端是文学市场。”[①]不过，瑞安没有充分结合小说人物进行剖析。她在分析库珀与文学市场的纠纷过程时，也没有充分引用库珀写给出版人的书信进行论证。与科恩强调经济利益主导内战前文学发展的论调相比，帕克可与瑞安均认识到作家、出版人及读者群的主观能动性，两部著作均启发读者关注阅读行为对身份建构的作用。这两种声音揭示出美国内战前文学市场的丰富内涵，同时还指出，作家与出版人在经济利益方面有所关联，但他们与读者都具备建构自身优秀品质的潜力，并会为此付诸行动。

关于第二方面，利昂·杰克逊(Leon Jackson)与戴维·道林分别从作家角度出发，研究了19世纪美国文学市场中的多种经济形式与作家及同人之间的合作互助关系。利昂·杰克逊的著作《文学商业：美国内战前的作者经济》指出，文学市场中存在多种经济形式，包括作家与作家之间以及作家与出版人等同人之间的交往关系。杰克逊认为，内战前乃至当今，作家与同人之间存在多种形式的内置型经济交往，“在多种内置型经济形式的交往中，具有经济价值的物体进行常规流通和交换，不过这些交换执行的远非仅仅是经济功能；这些交往制造并加强了社会联系”。[②] 这些内置型经济形式交往，如慈善型的出版资助，有时会限制作者对其文学产品的控制权，也会增加作者的象征资本和经济资本。[③] 杰克逊强调说他的著作不是文学批评，也不是文学史，而是“美国建国初期及内战前这一时期的作家经历的文学的历史”。[④] 需要指出的是，杰克逊在论证坡醉心于争夺文学奖项时，可更多地结合坡的一系列文学批评题材作品进行分析。

戴维·道林的著作《文学伙伴关系和市场——19世纪美国作家与导师》，探究了19世纪上半叶美国作家与出版人之间的关系。书中所写的“文学中介人”(intermediaries)或“伙伴关系”(partners)指的是“代理人、经纪人、合作者、导师、编辑及出版人”。[⑤] 这些内容均与出版过程相关，属于

---

① Ryan, Susan M. *The Moral Economies of American Authorship: Reputation, Scandal, and the Nineteenth-Century Literary Marketplace*. Oxford: Oxford UP, 2016, p. 15.

② Jackson, Leon. *The Business of Letters: Authorial Economies in Antebellum America*. Stanford: Stanford UP, 2008, p. 44.

③ Jackson, *The Business of Letters: Authorial Economies in Antebellum America*, pp. 87-88.

④ Jackson, *The Business of Letters: Authorial Economies in Antebellum America*, p. 52.

⑤ Dowling, *Literary Partnerships and the Marketplace: Writers and Mentors in Nineteenth-Century America*, p. 2.

文学市场的出版文化要素。道林从作者与出版人的交往、婚姻利益及师生关系三个角度，分析了这些社会交往，所涉及的“伙伴关系”包括华盛顿·欧文与约翰·莫里(John Murray)、麦尔维尔与爱维特·戴金珂(Evert Duyckinck)、丽贝卡·哈丁·戴维斯(Rebecca Harding Davis)与L.克拉克·戴维斯(L. Clarke Davis)、E. D. E. N·索斯沃斯(E. D. E. N. Southworth)与罗伯特·博纳(Robert Bonner)、爱默生、富勒与梭罗，以及范尼·费恩与奥利弗·戴尔(Oliver Dyer)等之间的关联。道林的研究凸显了作家在文学生产过程中知遇伯乐的重要性，“旨在给那个产业加上人脸，将这样一种商业机构中可能存在的温暖和同情感，视为一种同时具有人道主义和市场化特点的商业的重要纽带”。[①] 就结合文本细读与作家和文学中介人之间的交集而论，该书对所涉及的作家题材作品的分析详略不一。譬如，该书精当地探讨了《露丝·霍尔》的女主人公露丝·霍尔与范尼·费恩在作家成长历程上的关联，但对麦尔维尔的《皮埃尔》(*Pierre, or the Ambiguities*)的研究却缺乏充足的文本论据。杰克逊与道林的研究议题均涉及作家与出版链条上各因素的关系研究，但侧重点有所不同。杰克逊以经济形式为主线，分析了作家与其他媒介的馈赠、借款、慈善型等内置型经济交换形式，他认为这些形式或助推或阻碍了作家的成长。道林则以作家为主线，主要分析伙伴关系对作家发展的促进作用。

自威廉·查维特于20世纪30年代率先关注作家与出版文化的关系以来，19世纪美国文学市场研究的领域不断拓宽，而随着各种史料的增多，文学研究保持历史性与文学性的平衡越来越成为可能。如查维特所写，作者与读者之间是非线性的关系，作品创作和出版相关的各要素均是考察作者价值的依据。认识作家的最佳途径是阅读他的作品，这里所说的作品不仅包括作家题材小说，而且包括作家的文学评论，以及相关的书信、日记、创作笔记、出版合同、获奖情况等内容。[②]

研究19世纪美国文学市场的另一个途径可以是：通过更多地将焦点集

---

① Dowling, *Literary Partnerships and the Marketplace: Writers and Mentors in Nineteenth-Century America*, p. 183.

② 梅雷迪思·L. 麦吉尔(Meredith L. McGill)认同查维特所作的贡献，指出学界受其启发开始关注出版语境，但麦吉尔认为不应过于关注作家与出版语境之间的关联(McGill, Meredith L. *American Literature and the Culture of Reprinting, 1834-1853*. Philadelphia: U of Pennsylvania P, 2003, p. 19)。笔者认为，她忽略了作家塑造的作家或出版人等形象的重要性，这些形象其实可以指向作家的创作和出版理念。

中在作家题材作品中的作家、评论人、读者及出版人形象，并结合相关的文学生产语境，探讨作者的文学观、文学批评观以及文学市场观。詹姆斯与华顿生活在大众阅读市场迅速扩张的时期，他们的作家题材作品具有一定的代表性。他们创作的作家题材作品，很大程度上反映了他们对文学和文学批评的思考。可以说，他们塑造作家、评论人、读者及出版人等形象的过程，就是再现这些思考的过程。詹姆斯与华顿著有大量作家题材作品及文学评论，与英美出版界有着广泛深入的交集，了解这些内容都有助于读者认识他们的文学观、文学批评观以及文学市场观。

国外学界对这一领域的相关研究大致分为四类：第一，詹姆斯与华顿之间的友谊和竞争关系；第二，詹姆斯与文学出版市场的关系；第三，华顿的职业作家身份建构；第四，詹姆斯与华顿的文学批评理论研究。第一类研究以米莉森特·贝尔(Millicent Bell)与阿德琳·R. 庭特讷(Adeline R. Tintner)为主。贝尔概括了华顿的职业作家成长经过，指出华顿对评论界认为她模仿詹姆斯表示不满。[①] 庭特讷通过分析詹姆斯与华顿的作品之间的关联，赞扬了詹姆斯的艺术成就，贬低了华顿作品的艺术性。[②] 第二类研究以迈克尔·阿耐斯克与安·迪贝尔(Anne Diebel)为主。阿耐斯克梳理了詹姆斯与文学出版市场斗智斗勇的过程，迪贝尔探讨了詹姆斯与通俗杂志《黄皮书》(*The Yellow Book*)的联系。[③] 第三类研究以埃米·卡普兰(Amy Kaplan)、朱莉·奥林-阿蒙托普(Julie Olin-Ammentorp)与沙浮夸特·托希德(Shafquat Towheed)为主。卡普兰结合华顿的作品论证其职业作家身份时认为，华顿颠覆了女性写作传统。[④] 奥林-阿蒙托普洞察到性别

---

① Bell, Millicent. *Edith Wharton & Henry James: The Story of Their Friendship*. New York: Braziller, 1965, pp. 218-220.

② See Tintner, Adeline R. " 'The Hermit and the Wild Woman': Edith Wharton's 'Fictioning' of Henry James". *Journal of Modern Literature* 4. 1 (1974): 32-42. *JSTOR*. Web. 2011-05-11; Tintner, Adeline R. "The Metamorphoses of Edith Wharton in Henry James's *The Finer Grain*". *Twentieth Century Literature* 21. 4 (1975): 355-379. *JSTOR*. Web. 2011-05-11; Tintner, Adeline R. "James's Mock Epic: 'The Velvet Glove,' Edith Wharton, and Other Late Tales". *Modern Fiction Studies* 17. 4 (Winter 1971-1972): 483-499. *JSTOR*. Web. 2011-05-11.

③ See Anesko, *"Friction with the Market": Henry James and the Profession of Authorship*; See Diebel, Anne. "'The Dreary Duty': Henry James, *The Yellow Book*, and Literary Personality". *Henry James Review* 32. 1 (2011): 45-59. *Project Muse*. Web. 2016-10-06.

④ See Kaplan, Amy. "Edith Wharton's Profession of Authorship". *ELH* 53. 2 (1986): 433-457. *JSTOR*. Web. 2011-05-10.

意识形态对女性建构作家身份的消极影响。① 托希德则通过研究华顿与麦克米伦出版社的书信往来，再现了华顿作为职业作家的成长过程。② 第四类研究以乔纳森·弗里德曼(Jonathan Freedman)与弗雷德里克·韦格纳(Frederick Wegener)为主。弗里德曼结合历史文化语境，阐释了詹姆斯与英国唯美主义的复杂关联。③ 韦格纳编辑了华顿的文学批评文集，他强调学界应重视研究华顿的文学批评理论。④

国内学界对詹姆斯的近期研究主要集中在詹姆斯的叙述技巧与性别意识、詹姆斯的文化融合思想、詹姆斯的艺术道德观、詹姆斯与世界主义、个人主义和消费文化的关联、詹姆斯的伦理叙事、詹姆斯的隐喻修辞以及詹姆斯的修订的艺术等方面，文本分析则多以长篇小说为主。⑤ 学者主要

---

① See Olin-Ammentorp, Julie. "Female Models and Male Mentors in Edith Wharton's Early Fiction". *American Literary Mentors*. Ed. Irene C Goldman-Price and Melissa McFarland Pennell. Gainesville: UP of Florida, 1999, pp. 84-85.

② See Towheed, Shafquat, ed. *The Correspondence of Edith Wharton and Macmillan, 1901-1930*. New York: Palgrave Macmillan, 2007.

③ See Freedman, Jonathan. *Professions of Taste: Henry James, British Aestheticism, and Commodity Culture*. Stanford: Stanford UP, 1990.

④ See Wegener, Frederick. "Edith Wharton and the Difficult Writing of *The Writing of Fiction*." *Modern Language Studies* 25.2 (1995): 60-79. *JSTOR*. Web. 2011-12-21.

⑤ 王丽亚通过分析詹姆斯小说的叙述技巧，揭示了詹姆斯"对将女性理想化或让女性沦为商品或牺牲品的父权社会的复杂态度"。(王丽亚：《叙述技巧与性别意识：亨利·詹姆斯小说研究》，天津：天津社会科学院出版社，2004年版，第187页)代显梅通过剖析《罗德里克·哈德逊》《美国人》《一位女士的画像》及《波士顿人》(此处的小说中译名均出自代显梅的这本著作)指出，"詹姆斯试图在他的小说中探索一种理想的文化模式，在他的文学创作中努力弥合'高雅文化'与'通俗文化'的鸿沟，但是，他自己最后又不得不走进高雅文化与纯文学的'象牙之塔'，让他的文化融合思想成为一种纯文学的理想体现。"(代显梅：《亨利·詹姆斯笔下的美国人》，北京：中国人民大学出版社，2007年版，第173页)陈丽"从艺术审美和艺术创造两个方面研究詹姆斯作品中艺术对道德的影响"。(陈丽：《亨利·詹姆斯的艺术道德观》，上海：上海外语教育出版社，2014年版，第1页)王银瓶"从世界主义、个人主义和消费文化三个角度来考察詹姆斯本人的思想文化观点，及其观点在其作品中的体现和互证。"(王银瓶：《亨利·詹姆斯与三种思想文化思潮》，上海：上海交通大学出版社，2015年版，第4页)郭国旗通过分析《黛西·米勒》《华盛顿广场》《贵妇画像》《波英顿珍藏品》《螺丝在拧紧》《鸽翼》和《金碗》等小说(此处的小说中译名均出自郭国旗的这本著作)指出，詹姆斯小说的"修辞性叙述体现的正是这样一种伦理意图：通过叙述现实的易变性、不稳定性和多重阐释的特点来揭示人类认知活动的主体间性，并尖锐地提出了判断和阐释这样一个具有很强道德意味的问题。"(郭国旗：《亨利·詹姆斯小说的伦理叙事研究》，长沙：中南大学出版社，2019年版，第193—194页)陈秋红深入探究了"一般隐喻与'詹姆斯式'隐喻之间的联系和区别"以及"隐喻思维在'詹姆斯式'隐喻修辞形成中的作用"。(陈秋红：《亨利·詹姆斯诗学研究》，北京：中国社会科学出版社，2020年版，第10页)刘艳君和熊莉认为，"修订后的小说人物更加立体，技巧更加成熟，主题更加深刻，使得小说成为一个更加完整的有机体。"(刘艳君、熊莉：《亨利·詹姆斯与修订的艺术——〈一位女士的画像〉修订版研究》，长春：吉林大学出版社，2020年版，第12页)

关注的是詹姆斯的长篇小说，对其中短篇小说的探究并不多见。“除了《螺丝在拧紧》《黛西·米勒》《丛林猛兽》《真品》《地毯里的图案》这五个作品，其余大量中短篇故事尚未引起研究者关注，研究论文更是罕见。”①研究詹姆斯的中短篇作品中的文学团体、艺术观和大众文化等内容的相关论著，包括《文学阅读模式的伦理想象：亨利·詹姆斯的〈阿斯本文稿〉与〈地毯里的图案〉刍议》《艺术自我与社会形式：亨利·詹姆斯的〈悲剧缪斯神〉》《技术批判、阅读习惯与现代主义小说实验——评亨利·詹姆斯的小说〈在笼中〉》《亨利·詹姆斯的艺术道德观》，以及《自我、自由与伦理生活：亨利·詹姆斯研究》等。② 对华顿的近期研究主要集中在其小说的自我实现、女性主义、新女性和女性话语以及精英传统与消费文化等主题。③ 作为对亨利·詹姆斯、伊迪丝·华顿与文学市场的研究，就目前来看，还没有相似的研究成果或研究工作展开。

通过这项研究，本书作者希望对亨利·詹姆斯与伊迪丝·华顿的文学观、文学批评观以及文学市场观有所探索。在一定程度上，作家的文学创作、文学批评论著、相关写作以及他们与出版社的往来，是观察其文学

---

① 王丽亚：《新中国六十年亨利·詹姆斯小说研究之考察与分析》，浙江大学学报(人文社会科学版)2013 年第 2 期，第 138 页。

② 毛亮的文章强调了文学团体的重要性(毛亮：《文学阅读模式的伦理想象——亨利·詹姆斯的〈阿斯本文稿〉与〈地毯中的图案〉刍议》，《外国文学评论》2007 年第 1 期，第 10 页)。他的另一篇文章突出了艺术自我与社会和伦理的紧密关联(毛亮：《艺术自我与社会形式：亨利·詹姆斯的〈悲剧缪斯神〉》，《国外文学》2008 年第 1 期，第 73—74 页)。他还指出，詹姆斯在小说中建构的“自我”“有着具体的伦理、社会和文化的内涵”(毛亮：《自我、自由与伦理生活：亨利·詹姆斯研究》，北京：北京大学出版社，2015 年版，第 300 页)。毛卫强的文章论证了叙事手法在再现技术影响下主体的碎片化方面的作用(毛卫强：《技术批判、阅读习惯与现代主义小说实验——评亨利·詹姆斯的小说〈在笼中〉》，《国外文学》2013 年第 2 期，第 111 页)。

③ 李晋“以小说文本为主线，以华顿的书信、回忆录、有关著作及有关评论等为辅线，论证了华顿的小说创作贯穿着实现自我的主题，从早期小说到晚期小说，是一个逐步走向自我实现的征途”。(李晋：《走向自我实现：伊迪丝·华顿小说研究》，北京：群众出版社，2005 年版，第 2 页)吴兰香指出，华顿“在游记中显示出对原有价值观的眷恋，对主导社会意识形态的妥协”。(吴兰香：《性别·种族·空间：伊迪斯·华顿游记作品研究》，南京：东南大学出版社，2009 年版，第 IV 页)程心“将友谊视作一种动态的话语建构和解构的过程，从研究华顿小说中杂糅的友谊话语入手，考察华顿对新女性议题所进行的反思和文本再现”。(程心：《伊迪斯·华顿、新女性和世纪之交的友谊话语》，上海：上海外语教育出版社，2014 年版，第 II—III 页)孙薇结合对《欢乐之家》与《纯真年代》的文本分析指出，华顿“期望传统的文化沉淀能够内化为一种精神上的自我反思和约束”，“面对新的商业化的世界，她一面适应新的变化，批判地接受以物质为中心的新的生活(包括日常生活和创作生活)形式，一面‘抵制该社会不断产生的文化的庸俗化’和文学消费的大众化，在审美道德和社会责任上进行自我筛选和保留”。(孙薇：《精英传统与消费文化：伊迪丝·华顿“老纽约小说”研究》，成都：四川大学出版社，2014 年版，第 212 页)

观、文学批评观和文学市场观的最佳窗口。前面提过，学界认为文学市场三要素中的读者反应最难发现，但这并不意味着读者反应无从了解。19世纪是英美大众阅读市场扩张的时期，詹姆斯与华顿深刻地意识到商业化的社会对文学的冲击，意识到大众品味的多元性。他们在洞察人性的同时，对出版文化也有着敏锐的感知。詹姆斯与华顿所著的大量作家题材作品以及文学批评论著，反映出他们所处时代的文学界和文学批评界的特征。透过这些著作，我们可以感悟到詹姆斯与华顿对他们所处时代的读者群体的认识和思考。

本书分为六章。第一章“亨利·詹姆斯与伊迪丝·华顿的作家身份建构及其作家题材作品”，介绍詹姆斯与华顿的文学创作之路及其作家题材作品，由三节构成。第一节通过探寻詹姆斯建构作家身份的轨迹，阐述他所处的文化语境以及文学商业化对他的影响。第二节梳理华顿建构其作家身份的过程，追溯她所面临的来自家庭和社会的双重压力；尽管她早期受益于文学界同人的帮助，但仍需克服阶级和性别双重障碍。第三节将詹姆斯与华顿的作家题材作品分为四类，即作家职业选择、创作与性别意识、雅俗文学观及作家与文学批评主题。需要指出的是，其中一些作品因分析的侧重点所需将出现在不同章节。

第二章“作家职业选择主题作品”，分别从作家人物的情感生活与其创作之间的矛盾和作家人物的社会生活与其创作之间的矛盾，研究他们选择从事创作时的困惑。詹姆斯的这类主题作品包括短篇《本福利奥》(“Benvolio”, 1875)、《〈拜尔德拉夫廖〉的作者》(“The Author of ‘Beltra-ffio’ ”, 1884)、《大师的教诲》(“The Lesson of the Master”, 1888)、《私密生活》(“The Private Life”, 1892)、《真正正确的事情》(“The Real Right Thing”, 1899)、《伟大而神奇的地方》(“The Great Good Place”, 1900)及中篇《雄狮之死》(“The Death of the Lion”, 1894)。华顿的同类主题作品包括短篇《缪斯的悲剧》(“The Muse’s Tragedy”, 1899)、《坟冢天使》(“The Angel at the Grave”, 1901)、《人类的堕落》(“The Descent of Man”, 1904)、《回到原处》(“Full Circle”, 1909)，中篇《试金石》(“The Touchstone”, 1900)以及姊妹篇小说《哈德逊河斗拱建筑》(*Hudson River Bracketed*, 1929)与《众神来临》(*The Gods Arrive*, 1932)。

第三章“创作与性别主题作品”，从女性作家人物所遭遇的性别偏见和文学界人士志同道合的作用出发，探究詹姆斯与华顿的作家题材作品所反映出的性别意识。细读的作品包括詹姆斯的短篇《格里维尔·费恩》(“Greville Fane”，1892)、《折翼》(“Broken Wings”，1900)、《其中的故事》(“The Story in It”，1902)及《天鹅绒手套》(“The Velvet Glove”，1909)与华顿的《缪斯的悲剧》(“The Muse's Tragedy”，1899)、《试金石》(“The Touchstone”，1900)、《一个战争故事的创作过程》(“Writing a War Story”，1919)、《天鹅绒耳套》(“Velvet Ear-pads”，1926)、《哈德逊河斗拱建筑》(*Hudson River Bracketed*，1929)及《众神来临》(*The Gods Arrive*，1932)。

第四章“雅俗文学主题作品”，从雅俗文学、叙述者与性别意识、文本内外艺术观的微妙平衡和文学消费现象三个角度，呈现詹姆斯与华顿这类作品所反映出的他们的雅俗文学观。涉及的作品包括詹姆斯的《格里维尔·费恩》(“Greville Fane”，1892)、《下一次》(“The Next Time”，1895)及《约翰·德拉维》(“John Delavoy”，1898)与华顿的《善会降临》(“That Good May Come”，1894)、《传奇》(“The Legend”，1910)及《鑫谷》(“Xingu”，1911)。

第五章“作家与文学批评主题作品”，从文学批评界的荒诞、文学团体的建构、小说创作观以及艺术与人生四方面入手，研究詹姆斯与华顿的文学观及文学批评观。所研究的文学评论著作包括詹姆斯的《小说的艺术》(“The Art of Fiction”，1884)和其他文学评论文章，以及华顿的《小说创作》(*The Writing of Fiction*，1924)和其他文学评论文章。所研究的作品包括詹姆斯的《阿斯彭文稿》(*The Aspern Papers*，1888)、《中年》(“The Middle Years”，1893)、《雄狮之死》(“The Death of the Lion”，1894)、《地毯里的图案》(“The Figure in the Carpet”，1896)及《悲剧缪斯神》(*The Tragic Muse*，1890)，与华顿的《回到原处》(“Full Circle”，1909)、《传奇》(“The Legend”，1910)、《哈德逊河斗拱建筑》(*Hudson River Bracketed*，1929)及《众神来临》(*The Gods Arrive*，1932)。

第六章“亨利·詹姆斯、伊迪丝·华顿与出版社的往来”，主要呈现詹姆斯和华顿与出版社的关联。本章通过梳理詹姆斯和华顿与出版人的书信，以及他们的回忆录和相关评论，揭示在 19 世纪末到 20 世纪初出版文化的变迁语境下詹姆斯与华顿的文学市场观。绅士出版人在詹姆斯和华顿建构其作家身份的初期发挥了关键作用，两人分别受益于文化出版人的鼓励和帮助。他们在与出版社的交往中，或借助代理人，或依靠自己的力量，勇于为其劳动成果争取应有权益。在这一过程中，他们秉持自主创作的理念，尽力维护他们的作者权益。詹姆斯与华顿所遭遇的困境及其所得到的帮助，反映出他们的多元文学观和文学市场观，再现了文学界与出版文化的变迁。

本研究得到国家社科基金一般项目的资助。在研究过程中，国内外专家学者就研究方法和内容给予了慷慨的指导，项目评审专家为本项目的成果提出了宝贵的修改意见和建议，在此向各位专家学者表示诚挚的感谢。本研究受益于国家图书馆、北京大学图书馆、首都师范大学图书馆、魏德娜图书馆(Widener Library)、菲利普斯阅览室(Philips Reading Room)、修顿手稿图书馆(Houghton Library)、斯特林图书馆(Sterling Memorial Library)、贝尼克手稿图书馆(Benecke Rare Book & Manuscript Library)以及马萨诸塞大学波士顿分校希利图书馆(Healey Library)的图书资料，在此向各图书馆的馆员表示感谢。

本研究成书前的部分成果发表在《解放军外国语学院学报》《国外文学》及《外国文学研究》等刊物上，感谢这些学刊的工作人员的悉心指导，感谢这些学刊允许我在书中使用已发表的文章。本书的相关章节中，涉及这些文章的部分均作了修改。

本研究能够顺利完成，离不开我的工作单位首都师范大学的鼓励、支持和帮助，在此向首都师范大学外国语学院的院系领导和我的同事们表示感谢。

本研究成果得到首都师范大学出版社的认可，在此向出版社的工作人员表示感谢。

是家人的关心、鼓励、支持和帮助，使我得以顺利完成本书的撰写和修改工作，衷心感谢我的家人。

作　者

目　　录

第一章　亨利·詹姆斯与伊迪丝·华顿的作家身份建构及其作家题材作品

作家对文学职业的认识，与其家庭环境以及他所处时代的文化语境密不可分。无论生活在哪个时代，多数作家不仅需要谋生，而且需要从创作中汲取精神力量。作家在建构其身份的过程中，一方面具有一定的主观能动性，另一方面又无法摆脱文化语境的影响。在19世纪英美文学市场语境中，批评家的话语及出版语境等因素，均在不同程度上影响着作家的身份建构。生活在跨世纪的亨利·詹姆斯与伊迪丝·华顿，是这一语境的亲历者和记录者。

作者的名字在一定程度上可以折射出他所处的历史和文化语境。福柯在《什么是作者?》一文中这样解释作者的名字，“作者的名字发挥的不是说明其公民身份的作用，它也不是虚构的；作者的名字位于众多残片断章的缺口中，正是这些残片断章构成了多组新语篇，形成其独特的存在模式”①。作者不仅是普通公民，他还具有承载不同形式的具体的历史与文化语篇的能力。这些语篇的内容由作者体悟到的社会现实构成，读者需仔细剖析这些语篇的独特性，尽可能充分理解“众多残片断章”之间的关联。作者的名字除了象征他的社会认知外，还反映了他对文学等相关领域的贡献。19世纪欧洲涌现出一批作者，他们不仅从事创作，而且还代表某种传统，“可以说，这些作者占有‘跨语篇’的地位”。② 亨利·詹姆斯与伊迪丝·华顿是其作品的生产者，提到他们的名字或作品，读者会联想到诸如

① Burke, *Authorship: From Plato to the Postmodern: A Reader*, p. 235.

② Burke, *Authorship: From Plato to the Postmodern: A Reader*, p. 240.

个体对自我与社会规范的意识和思考、19 世纪的旧纽约的社会秩序与女性的思想独立、叙述者在凸显小说主题方面的作用等内容。本章分两节，分析亨利·詹姆斯与伊迪丝·华顿的创作历程，并介绍他们的作家题材作品。

第一节　亨利·詹姆斯的作家身份建构

亨利·詹姆斯从事创作，很大程度上是受他父亲老詹姆斯（Henry James Sr.）的影响，后者反对实用主义教育，鼓励孩子自由发展天性。詹姆斯在回忆录中曾谈及父亲的影响，“我们要做的是仅仅成为某种人，与具体做什么没有关系，成为某种自由的、无须承诺的人，总之，要比成为其他任何一种人所包含的内容更加精美。”[①]

亨利·詹姆斯儿时随父母去欧洲游历，得以感知异国文化，这些印象无形中成为他的精神财富。比如，他这样描述英国见闻：“如果说童年——或者后来对童年的回忆——肯定从这种背景借用了一种丰富的逸闻趣事，那至少也不是无知妄说。我们都知道在后来心境的回顾中，早先少年时期的逸事如何把每一件都显而易见地‘创作’成一幅单独的图画，这一进程所具有的一种魔力，就是最伟大的画家也没有相应的技巧。”[②]再比如，他对巴黎的印象如下：

> 若论我是否为拥有哪些物品而感到可喜可贺，我的确没有值得放弃的实质性物品，不过幸好有良好意愿作担保，那种强烈情感本身已充分利用这个宝贵机遇，我才得以珍藏这些令人浮想联翩的记忆，时至今日，这些记忆仍让我憧憬未来，肃然起敬，柔情满怀。[③]

詹姆斯珍视这些经历，它们并不是物质财富，却成为他记忆中的宝物。物品与情感在他看来似乎是竞争的关系，拥有物质财富并不能与收获

---

① James, Henry. *Notes of a Son and Brother*. *Autobiographies*. Ed. Philip Horne. New York: The Library of America, 2016. 251-570, p. 286. 着重号为原文所有。

② 亨利·詹姆斯：《英伦印象》，蒲隆译，南昌：百花洲文艺出版社，2015 年版，第 47 页。

③ James, *Notes of a Son and Brother*, p. 291.

情感相媲美。他受益于这些机遇，因为他从中汲取精神力量，并成为这些情感的永久性的主人。每当忆起这些意象时，他便心怀感激。这与实际拥有一些值得庆贺的物品的感受截然相反，父亲提供的启蒙教育使詹姆斯大受裨益。詹姆斯曾随父母在日内瓦居住过一段时间，期间他对当时盛行的实用主义教育模式深有感触。1859 年 11 月 18 日，他给好友托马斯·瑟金特·佩里(Thomas Sergeant Perry)的信中介绍说，当时日内瓦的学校专门培养工程师、建筑师和机械师，唯独他不计划从事实用学科(艺术或科学)的学习。① 1862 年至 1863 年间，詹姆斯在哈佛大学法学院学习，但他对文学更感兴趣，乃至最后放弃法学专业的学习。他创作的第一个短篇《错误悲剧》(“A Tragedy of Error”)于 1864 年 2 月匿名发表，接着他开始在《北美评论》(*North American Review*)上发表文学评论文章。詹姆斯从事文学创作，与父亲的言传身教和父亲朋友的影响分不开。老亨利·詹姆斯著书立作，与文学界人士交往频繁。不过，老亨利·詹姆斯一般都自费出版著作，这预示着亨利·詹姆斯的作家成长历程也将充满坎坷。“老亨利·詹姆斯出的一打书中，出版社没有冒险支付过任何一本书的印版和纸张费用——这对他儿子的文学抱负来说，几乎可说是不祥之兆。”②

詹姆斯自小受到英国文学的熏陶，这使他得以汲取文学传统的养料。“我们那个时代读的都是英国出版的图书，至少我们市中心的图书都是如此——我记忆中，几乎没有哪本书不是英国出版的，我把洞悉这些书的品质和更温馨的梦想以及更奇幻的图画联系在一起，这比任何一种成长方式都深刻。”③詹姆斯徜徉在知识的海洋中，尽情享受阅读带来的无穷乐趣，无形中增进了对文学传统的认识。詹姆斯早期阅读了大量英国文学作品和文学杂志，为他今后自如地评论英国作家奠定了必要的基础。

詹姆斯从事创作后对作家职业带来的压力深有感触。他需高效利用时间进行创作，尤其要满足出版社的截稿日期。詹姆斯在给托马斯·瑟金特·佩里的信中写道：“印刷商魔鬼在敲门。你知道的，文人无法拥有自

---

① James, Henry. *The Complete Letters of Henry James: 1855-1872*. Ed. Pierre A. Walker and Greg W. Zacharias. 2 vols. Lincoln: U of Nebraska P, 2006, Vol. 1, p. 18.

② Anesko, *"Friction with the Market": Henry James and the Profession of Authorship*, p. 31.

③ James, Henry. *A Small Boy and Others*. *Autobiographies*. Ed. Philip Horne. New York: The Library of America, 2016. 1-250, p. 53.

己的时间：我很想知道你怎么会有足够时间写信。”[1]詹姆斯在创作过程中，还受到杂志规定的篇幅的限制。他向佩里这样诉说其中篇小说创作的苦衷：

> 为什么要用中篇小说(novelette)这可恶的字眼。这字眼让我想到短袖衬衫(chemisette)。为什么不干脆叫作小史(historiette)？要么，为什么不把中篇小说叫作前后左右都修剪得齐齐整整的短发式故事(bob-tale)？我要主动请《大西洋月刊》(*The Atlantic Monthly*)的人把拒稿信或用稿通知转寄给你。我又没法忍受公开宣布要当作家所带来的压力了(目前如此)，而且《大西洋月刊》的回信寄到这里，不可能没有人注意到。不要和威利说这件事。[2]

詹姆斯所用的“前后左右都修剪得齐齐整整的短发式故事”这一比喻，是他对中篇小说的嘲讽：文学界兴起的时尚要求作家循规蹈矩，极大地危害了他们的创作自主性。信中，詹姆斯交代佩里不要将其压力透露给他的兄长威廉·詹姆斯(William James)，其焦虑心理可以想见。在这种情况下，詹姆斯迫切需要得到认可，他在给威廉·詹姆斯的信中曾写道，“你提起我的文学产品(literary productions)；谢谢你对它们感兴趣。”[3]詹姆斯的创作因以上压力一度受阻，1866年他给《银河系杂志》(*The Galaxy*)编辑威廉·柯南特·丘奇(William Conant Church)致信，表达了他无法给该刊写任何作品的意愿，“我现在的文学劳动成果几乎是零，以后的一段时间里，我不打算继续写下去了。”[4]

詹姆斯取得成功时会为此感到兴奋，但也会提醒自己保持心态平和。詹姆斯的小说受到欢迎，他的喜悦之情溢于言表。他给妹妹艾丽斯·詹姆斯(Alice James)的信这样写道：“有人说，现在纽约对我的文学劳动成果推崇备至。”[5]詹姆斯得到认可，这极大地鼓舞了他的士气，他告知艾丽斯，“耐心点儿。我能说会道的笔，已经写出了一个不足为奇的传奇故事，将

---

① James, *The Complete Letters of Henry James: 1855-1872*, Vol. 1, pp. 95-96.
② James, *The Complete Letters of Henry James: 1855-1872*, Vol. 1, pp. 96-97.
③ James, *The Complete Letters of Henry James: 1855-1872*, Vol. 1, p. 120.
④ James, *The Complete Letters of Henry James: 1855-1872*, Vol. 1, p. 146.
⑤ James, *The Complete Letters of Henry James: 1855-1872*, Vol. 1, p. 159.

在4月或5月登在下一期或者下下期的《大西洋月刊》，我还不知道。”[①]詹姆斯处于高产期，对创作充满信心。他意识到潜心创作的重要性，“保持安静状态的效果很好，我想，至少我会在余下的冬日里继续保持安静”。[②]如詹姆斯所写，他只有在远离社交活动和报纸时，才会感到生活得很惬意。[③] 詹姆斯不满足于自己已取得的进步，始终坚持发表更多作品。

詹姆斯秉持精神与物质同等重要的艺术观，而拥有知己对他至关重要。詹姆斯坦言，自己写短篇，是出于生活所需。“我很少写作，只写短篇，我觉得有可能会继续生产平庸的作品，因为那是面包。那些产品不能很出色；不过它们不会写得太糟糕。”[④]詹姆斯一方面尽力满足编辑的要求，另一方面也努力不辜负自己的文学抱负。詹姆斯像其他作家一样，渴望与挚友相互切磋。他在信中表达了对波士顿都市区剑桥市的人文环境的不满：“本科生当然太年轻；学法律的学生总体上太愚笨，太平庸，导师们和几个教授太忙，朗费罗、洛威尔、诺顿等人尽管很友好，就我的‘大半’圈子而言，又根本不是我喜欢的那类……当然了，我目前见到的年轻女性不属于我欣赏的那类。”[⑤]詹姆斯迫切希望找到能与他砥砺思想的文友，托马斯·瑟金特·佩里便是其中之一。詹姆斯早期与佩里经常交流有关文学创作的思想，一次他在给佩里的信中提及艾米莉·切斯特(Emily Chester)时写道：“能得到像E. C. 这样一本非感伤类的小说很好。”[⑥]

詹姆斯早期阅读了大量文学期刊，并有意识地将自己培养成文学批评家。詹姆斯曾高度称赞威廉·梅克皮斯·萨克雷(William Makepeace Thackeray)编辑的《康黑尔杂志》(*Cornhill Magazine*)：“我读了刚出版的三期杂志，觉得这份杂志很出色，集中体现了杂志的优点，表明萨克雷言行一致。”[⑦]早期，詹姆斯常给威廉·柯南特·丘奇及其兄弟弗朗西斯·法塞勒斯·丘奇(Francis Pharcellus Church)创办并编辑的纽约文学期刊《银河系杂志》投稿。他不断探索文学批评方法，受益于众多友人的指导。譬

① James, *The Complete Letters of Henry James: 1855-1872*, Vol. 1, p. 159.
② James, *The Complete Letters of Henry James: 1855-1872*, Vol. 1, p. 159.
③ James, *The Complete Letters of Henry James: 1855-1872*, Vol. 1, p. 123.
④ James, *The Complete Letters of Henry James: 1855-1872*, Vol. 1, p. 197.
⑤ James, *The Complete Letters of Henry James: 1855-1872*, Vol. 1, pp. 171-172.
⑥ James, *The Complete Letters of Henry James: 1855-1872*, Vol. 1, p. 108.
⑦ James, *The Complete Letters of Henry James: 1855-1872*, Vol. 1, p. 34.

如，查尔斯·艾略特·诺顿(Charles Eliot Norton)曾建议他有选择地写文学评论。詹姆斯深表感激："您说得对，《吉普赛》(*Gypsy*)这本书不值得我那么认真写书评。当然，您得删除您认为多余的内容。不过，经验会改变我在缺乏价值的话题上浪费宝贵精力的这个倾向，经验会教我轻率地对待轻率的写作。"①詹姆斯深知，并非所有出版物都值得写书评，批评家的修养和判断力尤为关键。再如，詹姆斯"乞求"《北美评论》编辑查尔斯·艾略特·诺顿允许他撤回计划评论斯托夫人的小说的决定，原因是：

> 尽管她的书充满令人愉悦的品质，但都缺乏实质性的优点，之前我对这些实质性优点的印象不深刻，误以为她写的书具备那些优点；我在《民族》(*Nation*)周刊上吹捧过一系列枯燥乏味的小说，后来我感到精力不济，在目前这种精神状态下，只有这些实质性的优点才能恢复和焕发我写评论文章的精力和激情。②

优秀文学作品可以催生优秀的文学评论，詹姆斯深知文学与文学批评可以相互影响。另一方面，詹姆斯善于把握时机，争取率先为优秀作品写书评。在得知梭罗书信集将要出版后，他迅速与查尔斯·艾略特·诺顿取得联系，希望能为诺顿编辑的刊物撰写该书信集的书评，以免"研究梭罗的专家在我之前行动"。③ 詹姆斯看重书评的时效性，说明他在有意识地训练自己成为文学批评家。

詹姆斯广泛了解文坛动态，关注文学批评的质量。他在给查尔斯·艾略特·诺顿的信中表示，计划评论圣伯夫(Sainte-Beuve)、泰纳(Taine)、勒南(Renan)以及谢勒(Scherer)的著作，其中勒南的著作仅限于他的散文。④ 詹姆斯对泰纳的评价如下："作为作家，泰纳的语言、词汇以及风格较为独特，和其他作家相比较，我几乎更喜欢泰纳；但他的哲学观非常肤浅，似乎仅仅依靠最缺乏尊严的方式服从他的激情才能表达出来。"⑤詹姆斯的这一评价，表明他坚持客观地对待文学作品。詹姆斯极为推崇圣伯夫

① James, *The Complete Letters of Henry James: 1855-1872*, Vol. 1, p. 112.

② James, *The Complete Letters of Henry James: 1855-1872*, Vol. 1, p. 138.

③ James, *The Complete Letters of Henry James: 1855-1872*, Vol. 1, p. 127.

④ James, *The Complete Letters of Henry James: 1855-1872*, Vol. 1, p. 129.

⑤ James, *The Complete Letters of Henry James: 1855-1872*, Vol. 1, p. 177.

的文学批评精神，他希望自己能“获取圣伯夫的些许思想、耐心和活力”。[①] 以圣伯夫为代表的法国批评家，给美国文学和文学批评带来有益的启发。詹姆斯受到鼓舞，并立志为美国文学批评的发展贡献自己的力量：

> 人们觉得——至少我觉得，圣伯夫属于过去，属于已逝的一代；我还觉得，我们美国青年(不用冠冕堂皇的话)属于未来……身为美国人——就应该发挥作用。我把美国身份看成是很大的福分：我认为，身为美国人就是要为文化作充分准备。作为一个种族，我们有很多独到之处，我觉得，我们要比欧洲人种更先进，因为我们可以自由地与外国文化交流，可以挑选并同化这些文化，总之可以随时(从美学等意义上说)拥有这些文化。迄今为止，没有民族印记是缺点，是障碍；不过，我认为，有一点是可能的，即美国作家或许说明一点，汇聚和综合世界各民族趋向的庞杂思想，是在现有成果的基础上贡献更大力量的前提条件。当然，我们必须有自己的特点——既区别于其他民族，又与其他民族有同质性——我认为，我们将在我们的“道德意识、我们前所未有的精神上的轻灵和活力”方面发现自己的特点。从这点看，至少我们将会建立民族声望。[②]

詹姆斯的公民自豪感不言而喻，他所理解的美国文化具有巨大发展前景。在他看来，美国作家可以汲取欧洲文化的养料，为美国文学的发展贡献力量。有关这一特点，詹姆斯在上述段落中指出，美国人的“道德意识、前所未有的精神上的轻灵和活力”，正是异于其他民族的特征，这预示了詹姆斯的作品的国际题材主题，即欧洲文化的世俗与美国文化的纯真。如阿里德·卡其德麦特(Alide Cagidemetrio)所写，詹姆斯“渴望重塑美国性，

---

① James, *The Complete Letters of Henry James*: *1855-1872*, Vol. 1, p. 179.

② James, *The Complete Letters of Henry James*: *1855-1872*, Vol. 1, pp. 179-180. 詹姆斯认为，美国人的道德意识要优于英国人，这从詹姆斯与沃尔特·皮赞特(Walter Besant)的文学争鸣可见一斑。皮赞特1883年在《作为一种艺术的小说》(“Fiction as One of the Fine Arts”)的演讲中警戒青年作家，在创作过程中要有明确的道德教化目的，而詹姆斯则认为，艺术与道德感属于两个范畴，以皮赞特为首的英国人的文学观，恰恰反映出他们道德上的怯懦。(亨利·詹姆斯：《小说的艺术：亨利·詹姆斯文论选》，朱雯、乔佖、朱乃长等译，上海：上海译文出版社，2001年版，第28—30页)

将非贵族的精英主义者身份与远离平庸的个性倡导者身份融合在一起”。[①]另一方面，上段引文反映出詹姆斯的使命感。他指出，法国文学批评的黄金时代已不复存在，他对美国文学批评的未来发展充满信心。

詹姆斯在给托马斯·瑟金特·佩里的信中阐述了他对美法两国文学的认识，流露出他的文学抱负。“对我们当中的多数人来说，我们广袤的文学和文学史是一片未开垦的土地，与法国人对法国文学的认识相比，更是如此。我缺乏自信的内心深处，隐约有种欲望要为我们所爱戴的古老的英国文学和作家做一些事情，就像圣伯夫和最优秀的法国批评家为他们的文学所做的那样。就我的能力而言，这是好高骛远。”[②]詹姆斯意识到美国文学的贫瘠，感到自己有义务改善美国文学的状况。不过，他也感到，若实现这一梦想，仍需更多志同道合的文友携手一起努力。詹姆斯渴望拥有可以与之“交流情感和思想”的“伙伴和工友”，因为“只有通过这种持续不断的交流和比较，通过生活、交谈和观察的磨砺，文学作品才能得以完善；作为艺术家和工作者，我们最应感激那些丰富我们生活阅历的人”。[③] 詹姆斯在伦敦的生活经历，丰富了他对英国文化的认知，也使他意识到美国文化的贫瘠。[④]

詹姆斯在伦敦居住期间对名人的观察，折射出他对细节的关注。他对威廉·莫里斯(William Morris)的评价是：“一言以蔽之，他是敏感的天才和品位独特的人中的典范。”[⑤] 1869 年，詹姆斯在给母亲的信中这样描述约翰·罗斯金(John Ruskin)：“他受到灰暗现实的惊吓，缩进缺乏理性、充满幻觉的世界，他感到很迷茫，他没有指南针，也没有指引人——或者说，没有光芒，他精致的天分偶尔闪现出的火花除外。”[⑥]再如，“达尔文是你见到的最和蔼、最简单、最温柔的英国老年人……他没说过什么惊天动地的话，无论从哪方面看，他都没那么出色，他只有在不那么出色的方面

① Cagidemetrio, Alide. “Henry James and the American Evolution of the Snob.” *The American Bourgeoisie: Distinction and Identity in the Nineteenth Century*. Ed. Sven Beckert and Julia B. Rosenbaum. New York: Palgrave Macmillan, 2010. 45-61, p. 59.

② James, *The Complete Letters of Henry James: 1855-1872*, Vol. 1, pp. 178-179.

③ James, *The Complete Letters of Henry James: 1855-1872*, Vol. 1, p. 179.

④ James, *The Complete Letters of Henry James: 1855-1872*, Vol. 1, p. 253.

⑤ James, *The Complete Letters of Henry James: 1855-1872*, Vol. 1, p. 238.

⑥ James, *The Complete Letters of Henry James: 1855-1872*, Vol. 1, p. 256.

很出色……"[①]詹姆斯关注细节，他后来倡导的创作观，就以制造真实感为特点。这期间，他的小说和文学评论文章主要发表在美国的文学期刊杂志上。譬如，1870年至1875年间，他在《大西洋月刊》上连载《守护者与受监护人》(*Watch and Ward*，1871)及《罗德里克·哈德逊》(*Roderick Hudson*，1875)两部小说，并出版短篇集《一个激情澎湃的朝圣者和其他短篇》(*A Passionate Pilgrim and Other Tales*，1875)。

詹姆斯从事创作取得初步成功，与19世纪后半叶决定英美文学市场发展的经济因素分不开。"读者群的增加与扩大、期刊的兴盛以及现代出版公司的发展，所有这些都促使亨利·詹姆斯成长为成功的作家。"[②]作家职业化一旦开始发展，写作不再是绅士的特权，很多人不仅视写作为愉悦精神的活动，更将写作当作"赚取收入和赢得社会地位的一个主要渠道"[③]。在《儿子与弟弟的手记》(*Notes of a Son and Brother*)中，詹姆斯这样描写他获得第一笔稿酬后的激动心情："这笔稿酬是我自己赚得的，我按捺不住内心的狂喜。"[④]詹姆斯最初认为创作是高雅活动，未曾料到写作可以为他赢得报酬。写作与稿酬之间的关联，令他更新了自己的作家职业观。不过，詹姆斯在创作上取得的成功，并不仅限于物质方面。真正促使他不断创作的是他内在的幸福感，他将创作视为生活的重要组成部分，"我在真正开始工作的那一刻感到很幸福，觉得精力充沛，能展望到未来的很多机会。唯有写作能流芳千古。"[⑤]诚然，这种幸福感的产生和维持，与出版人对他的赏识密不可分。詹姆斯与出版人威廉·迪安·豪威尔斯建立了深厚的友情，这为他建构其作家身份奠定了坚实的基础。譬如，他给豪威尔斯的信中曾写道："您给我写信，并坦率地告诉我，您很喜欢我的作品——那种美妙的感觉，我终生难忘。"[⑥]

詹姆斯在巴黎居住期间与各国作家的往来，促使他进一步探索心理现实主义写作手法，又让他认识到法国在文学创作和文学批评上的狭隘。詹

---

① James, *The Complete Letters of Henry James: 1855-1872*, Vol. 1, p. 263.

② Anesko, "*Friction with the Market*": *Henry James and the Profession of Authorship*, p. 33.

③ Anesko, "*Friction with the Market*": *Henry James and the Profession of Authorship*, p. 33.

④ Anesko, "*Friction with the Market*": *Henry James and the Profession of Authorship*, p. 26.

⑤ James, Henry. *Other Autobiographical Writings*. Ed. Philip Horne. New York: The Library of America, 2016. 633-721, p. 660.

⑥ James, Henry. "A Letter to Mr. Howells". *Literary Criticism*. Ed. Leon Edel and Mark Wilson. Vol. 1. New York: The Library of America, 1984. 506-510, p. 507.

姆斯称屠格涅夫(Ivan Turgenev)为“当代第一小说家”。[①] 1875年11月，詹姆斯到巴黎后，多次与屠格涅夫会面，并借鉴后者的心理描写手法。在巴黎期间，詹姆斯与屠格涅夫经常参加福楼拜(Gustave Flaubert)、左拉(Émile Zola)和都德(Aphonse Daudet)等人的聚会。不过，詹姆斯发现文学界成员之间并不友好。而且，据他观察，这些法国作家对本国以外的文学并不感兴趣。譬如，维多利亚时期有关艺术与道德的争论，并不是法国文学界感兴趣的话题。如他第一次在巴黎与福楼拜等人的接触一样，詹姆斯发现法国作家比较狭隘。法国文化之所以对詹姆斯缺乏吸引力，一个重要原因在于法国人过于崇拜本国文学。[②]

小说《黛西·米勒》(*Daisy Miller*, 1878)的出版标志着詹姆斯成为职业作家，随后出版的《华盛顿广场》(*Washington Square*, 1880)与《一位女士的画像》(*The Portrait of a Lady*, 1881)使他蜚声国际文坛，但也给他带来进一步的挑战。《黛西·米勒》出版后广受欢迎，詹姆斯体验到成功的喜悦。詹姆斯在给兄长威廉的信中表现得踌躇满志：“《黛西·米勒》让我取得开门红，我将来要在英国杂志上发表所有作品(至少所有优秀作品)，然后在美国预售作品章节；这样我的利润就翻倍了。”[③]事实上，詹姆斯接触的出版界并不像他想象得那么简单。根据麦克米伦(Frederick Macmillan)与詹姆斯签约的出版协议，作者在出版作品后得到一半利润，但因为出版社在“制书过程中垄断出版书籍的技术信息”，出版社常常“声称他们与作者没有共同利润可分享”。[④] 可以说，詹姆斯一定程度上仍遭到麦克米伦出版社的不公对待。需要指出的是，《黛西·米勒》与《华盛顿广场》分别连载于莱斯利·斯蒂芬(Leslie Stephen)编辑的《康黑尔杂志》，《一位女士的画像》则在《麦克米伦杂志》(*Macmillan's Magazine*)及《大西洋月刊》上同时连载。詹姆斯在英国取得的成功，与他的盎格鲁-撒克逊人身份定位有关。他深谙推销自我之道，擅长利用英国读者的民族认同感。譬如，詹姆斯在英国首次出版的评论集《法国诗人与小说家》(*French Poets and Novelists*)用“他们”来指法国作家，用“我们”指代英美读者，有助于突出

---

① Edel, Leon. *Henry James: A Life*. Cambridge: Harper & Row, 1985, p. 165.

② Edel, *Henry James: A Life*, p. 300.

③ Anesko, "*Friction with the Market*": *Henry James and the Profession of Authorship*, p. 44. 着重号为原文所有。

④ Anesko, "*Friction with the Market*": *Henry James and the Profession of Authorship*, p. 51.

他对英美文化的认同。如兹韦德林(Zwerdling)所写，詹姆斯试图缔造由英美读者群构成的独立团体。[①] 詹姆斯擅长兼顾两国读者的需求，但英美文学市场的竞争无形中给他带来压力，这反映在 1883 年刊登在《季刊评论》(*Quarterly Review*)的美国小说家评论文章，文章指出，詹姆斯和一些移居英国的美国小说家在“侵犯私人财产”，“他们应专门写自己国家的事情——描写他们土生土长的国家以及各式各样的居民”。[②] 这一评论反映出詹姆斯的竞争力，詹姆斯在其创作笔记中表达了他这方面的担忧：“没有一个欧洲作家需要承受这一重担，而我应该承受这一重担，这看上去非常艰难。对美国人而言，这一负担有必要变得更加艰难——因为他或多或少必须和欧洲打交道——即便只是间接打交道——而欧洲人则丝毫没有必要和美国打交道。”[③]詹姆斯的使命感促使他不断努力产出佳作，同时他也观察到欧洲人的文化优越感。事实上，詹姆斯出版的《霍桑传》(*Hawthorne*, 1879)饱受美国文学界的批评，主要因为他指出了霍桑作品的局限性。“假如詹姆斯住在剑桥(马萨诸塞州)，他可以写任何内容，但正因为他发现伦敦更适合他，他便成了各式爱国主义的猎物。”[④]不过，这在一定程度上反而促使詹姆斯进一步提升他的文学批评能力。“假如詹姆斯作为作家取代了霍桑，他作为批评家也取代了霍桑的同时代人圣伯夫。”[⑤]

19 世纪末，英美文学界曾热议小说的艺术，詹姆斯与英国作家及批评家沃尔特·皮赞特(Walter Besant)就小说的艺术分别发表了各自的观点。皮赞特是当时的英国作家协会会长，[⑥] 他认为文学是“消费品”，主张作家应迎合缺乏修养的大众读者。[⑦] 皮赞特还指出，作家创作需具备自觉的道德教化目的。詹姆斯在《小说的艺术》(“The Art of Fiction”, 1884)一文中

---

① Zwerdling, Alex. *Improvised Europeans: American Literary Expatriates and the Siege of London*. New York: Basic, 1998, p. 138.

② 转引自 Zwerdling, *Improvised Europeans: American Literary Expatriates and the Siege of London*, p. 161.

③ James, *Other Autobiographical Writings, 1881-1910*, p. 636. 着重号为原文所有。

④ 转引自 Zwerdling, *Improvised Europeans: American Literary Expatriates and the Siege of London*, p. 162.

⑤ Caramello, Charles. *Henry James, Gertrude Stein, and the Biographical Act*. Chapel Hill: U of North Carolina P, 1996, p. 48.

⑥ Society of Authors，1883 年成立。

⑦ Anesko, “*Friction with the Market*”: *Henry James and the Profession of Authorship*, p. 114.

专门批判了这一观点[①]，他的短篇《其中的故事》（"The Story in It"，1902）体现出他对英法小说创作特点的思考。短篇中，他指出英国小说家过于关注道德教化目的，甚至以不写道德败坏主题为荣，认为英国小说的纯洁性反映出英国人的道德清白。短篇借助女主人公对英国人的洞察，有力地揭示和讽刺了英国小说逃避现实的行为。此外，短篇还反映了法国和意大利小说中的性别角色刻板印象。在詹姆斯看来，一些小说家或逃避现实，或固执己见，均暴露出他们不忠实于生活的态度，是道德上怯懦的表现。

詹姆斯对英美文学作品的局限性洞察入微。"我们大批盎格鲁-撒克逊生产者和读者——尤其是大西洋这边的庞大群体——他们的产品泛滥成灾，这些产品无人评论，缺乏指导，思维混乱，没有涵养，恬不知耻，范围之广，闻所未闻。"[②]在这种情形下，改善文学评论的质量，将有助于避免低劣作品泛滥成灾。詹姆斯的旅欧经历，使他得以窥见英法两国文学的特点："英国作家首先希望确认你的道德评判；法国作家观望一阵后，愿意为作品主题和兴趣承担拯救你的思想的风险。"[③]

詹姆斯率先与英美出版社进行有效的交往，极大地促进了他的作家身份建构。1891 年前，美国尚未签署国际版权法，詹姆斯的出版阵地横跨欧美大陆，深受美国盗版其作品之害，但他很快学会捍卫自己的利益。例如，他"小心翼翼地计算好作品出版时间，针对那些先在英国出版、几周以后才在美国出版的书，詹姆斯会与议会图书馆签署授权出版协议"。[④] 詹姆斯将作品连载权出售给英美两国，一段时间内为他提供了生活保障。阿耐斯克认为，尽管不能说詹姆斯促使英国作家通过签署出版合同在美国开发出版机会等方式来保护自己的利益，但可以说"他作为跨大西洋作者所具有的特殊地位，使他在传统与创新力量之间游刃有余，从而成为宣传文学职业化的理想人选"。[⑤] 詹姆斯与麦克米伦出版社、《大西洋月刊》、《斯克里布纳氏月刊》（*Scribner's Monthly*）及《斯克里布纳氏杂志》（*Scribner's*

---

① 第五章将详细讨论这部分内容。

② James, Henry. "The Lesson of Balzac". *Literary Criticism*. Ed. Leon Edel and Mark Wilson. Vol. 2. New York: The Library of America, 1984. 115-139, p. 116.

③ James, "The Lesson of Balzac", p. 132.

④ Anesko, *"Friction with the Market": Henry James and the Profession of Authorship*, p. 36.

⑤ Anesko, *"Friction with the Market": Henry James and the Profession of Authorship*, p. 37.

Magazine）等刊物的往来，充分体现了他的智慧。[①] 詹姆斯与麦克米伦签署出版合同后，“他在文学出版界的同化过程终于开始”。[②]

詹姆斯的《波士顿人》（*The Bostonians*，1886）与《卡萨马斯玛公主》（*The Princess Casamassima*，1886），令他深刻体会到艺术与商业文化间的冲突。《波士顿人》写的是美国女性主题，出版后遭遇市场失败。詹姆斯希望《卡萨马斯玛公主》更受欢迎，他给豪威尔斯这样写道：“我相信，《卡萨马斯玛公主》会更‘受欢迎’。”[③]从“受欢迎”（popular）一词可推断，詹姆斯这一阶段需要迎合市场，使其小说更接近读者，这与他维持生计的现实需要不无关系。《卡萨马斯玛公主》一书连载结束后，詹姆斯预感小说不受欢迎，他在给豪威尔斯的信中表示担忧：“要是我没法挣钱买面包和黄油的话，明天我就该搁笔不写了——尽管让我这把年纪的人承认自己很失败非常困难。”[④]詹姆斯的艰难处境可想而知，然而尽管如此，他并不改弦易辙。詹姆斯在给父亲的信中表达了他淡泊名利和静心创作的意愿：“无论是伦敦出版社的赞誉，还是英国贵族的宠爱或美国人民的文学选举权，世上没有什么能比小小的昆西街圈子让我更愉悦的了……能够有段空闲时间、记事本上没有什么活动安排，这种感觉让人心情舒畅。”[⑤]詹姆斯对文学与商业关系的认识，间接反映在他的小说《卡萨马斯玛公主》中。小说主人公海厄森斯（Hyacinth）负责装订书籍，他虽然不是作家，却像作家一样注重创造精神价值。海厄森斯深处商业社会，试图献身自己从事的职业，但因无法维持生计而备感困惑。从某种程度上讲，詹姆斯对缺乏品味的大众读者毫无兴趣。他对作家受制于读者感到无奈，甚至痛心疾首。不过，他坚持认为作家不应为市场创作。他给豪威尔斯的信这样写道：“如果艺术家献

---

① 纽约市斯克里布纳氏创办的第一份杂志名为《斯克里布纳氏月刊》（*Scribner's Monthly*）（1870—1881），之后更名为《世纪插图月刊》（*The Century Illustrated Monthly Magazine*），简称《世纪》（*The Century*）。1887年斯克里布纳氏创刊《斯克里布纳氏杂志》（*Scribner's Magazine*，通常称为 *Scribner's*），持续到1939年。Modernist Journals Project.

② Anesko，*“Friction with the Market”：Henry James and the Profession of Authorship*，p. 39.

③ Anesko，*“Friction with the Market”：Henry James and the Profession of Authorship*，p. 107.

④ See James，Henry. Henry James to William Dean Howells. 19 Oct. [1886]. TS. Howells Papers，Houghton Lib.，Cambridge.

⑤ James，Henry. *The Complete Letters of Henry James：1878-1880*. Ed. Pierre A. Walker and Greg W. Zacharias. Vol 1. Lincoln：U of Nebraska P，2014，p. 159.

给庸俗大众的劳动成果，不能让他本人感到甜美，他会非常寒心！我发现——艺术家根本不能考虑大众，不然他会茫然，会一事无成。”[①]艺术家为创作殚精竭虑，而缺乏品位的读者却有权决定作品的成败，这其中的滋味只有艺术家本人可以体会。詹姆斯深知创作的艰辛，但他秉信艺术家的自主创作原则。

詹姆斯有时迫于生存，不得不关注其小说的经济效益，这反映了作家受文学市场牵制的社会问题。1888年，詹姆斯向麦克米伦坦言自己为金钱创作，《阿斯彭文稿》(*The Aspern Papers*，1888)的创作即为一例。1888年5月24日，詹姆斯在给麦克米伦的信中这样写道："今天只说《阿斯彭文稿》一书，您能接受这本书吗，您能让我知道您对小说的看法吗？我必须告诉您，对我而言，我对这本书有个最重要的想法，就是要得到些钱。”[②]尽管该小说是出于赚钱动机而作，但这并不意味着该小说缺乏思想性。事实上，小说融入了詹姆斯对评论者主人公追名逐利的批判。小说中，第一人称叙述者“我”绞尽脑汁，妄图骗取已故诗人阿斯彭的信件并出版，以达到发财目的。作家在其职业发展过程中呕心沥血，但其报酬与付出并不成比例，不免令人痛心。詹姆斯在给麦克米伦的信里，直截了当地表明自己渴望按时得到稿酬的需求，这对他来说的确是巨大挑战。“假如您愿意出版这本书，我也想知道您是否会像从前一样预支稿酬。我还想再补充一句——既然我已伤了自尊，到了提钱的地步——要是您能提前支付我将发表在《英国插图》杂志的故事的稿酬(据我的理解，卡尔的意思是，故事将发表在7—8月的那期杂志上)，这会给我带来很多便利。”[③]19世纪末，随着作家职业化及出版社商业化的发展，作家往往不得不直面现实，表明自己维持生计的需求。对秉信自主创作的詹姆斯而言，让他公开承认自己受制于市场，其自尊心受到伤害的程度可想而知。在这一时期，詹姆斯写英国戏剧艺术的小说《悲剧缪斯神》(*The Tragic Muse*，1890)出版后，一度无法得到英国出版社承诺的稿酬，詹姆斯不得不求助于代理人。从1899年开

① Anesko, "*Friction with the Market*": *Henry James and the Profession of Authorship*, p. 122. 着重号为原文所有。

② Moore, Rayburn S., ed. *The Correspondence of Henry James and the House of Macmillan, 1877-1914: 'All the Links in the Chain'*. London: Macmillan, 1993, p. 140.

③ Moore, *The Correspondence of Henry James and the House of Macmillan, 1877-1914: 'All the Links in the Chain'*, pp. 140-141.

始，由詹姆斯·B. 平克(James B. Pinker)负责其出版事宜。“亨利·詹姆斯不仅是文学职业主义发展的见证人，而且是文学职业主义的非正式历史学家。”[①]詹姆斯像同时代其他作家如豪威尔斯一样，也曾从事剧本写作，但他将艺术传递给大众的这一尝试以失败告终。另一方面，他创作《螺丝在拧紧》(*The Turn of the Screw*，1898)时并未完全投入精力，却反而成为畅销作品，这令詹姆斯颇感困惑。不过，他虽身处逆境，却矢志不渝地继续创作。1899 年至 1916 年间，他出版的小说包括《尴尬年代》(*The Awkward Age*，1899)、《圣泉》(*The Sacred Fount*，1901)、《鸽翼》(*The Wings of the Dove*，1902)、《专使》(*The Ambassadors*，1903)、《金碗》(*The Golden Bowl*，1904)。此外，他出版有评论集《小说家评论》(*Notes on Novelists*，1914)。詹姆斯还为其纽约版作品集(1907—1909)写了序言，出版有自传《小男孩及其他人》(*A Small Boy and Others*，1913)和《儿子与弟弟的手记》(*Notes of a Son and Brother*，1914)。

19 世纪下半叶到 20 世纪初，詹姆斯发表了不少文学创作题材作品，其中包括《本福利奥》(“Benvolio”，1875)、《〈拜尔德拉夫廖〉的作者》(“The Author of ‘Beltraffio’ ”，1884)、《大师的教诲》(“The Lesson of the Master”，1888)、《阿斯彭文稿》(*The Aspern Papers*，1888)、《悲剧缪斯神》(*The Tragic Muse*，1890)、《格里维尔·费恩》(“Greville Fane”，1892)、《私密生活》(“The Private Life”，1892)、《中年》(“The Middle Years”，1893)、《雄狮之死》(“The Death of the Lion”，1894)、《下一次》(“The Next Time”，1895)、《地毯里的图案》(“The Figure in the Carpet”，1896)、《约翰·德拉维》(“John Delavoy”，1898)、《真正正确的事情》(“The Real Right Thing”，1899)、《伟大而神奇的地方》(“The Great Good Place”，1900)、《折翼》(“Broken Wings”，1900)、《其中的故事》(“The Story in It”，1902)及《天鹅绒手套》(“The Velvet Glove”，1909)等。

詹姆斯在成长的征途上遭遇诸多坎坷，与当时的社会重商轻文以及大众趣味低下相关。相比之下，伊迪丝·华顿成长为作家，首先需克服家庭和社会的压力，尤其是性别和阶级偏见。

---

① Anesko，“*Friction with the Market*”：*Henry James and the Profession of Authorship*，p. x.

第二节　伊迪丝·华顿的作家身份建构

伊迪丝·华顿的家庭环境对她成长为作家并不有利。伊迪丝的父母琼斯(Jones)夫妇是19世纪中叶纽约上流社会的成员，靠房地产起家，家境殷实。有闲阶级成员衣食无忧，缺乏职业抱负，文学多是他们的业余爱好。[①] 在19世纪美国上流社会中，有文学爱好是文化修养的象征，但作家职业并不享有社会地位。“在我们这个封闭的社会里，作家身份仍被视为巫术与手工劳动形式之间的职业。”[②]在这一文化语境下，伊迪丝从事创作的梦想缺乏父母的支持也就不难理解。[③] 伊迪丝的父母对文学的态度，给她尝试从事创作带来不利影响，“因为在我父母和他们的圈子里，他们虽然对文学肃然起敬，但还是比较惧怕那些文学家”。[④] 比如，华盛顿·欧文从事写作令伊迪丝的父母不安，但因为欧文是绅士，又是他们家的朋友，伊迪丝的父母才觉得可以接受。[⑤] 这一方面反映出19世纪美国文化封闭的特点，另一方面体现出文学的潜在影响力。伊迪丝受母亲的严格管教，婚后才开始读小说，19世纪美国青年女性的思想受到传统规范的束缚可见一斑。“维多利亚时代晚期的每个美国小说家，都深受‘年轻姑娘’标准的危害：小说必须适合处女阅读。”[⑥]譬如，伊迪丝的母亲禁止她婚前阅读沃尔特·司各特的《威弗利》(*Waverley*)之外的小说。[⑦] 相比之下，男性并不受这些限制。如前所述，詹姆斯渴望成为作家的追求就得到了父母的支持。

伊迪丝的成长环境对她建构作家身份不利，不过这反倒激发了她的创作欲。来自家庭的阻碍，使她深刻体会到社会陋习对女性从事创作的束缚。伊迪丝在少女时代出版诗集，被认为“过于具有‘野心勃勃的女作者(authoress)身份’”，[⑧] 这给她的婚姻大事造成威胁。1882年8月，伊迪丝与亨利·雷顿·史蒂文斯(Henry Leyden Stevens)订婚，但婚约因“准新娘

① Lee, Hermione. *Edith Wharton*. New York: Vintage, 2008, p. 21.

② Lee, *Edith Wharton*, p. 32.

③ Wharton, Edith. *A Backward Glance*. New York: Scribner's, 1964, p. 67.

④ Wharton, *A Backward Glance*, p. 68.

⑤ Wharton, *A Backward Glance*, pp. 67-68.

⑥ Lee, *Edith Wharton*, p. 31.

⑦ Lee, *Edith Wharton*, p. 31.

⑧ Lee, *Edith Wharton*, p. 62.

书卷气过浓"而解除。[①] "女作者"这一称呼，折射出19世纪美国文化普遍存在的性别歧视现象，当时的文化语境并不鼓励女性思想独立。伊迪丝·华顿在回忆录中写道，她发现自身价值之前喜欢开玩笑说："我在波士顿很失败(我们过去常和我丈夫的家人住在一起)，他们觉得我太时尚，不可能有思想。我在纽约也很失败，他们担心我太有思想，不可能很时尚。"[②]即便是她的家人，也都持有二元对立的女性观，对她怀有偏见。可见，她建构作家身份的路途并不平坦。她在《斯克里布纳氏杂志》上发表了诗作《最后的吉斯蒂尼阿尼》("The Last Giustiniani")，为她日后成长为作家初步树立了信心。1899年，华顿出版第一个短篇集《更大的倾向》(*The Greater Inclination*)，标志着她从此拥有了真正的自我。[③] 她在回忆录中写道，之前她像无家可归的流浪儿，出版短篇集后终于有了归属感。"文学天地将是我的国家，我为自己的新公民身份感到自豪。"[④]华顿出版的作品使其主体性得到凸显，她从事创作更多地是为了获得"认可和尊重"。[⑤] 相比之下，詹姆斯可以胸怀大志，博览群书，并希冀改善美国文学批评状况，其性别优势毋庸置疑。

不过，缺乏适当的艺术氛围，有时反而会推动有创造力的作家取得一些进步。华顿早期开始发表作品后，家人从不称赞或批评她写的书。她的朋友玛格丽特·特丽·钱勒(Margaret Terry Chanler)曾说："四百人的家族，恐怕会从诗人、画家、音乐家或聪明的法国人身边集体逃跑。"[⑥]华顿生活的环境对艺术的排斥和恐惧，反映出有闲阶级迥异的价值取向。华顿在实现作家梦的过程中遭遇了不解和漠视，但她认为这反而促使她坚持不懈地追求自己的梦想。华顿在回忆录中写道，她曾目睹许多一帆风顺的艺术家一事无成，可见艺术家遇到挫折并非坏事。

……很难说，我是否真正遇到了阻碍。我认为遇到阻碍的好

① Lee, *Edith Wharton*, p. 62.

② Wharton, *A Backward Glance*, p. 119.

③ Wharton, *A Backward Glance*, p. 112.

④ Wharton, *A Backward Glance*, p. 119.

⑤ Towheed, *The Correspondence of Edith Wharton and Macmillan, 1901-1930*, p. 1.

⑥ Auchincloss, Louis. *Edith Wharton: A Woman in Her Time*. New York: Viking, 1971, p. 13.

> 处比坏处多；最重要的是，我成功地逃离了所有不成熟的阿谀奉承和所有当地名人，这样一来，我就不得不奋力穿过冷漠的浓雾，表达自己的思想——假如不是默契的反对意见；我最终遇到知音那时，就能体会到他们批评话语中的睿智，他们仿佛是天生的职业批评家。[①]

来自家庭和社会的阻碍，无法阻挡华顿追求作家梦想的步伐。如华顿所写，作家过于一帆风顺，或许会助长其虚荣心，这不利于作家的进一步发展。相反，作家遭遇各种磨难时会愈挫愈勇。作家不仅可以不断增强其表达力，而且会磨砺其艺术判断力。作家在有价值的文学评论的指引下，将有机会提升其思想和作品的品质。

童年时代的华顿对阅读和创作有着浓厚的兴趣，她受益于父亲的阅读习惯和丰富的藏书。华顿的父亲爱好读书，尤其喜爱诗歌。[②] 父亲的"绅士图书馆"("Gentleman's library")藏书丰富，书目题材广泛。历史领域包括以下作家的著作：普鲁塔克(Plutarch)、麦考利(Macaulay)、普雷斯科特(Prescott)、帕克曼(Parkman)、弗鲁德(Froude)、卡莱尔(Carlyle)、拉马丁(Lamartine)、梯也尔(Thiers)。藏书中的"诗歌作品"选集包括：奈特(Knight)的《与优秀作者的半小时》("Half Hours with the Best Authors")、兰姆(Lamb)选编的剧作、荷马(Homer)诗集、朗费罗翻译的但丁诗集，以及弥尔顿(Milton)、赫伯特(Herbert)、蒲伯(Pope)、考珀(Cowper)、格雷(Gray)、汤姆森(Thomson)、拜伦(Byron)、穆尔(Moore)、司各特(Scott)、彭斯(Burns)、华兹华斯(Wordsworth)、坎贝尔(Campbell)、柯勒律治(Coleridge)、雪莱(Shelley)、朗费罗(Longfellow)、赫曼斯夫人(Hemans)及勃朗宁夫人(Browning)的诗作。法国诗人包括高乃依(Corneille)、拉辛(Racine)、拉方丹(Lafontaine)及维克多·雨果(Victor Hugo)。法国散文经典作家包括圣伯夫(Sainte-Beuve)、奥古斯丁·梯叶里(Augustin Thierry)及菲拉海特·贾叟(Philarète Chasles)。还有拉克鲁瓦(Lacroix)编著的艺术史及批评史、约翰·罗斯金的《现代画家》(*Modern Painters*)、《建筑的七盏灯》(*The Seven Lamps of Architecture*)、《威尼斯

---

① Wharton, *A Backward Glance*, pp. 121-122.

② Wharton, *A Backward Glance*, p. 39.

的石头》(*The Stones of Venice*)及《漫步佛罗伦萨》(*Walks in Florence*)。哲学著作包括维克多·库森(Victor Cousin)与柯勒律治的《朋友》("The Friend")与《思维方法》("Aids to Reflection")。[①] 这些藏书"数量极为有限，倒有助于我牢记那些书的内容"。[②] 华顿徜徉在书海，使她得以培养浓厚的阅读兴趣。这也是19世纪后半叶美国兴起的阅读文化给女性带来益处的体现，"19世纪后期的阅读文化打破了私密和公共空间的分割，不仅让女性拓宽了视野，而且还为新型女性身份的建立提供了基础。这尤其体现在个体有着强烈愿望并且想象力在个体性格形成中发挥关键作用的少女时期。"[③]她最受益的当属思想性较强的书籍，其中兄长的大学课本对她的影响最大。譬如，威廉·汉密尔顿爵士(Sir William Hamilton)的《哲学史》缩写本(*History of Philosophy*)与《考贝的逻辑基本原理》(*Coppée's Elements of Logic*)介绍了思维方法，为华顿今后从事文学创作奠定了坚实基础，而启发她思想的作者则包括达尔文、巴斯卡尔(Pascal)、汉密尔顿以及考贝。[④]

华顿自小喜欢"编故事"，最先发表的作品基本是诗歌，她对《斯克里布纳氏杂志》刊载其作品的印象尤其深刻。华顿早在15岁那年就开始写诗，在兄长和朋友的帮助下，得以在《大西洋月刊》上发表。但她之后所作的诗歌并没有市场，她被告知需要写史诗才有发展前途。华顿的自信心因此受到极大挫伤，她一度认定自己"不适合当诗人或小说家"。[⑤] 华顿在继承表亲乔舒亚·琼斯(Joshua Jones)的遗产后，开始更加自由地追逐作家梦。早期放弃的诗歌创作，此刻被重新捡起。华顿选了自己写的三首诗，分别寄给《斯克里布纳氏杂志》等杂志，同时附上个人名片，她的社交女性和诗人双重身份由此可见。如R. W. B. 路易斯(R. W. B. Lewis)所写，这样的投稿方式暗示，华顿"对自己扮演的角色比较困惑"。[⑥] 华顿收到诗歌《最

---

① Wharton, *A Backward Glance*, pp. 66-67.

② Wharton, *A Backward Glance*, p. 65.

③ Sicherman, Barbara. "Connecting Lives: Women and Reading, Then and Now". *Women in Print: Essays on the Print Culture of American Women from the Nineteenth and Twentieth Centuries*. Ed. James P. Danky and Wayne A. Wiegand. Madison: U of Wisconsin P, 2006. 3-24, p. 9.

④ Wharton, *A Backward Glance*, pp. 71-72.

⑤ Wharton, *A Backward Glance*, p. 75.

⑥ Lewis, R. W. B. *Edith Wharton: A Biography*. New York: Harper & Row, 1975, p. 60.

后的吉斯蒂尼阿尼》的用稿通知后无比激动，她对当时的场景记忆犹新。华顿这样回忆当时的心情："我打开三封信中的第一封，得知我的文字要发表了，当时的心情我永生难忘。那场景历历在目，我记得狭窄的大厅，记得我从中摸出信件的那个信筒，记得我满楼梯奔跑的样子，我下意识地、一刻不停地跑上跑下，就想通过运动表达自己的高兴劲儿！"[①]《斯克里布纳氏杂志》编辑爱德华·伯林盖姆(Edward Burlingame)在信中还问伊迪丝是否写过其他作品，这让她信心倍增。

伊迪丝·华顿确立其职业作家身份，始于小说《欢乐之家》(*The House of Mirth*, 1905)[②]的问世，这离不开朋友的信任和鼓励。华顿最初创作了意大利历史题材小说，在詹姆斯"写纽约"的建议下，[③] 她以旧纽约社会为主题的小说《欢乐之家》一炮打响。《欢乐之家》出版后成为畅销书，这与她初次投稿时得到的鼓励分不开。小说在《斯克里布纳氏杂志》上的连载和之后的出版，直接确立了华顿的职业作家身份。《欢乐之家》1905 年 10 月面世后广受欢迎，小说的第一次印刷量就达 4 万册，一个月之内小说增印到 10 万册，当年年底增印到 14 万册。华顿给编辑伯林盖姆的信中写道："这都是您的功劳，是您接受了《最后的吉斯蒂尼阿尼》！"[④]伯林盖姆给予华顿鼓励和帮助，使她有信心取得更多的文学成就。华顿早期从事创作时，斯克里布纳氏出版社的威廉·C. 布劳内尔(William C. Brownell)也曾热情鼓励她继续创作。譬如，他收集到华顿发表的所有诗歌，建议她出本诗集。"在我看来，这些作品里的很多诗行都非常精美。"[⑤]华顿在回忆录中特别介绍了自己成长为职业作家的这段经历。起初，《斯克里布纳氏杂志》与华顿约定要连载《欢乐之家》，但由于具体连载日期并未确定，华顿对自己的作品也不满意，集中一个主题创作对她这个新手来说是项"沉重的任务"。[⑥]这时，原定先于华顿的小说连载的作品无法按时完成，杂志临时决定提前连载华顿的小说，伯林盖姆请华顿救急，并要求她在半年内完成小说，而她原计划要用一年或一年半的时间才能完成创作。华顿犹豫一天后，答应

---

① Wharton, *A Backward Glance*, p. 109.

② 又译《豪门春秋》。

③ Lewis, *Edith Wharton: A Biography*, p. 27.

④ Lewis, *Edith Wharton: A Biography*, p. 152.

⑤ Lewis, *Edith Wharton: A Biography*, p. 114.

⑥ Wharton, *A Backward Glance*, p. 207.

按时写完小说，最后终于如期将小说书稿交付杂志。华顿的这一经历对她成长为职业作家有巨大的推动作用，“伯林盖姆的帮助不仅给了我最缺乏的自信心，而且让我变得非常自律，养成了每天写作的习惯”。[①] 她记得《欢乐之家》完稿时对自己说：“我还不知道怎样写小说；不过我知道如何探索怎样写小说了。”[②]华顿从业余作家成长为职业作家，与朋友的热情鼓励和她的坚持不懈密不可分。

华顿的《欢乐之家》取得成功，受益于詹姆斯所提的中肯建议，但人们因此便认为她模仿詹姆斯的这一评论却有失公允。华顿在创作过程中，与众多诸如亨利·詹姆斯的男性作家组成“内部圈子”(“inner circle”)。[③] 尤其需要指出的是，詹姆斯在华顿建构作家身份的过程中发挥了一定的作用。人们因此便认为她模仿詹姆斯，譬如，大众读者认为詹姆斯的小说以心理现实主义为特点，当华顿的以女主人公的心理成长为主题的小说《暗礁》(*The Reef*，1912)出版后，人们开始质疑该小说的原创性。显然，这与大众读者的性别和阶级偏见有很大关系。其实，心理描写早在17世纪法国文学作品中就已出现。[④] 人们对华顿的质疑，还体现在对她的小说《伊坦·弗洛美》(*Ethan Frome*，1911)的评论上。当时的读者认为，《伊坦·弗洛美》描写了新英格兰底层社会，缺乏事实根据。而事实是，华顿在新英格兰生活过多年，对那里的人情世故了如指掌。此外，当时的大众读者对华顿存有偏见，还与她背离女性写作传统相关。华顿曾尖锐地指出，“新英格兰人多年来追求他们最倾心的女作家，这些作家描写当地生活时用的是玫瑰加薰衣草式的文字——她们忘却了审视霍桑的文字。”[⑤]华顿获得社会认可后，仍然有意识地摆脱女性写作传统，这说明她有捍卫自己的作家身份的意识，这一困境也反映出她的性别劣势。相对而言，詹姆斯无须为其性别或阶级身份辩护。

出版人麦克米伦的信任，促进了华顿的职业发展。华顿与麦克米伦的友谊，使她得以越过男性批评家设置的障碍，直接出版其作品。这对华顿

---

① Wharton, *A Backward Glance*, p. 208.

② Wharton, *A Backward Glance*, p. 209. 着重号为原文所有。

③ See Goodman, Susan. *Edith Wharton's Inner Circle*. Austin: U of Texas P, 1994.

④ Wharton, Edith. *The Writing of Fiction: The Classic Guide to the Art of the Short Story and Novel*. New York: Touchstone, 1997, p. 7.

⑤ Wharton, *A Backward Glance*, p. 294.

而言相当幸运，如托希德(Towheed)所写，“伊迪丝·华顿与弗雷德里克·麦克米伦(Frederick Macmillan)的非正式接触，让华顿受益匪浅。他们之后又共享社会名流交际圈，这进一步巩固了他们之间的友情。华顿成功地回避了出版社内部的审稿编辑，确立了她在麦克米伦的已高度精简的交际圈的成员资格。”[①]她在成长为作家的过程中得益于麦克米伦的信任和帮助，侧面揭示出女性作家受歧视的社会现实。

华顿在与出版人交往的过程中彰显出她思想独立的特点。她不仅积极表达自己对文学市场的看法，而且善于实践自己的主张。一方面，华顿热衷于维护文学的特殊地位，坚定地支持纯文学刊物《大西洋月刊》的办刊原则，并希望该刊抵制市场诱惑。另一方面，华顿深知主动适应文学市场的重要性。华顿喜好写诗，但她听从《斯克里布纳氏杂志》编辑的建议，没有继续出版诗集，而是创作并出版了不少短篇小说。如前所述，短篇集的出版给予她文学家园的归属感。然而，华顿并未因此牺牲她所秉持的自主创作原则。譬如，华顿目睹文学市场上插图杂志泛滥成灾的现象[②]，并不迁就杂志编辑的要求，去迎合大众读者的低级趣味。此外，华顿与出版社联系时，并非只谈写作、不问出版事宜，或被动地接受出版社的所有做法。相反，华顿经常就其作品的出版时间、稿费和封面设计等方面与出版社进行交涉，确保其应得利益不受侵犯。

与华顿相比，詹姆斯建构作家身份的过程相对顺利一些。亨利·詹姆斯成长为作家，得力于得天独厚的家庭环境。一方面，老詹姆斯本人认可文学的地位，比如，他在职业一栏填写的是作家。另一方面，老詹姆斯与当时的知名作家来往密切。在亨利·詹姆斯的记忆中，爱默生与萨克雷曾是他家的座上客。[③] 詹姆斯的成长环境使他早期便受到文学氛围的熏陶，这对他今后的职业发展有着积极的促进作用。他在创作早期更擅长写评论文章和游记，其评论文章刊登在知名度较高的文学杂志上，如《北美评论》与《民族》，给他带来“自信和认同感”。[④]《斯克里布纳氏杂志》杂志曾给老

---

① Towheed, *The Correspondence of Edith Wharton and Macmillan, 1901-1930*, p. 21.

② 19 世纪末 20 世纪初，由于美国大众消费文化的兴起，价格低廉的杂志常靠插图和广告吸引读者，“作家常抱怨他们只不过是在插图之间填补空白。”(Edwards, Rebecca. *New Spirits: Americans in the Gilded Age, 1865-1905*. New York: Oxford UP, 2006, p. 89)

③ Edel, *Henry James: A Life*, p. 28.

④ Edel, *Henry James: A Life*, p. 74.

詹姆斯写信，希望詹姆斯给杂志投稿，老詹姆斯回复道："亨利·詹姆斯的批评能力较强。"[①]来自杂志编辑和父亲两方面的鼓励，有力地推动了詹姆斯的文学创作和文学评论写作。譬如，詹姆斯先后在《民族》《大西洋月刊》及《银河系杂志》等杂志上发表了评论文章。不过，他真正想写的是小说。"写几部优秀作品是我的小小心愿。"[②]作家职业意味着经济困窘，19世纪中后期，美国作家职业化发展壮大，作家之间的竞争也日益激烈。如威廉·詹姆斯所说，靠创作谋生极其困难。[③] 人们对作家职业化的发展走向并不乐观，一方面职业作家很难维持生计，另一方面人们对作家职业有所歧视。譬如，在威廉·詹姆斯看来，从事创作属于"精神卫生上思想反常的状态"。[④] 总之，19世纪下半叶，创作无法为作家提供生活保障，他们还需克服社会对作家职业的偏见。

詹姆斯从事创作会受到社会歧视，但他毕竟具备性别优势。在给格蕾丝·诺顿(Grace Norton)的信中，詹姆斯自信满满地写道："做个周游世界的开心的单身汉，我觉得没有任何损失，而且我认为，这样还能推动文明发展。"[⑤]他将自己视为"推动文明发展"的中坚力量，其性别优势由此可见。早期，詹姆斯主张女性应有精神追求。他对女性表示同情，"女性常常无暇从事别的活动，如学习、思考或感知"。[⑥] 詹姆斯在德国期间，观察到当地的家庭妇女整日忙于家务，过着"没有快乐的生活"，他甚至猜测这些妇女"从不看书，她们谈论的都是锅碗瓢盆"。[⑦] 这一观察表明，女性以家庭生活为中心的社会现实，与詹姆斯的个人经历构成鲜明对照。传统的父权价值观要求女性以男性的生活为中心，确立他们的权威感，满足他们的虚荣心。从这一角度看，詹姆斯主张女性独立。不过，需要指出的是，詹姆斯又对受读者大众欢迎的女性作家存有一定偏见。他声称不喜欢美国文化界，因为文学界基本由女性作家主导。他在评论文章中将路易莎·梅·奥

---

① Edel, *Henry James: A Life*, p. 163.

② Edel, *Henry James: A Life*, p. 152.

③ Edel, *Henry James: A Life*, p. 161.

④ Edel, *Henry James: A Life*, p. 161.

⑤ Edel, *Henry James: A Life*, p. 233.

⑥ James, Henry. "Modern Women". *Literary Criticism*. Ed. Leon Edel and Mark Wilson. Vol. 1. New York: The Library of America, 1984. 19-25, p. 24.

⑦ James, *The Complete Letters of Henry James: 1855-1872*, Vol. 1, p. 51.

尔科特(Louisa May Alcott)称作“我们的女作者”,[①] 话中的屈尊态度与他的性别优越感一目了然。詹姆斯对19世纪末英美女性文学的繁荣发展有着特殊的警觉,他在评论康斯坦斯·费尼莫尔·伍尔森(Constance Fenimore Woolson)的文章中这样写道:

> 今日的英美两国,已经不再是女性进入文学世界的问题了:她们是主导力量……至少在美国是如此,有时人们不由得会慨叹,她们自己就是文学世界……《两世界杂志》(*Revue des Deux Mondes*)目录里……很难见到女性作者的名字。英美期刊封面却是另一番景象;这些充当个人成名阶梯的月刊里,女士们济济一堂,好似在人满为患的晚宴场合上,大家拥挤在楼梯台阶上一样。[②]

詹姆斯视畅销女性作家为竞争对手,但他认为这些女性作家当中鲜有人可与男性权威媲美。如上所述,《两世界杂志》在法国文学批评界占重要地位,鲜有女性作者在该杂志发表文章。此外,詹姆斯将这些女性作家与社交女性相提并论,字里行间的鄙夷态度不言而喻。他对英美期刊集中发表女性文学作品深感焦虑,焦虑背后可窥见其竞争意识。他认为女性作家从事创作旨在成名,而且她们往往多产,其作品质量堪忧。诚然,在《两世界杂志》发表评论文章的女性作家人数的确不多,但这背后的原因有待挖掘。

詹姆斯的评论文章《现代妇女》反映出他的性别偏见。1868年10月22日,《民族》周刊刊登了詹姆斯的书评《现代妇女》。[③] 在詹姆斯看来,妇女受婚姻束缚已不再新鲜,不值得重新讨论。“多数妇女目前的唯一希望就是婚姻,而且与有钱人或与有可能有钱的人结婚,这一现实令人感到不幸,而且,她们那些令人不愉快的弱点,常常显露出不优雅的焦虑感。但对我们而言,这情况没什么好笑的,而且作为讽刺小说家的领域,人们已

---

① James, Henry. “Louisa M. Alcott”. *Literary Criticism*. Ed. Leon Edel and Mark Wilson. Vol. 1. New York: The Library of America, 1984. 189-195, p. 194.

② James, Henry. “Constance Fenimore Woolson”. *Literary Criticism*. Ed. Leon Edel and Mark Wilson. Vol. 1. New York: The Library of America, 1984. 639-649, p. 639.

③ James, “Modern Women”, pp. 19-25.

不再积极探索了。"[①]詹姆斯认为，女性婚姻的话题虽然反映了社会现实，但小说家应探索其他更有意义的话题。然而，能启发读者思考现代妇女的现实处境的作品，仍应具备一定价值。女性的婚姻状况，与男性所持的父权文化价值观不无关系。丈夫将妻子视作炫耀其社会地位的工具，女性则内化父权文化价值取向，沦为被凝视的客体。詹姆斯尽管意识到这点，但他只是在文末一笔带过该观点："不说那些现代男性的愚蠢行为，就无法讨论和谴责'现代女性'的那些愚蠢行为。男性是现代文明中出现的愚蠢行为的组成部分，这种现代文明正通过各种无数大错表现出来。"[②]詹姆斯提及男性的愚蠢行为，而且强调这些行为属于"无数大错"，但并未加以详细论述。

了解詹姆斯与华顿的文学观、文学批评观以及文学市场观的最佳方式，莫过于阅读他们的作家题材作品。这些作品不仅可以反映出詹姆斯与华顿对建构作家身份的认识，而且也可以体现出他们对文学创作、文学批评以及文学市场发展的希冀。

第三节　亨利·詹姆斯与伊迪丝·华顿的作家题材作品

就目前我们掌握的资料来看，学界对詹姆斯与华顿的作家题材作品的对比研究较为简略。米莉森特·贝尔的研究探讨了华顿与詹姆斯的友谊，但华顿与詹姆斯各自著述的作家题材作品未受到足够的关注。[③] 特里·李·斯科特·沃克(Terri Lee Scott Walker)比较了华顿的《缪斯的悲剧》与詹姆斯的《阿斯彭文稿》，指出华顿的作品采用了特定的女性视角，说明华顿并非詹姆斯的门徒。[④] 的确，尽管两部作品均以男作家或评论家为主人公，但华顿的作品更侧重描写男性评论家兼叙述者如何在女主人公的影响下建构自我的过程。在这一过程中，女主人公在大众读者眼中的"缪斯"形象得以颠覆，其主体性得以重塑。相反，詹姆斯的作品则侧重于刻画男性

---

① James, "Modern Women", p. 22.

② James, "Modern Women", p. 24.

③ See Bell, *Edith Wharton & Henry James: The Story of Their Friendship*.

④ Walker, Terri Lee. "The Influence of Henry James on Edith Wharton: An Analysis of Mentorship in Selected Short Fiction". M. A. thesis. Angelo State U, 2005. *ProQuest*. Web. 2011-05-11, pp. 23-47.

评论家及叙述者本身。由于叙述者的操控，作为文稿保管者的“缪斯”形象被再现为自私的女性：她试图利用自己所掌握的文稿，达到让其继承人与叙述者成婚的目的。可以说，华顿的多数作品突出了女主人公的积极影响。詹姆斯的作品对其男主人公的批判多隐含其中，但他们的道德意识并未发生显著变化。此外，詹姆斯的作品中，女主人公的品质与她们的影响力也未得到充分彰显。

詹姆斯与华顿的交集分别成为两人的创作素材，研究这方面内容的学者主要以阿德琳·R. 庭特讷为代表。譬如，在《〈隐士与放荡女人〉：伊迪丝·华顿以亨利·詹姆斯为原型的虚构创作》中，庭特讷结合华顿的生平及文本细读，推断男主人公的原型是亨利·詹姆斯，而不是 R. W. B. 路易斯所推断的沃尔特·贝里(Walter Berry)。[①] 庭特讷对比该短篇和詹姆斯的短篇《天鹅绒手套》后指出，詹姆斯通过创作《天鹅绒手套》暗示华顿不适合当作家。[②] 庭特讷的文章再次重申，华顿曾要求詹姆斯写文章吹捧她，而且试图论证华顿就是短篇中的“放荡女人”，文章字里行间充满对华顿的讥讽。

庭特讷的另一篇文章《亨利·詹姆斯的短篇集〈更微妙的〉中以伊迪丝·华顿为原型的人物形象塑造研究》指出，詹姆斯的短篇集《更微妙的》(*The Finer Grain*)取材于詹姆斯与华顿的交往。庭特讷认为，短篇集中的五个故事均以华顿为原型。庭特讷联系詹姆斯的书信以及这五个短篇的文本细节，论证了两者间的关系。庭特讷尤其指出，《天鹅绒手套》暗指华顿企图让詹姆斯吹捧她的小说《树之果》(*The Fruit of the Tree*)，这与上段介绍的她的观点相近，表明她的观点一脉相承。[③] 庭特讷在文章中指出，华顿的短篇《回到原处》(“Full Circle”)与詹姆斯的《伟大而神奇的地方》(“The Great Good Place”)均属作家题材，而且在情节上相关，[④] 她频频引用詹姆斯的信件与短篇中的相似字眼证明这种联系，却并未分别结合短篇的作家人物探讨两个短篇之间的联系。《伟大而神奇的地方》的作家主人公

---

① Tintner, “The Hermit and the Wild Woman”, p. 32.

② Tintner, “The Hermit and the Wild Woman”, p. 39.

③ Tintner, “The Metamorphoses of Edith Wharton in Henry James's *The Finer Grain*”, pp. 355-379.

④ Tintner, “The Metamorphoses of Edith Wharton in Henry James's *The Finer Grain*”, p. 376.

更像是被名利所累，他渴望得到志同道合的读者的心灵慰藉，从而获取某种平衡。而《回到原处》对作家及批评家主人公的描写，则巧妙地反讽了文学界所期待的理想的兄弟关系，强化了小说对文学界乱象的批判。事实上，《回到原处》反映出华顿的现实主义态度，即若要做到志同道合，作家需克服各种障碍。

就目前来看，对比研究詹姆斯与华顿的作家题材作品的论著较少，而论述詹姆斯的作家题材作品的研究，多以探讨影响作家人物创作的历史语境和呈现作家人物如何在群体的帮助下接受挑战为主。这些评论倾向于分析詹姆斯的女性作家题材作品之外的作品，如《阿斯彭文稿》《雄狮之死》及《地毯里的图案》[1]等，导致詹姆斯的作家题材作品研究内容在比例上有所失衡。譬如，玛丽安娜·莫勒(Marianne Møller)通过对比《阿斯彭文稿》和《雄狮之死》，分析了詹姆斯对日益商业化的文学出版市场的抨击。莫勒主要结合技术变化、出版市场、作家的角色、读者以及文学评论阐释了这两个短篇，指出它们可被视为"时代的产物"，时代造就了新作者的概念。[2]

国外学界对华顿的同类作品研究，则以介绍华顿的作家成长过程及论证她的职业作家身份为主。传记家赫米奥娜·李(Hermione Lee)提及华顿的众多作家题材作品，但因传记性质及篇幅所限，所作的文本分析多点到为止。譬如，她谈及华顿的短篇《传奇》与詹姆斯的短篇《天鹅绒手套》时，简要说明了两人相互攻击的情况。[3] 与詹姆斯的作家题材作品研究相比，国外学界对华顿的作家题材作品的研究仍处于边缘地位。尽管华顿创作了一定数量的作家题材作品，却未受到应有的重视。就华顿的作家题材作品而言，学界的研究多集中在以下方面。20 世纪 50 年代末，米莉森特·贝尔分析了华顿的短篇《借口》("The Pretext")，并另撰文介绍华顿的作家成长经历，重点回顾了她与《斯克里布纳氏杂志》及斯克里布纳氏出版社的往来，[4] 有助于读者熟悉华顿其人其作。20 世纪 80 年代，埃米·卡普兰结合华顿的《原版》(*Copy*)及《试金石》("The Touchstone")等作品论证她的职业

---

① 学界未充分关注《地毯里的图案》中的女作家主人公。

② Møller, Marianne. "The Author in His Work: Henry James and the Changing Concept of Authorship in the Late Nineteenth Century". *Henry James and the Visual Culture of Modernity*. 2006. Web. 2011-05-15, p. 103.

③ Lee, *Edith Wharton*, pp. 213-214.

④ Bell, Millicent. "Lady into Author: Edith Wharton and the House of Scribner". *American Quarterly* 9. 3 (1957): 295-315. *JSTOR*. Web. 2011-05-11.

作家身份，并认为华顿颠覆了女性写作传统。[①] 进入 21 世纪以来，金佰利·玛丽·范德兰(Kimberly Marie Vanderlaan)的研究以亨利·詹姆斯、薇拉·凯瑟与伊迪丝·华顿小说中的艺术及艺术家为研究对象，从空间和艺术品市场分析了华顿的《暗礁》(*The Reef*，1912)与《国家的习俗》(*The Custom of the Country*，1913)。[②] 洛娜·布里顿(Lorna Brittan)结合《曼斯得太太的风景》("Mrs. Manstey's View")等短篇小说与《欢乐之家》等长篇小说指出，公开个人隐私有利于个人身份的构建。[③]

朱莉·奥林-阿蒙托普从性别角度考察了华顿小说中的作家身份建构主题，拓展了华顿的作家题材作品的研究领域。她在《伊迪丝·华顿早期小说中的女性榜样与男性导师》中通过剖析《鹈鹕》("The Pelican")、《四月小雨》("April Showers")及《善会降临》("That Good May Come")说明，华顿早期从事创作时仍需榜样式作家的指引，尽管男性作家对女性作家多有批评，但前者的观点更为可靠。奥林-阿蒙托普引用短篇《鹈鹕》中叙述者的话，阐明了男性作家在文学批评领域的权威地位。[④] 奥林-阿蒙托普还指出，《四月小雨》中的女作家主人公虽然得到同性作家的鼓励，但仍被男性作家所纠正，相比之下，男作家主人公无须依靠榜样人物：譬如，《善会降临》中的男性作家主人公并不需要任何榜样式作家的指引。但我们认为，男性作家同样需要榜样式作家的指引。比如，《善会降临》中，主人公毛里斯·柏克顿(Maurice Birkton)的成长，离不开评论家何芬利奇(Helfenridge)的积极影响。与女性的作家身份建构相比，男性作家同样需要精神指引，只是程度上有所不同。詹姆斯与华顿的作家题材作品塑造了众多作家人物形象，大致可分为作家职业选择、创作与性别意识、雅俗文学及作家与文学批评主题四类。

第一，有关作家职业选择主题的作品分析，将分别从作家人物的情感生活及社会生活与其创作之间的矛盾两个方面，研究詹姆斯与华顿的作家

---

① Kaplan, "Edith Wharton's Profession of Authorship", pp. 433-457.

② See Vanderlaan, Kimberly Marie. "The Arts and Artists in the Fiction of Henry James, Edith Wharton and Willa Cather". Diss. U of Delaware, 2006. *ProQuest*. Web. 2011-05-11.

③ Brittan, Lorna. "Edith Wharton's Alchemy of Publicity". *American Literature* 79. 4 (2007): 725-751. *Project Muse*. Web. 2011-05-10.

④ Olin-Ammentorp, "Female Models and Male Mentors in Edith Wharton's Early Fiction", p. 85.

主人公选择从事创作时的困惑。詹姆斯的这类作品包括短篇《本福利奥》（“Benvolio”，1875）、《〈拜尔德拉夫廖〉的作者》（“The Author of ‘Beltraffio’ ”，1884）、《大师的教诲》（“The Lesson of the Master”，1888）、《私密生活》（“The Private Life”，1892）、《真正正确的事情》（“The Real Right Thing”，1899）、《伟大而神奇的地方》（“The Great Good Place”，1900）及中篇《雄狮之死》（“The Death of the Lion”，1894）。华顿的同类主题作品包括短篇《缪斯的悲剧》（“The Muse's Tragedy”，1899）、《坟冢天使》（“The Angel at the Grave”，1901）、《人类的堕落》（“The Descent of Man”，1904）、《回到原处》（“Full Circle”，1909）、中篇《试金石》（“The Touchstone”，1900）以及小说《哈德逊河斗拱建筑》（*Hudson River Bracketed*，1929）与《众神来临》（*The Gods Arrive*，1932）。

第二，有关创作与性别意识主题的作品分析，将比较詹姆斯的《格里维尔·费恩》（“Greville Fane”，1892）、《折翼》（“Broken Wings”，1900）、《其中的故事》（“The Story in It”，1902）及《天鹅绒手套》（“The Velvet Glove”，1909）与华顿的《缪斯的悲剧》（“The Muse's Tragedy”，1899）、《试金石》（“The Touchstone”，1900）、《一个战争故事的创作过程》（“Writing a War Story”，1919）、《天鹅绒耳套》（“Velvet Ear-pads”，1926）、《哈德逊河斗拱建筑》（*Hudson River Bracketed*，1929）及《众神来临》（*The Gods Arrive*，1932），探究女性作家所遭遇的性别偏见，以及文学界人士志同道合的重要性。

第三，有关雅俗文学主题的作品分析，将通过细读詹姆斯的《格里维尔·费恩》（“Greville Fane”，1892）、《下一次》（“The Next Time”，1895）及《约翰·德拉维》（“John Delavoy”，1898）与华顿的《善会降临》（“That Good May Come”，1894）、《传奇》（“The Legend”，1910）与《鑫谷》（“Xingu”，1911），呈现詹姆斯与华顿的雅俗文学观。

第四，有关作家与文学批评主题的作品分析，涉及詹姆斯的《阿斯彭文稿》（*The Aspern Papers*，1888）、《中年》（“The Middle Years”，1893）、《雄狮之死》（“The Death of the Lion”，1894）、《地毯里的图案》（“The Figure in the Carpet”，1896）及《悲剧缪斯神》（*The Tragic Muse*，1890）与华顿的《回到原处》（“Full Circle”，1909）、《传奇》（“The Legend”，1910）、《哈德逊河斗拱建筑》（*Hudson River Bracketed*，1929）及《众神来临》（*The

Gods Arrive, 1932)，并结合詹姆斯的《小说的艺术》("The Art of Fiction", 1884)与华顿的《小说创作》(*The Writing of Fiction*, 1924)及其他文学评论文章，探究詹姆斯与华顿在文学观和文学批评观上的异同。

第二章　作家职业选择主题作品

选择从事创作的个体，其情感生活势必影响他的作品产出和接受。作家成名后，他的社会生活又会影响其创作。詹姆斯与华顿均著有作家职业选择主题的作品，这些作品不同程度上反映出人物的情感生活和社会生活与他们的创作之间的矛盾和冲突。本章分为两节，比较詹姆斯和华顿的作家职业选择主题作品。

第一节分析作家人物的情感生活与其创作之间的矛盾。涉及该主题的作品包括詹姆斯的《本福利奥》（"Benvolio"，1875）、《〈拜尔德拉夫廖〉的作者》（"The Author of 'Beltraffio' "，1884）及《大师的教诲》（"The Lesson of the Master"，1888），与华顿的《缪斯的悲剧》（"The Muse's Tragedy"，1899）、《试金石》（"The Touchstone"，1900）、《哈德逊河斗拱建筑》（*Hudson River Bracketed*，1929）及《众神来临》（*The Gods Arrive*，1932）。第二节分析作家人物的社会生活与其创作之间的矛盾。涉及该主题的作品包括詹姆斯的《大师的教诲》（"The Lesson of the Master"，1888）、《私密生活》（"The Private Life"，1892）、《真正正确的事情》（"The Real Right Thing"，1899）、《伟大而神奇的地方》（"The Great Good Place"，1900）及《雄狮之死》（"The Death of the Lion"，1894），与华顿的《坟冢天使》（"The Angel at the Grave"，1901）、《人类的堕落》（"The Descent of Man"，1904）及《回到原处》（"Full Circle"，1909）。

詹姆斯的以上作品多以男作家主人公为中心，并寄予他们深厚的同情，女性人物则往往被边缘化。华顿的以上作品中，作家主人公虽然主要为男性，[①] 但较詹姆斯的作品而言，小说给予女性人物更多话语权，相关

① 《试金石》中的女作家在故事开篇已过世。

女性人物的主体意识与行为得到清晰再现。此外，詹姆斯的男作家主人公多数没有经历道德成长，《大师的教诲》中的叙述者除外。华顿笔下的男主人公，则多数在女性人物的影响下实现了道德成长。

第一节　作家人物的情感生活与创作之间的矛盾

情感生活可以是促进作家成长的催化剂，也可阻碍作家的发展。本节探究詹姆斯与华顿笔下作家人物的情感生活与创作之间的矛盾。涉及该主题的作品包括詹姆斯的《本福利奥》《〈拜尔德拉夫廖〉的作者》《大师的教诲》，与华顿的《缪斯的悲剧》《试金石》《哈德逊河斗拱建筑》《众神来临》。作家的作品之外的书写如创作笔记等，往往会给读者提供了解作家的线索。

传记家利昂·埃德尔(Leon Edel)认为，詹姆斯的创作笔记更多地展示了"詹姆斯更世俗的本福利奥式的那一面生活"，[①] 而《本福利奥》("Benvolio"，1875)可被视作是詹姆斯尝试创作的写照。"在亨利·詹姆斯生活的时代，美国社会衡量男性是否有成就的最重要标志，是商业和婚姻上的成功。"[②]如前所述，青年时代的詹姆斯并未选择大众化的实用学科。相反，他立志成为作家。在从事创作初期，詹姆斯旅居欧洲，受到双重挑战。一方面，作家职业无法为他提供稳定的生活保障。另一方面，他缺乏志同道合的朋友，时常感到孤独。詹姆斯在创作该短篇时，经历了多数同时代作家经历的困境。詹姆斯在给父母的信中提及自己遭遇生活困窘和孤独无助的境况，"这里的生活非常迷人，不过要付出很大代价，而这些代价并不迷人：孤独、无时不在的钱的问题、永远感到周围人和你格格不入，让你感到绝望，最重要的是有种漂泊感，有种局外人的感觉……"[③]

1872 年 9 月，詹姆斯住在欧洲，生活捉襟见肘。他当时为《民族》写游记文章，但所得的稿酬远不足以支付他的生活开销。之前，詹姆斯与父母达成一致：他可以预支父母的钱，杂志则直接将稿酬寄给他父亲。詹姆斯

---

① James, Henry. *The Complete Notebooks of Henry James*. Ed. Leon Edel and Lyall H. Powers. New York: Oxford UP, 1987, p. xvi.

② Bell, Millicent. Introduction. *The Complete Letters of Henry James*: 1872-1876. Ed. Pierre A. Walker and Greg W. Zacharias. Vol. 1. Lincoln: U of Nebraska P, 2008, p. xxiii.

③ James, *The Complete Letters of Henry James*: *1855-1872*, Vol. 2, p. 24.

因创作收入有限曾向父母求助，但遭到拒绝。詹姆斯致力于追求文学艺术事业，旅居欧洲的经历的确丰富了他的创作素材，但他需要考虑如何减轻经济压力，促进其事业发展。1874 年 2 月 15 日，他写道："……我非常清楚，这样做很合适：及时回家给我的文学素材加热，让我在经济收入和名气两方面重振旗鼓。很久以来，我已经意识到这点；不过该行动了。"[①]詹姆斯需要积累创作素材，也意识到经济独立的重要性，同时他渴望拥有志同道合的朋友，以排遣内心的孤独。这一矛盾心理在《本福利奥》中有所反映，小说并未详细交代主人公本福利奥的家庭境况，不过他并不像詹姆斯那样生活窘迫。

本福利奥有着诗人的想象力，生活安逸[②]，但内心处于分裂状态。一方面，他向往富有想象力的生活，在穿戴和谈话方面紧随时尚。另一方面，他又渴望独处。正是在第二种状态下，他摆脱社交圈，在不受干扰的情况下完成创作，尽管他将作品称为"涂鸦"。(第 85 页)他渴望写出不朽诗篇，但他又不属于"善于付出行动的人"。(第 86 页)他喜欢自由和独立，对未来妻子的要求有自相矛盾之处。他既不愿意接受富裕但缺乏文化底蕴的伯爵夫人，又不满足于和只有学问的斯格拉斯迪克(Scholastica)终生相伴。寡居的伯爵夫人热切期盼本福利奥向她求婚，他却始终保持沉默。伯爵夫人目的明确，旨在获取文化资本，她拥有"美貌、身份、金钱和奢华，但她缺少天才；假如能得到天才，干吗不去得到，让自己变得十全十美呢"?(第 90 页)伯爵夫人占有经济资本，是上流社会的典型代表。她过着奢华的生活，但不满足于其社会地位，还觊觎着文化地位。她并不区分这些资本，认为文化资本也可以通过占有某种符号来获取。她梦想有朝一日能成为天才的妻子，这样她的金钱、地位和文化资本即可实现联姻，其自身价值就能相应地提升，这是 19 世纪美国有闲阶级的典型特征之一。有闲阶级的生活有了天才的加入，无疑会更具竞争力。从伯爵夫人的心理活动，不难看出她对其生活品质的认知。在她看来，"天才"与上述要素并列，具有商品属性。天才固然具有文化修养，但她之所以对天才感兴趣，并不是因为她

---

① James, Henry. *The Complete Letters of Henry James: 1872-1876*. Ed. Pierre A. Walker and Greg W. Zacharias. 3 Vols. Lincoln: U of Nebraska P, 2008-2009, Vol. 2, p. 123.

② James, Henry. "Benvolio." *Complete Stories: 1874-1884*. Ed. William L. Vance. New York: The Library of America, 1999. p. 82. 下文引用该作品时直接在文中标注页码，不再另注。

希望提升自身的文化修养。身为文化符号的天才本福利奥，就这样不幸沦为有闲阶级炫耀其优越感的工具。

> 作为有闲阶级生活所特有的一些思想习惯，所着重的是个人统治关系，再从这一点出发，所注意的是关于荣誉、功绩、声望、地位等等的歧视性概念。构成科学主题的事物因果关系，在这样的观点下是看不到的。况且在世俗上有用的那类知识，与荣誉也并没有关系。因此，看来极有可能，足以引起有闲阶级注意的，应当是有关金钱或其他荣誉价值的歧视性对比的方面，而不是认识力的方面。即使他们对后者发生兴趣，并在这一点上有所表现，他们的研究或思考也往往要转到荣誉性的和不求实际的那类范围以内，而不是探求科学知识……
>
> 作为一个纯正的有闲绅士，应当是，事实上也的确是，从个人关系的观点来理解一切事物的；当他发生了求知的兴趣，他就会在这个基础上来寻求现象的体系化。那些老派的绅士们的情形就的确是这样，在他们那里，有闲阶级的典型还是完整地保存着；他们的生存在现代的儿孙，如果充分继承了遗传下来的上流社会品质，其态度也必然是这样。但遗传的道路是没有定向的，并不是每个绅士的儿子都跟他的上代一模一样的。尤其是掠夺期征服者所特有的那些思想习惯，能留传下来多少是很难说的，在有闲阶级的锻炼中得以继续存在的，看来不过是其中最后的一两点痕迹而已。有闲阶级成员中最富有求知的资质，在这方面的先天或后天特性最强的，显然是那些出身于下层或中层阶级的分子，在这类成员中最容易发现这样的人物；这类人具有劳动阶级所固有的全部遗传性格，他们之所以能在有闲阶级中占得一席地是由于具有某些品质，这类品质在有闲阶级生活方式最初构成时并不算什么，在今天说来则比较重要。①

伯爵夫人是有闲阶级的代表，她无休止的占有行为，是其个人统治关系的

---

① 凡勃伦：《有闲阶级论——关于制度的经济研究》，蔡受百译，北京：商务印书馆，2018年版，第297—298页。

印证。她不断攫取更多形式的资本，只是为了不在竞争中受歧视。至于本福利奥的作品，她丝毫没有兴趣。小说反映出这种看轻认识力的行为，既是对重物质轻精神的社会现象的批判，也是对有闲阶级部分成员缺乏思想的反讽。小说中，伯爵夫人仅将本福利奥视为符号。她为他的创作提供各种便利，但目的是能够和他结婚。本福利奥代表精神，而伯爵夫人代表物质，两人的交往可谓精神与物质两种力量的角逐。小说中，本福利奥多次受到自然风景的吸引，但每当他在这一情景下兴致勃勃地向伯爵夫人表达爱慕之情时，后者不但不为之所动，反而远离本福利奥。本福利奥表达浪漫情怀的行为，一概被伯爵夫人视为无聊的举动。他诗意般的生活方式，对伯爵夫人来说是浪费生命。“你想象力太丰富了!”(第 94 页)伯爵夫人对本福利奥的天分兴趣索然，更没有愿望了解，她只是将本福利奥视作其潜在的财产。她认为自己一旦拥有象征文化的本福利奥，就会变得天下无敌，其占有欲呼之欲出。伯爵夫人的想法反映了上流社会女性内化父权文化的现象，她们猎取稀有品的同时，也不幸成为父权文化的牺牲品。无独有偶，本福利奥沦为伯爵夫人的猎物的同时，也将后者视为愉悦自己的工具。“……伯爵夫人很有魅力，让他激情澎湃，他对她饶有兴趣；他也没有辜负她——远远没有辜负她，但最终觉得她没有满足他的期待……但她无法时时刻刻都能派上用场；她需要和其他女性互补，需要一个替代品——就是法国人说的陪衬物。”(第 90 页)本福利奥期待女性以他为中心，他将女性视作为他服务的工具。

本福利奥徘徊在代表不同社会阶层的两位女性之间，既受到喧嚣的上流社会的诱惑，又被宁静的精神王国所吸引。伯爵夫人灯红酒绿、觥筹交错的豪宅，象征物质利益的诱惑，是本福利奥的创作素材。然而，斯格拉斯迪克父亲的大学教授身份及其新柏拉图主义思想表明，他和女儿代表精神贵族，这又令本福利奥心仪。本福利奥内心矛盾重重：他从伯爵夫人的社交圈可以获取创作灵感，譬如，他因创作社会现实题材的剧本而喜获丰收；然而，主演剧本的伯爵夫人却缺乏真诚和友善品质，她的“虚假和奉承”(第 108 页)让他渴望融入斯格拉斯迪克的生活，从而得到“最简单直接的净化”(第 108 页)。本福利奥在喧嚣与沉静中游移不定，过着“双重生活”(第 110 页)，诗人的困境由此可见。他一方面热衷于出入以伯爵夫人为中心的社交场合，享受剧作成功带来的社会关注，另一方面又不堪重负。

“有时，他的性格似乎无力应对那些场面，他感到焦虑不安，困惑不已，筋疲力尽。不过说到要作出选择时，他又不可能放弃世俗生活，也不可能放弃他的精神追求。”(第 110 页)本福利奥应付世俗生活固然耗费精力，但这是他的创作源泉。作家的精神追求，主要表现在他的创作过程中。如詹姆斯在《小说的艺术》中所写，“表现并且用具体的事例来说明过去以及人们的行为，这是这两种作家的共同任务，我能看出来的两者之间的唯一的差别，乃是小说家在搜集证据方面(它远非纯属文学性的劳动)有着更多的困难。这是他的光荣，他越成功也就越光荣”。[①] 对小说家而言，“搜集证据”更富有挑战性。本福利奥置身于上流社会圈子，需通过不断与圈子成员接触才能“搜集证据”。况且，这种活动不仅需要他观察敏锐，而且还需要他学会选择、组织并运用所搜集到的证据。本福利奥需独自面对这些困难，不过克服它们将为他赢得精神上的愉悦感。他乐于将自己的劳动成果搬上舞台，但这种努力换来的果实是否能给他带来快乐，还取决于读者是否能产生共鸣。小说中，伯爵夫人为他的剧作提供了上演机会，女主角由伯爵夫人扮演似乎顺理成章，但考虑到伯爵夫人追名逐利的特点，她出演女主角意味着剧作主旨无法得到如实再现，小说对以本福利奥为代表的作家群体缺乏自主性的同情由此可见。考虑到以上方面，本福利奥的焦虑感便变得不难理解。不过，本福利奥的性别偏见不容忽视。小说在阶级维度之外还融入了性别维度，揭示出本福利奥的性别偏见。

本福利奥的女性观以他的需求为中心，暴露出他的性别偏见。本福利奥似乎离不开伯爵夫人与斯格拉斯迪克两位女性所代表的世界，他试图同时占有她们，并利用她们为自己服务。本福利奥看重女性的相貌，并认为女性有义务取悦他。他一开始就注意到斯格拉斯迪克的美貌，“本福利奥已经发现，斯格拉斯迪克的头部很漂亮。他桌上的玛瑙杯里放着几枚希腊银币，在他的想象中，斯格拉斯迪克的头部和其中一枚银币上的某个头部相似，精致而玲珑。”(第 96 页)本福利奥眼里的斯格拉斯迪克的装饰功能显而易见，不过她的作用还不限于此。本福利奥还注意到，斯格拉斯迪克非常安静，她在花园里阅读的正是他的小说。这些细节都极大地满足了本福利奥的虚荣心，“本福利奥的邻居口袋里装了支铅笔，她时不时地取出铅

① 亨利·詹姆斯：《小说的艺术：亨利·詹姆斯文论选》，第 7 页。这两种作家指的是小说家和历史学家。

笔，在书上做着笔记。这安静的手势，让男青年看在眼里，喜在心里。”(第 96 页)本福利奥受到斯格拉斯迪克的吸引，幻想着她能扮演缪斯角色，帮助他完成创作。譬如，他认为“斯格拉斯迪克是精心打造出的专门协助男性的产品。”(第 105 页)本福利奥将伯爵夫人与斯格拉斯迪克都视作某种意义上的缪斯，其性别偏见暴露无遗。

然而，本福利奥在建构其作家身份的过程中遭遇了双重困境。一方面，他的创作素材和作品市场很大程度上有赖于上流社会。如前所述，他的灵感来自他对上流社会生活的体验，他取得创作成果应该说与伯爵夫人密不可分。另一方面，本福利奥又需远离舞台，潜心创作。而伯爵夫人企图干扰他的艺术追求，暴露出她毁灭性的占有欲。斯格拉斯迪克象征远离生活的抽象概念，而社会生活赋予他创作素材，本福利奥建构其作家身份的困境可想而知。

与詹姆斯的《本福利奥》相比，华顿的《缪斯的悲剧》(“The Muse's Tragedy”，1899)更多地着墨于女主人公的情感经历，再现了女主人公被忽略的作家身份。《缪斯的悲剧》讲述了路易斯·丹叶斯(Lewis Danyers)如何发现玛丽·安纳尔顿夫人(Mary Anerton)的作家身份被遮蔽的过程。丹叶斯研究已故诗人文森特·伦德尔(Vincent Rendle)时得知，人们常将安纳尔顿夫人视作伦德尔的缪斯。然而，丹叶斯在与安纳尔顿夫人交往的过程中发现这并不属实。事实上，伦德尔的情感生活和创作均与安纳尔顿夫人的主体性相关。伦德尔在精神上依赖安纳尔顿夫人，却并不把她视为完整的个体。在一定程度上，伦德尔与本福利奥在行为上不无两样。这两个作家人物毫无例外地对知识女性怀有矛盾心理。《本福利奥》中，本福利奥认为知识女性可以为他提供创作灵感，而他与社交圈的女性交往则有助于他积累创作素材，他的二元对立女性观清晰可见。《缪斯的悲剧》中，伦德尔与安纳尔顿夫人的情感纠葛以及他对女性的偏见，从聚焦于丹叶斯的叙事可见一斑。

《缪斯的悲剧》中，丹叶斯富有洞察力，写过伦德尔诗作的评论文章，还读过伦德尔的传记，了解到安纳尔顿夫人在众人眼中的从属性。读者从丹叶斯得知，伦德尔视安纳尔顿夫人为缪斯。安纳尔顿夫人向丹叶斯讲述她和伦德尔的交往时谈道，“最初，我们之间的思想共鸣几乎很完美；我觉得在伦德尔看来，我的思想一定像个音调完美的乐器，他永远弹不厌。”[①]尽管伦德尔非常欣赏安纳尔顿夫人，但后者的思想缺乏发声渠道。伦德尔将安纳尔顿夫人的思想视作其创作灵感的源泉，他的创作活动被比作演奏，因为借助安纳尔顿夫人这一“音调优美的乐器”，他的演奏悦耳动听，两者之间的主客体关系显而易见。乐器与弹奏这对明喻，暗示伦德尔未能平等地对待安纳尔顿夫人。尽管伦德尔在小说开篇已过世，但读者从聚焦于安纳尔顿夫人的叙事可以得知，伦德尔的创作与他对安纳尔顿夫人思想的依赖密不可分。安纳尔顿夫人认为，这种依赖抹杀了她的完整性：

> 他工作时，我能在一些小事上帮助他；他开始依赖我。我们不在一起时，他不断给我写信——他喜欢让我参与他的所做所想；只要是他感兴趣的新书，他都迫不及待地想知道我的看法；我是他精神生活的一部分。遗憾的是，我还想扮演更多角色。我是年轻女性，我爱着他——不是因为他是文森特·伦德尔，而是因为他是他自己！（第59页）

从安纳尔顿夫人的讲述可以看出，伦德尔视她为精神伴侣。伦德尔一味看重安纳尔顿夫人的智慧而忽略其情感需求，他的二元对立的女性观可见一斑。如安纳尔顿夫人所述，伦德尔认为漂亮女性往往缺乏思想，她们的功用在于令人赏心悦目。（第61页）安纳尔顿夫人的这番表白，说明她勇于指出这一性别观对女性的负面影响。叙述者赋予安纳尔顿夫人话语权，使她得以表明她渴望与伦德尔平等交往的心理。小说末尾还通过书信形式呈现了安纳尔顿夫人的情感世界，她在书信中不再是人们熟知的缪斯形象，其主体性得以凸显。詹姆斯的《本福利奥》中的女性形象则缺乏主体性，如前所析，本福利奥分别将伯爵夫人和斯格拉斯迪克看作满足他的物质和精神需求的女性。伯爵夫人在小说中被赋予话语权，但她企图借助本福利奥的诗人身份获取文化资本，她的主体性在她向世人炫耀其优越性时已荡然无存。斯格拉斯迪克未被赋予话语权，她甚至完全内化本福利奥的女性观，

---

① Wharton, Edith. “The Muse's Tragedy”. *Collected Stories: 1891-1910*. Ed. Maureen Howard. New York: The Library of America, 2001. 50-64, p. 59. 下文引用该作品时直接在文中标注页码，不再另注。

俨然沦为他的缪斯，对其二元对立的女性观的批评更是无从谈起。《缪斯的悲剧》与《本福利奥》同样塑造了持有二元对立女性观的男性作家形象，但前者除了出现伦德尔外，还出现了研究者丹叶斯这一人物形象，而后者的叙事却始终以本福利奥为中心。《本福利奥》采用第一人称叙事，在再现本福利奥的作家成长过程中赋予他话语权，揭示出有闲阶级成员消费天才作家的社会现象。然而，由于叙事围绕本福利奥展开，其二元对立的女性观并未得到明察。《缪斯的悲剧》采用聚焦于丹叶斯的第三人称叙事，不仅多角度地揭示出伦德尔与安纳尔顿夫人之间的不平等关系，而且借助安纳尔顿夫人的书信突出了她建构作家身份的不易。

《缪斯的悲剧》中，丹叶斯认为伦德尔与安纳尔顿夫人分别是诗歌创作与散文写作的典范，读者在他的指引下逐渐开始了解两者的作品。丹叶斯在大学期间完成了伦德尔诗歌的研究论文，他最初将安纳尔顿夫人视作“文森特·伦德尔不朽的十四行诗系列中的西尔维娅(Silvia)以及《生活与书信》中的A夫人”(第50页)。丹叶斯了解到，伦德尔仅仅将安纳尔顿夫人视为缪斯，引文中的“西尔维娅”与“A夫人”两个称呼，分别代表伦德尔的诗性想象和安纳尔顿夫人的婚姻状况，安纳尔顿夫人的主体性全然被忽视。不过，丹叶斯在与安纳尔顿夫人交往的过程中逐渐发现，他“不仅崇拜伦德尔，还崇拜安纳尔顿夫人，是她激发伦德尔写出不朽诗篇，写出如此诙谐、温柔、无与伦比的散文”(第51页)。随着丹叶斯与安纳尔顿夫人的交往不断加深，他逐渐改善了对后者以及伦德尔的认识。譬如，安纳尔顿夫人曾默默无闻，甘愿生活在伦德尔的影子里。她拒绝拍照，如朋友梅莫奥(Memorall)所言，“她像幅经典油画的摄影作品，线条本身就有色彩效果。”(第50页)丹叶斯的出现使安纳尔顿夫人有机会脱颖而出，第一次以作家(书信作家)和评论家的身份出现，而这有助于读者进一步理解伦德尔和他的诗歌。

事实上，安纳尔顿夫人参与创作了这些诗歌，是诗歌的真正作者。短篇中，真实与假象之间永远横亘着一道鸿沟。大众普遍认为安纳尔顿夫人是伦德尔的缪斯，这与伦德尔从未公开承认自己与安纳尔顿夫人共同完成诗歌创作这一事实相关。伦德尔一方面受益于安纳尔顿夫人的想象力，另一方面却否认她的影响。结果便导致伦德尔在众人眼中才华横溢，而安纳尔顿夫人却成为“看不见的作家”。更具悲剧性的是，她对伦德尔的情感也被忽略。随着丹叶斯与安纳尔顿夫人的交往不断加深，读者开始了解安纳尔顿夫人的创作与情感经历。读者发现，伦德尔与其名作家身份不符。导致安纳尔顿夫人的悲剧的根本原因在于，伦德尔割裂了女性的形体与思想。伦德尔主导文学场，安纳尔顿夫人的潜在作家身份遭到否定。小说中，聚焦于丹叶斯的叙事发挥了重要作用，它得以使安纳尔顿夫人讲述以上内容的书信呈现给读者。书信的内容和形式，在很大程度上确立了安纳尔顿夫人的作家身份。确切地说，小说题目“缪斯的悲剧”的含义指的是，她的作家身份未得到认可。如萨尔察(Saltz)所写，“缪斯的悲剧并不在于她的爱没有得到回报，而是她的作家身份未得到认可。”[①]幸运的是，聚焦于丹叶斯的叙事，使“缪斯的悲剧”发生扭转。安纳尔顿夫人在给丹叶斯写信的过程中，得以直抒胸臆。这一书写行为既赋予安纳尔顿夫人作者身份，又得以使读者洞悉伦德尔的性别偏见以及安纳尔顿夫人被边缘化的不幸遭遇。尽管安纳尔顿夫人没有传统意义上的作品问世，但她的书信最直接地论证了她的作家身份。随着安纳尔顿夫人讲述其遭遇的书信得以公开，伦德尔成为她书写的对象，安纳尔顿夫人的主体性得到确立，“缪斯的悲剧”由此被成功颠覆。伦德尔不为人知的一面在小说中得到揭示，可以说，他在某种意义上扮演了缪斯角色。小说的精妙之处在于，丹叶斯的视角呈现了缪斯安纳尔顿夫人的悲剧，却也使缪斯的指涉悄然发生逆转。华顿在小说中赋予了丹叶斯和安纳尔顿夫人话语权，小说以安纳尔顿夫人的书信结尾，使她作为“缪斯”的悲剧从此成为历史。

华顿的《缪斯的悲剧》与詹姆斯的《悲剧缪斯神》(*The Tragic Muse*, 1890)在书名上相仿，但前者再现女主人公的作家身份建构的基调更为乐观。《悲剧缪斯神》勾勒了英国人尼古拉斯·多默(Nicholas Dormer)[②]与犹太女性米丽娅姆·鲁斯(Miriam Rooth)的艺术之旅，尼克最终摆脱了母亲阿格尼丝夫人(Lady Agnes)安排的婚姻，决定追求画家梦想；米丽娅姆热爱戏剧艺术，渴求在舞台上演绎自己的艺术观。“悲剧缪斯神”是外交官彼得·谢林哈姆(Peter Sherringham)用来形容米丽娅姆的表演艺术的褒奖之词，他自称对戏剧艺术有着浓厚兴趣，也曾出资赞助米丽娅姆学习戏剧表

---

① Saltz, Laura. “From Image to Text: Modernist Transformations in Edith Wharton's ‘The Muse's Tragedy’ ”. *Edith Wharton Review* 19.2 (Fall 2003): 15-21. *Project Muse*. Web. 2016-07-25, p.20.

② 小说中简称男主人公为“尼克”。

演。然而，他的男权思想根深蒂固，他要求米丽娅姆放弃戏剧事业追求与他结婚，这是米丽娅姆的悲剧性的体现。米丽娅姆的悲剧性还体现在尼克的态度转变上。尼克起初为米丽娅姆画像时受益于她的独立精神，但之后便暴露出他的种族和性别偏见。同为戏剧演员的巴兹尔・达什伍德(Basil Dashwood)大力支持米丽娅姆追求戏剧事业，并帮助她一举成名。但是，在米丽娅姆成名后，他开始思谋如何利用她的名气获取更多的利益。华顿的《缪斯的悲剧》中，丹叶斯与安纳尔顿夫人相互影响，有效地呈现了他们成功地挑战性别偏见的过程。小说中，伦德尔一度将安纳尔顿夫人当作缪斯，后者的作家身份建构只有在丹叶斯的理解和支持下才得以实现。詹姆斯的《悲剧缪斯神》的叙事聚焦于米丽娅姆，但尼克和彼得根深蒂固的男权思想，使他们无法真正促使米丽娅姆实现她的戏剧艺术家梦想。与《缪斯的悲剧》相比，詹姆斯的《悲剧缪斯神》因其阶级、种族和性别维度而显得更加丰富。两部作品都是开放式结尾，但华顿的笔触更乐观积极，詹姆斯的则更显灰暗。安纳尔顿夫人尽管最终不参与撰写研究著作，但她的书信印证了她的书写行为。此外，丹叶斯将出版的论著，也会呈现一个思想独立的安纳尔顿夫人形象。《悲剧缪斯神》中，米丽娅姆虽然取得世俗成功，但她不满足于扮演固定角色，她渴望扮演多种角色。如前所述，尽管达什伍德支持并促成米丽娅姆初步取得经济独立，但他之后却受到世俗成功的诱惑，企图利用米丽娅姆赚取更多名利。毋庸置疑，这预示着米丽娅姆的艺术家之路将崎岖不平。值得指出的是，《缪斯的悲剧》与《悲剧缪斯神》中的主人公塑造均以男性支持女艺术家为特点，华顿的《试金石》中，主人公奥冰夫人(Aubyn)的作家身份建构，则得益于女性盟友的理解和支持。

《试金石》("The Touchstone", 1900)从作家奥冰夫人的私人书信被公开出版的角度，再现了她的艰难成长历程。奥冰夫人的作家建构过程实为不易，她婚后两年即离异，除父亲外鲜有人支持她创作。她曾是格莱纳德(Glennard)爱慕的对象，但他的爱有着功利目的。奥冰夫人去世后不久便成为学界的研究对象，格莱纳德为了与他爱恋的女子阿莱克萨・特伦特(Alexa Trent)结婚，将奥冰夫人写给他的书信卖给了出版社。书信为他和出版社赢得了巨额利润，但以阿莱克萨为首的女性读者，开始质疑出版社迎合大众猎奇心理的行为。之后，格莱纳德在阿莱克萨的影响和帮助下，逐渐意识到自己的错误，最终实现了道德成长。就奥冰夫人的作家成长经历而论，她的这段遭遇揭示出父权文化对女性的影响。小说中，格莱纳德一度对奥冰夫人饶有兴趣，但他的功利目的很快便昭然若揭。聚焦于格莱纳德的叙述声音这样交代道："他找奥冰夫人作伴，是因为他直觉里要追求最优秀的女性，这样可以证明自己的优越性。能够得到黑尔布里奇(Hillbridge)这个地方上最智慧的女性的情感认同，能满足他追求卓越的欲望；大家都公认一点，这也是他内心的秘密感觉，那就是他将来会有大出息。"[①]格莱纳德的这一心理，反映出他的男权思想和实用主义目的。与其说他认同奥冰夫人的智慧，毋宁说他对她的名气更有兴趣。奥冰夫人的名人身份能满足他的虚荣心，提升他的价值。他看重自己的发展，奥冰夫人只是促进他个人发展的理想工具。奥冰夫人在出版小说后一举成名，格莱纳德迅速被其成功吸引。格莱纳德年轻时，"足以被她小有名气所带来的光环吸引"(第 169 页)。格莱纳德之所以对奥冰夫人有着浓厚兴趣，是因为她的名气意味着潜在的利益。此外，他重视女性的外表，认为相貌是定义女性身份的基本要素。而对他来说，奥冰夫人缺乏吸引力，他"责备自己没有与玛格丽特·奥冰相爱，就像他对米罗的维纳斯缺乏鉴赏力一样让他感到很不安"(第 164 页)。对格莱纳德而言，奥冰夫人仅仅是他凝视的对象。

格莱纳德对奥冰夫人存有的偏见，反映出当时社会对女性作家的偏见。在当时的社会，男性从事作家职业时，人们不会对他的长相、情感或思想品头论足。女性作家则不然，"人们觉得，假如奥冰夫人再漂亮些，她大概就会有更丰富的情感，而不是思想。"(第 168 页)在众人眼中，奥冰夫人相貌普通，因此大家推测她情感匮乏，思想丰富。在 19 世纪的美国社会，人们传统上认为女性代表感性，美貌和情感是大众认可的核心女性特质，而如果她们有思想，就会被视为缺乏女性特质，对女性作家的刻板印象显而易见。19 世纪的美国女作家要得到认可极为艰难，这很大程度上是性别偏见所致。譬如，19 世纪的批评家这样评论美国小说家范妮·费恩，"她的作品缺乏女性化的特征，因此她的体貌特征被想象成'肌肉发达、眉

① Wharton, Edith. "The Touchstone." *Collected Stories: 1891-1910*. Ed. Maureen Howard. New York: The Library of America, 2001. 162-233, pp. 168-169. 下文引用该作品时直接在文中标注页码，不再另注。

毛浓黑’，人们只能根据她的裙装识别其女性身份。”[①]将性别与写作特征相对应，一定程度上表明人们对女性作家的偏见。费恩之所以被人想象成缺乏女性特质，是因为她的写作不符合女性文学传统的特点。一些读者倾向于将她们的作品内容与其外貌体征相对应，这种思维不仅歪曲了女性作家，而且阻碍读者理解她们的作品。

奥冰夫人在过世后不久，便成为学界的研究对象，这意味着她的文学才华得到了认可。书信作为记录作家情感的媒介，是读者理解作家和其作品的窗口。针对奥冰夫人的书信，小说中的两个群体有着截然不同的认识。以乔斯林教授(Joslin)为代表的群体，看重书信的思想价值。譬如，乔斯林教授准备撰写奥冰夫人传记，他四处寻找奥冰夫人的书信，在广告中写道："奥冰夫人的信件将富含特殊价值。"(第 162 页)学界对奥冰夫人的关注，验证了其作品的研究价值，而读者阅读她的书信，将为他们深入理解其作品提供有效的途径。以格莱纳德和书商巴顿·弗兰梅尔(Barton Flamel)为代表的群体，却看重书信的实用价值。两人因出版奥冰夫人的书信各自获利，前者如愿以偿地与阿莱克萨结婚，后者则开始享受奢华的生活。奥冰夫人的书信起到了试金石的作用，它有助于读者透视格莱纳德的品质，并认识奥冰夫人及其文学成就。

奥冰夫人的丰富思想和情感使她有别于其他作家，反映其情感历程的书信本应用来考量其作品的思想价值，却使她遭到大众的围猎。奥冰夫人与众不同，她的内敛使她成为待解之谜。格莱纳德虽然发现她与众不同，但这使他感到异常压抑。多数作者"把最核心的自我献给了公众，只给朋友留下乏味的表皮，奥冰夫人最珍贵的藏品则是她不为人知的圣洁的温柔。有时他几乎觉得压抑，感到羞愧，因为她旁征博引，兴趣广泛，还坚持把她的丰富思想和情感强加于他，他学识浅陋，情感匮乏，无从理解这些内容"(第 173 页)。奥冰夫人的这些品质，使格莱纳德自惭形秽。他根深蒂固的男权思想，更是让他无法接纳奥冰夫人。如前所述，《试金石》中，两个群体表示对奥冰夫人的书信感兴趣。学者乔斯林需借助其书信撰写奥冰夫人传记，以巴顿·弗兰梅尔为代表的书商，考虑的却是奥冰夫人的信件是否是情书，因为"庞大的大众读者群喜欢多愁善感，要是这些信真是

① Piepmeier, Alison. *Out in Public: Configurations of Women's Bodies in Nineteenth-Century America*. Chapel Hill: U of North Carolina P, 2004, p. 185.

情书的话，你手里的玛格丽特·奥冰的情书，想卖什么价就卖什么价”(第184页)。[①] 学者与书商的出版意图显然不同，前者旨在还原一个更深入、完整的作家，后者却企图从中牟利。在巴顿·弗兰梅尔眼中，这些书信是“一大笔财富”(第184页)。获得物质利益只是功利主义行为的一种，追求出名是它的另一种表现方式。德雷斯姆(Dresham)夫人即为一例，她是《散热器》(*The Radiator*)杂志编辑的夫人，“通过扮演丈夫的讲解员和阐释者，将自己从无人知晓的处境中解救出来；德雷斯姆先生的闲暇时间致力于培养优秀女性，妻子的态度让她致力于在公众面前祝贺她们的优秀程度。”(第191页)该编辑的名字“Dresham”可理解为“装饰赝品”(“dress sham”)，暗示他的重要作用。可想而知，杂志发表的文章并非马修·阿诺德(Matthew Arnold)所倡导的“不计利害”的文学评论。[②] 德雷斯姆夫人麾下的阿米杰(Armiger)夫人更是如此，她是“德雷斯姆追求卓越的最新代表，是头脑简单的美人，多年来，在一帮如今自责无力欣赏她的人群中沉淀自己的无知”。(第191页)这一群体的成员包括缺乏社会地位的人如德雷斯姆，也包括徒有美貌却思想匮乏的阔太太阿米杰夫人，他们均通过消费文化以增加自身价值。

图什特(Touchett)夫人独具慧眼，敏锐地洞察到这一群体的特点。利欲熏心的书商弗兰梅尔将文学阅读行为视作流行文化：“如今，文学比蒸汽传播得还快。最糟糕的是，我们谁也没法放弃阅读：阅读像罪恶一样阴险，像美德一样乏味。”(第192页)阅读文学作品已沦为消费行为，给社会带来消极影响。图什特夫人洞察到这点，她尖锐地指出，将奥冰夫人的隐私公布于众，暴露了书信出售者的道德沦丧行为，而大众阅读书信是一种罪恶。她说：“我认为阅读这本书信集几乎是罪恶。”“这本书几乎将女人的灵魂连根拔起——暴露出她的整个自我；这些信写给一个显然什么都不在乎的男人；这男人不可能在乎。我不打算再继续读下去了：这简直太像偷听了。”(第192页)[③]这种消费行为侵犯了作者的个人隐私，并且侮辱了作者的人格。图什特夫人对奥冰夫人的尊重与同情溢于言表，但出版人弗兰梅尔却振振有词：“我敢说，多数男人在那些书信里发现的只是巨大的文

---

① 着重号为原文所有。

② 马修·阿诺德：《“甘甜”与“光明”——马修·阿诺德新译8种及其他》，贺淯滨译，郑州：河南大学出版社，2011年版，第15页。

③ 着重号为原文所有。

学价值，发现的只是这些信件作为珍贵资料的重要性。有这么多内容值得关注，个人隐私就不算什么了。”(第194页)事实上，弗兰梅尔的辩解苍白无力，他所称的“巨大的文学价值”和“珍贵资料的重要性”是假，贩卖个人隐私以牟取巨额利润是真。他以传播“文学价值”为由，企图掩盖其功利主义行为。

弗兰梅尔口头上宣称要传播文学价值，但他唯利是图和道貌岸然的本质很快昭然若揭。由于他的运作，奥冰夫人的两卷书信集迅速得以出版，“第一版书信集尚未离开出版社就已售出5000本，第二版将于第二周出版，书信集已成为‘本年度最畅销的书’”(第187页)。书信畅销暴露出大众读者的猎奇心理，出版商自私、贪婪和虚伪的本质得到揭示。不可辩驳的是，真正诱惑弗兰梅尔的是书信的商业价值。他此前宣称，要帮助大众读者发掘奥冰夫人作品的文学价值，最终被证实是谎言。弗兰梅尔促成书信集出版，是他迎合大众读者的猎奇心理和热衷于攫取利益的表现。至此，奥冰夫人的个人隐私已沦为被消费的对象。格莱纳德的妻子阿莱克萨是小说中的严肃读者，是奥冰夫人的坚定拥护者。

阿莱克萨在奥冰夫人的书信出版前就欣赏她写的小说。阿莱克萨的洞察力从下文可见一斑，“阿莱克萨·特兰特小姐的容貌和思想都一样认真、凸显……在格莱纳德看来，她最明显的特点，或者至少她的行为最一致地表达出来的特点，是富有激情的正义感——这种女性直觉里的正义感，要比理性支撑的公正感稀有得多”(第166—167页)。阿莱克萨的正义感预示一点，即她将积极捍卫奥冰夫人的尊严，并促使格莱纳德悔过自新。不过，此前她仍需与格莱纳德代表的父权文化作一番较量。在格莱纳德看来，直觉属于女性特质，理性则属于男性特质。然而，事实证明，这是他的性别偏见所致。格莱纳德试图阻止阿莱克萨阅读奥冰夫人的书信，还嘲讽她不读书。阿莱克萨要求他购买书信集，并提醒他道：“我有时也读书的，你是知道的；我很喜欢读玛格丽特·奥冰夫人写的书。我们第一次见面那会儿，我在读她写的《石榴籽》。你不记得了？就是那个时候，你把有关她的所有事情告给我的。”(第197页)可见，她的正义感并非来自直觉意识。她有敏锐的洞察力，并能理性地分析所观察到的现象。小说中，阿莱克萨是唯一提及奥冰夫人小说的人物，她的严肃读者身份毋庸置疑。

阿莱克萨勇于发表个人见解，她的在场不仅彰显出奥冰夫人的文学才华和个人品质，而且有效地启发丈夫格莱纳德完成了道德自省。小说中，格莱纳德为了能和阿莱克萨结婚，不惜出售奥冰夫人的书信，其功利目的显露无遗。然而，颇具反讽意味的是，正是阿莱克萨后来帮助他意识到了自己的错误。小说中，阿莱克萨是唯一真正理解书信价值的读者，奥冰夫人的文字促使阿莱克萨启发丈夫实现了他的道德成长。这里所指的文字，涵盖奥冰夫人的小说和书信，后者的桥梁作用不容忽视，它不仅启发更多读者认识到格莱纳德的性别偏见和自私本性，而且彰显出奥冰夫人宽容和慷慨的品质。在阿莱克萨的指引下，格莱纳德幡然悔悟。格莱纳德最终意识到，“他是靠出售自尊生存的”(第 205 页)。格莱纳德深自忏悔地对阿莱克萨说：“我从奥冰夫人那里夺走了一切——一切——甚至夺走了她信任我的这一庇护，真可悲——这可是我唯一有可能留给她的东西！——我从她那里获得了一切，我欺骗了她，我掠夺了她，我毁了她——结果她把你送给了我！”(第 233 页)①格莱纳德意识到自己背叛了奥冰夫人，不过他并未切中要害。引文中，他认为自己最终得到了阿莱克萨这笔他所珍重的财富。阿莱克萨的回应一语中的：

> 不是她把我给了你——而是她把你给了你自己……你难道没有认识到……这是你无法逃避的馈赠，是你承诺要偿还的债务？你难道没有认识到，你从来都没有成为她想让你成为的那个人，如今，这真的很美妙，她已经让你变成她曾经爱过的那个人。对一个女人来说，这值得她为此受苦、为此献身，——这才是她原本要馈赠给你的礼物！(第 233 页)②

这段引文凸显出小说的主旨，揭示出格莱纳德的道德成长过程。阿莱克萨的确具有饱含激情的正义感，她这段话中，“你难道没有认识到”重复了两次，足以警醒格莱纳德。在阿莱克萨看来，格莱纳德已严重侵犯奥冰夫人的隐私，他应反省自己的行为。如前所析，格莱纳德最初认识奥冰夫人时便动机不纯，在后者最需要他帮助时，他却选择退缩。他为了一己私利，不惜背叛奥冰夫人的信任，高价出售了她写给他的书信。正是阿莱克萨以

---

① 着重号为原文所有。

② 着重号为原文所有。

上这番话，促使格莱纳德开始反观自我。阿莱克萨的话语充满正义的力量，侧面揭示出奥冰夫人的文学创作对阿莱克萨的影响以及奥冰夫人的人格力量。“索取”和“给予”可用来分别描述格莱纳德和奥冰夫人，如果对比格莱纳德功利性的追星目的和他最终一事无成的事实，便不难发现其中的反讽含义。格莱纳德出售书信的行为，虽然为他带来物质利益，但他受到了良心的谴责。奥冰夫人思想独立，为人真诚，她的作品和人格饱含力量。需要指出的是，《缪斯的悲剧》与《试金石》分别再现了女性作家主人公的情感生活与创作之间的关联，正是丹叶斯与阿莱克萨的分别介入，才使读者对安纳尔顿夫人和奥冰夫人的认识得以深化。相比之下，詹姆斯的《本福利奥》中，本福利奥可以掌控其情感生活和创作。尽管伯爵夫人企图阻止本福利奥与斯格拉斯迪克交往，但他的性别优势使他克服了这一障碍。遗憾的是，伯爵夫人对文学毫无兴趣，而斯格拉斯迪克则甘愿充当缪斯。华顿的《缪斯的悲剧》与《试金石》则塑造了思想独立的女性作家形象，她们的作家身份建构的完成均借助了文学爱好者的力量。詹姆斯的两个短篇《〈拜尔德拉夫廖〉的作者》(“The Author of ‘Beltraffio’ ”, 1884)及《大师的教诲》(“The Lesson of the Master”, 1888)，分别通过两个男青年作家的视角，再现了他们所尊崇的作家主人公的情感生活与创作之间的矛盾。

詹姆斯的《〈拜尔德拉夫廖〉的作者》描绘的是主人公马克·安辨(Mark Ambient)的作家身份建构危机。小说选用了英国艺术史学家和诗人约翰·阿丁顿·斯蒙斯(John Addington Symonds)的同性恋倾向这一素材，詹姆斯在创作笔记中回忆道，该短篇取材于埃德蒙·高斯(Edmund Gosse)提供的有关约翰·阿丁顿·斯蒙斯的传闻。传闻说，斯蒙斯的妻子“狭隘、冷酷，是个卡尔文主义者、思想僵化的道德家”，斯蒙斯则“热爱意大利精神，热爱美和艺术，以及他对生活的唯美观，几乎到了病态程度，妻子的反对令他痛苦不堪，使他的言行变得很夸张，很反常”。[①] 小说中，安辨及其夫人比阿特丽丝(Beatrice)的原型，分别是约翰·阿丁顿·斯蒙斯和他妻子。

《〈拜尔德拉夫廖〉的作者》中，英国小说家安辨与妻子的冲突体现在他们的不同艺术观上，叙述者的美国读者身份使他对这一冲突洞察入微。概括而言，英美小说观的差异构成该短篇的主题。作为旁观者的叙述者洞察

① James, *The Complete Notebooks of Henry James*, p. 25.

到，安辨与比阿特丽丝冲突的本质在于，他们对小说家创作主题的选择权有着不同认识。叙述者认同安辨的作品，他阅读《拜尔德拉夫廖》的次数不下五遍，而且他说："根据自己更成熟的判断，我依然和过去一样欣赏该作品。"[①]叙述者并未详细交代该小说的内容，但从他反复咀嚼小说并一如既往地给予它高度评价，便可揣测到该小说的价值。不过，安辨的作品并未得到自己国家的读者的认可。考虑到这种情况，对安辨而言，叙述者对其作品的理解和欣赏是极大的安慰。事实上，安辨的妻子对其作品持反对意见。叙述者注意到安辨面临的困境，譬如，安辨谈及妻子"带着男孩"时的语气有所不同(第 869 页)。"你们美国人很有洞察力，"安辨说，"你们比我们注意到的内容更多。"(第 877 页)毋庸置疑，以安辨的妻子为代表的英国读者对其作品的反应，令他意识到英美小说观的差别。这一观点与詹姆斯在《小说的艺术》中表达的观点相呼应。詹姆斯在文中指出，英国小说家选择性地忽视了构成生活的重要内容，他认为这种行为是"道德上的怯懦"。[②]

《〈拜尔德拉夫廖〉的作者》与《小说的艺术》的主题相对应，这体现在小说所使用的艺术象征物。叙述者洞察到安辨夫妇的儿子多尔希诺(Dolcino)与艺术之间的相似性："多尔希诺真漂亮——太迷人了。他就像件艺术品。"(第 877 页)多尔希诺被比作艺术，艺术的生命力蕴含其中。安辨热爱创作，这种挚爱相应地反映在他对多尔希诺投入的情感上。反讽的是，维持艺术生命力的权力，既不属于多尔希诺本人，也不属于安辨。安辨夫人对多尔希诺有着强烈的占有欲，她要求多尔希诺留在自己身边。安辨则希望多尔希诺自主决定，他对妻子和儿子如是说。"'让他选，'马克·安辨说，'我亲爱的孩子，你是要和我出去，还是要和妈妈待在一起？'"(第 872 页)安辨的这番话隐含了他的创作观，他认为作家应遵守自主创作原则。如詹姆斯在《小说的艺术》中所写，小说家最大的特权就是真诚地描写他所观察到的事物。"全部的生活都属于你，既不要听那些想把你关进生活的某些角落里去，并且告诉你说艺术只栖息在某些地方的人们的话，也不要听信那种人的话，他们想让你相信，艺术这位超凡的使者完全在生活以外

---

① James, Henry. "The Author of 'Beltraffio'". *Complete Stories: 1874-1884.* Ed. William L. Vance. New York: The Library of America, 1999. 865-912, p. 865. 下文引用该作品时直接在文中标注页码，不再另注。

② 亨利·詹姆斯：《小说的艺术：亨利·詹姆斯文论选》，第 29 页。

飞翔，呼吸着一种纯而又纯的空气，并且从事物的真相面前掉首他顾。”[①]《〈拜尔德拉夫廖〉的作者》中，安辨表示多尔希诺可以自主决定，从这一角度看，多尔希诺又可被视作小说创作的主体，即小说家。然而，多尔希诺的处境极为尴尬，他更愿意同父亲出去散步，而不愿和母亲待在家中，但他纠结于两者之间，“‘爸爸，我觉得我没法选’”(第872页)。一句“我觉得我没法选”流露出多尔希诺的无奈，反映出他受安辨夫人束缚的悲剧性的现实，暗示了安辨遵循自主创作原则时遭遇的艰难处境。

叙述者成为读者了解安辨夫妇在文学观上的分歧的媒介，叙述者与安辨及其妹妹安辨小姐之间的对话，映现出詹姆斯与英国作家兼批评家沃尔特·皮赞特在小说观上的差异。安辨小姐向叙述者透露说：“比阿特丽丝不喜欢安辨的思想。比阿特丽丝是因为小男孩才不喜欢安辨的思想的。她觉得那些思想不可取。”(第884页)安辨小姐进一步补充道：“有了孩子以后，写什么就得有强烈的责任感了。”(第884页)以上引文暗示，安辨的小说涉及不合时宜的话题。安辨与安辨小姐的这番话，似乎说明安辨夫人极为关注孩子的道德教育。安辨与叙述者的谈话也侧面揭示出其妻的艺术观，他指出，妻子认为“艺术作品应该具备‘意图’”。(第887页)这一艺术观在安辨小姐的口中得到进一步印证，后者这样告诉叙述者：“比阿特丽丝认为安辨的作品没有道德感，认为他能毒害人。这个想法根深蒂固；她担心孩子会受到影响。”(第887页)至此，小说创作与道德意识的关系这一主题得以凸显，詹姆斯在塑造安辨夫妇这对人物形象时，融入了他对小说创作与道德意识关系的理解。詹姆斯在《小说的艺术》中批驳了皮赞特的观点：皮赞特认为，小说应具备“自觉的道德方面的目的”，而詹姆斯的观点则是，皮赞特将艺术与道德混为一谈，“艺术的问题(就最广泛的意义而论)是创作实践的问题；道德问题则完全是另一码事”。[②]小说中，安辨夫人信奉的恰恰是皮赞特的艺术观。她认为，作家应避免在小说中呈现违背道德规范的内容。然而，这看似是保护年轻读者的道德不受腐蚀，实则属于逃避主义行为。如詹姆斯所指出的，皮赞特宣称英国小说有自觉的道德目的，恰恰说明了“英国小说家在道德上的怯懦”。[③]小说中，叙述者受安

① 亨利·詹姆斯：《小说的艺术：亨利·詹姆斯文论选》，第30—31页。

② 亨利·詹姆斯：《小说的艺术：亨利·詹姆斯文论选》，第28页。

③ 亨利·詹姆斯：《小说的艺术：亨利·詹姆斯文论选》，第29页。

辨的影响，支持小说家遵循自主创作原则。安辨夫人却打着保护多尔希诺的名义，自恃有义务担任他的道德守护者，盲目强调道德目的的重要性，殊不知这否定了小说家的创作自由，也导致艺术的生命力遭到威胁。

安辨与妻子发生情感纠葛的症结在于他们所持的不同的家庭教育方式，具体体现在两人不同的人生观上。在安辨看来，人们对文学的认识映射出他们的人生观。安辨坦陈他与妻子的差异："我们之间的不同，其实就是两种人生观的对立……这是尽可能挖掘生活和尽可能不接触生活之间的差异。"(第 892 页)文学是对生活的认识，应以最大的自由度展现生活，才称得上是对生活最崇高的致敬。然而，安辨的妻子却以"不道德"为由，限制小说家的创作主题，她认为"不道德"的文学作品能腐蚀人的思想。安辨认为，她的小说观"如此空洞、如此不真诚、如此一派胡言，因为她的这种看法，生活受到了遮蔽，人们无法接触生活，他们不仅逃避生活，而且曲解生活，正是这种小说观让我耳朵发烧。"(第 893 页)文学应像生活一样包罗万象，不应只反映愉悦身心的内容。安辨的观点是，小说家应真诚地对待生活。文学与生活应互相映衬，而不是相互限制。打着道德旗号反对文学再现生活，其实是憎恨艺术和文学。安辨说："有一种对艺术的憎恨——有一种对文学的憎恨！"(第 893 页)安辨揭示出以他妻子为代表的逃避主义态度，他认为这种憎恨文学艺术的行为，实则是缺乏自信的表现。安辨在他的小说中勇于再现生活中的负面内容，激发人们认识文学与生活的直接联系。安辨与叙述者有着相同的人生观，他们都本着真诚原则，共同抵制反对文学和艺术的群体。

叙述者当着多尔希诺的面，劝说安辨夫人阅读她丈夫的佳作，旨在帮助她皈依艺术家庭，尊重小说家的自主创作原则。叙述者从安辨小姐那里得知，多尔希诺病重时，安辨夫人阅读了丈夫的书稿。阅读这部佳作使安辨夫人产生恐惧心理，她担心多尔希诺长大后会受到此类作品的影响。为避免出现这种状况，她宁愿不让儿子接受医生的救治。可以说，多尔希诺的夭折，是对安辨夫人所持的艺术观的声讨。换言之，这也反映出小说对皮赞特的艺术观的批驳。表面上看，皮赞特的艺术观宣称，应该保护年轻人不受道德失范主题小说的"腐蚀"，实际上这种保护适得其反。安辨夫人自命不凡，却为保护儿子付出了惨痛的代价。小说家从事创作时，如果无法再现真实生活、背离自主创作原则，定会影响读者对生活世界的认识。

不过，值得欣慰的是，安辨夫人最终实现了皈依。“她孩子的死亡，某种程度上让她完成了皈依。”(第 910 页)小说末尾，安辨夫人在临终前重读了丈夫的作品。不仅如此，她甚至读了丈夫最具争议的小说《拜尔德拉夫廖》。她的这一变化表明，安辨的艺术观最终取得了胜利。安辨一家的遭遇起到了一定的警示作用：作家忠实于生活，在创作中或许会因再现生活遭到误解和排斥，甚至会付出惨痛代价。譬如，多尔希诺不幸成为安辨夫人僵化的艺术观的牺牲品。另一方面，安辨仍坚守自己的艺术观，他的文学成就终将得到认可。小说中这样描写道，“已经有人开始将安辨比作英年早逝的伟人之一了”。(第 907 页)

小说并未提及安辨的小说《拜尔德拉夫廖》的内容，但它成为“为艺术而艺术”的代表，暗示它挑战了社会常规。《〈拜尔德拉夫廖〉的作者》与《本福利奥》的主题均为作家情感纠葛与创作的关系，以安辨夫人为代表的家庭阻力，恰是小说批判的内容。叙述者暗示，像安辨这样的作家不适合有家室，尤其不适合与思想僵化的比阿特丽丝结婚。比阿特丽丝最初拒绝阅读安辨的小说，并且不允许他接触他们的儿子。她认为，只要禁止读者接触道德失范的作品，即可达到净化思想的目的。这其实是道德上怯懦的体现，如前所述，詹姆斯在《小说的艺术》中反驳皮赞特的英国小说观时便表明了这一观点。需要指出的是，安辨与叙述者的父权意识构成小说批判的另一内容。安辨谈起妻子时表示失望，他认为妻子容貌姣好，应该热爱艺术。无独有偶，叙述者的父权意识也同样根深蒂固。他认为，安辨夫人的存在，应与她丈夫的名家身份匹配。“我见过诗人的夫人，很难想象，她们竟能让诗人看上——这些妇女长相一般，呆头呆脑，不过她们都是特别出色的妻子。马克·安辨的婚姻倒不存在明显的不协调。安辨夫人小巧玲珑，性格安静，一身白裙，身边的儿子帅气十足，的确配得上写过名作《拜尔德拉夫廖》的作者。”(第 870 页)这一阶段的叙述者对安辨夫人的相貌有所期待，反映出他的性别角色刻板印象。不过，颇具反讽意味的是，美丽的安辨夫人无力欣赏艺术的美，反而最终毁掉了艺术之美。文学创作与作家情感和婚姻这一主题，在《大师的教诲》中也有所反映。如果说《〈拜尔德拉夫廖〉的作者》描绘了男青年作家帮助作家主人公抵抗家庭压力、使之更有信心地从事创作的经过，那么《大师的教诲》则再现了男青年作家洞悉作家主人公的功利主义价值取向的过程。

《大师的教诲》("The Lesson of the Master", 1888)的主题是婚姻与创作的关系，詹姆斯的创作笔记对此作了说明。詹姆斯于1888年1月5日在创作笔记中写道，英国记者西奥多·蔡尔德(Theodore Child)和他谈及婚姻对艺术家的影响，蔡尔德举例说明，作家的婚姻会给其创作带来致命的影响。譬如，蔡尔德在评论都德的回忆录《巴黎三十年》(*30 Ans de Paris*)时说："都德如果没有结婚，是不会写出这本书的。"[①]詹姆斯由此想到"非常有趣的场景"，"一位年长的艺术家或作家被婚姻毁了(他自己这样认为)，他在婚后被迫去写出卖自己并且很廉价的作品——他是这种情况，当他看到年轻的同行(confrère)在同一灾难的边缘挣扎时，他努力用某种大胆的干涉行为拯救同行，挽救他——解除他的婚约，诋毁他的妻子，让两人之间生是非。"[②]年长作家出于关心青年作家的事业发展，试图不让后者受到婚姻的羁绊。不过，《大师的教诲》的情节与这则创作笔记的内容相反。短篇中，名作家亨利·圣乔治(Henry St. George)与新秀保尔·奥弗特(Paul Overt)俨然是师徒关系。圣乔治教导奥弗特应远离世俗成功的诱惑，执着地追求文学创作事业。然而，圣乔治的享乐主义行为与他所宣扬的艺术观大相径庭。他的婚姻以及写作动机，均离不开物质考量。圣乔治在妻子去世后与玛丽安(Marian)结婚，同样是出于对世俗成功的考量。"大师的教诲"的反讽含义可见一斑。

《大师的教诲》中，亨利·圣乔治的功利主义反映在他的婚姻生活中。叙述者用"著名的"(distinguished)一词[③]形容圣乔治，同样的字眼也用于形容玛丽安的父亲范括特(Fancourt)上将，这一细节也为圣乔治后来与玛丽安成婚做了铺垫。在奥弗特看来，"著名的"称号应与显著的文学成就相对应。他客观地指出，圣乔治在出版三部较成功的小说后就不再经常发表作品，而且他的后期作品质量堪忧。(第545页)此外，奥弗特认为小说家的精神生活更重要。但是，他注意到圣乔治夫人生活奢华，与她丈夫的小说家身份不相符。圣乔治夫人的言行，折射出圣乔治的功利主义。奥弗特观察到，圣乔治夫人鼓励丈夫多产，并不介意他与玛丽安过从甚密。她这样

---

① James, *The Complete Notebooks of Henry James*, p. 43.

② James, *The Complete Notebooks of Henry James*, pp. 43-44.

③ James, Henry. "The Lesson of the Master". *Complete Stories*: *1884-1891*. Ed. Edward Said. New York: The Library of America, 1999. 544-606, p. 544. 下文引用该作品时直接在文中标注页码，不再另注。

谈及丈夫的创作，“要是玛丽安能让他写出几本小说，那倒更好呢”。(第550页)圣乔治夫人关注丈夫的创作是否能带来物质利益，“几本小说”透露出她的数量原则，反映出她对世俗成功的执念。这些观察表明，奥弗特与圣乔治的艺术标准相距甚远。两人最初都与自称爱好文学的玛丽安有所交集，而奥弗特与玛丽安的情感纠葛与文学创作相关。

奥弗特在与玛丽安的交往过程中逐渐洞察到她的欺骗性。最初，奥弗特判定玛丽安“很自然”(第555页)，但他很快发现这不过是伪装：“玛丽安·范括特小姐真的比她的服装更坦率，最好的证据是，她认为这些服装适合她的自由性格。”(第555页)聚焦于奥弗特的叙述者将玛丽安的思想与其服饰并列，暗示她思想肤浅，这可从玛丽安与奥弗特的对话得到进一步验证。玛丽安表示希望写小说，奥弗特则质疑她对文学的兴趣。奥弗特对玛丽安说：“‘嗨，说来说去，干吗要当艺术家?’他继续说，‘艺术家这么穷——这么穷!’”(第556页)奥弗特质疑玛丽安的文学追求，挑明了她假装喜欢文学的事实。在奥弗特眼中，艺术家应付出辛勤劳作，而不应追求世俗成功。奥弗特的这番调侃，实则在引诱玛丽安说出她喜好文学的真实原因。据他的观察，玛丽安并不是真正的文学爱好者。玛丽安的回答，果然暴露出她的功利目的。她说：“艺术非常有趣，能遇到这么多名人。”(第557页)玛丽安受到文学艺术的吸引，是因为后者能给她带来实际利益，譬如，接触文学艺术可以满足她的虚荣心。她口口声声说自己曾读过奥弗特的小说，但不再有下文。她宣称自己崇拜圣乔治，但关于崇拜的原因，她只是含糊其辞地称“圣乔治很有趣”。(第558页)相比之下，奥弗特对文学的爱好更加真诚，他的文学评论相应地具有可信度。譬如，他称圣乔治的后期作品十分怪异，这也是圣乔治本人的看法。

圣乔治俨然以导师身份出现，他试图现身说法，劝导奥弗特引以为戒。圣乔治指出，他意识到自己的创作质量下降，希望奥弗特避免犯同样的错误。“仔细看看我现在的样子，认真汲取我的教训，这是个教训。让这个教训发挥它的作用，至少让你感到震惊，让你表示同情，让它能在将来帮你走上正道。不要让你老了以后变成我这个样子——崇拜错误的东西，让人感到郁闷，让人感到遗憾!”(第566页)[①]圣乔治似乎态度诚恳，奥弗特一度觉得有必要与他进一步交流。奥弗特问及圣乔治所说的“错误

---

① 着重号为原文所有。

的东西"时，后者明确告知影响其创作的因素："市场的偶像——金钱、奢华和'大千世界'，给孩子们找出路，打扮妻子——所有那些让人找捷径的东西。哦，这些东西能诱惑人做很多坏事!"(第 566 页)圣乔治的这番话可被视为他的忏悔词，他似乎为自己江郎才尽懊悔不已。如上所述，圣乔治的这些行为是奥弗特所观察到的内容。奥弗特在这一阶段受到触动，他希望提高自己的创作能力。"大师"的教诲在这一阶段有其积极含义，奥弗特接受"大师"的建议，努力不使其情感生活成为他创作的障碍。这里所说的情感生活，指的正是他与玛丽安的关系。如前所述，奥弗特虽然也受到玛丽安的吸引，但发现她缺乏内在品质。也正是在这一方面，奥弗特与圣乔治最终产生分歧。譬如，圣乔治深受玛丽安的吸引，盛赞"她的好奇心、她的同情心以及她的坚定信仰"。(第 569 页)圣乔治的上述评判内容空泛，并不能使奥弗特确信玛丽安具备以上品质，但他最初在一定程度上受到圣乔治的影响。圣乔治反复夸赞玛丽安有洞察力，令奥弗特信以为真："他迷失了自我，凝视着想象中的那个女人(她就飘浮在眼前)，她应该能让小说变得更完美一些。"(第 570 页)在圣乔治的影响下，奥弗特将玛丽安理想化，期待后者为他的作品锦上添花。不过，奥弗特并没有因此失去洞察力。他陷入爱河的同时，对玛丽安的本质逐渐有所认识。如前所析，玛丽安对文学的喜好，以乐于享受它带来的名利为特点。奥弗特还观察到，圣乔治享有名望和优越的生活条件，而这些在奥弗特看来，都不应是有思想的作家追求的目标。圣乔治也多次向奥弗特坦陈自己的功利主义，并宣称这样的忏悔和反省旨在"拯救"奥弗特。(第 587 页)如前所析，圣乔治与妻子的婚姻以物质利益为基础。圣乔治向奥弗特交代："你知道的，作为艺术家，我结婚是为了钱。"(第 586 页)圣乔治夫人可以与出版社讨价还价，在过去二十年里让全家衣食无忧。(第 589 页)两人的婚姻生活更多地以物质享受为中心，譬如，圣乔治夫人只关心丈夫的穿着是否体面，是否有小说出版。可以想见，她的这一做法部分地导致圣乔治逐渐丧失创造力。圣乔治赞赏奥弗特的小说写得出色，认为他正朝着正确的方向发展(第 585 页)，希望他能继续保持下去。圣乔治告知奥弗特自己的创作质量低劣，态度似乎很诚恳。圣乔治指出，自己虽然拥有世俗意义上的财富，但缺少精神财富。

> 我过上了世人过的生活，有自己的妻儿老小；在伦敦过着这种生活：笨拙，昂贵，物质，野蛮，有着非利士人的特点，很势利。我们拥有一切美好的东西，甚至有马车——我们发达，好客，有名。可是，亲爱的朋友，别犯傻，别假装不知道我们其实并不拥有什么。我们缺少的东西要比其他一切更重要。这是艺术家之间的秘密——得了！你很清楚的，如果你写的书和我写的书类似，你会让自己的脑子吃枪子的！（第590页）

圣乔治似乎对自己的创作不满意，但这并不意味着他将悔过自新。此外，圣乔治劝奥弗特放弃爱情和婚姻，名义上是为奥弗特考虑。圣乔治指出，艺术家不应受情感羁绊，而应专注于追求艺术。奥弗特与他的观点相左，他并不认为个人幸福与艺术事业相冲突，在他看来，艺术家的生活应包括更多内容。此时，圣乔治提醒奥弗特说，后者曾表示要听从他的教诲。由此，“大师”的教诲耐人寻味。两人完成以上谈话不久，奥弗特便离开伦敦，在国外居住了两年，其间静心地完成小说创作。奥弗特致力于专心创作，表明他采纳了圣乔治的建议。不过，奥弗特与玛丽安有着书信往来，后者告诉他圣乔治夫人已过世。奥弗特返回伦敦后，得知圣乔治将与玛丽安完婚，至此，他发现圣乔治采取了双重标准。

圣乔治与奥弗特与其说是师徒，不如说是竞争对手。圣乔治表面上乐于剖析自我，实则对自己的行为并无悔意。颇具反讽意味的是，他声称自己劝导奥弗特放弃玛丽安是想“拯救”他。随着时间的推移，奥弗特逐渐对圣乔治和玛丽安有了新的认识。“玛丽安难道不知道圣乔治有多坏吗，她没有洞察到他那可怜的浅薄吗？假如她没有发现这些，那她什么都不是，假如她发现了这些，那为何又显得那么傲慢，装出一副宁静的样子？”（第602页）奥弗特的心理活动表明，他发现圣乔治并没有真正关心其事业成功。如果说奥弗特之前就质疑玛丽安对文学的兴趣，那么现在他可以确认自己的这一判断。圣乔治采用了双重标准，他一面教导奥弗特不要受情感牵制，一面又言行不一。在奥弗特眼里，圣乔治“不再是作家了”（第602页）。的确，圣乔治付出了惨痛代价，小说结尾处，他并未出版任何作品。奥弗特从中悟到，作家不能受个人情感所左右。小说末尾强调了奥弗特的清贫和孤独，他所住的“狭小的、贫穷的、空荡荡的街道”（第605页），与圣乔治的优越生活条件形成鲜明对照。然而，就作家身份建构而言，奥弗特是成功者。奥弗特与圣乔治的发展轨迹，印证了小说的主题：追名逐利对作家身份建构有着极大的危害作用。圣乔治曾具有创作天赋，但他的价值取向见证了他的自我毁灭。奥弗特在建构作家身份的过程中，也曾受到诱惑，但他"非常坚强"(第604页)，在关键时刻选择忠于创作。他的忠诚与勤奋，最终换来他建构其作家身份的成功。由此，小说篇名有两个寓意：一，对奥弗特而言，圣乔治的劝导使他重新思考从事文学创作的本质；二，对下一代青年作家而言，奥弗特忠于写作事业的精神值得借鉴。

如前所述，华顿的《缪斯的悲剧》与《试金石》塑造的女性作家形象，均通过男主人公呈现于读者面前，而詹姆斯的《本福利奥》、《〈拜尔德拉夫廖〉的作者》与《大师的教诲》中，男主人公的作家身份确定无疑。华顿的姊妹篇小说《哈德逊河斗拱建筑》(*Hudson River Bracketed*，1929)及《众神来临》(*The Gods Arrive*，1932)同样再现了作家情感与作家身份建构这一主题，不过只有男主人公是真正的作家身份。从这一角度看，或许可以说华顿认为塑造女作家主人公有一定难度。究其原因，这与她深知女性建构作家身份需要克服诸多障碍相关。华顿的另一作家题材短篇《一个战争故事的创作过程》虽以女作家为主题，但女主人公缺乏勇气公开其文学抱负，缺乏坚持其创作观的自信。女主人公发表战争故事后，士兵们对杂志所附的她的照片更感兴趣，并没有阅读她写的故事。故事结尾处，男性权威作家告知她，女性只需容貌姣好，无须舞文弄墨。至此，女主人公的作家身份建构以失败告终。综合这几个短篇的女性形象塑造，便不难理解姊妹篇小说《哈德逊河斗拱建筑》与《众神来临》中的作家主人公为何是男性。值得指出的是，小说女主人公黑露·塔兰特(Halo Tarrant)[①]虽不是作家，但她的文学天赋有目共睹。她热爱文学艺术，是万斯·韦斯顿(Vance Weston)的启蒙者，也是他的小说评论者。前面分析的短篇《缪斯的悲剧》与《试金石》中，两位男主人公分别对"缪斯"及"金子"有了深入认识，同时实现了道德成长。而这与女性作家主人公(《缪斯的悲剧》中的安纳尔顿夫人)或热爱文学的女主人公(《试金石》中的阿莱克萨)的帮助息息相关，《哈德逊河斗拱建筑》与《众神来临》中的女主人公黑露正是这样的形象。小说男主人

---

① 黑露的全名是赫洛伊丝(Héloïse)，人们习惯称她为黑露(Halo)，她婚前姓斯皮尔(Spear)。

公万斯在建构其作家身份的过程中，离不开黑露的指引。

华顿一战前许诺为斯克里布纳氏出版社写小说《文学》(*Literature*)，但后来将小说规模扩展为姊妹篇，一定程度上可以说，这与华顿塑造的男女主人公万斯及黑露相互建构彼此的身份有关。万斯从事文学创作，与他的情感经历相关。大学毕业后，他梦想当作家，这与他和弗洛斯·德拉尼(Floss Delaney)的初恋不无关系。万斯在与弗洛斯交往的过程中初尝爱情的甜蜜，开始创作诗歌。小说再现万斯的作家成长之路时，细致地描写了这一艰难过程。万斯在孤独的成长途中，从事文学创作给予他强大力量。同时，他的创作始终与其情感认知相关联。如前所述，在万斯的启蒙时期，弗洛斯使他产生创作冲动。"自从与弗洛斯认识以来，他再没看过其他女孩一眼——也从未打算看过。相反，他把对她的感情全部写进诗歌。有时，有过那么短暂的时刻，写诗几乎代替了她的抚摸，似乎让她离得更近，好像文字如同肌肤一样温暖、可以触摸。接着，那种幻觉就消失了，他再次行走在沙漠上……"[①]万斯与《缪斯的悲剧》中的伦德尔一样，将女性割裂成形体与精神两部分。对万斯而言，写诗与他对弗洛斯的痴情联系在一起，弗洛斯象征他眼中的浪漫。他此刻对弗洛斯、诗歌创作或文学创作的认识都持理想化的态度，"幻觉"预示了他将文学职业理想化的倾向。不过，有一点可以肯定，万斯的情感经历成为他的创作素材。譬如，他经历初恋挫折后发表了短篇《一天》("One Day")。这与詹姆斯塑造作家人物的方式大致相同，詹姆斯笔下的本福利奥，以伯爵夫人的社交圈作为他的小说素材。詹姆斯的短篇作品塑造了不少女性作家主人公，但除了《折翼》外，其他多为负面形象。譬如，《格里维尔·费恩》中的格里维尔·费恩(Greville Fane)、《下一次》中的海默夫人(Highmore)以及《天鹅绒手套》中的埃米·伊万斯(Amy Evans)，这些作品反映出男性对女性从事创作的偏见，传统性别意识形态的弊端暴露无遗。华顿深谙女性作家成长之艰难，她在《缪斯的悲剧》与《试金石》中塑造的女主人公在一定意义上是作家身份，但她们的文学才华最初多被遮蔽或忽略。不过，与詹姆斯不同的是，华顿塑造的女性形象常常发挥积极作用。《哈德逊河斗拱建筑》与《众神来临》中，黑露在万斯的成长过程中扮演了重要角色。

---

① Wharton, Edith. *Hudson River Bracketed*. New York: Appleton, 1929, p. 21. 下文引用该作品时直接在文中标注书名及页码，不再另注。

黑露用自己的学识开启了万斯的心灵，促使他走上文学创作之路。万斯来自中西部，缺乏文学底蕴。在黑露的指引下，他得以阅读大量经典著作，为他日后成长为作家奠定了基础。万斯来到黑露的表亲洛波恩(Lorburn)小姐的图书馆，注意到洛波恩画像的独到之处，“那特殊的裙装，忧伤的面庞，都是万斯不曾熟悉的；但他突然感受到，这裙装和面庞，与这所房屋里特别的以及陌生的部分，有着极为密切的联系”(《哈德逊河斗拱建筑》第61页)。画像中，洛波恩小姐的特殊装扮象征文化传统，与现代文化构成鲜明对照。她神情中的忧伤，暗示出文化传统面临的赓续危机。万斯将老房子视为传统的象征，而他开始从事创作前，恰恰需要从中汲取营养。万斯虽然大学毕业，但他所接受的教育对深入理解经典著作毫无益处。这与中西部的教育体制和万斯父亲的房地产商身份不无关系，万斯在与黑露的最初交往中便暴露出他所受教育的局限性，黑露对万斯这样解释道，“没什么。我没在笑你，我是笑我们国家教育家的智商——不对，是教育者们，我觉得他们如今都这样自称——这些人设法让小毛孩毁掉我们最伟大的文学瑰宝，结果毁掉了瑰宝的魅力。比如，我能看出，他们已经为你毁掉了《古舟子咏》。”(《哈德逊河斗拱建筑》第66页)黑露的忧虑在于，现代教育并未给下一代提供应有的精神营养，这一危机亟待解决。黑露的隐含意思是，经典作品未必适合每个人，国家教育体制不应“一刀切”，否则会导致学生对经典作品一知半解。显然，万斯所接受的高等教育问题重重。如上所述，黑露对中西部文化的批判可谓一针见血。万斯的家庭就是典型案例：一方面，他父母的生活以房地产生意为核心，并不关心文化素养的提升；另一方面，万斯的祖母尽管着迷于宗教研究，但她的信仰和实践形成强烈反讽。小说对一味重视世俗成功的美国文化的批评可见一斑，小说还通过呈现万斯所受到的启示褒扬了文学的教化功能，揭示出功利主义的危害性。万斯陶醉于黑露的精神指引，他尽情地徜徉于书海，渴望得到另一种教育，获得另一种自由。“毫无疑问，他进入那个世界需要的就是教育——他原以为自己受过教育！”(《哈德逊河斗拱建筑》第124页)[①]万斯的经历反映出中西部高等教育体制的弊端，他进入黑露所指向的这一精神王国后，意识到自己之前所接受的教育徒有形式，发现只有真正汲取经典作品的营养，才能更新对自我和世界的认知。在挖掘黑露对万斯的影响

① 着重号为原文所有。

之前，有必要分析他的女性观，这具体体现在他对劳拉·露(Laura Lou)的态度上。

万斯将劳拉视为缪斯，暴露出他的男权思想。万斯最初在纽约与劳拉相遇后，受到她的吸引。三年后他返回纽约，与劳拉再次邂逅。劳拉成为他投射理想的对象，他用理想化的语言描述劳拉的眼睛，“她的睫毛像是在哪里见到的南美刺绣上蜂鸟的两排羽毛”(《哈德逊河斗拱建筑》第211页)。劳拉让他精神愉悦，但她不善言辞，预示两人无法自由交流思想。“劳拉·露天生缺乏讲故事的天赋；她在回答万斯的问题时(他没有特别关注她时，才会问她问题)，才逐渐学会断断续续地和他交流，过了这个阶段，她从一个很笨拙的女孩奇迹般地变成了眼前亭亭玉立的姑娘。”(《哈德逊河斗拱建筑》第211页)万斯之所以受到劳拉的吸引，主要因为他发现了缪斯：“劳拉就是一首诗，写诗还有什么用?”(《哈德逊河斗拱建筑》第212页)[①]万斯与詹姆斯笔下的本福利奥相仿，将女性视作缪斯。在万斯眼中，劳拉以另一种形式为他提供了创作灵感：“可是他对劳拉和对弗洛斯·德拉尼一类女孩的感觉不一样，后者能激发他的性饥渴，而劳拉这个温柔的姑娘有种新颖的品质，抑制了他的欲望；好像形体和灵魂这两个相互冲突的要素在她体内和谐共存，以至于凝望着她，就像把她紧紧抱在怀里一样。”(《哈德逊河斗拱建筑》第212—213页)。在万斯的想象中，尽管劳拉与弗洛斯不同，但她们都从属于他。万斯眼中的女性被简单地分成两类，她们的主体性遭到无情的否定，而这与保守的社会性别规范不无关系。无论是劳拉还是弗洛斯，万斯自恃有权定义她们的身份。在这一阶段，万斯对女性的认识有其局限性，他对劳拉的崇拜看似神圣，实则不堪一击。随着他与劳拉的交往开始增加，劳拉的弊端暴露得愈加明显。譬如，她无法胜任任何工作，她的存在和万斯渴望从事的诗歌创作一样成为奢侈品。劳拉缺乏经济独立，她与万斯在教育背景上的差异，使两人缺乏共同语言。如前所述，劳拉还缺乏语言表达能力。她无法理解万斯从事创作所遭遇的困境，更无法减轻他的双重压力。这些因素不仅束缚了劳拉的成长，也不利于万斯的成长。劳拉最终因体弱多病而早逝，揭示出缺乏独立的女性无法在社会立足这一事实，同时也反映了男权思想的危害性。万斯在逐步成长为作家的过程中，受益于他与黑露的更深入的思想交流。

---

① 着重号为原文所有。

随着万斯为《时刻》投稿，他与黑露的联系更加密切，黑露的文学才华崭露头角。她与丈夫路易斯·塔兰特(Lewis Tarrant)在文学作品及出版市场问题上有着不同看法，路易斯·塔兰特主张作家依赖市场，黑露则表示反对。“她问道：‘谁的市场?’路易斯·塔兰特没好气地答道：‘你很清楚的，我们负担不起完全忽略公众的要求。’”(《哈德逊河斗拱建筑》第234页)但黑露答道：“我以为你会告诉大众应该读什么作品。”(《哈德逊河斗拱建筑》第234页)。黑露与丈夫的分歧显而易见，她主张作家培养读者的阅读兴趣，发挥积极的引导作用，而路易斯·塔兰特却坚持认为迎合大众口味更重要。万斯的处女作《未被领取的》在该刊物发表后，路易斯·塔兰特催他交出第二篇类似的故事。路易斯·塔兰特编辑的刊物旨在以市场需求为导向，万斯因此无法自主创作。万斯迫于生计，不得不加快写作速度以获取稿酬。从万斯的职业发展角度看，他面临文学商品化带来的困境。此刻，黑露对他的默默支持至关重要，尽管她无力改变丈夫的办刊宗旨。

《众神来临》中，万斯与黑露的关系更加紧密，但最初他无法接受黑露文学造诣更高这一事实。黑露与万斯在文学创作上有共同话题，但两人在谈话中逐渐显露出分歧。例如，黑露发现万斯来回跳跃在不同主题之间，便提醒他集中在一个主题上。万斯告诉黑露自己开始构思小说，但黑露若有所思地回应道：“我以为你打算继续写《神奇》那个故事呢。”[①]万斯辩护道：“对，我原来是这样计划的——不过现在我不打算写了。我估计让你明白大概没什么用……”(《众神来临》第64页)黑露渴望与万斯平等交流，她也直言不讳地表达自己的观点。万斯的性别偏见导致他没有采取黑露的建议，他甚至认为黑露无法理解他的想法。万斯认为自己需要思想独立，他向黑露袒露心声：“除了作家外没人能理解——不过你必须信任我，我知道自己追求什么；知道我不得不追求的是什么，可以这么说。”(《众神来临》第64页)万斯出于性别偏见并不认可黑露的思想，他认为只有作家同行才能理解他。

万斯开始排斥黑露。“万斯开始发现，他不再需要伴侣一起探索生活的奥秘；他最需要的是独处。”(《众神来临》第77页)在这一阶段，万斯受到传统性别意识形态的影响。黑露对他的创作方法与作品评论颇具洞察力，

---

① Wharton, Edith. *The Gods Arrive*. New York: Appleton, 1932, p. 64. 下文引用该作品时直接在文中标注书名及页码，不再另注。

但如上所析，万斯宁愿排斥她的建议。随着他逐渐取得声誉，万斯开始更看重自己的思想独立性。从这一角度看，他与《缪斯的悲剧》中的伦德尔如出一辙。伦德尔与安纳尔顿夫人经常讨论自己的诗歌，在创作过程中会窃取她的一些思想，但并不认可安纳尔顿夫人对其创作的贡献。无论是伦德尔还是万斯，他们都惧怕被认为缺乏独立性，尤其不愿接受“缪斯”比他们更胜一筹的事实。就作家题材作品而言，华顿与詹姆斯在处理作家人物的创作手法上有所不同。詹姆斯笔下的作家人物产出作品大多显得顺理成章，他们的创作过程多数没有成为小说的重点描写对象便不难理解。相比之下，华顿笔下作家人物的创作过程均得到具体的描写，如姊妹篇小说中的万斯、《善会降临》中的柏克顿、《人类的堕落》中的林亚德（Linyard）以及《缪斯的悲剧》中的伦德尔等人的创作经过。

万斯与黑露交往时，自称仍需与另一种女性接触，暴露出他的二元对立的女性观。万斯如同詹姆斯笔下的本福利奥，他认为女性或象征形体，或象征灵魂。《本福利奥》中，本福利奥想当然地认为，男性与多个女性保持亲密关系是其创作的前提条件，他身边的两位女性甚至分别内化了父权文化的价值取向。伯爵夫人自恃高人一等，试图通过与本福利奥结婚使其生活变得更加完美。斯格拉斯迪克则以本福利奥为中心，为他所取得的荣誉感到自豪，却极少谈论自己。华顿的姊妹篇小说中，万斯一度忽略女性的主体性，她们一度被视作万斯的一部分。譬如，万斯试图说服自己，渴望得到弗洛斯是任何男性作家的愿望：“黑露很有智慧，但他可以希望她明白这个道理吗？这就是，一个男人可以用整个灵魂去爱一个女人，但他也迫切希望和另一个女人亲近。”（《众神来临》第 261 页）万斯将女性割裂为精神和形体两部分，他认为与黑露交往可以填补他的空虚，与弗洛斯的交往则可以满足他的欲望。需要指出的是，万斯在与黑露交往的过程中会感到自卑。他随后有一段时间不再与黑露频繁交流其创作思想，其男权思想不言而喻。比如，万斯创作时无法接纳黑露提出的修改建议。在他的小说遭遇失败时，他却抱怨黑露没有及时提出修改意见。当时，黑露仍甘愿充当缪斯，她心里说：“可是，亲爱的，我的确告诉过你，你当时听不进去。”（《众神来临》第 85—86 页）黑露的心理活动揭示出万斯的男权思想，这一阶段，万斯本可以受益于黑露的建议，却缺乏勇气承认她的文学才华。

随着万斯对弗洛斯的了解逐步增加，他最终发现后者是拜金主义者。

万斯取得成功后在伦敦颇受欢迎，但弗洛斯表示不会和他结婚。弗洛斯期待得到昂贵的结婚礼物，她对万斯说："你在伦敦这么成功，你出的书一定能赚一大笔钱，对不对，万尼？你估计这本新书能赚多少？四万美元？他们说吉普林能拿到五万呢。亲爱的，谁给你管钱呢？"(《众神来临》第294页)弗洛斯与万斯交往的前提是他是名作家，她的拜金主义倾向暴露无遗。弗洛斯通过万斯接触到社会名流，企图捞取更多的文化和经济资本。万斯如梦初醒，终于放弃幻想。与《本福利奥》中的伯爵夫人相同，弗洛斯内化了父权文化的女性观。她将自己视为炫耀性消费的主体，却沦为男性的附属品。需要指出的是，黑露与弗洛斯或劳拉迥然不同。黑露对万斯的影响是循序渐进的，如前所析，最初她是万斯的偶像和缪斯，但随即令万斯自惭形秽。在万斯与黑露更加客观地看待自我后，双方完成了各自的成长，两人的关系最终趋于平等、和谐。

本节分析了詹姆斯与华顿笔下的作家人物的情感生活与创作之间的关联，反映出性别意识与叙事手法在建构作家身份过程中的重要性。詹姆斯的《本福利奥》《〈拜尔德拉夫廖〉的作者》与《大师的教诲》的主人公均为男性作家，并且小说叙事都聚焦于男性叙述者。这些人物的名字、作品或尊称都出现在小说篇名中。比如，《本福利奥》以主人公本福利奥命名，《〈拜尔德拉夫廖〉的作者》的篇名中包含主人公的作品，《大师的教诲》的篇名中出现"大师"一词，是奥弗特对圣乔治的尊称。这些作家主人公在从事创作的过程中，在不同程度上均受到情感纠葛的困扰。然而，他们所经历的情感纠葛，均以他们建构作家身份为中心。詹姆斯通过塑造这些人物形象，传达出以下批评内容。第一，对于面临成家立业的作家主人公群体而言，他们的文学才华受到资本占有者群体的操控。譬如，《本福利奥》与《大师的教诲》的主人公，分别受到伯爵夫人和"大师"的主导。需要指出的是，前者的主人公本福利奥对女性的偏见清晰可见。《本福利奥》中，无论是伯爵夫人还是斯格拉斯迪克，她们均被视为缪斯形象。值得关注的是，这只是叙述者引导读者接受的内容，两位女主人公没有被赋权讲述自己的遭遇。第二，对于业已成家的作家主人公群体而言，他们的作品遭到本国读者甚或家人的误解。《〈拜尔德拉夫廖〉的作者》的主人公安辨曾遭到妻子的误解，后者一度坚持的狭隘道德观最终导致他们的儿子不幸夭折。然而，不能忽视的是，第一人称叙述者的性别偏见，体现在他对安辨夫人相貌的预设方面。此外，尽管安辨夫人最终理解了丈夫创作的价值，但小说因聚焦于第一人称男性叙述者，安辨夫人的这一可喜变化并未得到有效的呈现。此外，安辨与第一人称叙述者的性别偏见，也因叙述者的特权而得到弱化。

与詹姆斯的以上作品有所不同的是，华顿的男主人公在女主人公的影响下增强了反省意识，并最终完成了道德成长。譬如，《缪斯的悲剧》和《试金石》与詹姆斯的以上三个短篇有所不同，这两部作品中出现了女性作家主人公。如前所析，《缪斯的悲剧》的女主人公最终被赋予作家身份，她不仅是伦德尔诗篇的共同作者，而且还是书信作者。从篇名上看，《缪斯的悲剧》似乎凸显了女主人公的从属性和悲剧性。但如前所析，丹叶斯在安纳尔顿夫人的作家身份建构过程中发挥了重要作用。这与詹姆斯以上三个短篇的作家主人公塑造手法有所不同，詹姆斯无一例外地采用了男性叙事，并且其叙事以作家主人公为中心，强化了女性人物形象的从属性。《缪斯的悲剧》与《试金石》分别借助丹叶斯和阿莱克萨，还原了遭到大众误解的女性作家形象。丹叶斯的男性视角，使安纳尔顿夫人的真实一面得以呈现给读者。较之于詹姆斯的以上短篇，这一叙事手法有效地凸显了男性克服性别偏见的必要性。在一定程度上，本节探究的詹姆斯的作品中的女性视角偏少，而华顿的以上作品则突出了女性视角的作用。可以说，《缪斯的悲剧》较好地结合了性别视角，尤其是丹叶斯为安纳尔顿夫人赋予话语权这一细节，巧妙地颠覆了后者被强加的缪斯形象。《试金石》则再现了以阿莱克萨为代表的女性的力量，奥冰夫人在小说中已过世，但阿莱克萨通过认真阅读她的书信和小说以及与丈夫格莱纳德的真诚交流，彰显出她善良、诚恳和慷慨的品质。在阐释奥冰夫人的情感与作家身份构建之间的关联的精髓方面，阿莱克萨发挥了重要作用。同理，《哈德逊河斗拱建筑》和《众神来临》以黑露的观察为主，令读者见证了万斯处理情感与作家身份建构问题的全过程。这两部作品是姊妹篇小说，万斯的情感历程与他的作家身份建构过程有所重合。他最初所坚持的二元对立女性观，与詹姆斯笔下的多数男作家主人公的女性观大同小异，但是华顿塑造的黑露在纠正万斯的性别偏见上发挥了重要作用。黑露最先甘愿充当缪斯，但最终选择坚持思想独立，有别于詹姆斯以上作品中的女主人公。詹姆斯的以上作品更多地以男性叙事为主，作家主人公遭受误解令人同情，但他们本身的性别偏见却在一定程度上遭到忽略。华顿的以上作品在揭示主人公建构作家身份与情感历程之间的关联时，较均衡地结合了性别视角，尤其在姊妹篇小说中表现得更明显。作家的情感生活会影响其创作，无疑丰富了他们的作家身份建构过程。作家在从事创作时，与社会的交往构成其作品的必要素材。然而，过多的社会生活又会影响作家的创作质量。詹姆斯与华顿塑造的作家主人公当中，有的沉湎于社会生活，成为社会生活的牺牲品，有的则尽力保持一定的平衡，既不脱离社会生活，又不被社会生活所困扰。

第二节　作家人物的社会生活与创作之间的矛盾

作家的社会生活至关重要，因为这为他们的创作提供丰富素材。然而，过多的社会生活会使作家不堪重负，甚至导致他们丧失创造力。作家力图把握自主创作，但他们的生活往往受到各种因素的牵制。他们或缺乏正确的创作观，或受到功名利禄的诱惑。詹姆斯与华顿刻画作家形象时各有特点，但都表达了他们对渴望自主创作的作家群体的同情，以及对沽名钓誉的作家群体的反讽和批判态度。

本节探究的是詹姆斯与华顿笔下的作家人物的社会生活与其创作之间的矛盾。詹姆斯的这一主题作品包括《私密生活》(“The Private Life”，1892)、《雄狮之死》(“The Death of the Lion”，1894)、《真正正确的事情》(“The Real Right Thing”，1899)及《伟大而神奇的地方》(“The Great Good Place”，1900)。华顿的这一主题作品包括《坟冢天使》(“The Angel at the Grave”，1901)、《人类的堕落》(“The Descent of Man”，1904)及《回到原处》(“Full Circle”，1909)。以上这些作品多关涉创作，如《私密生活》、《雄狮之死》、《伟大而神奇的地方》与《人类的堕落》，有的关涉传记写作，如《真正正确的事情》与《坟冢天使》，有的则关涉文学评论写作，如《回到原处》。这些作品从不同侧面反映了作家的社会生活与其创作活动之间的矛盾，当作家的自主创作空间受到社会生活的侵蚀时，他们往往成为受害者，令读者同情。而当公共舆论建立在正确理解作家作品的基础上时，它将为作家提供应有的保护。诚然，实现这一点，很大程度上有赖于作家群体的道德意识及其相应的实践。

詹姆斯在《私密生活》的创作笔记中说明，该短篇篇名与英国画家兼雕刻家弗雷德里克·莱顿爵士(Sir Frederic Leighton)和罗伯特·勃朗宁(Robert Browning)相关。勃朗宁去世后，詹姆斯参加了在威斯敏斯特教堂为勃朗宁举行的葬礼，并撰文记载了当时的场景，该文发表在1890年1月那期的《演说家》(*The Speaker*)杂志上。[①] 詹姆斯深知运用该素材创作的难度，但他仍相信自己的写作能力。他在创作笔记中写道，要以上述两人为素材写个短篇，当然是“十足的空想”，但即便如此，短篇也有可能写得“有趣生动”。[②] 短篇“必须非常简洁——非常轻松——非常生动。梅里封特爵士(Lord Mellefont)是公众表演家——他的所有性格特征均体现在他的行为、长相、音量、用词、成就和装扮上，完全有一种——不过我能想象到这个形象：开始写吧——开始写！不要光纸上谈兵。”[③]从这段引文可以看出，詹姆斯面临市场压力，他希望自己的短篇能够吸引读者。此外，他通过写创作笔记鼓励自己克服干扰从而专心写作。可见，短篇也反映了詹姆斯的创作活动。

《私密生活》(“The Private Life”, 1892)采用第一人称叙事，对比了选择忠于创作与沉湎于社会生活的不同后果。这对人物分别是梅里封特爵士(Lord Mellifont)和克莱尔·沃德里(Clare Vawdrey)，前者频繁出入社交场合，偶尔涂鸦，后者致力于写剧，是“众人眼中的文豪”。[④] 叙述者注意到，剧作家克莱尔的个人生活受到上流社会成员的控制，几乎无法按照自己的节奏创作。短篇中，舞台明星布兰奇·埃德尼(Blanche Adney)吸血虫般地榨取克莱尔的时间，不断催促他完成剧作，这些均被第一人称叙述者尽收眼底。如同詹姆斯的多数其他作家题材作品中的第一人称叙述者，该短篇的第一人称叙述者扮演了保护作家主人公的角色。篇名“私密生活”指的是艺术家从事创作所需的私密空间，频繁的社会生活几乎吞噬他们的创作时间。他们一方面需出入各类社交场合，另一方面又需心无旁骛地开展创作。小说中，叙述者观察到剧作家克莱尔的双重性。叙述者发现，克莱

---

① James, *The Complete Notebooks of Henry James*, p. 60.

② James, *The Complete Notebooks of Henry James*, p. 60.

③ James, *The Complete Notebooks of Henry James*, pp. 60-61. 詹姆斯在小说中给人物取名为“Mellifont”，与创作笔记中的“Mellefont”略有不同。(James, *The Complete Notebooks of Henry James*, p. 60.)

④ James, Henry. “The Private Life”. *Complete Stories*: *1892-1898*. Ed. David Bromwich and John Hollander. New York: The Library of America, 1996. 58-91, p. 58. 下文引用该作品时直接在文中标注页码，不再另注。

尔可以同时开展社会生活和创作活动。詹姆斯再现这一主题时采用了魔幻手法，为小说增添了神秘色彩。

与《大师的教诲》相同，《私密生活》仍与"大师"门徒的成长相关。事实上，詹姆斯写《私密生活》旨在悼念当时刚去世的罗伯特·勃朗宁，"世人看到的总是很平凡的勃朗宁。他真正的才华蕴藏在他的书中"。[①] 短篇旨在赞赏艺术家有意识地维护自己创作空间的行为。[②] 这也是詹姆斯的创作观的反映，如埃德尔所写，这"说明詹姆斯看到自己的生活的两部分：他为艺术和私人空间倾注一生精力；同时又渴望推开这些，寻找舞台上的世俗生活和大众关注"。[③] 与"私密生活"相对应的是"社会生活"，梅里封特爵士擅长公共表演艺术，这与克莱尔从事的戏剧创作相对应。有趣的是，该短篇的创作时间，与詹姆斯改编剧本版的《美国人》(*The American*, 1877)的时间相重合，后者的演出效果获得了一些评论家的认可，但批评的声音更为响亮。詹姆斯试图将《美国人》搬上舞台，旨在使艺术更接近大众，体现了他渴求大众认可的心理。这一尝试显然影响到詹姆斯的文学创作，"像威廉·阿彻(William Archer)这样的戏剧评论家，尽管期待小说家为舞台创作，但就连他们也不得不承认，詹姆斯为得到夸张的戏剧效果，牺牲了大量的小说原创性"。[④]《私密生活》折射出小说家自主创作与满足大众需求之间的矛盾主题。

《私密生活》中，克莱尔对成功充满矛盾心理，这与詹姆斯的经历相仿。小说中，克莱尔的困境在于，出于积累素材的需要，他不得不出入社交场所，但他也需要静心创作。这再现了詹姆斯的困境，他在创作《私密生活》期间希望其作品深入人心，渴望得到更稳定的收入，于是尝试从事剧本创作。[⑤] 作为职业作家，詹姆斯不得不面对报酬低和市场压力大等问题，他只得牺牲自主创作，尽量满足大众需求。令詹姆斯始料未及的是，《美国人》的舞台演出广受批评。伍尔森小姐回顾该演出的效果时这样写

---

① Edel, *Henry James: A Life*, p. 358.

② Edel, *Henry James: A Life*, p. 358.

③ Edel, *Henry James: A Life*, p. 359.

④ Edel, *Henry James: A Life*, pp. 369-370.

⑤ 詹姆斯放弃写小说，转而写剧本，原因极为复杂。一方面，他为自己的作品不受欢迎感到绝望，同时他也遭受经济压力；另一方面，詹姆斯有信心征服戏剧舞台，还有兴趣追求戏剧文类品质。(Graham, Kenneth. *Henry James: A Literary Life*. New York: Palgrave Macmillan, 1995, p. 103)

道："詹姆斯只在舞台上逗留了片刻。评论家自那以后却写了无数剧评。有的热情称赞该剧本，有的猛烈抨击，有的谩骂，还有的高度评价等等。"[①]引文中的复杂含义不言而喻，詹姆斯从事剧本创作的时间虽然很短，却后患无穷。伍尔森的评价暗示，詹姆斯与其花时间写剧本，不如专心致志地写小说。然而，这一阶段的詹姆斯内心极为矛盾。一方面，他渴望得到文学界的认可。另一方面，他不甘心自己的创作无法为他赢得丰厚的稿酬。事实证明，文学批评界更关注詹姆斯的小说创作，而不是剧作。詹姆斯的剧本创作以失败告终，无疑给他带来沉重打击。詹姆斯生性敏感，面对批评的声音，他很难做到波澜不惊。华顿在回忆录中曾这样谈及詹姆斯对外界批评的敏感：

> 詹姆斯对批评或任何评论的这种敏感，与虚荣心无关；这由伟大艺术家对其创造力的深切意识所致，这种意识掺杂着因缺少大众关注而导致的痛苦的、持续一生的失落感。亨利·詹姆斯在其文学成就以古怪的形式为世界瞩目的同时是否暗自梦想自己也能成为"畅销作家"，对此我不敢确定；无论如何，他一生的确非常坎坷，痛苦不堪——而且这种痛苦与日俱增——原因在于，那些曾极力赞赏其早期小说的读者不再关注他的作品。[②]

毋庸置疑，詹姆斯曾渴望成为畅销作家。他的好友乔治·杜莫里埃(George Du Maurier)曾无心插柳柳成荫，杜莫里埃无意间写的小说竟成为畅销作品。不过，杜莫里埃成名后的境况，也令詹姆斯见证了世俗成功的负面影响。杜莫里埃生性好静，突如其来的成功，令他"不堪重负，不知所措"。[③] 或许可以说，詹姆斯对好友这一经历的认识，体现在《私密生活》的作家主人公克莱尔的形象塑造上。

《私密生活》中，克莱尔珍惜私密空间的行为，与梅里封特爵士的自我炫耀形成鲜明对照。克莱尔不堪社会生活的重负，设法在独处时从事创作。他应邀参加梅里封特爵士夫妇举办的宴会并发表讲话，但这并非他的

① Edel, *Henry James: A Life*, p. 369.

② Wharton, *A Backward Glance*, p. 191.

③ Edel, *Henry James: A Life*, p. 455.

意愿。梅里封特爵士夫妇邀请克莱尔赴宴，旨在借助后者的名气增加自己的文化资本。克莱尔本人对这类无聊的社交活动毫无兴趣，叙述者观察到：

> 我们普遍的共识是，克莱尔·沃德里讲话时，大家都必须保持安静。奇怪的是，这并不是因为他期待大家这样做。克莱尔没有这个意愿，因为在众多发言人当中，他最自然，最没有贪欲，也最不专业。要求大家保持安静，应该说是梅里封特爵士夫妇的旨意：这是他们的做法，不过，名小说家和梅里封特爵士夫妇一起用餐时，他们总要找来很多听众。(第59页)

作为晚宴参加者，叙述者观察到克莱尔并不爱慕虚荣。梅里封特爵士夫妇要求像克莱尔这样的名家参加他们组织的晚宴，并希望更多人员参加，旨在向大众炫耀自己的社会地位。克莱尔讲话时，梅里封特爵士夫妇要求赴宴者洗耳恭听，实则在间接炫耀自己的文化资本操控权。

克莱尔为人低调平和，这在叙述者看来无与伦比。叙述者注意到，克莱尔"从不谈论自己"(第60页)，也"不闹情绪，情感上不纠结，没有什么喜好"(第60页)。克莱尔淡泊名利，可谓詹姆斯笔下的理想艺术家形象。克莱尔超越了个人情感的需求，唯一关注他的创作质量和速度。他将"自己"与剧本创作截然分开，剧本创作的成败，不会影响他的心境。他的所有"情绪"、"纠结"和"喜好"均与其创作无关，可以说，克莱尔的这一创作理念与马修·阿诺德所提倡的"不计利害的"创作或文学批评理念有所呼应。梅里封特爵士与克莱尔完全不同，他讲排场，会根据场合着装。叙述者认为，这种过于重视外表的行为抹杀了一个人的内在品质。"与其说梅里封特爵士见过大世面，不如说他像个领班。"(第63页)叙述者注意到，爵士注重外表却忽视内涵，他炫耀其考究装扮时反而降低了自己的身份。叙述者将爵士比作"领班"，其鄙视态度溢于言表。克莱尔与之相反，他从不谈论自己。克莱尔定义自己的身份，靠的是他的作品，而不是外表装饰。小说中，克莱尔献身艺术的精神受到叙述者的尊崇。如前所述，克莱尔在叙述者看来更具影响力。相反，梅里封特爵士却是下列表现：

> 他借助一些不可抗拒和含糊其辞的手势引领谈话；人们觉得，假如没有他，谈话就不会有任何可称之为语气的东西。这就是他在所有场合贡献的精华——他贡献的首先是英国的社会生活。他弥漫在英国的社会生活中，他为这种社会生活添油加醋，他修饰社会生活，缺了他，英国社会生活几乎没有可用来描述它的词汇，当然也就不会有风尚；原因是，风尚就是梅里封特爵士存在的意义，他就是一种风尚。(第64—65页)①

“社会生活”在此重复五次，与短篇篇名形成鲜明对照。梅里封特爵士是社会生活的中心，几乎出现在所有公共场合。叙述者暗示，英国的“社会生活”充斥着梅里封特爵士类型的人物。他们徒有其表，内心空虚。梅里封特无时无刻不在关注自己的影响力，这种“风尚”将真实丰富的个体生活排除在外，“梅里封特爵士不间断地抛出有策略的宝物，而克莱尔·沃德里在这方面表现得很自然。”(第65页)一个个空心人构成了英国的社会生活，而且这样的生存方式竟也成为“风尚”，小说对这种社会现象的强烈批判蕴含其中。梅里封特爵士我行我素，克莱尔则具有自律意识。

克莱尔是成熟的小说家，创作时不会去迎合市场。据叙述者观察，克莱尔秉持自主创作原则。“在我看来，最坏的情况是，布兰奇·埃德尼永远也不会从这位伟大成熟的小说家那里套出适合她表演的现代喜剧来，小说家不会生产这类作品，正如他不会穿针引线一样。”(第66页)叙述者向布兰奇解释，克莱尔的双重身份在于，“一个出门在外，另一个居家在内。一个是天才，另一个是小资，我们所熟悉的只是他的小资部分”(第76页)。公共空间中的克莱尔只是他的一个身份，他的另一身份在私密空间得以呈现。克莱尔的作家身份是私密生活的重要组成部分，只有像叙述者那样近距离地接触克莱尔，才能发现他的这一身份。叙述者对克莱尔的赞赏态度，一定程度上表明他是詹姆斯的代言人。

小说以魔幻的手法再现了叙述者对克莱尔的近距离观察。克莱尔明明在外与布兰奇周旋，却同时在屋内奋笔疾书。叙述者见证了克莱尔的双重在场，说明后者致力于从事创作，也反映出其私密空间被过度的社会生活所吞噬的困境。读者在叙述者的引导下发现，克莱尔的双重身份，与梅里

① 着重号为笔者所加。

封特爵士缺失自我构成鲜明对照。叙述者借助布兰奇之口这样说道："……假如克莱尔·沃德里是双重人(我敢肯定他的身份越多越好)，梅里封特爵士则相反：他甚至都不完整。"(第77页)布兰奇观察到，克莱尔的生活丰富多彩，他既可以和周围人打成一片，也可以独处。梅里封特爵士则相反，失去人群的包围，他便失去了自我。叙述者对梅里封特爵士的这一特点也观察入微，他对布兰奇的评论表示赞同："梅里封特爵士完全属于公共场合，没有相应的私密生活，克莱尔·沃德里则相反，生活在私密空间，没有相应的公共场合上的自我。"(第78页)两人的不同选择决定了他们的生活方式，也影响到他们的身份建构。叙述者进一步思考缺失私密生活的严重后果，"我暗自同情梅里封特爵士的完美表演，纳闷这副面具下面不得不遮盖的是怎样一张面无表情的脸，他独处的那些不可缓和的时光里还留下什么，或者，说得更严重些，他和他更强烈的自我——自己的合法妻子独处时还留下什么。他在家是什么样，独处时都做些什么?"(第79页)如前所析，梅里封特爵士不像克莱尔那么自然率真，他通过在公共场合上的表演来确认自己的身份。缺少私密生活的个体，或许在公共场合拥有多种身份，但他的私密自我终究是虚无的。事实上，梅里封特爵士夫妇都是如此。梅里封特爵士夫人这样对叙述者说："只要丈夫和我不在一起，我就会紧张。"(第62页)可见，即便在家中，两人也并不享有私密生活。再如，布兰奇向叙述者这样描述她对梅里封特爵士的印象："哪里有人，他就会出现在哪里。"(第83页)叙述者与梅里封特爵士交往时也有同感，他发现爵士的出现总与人群有关。布兰奇与叙述者的发现，进一步印证了克莱尔与梅里封特爵士的差异。克莱尔与梅里封特爵士的人物形象塑造，生动地说明了个体身份的确立与拥有私密生活之间的密切关系。

布兰奇向叙述者讲述她聆听克莱尔朗读剧作手稿的经历，进一步印证了克莱尔的双重身份。布兰奇欣喜地发现，克莱尔朗读剧本时完全以另一身份出现。克莱尔的朗读使她感到，剧作者是另一个人，而不是克莱尔本人。布兰奇对叙述者这样谈及克莱尔的与众不同："'如此完全不同的人。'布兰奇·埃德妮夫人说。我们继续朝前走，讨论着这个差异，说这一差异蕴含了多么丰富的内容，说它对生活有多重要，还说性格竟然可以复制。"(第80—81页)在叙述者和布兰奇看来，克莱尔内涵丰富，是真正的艺术家。布兰奇的经历暗示，只有当听众准备接受艺术家身份时，才能听到常人无法听到的艺术之声。布兰奇和叙述者分别耳闻目睹克莱尔的朗读和创作场景，表明艺术家只有像克莱尔一样勤勉，才能取得些许成就。克莱尔维护珍贵的私密空间，最终得以呈现优秀作品。梅里封特爵士满足于聒噪与虚荣的包围，其涂鸦之作的质量可想而知。“梅里封特爵士边说边画，边画边说；假如他的画作和他的谈话内容一样丰富，那么他的谈话应该能装满一本画册了。”(第 85 页)梅里封特爵士矫揉造作，看似从事艺术创作，实则醉心于社会生活。他追名逐利，画作的品质可想而知。譬如，他完成画作后，布兰奇不屑找他签名。从小说情节发展来看，克莱尔的私密自我与公共自我相辅相成。克莱尔似乎有分身术，他最终完成剧作，说明他有能力平衡社会生活与写作生活。个体如何平衡私密与公共空间之间的关系，是小说启发读者深思的内容。与克莱尔形成对比的是梅里封特爵士，他象征浮夸虚无的社会生活。叙述者心目中的“大师”无疑是克莱尔，叙述者从中受到的教诲应使他受益无穷。拥有私密空间可以促进艺术家思考和创作，反之则会危及艺术家的生命。这一主题在詹姆斯的中篇《雄狮之死》中也有所体现。

《雄狮之死》(“The Death of the Lion”，1894)将创作、阅读和文学批评主题紧密交织在一起，借助陷入困境的作家形象，精妙地再现了 19 世纪末英美文化界消费文学的社会现象，对启发读者思考文学和文学批评的本质有着重要意义。[①] 小说最先发表在当时新创办的文学杂志《黄皮书》第一期，以 19 世纪末的英美文化界为背景，从批评家第一人称叙述者“我”的视角出发，讲述了知名作家尼尔·帕拉迪(Neil Paraday)如何沦为社会各阶层的消费对象并最终溘然辞世的经过。埃德尔指出，该小说是“詹姆斯开始写的‘文学家生活小说’当中最辛辣——也是最引人发笑的作品之一”。[②] 学界对《雄狮之死》的研究，集中在对叙述者的分析上，主要有两类观点。以霍格(Hoag)、阿姆斯特朗(Armstrong)及迪贝尔(Diebel)为代表的批评家指出，叙述者接近帕拉迪同样出于功利主义。[③] 毛亮则认为，詹姆斯通过创作《雄

① 下文出自李晋：《“以更好的名义”——〈雄狮之死〉的反讽力量》，《国外文学》2018 年第 4 期，文字略有改动。

② Edel, *Henry James: A Life*, p. 395.

③ Hoag, Gerald. “The Death of the Paper Lion”. *Studies in Short Fiction* 12. 2 (1975): 163-172. *Ebsco*. Web. 2014-07-11; Armstrong, P. B. “Art and the Construction of Community in ‘The Death of the Lion’”. *Henry James Review* 17. 2 (1996): 99-107. *Project Muse*. Web. 2012-11-07; Diebel, “‘The Dreary Duty’: Henry James, *The Yellow Book*, and Literary Personality”.

狮之死》将理想与现实纳入同一叙事框架中。[①] 在细读文本的基础上，结合詹姆斯的创作笔记及其文学评论文章，以及他为该小说所写的序言，叙述者可以重新得到解读。通过透视叙述者视角中的社会各阶层，读者可了解到帕拉迪的创造力是如何遭到毁灭性的打击的过程，小说对出版业和有闲阶级等社会群体消费文学的辛辣反讽可以得到揭示，反讽的重要作用也由此显现。

与小说的文学批评主题密切相关的是文学出版业的转型。第一人称叙述者是一家文学周刊的编辑，他的叙事揭示出转型期两个代表人物的不同主张。这两个代表人物分别是文学周刊的前拥有人兼主编迪迪先生（Deedy），和周刊的现任主编平霍恩（Pinhorn）。值得注意的是，从叙述者得知，迪迪先生在小说开端已过世，留在人间的仅是他一手导致周刊失败这一事实。该细节的设计，反映出世纪末英美文学出版业所经历的转型期的特点。可以说，迪迪代表的是阅读文学的时代，他的办刊理念以阅读文学为核心，但迪迪的谢世与周刊被迫停办，象征文学阅读时代的结束。从平霍恩之后的话语可以推测，迪迪应是致力于发扬文学批评精神的一类出版人，但终因缺乏市场意识，导致周刊惨淡经营。迪迪的名字一语双关，“Deedy”中的“deed”既可指做“好事”，也可指做“坏事”。按照文学出版业的传统标准，迪迪先生可谓做“好事”的人，表明他尊重文学。但如以周刊经营成败为标准，迪迪先生又可谓做“坏事”的人，周刊经营失败就是例证。文学周刊在迪迪先生的手中灭亡，似乎暗示，象征理想的迪迪先生与代表现实的平霍恩之间的鸿沟无法逾越，但这并不意味着文学批评精神从此失传。

从叙述者所接受的职业训练，可看出文学批评精神的影响，具体体现在他向平霍恩提议写帕拉迪作品评论。平霍恩接任主编职位后，叙述者有如下心理活动：

> 同时，我也意识到，作为旧的有威胁性的体系的产物，我处处受到猜忌。这让我感到，自己该加倍努力，贡献想法。我最后向平霍恩先生建议，我应该试着写写尼尔·帕拉迪。我至今仍记

① 毛亮：《自我、自由与伦理生活：亨利·詹姆斯研究》，第132页。

> 得他当时看我的表情，似乎表示他从未听说过这个名家。当时，帕拉迪的确丝毫算不上世界关注的焦点；我意识到这点后向他加以解释，他依然表示，对这类内容的市场需求几乎没有信心。我提醒他说，我们应该遵循的伟大准则是，只应创造我们的需求，但他想了一会儿，接着说："我明白了；你想写他，是想让他出名。"①

叙述者是文学出版业转型期的亲历者，他清晰地感受到迪迪与平霍恩在办刊准则上的巨大差异。显然，他属于迪迪所代表的"旧的有威胁性的体系的产物"，但他并未放弃以自主性为特点的文学批评传统。叙述者率先提议写帕拉迪的评论文章，而帕拉迪在这一阶段尚未受到广泛关注，这表明叙述者推崇作家帕拉迪，源自其客观而真诚的欣赏。从这一角度看，叙述者是迪迪先生所代表的文学批评精神的传承者，叙述者与平霍恩的交锋，反映出两个标准的对立。平霍恩的唯一标准就是市场需求，帕拉迪甚或任何作家的作品是否优秀，他并不关注。叙述者向平霍恩指出的"伟大准则"中的含义是，文学周刊主编应肩负引导大众阅读趣味的使命。他希望获准写帕拉迪作品评论文章，正是要将这一准则付诸实践。然而，平霍恩的以下话语暴露出他所坚持的以市场为中心的经济准则："'帕拉迪有很多文章可做吗?'…… '很好，写他吧。'之后他又补充道，'你从哪儿做起?'……'我不想要你做任何事情——你自己设计。但要记住，我们现在就是这样做事。'平霍恩先生说道，再次提醒我迪迪先生经营周刊失败那回事。"(第356—357页)②此处反复出现的"做"以及"经营周刊失败"，揭露出平霍恩的实用主义办刊特点，即文学周刊旨在满足大众趣味，增加周刊订量是其最终目的。现任文学周刊主编平霍恩，完全颠覆了迪迪先生曾坚持的"伟大准则"。从平霍恩提及迪迪先生经营失败的事实这一细节不难推断，迪迪先生代表了崇尚文学批评精神的办刊原则，他拒绝将文学庸俗化，拒绝迎合大众读者的低级趣味。叙述者的以下心理活动，更具体地阐释了他对两种准则的认识："迪迪先生像不愿出版'假期版'一样，会不愿让我去采访

---

① James, Henry. "The Death of the Lion." *Complete Stories: 1892-1898*. Ed. David Bromwich and John Hollander. New York: The Library of America, 1996. 356-392, p. 356. 下文引用该作品时直接在文中标注页码，不再另注。

② 除"现在"的着重号为原文所有外，其余着重号为笔者所加。

尼尔·帕拉迪；但这些道德底线，在他的继承者平霍恩看来却是很不体面的节俭行为，他的继承者的真诚体现在按响门铃，他的继承者界定天才的标准是去名人家采访的艺术。"(第357页)叙述者的以上洞见，不乏对迪迪先生的积极赞赏和对平霍恩的辛辣反讽。平霍恩的"真诚"其实是表面文章，他界定天才的"标准"是私人拜访，这些均属华而不实的行为，却被平霍恩冠以文学批评话语，以粉饰自我，而迪迪先生脚踏实地的真诚和以作品评价天才的客观标准，反被污蔑成"不体面的节俭行为"。叙述者对平霍恩的无情嘲讽，反映出他的文学批评观：叙述者认可迪迪先生代表的传统，坚信周刊不必迎合大众趣味，应肩负为大众推荐优秀作品的责任，而判断作家是否优秀，只能依靠阅读其作品。

叙述者的这一理想追求与他需在现实中适应平霍恩的要求，密集地交织在一起，从而构成小说的张力。叙述者的矛盾心理令人揪心："真正地去那里(帕拉迪的寓所)，这时让我觉得，之前希望写些有关尼尔·帕拉迪比较微妙的内容显得更能激发灵感。我会做到像即便是迪迪先生有可能希望做到的那样周全，不过我也应该像只有平霍恩先生才能构想出来的那样在场。"(第357页)[①]这一阶段，叙述者试图将两个准则结合起来，既做到不背叛迪迪先生所象征的文学至上的信念，又做到满足平霍恩的要求，前往采访帕拉迪。"微妙的内容"的含义是，叙述者对帕拉迪作品的细致解读，因为只有真正爱好文学的读者方可领悟其中的奥妙，才可称之为"微妙的"。上述引文选择了不同的情态动词，分别描述叙述者的心理活动，再现了他所经历的被理想和现实撕扯的两难境遇。第一个情态动词"会"(would)的含义是，叙述者将做到迪迪先生所希望他做到的"周全"，表明叙述者对献身文学批评的理想精神的承诺，"周全"可理解为对作家作品有基本的尊重，折射出叙述者作为批评家的人文情怀，也表达了他传承文学批评精神的心愿。另一个情态动词"应该"(should)则暗示叙述者的无奈，旨在说明，他出于生存，须遵从平霍恩的旨意采访帕拉迪。上述引文出现"应该"的后半句，也是对平霍恩的有力嘲讽。平霍恩的智慧也仅体现在他安排叙述者采访帕拉迪这一事上了。叙述者的反讽，其实也预示，他的困境将随着他对平霍恩的深入认识逐渐消除。

叙述者的困境，在他完成采访帕拉迪任务后化为乌有，更坚定了他对

---

① 着重号为笔者所加。

平霍恩的经济准则的排斥，而这源自他对平霍恩的唯利是图本质有了清醒认识。叙述者摆脱其困境，体现在他所经历的“皈依”。小说三次提及“皈依”，分别出现在第一章、第二章和第七章。第一次出现在开篇，叙述者说明自己经历了“皈依”，这是引子，交代了“皈依”的语境。如前所述，迪迪先生与平霍恩分别代表两种准则，叙述者倾向于赞成迪迪先生的信念，但他迫于生存，内心也存在矛盾，需在现实生活中作出抉择；第二次出现“皈依”是在第二章，叙述者具体介绍了他“皈依”的原委。正是在这一阶段，叙述者对平霍恩的经济准则进行了犀利的批判。叙述者之所以“皈依”，是出于一种“传奇般的古老魔法”(第 360 页)，是因为在他与帕拉迪接触的几天内，两人一见如故，叙述者原本要遵从平霍恩的意图写报道，结果改变主意，叙述者称自己得到了“挽救”(第 360 页)。联系到叙述者对帕拉迪作品的好感，这种带有传奇色彩的“皈依”，并不显得突兀。而“挽救”一词的使用，暗示叙述者对自己有可能成为平霍恩的帮凶表示后怕。假如他按照平霍恩的指使，专门收集并撰文散播帕拉迪的隐私，他因此而犯下的罪行将不可饶恕。促使叙述者与平霍恩决裂的，是平霍恩对其倾注真情实感而写的评论文章表示不屑，甚至加以指责。叙述者在帕拉迪的住处一气呵成的评论文章，根据小说细节可推测，应该融作者对帕拉迪作品的深刻领悟与对帕拉迪禀赋和气性的欣赏为一体，这样的文章理应发表在文学周刊上，更多读者将有机会了解到帕拉迪作品的优秀品质，起到一定社会功用。然而，该文却遭到平霍恩的拒稿。叙述者清醒地意识到，他无法苟同平霍恩的经济准则：“我知道我失败的原因，但正是在这个地方我无法取得成功。我被派去采访帕拉迪，是要写私人生活方面的内容，结果我根本没有写他的私人生活：我寄给伦敦的文章，只是对我研究的作者的才华做了点儿过于关注细节、抒发强烈情感的研究。”(第 359—360 页)“关注细节”和“抒发强烈情感的研究”，原本是文学批评家具备的品质。[①] 这是对文学作品最起码的尊重，也是叙述者不允许自己突破的道德底线。然而，平

① 迪贝尔认为，叙述者对帕拉迪的作品感知，以抒发强烈的情感为特点，而不是呈现作品内容(Diebel, “‘The Dreary Duty’: Henry James, *The Yellow Book*, and Literary Personality”, p. 52)，但值得指出的是，迪贝尔忽略了一个细节，即叙述者撰写的帕拉迪评论文章遭到平霍恩拒稿，其原因是“过于关注细节”，在笔者看来，这里的“细节”应是叙述者对帕拉迪作品的认知。这表明叙述者的文章是言之有物的，正因为涉及了作品内容，才不符合平霍恩的要求。平霍恩拒稿的另一原因是“抒发强烈情感”，也是基于叙述者对帕拉迪的作品和禀赋欣赏而产生的。

霍恩却横加指责，可见两个准则的对立。“私人生活”是大众读者猎奇的对象，至于帕拉迪的文学创作评论，并不是文学周刊关注的内容，其中的反讽与批判不言而喻。

第三次出现“皈依”是在第七章。赫特小姐(Hurter)[①]专程从美国西部来到英国，只为求帕拉迪的亲笔签名。叙述者这样向她解释：“为了说明我的观点，我请求年轻女士允许我简单讲述那个小插曲，我曾带着亵渎性质的目的去乡下，结果当时就皈依了，对神圣有了敬畏之心。”(第 377 页)这一讲述，再次强调了叙述者的立场的转变。“亵渎”指的是叙述者听从平霍恩的指示，准备写访谈帕拉迪的文章，从而将帕拉迪当作周刊的摇钱树，这是对帕拉迪的文学创作天分的大不敬。叙述者这一坦诚的交代，以及叙述者在第一章和第二章的讲述，揭示了他的自我反省精神。这与詹姆斯的创作笔记中对叙述者的描述相对应，詹姆斯在创作笔记中这样写道：“我姑且称这个故事为《雄狮之死》，让我的叙述者，一个对整个事件有批判性的思考的人，一个打算采访作家的年轻人，幡然醒悟，意识到自己的错误，慢慢隐退。‘我只不过经历了所谓的皈依——我觉得，这个皈依从他们退回我的文章那时开始的’——我想，故事可以这么开始。”[②]叙述者与平霍恩所代表的金钱第一的群体毅然决裂，这着实需要勇气。他选择皈依帕拉迪象征的精神追求，意味着他将难以有稳定的生活收入。“皈依”的另一含义是，叙述者此前还为周刊写花边报道，为周刊效力，为稻粱谋，他在“皈依”后，叙事中再未出现描写他写那些哗众取宠的报道的细节。叙述者拒绝亵渎帕拉迪及其作品，拒绝将文学庸俗化，以“私人生活”报道代替文学评论。他任职的文学周刊选择了迎合市场这一庸俗标准，其他众多期刊更是有过之而无不及，这些期刊的辛迪加代表莫罗(Morrow)，便成为小说集中反讽的第二个对象。

叙述者在帕拉迪的住处巧遇莫罗，后者与平霍恩在办刊标准上如出一辙。莫罗代表包括《闲谈者》在内不少于 37 家有影响力的期刊辛迪加，帕拉迪发表新作后，他第一时间抵达帕拉迪的寓所，试图捕捉其生活场景，并自称是研究帕拉迪的第一人：“我很自信，我应该是这个领域的第一人。自然对帕拉迪先生的周围环境有浓厚兴趣。”(第 364 页)与平霍恩相同，莫

---

① 字面意思为“伤害者”，暗示崇拜作家的读者会给作家带来无尽的伤害。

② James, *The Complete Notebooks of Henry James*, p. 87.

罗不屑掩饰其赤裸裸的实用主义哲学。莫罗像平霍恩一样喜好“做”，他这样问叙述者：“帕拉迪的作品怎么做到这点的?”(第368页)在平霍恩和莫罗看来，帕拉迪的名人效应是否能为期刊吸引更多读者，是否能增加期刊的发行量，诸如此类经济利益至关重要。至于帕拉迪的作家身份，以及他的新作内容，这些均须让位于发行量。19世纪末，文学日趋市场化，文学周刊和大众期刊热衷于报道知名作家的私密生活，但无论是期刊，还是期刊读者，对代表作家最本质的内容即文学作品却没有兴趣，作家已沦为扩大期刊发行量的工具，变成嗜好猎奇的读者的消费品。通过文学形式再现这一社会现象，是詹姆斯的小说创作目的，如他在创作笔记中所写，“关于名艺术家——这次他必须是个文人——他受众人吹捧，受众人欢迎，大众写信要他的签名和画像等等，但在广告和新闻报道盛行的时代，在这个采访时代，没有一个相关的人对他的作品有丝毫了解，难道不能写点儿什么吗?”[①]莫罗与平霍恩采用相同的办刊标准，不过莫罗是这一标准的直接践行者，平霍恩心目中最理想的编辑非莫罗所属。莫罗在帕拉迪走红后第一时间赶到其住处，并自诩拥有阐释帕拉迪的特权。叙述者与莫罗的交锋，可谓叙述者与平霍恩交锋的延续，这一次更直接，更有力，也更有锋芒。

叙述者与莫罗的交锋体现在如下陈述：“‘帕拉迪的生活在这里，’我继续说道，‘我心里装的全都是让人钦佩的作品，我没法谈论其他内容。艺术家的生活就是他的作品，作品正是了解作家的渠道。作家有什么需要我们了解的，全都以这种完美形式告诉我们了。我亲爱的先生，最佳采访者应该是最佳读者才对。’”(第368页)[②]采访本身无可厚非，但假如采访内容不触及作品，无异于隔靴搔痒，莫罗满足的是大众的猎奇心理。《闲谈者》的刊名，无疑指向大众读者消费名家以增加其谈资的不纯动机，莫罗旗下几十家有影响力的期刊，暗示其市场规模不可低估，莫罗在“引导”大众消费文学上“功不可没”。或许正是出于这一原因，叙述者辩驳道，对作家的深度采访，既表现了对作家的尊重，又体现了引领读者正确看待文学的作用。叙述者认为，负责任的读者，不是利用作家达到炫耀自己的目的，负责任的出版人，不是利用作家达到丰厚刊物利润的目的。所有这些急功近利的做法在莫罗身上暴露无遗，此人的名字“Morrow”字面意思是“明天”，

---

① James, *The Complete Notebooks of Henry James*, p. 86.

② 着重号为原文所有。

是“未来的使者，尽管很粗鲁”，[1] 有效地传达出詹姆斯对19世纪末不健康的文学批评生态的批判。其实，早在19世纪下半叶，詹姆斯对文学批评危机就有所论述。1865年，詹姆斯发表了对马修·阿诺德《批评一集》(*Essays in Criticism*，1865)的评论文章，文中引用阿诺德的以下文字，说明文学批评可以通过远离实用做到中立：

> 不妨一言以蔽之，这就是不计利害(disinterestedness)。文学批评何以显得不计利害呢？那就是与所谓的“实用观点”保持距离，坚定地遵从自身的法则和规律，即心灵对各项主题进行自由嬉戏(a free play of mind on all subjects)；批评应该始终拒绝出卖自己，不要别有用心地对理念进行政治化和实用目的的考虑；很多人都会坚定地向这些观念靠拢。也许应当经常向它们靠拢，而且在我国无论如何都得坚定不移地向它们靠拢。但是，这和批评真没有什么关系。文学批评的业务，如我所说，是了解世上的知识精粹和思想精华，反过来又使这些知识和思想为人所知，创造真实正确而新鲜的思想潮流。它的职责是以不打折扣的诚实和相应的能力做好上述事宜。[2]

在詹姆斯看来，阿诺德所述的“与所谓的‘实用观点’保持距离”容易引起误读。詹姆斯指出，人们容易把阿诺德的主张误解为“统一偏好没有利益的思想，排斥常识”，[3] 但是，“阿诺德先生提倡的批评运动最出彩的地方是，在以上两方面，批评实践的范围是无限的。批评涉及普通事实，也涉及最丰富的幻想；但批评只涉及它们当中所包含的**真理**，而不是为**读者你**去服务，也不是为读者你所代表的团体服务”。[4] 詹姆斯认同文学批评范围的广泛性以及文学批评活动的客观性这两个要素。这里，詹姆斯区分了真正意义上的批评：判断文学批评的真伪，应涉及“诚实”或“真理”以及“相应的

---

① Hoag，“The Death of the Paper Lion”，p. 168.

② James，Henry. “Matthew Arnold”. *Literary Criticism*. Ed. Leon Edel and Mark Wilson. Vol. 1. New York：The Library of America，1984. 711-731，p. 715；马修·阿诺德：《“甘甜”与“光明”——马修·阿诺德新译8种及其他》，第15页。

③ James，“Matthew Arnold”，p. 717.

④ James，“Matthew Arnold”，p. 717. 着重号为笔者所加。

能力”。换言之，对待文学的态度首先要诚恳，只关涉文学本身所蕴含的内容。小说中，无论是平霍恩还是莫罗，他们的主编或辛迪加代表身份，原本决定他们应肩负文学批评的使命，但他们对待帕拉迪的态度缺乏诚意，反而将帕拉迪视为增加期刊利润或提升他们知名度的工具。其次，他们指示他人(叙述者)撰写或亲自撰写的帕拉迪访谈文章，丝毫不涉及帕拉迪作品的内容。尤其恶劣的是，平霍恩和莫罗不仅坚决反对叙述者认真对待帕拉迪作品的做法，而且极力宣扬自己的务实标准就是“真理”。如果说平霍恩和莫罗连“诚实”都做不到，那么他们“相应的能力”将无从谈起。假如他们具备“相应的能力”，恐怕也仅表现在如何投机取巧，千方百计地利用帕拉迪为自己服务。詹姆斯为人物取名的艺术极为高超，平霍恩的名字“Pinhorn”由“pin”(钉住)和“horn”(角)两词构成，暗示他专以捕杀、出售或展览“猎物”为生，其自私冷漠的本性暴露无遗。譬如，平霍恩得知帕拉迪的新作即将面世，立刻要求“我”尽快完成采访任务：“平霍恩像动物嗅到远处猎物一样，已嗅到即将到来的荣誉。”(第 358 页)平霍恩的名字寓意与小说题目“The Death of the Lion”相吻合，小说中帕拉迪被比作“雄狮”，坐拥名气和地位，但终将沦为猎物。[①] 可以说，追逐名利的平霍恩和莫罗是非利士人(Philistines)。[②] 叙述者无情地揭示出文学出版业转型期的两个非利士人的物欲，而有闲阶级及二流作家等群体又借用帕拉迪纷纷提升其名望，这一丑陋的社会形态成为小说反讽的又一对象。

平霍恩和莫罗只是派人或亲自瞻仰帕拉迪的真容，以猎取后者“私人生活”报道的素材，而更极端地盘剥帕拉迪的猎手，莫过于威克斯·威姆布什夫人(Weeks Wimbush)了。帕拉迪在文坛一举成名后，迅速遭到有闲阶级成员的包围，叙述者注意到：“从一开始，我就有种不祥之兆，我清楚地看到，在尼尔·帕拉迪看来，这位女士——威克斯·威姆布什夫人非常有趣——全世界都认为，这位女士认为自己抓到一位重要的大人物，这大人物几乎是有预测力的怪人。”(第 371 页)小说中，除了使用“抓到”(secure)，还选用了“捕获”(capture)等词。(第 371 页)这些词生动地再现了威姆布什夫人对帕拉迪的危害性，她的捕获乃至随后的间接谋杀行为，与平

① James, “The Death of the Lion”, p. 366, p. 371, p. 381.

② 非利士人在 19 世纪是指“对人文思想、启蒙教育、文化艺术修养等不感兴趣，情趣狭隘，只顾追求物质利益的平庸之辈”。(马修·阿诺德:《文化与无政府状态：政治与社会批评》，韩敏中译，北京：生活·读书·新知三联书店，2013 年版，第 15 页。)

霍恩和莫罗的行为相差无几。不过，由于威姆布什夫人的捕获是真正意义上的捕获，帕拉迪成为字面意义上的受害者。帕拉迪的最终死亡，与该夫人有直接关联，她正是詹姆斯在其创作笔记中所写的“女猎狮人”或“猎狮女主人”，[①] 而威姆布什夫人代表的有闲阶级，将帕拉迪视为其炫耀性消费的工具。

作为新富的威姆布什夫人以特权阶层自居，她将帕拉迪看作提升其文化地位的工具。威姆布什夫人邀请帕拉迪前往其豪宅，豪宅取名为“普雷斯蒂奇”(Prestige)[②]，象征暴发户威姆布什夫人的经济特权。帕拉迪作为文坛名人赴会，极大地满足了威姆布什夫人的虚荣心。她对帕拉迪的作品缺乏了解，更无兴趣，帕拉迪只象征文化资本，帕拉迪出现在其豪宅，将改变她目前的暴发户身份，其文化地位将随着帕拉迪的在场而得到提升。威姆布什夫人精于设计其炫耀性消费，她深谙各群体追名逐利的心理。她所邀请的贵宾包括某公主，而公主出席威姆布什夫人招待帕拉迪的社交场合，将提升其文化地位。富含反讽的是，尽管公主因欣赏帕拉迪的作品而专程聆听帕拉迪诵读其新作，但诵读会并未举行。并且，在帕拉迪病重时，公主转瞬消失。可见，公主对帕拉迪的欣赏并非发自内心。帕拉迪成名后，威姆布什夫人安排画家鲁波(Rumble)为其画像，而帕拉迪则被要求撰文赞美另一青年艺术家以示回报，因为威姆布什夫人是该艺术家的资助者。[③] 这些赤裸裸的交换，均是威姆布什夫人运作的内容，她将帕拉迪视作工具，只是她所“做”的活动内涵更加丰富。当帕拉迪病情加重，不再具有使用价值后，以威姆布什夫人为首的群体，迅速转而追捧其他作家。威姆布什夫人的名字“Weeks Wimbush”中，“wim”与“whim”(一闪而过的念头)的发音和拼写相近，暗示她对文学缺乏真正的兴趣；“威克斯”(“Weeks”)的含义为“几周”，更明确地指向她对帕拉迪的兴趣只是心血来潮这一事实。无论是拥有贵族身份的宾客，还是新富代表威姆布什夫人，她们可谓有闲阶级成员。她们对帕拉迪的作品毫无兴趣，而是一味关注如何提升自己在某方面的名望。如凡勃伦(Veblen)所写：

---

① James, *The Complete Notebooks of Henry James*, p. 87.

② 该词意为“特权”。

③ 霍格认为帕拉迪乐享鲁波先生为他画像(Hoag, “The Death of the Paper Lion”, p. 170)，而事实上，这些只是“以为他(帕拉迪)会乐于接受这些恩惠的奇特的假想而已”。(James, “The Death of the Lion”, p. 380.)

> 作为有闲阶级生活所特有的一些思想习惯，所着重的是个人统治关系，再从这一点出发，所注意的是关于荣誉、功绩、声望、地位等等的歧视性概念……因此，看来极有可能，足以引起有闲阶级注意的，应当是有关金钱或其他荣誉价值的歧视性对比的方面，而不是认识力的方面。即使他们对后者发生兴趣，并在这一点上有所表现，他们的研究或思考也往往要转到荣誉性的和不求实际的那类范围以内，而不是探求科学知识。[①]

安排帕拉迪为公主及其他成员诵读其书稿，只是幌子而已，这不过是供她们进行炫耀性消费、进而提升其荣誉、功绩、声望和地位等的机会。至于阅读乃至欣赏帕拉迪的作品，这属于认识力方面的内容，与有闲阶级的职业无关。叙述者对她们消费文学进行的反讽深入骨髓，消费者仅将帕拉迪的小说当作道具，在传而不阅的过程中伪装其文学品味。叙述者在给赫特小姐的信中写道："您看，这本艺术精湛的书在我们的对话中扮演重要角色。我为什么借此宝贵机会说，我开始越来越理解居斯塔夫·福楼拜所悲叹的人们对文学的仇恨？我再次向您说明，这是人类社会反常的状况所致。"(第 383 页)文学日渐成为提升个人品味的工具，这是 19 世纪末欧美文化界普遍存在的问题。如詹姆斯在居斯塔夫·福楼拜(Gustave Flaubert)评论文章中所写，"如福楼拜所体会到的，他生活在一个文学生产泛滥、文学评论廉价的时代，他对这种实用性质的行为有专门的叫法。他称之为对文学的仇恨……"[②]

帕拉迪在代表权力的社交圈中处于被统治地位。有关作家与权贵阶层之间的关系，布尔迪厄指出："艺术家和作家的许多实践和体现(比如他们对'民众'和'资产者'的模棱两可)只有参照权力场才能得到解释，文学(等)场本身在权力场内部占据了一个被统治位置。权力场是行动者或机构之间的力量关系空间，这些行动者或机构的共同点是拥有必要的资本，以

---

① 凡勃伦：《有闲阶级论——关于制度的经济研究》，第 297 页。

② James，Henry. "Gustave Flaubert". *Literary Criticism*. Ed. Leon Edel and Mark Wilson. Vol. 2. New York：The Library of America，1984. 314-346，p. 339. 詹姆斯一针见血地指出，福楼拜却也受益于这种风气。"尽管他既慨叹又咒骂，但他还是有解决方法的，而且他总有机会做到与社会合拍。"(James，"Gustave Flaubert"，p. 339.)

在不同场(经济场或尤其是文化场)中占据统治位置。"[1]拥有特权的贵族成员以及暴发户威克斯·威姆布什夫人，他们在权力场占据统治位置。叙述者曾劝帕拉迪放弃参加这些社交宴会，他也对帕拉迪模棱两可的答复表示不满。实际上，作家的自主原则不像叙述者想象中那么容易建构。"昨晚我和他聊了今天的活动，让他缩短访期；我特别确定一点，即我觉得他一旦独处一室后就会感觉好些。他回答说，这正是他想要做的；不过，他提醒我说，他成功后得到的第一个教训就是，不能自由自在地行动。"(第 384 页)在叙述者看来，帕拉迪完全可以与社交圈决裂，但帕拉迪自有他的原因。

帕拉迪明知自己受制，却选择继续观赏社交圈的表演，这是由他的作家身份所决定的。帕拉迪的思想通过叙述者传达给读者："'我怕，我怕！你别再问了，'他昨晚说，'你就相信一点，我害怕。这种害怕的感觉很奇怪，她看上去那么和善！不管怎样，我就是打翻赛弗尔瓷器那块无价之宝，也不愿告诉她，我必须提前离开她家。'"(第 384 页)"弗尔瓷器那块无价之宝"，或许可以理解为对凝聚他智慧的未竟书稿的比喻，这也是他无法言明的内容。他所理解的作家的使命是，在生活中体验人生，任何社会形态均需尽收眼底，而特权阶层的表演，正是他想象力所倚重的内容。动态进行中的各种印象均胜于任何现存的珍宝。其实，帕拉迪的这些思想在小说前面部分就初露端倪，"帕拉迪对我说：'我写的小说，看过三页的没几个人；但我必须先和他们吃饭——等他们有时间了，就知道我为什么这样做了。'"(第 371 页)帕拉迪的观点是，作为作家，他需要观察生活，这些经验积累到一定程度，他就会塑造出一定的人物形象，更清晰地反映光怪陆离的社会万象。叙述者对帕拉迪的言外之意有所领悟，他意识到自己缺乏帕拉迪的自我牺牲精神。他对帕拉迪的选择有如下思考：

> 这个理由听上去太缺乏说服力了，不过他说得也有些道理。他为自己的想象力付出代价，想象力使他设身处地(我会痛恨这种情形的)地体会其他人的感受、趣味以及他们的动机——甚至他无法选择。的确如此，让他的想象力发挥作用，这有违他的意

---

① 皮埃尔·布尔迪厄：《艺术的法则：文学场的生成与结构》，刘晖译，北京：中央编译出版社，2011 年版，第 192 页。

> 愿。遗憾的是，他想象力如此丰富！他太出类拔萃了。(第384页)

作家的显著特点是富含想象力，是作家的使命及其天分赋予他体验人生的特权，他付出的代价正是与这些社会形态有所接触，这些非利士人的情感、趣味及动机，正是他需要加工成文学作品、呈现给世人的一手材料。可以说，叙述者传承了帕拉迪的创作观，他的叙事淋漓尽致地揭示出有闲阶级的自私动机和冷漠本性。帕拉迪将付出生命代价，而他的书稿的遗失，将有闲阶级炫耀性消费的再现推向高潮。

叙述者洞见到威姆布什夫人的动机，后者担心被揭穿，斥责叙述者的动机，但这番斥责用于她本人最确切不过。帕拉迪疲于应付社交圈，叙述者对此表示不满，但他也意识到，自己也与社交圈的人不无相同，为此他感到困惑。

> 威姆布什夫人则认为她可以回答这个问题，她觉得我的心态不够好，让她失去了耐心，她就给出了机智的猜测。我被这个不够真诚的朋友的自私行为搅得不安——我想独占帕拉迪，他能让我有提升机会。我和帕拉迪关系亲密，这是我帽子上的羽毛；这能让我显得很重要，我无法伪装出很重要的样子，我希望剥夺他的社交活动机会，因为我怕他遇到更不计利害的人，这些人会让他受启发，从而发现我的真实动机。所有不计利害的人都是他的真正崇拜者，而且还是精挑细选出来的。(第382—383页)[①]

以上引语有两层含义，其一，威姆布什夫人质疑叙述者的动机，认为叙述者之所以反对帕拉迪参与社交活动，是因为他怀有私心，渴望“有提升机会”，并让自己“显得很重要”。事实上，读者通过观察叙述者的言行，不难得知，他并未获得任何“提升机会”，他既没有撰文标榜自己与帕拉迪的亲密关系，也没有像阿姆斯特朗所说的那样，与赫特小姐构成排外性质的文学团体。[②] 其实，叙述者早已皈依，如前所述，他的皈依行为已使他放

① 着重号为笔者所加。

② Armstrong, P. B. “Art and the Construction of Community in ‘The Death of the Lion’”. *Henry James Review* 17.2 (1996): 99-107. *Project Muse*. Web. 2012-10-07, p. 105.

弃任何“提升机会”。他与赫特小姐的通信，只是从另一角度再现社交圈压榨帕拉迪致死的情形，使他的洞察和记录多了一位读者，其叙述依然饱含犀利的反讽，对赫特小姐的转变的描写也不乏讥讽。相反，如前所析，威姆布什夫人却始终“独占”帕拉迪，并成功地获取“提升机会”，她的炫耀性消费不仅增加了其文化资本，而且也成功地使二流作家在特权聚会上各得所需，赢得公主的关注。可见，威姆布什夫人的以上指责用在她本人身上最恰当不过。其二，威姆布什夫人标榜自己是“不计利害的人”，还是“精挑细选出来的”，但读者对她的不纯动机早已心知肚明。这里选用的“不计利害的”(disinterested)一词出现了两次，所蕴含的反讽发挥得淋漓尽致。如前所引，阿诺德在《当前文学批评的功能》(“The Function of Criticism at the Present Time”)中用到“不计利害的”(disinterested)一词，“不妨一言以蔽之，这就是不计利害(disinterestedness)。文学批评何以显得不计利害呢？那就是与所谓的‘实用观点’保持距离，坚定地遵从自身的法则和规律，即心灵对各项主题进行自由嬉戏(a free play of mind on all subjects)……”[①]威姆布什夫人竟有勇气将自己比作职业文学批评家，自诩传播优秀文化的使者，这着实令人叹服。叙述者的讥讽不言而喻，威姆布什夫人与“不计利害”恰恰相反，她唯利是图，而且自欺欺人，与平霍恩攻击迪迪先生时所言的“不体面的节俭”，以及莫罗自称研究帕拉迪“第一人”不相上下。

小说发表后，评论界质疑其人物的真实性，[②] 詹姆斯在小说的序言中给予明确而有力的回应。詹姆斯为包括《大师的教诲》《雄狮之死》《下一次》《地毯里的图案》及《考克森基金》(“The Coxon Fund”，1894)在内的小说选集写了序言，序言指出，评论界对他的以上中短篇小说尤其是《大师的教诲》及《雄狮之死》的主人公的真实性提出质疑。对此詹姆斯这样回应：

> 我已经说过，有人曾就这方面特别提出指责。他们质疑道，

① 马修·阿诺德：《“甘甜”与“光明”——马修·阿诺德新译8种及其他》，第15页。

② 即便是当今学界也质疑帕拉迪的真实性。See Hoag, “The Death of the Paper Lion,” pp. 163-172; Armstrong, “Art and the Construction of Community in ‘The Death of the Lion’”, pp. 99-107; Diebel, “ ‘The Dreary Duty’: Henry James, *The Yellow Book*, and Literary Personality”, pp. 45-59. 但以上批评家未结合詹姆斯的序言细读文本，认真探究詹姆斯对其人物真实性的说明，某种程度上忽视了小说的反讽的丰富内涵。

> 在这个时代，我究竟在我们周围的什么地方“发现”了我塑造的尼尔·帕拉迪、拉尔夫·林伯特(Ralph Limbert)、休·维瑞克(Hugh Vereker)[①]类型的人物，以及其他类似他们的极为微妙的成品。如我所说，当时有人提醒我道，除非我能详细歌颂这些典型人物，这些得以再现的优秀人物，一如他们愚蠢的重要性才能落地。我陷入困境，坦白地说，我无法做到，不过我必须再次在此重申，我并不感到很惭愧……我能够郑重地说明，我的假定和我塑造的鲜活形象，均是反讽的，反讽是用来丰富它们的含义、增加它们的价值的；小说所运用的反讽，其优势在于它背后的真诚、清晰和实用性。如果反讽不是以某个更好的名义(比令人生厌、激怒人的物体更好)发起某种或许可以幸福地称之为战役的战役，那么这种反讽就不值得一提。[②]

詹姆斯塑造帕拉迪这样的人物，用以丰富小说所反讽的内容。如上所述，文学出版人与有闲阶级成员，不遗余力地利用帕拉迪的名望，达到获取名利的目的。他们赤裸裸的猎捕行为以及帕拉迪的去世，反映出小说对消费文学家的这一社会现象的尖锐批判。需要指出的是，如詹姆斯所写，反讽的作用在于发起某场“战役”。结合小说，可以说这场由叙述者发起的“战役”旨在警醒社会，使读者深刻反思以上所析的“异常冷漠的、展览性质的自我中心主义”。[③]

叙述者采用的反讽语气颇为激烈，但他的“真诚”“清晰”而且具有“实用性”的愿望，是小说不容忽视的重要内容。如詹姆斯在创作笔记中所写，“道德意识很可能只能在讲故事人身上体现出来。”[④]詹姆斯在序言中为小说的反讽意义辩护，从侧面反映出反讽的力量，既对本文所分析的那些群体进行了鞭挞，这或许会使这些群体的行为有所收敛，又激发文学爱好者增强各自的道德意识和责任感，并积极参与这场“战役”。这场“战役”的成败

① 分别是《雄狮之死》、《下一次》和《地毯里的图案》的主人公。

② James, Henry. “Preface. *The Lesson of the Master*, *The Death of the Lion*, *The Next Time*, *The Figure in the Carpet*, *The Coxon Fund*.” *Literary Criticism*. Ed. Leon Edel and Mark Wilson. Vol. 2. New York: The Library of America, 1984. 1225-1237, p. 1229.

③ James, “Preface. *The Lesson of the Master*, *The Death of the Lion*, *The Next Time*, *The Figure in the Carpet*, *The Coxon Fund*”, p. 1231.

④ James, *The Complete Notebooks of Henry James*, p. 87. 着重号为原文所有。

无从预料，但如詹姆斯在序言中所写，“为了维护普遍意义上的自尊，我们必须把一些体面内容设想成自然存在的，出于维护文明的利益，我们必须至少假装存在一种思想方面的最基本的荣誉感。”[①]这或许是小说的反讽要服务的“更好的名义”。也如叙述者所言，“无论如何，我们唯一能做的就是继续共同寻找、共同希望；即使现在不是这样，我们也应靠这根坚韧的纽带紧密联合在一起”(第392页)。这种寻找行为还体现在詹姆斯的其他作品中，如《真正正确的事情》(“The Real Right Thing”，1899)。

《真正正确的事情》讲述的是为作家立传的故事。篇名出自作家阿什顿·多因(Ashton Doyne)的妻子之口，多因去世后，多因太太请乔治·威瑟莫尔(George Withermore)为丈夫立传，要求他写“真正正确的事情”，以反驳众人对她不端行为的指责。威瑟莫尔在撰写的过程中逐渐意识到自己不应罔顾事实，更不应侵犯个人隐私，因此最终放弃为多因立传。

《真正正确的事情》中，威瑟莫尔将阿什顿·多因视为“他的大师”，[②]预示两者之间的紧密关联。威瑟莫尔欣赏多因的作品，但他的传记书写方式却不得不由多因太太决定。在丈夫在世时，多因太太没有以诚相待。丈夫过世后，她要求威瑟莫尔为丈夫写传记，但并不是以真实地呈现他的生平为目的，她试图操控丈夫的生平阐释权。威瑟莫尔尽管是传记书写者，但甚至在他未动笔前，其自主书写权已被剥夺。可以说，多因太太是真正的传记书写者，威瑟莫尔只是根据她的授意完成书写而已。“多因太太在丈夫生前并未认真对待过他，但传记必须针对她所受到的种种责难，给出有根据的回应。”(第122页)多因太太意识到自己的不忠行为将受到社会的谴责，便企图借助传记书写来掩盖事实，以改变大众对她的认知。“有根据的回应”与她问心有愧的行为相悖，意味着威瑟莫尔的传记书写将不得不以多因太太提供的材料为基础。由多因太太杜撰的内容将成为“有根据的回应”，预示了传记的虚构性质。威瑟莫尔的艺术观则完全不同，他认为“艺术家由他的行为界定——除此之外他什么都不是”(第124页)。[③]艺

① James, “Preface. *The Lesson of the Master*, *The Death of the Lion*, *The Next Time*, *The Figure in the Carpet*, *The Coxon Fund*”, p. 1229.

② James, Henry. “The Real Right Thing”. *Complete Stories: 1898-1910*. Ed. Denis Donoghue. New York: The Library of America, 1996. 121-134, p. 123. 下文引用该作品时直接在文中标注页码，不再另注。

③ 着重号为原文所有。

术家的行为是界定其身份的根据，他的作品是他本人的写照。威瑟莫尔身为传记作者，他的写作也将界定他的身份。同理，多因太太“指导”威瑟莫尔给出“有根据的回应”，也是在界定她自己的身份。

詹姆斯将道德意识理解为个体行为，这一观点见于他早期的评论文章。詹姆斯评论乔治·艾略特(George Eliot)的小说人物的道德意识时，引用了《亚当·比德》(*Adam Bede*)中的一句话：

> “我们的行为决定了我们的身份，正如我们决定自身的行为。”这正是《罗慕拉》(*Romola*)的道理内涵。一个人的性格、事业、他的过去和现在，与他的关联是最紧密的；假如他的事业由怯懦和卑微的行为构成，那这些就会像邪恶的跟从一样尾随他，让他变得世故、腐败，让他受到谴责。①

生活中，人们为其行为负责，人们用言行书写着自我。小说家塑造的人物有权决定他们的行为方式，这些方式决定了他们的公共形象。多因太太的行为方式，无疑指向她的道德意识。尽管她自诩是“真正正确的事情”的行为者，但她罔顾事实，美化自我，其行为与“真正正确的事情”大相径庭。大众对多因先生的其人其作自有评论，这些既建立在了解其言行的基础上，又源自人们对其作品的感悟。同理，大众对多因太太的评断，源自对其言行的观察。小说正是通过对照威瑟莫尔与多因太太的行为，揭示出他们迥然不同的道德意识。

小说的哥特式写作风格，有助于展现人物的道德意识。多因太太对丈夫不忠，因此只是“偶尔”能感到丈夫在场(第 125 页)。威瑟莫尔对阿什顿·多因则有着强烈的认同感：他进入书写状态后，与阿什顿·多因几乎零距离接触，故而产生身临其境的感觉。威瑟莫尔被比作“阿什顿·多因的圣坛的青年牧师”(第 127 页)，还是阿什顿·多因的“神秘助手”(第 128 页)。威瑟莫尔对阿什顿·多因充满敬佩之情，为阿什顿·多因著书立作，是继承和弘扬其精神遗产的圣洁行为。他对自己将要书写的内容充满敬畏感，而他所扮演的“神秘助手”角色，则暗示圣坛将面临污损的威胁。多因

---

① James, Henry. “The Novels of George Eliot”. *Literary Criticism*. Ed. Leon Edel and Mark Wilson. Vol. 1. New York: The Library of America, 1984. 912-933, p. 931.

太太认为，丈夫过世便意味着他从此失去话语权。殊不知，最能直接评判艺术家的莫过于他的作品。或许可以说，大众对多因太太的指责，表明他们认可阿什顿·多因的作品。威瑟莫尔的牧师角色，以他欣赏阿什顿·多因的作品为特点。他被称作助手，暗示着他与阿什顿·多因在精神上的契合。阿什顿·多因的过世，并不妨碍世人阅读他的作品并认识其价值。无论是大众读者还是威瑟莫尔，他们对阿什顿·多因或他妻子的评价，均以其行为方式为依据，而行为方式包括作品书写，也包括自我的道德意识的书写。换言之，世人的评价与这两种书写行为相关。阿什顿·多因本人在小说中一言未发，但他的作品俨然是他的代言人。当多因太太标榜说“我只想做真正正确的事情”(第130页)时，事实证明这并非如此。

威瑟莫尔决定做“真正正确的事情”，即放弃传记写作，因为他知道阿什顿·多因的作品是最佳代言人。作家书写作品之时，也在书写自己的人生，不可避免地成为其思想的最佳传递者和捍卫者。与威瑟莫尔不同，多因太太强调传记为她服务，这种违背事实、标榜自我的行为构成小说的批判对象。小说的哥特式写作手法，凸显了威瑟莫尔的这一正确决定。阿什顿·多因虽已过世，却频繁地出现在威瑟莫尔的眼前。这使威瑟莫尔领悟到，他写阿什顿·多因的传记已触犯禁律。威瑟莫尔的哥特式体验使他感到，传记作家不应侵入他人的私密空间。小说以哥特式手法结尾，再现了小说主题。威瑟莫尔再次尝试步入阿什顿·多因的房间继续写传记，突然发现阿什顿·多因守在门口，“庞大，但模糊不清。一片昏暗。特别恐怖”(第133页)。与其说这是阿什顿·多因给予的力量，不如说这是威瑟莫尔的道德意识的体现。威瑟莫尔对阿什顿·多因的尊崇，终于战胜多因太太的自私和偏狭。多因太太最终放弃了原先的打算，“真正正确的事情”得到了纠正。如果说《私密生活》与《雄狮之死》再现了社会生活危及作家自主创作这一主题，《真正正确的事情》则彰显出公共舆论对个体的道德意识的约束作用，以及作家个体保持道德意识的重要性。《真正正确的事情》中，威瑟莫尔之所以选择做真正正确的事情，与他深入理解阿什顿·多因的作品密不可分。《私密生活》与《雄狮之死》虽然出现支持作家主人公的第一人称叙述者，但后者并不能直接从作家主人公获知自主创作的秘诀，也不能避免作家主人公摆脱社会生活带来的压力。作家只有依赖内心的力量，才能避免自己时常受困于社会生活。《伟大而神奇的地方》(“The Great Good

Place”, 1900)正是在这方面所作的探索。

《伟大而神奇的地方》讲述了名作家寻觅知音的经过。小说中,名作家乔治·戴恩(George Dane)遭遇中年危机,成功没有给他带来喜悦,反而打破了他曾拥有的宁静。一方面,竞争激烈的文学市场令他陷入焦虑。另一方面,接待慕名而来的客人又将占据他的创作时间,使他无法按时完成写作任务。戴恩的厌世情绪可见一斑,他在倦怠中很快进入梦乡。小说的这部分内容读来一气呵成,使读者浑然不觉戴恩的遭遇发生在梦境。梦境中,戴恩遇到一个酷似知己的兄弟。两人推心置腹,彼此间的交流令他精神焕发。戴恩在梦乡暂时消失在纷繁的社会之外,得以回归简单的生活,他的遁世情怀由此可见。小说中,青年作家渴望成功,慕名前来拜访戴恩。戴恩漫游梦境之时,也是青年作家暂时扮演戴恩的角色的时刻。他在戴恩的桌前坐下,俨然是青年版的戴恩。詹姆斯在创作笔记中介绍说,《伟大而神奇的地方》讲述了一位老艺术家或老作家的故事。“他属于成熟较晚的那类人,历经坎坷,需要耗费终生来学习,摸索自己的道路,并收集素材,如今他感到,假如有来世,他可以证明自己真正有能力做些什么。”[①]短篇伊始,叙述者便描写了乔治·戴恩的生活环境。他四周堆放着报纸、期刊和书籍,屋子的各个角落都被焦虑的气氛笼罩着。“有些是新书,还没有拆包,有的书拆封后又放在一边——出版社寄来的书、作者赠书、朋友写的书、敌人写的书、他的书商寄来的书,他有时觉得,书商不把好书当回事。”[②]在书刊爆炸的时代创作,任何作家都会感到精神压力。戴恩也不例外,他不得不考虑自己的作品是否受市场欢迎。书商对其作品的态度说明,他们有着不同的评判标准,短篇的文学市场主题由此点出。尽管戴恩和书商在优秀作品的标准上有分歧,但他对自己的作品抱有自信。戴恩的焦虑更多地源自外界的困扰,这种焦虑导致他无法按时完成写作任务。他向管家布朗(Brown)抱怨道:“印刷商寄来的那堆校对稿、杂志和书;这些没完没了的电报,随时会来访的客人;还有这愚蠢的、没写完的、永远没个尽头的作品?人还能想要什么?”(第 155 页)戴恩与《私密生活》中的克莱尔相仿,缺少的是私密空间。如前所述,叙述者描述克莱尔

① James, *The Complete Notebooks of Henry James*, p. 68.

② James, Henry. “The Great Good Place”. *Complete Stories*: *1898-1910*. Ed. Denis Donoghue. New York: The Library of America, 1996. 152-177, p. 152. 下文引用该作品时直接在文中标注页码,不再另注。

双重在场时提供了相关论据，给读者留下真实可信的印象。确切地说，这一哥特式的写作手法表明克莱尔努力克服障碍，惜时如金，笔耕不辍。克莱尔不得不设法确保自己的私密空间，他最终完成剧作，与他辛勤的劳作和笃定的信念密不可分。所不同的是，克莱尔应对私密空间危机的行为由叙述者呈现，《伟大而神奇的地方》则将焦点集中在戴恩的心理活动上。

《伟大而神奇的地方》中，戴恩像多数作家一样渴望成功，但成功后的他像是染上疾病，他开始向往片刻宁静。“远处，远处有片乐土！”（第155页）戴恩决意与社交圈保持距离，不希望与外界有所接触。然而，青年作家来访后，他照例不得不与之握手，暗示理想与现实之间的距离。戴恩向往一方净土，“这让他想起某个场景，那是在一个宗教仪式不凡的场所……但他知道，他从未在任何地方见到过如此精妙和慷慨的东西”（第158—159页）。戴恩渴望远离尘世，但他在沉淀自我的同时，仍渴求志同道合的朋友在场。戴恩渴望远离世俗压力，也渴望获得兄弟友情。“詹姆斯渴望周围只有男性的圈子，一种修道院的宗教仪式，一种有保护作用的兄弟情谊。”[①]

戴恩在梦境中偶遇“兄弟”(Brother)，后者与戴恩的对话，反映出戴恩的友情观。“兄弟”说：“每个人必须自己走过来，自己走过来——不是这样吗？我们此刻是兄弟，同在这不凡的寺院里，我们很快想到了彼此，也认同彼此的真实自我；但我们首先一定是尽自己所能才来到这个地方的，我们在经历坎坷、长途跋涉后相会。还有，我们相遇时——是紧闭双眼的——不是吗？”（第160页）在个人的成长中，能够觅得知己固然可遇不可求，但前提是个体需付出不懈的努力。“兄弟”一语双关，戴恩在梦境中与“兄弟”晤面纯属偶遇。这里所言的兄弟友情，是一种志同道合的关系，共同的追求和经历，才得以使两人在这个“伟大而神奇的地方”相遇。詹姆斯借了戴恩梦境中“兄弟”之口，表达出他对作家难觅知音的感慨。梦境中的“兄弟”没有姓名，而且“兄弟”一词的首字母用的是大写形式(Brother)，暗示他代表一个群体。这种觅到知音的愿望，在戴恩和“兄弟”看来如此强烈，以至于后者更愿用“伟大的需求得到满足”（第160页）来替代“伟大而神奇的地方”的说法。

“兄弟”接着用“非常成功的作品”，描述能使伟大的需求得到满足的地

① Edel, *Henry James: A Life*, p. 474.

方。“这个地方可以让人积蓄前进的力量，让我们从中受益，不再听得见外界的喧嚣，这对我们来说还不够吗？这个地方本身就是非常成功的作品，这对我们来说还不够吗？”（第160—161页）戴恩听到这一比喻后呢喃道：“哦，成功作品！”（第161页）“成功作品”（hit）通常被用来形容取得市场成功的音乐、电影或戏剧作品，而如前所述，书商不认可戴恩的小说。戴恩感到市场的压力，期待能按时完成小说创作，并得到书商的认可。这一心态表明他认可这点，即成功的作品意味着受市场欢迎。“兄弟”将他们所处的僻静寺院比作“非常成功的作品”，旨在开导戴恩：作家拥有市场成功，并不等于他具备天赋。“‘成功的作品为我们做了它假装做的事情，’他的同伴继续说道，‘秘密不过如此。这东西事实上可能很简单，也特别实际；不一样的地方是，我们说的成功作品，是建立在一个超凡思想基础上的，是真正的神来之笔。’”（第161页）在“兄弟”眼里，成功的作品与市场无关，真正成功的作品是作者真诚地对待创作的产物。“兄弟”旨在说明，世俗意义上的成功，并不一定能滋养人的灵魂。戴恩的困惑在于“我不知道可能会发生什么”（第161页）。这一思虑暗示戴恩更关注自己的名声。他曾引人注目，但日益激烈的竞争，使他隐隐感到不安全感。排山倒海般的书报令戴恩焦头烂额，表明他遭遇写作瓶颈。“兄弟”接下来画龙点睛，劝导戴恩摆脱功名的羁绊，重新认识自我的价值：

> 我不是说要放弃自我；我只是说——假如一个人有点儿价值的话——要找回自己的价值。对那些迷途知返的人来说，那个地点、时间和方式，总是唾手可得——对他们而言，那个地点、时间和方式，的确永远和从前一样在场。他们总能起身离开——神圣的寓所欢迎他们造访。我们——我们这些伟大的新教徒，如果可能的话，那些生性敏感的个体，借助我们所谓的“企业精神”，过于追求成功，过于焦虑，过于关注数量、出卖自我，甚至亵渎神灵——我们是时候学会如何离开俗世，是时候找个地方退隐自我，治愈自我了。在过去的日子里，有很多这样的机会呢！（第162页）

“兄弟”认为，作家的创作活动有神圣性，“企业精神”所宣扬的成功，不应成为界定作家价值的标准。一味追求出版数量的作家，无疑背叛了自主创作原则。戴恩是受世俗价值观束缚的众多作家之一，他用物质第一的标准衡量自身价值，迷失方向在所难免。“兄弟”对戴恩的焦虑洞察入微，他的劝导为戴恩指明了方向。戴恩对伴随世俗成功而来的苦恼深有体会，他向“兄弟”坦陈，有人扮演他的角色后，他如释重负：

> “我刚卸下重担——他接过了重担。”
>
> “担子很重吗？”
>
> “是啊，担子太重了！”戴恩大笑。
>
> “是烦恼，忧伤，疑惑吗？”
>
> “哦，不是这些；还有更糟糕的！”
>
> “更糟糕的？”
>
> “‘成功’——是最俗的那种成功！”戴恩再次放声大笑。（第162页）

戴恩深感世俗成功的危害，它不仅束缚了他的想象力，而且剥夺了他创作需要的宁静。青年作家开始代替他扮演日常角色时，他如释重负。而青年作家的行为则暗示，追求世俗成功是普遍存在的社会现象。戴恩一度曾无法面对成功导致的自我迷失，“在无尽的催促和压力下，他似乎失去了自己的灵魂，完全被他人的事情和那些无关的、残酷的以及有毁灭性的生活磨难所围困”（第163页）。不过，追求世俗成功的危害性，尚未受到青年一代的足够重视。戴恩所说的“失去了自己的灵魂”，无异于向下一代作家敲响警钟。获取世俗成功可以为作家换取名利，然而他们不得不付出几乎丧失灵魂的代价。在沉淀自我的过程中，作家不会成为社会关注的焦点，也不会过上奢华的生活，却能享有精神的富足和内心的宁静。

戴恩反对世俗的成功观，他信奉品味，而不是市场。他的困惑在于，书商的逻辑由市场决定，而他渴望得到“完美的品味”（第167页），与书商所代表的市场截然不同。在戴恩看来，只有“完美的品味”与“空间”（第167页）相结合，才能为作家提供理想的创作环境。戴恩与“兄弟”在梦境中的对话，暗示他渴望构建文学团体的心理，他们将组成“完美的品味”的主体，与现实生活中的书商对立。戴恩希冀达到的境界不限于个体，叙述者用“普遍”（general）一词，强调了建造良好文学氛围的重要性：

> 没有个人意义上的抛头露面，甚至几乎没有任何个人成功，这是普遍意义上的美的秘诀之一。那些东西过去存在于世上——存在于他已离开的地方；这里，没有赞扬，没有功劳，没有名声这些俗不可耐的东西。真正精妙的是祛除个人身份的复杂性，毫无疑问，最大的奖赏是实实在在的安全感，还有在维护这一协定的过程中所感受到的明确无误的信心。（第 168 页）

戴恩在梦境中完全摆脱了世俗社会的包围，祛除了对个人得失的考量，将自己对美的感受与实际利益剥离开来，这是迥异于世俗生活之处。个体正是由于身处世俗社会并接受它所规定的成功法则，才会关注诸如赞扬、功劳和名声等个人得失，结果就会导致焦虑，进而失去应有的安全感。当个体允许世俗社会界定他是否成功时，他的主体性便会受到威胁。他将期待得到各种奖赏，以向世人证明他的价值。这里所说的“实实在在的安全感”和“明确无误的信心”，完全由个体决定。戴恩体悟到，自主制定成功法则，远胜过受世俗成功标准所左右。

戴恩意识到自己需要摆脱外界的奴役，方能获得内心的宁静。“这枚纯金钥匙，不过是取消所有安排后的清单。渐渐地，他心中荡漾着幸福感，所有失意在他心中都化作温馨，让他感到富足。他一个个地去触碰这些物品，没有这些物品的感觉竟如此美妙。”（第 169 页）如前所述，大众对“企业精神”的迷恋，迫使他们过度追求成功和数量。戴恩的清单上罗列了一系列物品，这些都是世俗成功的组成要素。这些物品化为乌有的那一瞬间，意味着戴恩将摆脱世俗成功的束缚。消除对世俗成功的执念，为戴恩换来简单朴素的幸福。在宁静的空间，感知艺术和读书创作成为可能。戴恩能够想到的是“某幅意大利旧画，卡尔帕乔（Carpaccio）或托斯卡纳（Tuscan）早期创作的某幅画，那里的世界没有报纸和信件，没有电报和照片，没有可怕的、致命的过剩品。在那里，他很幸福，他能读书、写作；重要的是，在那里，他可以什么都不做——只需要简简单单地生活”（第 169 页）。现代技术丰富了人们的物质生活，但人的精神生活却变得异常贫穷。人们忙于交际生活，无暇耕耘内心的花园，不再有能力充分感知美的世界。戴恩认为，读书和创作是人们与本真自我交流的有效渠道，他的幸福感与他的精神生活有着紧密的关联。阅读和写作，使他与自我的对话成为可能，而报纸和信件并不能有效地丰富他的精神世界。与吞噬人们思考空间的物质生活相比，艺术殿堂给他以宁静和甜美的感觉，“花香从空中袭来，在高大清洁的饭厅里，静静地飘着精美却平常的佳肴香味，那里简单而无声的服务，便是艺术的胜利。他思忖道，这就是原因所在：所有的甘甜和宁静都是精心打造而成。”(第168—169页)艺术洗去铅华，让人们返璞归真，感悟人生的单纯乐趣。崇尚精神生活的空间虽然“普通”“简单”“无声”，却让人收获“甘甜和宁静”。这与“企业精神”所代表的物质奖赏形成对比，前者的自然与和谐创造出纯粹充实的愉悦感，后者的做作与喧嚣却只能炮制芜杂空虚的失落感。

戴恩的梦境中多次出现志同道合的兄弟人物，暗示他对理想的文学氛围的渴望。“他和那位好兄弟在长椅上畅谈之后，在别的地方也遇到过其他好兄弟——他们总会在回廊或花园里邂逅，要是他停下脚步，那人也会停下脚步，他们用世上最简单的方式寒暄几句，象征着温馨无处不在。”(第170—171页)戴恩与“兄弟”的交流，使他愈加珍惜精神追求，与更多志同道合的朋友相遇，并能进行真诚的对话，给他带来温馨和幸福感。这种幸福感不单是戴恩一人所渴望的，他的困境极富代表性。众多作家深陷世俗成功法则的约束时，都渴望邂逅知音。他们之间的交流，无疑将强化他们保持自我的定力。戴恩的个人困境折射出作家群体的共性问题，即如何设法剥除沉湎浮华的自我，让精神追求主导个体的生活，成为他们的共同愿景。诚然，这一愿景不可能一蹴而就。戴恩的梦境结束时分，出现了颇具反讽意味的场景。梦中的“兄弟”瞬间消失，戴恩发现自己握住的是布朗的手。短篇结尾有些突然，但戴恩与“兄弟”的交谈，使他感到精神追求弥足珍贵。

戴恩在梦境觅到知音，多少能振奋他的精神。戴恩渴求得到社会认可，是阻碍他完成写作任务的主要原因。《伟大而神奇的地方》区别于《私密生活》与《雄狮之死》的地方在于，戴恩的心愿通过梦境得以再现。《私密生活》中，克莱尔设法克服了社会生活的阻碍，但小说并未聚焦于他的心理活动。读者像叙述者一样惊讶于他完成剧作的壮举，但无从得知他捍卫其私密生活的详细过程。《雄狮之死》中，叙述者目睹帕拉迪遭到社会生活的围猎乃至溘然长逝的经过，小说不无反讽地再现了文学团体的局限性。《伟大而神奇的地方》中，戴恩面对现实生活的挑战，在梦境中得以与知己充分探讨个体的价值观，显得尤其珍贵。戴恩与“兄弟”的对话发生在梦境，可以将之理解为戴恩与本真自我的对话。只有个体坦诚地面对本真自我，才能深刻地认识他所处的困境。戴恩的思想变化，与其说受益于“兄弟”的劝说，不如说他的自省起到了关键作用。聚焦于主人公的心理活动的叙事，由此成为读者认识主人公的艺术观的途径。以上探究的作品主人公均为作家身份，他们的社会生活不同程度地影响了其创作。过多的社会生活的消极影响体现在多方面，它常常会阻碍作家主人公的精神传承。华顿的《坟冢天使》(“The Angel at the Grave”，1901)铺陈的是现实生活中团体的构建过程，讲述的是作家后代如何在知音的帮助下发扬并传承被社会遗忘的文化遗产的故事。

《坟冢天使》的主题关乎文化遗产的继承。大哲学家奥雷斯蒂斯·安森(Orestes Anson)博士生前所著的书稿没有读者，他几近烧毁自己的劳动成果。孙女保利娜·安森(Paulina Anson)竭力捍卫祖父的精神遗产，她耗尽心血为他立传，并努力寻觅出版渠道，使其思想发扬光大。然而，现代出版人唯利是图，对安森博士的思想表示不屑。所幸的是，年轻学者乔治·科尔比(George Corby)通过潜心研究发现，安森博士为当代科学的进步做出巨大贡献，这一发现令保利娜焕发青春。科尔比与保利娜的虔诚保护和精心研究，终将使安森博士的思想面世。安森博士的故居(the House)曾有爱默生和霍桑惠顾，象征历史和文化的积淀，是一笔宝贵的精神遗产。

安森曾居住的房屋，反映出他将退隐与入世相结合的平衡的作家观。“房子距有榆树遮阴的小镇街道有几码远，一半朝着街面，有时被人称作是对完全封闭的传统的民主式的抗议。”[①]“一半朝着街面”暗示哲学家的生活空间的特点。在这里，他既能参与社交活动，又能确保拥有私密空间。安森的这一形象与詹姆斯的《私密生活》中的克莱尔较为接近，他们都可以在社会生活与潜心创作之间找到平衡点。《坟冢天使》中，有关安森的写作习惯，小说并未提供相关细节，但从他的著作得到研究人员乔治·科尔比的充分认可这一细节不难推断，安森像克莱尔一样能充分利用私密空间著书立作。

---

① Wharton, Edith. “The Angel at the Grave”. *Collected Stories: 1891-1910*. Ed. Maureen Howard. New York: The Library of America, 2001. 254-270, p. 254. 下文引用该作品时直接在文中标注页码，不再另注。

保利娜撰写祖父的传记，既是在建构其作家身份，也是在传承祖父的精神遗产。保利娜完成传记《人生》后，发现自己几近耗尽青春。“在前往波士顿出版社的路上，保利娜突然发现这最后的分离带给她的孤独感。她的所有青春、梦想和舍弃，都在膝上这个整齐的小包裹中。与其说这是她祖父的生命，不如说这是她自己书写的生命。”（第 260 页）保利娜再现祖父的经历的同时，也是她建构自己的作家身份的过程。詹姆斯反映作家身份建构主题的短篇，多以产出作品的男性作家为主，“男性‘语域’似乎在短篇中占主导地位”。[①] 华顿的《坟冢天使》以女主人公保利娜的作家身份建构为主线，保利娜写的是祖父的生平，但字里行间却蕴藏了她的生活感悟。保利娜选择守护祖父有待世人评价的学术成果，在传承这笔精神财富的过程中发挥了重要作用。她将自己比作传记的母亲，从字面上分析，这种血脉关系是祖父与她在生理关系上的倒置，暗示保利娜身份的重要性，这也是华顿不同于詹姆斯的地方。不过，传记的出版并不顺利。

安森博士的传记出版人经历了新旧交替，叙述者旨在揭示出版人从重视文化转到重视物质的特点。传记出版人是保利娜祖父的私交，作为“威严群体”的一员，他支持保利娜开展虔诚的书写活动，“绅士出版人”传统由此可见。然而，随着该出版社元老的过世，“绅士出版人”传统被重视商业利益的出版文化取代。出版人的继承者“对其出版业抱有一副商人的看法，据说他给出版公司注入了‘新鲜血液’”（第 260 页）。叙述者用“绅士”一词描写该出版商，不无讥讽之意：“这位绅士仔细听着，用手指翻弄着保利娜的书稿，似乎文学是可触碰的物质。”（第 260 页）文学在出版商眼中已遭到物化，甚至被视为“一个大型火车站”（第 261 页），出版商继续使用该隐喻，他解释道：“随时都有火车要出发。人们不会在候车室等候。假如他们无法抵达一个地方，他们就会前往别处。”（第 261 页）社会生活已成为个体存在的主导形式，人们缺少阅读兴趣，作家因此受到极大的冲击。保利娜反复思索后终于明白，祖父的哲学思想之所以缺少关注，是与社会普遍存在的信仰危机相关：“是全世界的热情，全世界的信仰，全世界的忠诚，这些都已逝去。思想受到腐蚀的一代人，已转而崇拜恬不知耻的毒蛇。保利娜内心带着预见性的热情，渴望重新获得那些迷失的羊群。但所

---

① Wegelin, Christof and Henry B. Wonham, eds. *Tales of Henry James: The Texts of the Tales; The Authors on His Craft Criticism*. 2nd ed. New York: Norton, 2003, p. 430.

有辉煌都有它们黯然失色的时期；将来，她祖父会再次像圆月一样照亮黑暗的世界。"(第261—262页)"热情"、"信仰"和"忠诚"这些词的使用，暗示保利娜是祖父哲学思想的坚定捍卫者。

小说还安排乔治·科尔比成为安森先生的精神遗产的共同守护者。最初，保利娜对自己"无果的劳作"(第264页)感慨万分。乔治·科尔比的出现，令她看到一线希望。科尔比亲自参观保利娜祖父的故居后，便准备撰写有关他的文章。叙述者通过科尔比告诉读者，保利娜祖父安森博士的思想生前不受重视，但人们如今发现他的著作具有前瞻性。叙述者通过科尔比的叙述说明，作家在世期间的著述或许无法获得认可，甚至还会遭到不公的对待。科尔比指出，安森博士的论著生前遭到同行的嘲弄，出版社也因此拒绝冒险出版，甚至连作者本人都要烧毁他的全部论著。安森博士过世后，他的论著又险遭毁灭。保利娜对祖父著作的呵护，有助于后人了解并传承其祖父的哲学思想。同时，科尔比即将写成的文章，也会发扬光大安森博士的思想。时间可以检验思想的价值所在，保利娜这样解释自己的行为：

> 她们说这书没用——说我祖父本来要烧毁整版书，还说我应该尊重他的意愿。可这是他写的东西；把书烧毁了，就像关上了门，拒绝倾听他的声音——拒绝听他一度希望表达却无人倾听的内容。我想让他感到我永远在这里，时刻准备倾听他的声音，哪怕别人认为他的著作没有价值；我保存着这个册子，希望能实现他的愿望，在我去世前再毁掉。(第268页)[①]

保利娜的祖父在世时其思想无人了解，他本人也几乎将自己的著作付之一炬。保利娜像对待宝物一样珍视祖父的精神遗产，她认为有价值的思想需要有人传承下去。尽管众人无暇倾听这些思想，但她坚信这笔精神财富迟早会发挥作用。正是她的信念和执着，使这些思想的生命力得以延续。这种执着精神源自保利娜对祖父思想的热爱，如科尔比对保利娜所言："您没看到吗，是您的爱让他活着？假如您有一刻放弃守护——让他的书流传到他人手里——假如您让人敬佩的温柔没有始终守护着——这本书很可能

① 着重号为原文所有。

已经——一定已经——无法挽回地丢失了。"(第269页)作者的著作即便有价值，他也会因为受到各种因素的影响对其著作失去信心，而有价值的思想若要千载犹存，还需慧眼去识别。正因为有像保利娜和科尔比这样的有心人和守护者，思想界才会减少损失。科尔比的潜心钻研，以及他即将开展的修订工作，不仅会使保利娜祖父的思想重见天日，而且会让保利娜重获新生。"保利娜转身回到空无一人的房间里，双唇熠熠发光。"(第270页)有价值的思想自身具有生命力，它也为后人注入无限活力。需要指出的是，这一思想需要走向读者大众才能焕发生命力。"小说末尾再现的恢复与外界交流，立即推倒了封锁保利娜的墙壁，她可以继续完成自己的工作这一承诺使保利娜感到她没有浪费生命。"①

以上的分析关乎思想传承，与詹姆斯的《私密生活》、《雄狮之死》、《真正正确的事情》以及《伟大而神奇的地方》中的捍卫作家的私密空间主题相关。华顿的《坟冢天使》与它们的不同之处，体现在以下三方面。第一，詹姆斯笔下的捍卫者多为男性人物，华顿则塑造了女主人公形象。尽管詹姆斯的《真正正确的事情》中出现了多因太太，但她代表的是改写多因的生平的群体。相比之下，华顿的《坟冢天使》中的保利娜承担了捍卫祖父的精神遗产的重任。从这一角度看，华顿再现的多是正面的女性形象。第二，对比詹姆斯与华顿塑造的捍卫者形象，后者的有效性更为突出。詹姆斯笔下的第一人称叙述者、威瑟莫尔以及"兄弟"，分别见证了作家拥有私密空间的重要性。《私密生活》中，叙述者惊叹于克莱尔平衡其社会生活与私密生活方面的能力。《雄狮之死》的叙述者自称是帕拉迪的保护者，但他只能目睹帕拉迪遭到社会生活的吞噬，乃至当后者的书稿最终遗失时，他只能望洋兴叹。《真正正确的事情》中，威瑟莫尔没有违背事实去写虚假的传记，从而捍卫了多因先生的另一种意义上的私密生活。《伟大而神奇的地方》阐明了知音对戴恩的重要性，不过现实生活中的戴恩仍需面对私密生活空间被侵蚀的挑战。华顿的《坟冢天使》塑造的两个守护者主人公，努力保护作家主人公的作品，使其作品的精神得到发扬光大，这分别体现在保利娜的传记和科尔比的研究著作上。他们远离尘嚣，守护着保利娜的祖父的思想，尽管小说是开放式结尾，但守护有价值的思想给他们带来巨大的

---

① White, Barbara A. *Edith Wharton: A Study of the Short Fiction*. New York: Twayne, 1991, p. 55.

精神财富，让他们的生命大放光彩。本节探讨的詹姆斯作品中，社会生活是双刃剑，一方面为作家提供了创作素材，另一方面又会吞噬作家或思想家的创作空间。在詹姆斯的笔下，这股力量以各种群体的面貌出现，包括出版界和热衷社交活动的组织者和参与人。华顿在《人类的堕落》(“The Descent of Man”，1904)中塑造的作家形象增添了学术维度，使社会生活对作家创作空间的侵蚀得到进一步再现。

《人类的堕落》讲述了科学家林亚德教授无意间成为畅销作家后内心矛盾重重的经过。最初，林亚德教授主要撰写学术著作。颇具反讽意味的是，他产出学术成果旨在满足家人的物质消费。林亚德教授的这一经历，与詹姆斯的《下一次》中作家主人公拉尔夫的遭遇相似。就其研究领域而言，林亚德教授的论著仅面向学生。然而，这一狭小市场猛然扩大：

> 这之间的四分之一世纪里，这个小团体已被更大的公众群吞没。现在每个人都在读科学书籍，还发表自己的观点。先是女性和牧师涉及这领域；如今他们把这一领域的知识传播到教室和幼儿园里。日常生活都按科学原则管理；日报上刊登了“科学笔记”；护士通过了卫生科学领域的考试，喂养婴儿和把孩子放膝上摇逗着玩等活动，都按新心理学原理来完成。①

科学开始引领时尚潮流，一些人假借科学的名义到处招摇撞骗。科学沦为大众的消费品，他们不假思索地将所有活动冠以科学的名称。科学书籍、科学原则、科学领域的考试等名称泛滥成灾，科学被当作一种产业在社会推广。人们的生活无处不被所谓的科学覆盖，科学的泛化极大地危害了人们对科学本质的认知。消费科学的荒诞式大喧哗背后隐藏着功利的目的，炮制科学名词的始作俑者与追逐名利的消费者各得所需，科学的严肃性荡然无存。真正从事研究的科学家如林亚德教授被裹挟其中，雅俗文化之间的界限开始变得模糊。

作家职业化给作家的创作、出版及生活带来前所未有的挑战，华顿的

---

① Wharton, Edith. “The Descent of Man”. *Collected Stories: 1891-1910.* Ed. Maureen Howard. New York: The Library of America, 2001. 394-413, p. 397. 下文引用该作品时直接在文中标注页码，不再另注。

《善会降临》（"That Good May Come"，1894）与《人类的堕落》（"The Descent of Man"，1904）分别从这三方面反映出作家职业化对作家的影响。《善会降临》中，主人公毛里斯·柏克顿（Maurice Birkton）无法靠写诗维持生计，为帮助家人他写了花边新闻故事，起初他深感内疚，但最终受好友启发，认识到新闻故事的伦理意义。19 世纪中期，绅士出版人（Gentleman Publisher）重视作者与出版社的私人关系，以非营利性和守护道德为特点，[①] 但到 19 世纪末，"作为一种理想化的概念，绅士出版人逐渐消失，更善于经营的群体以及商业导向，在多数出版社中逐渐占重要地位"。[②] 作家职业化与出版界日益商业化，导致《善会降临》中像柏克顿这样的作家，不得不为养家糊口而放弃诗歌创作，通过发表花边故事换得高额稿酬。《善会降临》饱含柏克顿及何芬利奇对健康创作环境的渴望，反映出小说对作家正确理解职业道德的期待。该短篇启发读者思考特殊时代的文学创作、个人生存与受众之间的复杂关联。

《人类的堕落》主要从作家与出版社之间的纠葛揭示作家的两难境地。学者兼业余小说家林亚德教授在出版市场大潮中的起伏，反映出 19 世纪末美国出版业的发展状况。科学知识的普及令出版商嗅到商机，他们发动人们争相撰写科普类书籍，昔日严谨的科学论著被大量伪科学书籍所替代。（第 397 页）"林亚德教授年轻时研究的女神高不可攀，如今却向市场献媚。"（第 397 页）鉴此，林亚德写了小说《重要的事》以讥讽良莠不齐的科学书籍。该小说一时洛阳纸贵，作者竟一夜成名，受众有限的鉴别力自不待言，出版商更是唯市场独尊。之前，林亚德的学术论著在出版商的眼里一文不值，但在他的小说变成畅销书后，林亚德立即被尊为贵宾："别人哈着腰，把他让进办公室，好像他是成功的小说家。"（第 399 页）读者只需联系林亚德的写作目的及其实际效果，便不难看出这里蕴含的双重批评。众多小说读者对其小说《重要的事》背后的讽刺含义毫无察觉，本福利奥的出版商本应具备基本判断力，却只以成败论英雄。林亚德为这种戏剧化的误读感到尴尬，但该书的确为他解了燃眉之急。出版商向他约稿，令他喜出望外。"编辑哈维斯（Harviss）准时开出的两张支票，如此轻而易举地缓解了最近

---

① Coultrap-McQuin, Susan. *Doing Literary Business: American Women Writers in the Nineteenth Century*. Chapel Hill: U of North Carolina P, 1990, pp. 32-48.

② Coultrap-McQuin, *Doing Literary Business: American Women Writers in the Nineteenth Century*, p. 47.

的家庭经济困难，如今，林亚德许下更多承诺以换取更多支票，自然可以将妻子支出房间。”（第408页）林亚德在困境中不得不妥协，揭示出华顿对出版商的犀利批判：出版商一味追求市场效应，使作家无法自主创作。与《善会降临》相比，以攫取物质利益为目的的出版商，成为《人类的堕落》的批判焦点。

林亚德从此穿梭于学术研究与通俗小说写作之间，过起“双重生活”（第409页），为故事增添了悲剧色彩。他决定潜心研究，但因需要价格不菲的实验设备，不得不向出版社预支稿费。出版社则趁机提出条件，要求他交出第二本畅销书。可以想象，即使他能如法炮制出另一本《重要的事》，也无法致力于科学研究。他已沦为受出版商操纵的写作机器，在不断“推陈出新”的过程中，他的研究激情恐怕早已消耗殆尽。而且，他的小说未必持续畅销，因为尽管他“此刻红极一时”（第409页），但如出版商所说，他随时会被另一阵流行风所替代。林亚德的困境反映的是文化界的共同命运，是人类堕落的体现。该短篇与《善会降临》，从一个侧面反映了19世纪末美国文学界、学术界及出版界的状况。

作家在职业化的进程中受到出版社的操控和剥削。随着《麦克卢尔氏杂志》(*McClure's Magazine*)的辛迪加化管理，出版市场逐渐扩大。麦克卢尔采用多种方式寻找稿源，譬如拜访名作家，让报纸编辑推荐当地的作家，举办有奖竞赛，让自己的代理寻找稿源，与其他出版人共同购买作品等。[①] 出版社为赢得更多利益，开始限定作家的创作主题。19世纪八九十年代，出版人亨利·霍尔特(Henry Holt)与G. P. 普特曼(G. P. Putman)要求作者撰写普及性质的科学书籍。[②] 出版社对作家的盘剥可从弗兰克·诺里斯(Frank Norris)的评论得到印证：“不知名的作家在出版社的剥削及要求下，已发展成‘摇钱树’，而且愈演愈烈，几乎没有一个出版社不充分利用手中的资本猎取利润。”[③]从一定程度上讲，《人类的堕落》反映了这一社会现象，揭示出华顿对出版社唯利是图行为的批判，她对作家的同情也蕴含其中。

---

① Johanningsmeier, Charles. *Fiction and the American Literary Marketplace: The Role of Newspaper Syndicates, 1860-1900*. Cambridge: Cambridge UP, 1997, p. 77.

② Lichtenstein, Nelson. "Authorial Professionalism and the Literary Marketplace: 1885-1900". *American Studies* 19.1 (1978): 35-53. *JSTOR*. Web. 2013-09-10, p. 45.

③ Lichtenstein. "Authorial Professionalism and the Literary Marketplace: 1885-1900". p. 46.

豪威尔斯的《作为商人的文人》(1892)一文，清晰地勾勒出美国作家在日益商业化的社会中的两难困境。人们传统上认为，作家应超凡脱俗，作家本人很难改变世人的这番认识。豪威尔斯一针见血地指出："考虑到这一事实，在一个充斥着商人的国度里，这是非常屈辱的事情，毕竟我不知道是否能将自己塑造成像商人一样受到敬重的文人。"①他认为，作家同法官、医生等一样也在从事一种职业，得到报酬是天经地义。豪威尔斯作了进一步说明：在美国这个时代，"赚钱是唯一能紧密联系人类的东西，我们每个人都与该链条相连，尽管我们的利益、趣味和原则都有所不同"。②豪威尔斯认为，文人无法超凡脱俗，他们必须面对职业化带来的挑战，在坚持自己的原则和趣味的同时，还需确保自己的利益不受侵害。上述分析的柏克顿与林亚德即是最佳例证，两人分别经历的生活困窘和精神折磨，反映出美国作家在职业化语境下的状况。

豪威尔斯在文中指出，作家是"高成本"职业。③ 这在《善会降临》与《人类的堕落》中有所反映。作家绞尽脑汁地完成一部作品，但作品往往需要经历漫长的修改过程。尽管国际版权法的颁布使作家不再羞于谈论稿酬，但作家受到的版权保护也只有 42 年。④ 豪威尔斯写道，自美国内战以来，文学开始作为职业发展起来，此前，除了埃德加·爱伦·坡，没有哪位作家靠写作维持生计，而坡的生活时常很窘迫。⑤ 令人感到不平的是，出版商对作家的盘剥毫无商量。《人类的堕落》中，林亚德教授的遭遇就是一例。出版商发现他的作品畅销就增印，而当利润减少时就不再出版原定作品，还向林亚德索要更多有市场价值的作品。出版社的这种做法对作家的发展不利，杂志社也同样唯利是图。在《善会降临》中，毛里斯·柏克顿以在杂志上发表作品为生，但其发表空间被连载小说占去多半。豪威尔斯写道："一些作家的收入主要来自不同杂志对其作品的连载；杂志的繁荣使内战前从未见过的一个阶级应运而生。"⑥这个以写作者为主的阶级既需维持生计，又要面对出版界的压力。

---

① Howells, *Literature and Life Studies*, p. 5.

② Howells, *Literature and Life Studies*, p. 4.

③ Howells, *Literature and Life Studies*, p. 5.

④ Howells, *Literature and Life Studies*, p. 6.

⑤ Howells, *Literature and Life Studies*, p. 7.

⑥ Howells, *Literature and Life Studies*, p. 7.

豪威尔斯建议作家要忍耐，坚持为自己创作。作家需脚踏实地，写出愉悦自己的作品，并且不要过高地期待读者的反应。作家要坚持写自己满意的作品，因为“假如他无法取悦自己，他应该确信他将无法取悦他人”。[①]豪威尔斯还告诫道，作家尽管是商人，有权处置自己的作品，但他主要还是艺术家。“归根结底，作家只是工人，受制于统治工人生活的法则。”[②]显然，作家职业化对美国先前沿袭的作家观有着强烈的冲击，作家需直面现实并接受新角色，即“作为商人的文人”，这给作家带来巨大挑战。

《人类的堕落》与《雄狮之死》均从出版角度反映了大众消费作家的现象，但在揭示主题方面它们呈现出不同特点。第一，詹姆斯的《雄狮之死》中，叙述者与出版商的交集占主导地位，叙述者见证了帕拉迪遭到出版商和消费群体围猎的经过。《雄狮之死》采用了第一人称叙事，叙述者既是旁观者，也是参与者，小说有效地勾勒出各群体成员猎捕名家的经过。读者对帕拉迪的同情，通过叙述者的叙述得以激发。华顿的《人类的堕落》则采用第三人称叙事，勾勒出林亚德遭遇社交圈消费的悲剧。相对于《雄狮之死》，《人类的堕落》激发读者对林亚德表示同情的手法更加直接。第二，《人类的堕落》增加了家庭维度，给林亚德施加压力的不仅包括出版社和其他社会团体，而且还包括他妻子，后者消费至上的观念令林亚德的处境雪上加霜。作家在创作过程中不仅需要与出版人打交道，还需接触评论界。

华顿的短篇《回到原处》(“Full Circle”，1909)以作家与文学评论界之间的关系为主题。《回到原处》讲述了作家主人公无法正视大众评论的经历，隐含作家人物之间相互竞争与帮助的关系，也再现了文学批评的品质与批评家的生存之间的关系等主题。小说中，作家杰弗里·贝顿(Geoffrey Betton)继第一部作品成功后又发表新作，不过反响不大。他的老同学邓肯·费斯(Duncan Vyse)因创作无果，前来受聘当其秘书。贝顿担心费斯发现自己受挫，于是杜撰读者和出版社来信，不久便被具有批评天赋的费斯识破，但费斯出于生计考虑将错就错，继续替贝顿写回信。贝顿最终恍然大悟，原来费斯早已识破他的伪装。

《回到原处》写的是小说家贝顿和评论家费斯的故事，两人分别代表成功和失败。聚焦于两个人物的叙事结构精雕细琢，有利于突出主人公贝顿

---

① Howells, *Literature and Life Studies*, p. 25.

② Howells, *Literature and Life Studies*, p. 33.

的成长历程。贝顿的处女作虽然取得成功，但叙述者将叙述重点集中在贝顿创作第二部小说的经过上。贝顿创作第二部小说时具有明显的功利目的，小说注定以失败告终。他打算通过写这部小说赢得更多社会认可，这有悖自主创作原则。贝顿从事创作前是公司职员，既没有自由，收入又不高。贝顿写小说一炮打响，开始过上锦衣玉食的生活。他受雇于公司时，不但要和别人共用浴室，还要过着朝九晚五的生活。贝顿的处女作为他取得开门红，他自然期待获得更大的成功。然而，他"写第二部小说的一个动机(这想法多可怕!)就是希望能扩大他的影响力，让他永远受读者欢迎"。[①] 括号中的"这想法多可怕!"流露出贝顿内心的恐惧。贝顿将第二部小说取名为《富足》(*Abundance*)，一定程度上反映出他的不纯动机。

贝顿与费斯是老同学，但两者的命运完全不同。两人均是哈佛大学毕业生，贝顿从商失败后转而写小说并取得成功。费斯钟情于创作，但他的小说因缺少机遇未曾出版。迫于生计，他不得不放弃小说创作，受雇于贝顿。贝顿与费斯先后遭遇成功与失败，分别反映在他们的外表上。贝顿春风得意，以至于"贝顿第一次发现，他光鲜、发达的自我，给人的印象是他取得了商业成功，而不是思想上的成就。他看上去不像自己想象中的《王冠与柴把》的作者形象——他想知道是什么缘故"(第764页)。可见，贝顿也为自己的外在形象感到惊诧，世俗成功带来的负面影响一目了然。费斯面色苍白，骨瘦如柴，一副落魄文人相。华顿将捉襟见肘的生活困境与文人相对应，暗示优秀作家不以世俗成功为目的。贝顿取得成功后，不再有生存压力，但这也导致他无法产出优秀作品。

贝顿在第一部小说走红后判若两人，这表现在他的心理活动以及他对费斯的态度上。费斯派人上门索要书稿，贝顿不但没有反省自己的过错，反而心存不满，觉得自己不去追究费斯的冒失行为，已经够"宽宏大量"的了。(第762页)贝顿明显具有优越感，费斯却穷困潦倒，两人构成鲜明的对照。费斯写出高水准小说，却苦于与出版社没有交情，小说未能得以出版。事实上，将同窗的小说推荐给出版社，对贝顿来说本是举手之劳。他却没有这样做，相反，他每日沉溺于自我欣赏："我刚放下《富足》，我都

---

① Wharton, Edith. "Full Circle". *Collected Stories: 1891-1910*. Ed. Maureen Howard. New York: The Library of America, 2001. 758-781, p. 760. 下文引用该作品时直接在文中标注页码，不再另注。

读第三遍了。”(第 766 页)贝顿声称自己一直帮助费斯打听其小说出版事宜：“‘上个月，我每天都给我的书商打电话，问你的小说什么时候能出版。’”(第 766 页)

贝顿心胸狭隘、以自我为中心，预示着他的第二部小说将以失败告终，而费斯的书写则彰显出他的文学批评天赋。贝顿一再解释说，他的确忘记催出版社朋友了解费斯的书稿的下落，但他并未真正帮助费斯联系出版事宜。此外，他对费斯的怀疑和猜测，表明他的自负和虚荣心理。贝顿发现读者来信减少，没有反思背后的原因，反而立即怀疑费斯，认为他出于嫉妒心理，故意扣留了部分信件。(第 767 页)更令人费解的是，贝顿无法接受负面评论。(第 767 页)作家产出作品后，读者会从不同角度考量作品。作家应具备判断力，有勇气面对各种评论。贝顿的自我意识过于强烈，无法容忍负面评论，这种情绪化的处理方式表明他的创作观并不成熟。读者从贝顿之后的交代得知，他的第二部小说的确不成功。贝顿与费斯既是同窗，也是同行，原本有可能尝试相互支持和提高，却因贝顿未能与费斯平等地探讨文学创作而无法实现。

费斯的小说虽未出版，但他在担任贝顿的秘书期间，充分体现出其写作才能和文学批评天赋，具体反映在他与贝顿之间的书信往来上。费斯冒充福罗里达州的少女读者写信恭维贝顿，贝顿读罢信后居然要求与该读者见面，费斯的文学天赋不言而喻。对比贝顿冒充女性读者所写的来信即可得知，贝顿爱慕虚荣，其写作水平也逊色于费斯。费斯颇具洞察力，能成功地抓住贝顿的心理撰写回信，这些都表明费斯是出色的小说家。值得指出的是，叙述者反复强调费斯“面色苍白”，这其实是费斯日夜笔耕、卖文为生所致，优秀小说家的生活困境由此可见。费斯的小说《明灯高照》有着丰富的象征含义，费斯旨在高举明灯，照亮世界。该小说内容虽不得而知，但读者可以想见，小说应以针砭时弊为主。小说最终没有出版，不能不令人感到遗憾。费斯还成功冒充西部大学教授给贝顿写信，他以教授的口吻告诫贝顿，不要过于看重大众评论(第 776 页)。这一建议凸显出费斯的文学批评天赋，他与贝顿通过书信交流文学批评方法，暗示两人有望建构起文学团体。理论上说，贝顿应是这些书信的受益者。颇具反讽含义的是，贝顿在这一阶段并未察觉书信作者的真实身份。

现实生活中，贝顿与费斯有望得到彼此的支持，不过贝顿需彻底消除他的自负和冷漠。小说没有描述贝顿与家庭或朋友的来往，暗示他习惯于以自我为中心，导致他无法客观冷静地接受他人的评论。贝顿心胸狭隘，随着《富足》的评论书信不断减少，他开始怀疑是费斯从中作梗。同时，他开始杜撰读者来信。贝顿爱慕虚荣，不惜自欺欺人，竟冒充出版社和读者写信吹捧自己的小说。费斯发现后指出这些书信均出自一人之手，贝顿恼羞成怒。他与费斯的交往反映出其自私冷漠的本质，两人的关系与赫尔曼·麦尔维尔笔下的雇主与巴特比的关系有些类似。所不同的是，在麦尔维尔的《抄写员巴特比——一个华尔街的故事》(“Bartleby, the Scrivener: a Story of Wall-street”)中，巴特比明确反抗其雇主，而《回到原处》中，费斯别无选择，任由自己遭到压榨。费斯终日面色苍白，贝顿却熟视无睹。不过，同样是处理死信[①]，两部作品有所不同：巴特比的抄写毫无创造性，费斯却充分发挥了他的想象力。费斯文采飞扬，其评语独树一帜，但贝顿接纳他的前提是其虚荣心得到满足。直到小说末尾，贝顿依然没有意识到自己的不足，他对费斯的状况漠不关心，最终仍旧谎话连篇，企图为自己开脱：

> 你可能以为你的东西写得非常出色，我给扣住了，你可能以为我特别嫉妒你比我强。我向你保证，不是这个原因——我真的把你的书稿忘得干干净净。有一天我回到家，发现你的书稿不见了，原来你让人拿走了。后来，我总觉得你可能会记仇——你这样做也不是没有道理；这……这书信的事……你对我的同情……我觉得你是同情我……？(第780页)[②]

《抄写员巴特比——一个华尔街的故事》的主题之一是“同情”，巴特比的雇主道貌岸然，高高在上，对巴特比漠不关心，却自称很同情他。贝顿对费斯表现出的“同情”如出一辙，如上述引文所示，他以自我为中心，一味期待费斯同情他，却从未尝试兑现他曾许下的诺言。费斯最终向贝顿说明，他这样违心写信只是为了糊口。小说在此戛然而止，耐人寻味。

如前所述，贝顿像多数当红作家一样无暇顾及自己的精神生活。作为成功作家，贝顿并不希望回到昔日的艰辛岁月，但他比以前更强烈地感到

① 华顿的《回到原处》中不完全是死信。

② 着重号为原文所有。

自己的思想空间受到限制。贝顿的第一部小说出版后受到评论界的高度赞扬，但评论内容却十分空泛：

> 神奇的是，所有内容讲完、写完后，真的几乎没剩下什么内容——他们浓汤似的溢美之词，经作者有洞察力的虚荣心过滤后，对他来说，只有很少部分的文字给出了确切的解释！不——总是老一套，反复重复——老生常谈，一连串含糊其辞的形容词，总是采用固定模式，根据作者的个人喜好评判其小说，而不是把它当作艺术品，当作一个可用固定标准衡量的物品来对待！（第759页）

贝顿与其他作家一样爱慕虚荣，但即便他本人也认为，评论中虚美的谀辞是对其智商的不敬。小说并没有塑造平庸评论的具体制造者形象，或许可以说生产劣质评论文章普遍存在。一定程度上，《回到原处》表明华顿对质量低劣的文学批评洞察入微。

小说叙事通过聚焦贝顿的心理活动，再现了文学批评所面临的危机，这一社会现象的确存在于华顿生活的时代。她在《阅读的罪恶》中写道，机械读者没有甄别能力，他们随波逐流，“那种将阅读视为道德义务的读者，自然会混淆道德及思想判断”。[①] 平庸读者自然导致恶劣的文学批评生态，贝顿的经历就是一例。作家成功后，其私密空间通常会被社会活动吞没。他们被视为各种问题的专家，殊不知这威胁到作家的生命力。贝顿切身体会到这一点：

> 是的，公众的关注让他十分受用——最初是如此……接着，他开始被成功淹没：雪花般的来信日渐增多，接连不断，让他应接不暇。他的青睐者真的很难满足。他们想让他做各种荒谬的事情——开讲座、组织运动、接受款待、在晚宴上讲话、给母亲们作报告、为孤儿呼吁、坐热气球、为消毒牛奶代言。他们想在文学副刊上刊登他的照片，想让他为慈善会签名，想让他加入文

① Wharton, “The Vice of Reading”. *Edith Wharton: The Uncollected Critical Writings*. Ed. Frederick Wegener. Princeton: Princeton UP, 1996. 99-105, p. 102.

学、教育和社会各种委员会……(第759页)

作家成名后，其社会“责任”变得更加重大，但在公众盲目崇拜名家的权威时，作家本人需保持头脑清醒。华顿的另一短篇《人类的堕落》也挖掘了这一主题，小说中，作家主人公成名后，立即被社会活动包围。上段引文中，各种名目的团体蜂拥而至，它们希望贝顿充当代言人，主要是看重他的文化资本，其目的是利用其声誉获取更多经济或文化资本。作家如何不被世俗成功绑架，一以贯之地从事创作，这是他们需要面对的挑战。

值得指出的是，华顿在成长为作家的过程中，受益于沃尔特·贝里的友情。华顿极为欣赏贝里在创作上对自己的支持，贝里热情洋溢的鼓励与恰到好处的批评，对她的创作是有益的促进。华顿年轻时就听贝里这样说：“看到事情之间的肤浅相似之处，很容易。只有一流头脑才能洞察到深层差异。”[①]华顿一生受益于贝里对其作品的客观公允的评论，表明她认同作家与批评家应相互扶持这一观点。她在回忆录中写道：“其他人赞美，有些人恭维——只有贝里愿意费心分析、批评。”[②]华顿的文学创作与评论主题的作品如短篇《回到原处》即为一例，小说反映出她对文学评论标准的思考。

从吸引读者的角度看，《回到原处》通过设置悬念讲述了贝顿与费斯捉迷藏的游戏，最终两人的谜底均得以揭示。该主题在詹姆斯的《地毯里的图案》中也有所反映，小说中的叙述者同样埋下伏笔，“地毯里的图案”似乎是读者和叙述者共同揭秘的对象，然而这取决于读者的洞察力。詹姆斯倾向于采用规模宏大的叙事结构，但纷繁复杂的人物关系，为读者解读文本增加了难度。与詹姆斯相比，华顿擅长绘制精微画卷。譬如，《回到原处》只有贝顿与费斯两个人物，聚焦在两人身上的众多细节均有利于突出主题。贝顿发现很少有人评论他的第二部小说，他唯恐遭到费斯的轻视，于是便以出版社或一般读者的名义，杜撰评论其小说的书信。从他杜撰的信件内容可以看出，贝顿无法接受负面评论，他试图在费斯面前维持其优越感。费斯这样向贝顿介绍信件内容(其实它们都是贝顿匿名所作)：“这封是芝加哥出版社写的——从没听说过这家出版社——给您下本小说30%的稿酬，还预支2万美元稿费。这人想把您的下一本小说辛迪加化，在一

① Wharton, *A Backward Glance*, p. 117.

② Wharton, *A Backward Glance*, p. 116.

系列周日报纸上刊载：报酬也很丰厚。这封是从安阿伯寄来的。还有这个——呵呵，这封信很有意思！”[①]（第770页）从贝顿编造的信件内容不难看出，他期待自己的作品有市场。此刻，费斯并不知道信件作者是贝顿本人。不过，费斯指出，该女性读者的来信充分表达了对贝顿的崇拜之情，但信件不应过于简短，女性写的书信通常内容比较详尽。费斯的分析可以说明两点，第一，他具有较高的文学造诣；第二，贝顿对女性的写作习惯缺乏了解，其文学批评能力逊色于费斯。从费斯对这些书信的分析来看，他的确称得上是批评家，他不仅有见地，而且能判断出性别与写作之间的关联。贝顿明知自己的小说不受欢迎，却宁愿自欺欺人。之后，费斯指出那些来信均出自一人之手时，贝顿愤怒不已。“‘我摆在这里的信：我一直在比较这些信的内容。我觉得它们都是一个人写的。’贝顿的脸从红变紫，红胡子显得苍白。‘见鬼，你到底想说什么？’他问道。”（第772页）

贝顿缺乏勇气直面现实，还拒绝接受费斯文学天分更高的事实。贝顿与费斯之间构成鲜明的对比，贝顿曾品尝过成功的喜悦，他的第一部小说并非出自不纯的动机。如今，他的第二部小说《富足》与上部小说的读者接受情况恰恰相反，所收到的正面评论极少。费斯的文学天分从其小说《明灯高照》的书名可见一斑，他担任贝顿的秘书以来认真阅读每封读者来信，并能洞悉书信作者的特点，这些都反映出他的文学批评天赋。叙述者借费斯的观察和回应，来反衬贝顿为名利所累的行为。

《回到原处》与《伟大而神奇的地方》均讲述了两类作家的不同遭遇。《回到原处》中，名作家贝顿想方设法回避或否认自己的作品不受欢迎的事实。贝顿还缺少同情心，对费斯的出版困境采取漠然的态度。费斯无法摆脱对贝顿的经济依赖，只得继续给读者回信。直到两人各自所写的信件回到原处，贝顿才如梦初醒。小说末尾再现了费斯的困境，贝顿的自私与冷漠的特点昭然若揭。贝顿与费斯未能做到志同道合，与前者的自我中心主义有很大关系。作家之间惺惺相惜，或许会成为促进双方构建文学团体的动力。詹姆斯的《伟大而神奇的地方》描绘了戴恩与“兄弟”在梦中相遇的场景，戴恩在那里获得的“兄弟”的劝诫使他受益无穷。来访的青年作家则暂时扮演了戴恩的角色，代表了期待获得世俗成功的一类作家。华顿的《回到原处》再现了作家同行之间平等对话与相互扶持的艰难，无情地嘲讽了

① 着重号为原文所有。

贝顿的狭隘、自私、虚荣和冷漠。詹姆斯的短篇勾勒出令作家向往的画面，作家能远离社会生活与知己畅谈理想，不失为减缓其创作危机感的有效策略。尽管两个短篇都刻画了被社会生活包围的作家主人公，但《回到原处》的人物显得更加孤寂。

本章分析比较了詹姆斯的《本福利奥》（“Benvolio”，1875）、《〈拜尔德拉夫廖〉的作者》（“The Author of ‘Beltraffio’ ”，1884）、《大师的教诲》（“The Lesson of the Master”，1888）、《私密生活》（“The Private Life”，1892）、《真正正确的事情》（“The Real Right Thing”，1899）、《伟大而神奇的地方》（“The Great Good Place”，1900）及中篇《雄狮之死》（“The Death of the Lion”，1894）与华顿的《缪斯的悲剧》（“The Muse's Tragedy”，1899）、《试金石》（“The Touchstone”，1900）、《坟冢天使》（“The Angel at the Grave”，1901）、《人类的堕落》（“The Descent of Man”，1904）、《回到原处》（“Full Circle”，1909）、《哈德逊河斗拱建筑》（*Hudson River Bracketed*，1929）及《众神来临》（*The Gods Arrive*，1932）。

就作家职业选择主题作品而言，作家人物的情感生活与创作、作家人物的社会生活与创作之间分别存在明显的矛盾。詹姆斯的《本福利奥》《〈拜尔德拉夫廖〉的作者》及《大师的教诲》，与华顿的《缪斯的悲剧》《试金石》《哈德逊河斗拱建筑》及《众神来临》，揭示了作家人物的情感生活与创作生活之间的矛盾。詹姆斯的《私密生活》《雄狮之死》《真正正确的事情》及《伟大而神奇的地方》，与华顿的《坟冢天使》《人类的堕落》及《回到原处》，则再现了作家人物或传记家人物的社会生活与创作生活之间的矛盾。以上作品的作家形象以男性为主，尤其是詹姆斯笔下的作家主人公，而且叙述者也多为男性，女性人物常因男主人公的性别偏见遭到边缘化。

华顿的短篇及姊妹篇小说中的男女主人公，通过共同努力改变了女性作家人物被边缘化的状况。譬如，在《缪斯的悲剧》《试金石》《坟冢天使》《哈德逊河斗拱建筑》《众神来临》中，华顿塑造了较开明的男主人公，并在很大程度上赋予了女性作家主人公话语权，这与本章研究的詹姆斯作品中的人物再现方式相反。此外，在本章讨论的詹姆斯短篇中，男作家主人公的道德成长多存在诸多局限性。华顿笔下的叙述者或主人公，多数实现了道德成长。尤其需要指出的是，他们常常受到女主人公的积极影响，并在她们的指引和帮助下逐步完成道德成长。

第三章　创作与性别主题作品

詹姆斯与华顿的创作与性别主题作品，揭示出他们的文学观和性别观。19 世纪是众多英美女性从事创作的时期，她们最初普遍遭受性别歧视。詹姆斯对女性从事创作有着矛盾的心理，一方面他鼓励女性作家思想独立，认为她们需摆脱社会性别规范的束缚。另一方面，他对女性文学占据市场又心存忧虑。他的创作与性别主题作品，成为观察其创作观和性别观的一个窗口。如前所述，华顿成长为作家，更多地需要克服性别偏见，而不是“影响的焦虑”。如桑德拉·吉尔伯特(Sandra M. Gilbert)与苏珊·古芭(Susan Gubar)所写，布鲁姆谈及的是男性诗人所感受到的“影响的焦虑”，但女性诗人的境况与之不同，她们遭遇的是“‘作者身份的焦虑’(anxiety of authorship)”。[①] 男性诗人的焦虑来自其他诗人更优秀的作品所施加的压力，他们担心自己的作品不够优秀。“影响的焦虑无关真正的或想象的父亲是谁，它是借助于诗歌、小说或戏剧并在它们之中出现的一种焦虑。”[②]女性甚至在选择从事创作时就会遭遇诸多障碍，其写作合法性甚至都无法确保。19 世纪上半叶，美国女作家更多地将其文学创作视为一种劳动，而不是艺术。“文学女性将作家身份看作一种职业，而不是一种使命或艺术。19 世纪 70 年代以来，女性作者才倾向于将自己视为艺术家，或认为自己在艺术领域占有一席之地。”[③]相比之下，男性作家无此顾虑。不

---

① 桑德拉·吉尔伯特、苏珊·古芭：《阁楼上的疯女人：女性作家与 19 世纪文学想象》，杨莉馨译，上海：上海人民出版社，2015 年版，第 64 页。

② 哈罗德·布鲁姆：《影响的焦虑》，徐文博译，北京：中国人民大学出版社，2019 年版，第 6 页。

③ Baym, Nina. *Woman's Fiction: A Guide to Novels by and about Women in America, 1820-1870.* 2nd ed. Urbana: U of Illinois P, 1993, p. 32.

过，华顿塑造女性作家形象的方式，与19世纪的美国女性文学传统有所不同。卡普兰指出，华顿的作家身份建构并未经历美国女作家传统上经历的摆脱家庭束缚的过程，"'内部结构'('interior architecture')将家庭空间从内向外翻转出来，在私有家庭与公共市场街道之间建立界线，这条界线不受任何一方管制，也不从属于任何一方。华顿作为作家，通过小说创作来营造生存空间，而不是仅仅通过抗争逃离将女性限制在家庭空间的铁板一块的男性牢笼。"①

本章通过比较詹姆斯的《格里维尔·费恩》("Greville Fane", 1892)、《折翼》("Broken Wings", 1900)、《其中的故事》("The Story in It", 1902)及《天鹅绒手套》("The Velvet Glove ", 1909)与华顿的《缪斯的悲剧》("The Muse's Tragedy", 1899)、《试金石》("The Touchstone", 1900)、《一个战争故事的创作过程》("Writing a War Story", 1919)、《天鹅绒耳套》("Velvet Ear-pads", 1926)、《哈德逊河斗拱建筑》(*Hudson River Bracketed*, 1929)及《众神来临》(*The Gods Arrive*, 1932)，探究女性作家所遭遇的性别偏见，以及女性之间相互理解和支持的重要性。

第一节"女性作家身份建构的危机"，首先分析詹姆斯的《格里维尔·费恩》和华顿的《一个战争故事的创作过程》，接着对比分析詹姆斯的《天鹅绒手套》与华顿的《天鹅绒耳套》。《格里维尔·费恩》与《天鹅绒手套》聚焦于男性叙述者的中心意识(前者为第一人称叙事)，两个叙述者极度贬低女作家主人公的文学追求及其作品的艺术性。《一个战争故事的创作过程》则从第三人称叙述视角，讲述了女主人公的作家梦如何遭到男性作家权威否定的经过。

第二节"艺术共同体的重要作用"将分析詹姆斯的《折翼》和《其中的故事》与华顿的《缪斯的悲剧》《试金石》《哈德逊河斗拱建筑》及《众神来临》。这些作品分别描绘了艺术家或潜在艺术家的成长历程，他们通过相互帮助克服了性别偏见，还纠正了自我对社会性别规范的内化行为，最终从猜忌和排斥走向理解和接纳。所不同的是，《折翼》从出版市场角度表达了对艺术家主人公的同情，再现了两个艺术家主人公之间相互理解的过程。《试金石》描绘的是女性读者与女性作家相互理解、相互支持的经过，彰显出

---

① Kaplan, Amy. "Edith Wharton's Profession of Authorship". *ELH* 53. 2 (1986): 433-457. *JSTOR*. Web. 2011-05-10, p. 446.

女性共同体在引导男性克服性别偏见方面的积极作用。《哈德逊河斗拱建筑》与《众神来临》则揭示了保守的社会性别规范对主人公的束缚，以及他们克服性别偏见的经过。詹姆斯的作品暗示，他对男女艺术家之间平等交流的态度并不乐观。华顿的作品则塑造了更多认可女性才华的男性形象。

第一节　女性作家身份建构的危机

19 世纪小说的兴盛发展，使小说家职业变得炙手可热，但女性作家在从事创作的过程中需克服性别偏见。19 世纪的女性作家纷纷加入小说写作行列，有的甚至取得成功，但她们在创作过程中需克服社会性别偏见。詹姆斯与华顿塑造的女性作家形象，一定程度上反映出女性在建构作家身份的过程中遇到的性别偏见等障碍。本节首先对比分析詹姆斯的《格里维尔·费恩》与华顿的《一个战争故事的创作过程》，接着分析詹姆斯的《天鹅绒手套》与华顿的《天鹅绒耳套》。

《格里维尔·费恩》(“Greville Fane”，1892)以创作、性别与谋生为主题。该短篇从构思到出版，历经近十年的时间。詹姆斯 1879 年 1 月 22 日的创作笔记，阐述了该短篇的小说家培养主题。他这样写道，英国作家安东尼·特罗洛普(Anthony Trollope)认为[①]小说家像其他职业一样可以培养，特罗洛普尝试将儿子培养成小说家，不过他的儿子长大后却在澳大利亚牧羊。[②] 字里行间的反讽含义显而易见，但这种现象在文学界较为普遍，试图将孩子培育成小说家的不止特罗洛普。譬如，威廉·梅克皮斯·萨克雷的小说家女儿安妮·萨克雷(Annie Thackeray)也希望将女儿培养成小说家。詹姆斯表示要以此为主题，写一个有关“文学女性(贫穷的小说家)或贫穷的男小说家”培养下一代小说家却以失败告终的故事。[③] 十年后，亨利·詹姆斯在该短篇的创作笔记中再次谈到这一构思。他指出，安妮·萨克雷的一个短篇，以特罗洛普试图将儿子培养成小说家为主题。1889 年 2 月，詹姆斯在创作笔记中写道，《格里维尔·费恩》的创作灵感出自安妮·萨克雷的短篇故事。安妮·萨克雷的短篇写的是“特罗洛普计划把儿子培

---

① 安东尼·特罗洛普(Anthony Trollope，1815—1882)，英国维多利亚时期小说家。

② James，*The Complete Notebooks of Henry James*，p. 9.

③ James，*The Complete Notebooks of Henry James*，p. 9.

养成小说家，当时该职业利润很高”。[①] 詹姆斯在笔记中还指出：“安妮·萨克雷还补充道，她和丈夫也有同样的想法，计划将女儿培养成小说家。他们要把女儿培养成职业作家。这让我构想出小说领域里一位疲惫不堪的劳动者，这位劳动者试图和孩子一起完成这个项目，结果偏偏受到命运的捉弄，遭遇最奇怪的尴尬场景。”[②]可见，詹姆斯反对创作以追求物质利益为目的。

詹姆斯在《安东尼·特罗洛普》的评论文章中对此种现象进行了批判。他指出，特罗洛普将小说职业视为发财致富的途径。特罗洛普创作时追求速度，并且主题单一。“他很严肃认真地坐下，写他的主题，他把胳膊肘支在桌上，眼睛偶尔看看钟表。”[③]此处，特罗洛普的文字生产者形象栩栩如生。他不断用时间衡量创作成果，其创作质量可想而知。詹姆斯还指出，特罗洛普的小说主题固定单一。“他写的主要是爱情故事，爱情故事总是千篇一律。要么是年轻女士有两个恋人，要么是年轻人有两个女友。”[④]特罗洛普刻板单一的创作，表明他疏于思考和观察。“他写得很轻松，很舒适，非常多产，不过他的风格和都德的细致点刻法或福楼拜的考究节奏没有共同之处。”[⑤]创作与其他职业一样需付出艰辛努力，特罗洛普与以上所列举的作家不同，他的写作“轻松”“舒适”，说明他并未全力投入创作。特罗洛普一类的英国作家为获取物质利益，不惜忘却作家的使命感，草率地对待文学创作。詹姆斯以特罗洛普为例，旨在表明他对此类英国作家的批判态度。

詹姆斯在文中继而指出，此类作家与法国作家在诸多方面存在差距，他不无反讽地点明，英国作家在处理道德方面的内容缺乏自信。“在胆大、整洁、敏锐、思想活跃性、素材安排以及描写可视物体方面，他们英国作家远不及法国作家。不过他们在道德方面的内容更拿手；如当今人们所说，他们知道良心的运作方法。这正是该流派女性作家大多作品的价值所

---

① James, *The Complete Notebooks of Henry James*, pp. 48-49.

② James, *The Complete Notebooks of Henry James*, p. 49.

③ James, Henry. “Anthony Trollope”. *Literary Criticism*. Ed. Leon Edel and Mark Wilson. Vol. 1. New York: The Library of America, 1984. 1330-1354, p. 1335.

④ James, “Anthony Trollope”, p. 1338.

⑤ James, “Anthony Trollope”, p. 1347.

在——这些作品在法国作家看来比较单薄，并且乏味得有些可悲。”[①]詹姆斯认为，英法小说在以上方面有所不同，但最突出的是英国小说自诩擅长的“良心的运作方法”。英国小说家自称善于处理道德主题，然而任何“运作”良心的尝试，均表明作者缺乏直面现实的勇气。作者回避现实，或出于功利目的，或在道德方面不够自信。詹姆斯在《小说的艺术》中，对皮赞特提出的“自觉的道德方面的目的”表示质疑。皮赞特认为，英国小说应为年轻读者负责，不宜在小说中讨论可能腐蚀年轻人思想的话题。皮赞特还认为，小说家的这一行为是“一件真正令人赞美的东西，也是一桩非常值得为之庆贺的事情”。[②] 在詹姆斯看来，这种行为不能说明小说家热衷于探索道德领域。相反，它反映出小说家在这方面的羞涩：“道德的能量的真髓就是要纵观全局，因此我应该把皮赞特先生的话恰恰倒个个儿，不说英国小说有着一个目的，却说它有着一种羞涩。”[③]詹姆斯认为，英国小说有意识地回避某些话题，看似是考虑了青年读者的阅读趣味，实则否定了小说家的主体性。他在评论特罗洛普时指出读者的两种品味：“欣赏有想象力的文学作品的读者有两类品味，一类是欣赏令人惊讶的情感，一类是欣赏得到认同的情感。特罗洛普满足的正是后者，他更多地满足于提供自己的思路，通过这一思路，我们可以看到他指给我们看的内容，他自信地指明我们的同情心应该位于何处。”[④]詹姆斯所作的以上区分表明，“令人惊讶的情感”是作家原创性的体现。原创作家抒发的情感，常人无法轻易体会或理解。因此，在创作中能否使读者理解这些情感，便成为衡量作家水平的标准。另一方面，“欣赏得到认同的情感”则表明，作家试图指引读者遵循他的思路，在创作中并不鼓励读者自发地作出回应。“特罗洛普、菲尔丁以及萨克雷站出来表达自己的观点，破坏了小说应制造的幻觉，犯了不可饶恕的罪。”[⑤]詹姆斯强调小说家应具有主体性，小说家只有从自己观察到的人与事出发，并尽可能地如实呈现给读者，才有可能创造出优秀作

---

① James, “Anthony Trollope”, p. 1348.

② 亨利・詹姆斯：《小说的艺术：亨利・詹姆斯文论选》，第 28 页。

③ 亨利・詹姆斯：《小说的艺术：亨利・詹姆斯文论选》，第 29 页。

④ James, “Anthony Trollope”, pp. 1353-1354.

⑤ Litz, A. Walton, Louis Menand, and Lawrence Rainey, eds. *Modernism and the New Criticism*. Cambridge: Cambridge UP, 2005. Print. Vol. 7 of *The Cambridge History of Literary Criticism*. 9 Vols. 1989-2005, p. 472.

品。小说家的创作理念，决定他是否能成功地创造出优秀作品。“作者的才华愈是卓越，他的那部小说，他的那幅画，他的那个雕像，也就相应地愈是富于美和真的素质。要使一件作品由这些素质构成，我认为这就足以成为创作的目的。一个浅薄的头脑绝对产生不出一部好小说来——我觉得对于写小说的艺术家来说，这是一条包括了所需的一切道德基础的原则。”[①]《格里维尔·费恩》的主题与小说创作和道德之间的关系相关，通过女主人公格里维尔·费恩与她儿子的共同创作实践得以体现。

《格里维尔·费恩》中，女主人公格里维尔·费恩为养家糊口勤奋写作，不仅未能积累到相关创作素材，反而遭到家人的耻笑。詹姆斯在创作笔记中强调了短篇的性别、小说职业与谋生这一主题，“淑女小说家”最终穷困潦倒，其作品遭到女儿的鄙视。[②] 费恩的遭遇并未赢得读者的同情，这归因于短篇的第一人称叙述手法。小说中，叙述者与女作家虽然是朋友关系，但前者是“批评家或记者等”身份，是“更年轻一代的小说家，而且还是崇尚现代心理学的那种”。[③] 叙述者认为费恩性格古怪，其艺术观也低他一等：“这个可怜女人的怪异、陈旧的艺术观，与他的视角形成对比——在她(女主人公)看来，他的作品有些困惑，而他则认为，她的作品主要是纵情享乐和插科打诨的内容。”[④]叙述者自称是批评家，并认为自己比女主人公更加优越。叙述者与女主人公的不同艺术观，暗示两人之间的竞争关系。

《格里维尔·费恩》的创作笔记，阐明了短篇的性别和阶级维度。詹姆斯在创作笔记中用“贫穷的”一词形容女主人公：在1879年1月的创作笔记中，詹姆斯将短篇主人公描述为“文学女性”及“贫穷的小说家”；在1889年2月的创作笔记中，詹姆斯称女主人公为“淑女小说家”，她的丈夫游手好闲，生活窘迫的她不得不通过创作养家糊口。颇具反讽含义的是，她培养儿子出入上流社会，以便为她收集写作素材，结果未能如愿以偿，儿子反而变得“无所事事、自私、讲排场、恶毒”。[⑤]《格里维尔·费恩》中，费恩的儿子只是模仿上流社会生活的皮毛，对自己所处的社会缺乏应有的洞察

① 亨利·詹姆斯：《小说的艺术：亨利·詹姆斯文论选》，第30页。

② James, *The Complete Notebooks of Henry James*, p. 49.

③ James, *The Complete Notebooks of Henry James*, p. 49.

④ James, *The Complete Notebooks of Henry James*, p. 49. 着重号为原文所有。

⑤ James, *The Complete Notebooks of Henry James*, p. 49.

力。此外，女主人公的写作能力受到家人的贬损。詹姆斯这样形容道，她“有各种隐含的浪漫主义和单纯的特点，这构成古怪品质的混合体，生动、可乐又可悲……她女儿却为此感到羞愧。她喜爱的辉煌、贵族社会、社会名流——她塑造的富足和优雅的人物——与她狭隘而蹩脚的生活现实构成反差”。[①] 在此，女主人公的主题选择与写作风格遭到批判，原因在于她与她笔下的人物在社会地位上悬殊比较大。然而，这种差异本身并不能成为否定女主人公小说艺术性的理由。短篇虽然以女主人公的名字命名，但故事讲述人却是第一人称叙述者。更重要的是，叙述者选择了该女作家主人公的曾用笔名来命名短篇。女作家主人公曾用的笔名是个男性的名字，名字的含义是智慧超群。[②] 叙述者的性别和阶级偏见由此可见，而费恩与叙述者之间关于小说观方面的对话，分别再现了这种偏见。

叙述者对费恩作品的评价，反映出他的性别偏见。叙述者强调，但凡畅销书都缺乏艺术性，暗示其作品更具艺术性。他以武断的口气评价费恩的书写：“她可以成车地编故事，不过她连一页英语都不会写。”[③]叙述者认为费恩过于多产，其写作质量低劣。他指出，费恩写的是廉价的罗曼史，尽管畅销一时，但终将被淘汰。然而，叙述者并未提供相关证据，其判断的可靠性值得质疑。小说通过再现叙述者的评判，暗示了詹姆斯对畅销作家的批评态度。如罗(Rowe)所写，“几乎没有疑问，《格里维尔·费恩》的矛头指向詹姆斯那一代写畅销爱情故事的成功作家；很明显，詹姆斯对像费恩这样毫无反抗力的小说家的漫画式描绘，说明他至少对自己作品的接受情况感到有些恐惧”。[④] 如前所述，詹姆斯对女性从事创作存有偏见，在他的作品不受欢迎、其作家身份遭到质疑和挑战的特殊时期，他的这种性别偏见更加明显。事实上，费恩的小说质量不仅受到叙述者的诟病，她在创作主题选择方面也遭到叙述者的指责。

事实上，叙述者对费恩的阶级和性别偏见如出一辙，这从他否定其选择创作主题的自由可以看出。詹姆斯笔下的男作家可以不论其出身，自由

---

① James, *The Complete Notebooks of Henry James*, p. 49.

② James, *The Complete Notebooks of Henry James*, p. 49.

③ James, Henry. “Greville Fane”. *Complete Stories: 1892-1898.* Ed. David Bromwich and John Hollander. New York: The Library of America, 1996. 217-233, p. 220. 下文引用该作品时直接在文中标注页码，不再另注。

④ Rowe, John Carlos. *The Theoretical Dimensions of Henry James*. Madison: U of Wisconsin P, 1984, p. 87.

选择写作题材，但费恩则不同。费恩与叙述者同样写英国上流社会，然而叙述者却对她存有阶级偏见。他以费恩出身贫寒为由，认为她没有资格写远离自己生活现实的话题。费恩选择从事创作以养家糊口，叙述者却对其生活方式及写作主题指手画脚。他以文学权威身份自居，认定只有自己有资格写国际性题材。譬如，费恩因经济条件不允许，在旅居国外积累创作素材时，只能住简陋的旅馆。叙述者对此冷嘲热讽："她独自从德国去了瑞士，又从瑞士去了意大利；她最喜欢去廉价的地方，在更小的首都城市里支起书桌。"(第224页)叙述者的性别优势和阶级优越感显露无遗，他对费恩的不满，归根结底是由于费恩"闯入"其专属领地。叙述者自诩在文学场中占据重要位置，有权否定费恩从事创作的合法性及其创作主题及风格。

叙述者评价费恩作品时采取了双重标准，暴露出自相矛盾的特点。[①]他强调小说与生活应有直接联系，但他谈及费恩的创作主题时，却以其过度重视情感主题等为由否定了她的小说的价值。"费恩写的都是情感话题，以及难以控制的情感等，但她谈论的话题则是养老金和英国药房的便利。"(第226页)叙述者指出费恩的小说主要写情感，但关于情感的具体内涵，他却只字未提。从费恩谈论的话题可以推断，她的小说与她的现实生活有着直接的联系。在叙述者看来，费恩谈论自己生活拮据与其小说家身份不符。显然，他忽略了费恩寡居这一事实。费恩为了养家糊口，不得不迎合市场的需求。她的这一境况不但没有赢得叙述者的同情，反而遭到他的奚落。可见，叙述者对费恩的评价并不客观。如前所述，叙述者认为小说家的创作主题应符合其阶级身份。这与皮赞特的小说观相仿，皮赞特认为小说家的写作内容应与其阶级身份相对应。"如果一个作家的朋友和他本人的经历属于下层的中产阶级的话，他就应该小心避免把他的人物引进上流社会中去。"[②]詹姆斯的观点则相反，他认为经验漫无止境，用心体悟周边事物的小说家，会有助于作家成功地再现他对现实生活的观察。詹姆斯举了一位英国女性小说家的例子，这位小说家注意到一个场景，她借助她的个人印象和相关知识，成功地再现了接近生活的社会现象。"最重要的是，她的天赋使她具有举一反三的才能，而对于一个艺术家来说，较之任何居

① 着重号为原文所有。

② 亨利·詹姆斯：《小说的艺术：亨利·詹姆斯文论选》，第12页。

住地点或者社会阶梯中的地位这些偶然状况，这种才能是一种伟大得多的力量源泉。”[①]詹姆斯认为，小说家选择创作主题时不应受其阶级身份的影响。小说家依靠其敏锐的洞察力，可以成功地塑造出不同阶层的人物形象。

作家具有丰富的创作素材尤为关键，但费恩的女性身份限制了她积累创作素材的自由。小说中，费恩为儿子创造条件，使他熟悉上流社会生活，为的是她创作时能获取更丰富的一手素材。相比之下，叙述者在创作的过程中不会为收集创作素材感到忧虑，女性作家的创作困境不言而喻。[②]读者从费恩了解到，她儿子收集到大量写作素材，并尝试写小说。费恩希望借用儿子获取的素材进行创作，通过两人的努力共同成就作家梦。她对叙述者说：“假如他(费恩的儿子)能把内容带回家，她就来处理形式。”(第233页)[③]费恩苦于无法出入男性经常出现的场合，无从积累相关素材，这一细节侧面反映了女性作家所受到的性别和阶级歧视。叙述者选择性地忽视导致费恩陷入困境的根由，其性别偏见暴露无遗。

由于短篇采用的是第一人称叙事，读者对费恩的认识很大程度上受到叙述者的操控。费恩视叙述者为知己，与他开诚布公地交流自己的文学创作观。然而，叙述者并未如实地呈现费恩的小说观。他首先借费恩之口，否定她的艺术追求。譬如，他声称费恩并不“伪装要写出艺术作品”(第221页)。事实上，叙述者再现的费恩的文学创作理念并不可靠。例如，费恩表示要写自己时，叙述者并未引用她的原话。相反，他指责费恩的作品远离现实生活：“哦，你关注童话世界，那些仙女们喜欢你，她们一成不变。童话王国总在那里；从有时间概念那时起，你的童话王国就在那里，而且永远会在那里。仙女们给了你钥匙，你总能打开那扇门。我就不一样了；我用自己笨拙的方式，努力和生活建立起某种直接联系。”(第222页)[④]而费恩也不甘示弱，她回应道：“哦，得了，别提你和生活的直接联系了。”(第222页)叙述者否定费恩创作的价值，认为费恩的小说严重脱离现实生活，而且前后发表的作品没有任何变化。鉴于叙述者与费恩之间的竞争关系，他对后者作品的判断并不可靠。其实，费恩的小说不乏忠实读者，但

① 亨利·詹姆斯：《小说的艺术：亨利·詹姆斯文论选》，第15页。

② 诚然，费恩割裂小说的内容与形式的做法，忽略了小说是内容和形式的有机统一这一事实。

③ 着重号为原文所有。

④ 着重号为原文所有。

即便如此，叙述者也毫不例外地将这些读者斥为“缺乏深度的美国人”（第225页）。如上述引文所示，费恩质疑叙述者的创作理念，认为他并未在写作与生活之间建立起直接联系。对于以文学权威自居的叙述者来说，这种挑战无疑是致命一击。然而，由于叙述者的操控，读者无从进一步了解费恩的文学创作理念。

叙述者指责费恩的故事有童话性质，然而读者根据叙述者引用邻居的话可以得知，叙述者的话语并不可靠。邻居认为费恩的作品内容低俗，叙述者则说她的作品缺乏现实性，两者的评论存在出入。若说作品的内容低俗，这表明读者从小说中了解到他们在生活中不愿直面的内容，与叙述者所说的童话故事性质恰恰相反。叙述者自相矛盾，这再次印证了他对费恩的偏见。叙述者认为，凡是写情感纠葛的小说都会成为畅销书，但其艺术性将大打折扣。费恩的后期创作仍以情感生活为主题，却并未取得市场成功。可见，以小说主题或畅销度作为衡量小说是否具备艺术性的标准值得质疑。詹姆斯笔下的叙述者试图以费恩为靶子，否定写情感经历的作家。叙述者无法客观地对待费恩的作品，与他的性别偏见密切相关。费恩谈及自己的创作过程时说，她受到性别的限制，但叙述者并没有表示同情。“费恩常常和我说，她儿子里奥林（Leolin）为她的作品提供了很多有价值的内容——各种技术性问题，包括打猎、乘游艇、喝葡萄酒——这些她是写不好的。”（第228页）费恩的这番话暗示，女性在创作过程中会遭遇各种障碍。女性作家无法像男性那样自由地体验生活，在创作时难以直接获取类似素材，无法与“生活建立直接的联系”。不过，叙述者并不试图理解这一点。当费恩的女儿表示希望了解读者对她母亲的作品的反应时，叙述者宣称自己不再阅读费恩的小说：“我没有理会她的话，因为我不是‘其中的读者’之一。我无法跟踪她的创作过程。”（第228页）诚然，虽然费恩母子不应主动迎合读者的趣味，但叙述者的自足与偏见表明，他未能客观地评价费恩的文学创作。叙述者对费恩的阶级和性别偏见，只是他排斥费恩的第一步。

接着，叙述者从写作内容和写作手法上否定费恩创作的价值和意义。叙述者频繁地使用“文体”（style）描述费恩的写作，并区分他与费恩的作品在价值上的不同。他反对费恩所代表的“文体”，而费恩希望她的儿子“让她的文体变得更加年轻化”（第228页）。在叙述者看来，费恩的“文体”旨在迎合大众读者，保持作品的畅销度。他认为费恩写作以赚钱为目的，宣称自己采用的是截然不同的文体，因此永远不会发财。(第 221 页)叙述者指出，尽管费恩非常勤奋，但她的创作动机是获取市场成功。叙述者单一地指责费恩的创作畅销，却未能有效地证明其作品缺乏艺术性。

叙述者与费恩的儿子在交往的过程中谈及小说主题与道德方面内容的关系，凸显了詹姆斯反对作家过于关注道德目的的态度。叙述者认为，费恩的儿子极为关注创作素材的道德范畴问题，背离了小说家的自主创作原则。两者之间的对话显示，叙述者与费恩的儿子在创作理念方面存在分歧。譬如，费恩的儿子向叙述者询问，作家写英语小说最应避讳什么。这一话题涉及道德方面的内容，而如前所述，据皮赞特的认识，英国小说素有重视道德之“美名”。詹姆斯的批判态度在前面已有所论述，他还在其他短篇表达了类似的主张。譬如，詹姆斯在短篇《其中的故事》中以英法两国小说的异同为主题，暗讽英国小说家道德上的怯懦。《其中的故事》中的男主人公认为，生活的阴暗面不应成为小说家的创作主题，他还认为英国小说在这方面的表现要比法国小说更胜一筹，这与詹姆斯在《小说的艺术》中批驳皮赞特的小说及道德观的内容相互照应。皮赞特认为，作家创作应具备“自觉的道德方面的目的”。詹姆斯则认为，艺术和道德问题完全不同。[①]从行为发出者的角度看，创作与道德意识均以个性化为特点。每个作家因其生活感悟不同，其写作内容和手法有所不同。作家的道德意识属于其生活感悟的一部分，前者决定作家呈现生活感悟的内容及形式，两者都具体蕴含于小说家的思想及其小说中。詹姆斯认为，小说家不应将道德问题抽象化，更不应回避现实生活。皮赞特基于英国小说不写不道德的内容这一主观臆断，认为这种有自觉的道德目的的行为值得赞赏。詹姆斯的观点是，这表明英国小说家在道德上缺乏勇气。[②]

小说中，费恩的儿子在选择创作素材时先入为主。“一次，他在他母亲的建议下，故意问我对英国小说的看法，他想知道，小说家真正能‘走多远’。”(第 230 页)费恩还这样告诉叙述者：“我们都是艺术家，对艺术家而言，一切都是纯洁的。我经常听你这样说。”(第 232 页)这两句引文有矛盾之处，第一句表明费恩及其儿子所关切的是，小说最多能涉及多少道德

① 亨利·詹姆斯：《小说的艺术：亨利·詹姆斯文论选》，第 28 页。

② 亨利·詹姆斯：《小说的艺术：亨利·詹姆斯文论选》，第 29 页。

失范内容，才会被读者和批评界接受。这一观点表明，他们以迎合读者的阅读趣味为目的。第二句则表明，费恩认可艺术家的自主创作原则。就费恩的小说观而言，叙述者的可靠性由此值得质疑。小说家本应自主择取生活感悟，加工创作出令自己满意的作品。小说中有关道德方面的内容，恰恰是读者了解生活的一个渠道。詹姆斯将这种态度描述为道德上怯懦的体现，其实也是在批判此类作家的惰性。小说创作的内容和形式因人而异，不应循规蹈矩。在《小说的艺术》中，詹姆斯反驳了皮赞特试图制定小说创作法则的主张。如詹姆斯所写，“个人根据自己的情趣说话时，就能说得最好，因此我不妨大胆地提出：我认为，予人以真实之感(细节刻画得翔实牢靠)是一部小说的至高无上的品质——它就是令所有别的优点(其中包括皮赞特先生谈到的那个自觉的道德方面的目的)都无可奈何地、俯首帖耳地依存于它的那个优点”。[①] 可见，小说优劣与否，取决于它是否真实地再现了作家对生活的感悟。小说家应独立于任何限制创作自由的法则，在创作过程中突出其主体性，而读者尤其是批评家则需阅读小说、感悟生活，唯有如此才有可能公允地评判小说。

小说末尾，叙述者与费恩共同观赏一幅名为“婴儿澡盆”的画作，该画作寓意深远。英文有句谚语——“连同婴儿和洗澡水一起倒掉”，其含义是将有价值的物品一起处理掉，比喻不明智的做法。此处的“婴儿澡盆”，可理解成是叙述者对费恩追求作家梦的描述。在叙述者看来，费恩尝试与儿子共同创作，分别负责小说的形式与内容，结果她的儿子不仅没有被培养成小说家，反而沾染了各种恶习。叙述者认为，费恩的文学教育和创作均毫无价值。叙述者自称要写个小故事，而该短篇则可被视为叙述者的作品。短篇中，叙述者一概否定费恩作品的价值，他与费恩之间的竞争关系由此可见，其性别偏见也得到揭示。华顿的短篇《一个战争故事的创作过程》，同样涉及男性作家权威使女性作家被边缘化的主题，但短篇采用的第三人称叙事，更清晰地反映出社会各界对女性作家的歧视。

《一个战争故事的创作过程》(“Writing a War Story”，1919)再现了女性在创作战争文学时所面临的困境。[②] 小说中，男性作家对女性从事创作

---

① 亨利·詹姆斯：《小说的艺术：亨利·詹姆斯文论选》，第15页。

② 下文出自李晋：《重构女性战争文学创作历史——从华顿的〈一个战争故事的创作过程〉谈起》，文字略有改动。

的消极态度、男性在(战争)文学创作领域的权威地位，以及现代主义写作手法等，均得到揭示和反讽。在发掘和阐释女性战争文学创作的过程中，女性试图建立作家身份的尝试与结果得到呈现。当代美国女性主义作家兼批评家蒂莉·奥尔森(Tillie Olsen)在《沉默》(*Silences*)一书中写道："文学史上及当今文学界充满了多种形式的沉默。"[①]要打破这种"不自然的沉默"[②]，需要读者重新发掘和解读"沉默"背后的文化语境。事实上，尽管女性战争文学创作受到父权话语模式的制约，但女性与战争文学创作，已不可阻挡地成为文学评论界关注的焦点。自20世纪80年代起，国外学术界就相继出版了有关女性与战争的作品选集以及论著，作品选集包括《有关第一次世界大战的妇女文学》[③]及《她的战争故事：20世纪女性的战争创作》[④]等；论文方面，卡萝尔·阿克顿(Carol Acton)的《转移视线：妇女战争作品中的潜文本》一文分析了影响妇女战争创作的"未被关注到的文本"等多种文化因素。[⑤] 上述选集与论著进一步稳固了女性战争文学的地位。

华顿在一战爆发后主要居住在法国，她所做的大量慈善工作为其赢得军团荣誉勋章。在此期间，华顿的战争主题作品有《战争中的法国：从敦刻尔克到贝尔福特》(*Fighting France: From Dunkerque to Belfort*, 1915)、《回家》("Coming Home", 1915)、《难民》("The Refugees", 1919)及《一个战争故事的创作过程》("Writing a War Story", 1919)等，还负责编辑了《无家可归者之书》(*The Book of the Homeless*, 1916)。奥林-阿蒙托普的《伊迪丝·华顿的战争创作》，对华顿的战争文学评论得最为详尽。她指出，吉尔伯特和古巴在研究中提到华顿，但她们所提供的范式——即女性在一战期间得到了解放机会并找到"生活的意义"——并不符合华顿的实际情况。[⑥] 以华顿的作家身份为例，她的战争文学创作远不能用找到"生活的

---

① Olsen, Tillie. *Silences*. New York: Feminist P at the City U of New York, 2003, p. 6.

② Olsen, *Silences*, p. 6.

③ See Cardinal, Agnès, Dorothy Goldman, and Judith Hattaway, eds. *Women's Writing on the First World War*. Oxford: Oxford UP, 1999. 该文集收录有伊迪丝·华顿、格特鲁德·斯泰因、弗吉尼亚·伍尔芙、梅·辛克莱、凯瑟琳·曼斯菲尔德等反映战争的作品。

④ See Novick, Sheldon M. *Henry James: The Mature Master*. New York: Random, 2007. 该文集汇集涉及两次世界大战、朝鲜战争、越南战争等题材的女性创作。

⑤ Acton, Carol. "Diverting the Gaze: The Unseen Text in Women's War Writing". *College Literature* 31.2 (2004): 53-79. *Project Muse*. Web. 2012-04-05.

⑥ Olin-Ammentorp, Julie. *Edith Wharton's Writings from the Great War*. Gainesville: UP of Florida, 2004, p. 13.

意义”来概括。不过，奥林-阿蒙托普的分析，并未深入挖掘作品中女性作者身份与战争文学创作的关系。华顿的《一个战争故事的创作过程》，再现了打破女性创作群体在战争创作面前被动的“沉默”的必要性，激发了读者对重构女性战争文学创作史的思考。

《一个战争故事的创作过程》揭示出一战期间妇女创作战争文学时所面临的困境。女主人公艾薇·斯潘(Ivy Spang)出身纽约名门，一战前出版诗集《震动》。一战爆发后，艾薇来到巴黎照顾伤员。一天她偶遇编辑征稿，后者要求她写个“振奋人心”的战争故事。艾薇欣然同意，但由于种种原因无法自如地进行创作。她的家庭教师恰好存有一个笔记本，上面记有一个伤员的故事。于是，两人合作并按时交上短篇故事《他的家书》。作品发表后，艾薇期待得到伤员们的肯定。然而，他们仅仅喜欢欣赏她的照片。照片里的艾薇身穿护士服，温柔可人，貌似持灯的弗罗伦斯·南丁格尔。在医院接受治疗的知名作家对艾薇的作品嗤之以鼻，并表示希望得到她的照片，还对她说，女性自古以来就是被书写的对象。

根据奥尔森的研究数据，每12个有成就的作家中只有一个是女性，这说明女作家要有所作为，需要克服诸多障碍。她在《沉默》中写道，成为作家需要具备的要素包括：

> 天赋(比我们设想的更普通)、环境、时间、写作技巧的发展——除此之外，还有对自己的话语的重要性的把握，以及话语权。还有意志力以及坚定的信念，相信自己能够逐渐发现表达自己人生感悟的形式，并坚持下去。对任何一个天生缺乏滋养这种信心的环境的男性来说，这都非常困难。对女孩或女人来说，这几乎不可能。[1]

作家即使有天赋，也需得到社会的认可。《一个战争故事的创作过程》的题目包含两层含义，一是创作过程，二是战争故事。这意味着艾薇首先需建构作家身份，而后再驾驭战争主题，成为可以写战争题材的作家。艾薇的作家身份表面上成立，因为她毕竟出版了诗集，然而细究之后读者可以发现，她的作家身份并不稳定。《震动》的出版反映了艾薇的反叛心理，但她

① Olsen, *Silences*, p. 27.

却无法公开自己的作家梦："在'前言'中作者声称，她在'朋友们'的一再要求下，才将自己的第一部作品公布于世。"[①]考虑到艾薇的艺术追求以及她的"自我"陈述，读者可以想象她在从事创作的过程中遭遇重重困难的场景。艾薇心怀作家梦，却无法公开说明自己的这一追求。如卡普兰所写，"对于女性来说，建立作者身份需要的是自我声明以及自我消除，正如有闲阶级的女士所参与的炫耀性消费一样"。[②] 艾薇的"朋友们"仅存于其幻想中，她只不过为作品找个存在的理由。

《震动》并未引起太多关注，但仍然引起一些"震动"。当地牧师的妻子和一家新成立的"叛逆周刊"《弯弯曲曲》的编辑，分别为《震动》撰写了评论，而两者无一例外都是父权文化的代表。牧师的妻子指出，艾薇作为"我们最著名、最有影响力的公民之一的优秀女儿，她主动放弃鲜花簇拥的生活，转而攀登崎岖不平的艺术高峰"(第 247 页)。[③] 在牧师妻子的眼里，艾薇是知识女性，她认为艾薇与主张女性享受人生的父权文化传统背道而驰。这一评论表明父权文化根深蒂固，预示艾薇的艺术之路将布满荆棘。编辑的评论同样折射出男权思想。叙述者说，在一次波西米亚风格晚宴上，艾薇坐在编辑身边，之后编辑撰文盛赞她的诗歌，并建议她每行诗以小写字母开头。值得注意的是，艾薇的性别而不是作者身份吸引了这位编辑，她与编辑的近距离接触，恰恰满足了后者的虚荣心，使他愿意撰文赞赏艾薇，也难怪其评论及建议的内容都趋于空洞("神秘的含义"；"她的诗句会'增加无限意义'")(第 247 页)，[④] 这些均暗示，若进入父权文化主导的写作领域，女性特质是其通行证。艾薇试图建立作家身份，舆论界表示反对，文学界则不屑一顾。在如此艰难的条件下，艾薇并未放弃追求。一战爆发后，她等到了机会。然而，无论在战争还是和平时期，父权文化始终存在，尤其在战争被视为男性题材的语境下，艾薇的创作之路更加坎坷。

艾薇来到巴黎照料伤员，得以有机会观察士兵的生活。如阿克顿所

---

① Wharton, Edith. "Writing a War Story". *Collected Stories: 1911-1937.* Ed. Maureen Howard. New York: The Library of America, 2001. 247-260, p. 247. 下文出自该篇的引文将在括号内标注页码，不再另注。

② Kaplan, "Edith Wharton's Profession of Authorship", p. 437.

③ 着重号为原文所有。

④ 着重号为笔者所加。

写，“在医院里，妇女既是参加者，又是观察者”。[①] 叙述者讲述艾薇的创作过程时，巧妙地揭示出女性受父权文化压迫的命运。《战争中的男人》杂志的编辑前来医院组稿，他强调稿件要鼓舞士气，有快乐大结局，还要有点儿感伤，最好附上艾薇穿护士服的照片。在这一背景下，怀揣文学梦想的艾薇，陶醉于幸福的想象最自然不过。她想象杂志的目录页上会出现自己的名字，渴望自己能得到文学界的认可，从而成为一名作家。然而，杂志名称——《战争中的男人》——以及编辑的男性身份，均表明男性占主导的社会现实。杂志名称已将女性排除在外，暗示男性是战争的主体。艾薇得到约稿机会，甚至也与男性相关。医院的男大夫曾向编辑建议道：“我知道漂亮的斯潘小姐写东西。你要找美国人写稿，干吗不找她写呢?”(第247—248页)具有反讽意味的是，医生推荐艾薇的原因是她的“漂亮”长相和美国国籍。在异性眼中，艾薇的功用在于装饰，附属于由男性主导的文化。毋庸置疑，杂志名称——《战争中的男人》——以及编辑的性别身份，分明宣告了以下事实：男性是战争的主体，男性作家是战争文学的主体。

由此，艾薇在文学创作过程中需建构自己的作家身份。在强大的父权文化势力下，艾薇处于被动，经历了作家“对影响的焦虑”。批评家哈罗德·布罗姆(Harold Bloom)强调的是青年男作家担心会受到老一代作家的影响，[②] 而令艾薇感到焦虑的首先是其女作家身份。艾薇对她即将创作的故事的重要性以及该故事形式的可接受性缺乏把握，她这种缺乏自信的行为，显然由男性主导文学场这一事实所致。与艾薇有接触的编辑以及文末出现的知名作家均为男性，他们对艾薇的写作妄加评论。如前所述，这些评论缺乏说服力。这些文学权威的影响表现在，他们对作品的情节、主题、写作方法等方面有既成观点。家庭教师麦德丝(Madsy)与艾薇的对话，印证了这一点：

> “你找到故事情节了吗?”
>
> ……“亲爱的老麦德丝！人们现在都懒得关注情节了。”(第250页)
>
> ……
>
> “要是你先想出个主题呢?”

---

① Acton, “Diverting the Gaze: The Unseen Text in Women's War Writing”, p. 57.

② 参见哈罗德·布鲁姆:《影响的焦虑》，徐文博译，北京：中国人民大学出版社，2019年版。

> “哦，亲爱的，主题一文不值！”艾薇喊道，她记起《弯弯曲曲》杂志的编辑曾轻蔑地对她这样说。（第252页）

“大家”以及“编辑”的定论，显然已成为标准，艾薇无权决定如何写作。她对情节与主题的把握，完全受父权文化代表所限定，这极大地妨碍了艾薇对艺术的独立思考。她的创造性，很大程度上不得不屈从于男性主导的话语权。男性权威人物代替她思考，是她追求自主创作的障碍。

同样，文学创作手法也属于父权文化掌控的范畴。短篇影射了20世纪初流行的以心理描写为主的现代主义写作手法，隐含了华顿的批判思想。20世纪早期是现代主义发展的鼎盛期，弗吉尼亚·伍尔夫(Virginia Woolf)指出，1910年前后人际关系发生了改变，[①] 一些作家主张小说的写法也应随之改变，他们认为作家应更多地挖掘人物的心理活动。短篇中，艾薇的家庭教师曾存有1913年伯格森(Bergson)在巴黎大学的讲座记录，这一细节暗示以男性为主体的现代主义哲学思潮有着广泛影响。伯格森倡导非理性的内心冲动和直觉，女家庭教师对此有所了解，可见其影响的广泛性。艾薇的创作过程也体现出这一思潮的影响，然而在她出于灵感写下篇首内容时，这种影响的荒谬性便显而易见。此刻，叙述者对艾薇心理活动的描写，充分体现了小说对现代主义写作手法的戏仿：

> 句子就在那儿——是她写的句子——这是她故事第一页的第一句话，是她写的故事的第一句话。那句子就在那儿，句子来自她的思想，从她身边溜走，她好像对句子失去了控制权。她想不出还能怎样写开头，她已经努力写出了那样的开头。
>
> 她猜想，这大概就是作者们所说的“听从灵感”。她开始憎恨起自己的灵感。（第251页）[②]

事实上，这种失控的写作受制于现代主义文学思潮，后者强调情节和主题淡出，主张采用诸如意识流等的新式写作手法。上述引文是对意识流写作

---

① Woolf, Virginia. “Mr. Bennett and Mrs. Brown”. *Collected Essays*. Ed. Leonard Woolf. Vol. 1. London: Hogarth, 1966. 319-337. 4 Vols, p. 320.

② 第一个着重号为原文所有，其余着重号为笔者所加。

手法的反讽，意识流写作手法在表现重要心理变化方面固然可以增加效果，但也容易导致小说内容空洞。譬如，上述引文反复解释一个句子的产生过程，叙述内容单调乏味，语言形式呆板机械。如前所述，一战前后的文学界盛行现代主义，华顿的作品多以现实主义手法著称，她敏锐地察觉到现代主义手法的局限性，认为作家不应放弃现实主义手法。艾薇这一人物形象极为复杂，一方面，她可谓现代主义文学思潮的牺牲品。另一方面，她具备反思意识，依稀感到该影响的负面作用。艾薇的写作一度停滞，尽管家庭教师为她提供了之前保存的前线士兵的战争经历，但艾薇仍感到无法满足编辑的要求，她决定停止写作。不过，此时她收到一张用于宣传其作品的“得意”照片。富有戏剧性的是，正是她的这张照片促使她继续创作。

这张照片完全是父权文化的产物。照片上的她“身材修长，小巧玲珑，曲线完美，身穿白袍，头戴面纱，貌似修女，将手中的一杯新鲜饮料递给看不见的病号，那姿态宛如长发垂下露台的梅丽桑德，又像持灯行走着的弗罗伦斯·南丁格尔”(第 253 页)。艾薇俨然成为摄影家凝视的客体，她已不是作家身份。她的美貌和温柔，是一战这个特殊语境所呼唤的典型女性形象。这与现实中艾薇的身份并不完全相符，她容貌美丽，性格温柔，但她还有自己的追求，其主要身份也并不是护士。富有反讽意味的是，艾薇为了不“浪费”照片，依然要完成约稿，暗示她已内化父权文化价值观。她的创作动力来自满足其虚荣心的照片，也预示其创作将受到男性权威人士的影响。她的创作不再以建立其主体性为目的，她逐渐沦为剥夺其主体性的共谋。

艾薇默许自己被客体化，又如何阻止男性读者凝视她的行为？艾薇发现士兵们对刊登其作品的杂志爱不释手，起初误以为他们赞赏的是她的短篇《他的家书》，其实士兵们只对她的芳容有兴趣。叙述者惟妙惟肖地再现了这一刻骨反讽：

> “哦，我真高兴——我当然很开心——你们真的喜欢它？”她结结巴巴地说。
>
> “当然——我们所有人——特别喜欢——！”整排床上的士兵齐声说道。

艾薇陶醉于成功带来的狂喜。她深吸了口气，笑容可掬，接着对他们说。

“这是最高的夸奖了……没有谁能比你们更公正了……你们真的喜欢，对吗？”

“真的喜欢！特别喜欢！举世无双。”全体齐声说道。

她一时哽咽。“听你们亲口这么说——听你们所有人都亲口这么说——我真的太高兴了。”

他们大笑起来，笑得有些腼腆。接着，一个准下士说话了。

“我们特别喜欢它，我们要请您帮个大忙——”

“对，是的。”床铺上其他人也说道。

“帮忙——？”

“是的；要是不太贵的话。”准下士变得很能说。“让我们能对您有个念想，记住您的和善；我们想知道，您是否能给我们每个人——”

（“哦，当然，当然。”艾薇变得光彩照人。）

“——把照片框起来，让我们带回去。”准下士变得伤感起来……

……

显然，没人读过她写的故事。（第257页）

对艾薇而言，“它”指代已发表的短篇故事，而士兵所说的“它”却是短篇作者的照片。在得知这一事实后，她的喜悦之情很快被尴尬代替。至此，艾薇的创作无疑以失败告终。艾薇期待士兵能公正地评论其作品，但反讽的是，士兵当中没有人读过她发表的作品，他们对她的兴趣仅限于其美丽的容貌与和善的性格。女性作家的悲剧性社会现实由此可见，在父权文化的影响下，女性的存在价值仅限于其美貌和柔顺。此外，如前所述，由男性主导的文学场权威，对艾薇的创作主题和写作手法等方面的束缚，以及艾薇对看重女性外表的父权文化价值取向的内化，是导致其创作失败的主要原因。艾薇先前出版的诗集反映出她的反叛精神，但这仅仅表明她对束缚女性生活的反叛。在艾薇进一步建构作家身份的过程中，诸如前面所述的编辑等人的文学界权威代言人所设的规则，牢牢控制着有创作天赋和潜力的她，使她只能模仿权威眼中的战争故事的写法进行创作，无法自由发挥其写作特长。而士兵对艾薇的故事毫无兴趣，这是对战争文学千篇一律的"打动人心"这一创作原则的莫大讽刺。以上对话并未直接揭示士兵没有阅读艾薇的小说这一事实，相反，叙述者有意拖延这一对话进程，有效地烘托出艾薇的幻灭感。考虑到上面令人尴尬的一幕，读者不得不重新审视编辑的用意。事实上，在编辑看来，艾薇的芳容是她的优势，其创作仅起到点缀作用。在编辑眼中，女作家的作品只要大体符合征稿要求，再附上芳照，即可达到出版目的。艾薇在建构其作家身份的过程中，主导文学场的男性权威人物关注的是她的外表，而其思想性却被忽视，甚至遭到极度的贬低。

艾薇与名作家哈罗德·哈巴德(Harold Harbard)在医院的交锋可谓小说的高潮阶段，哈巴德的出现，将父权文化的主导性发挥到极致。艾薇在创作过程中始终铭记杂志编辑的教导，对盛行的创作观俯首听命。艾薇深知，假如她想得到文学界的认可，就必须服从权威的指挥。即便她有自己的观点，也已毫不犹豫地主动放弃。这一点从艾薇和家庭教师的对话以及艾薇的心理活动已得到印证。而名作家哈巴德的权威地位毋庸置疑，他的观点可以超越任何盛行的文学创作观。艾薇踏入哈巴德的房间前，护士就特别提醒她："做个乖女孩，尤其要对5号病房里新来的军官好一些……对了，他是作家哈罗德·哈巴德；你知道的，他就是写了一本书引起轰动的那个人。"(第256页)艾薇被告知哈巴德的地位，使两位作家构成鲜明对照：前者战战兢兢，有待得到认可；后者踌躇满志，得到世人赞誉。这一对话为哈巴德随后否定其创作价值做了有力铺垫。艾薇满怀期待，以为该作家会与众不同，或许会推动她的作家身份建构。艾薇的虔诚期待却换来对方的大声嘲笑，透过嘲笑以及名作家对艾薇作品及容貌的评价，前者的权威性及男权思想暴露无遗。名作家对盛行的创作观嗤之以鼻，他对艾薇说道："你选的主题很好；当然，主题是关键内容——"(第259页)艾薇迫切地打断，问道："主题是关键内容?"(第259页)作家回答："当然了；只有那些没有创意的家伙才不这么认为。"(第259页)艾薇惊叹一声，"试图重新调整自己原先认真学来的美学理论"(第259页)。可以看出，面对流行的文学思潮，哈巴德可以做到坚持其创作理念，而艾薇却无从表达自己的观点。她"认真学来的美学理论"虽来自权威人物，但当她遇到地位更高的权威人物时，她仍需重新调整，而这些理论正是她原先所秉信的！可见，性别与写作的关系，在父权文化语境中得到有力的凸显。这位名家并不认可艾薇的作品，深层原因则是艾薇的性别身份。名家最终肯定的依然是她的容貌，这是对艾薇最沉重的打击。他的告别语，使艾薇陷入沉默："女人是我们小说家永不枯竭的话题，这一点你觉得奇怪吗？"（第 260 页）[①]哈巴德旨在说明，写作是"我们"男人的事情，女性仅是作品中的人物。艾薇侵犯了男作家的领土，因此后者报以杀伤力最强的武器。

故事在这里戛然而止，艾薇的话语权至此完全消失。华顿的这一短篇与詹姆斯的《天鹅绒手套》相呼应，后者的女主人公埃米出版了小说《天鹅绒手套》，希望名作家贝里奇为书作序，而贝里奇却认为，女性尤其是上流社会女性只需取悦男性即可，文学创作的使命应由男性作家担当。小说末尾，埃米被迫陷入沉默。华顿的《一个战争故事的创作过程》中，男性权威试图阻止女性追求文学创作事业，并将她们囿于取悦权威和迎合大众的逼仄空间。小说再现了艾薇的苦衷，揭示出华顿对父权文化的批判。如果说詹姆斯笔下的埃米陷入沉默标志着贝里奇的胜利，[②] 那么可以说，华顿的《一个战争故事的创作过程》成功地再现了艾薇所遭遇的性别歧视。

艾薇的失败正是《一个战争故事的创作过程》的成功之处，因为她的创作过程启发读者认真思考女性作家的战争创作。一战结束后，华顿经历了"现实的挫败感，唯恐错过真实的战争经历"。[③] 战争期间，华顿未能通过写作展现一些话题，战后才得以就这些话题进行创作，其中就包括"她本人作为女性作家，在如何处理战争这一最男性化的话题方面所感到的威胁"。[④] 短篇中，尽管读者无从了解艾薇创作的短篇《他的家书》的内容，但她的创作过程已向读者揭示了这一事实：女性作家与战争文学在很大程度上受父权文化控制，女性话语处于"不自然的沉默"中。《一个战争故事的创作过程》从一个侧面反映了华顿身为女作家所受到的困扰，而薇拉·凯瑟（Willa Cather）等女性作家对这种困扰也并不陌生。即便妇女拥有一定战

---

① 着重号为原文所有。

② 庭特讷认为，詹姆斯的短篇集《更微妙的》均以华顿的性格和生活为原型，是现实性和艺术性的完美融合，突出了詹姆斯的文学成就。（Tintner，"The Metamorphoses of Edith Wharton in Henry James's *The Finer Grain*"，pp. 355-379.）

③ Olin-Ammentorp，*Edith Wharton's Writings from the Great War*，p. 99.

④ Olin-Ammentorp，*Edith Wharton's Writings from the Great War*，p. 99.

争经历，她们在涉及战争题材时也同样怀疑自己的创作权和能力。华顿通过塑造艾薇这一形象，审视了女性战争文学创作，洞察到父权文化的影响以及女性内化父权文化的表征，再现了女性踏入“禁区”后的种种艰辛。

女性作家步入文学殿堂本非易事，女性书写战争文学更是如此。首先，她们需克服作家身份焦虑，其次需克服影响的焦虑，最后还需为其创作题材的真实性而辩护。一战期间，华顿的经历促使她产生“一种强烈的创作欲”，[①] 小说《在前线的儿子》(*A Son at the Front*)的创作时间长达4年左右，直到1921年才得以完成。在此期间，华顿发表了《一个战争故事的创作过程》，侧面反映出她的创作热情和难言的苦衷。该作品未曾受到重视，传记家R. W. B. 路易斯仅用“单薄”一词概括该短篇。[②] 华顿所写的战争题材小说并未受到足够重视，表明即使在她已取得成就时，父权文化的威慑力依旧在场。

作家形象还出现在詹姆斯的《天鹅绒手套》(“The Velvet Glove”, 1909)和华顿的《天鹅绒耳套》(“Velvet Ear-pads”, 1926)中，詹姆斯与华顿分别在书信和回忆录中提及《天鹅绒手套》，反映出他们在作家身份建构方面的关联。《天鹅绒手套》与《天鹅绒耳套》中的作家形象及叙事策略，呈现出文学场或大学场中性别与阶级等诸要素间的复杂、动态的联系。[③] 两个短篇分别塑造了不同的男女作家形象，反映出詹姆斯与华顿对作家身份建构主题的思考。《天鹅绒手套》讲述了文学权威约翰·贝里奇(John Berridge)如何限制女性作家埃米进入文学场的过程，《天鹅绒耳套》再现了女性剧作家贝齐(Betsy)颠覆洛林·G. 希巴特(Loring G. Hibbart)教授的权威的过程。学界的研究多关注《天鹅绒手套》，这里着重分析《天鹅绒耳套》与《天鹅绒手套》在性别意识与叙事权威建构上的关联。阿德琳·R. 庭特讷与利昂·埃德尔认为，《天鹅绒手套》蕴含詹姆斯对华顿的嘲讽。[④] 庭特讷对比华顿的短篇《隐士与放荡女人》与詹姆斯的短篇《天鹅绒手套》后指出，詹姆斯通

---

① Wharton, *A Backward Glance*, p. 355.

② Lewis, *Edith Wharton: A Biography*, p. 422.

③ 下文出自李晋：《叙事权威的建构——亨利·詹姆斯的〈天鹅绒手套〉与伊迪丝·华顿的〈天鹅绒耳套〉比较研究》，文字略有改动。

④ Tintner, “James's Mock Epic”, pp. 483-499; Tintner, “The Metamorphoses of Edith Wharton in Henry James's *The Finer Grain*”, pp. 355-379; Edel, *Henry James: A Life*, pp. 655-657.

过创作《天鹅绒手套》，暗示华顿不适合当作家。[①] 庭特讷在另一篇文章中指出，《天鹅绒手套》暗指华顿企图让詹姆斯写文章吹捧她的小说《树之果》。[②] 琼·弗朗茨·布莱科尔(Jean Frantz Blackall)指出，《天鹅绒手套》反映出詹姆斯与华顿对彼此作品的评论。[③] 维多利亚·库尔森(Victoria Coulson)的观点是，《天鹅绒手套》体现出詹姆斯的无能以及华顿不可侵犯的特点。[④] 有关《天鹅绒耳套》与《天鹅绒手套》之间的关联，传记家沙瑞·本斯多克(Shari Benstock)仅简单提及，指出《天鹅绒耳套》是《天鹅绒手套》的戏仿之作[⑤]。对比两个文本中的作家形象及叙事策略，可以发现文学场中性别与阶级等诸要素间的复杂、动态的联系，揭示出《天鹅绒手套》中的男性中心意识。《天鹅绒耳套》通过聚焦女主人公和巧妙套用《天鹅绒手套》的叙事框架及话语，解构了男性中心意识，建构了叙事权威。

《天鹅绒手套》与《天鹅绒耳套》的男主人公分别是约翰·贝里奇与洛林·G. 希巴特，他们均为美国人：贝里奇是名小说家，希巴特是纯净水大学(Purewater University)教授；女主人公分别是英国小说家埃米·伊万斯(Amy Evans)和俄国剧作家贝齐。《天鹅绒手套》与《天鹅绒耳套》均以20世纪初的巴黎为背景，前者讲述了埃米试图进入文学场被拒门外的经历，后者勾勒出贝齐揭示希巴特的两面性并取得创作成功的经过。《天鹅绒手套》与《天鹅绒耳套》均涉及作家主人公的身份建构主题，反映出詹姆斯与华顿的性别意识以及他们对社会性别及作家身份建构的不同认知。

贝里奇是年轻的文学大师，在文学界的地位举足轻重，可谓文学场秩序的制定者。埃米是英国上层社会成员，在经济与社会场域占有资本。贝里奇的经济和社会地位虽不占优势，但他具备象征资本，而性别正是他规定的文学场界限。埃米虽有作品问世，但其女性身份却成为阻止她真正进入文学场的障碍。首先，埃米与贝里奇会面前，需借由她的异性朋友引

① Tintner, "The Hermit and the Wild Woman", pp. 32-42.

② Tintner, "The Metamorphoses of Edith Wharton in Henry James's *The Finer Grain*", pp. 355-379.

③ Blackall, Jean Frantz. "Henry and Edith: 'The Velvet Glove' as an 'In' Joke". *Henry James Review* 7. 1 (1985): 21-25. *Project Muse*. Web. 2013-08-10.

④ Coulson, Victoria. *Henry James, Women and Realism*. Cambridge: Cambridge UP, 2007, p. 161.

⑤ Benstock, Shari. *No Gifts From Chance: A Biography of Edith Wharton*. New York: Scribner's, 1994, p. 240.

见。其次，埃米得以与贝里奇对话时，她对贝里奇的崇拜溢于言表："您知道的，您的书我全都拜读过，《金子般的心》我读了三遍。"[①]埃米的这番话，多少流露出她取悦大师的心理。事实上，据第三人称叙述者交代，贝里奇虽渴望与志同道合的作家探讨文学，但这并不包括女性作家。埃米尝试与贝里奇探讨文学，后者却视文学为"高雅而稀有"的职业，认为埃米无权进入文学场："这位令人艳羡的年轻女性(埃米)是在向他表白，这是很专业的表达'艺术家相互同情'的方式，因为，过一会儿她会用到这个术语，这个术语会让他们建立庞大、清晰、共有的乙醚，会使她平等地分享这高雅而稀有的成分。"(第741页)小说中，贝里奇最仰慕的是法国男剧作家(第739页)，后者同样不具备经济资本，贝里奇相信只有这样的男性才有资格被称作"艺术家"。相比之下，埃米的阶级身份成为她步入"高雅"文学殿堂的障碍，贝里奇的性别与阶级偏见暴露无遗。

贝里奇为文学场设定的另一界限，则与普通意义上的作者看待经济利益的态度相关，他认为凡是追求经济利益的作者均无权进入文学场。"在一个极点上，是纯艺术的反'经济学'的经济，这种经济建立在对非功利价值的被迫认可和对('商业'的)'经济'和(短期)'经济利益'的否认基础上，它优先考虑源于自主历史的生产及其特定要求(……)"[②]贝里奇代表"纯艺术"，尊崇反"经济学"的逻辑。他的特权表现在：根据作者在创作中对经济利益的态度，判断他/她是否是真正的艺术家。贝里奇正是从埃米的以下这段话判定她尊崇的是"商业的""经济"逻辑："'您可能不知道我是埃米·伊万斯，'她微笑着说，'您也许不知道，我写的英语作品和您写的一样多——我非常喜欢写小说，我还是读者最多的作家之一……'"(第748页)在贝里奇看来，"读者最多"表明埃米认同市场效应，她试图从自己(文学权威)这里获得艺术家身份认同，这显然属于"商业的""经济"逻辑的运作。"在另一个极点上，是文学和艺术产业的'经济'逻辑，文学艺术产业将文化财产的交易和其他交易一视同仁，赋予由发行量衡量的即时的和暂时的成功以优先地位，满足于符合顾客的先在的需要……"[③]在贝里奇眼

---

① James, Henry. "The Velvet Glove". *Complete Stories: 1898-1910*. Ed. Denis Donoghue. New York: The Library of America, 1996. 732-759, p. 741. 下文引用该作品时直接在文中标注页码，不再另注。

② 皮埃尔·布尔迪厄：《艺术的法则：文学场的生成与结构》，第109—110页。

③ 皮埃尔·布尔迪厄：《艺术的法则：文学场的生成与结构》，第110页。

里，埃米所强调的市场成功基于经济场域的运作逻辑，与他所划定的文学场界限相悖，因为他的观点是，真正的艺术成功应是反“经济”的。贝里奇将“书的版次和广告，还有书评和稿费等等”都视作“无用的东西”（第749页）。如贝里奇所强调的，创作是少数男性从事的“高雅”活动，他们不为获取经济利益创作，而是出于拥有某种特权。“稿费”是经济利益的体现，贝里奇看轻稿费这一细节似乎表明，他笃信艺术家模式的生产，排斥商业考量。贝里奇俨然以文学场的守门人自居，仅草率地将埃米归为畅销作者。作家身份的合法性有待相关权威界定，如布尔迪厄所写，“文学（等）竞争的中心赌注之一是对文学合法性的垄断，也就是说，对话语权的垄断，即以权威的名义说出谁被允许自称‘作家’（等），甚或说谁是作家和谁有权力说谁是作家；或者如果愿意这样说的话，就是对生产者或产品的**认可权力**的垄断”。[①] 贝里奇将埃米界定为畅销女性作家群体的一员，在一定程度上是因为后者对包括贝里奇在内的男性作家构成了威胁。

贝里奇随即恣意施展其文学权威，叙述者则通过聚焦贝里奇并赋予其话语权，对埃米实施了共谋式的奴役。聚焦于贝里奇的叙述声音依赖其叙事权威，居高临下地就埃米的小说给出如下权威性评语：埃米的“写作很业余，句子不合语法，整个是乱写乱画”（第749页）。贝里奇将自己比作权威人物，标榜自己是经典文学的缔造者，有义务维持文学场的既定秩序。“定义（或分类）的斗争中重要的东西是**界线**（体裁或学科之间的，或同一体裁内部的生产模式之间的），及由此而来的等级。确定界线、维护界线、控制进入，就是维护场中的既定秩序。”[②]在贝里奇眼中，埃米是在“乱写乱画”，充其量是文字垃圾的生产者。事实上，小说中埃米的文笔并不像贝里奇所批评的那样糟糕。贝里奇贬损埃米的根由在于他的性别偏见，他认为埃米从事创作是对传统妇德的僭越，威胁到文学场的既定秩序。

贝里奇为印证埃米不适合从事文学创作，甚至擅自界定埃米的身份，他所建立的虚假女性镜像是其男性中心意识的投射。确切地说，贝里奇是真正的“乱写乱画”者，他将埃米视为女神阿耳忒弥斯（第741页），把自己比作恩底弥昂（第756页），是男性视域对女性经验的盲视。贝里奇多次将埃米物化为“意象”（第738、750、758页），埃米成为“浅黄色裙子”和“夺目

---

① 皮埃尔·布尔迪厄：《艺术的法则：文学场的生成与结构》，第200页。黑体为原文所有。

② 皮埃尔·布尔迪厄：《艺术的法则：文学场的生成与结构》，第201页。黑体为原文所有。

的珍珠项链”(第740页)，是“某个神奇般人性化的偶像”(第758页)。埃米的女性特质体现在“浅黄色裙子”上，而她的阶级属性则隐含于“夺目的珍珠项链”中。埃米沦为贝里奇凝视的客体，其价值仅限于为贝里奇提供感官享受，她建构作家主体性的努力却被贝里奇有意忽略。

故事的高潮出现在埃米请贝里奇为其小说《天鹅绒手套》作序的一幕，这是她希冀在文学场“占位”的体现，是她寻求作家身份认同的隐喻，也是她被消声的时刻。“天鹅绒手套”的含义是，以温柔的外表掩盖有威胁性的真实目的。埃米敢于挑战传统社会性别及阶级规约、追求艺术家理想，但她深知挤入文学场之艰难，因此之前恭维贝里奇、毛遂自荐、邀请贝里奇光临寒舍等行为都属于遮掩其“铁拳”的“天鹅绒手套”策略。隐匿在“天鹅绒手套”中的真正意图是，埃米期待贝里奇阅读自己的小说，从而认同其作家身份。而贝里奇的男权思想与他看似无懈可击的反“经济”逻辑，预示他将以强硬的“铁拳”回击，彻底剥夺埃米的话语权：“你就是浪漫的化身——因为在我看来，所有一切以及你周围的人都代表浪漫；你还想得到什么？你的序言——唯一值得提及的——多年前早已让最富想象力的人写好了。”(第758页)[①]首字母大写的“序言”(Preface)一词，以及该句所使用的现在完成时，昭示出女性被男性书写的历史性。贝里奇对埃米的权威解释是，上层社会女性只适合为社交场合助兴。在贝里奇看来，男性最富想象力，是唯一胜任文学创作的性属。聚焦于贝里奇的叙事，就这样剥夺了埃米建构其作家主体性的权利，摧毁了她试图探寻作家身份认同的梦想。

《天鹅绒手套》中占主导地位的男性叙述声音毫无悬念地施展了叙事权威，而《天鹅绒耳套》中占主导地位的女性叙述声音，则悄然无息地建构了叙事权威。如布尔迪厄所言，“占位”的动态性决定文学场上的战斗始终存在各种可能性。贝里奇与埃米的对立实乃社会性别及阶级的对立，而这种对立在《天鹅绒耳套》中得到延续。华顿的女性意识及短篇巧妙的叙事话语，使《天鹅绒耳套》颠覆了《天鹅绒手套》中的文学场“占位”。

《天鹅绒耳套》中，希巴特是大学场的权威，与贝里奇的“占位”大致相同，两人均暴露出男性中心意识。贝里奇倾向于将女性当作风景欣赏，他将埃米物化成给生活增色的客体；希巴特更是将女性妖魔化，女性与自然景观是妨碍他写作的外界诱惑，他甚至标榜自己刀枪不入：“教授钻入他

---

① 着重号为原文所有。

强大的纯理性内在堡垒，收起梯子后，任何诱惑不易从感官渠道到达希巴特的内心。”[①]希巴特的女性与情感对应、男性与理智对应的二元性别观得以揭示，与贝里奇的性别意识形态不无两样。希巴特闭门造车，陶醉于批判相对论的写作活动(第 402 页)，叙述声音对希巴特的权威感的嘲讽不言而喻。相比之下，贝里奇却因认同其权威感的文本叙事话语而毫发未损。《天鹅绒手套》的男性叙述声音对贝里奇恩宠有加，埃米的话语权却被剥夺。《天鹅绒耳套》中的女性叙述声音，则使贝齐得以质疑希巴特的权威。

《天鹅绒耳套》中聚焦于贝齐的叙事，促使贝齐有机会颠覆希巴特的权威。该文本套用《天鹅绒手套》的叙事框架，但贝齐并未像埃米崇拜贝里奇那样对希巴特顶礼膜拜。相反，贝齐毫不留情地对希巴特的著作提出批判。贝齐在火车上与希巴特巧遇，她随身携带希巴特捐给俄国难民中心的著作，并自称俄国难民，这为她随后尖锐地讽刺希巴特做了一定铺垫。与《天鹅绒手套》中占主导地位的叙述声音不同，《天鹅绒耳套》的叙述声音赋予贝齐一定话语权，使她得以当面揭露希巴特的虚荣心。首先，希巴特的赠书题为《消灭现象》，书名与一战期间俄国难民一贫如洗的状况构成强烈对比，暴露出希巴特缺乏人文关怀的事实。其次，扉页上的文字“读者若将感谢信寄到上述地址，洛林 · G. 希巴特将会大大满足”(第 407 页)，无疑指向希巴特的虚荣心。贝齐摘掉希巴特借以逃避外界使用的天鹅绒耳套，迫使希巴特听到她的发声，象征她已成功开启建构其主体性的历程。贝齐将依靠其主体地位，有理有据地挑战希巴特的权威。

华顿的文本套用《天鹅绒手套》的叙事框架，逐步消除了希巴特的自我权威感。《天鹅绒手套》中，贝里奇在晚会上发现一位男青年手持一本书，想当然地以为那是自己的作品，他的自我中心意识可见一斑。当贝里奇发现男青年手中的小说是埃米所作时，聚焦于贝里奇的叙述声音，随即推断埃米与男青年关系暧昧。其实，贝里奇对埃米的道德评判，以他的自我权威感是否安在为前提。埃米面对不公正的评判却丧失话语权，这与叙述者的掌控不无关系。《天鹅绒耳套》中，女主人公贝齐与《天鹅绒手套》中的埃米相反，前者的主体性明显胜于后者。贝齐下车前请希巴特帮忙，希巴特

---

① Wharton, Edith. “Velvet Ear-Pads”. *Collected Stories: 1911-1937.* Ed. Maureen Howard. New York: The Library of America, 2001. 402-435, p. 403. 下文引用该作品时直接在文中标注页码，不再另注。

以为贝齐请他签名："'我的钢笔，'希巴特像刚才一样语气坚定地说，'坏掉了。'"(第409页)希巴特之前已遭贝齐奚落，但他仍对其权威地位充满自信，他误以为自己是贝齐崇拜的偶像。事实上，叙述声音赋予贝齐的话语权，有力地颠覆了希巴特的自我欺骗。贝齐反问希巴特："'哦——您以为我想要您签名？要么，您以为我可能问您要支票？'(她反应可真快!)她摇摇头。'不是的，我才不在乎强制性的签名呢。我也不是问您要钱——我打算给您些钱。'"(第409页)贝齐一语中的，她对希巴特的自我权威感及其生活窘迫的状况了然于心。希巴特想当然地认为，贝齐请他帮忙就是希望得到他的签名，而贝齐所说的"强制性的签名"，是她对希巴特以名家自居的有力嘲讽。这一细节也出现在詹姆斯的《天鹅绒手套》中：贝里奇误以为贵族青年要请他签名。贝里奇的虚荣心得到满足的同时，还不忘标榜其高洁，他谴责上流社会成员无聊，满足于请成功人士签名。而当他发现贵族青年只是推荐埃米的小说后，则立刻得出结论说，埃米与贵族青年关系暧昧。华顿的文本套用《天鹅绒手套》的叙事框架，却取得相反的效果。此刻的希巴特与贝里奇相似，他们均标榜自己尊崇反"经济"逻辑，贬损类似贝齐和埃米如此公然谈论商业利益的人："在腐败的欧洲社会，什么碰不到？希巴特略带困难地挤出笑容。'钱?'"(第409页)希巴特自诩其纯真无邪的美国身份，试图与贝齐所代表的腐败的欧洲划清界限。希巴特自恃有权评判孰雅孰俗，以维持其优越感，但由贝齐主导的叙述声音并未使他得逞。

《天鹅绒手套》中的叙述声音完全被贝里奇掌控，《天鹅绒耳套》中的叙述声音则以贝齐为中心，使"占位"发生改变。《天鹅绒手套》中，以贝里奇的男性中心意识为特点的叙述声音，导致埃米丧失主体性，沦为身穿"浅黄色裙子"、佩戴"夺目的珍珠项链"以及"乱写乱画"的女性形象。《天鹅绒耳套》中，贝齐通过与希巴特交谈，有效地揭示出希巴特对女性的偏见。在贝齐的影响下，希巴特"很快受其理论控制。好像有个得力助手在指引他的思想：他内心的魔鬼和蒙面纱的女神在对战！这太激动人心了，毋庸置疑；这可比和校长夫人在纯净水大学一起喝茶刺激多了"(第417页)。在希巴特眼中，贝齐已从"祸水"转为他思想上的伙伴，暗示希巴特的性别偏见正在逐渐消除。希巴特还意识到，象牙塔生活不利于他的学术研究。"他和蒙面纱的女神的较量，使他振聋发聩，突然间让他彻底摆脱思想麻木的状态，而过去几周，他因为生病，还有各种烦心事，一直深陷这种状态，不能自拔。”(第418页)随着希巴特二元对立的性别观让位于贝齐所强调的以平等为基础的性别观，文本呈现出“占位”的动态性特征。

叙述者继续呈现贝齐如何巧妙地揭露希巴特反“经济”逻辑的矛盾性的经过。贝齐了解希巴特囊中羞涩，便在下车时塞给他100法郎，并告知其赌场及旅馆地点。叙述者还为之后发生的事情埋下伏笔，叙述者聚焦于贝齐时交代说，希巴特或许在赌场或旅馆会碰到她的未婚夫特林(Tring)等等。希巴特最终步入赌场的那一瞬间，不啻是叙述者对希巴特的自我身份认同的讥讽。希巴特在赌场隐约觉得100法郎不属于自己，但他无暇顾及这些，只专心享受一夜暴富带来的狂喜：“……他突然记起，有个女人最先给了他100法郎赌资。那天下午，火车上有个女人(……)可他管那么多干吗？他每次都全部押上赌赢的钱……”(第417页)聚焦于希巴特教授的叙述声音，彻底揭穿了他的虚伪。之前的他自命清高，以贬损贝齐为乐，而此刻却暴露出贪欲。这其中的反讽含义，在希巴特无意间失去赌博所获巨资后表现得尤为突出。

希巴特的两面性在他丢失巨款后暴露得一览无余。之前他的确符合“纯净水大学”教授身份，如今却流露出迫切找到巨款的心理。希巴特戏剧性地得失巨款，实则由贝齐与特林所设的圈套所致，他们旨在揭示希巴特的虚伪本质。根据叙述者提供的线索，希巴特赢得的巨款是特林偷去的。希巴特赌博当晚，特林就住在希巴特的隔壁，他因赌输在房间发泄不满。希巴特试图专心写作，急于堵住噪声源，未曾料到塞在门缝的都是钞票。希巴特退房后发现巨款不翼而飞，他坐立不安，决定找回巨款。然而，他反复强调其动机只是为了归还贝齐的100法郎，这与他在赌场的心理活动相悖。希巴特此刻亲自解构了他先前设定的腐败与纯洁的界限，瓦解了他的自我身份。希巴特不但没有反省意识，反而继续标榜他的高尚与纯洁：“……他(希巴特)知道，要赚够钱以补偿他的损失(时间与金钱)，他必须放弃自己目前从事的严肃的科研论文写作，很可能要屈尊——给插图杂志写通俗‘科学’文章——真讨厌！”(第425页)希巴特之前给贝齐贴上“腐败”的标签，此刻他竭力维护自己的清白。与《天鹅绒手套》中的贝里奇相同，希巴特的写作观以二元对立为特点。贝里奇自诩是高雅文学的代表，希巴特强调学术研究与通俗科学对立，而希巴特的实践与理论相距甚远。两者之间的不同在于，贝里奇的优越感由于叙事权威的掌控而取得合法性；华顿的文本中，聚焦于贝齐的叙事揭示出希巴特的两面性，消解了希巴特的优越感。

希巴特的两面性在他面对贝齐和特林时得到进一步印证。希巴特自知其矛盾心理，但他面对特林与贝齐时，却试图掩盖其两面性。他对自我塑造的身份颇感焦虑，担心特林与贝齐质疑其人品(私吞赌资)，遂急切表明自己的清白："真的，我没有要挪用一分钱的打算……"(第 434 页)希巴特标榜其学者品质，始终不渝地维护其"纯净水大学"教授身份。他表面上坚持反"经济"逻辑，但内心无法抗拒"经济"逻辑的诱惑。希巴特期待得到部分巨款，算作贝齐对他"投资"成功的报答。颇具智慧的贝齐早已有所洞察，但既然希巴特坚持维护其"纯净水大学"教授身份，贝齐只得恭敬不如从命。希巴特最终不仅分文未得，而且他维护其"无瑕"品质的努力也属徒劳。随着叙事进程的展开，贝齐最终向读者揭示了希巴特的两面性，同时颠覆了希巴特对她的身份的阐释。

《天鹅绒耳套》套用《天鹅绒手套》的叙事框架，起到颠覆作用。《天鹅绒手套》中，随着埃米的手套象征性地落地，埃米彻底沦为被男性叙述声音书写的对象，其小说书名也成为詹姆斯的短篇篇名。《天鹅绒手套》以贝里奇剥夺埃米话语权结束，他告别埃米时说："'你就是浪漫的化身!'——贝里奇表达得十分清楚，让人觉得很亲密，很夸张，他双唇紧闭，用最充分的权威感，长久地亲吻她的双唇……"[①](第 759 页)贝里奇的热吻可谓强有力的消声策略，他以象征暴力的方式剥夺了埃米的话语权。《天鹅绒耳套》中，叙述者首先呈现了希巴特的性别及优越感，但随即将叙事聚焦转向贝齐。如前所述，读者根据叙述者不时提供的有关贝齐的外貌、洞察力及话语策略等线索，可推测出贝齐的上层社会成员及作家身份。贝齐谎称是俄国难民，意在揭露希巴特的虚荣心和贪婪。贝齐的作家身份在文末得到印证，她完成了剧本《红瀑布》(*The Scarlet Cataract*)的创作，该剧名称与赫尔曼·麦尔维尔在小说《骗子》(*The Confidence-Man*: *His Masquerade*)中的书名《黑瀑布煤矿公司》(*The Black Rapids Coal Company*)接近，暗示贝齐使用了诓骗策略，[②] 与贝齐伪装成俄国难民身份形成呼应。贝齐

① 着重号为原文所有。

② See Melville, Herman. *The Confidence-man*: *His Masquerade*. London: Penguin Books, 1990.

完成剧作，而希巴特的写作毫无进展。更重要的是，贝齐向希巴特宣布："我想解释这点，当然了，剧中主角只能有一个阐释者——就是我自己"（第428页）。与《天鹅绒手套》相比，《天鹅绒耳套》的主人公及其对应的权威身份发生了惊人的逆转。《天鹅绒手套》中，贝里奇的亲吻使埃米消声；《天鹅绒耳套》中，贝齐主动亲吻希巴特，后者"像男人一样接受了贝齐的吻"（第434页）。贝齐的主体性通过以上细节得以呈现，这与《天鹅绒手套》中的埃米构成鲜明对照。《天鹅绒手套》中，埃米失去话语权。《天鹅绒耳套》中，希巴特却陷于沉默，最终消失在舞台边缘。假如说"手套"落地象征埃米的作家主体性遭到解构，那么摘掉"耳套"则预示剧作家贝齐得以开始建构其主体性。贝齐出色地导演了一场喜剧，希巴特在剧中被降为客体。一场不见硝烟的战争在《天鹅绒手套》中以贝里奇占上风结束，而《天鹅绒耳套》却以贝齐的胜利画上句号。

分别作为文学场和大学场权威的贝里奇和希巴特，在詹姆斯和华顿的笔下，却有着相反的命运。两位女主人公埃米和贝齐同为作家，均力争获得作家身份认同，但由于叙述声音的作用，两人的结局截然不同：埃米被动、沉默，贝齐却主动、发声。华顿在回忆录中称《天鹅绒手套》"是个充满惆怅和诗意的小插曲"，[①]"惆怅和诗意"背后实则隐匿着激烈的竞争，预示了文学场"占位"的动态性。《天鹅绒耳套》通过巧妙地套用《天鹅绒手套》的叙事框架及话语，以聚焦贝齐的叙事解构了男性中心意识，有效地起到了修订女性作家被书写的历史以及建构叙事权威的重要作用。

本节研究的短篇采用不同人称的叙事，再现了女主人公建构作家身份的过程。詹姆斯的《格里维尔·费恩》中，第一人称叙述者的性别和阶级偏见，使叙述者无法完全客观看待费恩的文学创作。费恩在创作上曾取得成功，在遭遇失败后她想方设法尝试间接体验男性圈子的生活，却受到叙述者的嘲讽。费恩一生已饱尝创作的艰辛和评论者的不公对待，临终前还不得不面对叙述者的评判。费恩的性别和阶级身份构成她从事某些主题的创作的障碍，尽管她试图迎合大众趣味的行为也构成小说批判的部分内容。在华顿的作品中，这一性别歧视也体现在男性文学权威身上。《一个战争故事的创作过程》中，艾薇首先需要使其写作合法化，她建构作家身份的困境可想而知。需要指出的是，评判艾薇作品的是杂志编辑和文学界权

① Wharton, *A Backward Glance*, p. 308.

威，尽管这些文学权威的评论同样缺乏说服力，但他们却有权对艾薇的创作指手画脚。艾薇出于对权威的畏惧，缺乏勇气坚持自己的创作理念，小说蕴含了对父权文化压制女性作家这一社会现象的批判。《一个战争故事的创作过程》从编辑、文学权威和士兵读者三个角度揭示了根深蒂固的父权文化的负面影响，女主人公艾薇尽管有个人见解，却终因渴望得到权威的认可不得不放弃，此外她在创作过程中也内化了男权思想。相比之下，詹姆斯的《格里维尔·费恩》则主要再现了叙述者的性别和阶级偏见。需要指出的是，《一个战争故事的创作过程》中，艾薇在家庭教师的帮助下完成创作，彰显出女性友情在女性建构作家身份方面的重要作用。而詹姆斯的《格里维尔·费恩》中，费恩却始终缺乏这样的友情。詹姆斯的《天鹅绒手套》与华顿的《天鹅绒耳套》分别聚焦于男女主人公，再现了女主人公建构作家身份的过程。《天鹅绒手套》中，女作家埃米的小说无端受到叙述者的指责，暴露出后者的性别和阶级偏见。《天鹅绒耳套》巧妙地套用《天鹅绒手套》的叙事框架及话语，解构了男性中心意识，使女剧作家贝齐的叙事权威得以建构。以上短篇的女主人公在建构其作家身份的过程中，多遭遇性别和阶级偏见。值得指出的是，志同道合对作家身份的建构起着关键作用，对女性作家尤为如此。

第二节　文学团体的重要作用

作家在创作过程中会遭遇性别偏见等障碍，不过，能够给予作家理解和同情的文学团体，可以积极地促进作家的身份建构，这在詹姆斯和华顿的作品中均有所体现。在文学团体的帮助下，性别偏见等障碍不再成为作家成长的绊脚石。文学团体的构成形式可以是多元的，它既可以包括学者和艺术家，也可以包括文学爱好者。本节分析的作品包括詹姆斯的《折翼》及《其中的故事》与华顿的《试金石》《哈德逊河斗拱建筑》《众神来临》。

《折翼》(“Broken Wings”，1900)发表于《世纪》杂志，詹姆斯在创作笔记中点明短篇的性别与创作主题：

> 我似乎觉得他们就在眼前——作为作家和画家——他们相互严守秘密，保持尊严，对他们的“工作状态”、成就和作品完成情

> 况等内容避而不谈，直到有件事让他们措手不及，进而崩溃，他们互吐心声，悲痛不已，坦诚相待。不过，这至少让他们并肩站在了一起，让他们相互安慰对方。他们原先就认识，后来分开了，不是这样吗？当然了，这一事实——这个让他们共同放下自尊(这是微妙之处)的场景，需要进一步细化。[①]

两个主人公的艺术家身份导致他们相互竞争，这似乎是最初导致双方关系疏远的原因。两人最终捐弃前嫌，个中原因值得探究。假如说“自尊”阻碍两人成为知音，那么决定他们放下“自尊”的是他们各自取得的成功。

《折翼》的男女主人公分别是斯图尔特·斯特雷特(Stuart Straith)与哈维夫人(Harvey)，前者最初对其艺术家身份颇感自信。在芒德哈姆(Mundham)[②]举办的晚宴上，斯特雷特偶遇哈维夫人。身为艺术家的他有着一份自信：

> 斯特雷特发现芒德哈姆有个明显的“特征”：要是聚会上有位文学女性，出于气氛和谐的考虑，这位女性会被分给在场的能够代表最接近文学领域的那位男士，由他挽着这位女性的胳膊入场。早知这样，斯特雷特会提前说明。斯图尔特·斯特雷特代表“艺术”，毫无疑问，要是晚宴上没有太多男性可供选择，他大概有可能陪伴哈维夫人。(第 326 页)

聚焦于斯特雷特的叙述，揭示出芒德哈姆的人们对文学团体的重视，也反映出斯特雷特对其艺术家身份的信心。他想当然地认为，他与哈维夫人均为艺术家，在这一场合他陪伴哈维夫人入场应该责无旁贷。在斯特雷特看来，出席晚宴的宾客大多不具备他和哈维夫人的天分。同时，斯特雷特的心理活动也表明，他比较欣赏哈维夫人的才华。可见，斯特雷特认为艺术家应被赋予相应的社会地位。然而，叙述者话锋一转，使得现实与理想之间的差距变得一目了然：“代表艺术的人有两三个人，他们都是单独进去

① James, *The Complete Notebooks of Henry James*, p. 179.

② James, Henry. “Broken Wings”. *Complete Stories*: *1898 -1910*. Ed. Denis Donoghue. New York: The Library of America, 1996. 326-344, p. 327. 下文引用该作品时直接在文中标注页码，不再另注。该地名与“mundane”(尘世)发音接近，寓意或许在此。

的，而哈维夫人却是和一个银行业界的代表一起入场的。”(第 326 页)这里凸显出两类艺术家，他们有着截然不同的待遇。第一类艺术家没有身份显赫的名士陪同，暗示他们没有取得成功。第二类艺术家则以哈维夫人为代表，她显然得到了社会的认可。在斯特雷特心目中，哈维夫人的作家身份与他的艺术家身份相对应，两人结伴而入，才应符合芒德哈姆社会生活的特征。斯特雷特观察到，银行家与哈维夫人手挽手共赴晚宴，这与他对文学团体的认识相悖。艺术与金钱的组合，反映了资本主导艺术这一事实，也暗示哈维夫人的创作已取得市场成功。

斯特雷特的观察与推断得到了进一步的验证。晚宴上，斯特雷特深感自卑，因为他和哈维夫人都来自社会底层：“他们是唯一没有优势的人；除了才智，他们一无所有；他们位于社会底层。”(第 326—327 页)“才智”表明他们拥有一定文化资本，但后者在社会资本面前相形见绌。从斯特雷特渴望与哈维夫人有所交集的心理来看，他情愿与文学创作者交流思想。然而，读者通过进一步审视会发现，斯特雷特与哈维夫人之间存在竞争关系。譬如，他很关心哈维夫人是否已获得成功：“这所宽敞的大房子里高朋满座，充满夏日气息，成功人士云集一处，这里的气氛让傍晚更富诗意。”(第 328 页)“诗意”与“成功”的对立不言而喻，以斯特雷特为叙述中心的描写暗示，主导宴会的是成功人士，而“诗意”则是文学同人的特征。此刻他注意到，哈维夫人被安排和大使坐在一起，于是他断定“她成功了!”(第 328 页)斯特雷特判定哈维夫人已取得成功，流露出他的世俗成功意识及竞争心理。

然而，斯特雷特的判断被证实是错误的，因为哈维夫人并未取得世俗意义上的成功。哈维夫人在社交场合光彩照人，但只有她本人了解自己生活困窘的事实。譬如，她的家仆也是她的厨子。出席晚宴的克劳德夫人(Lady Claude)对哈维夫人表示羡慕，不过当她谈及文学的经济利益时发现哈维夫人并没有变得更富有，这着实令她感到诧异：“什么，那成功和出名跟天才有什么关系？你没有成功吗?”(第 330 页)对克劳德夫人而言，天才意味着成功和出名。以克劳德夫人为代表的群体，将财产和名气作为衡量艺术家成功的标准。另一方面，哈维夫人揣测斯特雷特很有地位，名气很大。(第 332 页)如前所述，斯特雷特对她有着同样的猜测。这些细节无不揭示出两人的困境。

随着斯特雷特与哈维夫人之间的交流不断深入，前者的成功观呈现出新的特点。哈维夫人得知，斯特雷特为剧本《新女孩》设计服装，而该剧本被称作"现代最伟大的杰作之一"(第 333 页)。哈维夫人由此以为，斯特雷特和其他人一样是"幸运和时尚之子"(第 334 页)，而她表明自己在芒德哈姆只是勉强"存活着"(第 335 页)。显然，斯特雷特与哈维夫人均无法摆脱世俗生活环境，前者为演员设计服装或许出自无奈，后者坦言自己的生活只是勉强糊口。两人能推心置腹地谈论各自的生活现状，预示他们将有望共同努力摆脱世俗成功法则的影响。斯特雷特的一句"我已经超越了不幸福"(第 335 页)，暗示他质疑世俗成功的标准。这在下段对话中反映得更加具体。哈维夫人来到斯特雷特的住处，感受到冰冷的气氛。"我可以看看这里的每样东西吗？我可以'用'这里的每样东西吗？"(第 338 页)斯特雷特回应道："您说到'用'东西。假设您只用自己呢——说给我听听吧。您从头到尾说说您的情况吧。"(第 338 页)两人的对话反映出两种价值观：对话中出现了"用"一词，该词表明哈维夫人关切斯特雷特的追求是否符合他的现实生活所需；而斯特雷特则指出，"用"更应体现在精神层面上。物质匮乏对他而言显得不再重要，能令他精神愉悦的是努力工作。从某种程度上讲，斯特雷特可被视作哈维夫人的引路人。

就衡量艺术家成功与否的社会标准而言，两人同病相怜。"在这里，他们——这两个劳动者，疲惫不堪，困惑不已——他们一起度过一小时，他们为战败而欣然，为青春焕发而欢呼雀跃。"(第 342 页)追求世俗成功的人也在损耗自己的生命，两人"疲惫不堪"表明世俗成功的负面影响。相反，追求精神富足可以促使他们焕发青春。这种喜悦感，不亚于华顿的《坟冢天使》中保利娜在发扬光大祖父思想后的体会。哈维夫人与斯特雷特终于卸下面具，坦诚相待。哈维夫人方才得知，斯特雷特已有三年没有卖出一幅画，他们对双方的共同遭遇表示惊讶。斯特雷特"最后摆脱了自豪感"(第 342 页)，他们终于意识到，"似乎有很多种形式的成功，但只有一种失败"(第 343 页)。"疲惫不堪"的"劳动者"这一表述，[①] 透露出詹姆斯对艺术家的深切同情。斯特雷特认为，"失败"是艺术家的特有品性，失败恰恰可以成为衡量艺术家成功与否的标准。"詹姆斯的作品也是他对 19 世纪社会有兴趣将失败作为一种受限制的以及问题重重的身份形式的回应，正

① James, *The Complete Notebooks of Henry James*, p. 49.

如詹姆斯在文学市场上遭遇的困境如同麦尔维尔和坡经历的一样闻名。”[①]构成悖论的是，这种特性却使斯特雷特与哈维夫人沦为被消费的对象。

斯特雷特与哈维夫人意识到，上流社会看重他们丰富的想象力。他们之间有这样一段对话：

> “不；人必须有资本才能认可别人。我们太穷了，没法认可富人。可他们拿走的不光是金钱。”
>
> “他们拿走的是想象力，”哈维夫人说，“因为他们自己缺乏想象力——”
>
> “想象力是我们必须提供的吗？我们当然需要很多想象力来保护自己，”斯特雷特表示同意，“奇怪的是，他们喜欢我们。”（第343页）

艺术家区别于大众的地方在于他们具有想象力，而掌握资本的群体试图攫取艺术家独具的想象力，以表明自己的文化品位。然而，这将威胁到艺术家的发展。小说中，类似“存活”与“生存”(keep up)这样的表述反复出现。这里的“生存”不仅是形体意义上的，更是精神上的。两位艺术家在篇末的拥抱，印证了他们相互扶持的精神。如斯特雷特所言，“至少让我们一起被击败!”(第344页)在他们最珍视的想象力无情地遭到消费时，两人相互扶持，不失为振奋彼此心灵的力量。小说末尾，两人相互提醒该工作了，“工作”一词暗示他们担负着共同的使命。“他们彻底拒绝了有闲阶级精英的价值观和生活习俗。”[②]与《格里维尔·费恩》中的第一人称叙述者相比，《折翼》中的斯特雷特更显成熟。两个短篇的叙述手法有所不同，《格里维尔·费恩》是第一人称叙事，与费恩有关的一切内容均由叙述者所掌控。《折翼》是第三人称叙事，先后均衡地聚焦于男女主人公，分别呈现出他们的言行举止及心理活动。需要指出的是，两个短篇中的女主人公缺少同性的理解和支持。而华顿的中篇《试金石》(“The Touchstone”，1900)则充分

① Jones, Gavin. *Failure and the American Writer: A Literary History*. New York: Cambridge UP, 2014, p. 135.

② Drummond, Roy. “Work”. *Henry James in Context*. Ed. David McWhirter. Cambridge: Cambridge UP, 2010. 389-399, p. 398.

体现了女性之间相互理解和支持的力量，这极大地促进了女主人公的作家身份建构。

如前所述，《试金石》讲述了作家主人公奥冰夫人的书信被变卖的故事。奥冰夫人去世后，格莱纳德为了能与阿莱克萨完婚，将奥冰夫人曾写给他的书信卖给出版社。书信出版后引起轩然大波，在阿莱克萨的帮助下，格莱纳德意识到奥冰夫人的爱更加包容。他开始深刻反省其自私行为，最终完成道德成长。

小说中，格莱纳德首先受到奥冰夫人思想的吸引。在格莱纳德的回忆中，奥冰夫人是个"天才女性，楚楚可怜，脸型狭长，面色苍白，眼睛近视，只是她青春特有的优雅和不谙世事的性格，让整个人稍显柔和，但即便在那时，她对外面的世界也一无所知。"(第163页)只有在她开口说话时，整个人才变得"异常精彩，变得更加精彩"(第163页)。然而，格莱纳德对奥冰夫人的思想的欣赏，有其功利目的。他在有梦想的青年时期认为，能得到奥冰夫人这位智慧女性的鼓励，"是意味着获得一切成功的标志"，"之后，他开始自己摸索，等他站稳脚跟后，就不再需要这种支持；不过这种支持让他轻而易举、轻松自如地度过了一段往往充满焦虑和沮丧的时期"(第169页)。格莱纳德的自私与虚伪由此可见，随着他与奥冰夫人交往的不断加深，这些特点变得愈加明显。

格莱纳德逐渐对奥冰夫人失去兴趣，主要因为他的自尊心受到了伤害。奥冰夫人本着平等原则与格莱纳德交往，渴望与之进行精神交流。她在书信中"热烈地讨论自己的作品，还询问他的作品的进展情况"。(第171页)显然，奥冰夫人将格莱纳德视作能与他共享文学梦的同行。奥冰夫人对格莱纳德以诚相待，她认为两性之间应平等交流。相反，格莱纳德对文学的兴趣带有功利性质。如前所析，他与奥冰夫人交往仅仅是为了得到后者的帮助。在了解到奥冰夫人有着丰富的思想和情感后，他自惭形秽，认为这反衬出自己的无知和匮乏。格莱纳德认为自己"很愚蠢，无法达到奥冰夫人的激情的高度"(第164页)。格莱纳德的父权文化价值观，使他难以接受奥冰夫人在以上方面更胜一筹的事实。随着格莱纳德与奥冰夫人交往的不断深入，前者二元对立的女性观暴露得越来越明显。"不知什么原因，他身体上的不情愿，击败了她对他思想上的吸引力，对他们而言，最后几年因为情感纠结让两人痛苦不堪。"(第163页)形体与思想对立的女性观，在格莱纳德身上演绎得极为明显，反映出他根深蒂固的性别偏见。奥冰夫人更注重涵养内心，而不是追求时尚。在格莱纳德看来，女性如果仅具备天赋，便失去了价值。“对不懂如何做头发的女性而言，天赋没有多大用处。”(第 170 页)传统女性观还认为，除相貌外，女性的个人情感认知也有着重要价值。格莱纳德观察到，奥冰夫人不像普通女性那样对其个人情感有着洞察力。“事实上，即便在那时，她也保持一贯做法：她作为天才，能作出最敏锐的概括，但很奇怪，涉及她的个人情感时，她却缺乏洞察力。”(第 168 页)在格莱纳德的印象中，奥冰夫人不属于传统性别规范下的女性。再如，奥冰夫人与众不同，她留下的是“声音和文字”(第 164 页)，而“文字”恰恰是她建构作家身份的根本要素。格莱纳德二元对立的女性观，排斥象征思想的文字，“人们觉得奥冰夫人的大脑永远不会指引她的内心”(第 168 页)。“大脑”与“内心”的提法，说明格莱纳德认为女性的思想和情感相互对立。

格莱纳德与奥冰夫人交往的功利目的和他所持有的性别偏见，与奥冰夫人的独立和自信形成鲜明对照。“她仅靠自己蕴藏的激情生存，这给她带来的奢侈享受，即便在当时就让他隐约感到，她掌握着取之不尽、用之不竭的炼金术秘密。”(第 171 页)奥冰夫人并不将自己的快乐寄托在与他人交流情感的基础上，她具有“炼金术秘密”，暗示她将发挥试金石的作用。小说篇名体现了奥冰夫人书信的试金石作用，书信不仅可用于检验格莱纳德的品质，而且可以揭示出书信收购者的拜金主义。

巴顿·弗兰梅尔的藏书观，介乎利用书籍的外在和内在价值之间。“有的人把书纯粹当工具用，其他人看重书封皮的压花技术。我介乎两者之间；有时我用书布景，有时我让书和我做伴。”(第 180 页)弗兰梅尔对待书籍的态度，与格莱纳德对待奥冰夫人的态度相对应，只是前者采取折中的态度，这并不影响书籍的作用，后者则更倾向于接纳奥冰夫人的外表，而不是她的思想。尽管弗兰梅尔声称自己重视“思想”，也标榜自己及其他男性看重奥冰夫人信件的文学性，但他所谓的“巨大的文学价值”(第 194 页)，充其量是书信的市场价值。读者从叙述者得知，弗兰梅尔促成奥冰夫人书信出版后，开始乘游艇周游世界。可见，书信为弗兰梅尔带来巨大利益。弗兰梅尔的以上论断仅是幌子，旨在掩盖其功利主义思想。

弗兰梅尔标榜自己出版书信是出于对其文学价值的考虑，然而书信出版后并未达到这一效果。“从不读书的人们，带有批判性的保留态度讨论书信集；阅读书信集在圈内已成为社会责任，文学无法穿透这个圈子，只以个人的形式出现。”(第 203 页)大众读者怀着猎奇心理购买书信集，热衷于打探奥冰夫人的个人隐私，对其创作思想毫无兴趣。上流社会成员继而举办书信朗读会，为“孤独女性之家”募捐。无论是书信朗读会，还是慈善组织的命名，均有侮辱书信作者的人格的嫌疑。作家书信可以成为研究其思想的重要渠道，然而以上活动均属于消费和侵犯作家个人隐私的行为。这些活动与其说传播了书信的文学价值，不如说否定了书信作者的作家身份。弗兰梅尔道貌岸然，企图掩饰自己的功利目的。格莱纳德为获取物质利益，不惜辜负了奥冰夫人的信任，却难逃良心的谴责。相比之下，格莱纳德的妻子阿莱克萨阅读书信的过程，可以说是她逐步认识奥冰夫人的过程，也是她逐渐影响格莱纳德并激发他完成自省和道德成长的过程。在阿莱克萨的影响下，格莱纳德最终消除了对奥冰夫人的性别偏见。从这一角度看，书信引发了人们对个体的品行的思考。阿莱克萨在小说中起到了道德警戒作用，她的在场使格莱纳德为自己的行为感到内疚。

由于阿莱克萨在场，格莱纳德的内疚心理变得更加强烈。在阅读奥冰夫人的书信集之前，阿莱克萨就非常喜欢阅读她的作品。(第 197 页)阿莱克萨具有敏锐的洞察力，她根据自己所了解的内容推断道：奥冰夫人并不希望出版其书信；格莱纳德与书信出版一事相关。阿莱克萨委婉地表达了自己的态度和判断，但并不急于指出格莱纳德应为此事负责。她对格莱纳德说：“当然了，不应该出版这个集子；不过，这和我又没有关系，对吧?”(第 197 页)阿莱克萨认为该书信集不应出版，她向格莱纳德确认：“奥冰夫人不希望出版书信集，是真的吗?”(第 198 页)格莱纳德设法回避妻子的质疑，谎称自己不知道：“‘我肯定不知道，’他说；接着，他挤出笑容，挽住她胳膊。‘你知道的，我没去德雷斯姆家喝茶；现在你能给我倒杯茶吗?’他提议道。”(第 198 页)格莱纳德迅速转移话题，流露出他的内疚心理。其实，他对阿莱克萨同样怀有性别偏见，与他对奥冰夫人的性别偏见如出一辙。

格莱纳德反复将女性特质与阿莱克萨联系起来。譬如，他希望阿莱克萨更具女性特质。“阿莱克萨要是更复杂、更具女性特质，假如他能指望她的同情心更富想象力，或者在道德意识上反应得再迟钝些的话，一切会更容易些，但他对两者都没有把握。"(第 203 页)在格莱纳德看来，阿莱克萨的同情心应更富想象力，道德意识上应更迟钝些。将有想象力的同情心与迟钝的道德意识与女性身份相对应，表明格莱纳德持有性别角色刻板印象。他的行为实则否定了阿莱克萨思想独立和道德意识敏锐的特点，反映出他对奥冰夫人的性别偏见。另一方面，格莱纳德缺乏道德反省意识。他曾宣称自己是"不偏不倚的批评家"(a dispassionate critic)(第 213 页)，然而，真正"不偏不倚的批评家"并非格莱纳德。阿莱克萨观察敏锐，并勇于为奥冰夫人伸张正义。"格莱纳德和阿莱克萨面对面时，觉得自己被剥得只留下最深层的意识。"(第 214 页)阿莱克萨的道德指引作用显而易见，"正是在他妻子阿莱克萨的指引下，格莱纳德学会了如何超越自己的内疚感，接受了奥冰夫人馈赠给他的礼物。"[①]从一定程度上看，阿莱克萨的正义感，与她用心感悟奥冰夫人的作品息息相关。她的阅读活动由表及里，触及作品和作者的灵魂。她通过阅读活动所进行的诚挚的思想交流，不仅使她客观地认识了奥冰夫人，而且将她的感悟传递给格莱纳德。这是"不偏不倚的批评家"的内涵，也是小说推崇的品质。

就叙事手法而言，詹姆斯擅长采用第一人称叙事，再现主人公建构作家身份的过程，而华顿多采用第三人称有限视角，揭示性别意识与创作的关联。詹姆斯的《〈拜尔德拉夫廖〉的作者》采用第一人称叙事，更有利于引导读者与叙述者保持立场一致。华顿的《试金石》中，第三人称叙事聚焦于阿莱克萨，更客观地再现了后者对奥冰夫人及其作品的感悟。

与詹姆斯的《〈拜尔德拉夫廖〉的作者》及《大师的教诲》有所不同的是，华顿的《试金石》再现了女性作家的遭遇，在人物塑造和主题再现方面体现出不同特点。《〈拜尔德拉夫廖〉的作者》以创作题材与道德教化为主题，《大师的教诲》的主题是男青年的作家身份建构与文学大师之间的关系。如詹姆斯的这两个短篇篇名所示，作家主人公或发表有作品，或被称为"大师"。此外，詹姆斯笔下的作家主人公安辨(《〈拜尔德拉夫廖〉的作者》)与圣乔治(《大师的教诲》)在小说中均健在，而且对读者或青年作家颇有影响力。《〈拜尔德拉夫廖〉的作者》与《大师的教诲》均聚焦于作家主人公的崇拜者，不过，文学团体在两个短篇中发挥了不同作用。《〈拜尔德拉夫廖〉的

---

① Erlich, Gloria C. "The Female Conscience in Wharton's Shorter Fiction". *The Cambridge Companion to Edith Wharton*. Ed. Millicent Bell. Cambridge: Cambridge UP. 98-116, p. 108.

作者》的叙述者与安辨在创作题材上达成共识，一定程度上缓解了安辨的作家身份建构危机。《大师的教诲》中，保尔·奥弗特则揭示出圣乔治的言行不一。

就主题而言，华顿的《试金石》与《缪斯的悲剧》分别通过聚焦于和作家或潜在作家主人公相关的人物，再现了这些人物指引男主人公实现道德成长的过程。在这一过程中，女主人公通过阅读或书写行为得以认知作家主人公，并交流其读写感悟。这些行为均不同程度地影响了一些男主人公，使他们意识到自己的过错，并重新认识女作家主人公的价值所在。这与詹姆斯的《〈拜尔德拉夫廖〉的作者》及《大师的教诲》有所不同，这两个短篇中的女主人公或机械地理解文学与道德的关系，或以功利主义为生活重心。此外，詹姆斯的作品中，文学团体呈现出多种形式。《〈拜尔德拉夫廖〉的作者》中，叙述者始终是安辨的知音，不过即便安辨夫人在篇末完成皈依，也并未得到叙述者的认可。《大师的教诲》中，保尔·奥弗特先后与玛丽安以及圣乔治构成文学团体。然而，颇具反讽意味的是，圣乔治的创作动机以功利主义为特点。比如，保尔·奥弗特发现圣乔治言行不一。再比如，他发现玛丽安崇拜圣乔治是出于要出人头地的目的。

与詹姆斯的《〈拜尔德拉夫廖〉的作者》及《大师的教诲》不同，华顿的《缪斯的悲剧》("The Muse's Tragedy"，1899)与《试金石》中的男主人公均受益于女主人公的帮助，或最终认同了女性作家的思想价值，或实现了道德成长，而这与文学团体的作用息息相关。譬如，《缪斯的悲剧》中，丹叶斯与安纳尔顿夫人交往后发现后者的文学天赋曾一度遭到否定，她被伦德尔和世人视作缪斯。之前，大众认为安纳尔顿夫人只是伦德尔诗中的西尔维娅。(第 50 页)丹叶斯在撰写伦德尔诗作评论文章的过程中，得以有机会深入了解安纳尔顿夫人，两人在不经意间结为文学团体。丹叶斯与安纳尔顿夫人进一步交往后发现，后者才是伦德尔诗歌的真正创作者。此外，安纳尔顿夫人的书信成为印证其作家身份的最有力证据。她的书写得以使读者熟悉她的创作主旨和风格，而这也与丹叶斯的帮助密不可分。丹叶斯通过与安纳尔顿夫人平等交流，最终得以纠正人们对她的误读。篇末，安纳尔顿夫人虽然婉言谢绝与丹叶斯合作完成评论著作，但这并不代表他们的共同追求以失败告终。考虑到安纳尔顿夫人一度曾被视作"缪斯"这一语境，小说的结尾方式有其现实意义。如前所述，丹叶斯扭转了安纳尔顿夫人的悲剧性存在。丹叶斯的付出，使安纳尔顿夫人的主体性得到有力的呈现。相比之下，《试金石》中的主人公在建构其作家身份时主要借助了女性的指引和帮助。

《试金石》中，格莱纳德在妻子的帮助下认识到自己的功利目的。如前所述，他接触名作家奥冰夫人，只是为了向世人证明自己的优越性。相比之下，奥冰夫人与格莱纳德交流思想，旨在寻求理解和支持。就女性观而论，格莱纳德与《缪斯的悲剧》中的伦德尔以及《本福利奥》中的本福利奥如出一辙。所不同的是，华顿的《试金石》与《缪斯的悲剧》中，尽管格莱纳德与伦德尔最初对女作家主人公持有性别偏见，但女主人公最终得到了相关人物的理解和同情。如前所述，《试金石》中的女性人物构成支持奥冰夫人的群体。《缪斯的悲剧》中，丹叶斯纠正了大众对安纳尔顿夫人的误读。而詹姆斯的《本福利奥》中，两个女主人公相互孤立，均内化了男权思想，无从构成一个团体。《试金石》与之相反，奥冰夫人的书信发挥了桥梁作用。一方面，它成为检验格莱纳德的道德感的"试金石"。另一方面，它证明阿莱克萨是"不偏不倚的批评家"。阿莱克萨在读者与奥冰夫人之间架起理解的桥梁，使读者对奥冰夫人的文学天赋有所认识，使格莱纳德得以反省自我，最终实现道德成长。

华顿的《缪斯的悲剧》、《试金石》与《一个战争故事的创作过程》中的文学团体成员对女主人公的理解、同情和帮助，极大地促进了她们的作家身份建构。《缪斯的悲剧》与《试金石》中的女性作家形象最初不容乐观：严格说来，安纳尔顿夫人尽管参与了伦德尔的创作，但最初她只有缪斯的名分；奥冰夫人生前并未得到世人的关注，在她去世后，其作家天赋和优秀品质才逐渐得到认可。《缪斯的悲剧》中，丹叶斯发现并认可了安纳尔顿夫人的文学才华。《试金石》中，阿莱克萨充分赞许奥冰夫人的文学成就和人格魅力，并指引格莱纳德认识到奥冰夫人及其书写的价值所在。华顿的另一短篇《一个战争故事的创作过程》中，艾薇在家庭教师的帮助下完成了战争故事的创作，并形成其创作理念。女性之间的相互认可和支持，对女性作家的成长有着积极的作用。此外，文学团体的构建还可由男女作家人物共同完成。这一主题反映在华顿的《哈德逊河斗拱建筑》(*Hudson River Bracketed*，1929)及其姊妹篇《众神来临》(*The Gods Arrive*，1932)中。詹姆斯的作家题材作品多以中短篇为主，华顿的同类作品则包括姊妹篇小说

《哈德逊河斗拱建筑》与《众神来临》，男女主人公分别是万斯(Vance)与黑露(Halo)，黑露虽然不是作家身份，但从她是作家主人公万斯的“精神导师”的角度看，可以将她视为潜在的作家。① 如前所述，《缪斯的悲剧》与《试金石》中，两位男性叙述者最终分别对“缪斯”及“金子”有了深入的认识，这与女性作家主人公或女性读者的努力密切相关。从这一视角来看，《哈德逊河斗拱建筑》与《众神来临》是对潜在的女性作家的积极写照。

一战前，华顿许诺给斯克里布纳氏出版社写小说《文学》(*Literature*)，该小说最终发展成为姊妹篇小说《哈德逊河斗拱建筑》与《众神来临》。国外学界的研究涉及华顿对大众文化的批判、对文化名望的建构意识、主人公万斯的成长角度、小说写作手法、女性主义视角，以及华顿的生平等角度。戴尔·M. 鲍尔(Dale M. Bauer)从小说的历史语境出发，阐释了华顿对大众文化的批判。② 梅雷迪思·戈德史密斯(Meredith Goldsmith)认为，华顿对出版业的文化名望建构作用有所意识。③ 在莎伦·金(Sharon Kim)看来，小说通过心理探索与社会批评相结合的手法，再现了万斯的成长经历，金的文章尤其强调了华顿所采用的“顿悟模式”的有效性。④ 阿比·H. P. 沃洛克(Abby H. P. Werlock)则指出，女主人公黑露比万斯具备更多优秀品质，反映出华顿对莫顿·富勒顿(Morton Fullerton)的报复心理。⑤ 以上研究对文学创作主题或性别观有所关注，但并未从作家身份建构角度探究黑露在万斯形成其教育观及文学创作与批评观等方面的促进作用。万斯的作家身份建构，以他对传统与现代文明的认识为核心，具体体现在他的教育观与文学创作和批评观等方面的发展变化上。在教育方面，小说呈现了万斯的美国中西部与东部的教育经历之间的差距，揭示出功利主义的

---

① McDowell，Margaret B. “*Hudson River Bracketed* and *The Gods Arrive*”. *Modern Critical Views*：*Edith Wharton*. Ed. Harold Bloom. New York：Chelsea，1986. 51-63，p. 53.

② See Bauer，Dale. M. *Edith Wharton's Brave New Politics*. Madison：U of Wisconsin P，1994.

③ Goldsmith，Meredith. “Of Publicity，Prizes，and Prestige：The Middle-Zone of the Marketplace in *Hudson River Bracketed*”. *American Literary Realism* 48.3 (2016)：232-250. *Project Muse*. Web. 2019-08-01，p. 233.

④ Kim，Sharon. “Edith Wharton and Epiphany”. *Journal of Modern Literature* 29.3 (2006)：150-75. *JSTOR*. Web. 2011-05-10，p. 171.

⑤ Werlock，Abby H. P. “Edith Wharton's Subtle Revenge? Morton Fullerton and the Female Artist in *Hudson River Bracketed* and *The Gods Arrive*”. *Edith Wharton*：*New Critical Essays*. Ed. Alfred Bendixen and Annette Zilversmit. New York：Garland，1992. 181-99，p. 181.

危害性，以及以黑露为代表的传统文明丰富思想的作用。在文学创作和批评方面，小说再现了万斯在物欲横流的社会中建构作家身份的过程，启发读者深思作家传承优秀传统和保持自立的重要性。

万斯所接受的家庭教育以功利主义为特点。在中西部，成功意味着物质富足，这突出表现在万斯父母的价值观上。一战后，随着美国经济的飞速发展，追求物质享受、轻视精神追求成为社会普遍现象。万斯的父亲醉心于购置大量房产，母亲则沉湎于现代化家用设备。万斯有着敏锐的感知力，他洞察到教育的功利本质。“但真正的任务是不断前进，到达那里——‘那里’就是金钱所在的地方，一成不变，别无他物。”(《哈德逊河斗拱建筑》第15页)这里的“前进”与万斯的名字“Advance”(前进)相呼应(《哈德逊河斗拱建筑》第25页)，暴露出他接受的家庭教育的功利主义性质。万斯的家庭可谓美国中西部文化的缩影，作为家庭一员，他意识到重物质轻精神的弊端。“万斯尊重效率，甚至羡慕效率；但最近他感到，作为灵魂的食物，效率营养匮乏。”(《哈德逊河斗拱建筑》第17页)房地产经济和现代化设备固然改善了人类的生活水平，但失去灵魂的生命便失去了意义。弥漫中西部的物质第一的文化令万斯感到窒息，这体现在他所接受的家庭和大学教育上。

万斯所接受的大学教育是失败的，他来到东部后才感受到精神上的洗礼。万斯在纽约表亲劳拉·露家逗留期间，发现这里的环境超凡脱俗。“在这里，在广袤国度的这个地方，满是代表西部富裕阶层人士追求的内容，代表了西部所梦想的抱负，万斯发现自己身处这样一个社区，这里显然完全没有意识到世俗追求和抱负。”(《哈德逊河斗拱建筑》第43—44页)东西部的文化差异显而易见，东部在一定程度上远离世俗追求，这一文化差异令万斯耳目一新。这里没有中西部特有的物质财富，却蕴藏着中西部人缺乏的精神财富。洛波恩小姐的图书馆象征东部文化，这一空间被赋予人的特征，使万斯和读者深刻体会到东西部文化的差异。如前所述，他的这一认识始于他对洛波恩小姐肖像的感悟，他隐约感到自己与神情忧伤的洛波恩小姐的故居之间的奇特联系。(《哈德逊河斗拱建筑》第61页)洛波恩小姐是文化的象征，图书馆作为记载、收藏和传播人类文明的幽静空间，与喧闹的现代文化空间构成鲜明对比。洛波恩小姐和这所图书馆，将成为万斯了解优秀传统文化的桥梁。万斯生活在充斥着现代文化的时代，对缺乏精神内涵的社会现象忧心忡忡。这座图书馆给他带来丰富的启迪:“过去——它们都属于过去，这个女人和她的房子，属于同一个过去，这个过去属于她们自己，这个过去发生在优法利亚(Euphoria)诞生前的那个黑暗且不可知的历史记载中，与万斯·韦斯顿经历的所有内容都相距甚远。”(《哈德逊河斗拱建筑》第61页)万斯的家乡是美国中西部城镇优法利亚(Euphoria)，该词是希腊语，意为“幸福”，词根为“euphoros”(“健康的”)。万斯的家庭可谓该城镇生活的缩影，而该城镇名称的反讽含义不言而喻。事实上，万斯的祖父母婚姻并不幸福。祖父道德失范，祖母则将希望寄托于以空想为特点的“新宗教”。万斯的父母一味追求物质享受，万斯本人则缺乏志同道合的朋友，他内心无比孤独。可以推断，中西部人普遍沉溺于物质享受，精神极度空虚。万斯的出走，标志着他将为中西部的文化危机寻找出路。

在黑露的指引下，万斯逐渐意识到经典文学作品的感染力。一个偶然的机会，让万斯在图书馆读到柯勒律治的诗篇《忽必烈汗》。他发现“这是新的乐声，他从不知晓这种乐声，但正是这乐声让他产生共鸣。这乐声为他而备——它贴近他的灵魂，是属于他的乐声。他对诗歌的了解到底怎样呢?”(《哈德逊河斗拱建筑》第63页)[①]万斯所接受的大学教育，对他培养诗歌鉴赏力并没有很大的促进作用。他在大学期间曾读过柯勒律治的《古舟子咏》，但他并不能欣赏诗作，甚至对诗人的经典作品《忽必烈汗》一无所知。如前所析，万斯来自中西部一个重物质、轻精神的家庭，中西部教育的弊端可见一斑。人们过于崇拜物质，而忽略了精神追求的重要性。华顿通过再现万斯完善自我的方式及过程，表达了她的教育观。在她看来，衡量教育成败的关键在于，个体能否受到经典著作的启迪，能否对自我和社会有所感悟。万斯在阅读诗歌的过程中，不仅感受到诗篇的魅力，而且丰富了自己的内心世界，激发了自我认知。诗歌带给万斯的启迪，与他和家人之间的隔阂构成鲜明对照。感悟诗歌的美，成为万斯丰富自我认知的方式，这与英国批评家马修·阿诺德的文化观一脉相通:“如若文化是探究完美、追寻和谐的完美、普遍的完美，如若完美在于不断地转化成长、而非拥有什么，在于心智和精神的内在状况、而非外部的环境条件，那么事

---

① 着重号为原文所有。

情就很清楚了。”[①]阿诺德不仅视个体的自我完善为必需，而且认为社会应共同探究完美。从这一角度看，小说再现万斯的自我完善之旅，实则在探究美国的文化危机问题。万斯的人生感悟好似望远镜，透过它读者可观察到小说对功利主义的批判。阿诺德在《文化与无政府状态》中指出，英国强调物质文明而忽视精神涵养：“关于完美是心智和精神的内在状况的理念与我们尊崇的机械和物质文明相抵牾，而世上没有哪个国家比我们更推崇机械和物质文明。”[②]一定程度上，可以说万斯所洞察到的美国中西部和东部文化的差异，揭示出小说对美国一味追求物质享受、否定心智发展的重要性的批判。小说中，黑露对美国大学教育的失败直言不讳：

> “没什么。我没在笑你，我是笑我们国家那些教育者们的智商——不对，是教育家们，我觉得他们现在是这样自称的——这些人把我们最伟大的文学瑰宝交给野人青年去祸害，设法毁掉瑰宝的魅力。比方说，很明显，他们已经替你毁了《古舟子咏》。”她继续若有所思地打量着他。“你不是野人青年——不过，他们用同一种方式已经替你毁掉了很多东西的魅力，不是吗？”
>
> “对的——有些东西是这样。”
>
> “倒不是说这对你很重要。你还会重新获得你失去的东西。不过，我真的不愿想起遭到肢解的美。”
>
> 美遭到肢解！这些词语从她的唇间迸发出来，它们如此丰富多彩——好像她从某个破碎的塑像上扫除了几百年的垃圾，残垣中透着高贵！万斯继续凝望着她，若有所思，又神情专注。他将她揽入梦想的怀抱。（《哈德逊河斗拱建筑》第 66 页）[③]

黑露无情地嘲讽了自称“教育家”的群体，“毁掉”一词揭示出华顿对美国教育以及美国青年的焦虑。在黑露看来，美国“教育家”并不重视精神遗产的传承。一方面，“最伟大的文学瑰宝”未得到应有的守护和传承。万斯虽然在学校读过经典诗篇，却并不具备相应的鉴赏力。“野人青年”透露出黑露

---

① 马修·阿诺德：《文化与无政府状态：政治与社会批评》，2008 年版，第 11 页。

② 马修·阿诺德：《文化与无政府状态：政治与社会批评》，2008 年版，第 12 页。

③ 着重号为原文所有。

对现代教育的弊端的深刻洞察，青年一代本应接受美的教育，使其品格得到锻造，现代教育却摧毁了美。相比之下，黑露没有受过高等教育，却能够依靠自学领悟到佳作的妙处。在《阅读的罪恶》中，华顿明确指出盲目跟风的害处："那种常与蒸汽热以及普法权一起被归为现代进步的'知识传播'，同时也生产了一种新型罪恶——阅读的罪恶。"[①]华顿在《阅读的罪恶》中继续指出：

> ……最能刺激这类读者的是跟风的欲望：他们似乎把文学当作只有奔跑才能"上去"的电车；而许多天生的读者则在下午茶时分，毫无愧色地乘坐马车和邮政轻便马车，走走停停，都没有意识到还有火车这一新式交通工具。
>
> 正是这种机械读者，怀揣着自己有义务这一崇高理念，入侵了文学领域——他们讨论、批评、谴责文学，或者更糟糕的是，他们赞美文学——这种阅读的罪恶，给文学带来了威胁。[②]

两类读者的差距一目了然：将文学视为消费品的读者，满足于赶时髦，对作品不求甚解；爱好文学的读者，并不注意传统或时尚的机械分法，他们自信而愉快地享受文学阅读。事实上，万斯的父母与学校提供的教育相差无几。他们追求日新月异的物质生活，对精神层面的内容或不重视，或被动地接受。"技术会帮助人类征服自然，但它也会加快人类失去自然的速度。"[③]

另一方面，"野人青年"一词暗指美国青年缺乏文化积淀，缺乏对优秀文学作品的理解和鉴赏力。多数青年受到误导，他们对物质的兴趣胜过了精神。这导致他们无法理解经典，更无法传承文明。领悟经典著作的价值，有赖于具有感知力的读者。如华顿所写：

> 书的价值，与可被称为书的可塑性相对应——这种品质在于，它的含义因人而异，还在于它受到各式新鲜思想的影响，得

① Wharton, "The Vice of Reading", p. 99.

② Wharton, "The Vice of Reading", p. 100.

③ Baker, Jennifer J. "Science and Technology". *Ralph Waldo Emerson in Context*. Ed. Wesley T. Mott. Cambridge: Cambridge UP, 2014. 136-144, p. 142.

> 到不同形式的塑造。因某种原因而缺乏这种相应的适应性时，就不存在书与读者的真正交流。从这一角度看，可以说，文学不存在绝对的价值标准：最伟大的书，只有当读者有所收获时才有价值；最佳读者能从中汲取最多思想精华的书籍，才称得上是杰作，而能力低下的读者，从这些书籍获得的内容往往最少。①

书籍的价值在于它的启迪作用，有价值的书籍可以丰富读者的思想。读者的思想和品格在阅读过程中发生微妙的变化，是书籍的塑形作用的体现。"文学瑰宝"假如未曾启迪心智，其意义将不复存在，读者也会因缺少文明的滋养而沦为"野人"。从黑露的视角来看，万斯所接受的文学阅读训练极为匮乏。幸运的是，万斯在成长中有意识地抗拒父母灌输的功利主义教育。古屋的个人图书馆，以及对教育颇有见地的黑露，使他得以有机会感悟到优秀传统文化的力量。"《忽必烈汗》为万斯提供了接触文学传统的渠道，他在《哈德逊河斗拱建筑》开篇曾为自己在这方面的无知感到羞愧。"②

小说中，象征优秀传统文化的内容除了经典文学作品，还有哈德逊河斗拱建筑和它的具体表征——柳树苑。哈德逊河斗拱建筑，融合中国与托斯卡纳建筑的特点，体现出多元性。黑露这样向万斯介绍哈德逊河斗拱建筑风格：

> 对——就是这个地方：文章篇幅太长，我就不读了；不过要点是，当时的权威人物唐宁先生总结了主要建筑风格的特点，譬如希腊式、中国式、哥特式、托斯卡纳式或意大利式别墅，还有——哈德逊河斗拱建筑。如果我没搞错的话，他是把柳树苑当作哈德逊河斗拱建筑最完美的例子之一来介绍(是 1842 年)的，对，就是这个地方："柳树苑位于纽约州伯爵夫人镇的保罗渡口附近，即安布罗斯·洛波恩(Ambrose Lorburn)先生的住所，是最成功的例子，等等……它巧妙地将中国式与托斯卡纳式的建筑元素融为一体。"(《哈德逊河斗拱建筑》第 69 页)

---

① Wharton, "The Vice of Reading", p. 99.

② Toth, Margaret A. "Orientalism, Modernism, and Gender in Edith Wharton's Late Novels". *Edith Wharton and Cosmopolitanism*. Ed. Meredith L. Goldsmith and Emily J. Orlando. Gainesville: UP of Florida, 2016. 226-249, p. 244.

哈德逊河斗拱建筑与众多其他举世闻名的建筑一样，蕴含丰富的人文思想。柳树苑荟萃中国与意大利托斯卡纳建筑元素，是传承优秀文明的具体体现。万斯所接受的家庭和学校教育，缺乏历史和文化积淀，这是美国中西部文化的致命缺陷。尽管美国中西部为它取得的世俗成功感到自豪，但文明根基的铸成仍需精神力量。万斯是众多迷茫青年的代表，对此有着深刻的领悟。

万斯清醒地意识到自己所受的教育的局限性。如前所述，他发现自己所接受的教育问题重重。(《哈德逊河斗拱建筑》第 124 页)黑露用她的博学和感知力开启了万斯的心灵，他开始阅读大量经典文学作品，促成他日后成长为作家。在万斯踏上传承文明之旅的过程中，黑露激发他意识到精神富足的重要性，发挥了桥梁纽带作用。黑露与万斯逐渐发现彼此志同道合，这与他们的共同境遇有关。黑露的家人与万斯的家人相似，均受到功利主义的腐蚀。黑露与万斯邂逅的那段时期尚未出嫁，她对家人的功利主义思想有如下认识：

> 她的双眸又转向风景。六月的夜晚美得让人心醉，眼前就是风景：和从前的夜晚一样，黄昏漂浮在纯净的空中，浓黑的夜晚无法穿透。——世上竟有这样一种美，如此变幻莫测，如此滋养灵魂，如此完整无缺。这些人与这种美面对面，他们个个都会乐意拿它和任何一样东西交换。母亲会拿它去换钱，全家人的生活就可以挨到年底，父亲会拿它去换纽约俱乐部会员身份和桥牌桌席位，罗利(Lorry)当然也会用它去换钱(钱总是斯皮尔家的棘手的问题)，乔治·弗伦赛德(George Frenside)则用它去换取波西米亚饭店里的促膝交谈。她思忖着，这一切都意味着什么？(《哈德逊河斗拱建筑》第 77 页)

黑露宁静淡泊，趣味清深，不汩于俗虑。在她眼里，纯净的天空是自然的美，可以陶冶情操，是灵魂的最佳栖息地。然而，如上所示，只有乔治·弗伦赛德与黑露能在精神上达到契合，他们对自然的美和思想的美有着浓厚的兴趣和强烈的感知力。黑露的父母与兄长却宁愿用它换取物质享受，可见功利主义同样泛滥于东部。上述引文中有关黑露父母的功利主义行为表征，为黑露与路易斯·塔兰特之后的结合做了一定铺垫。黑露迫于父母的压力，不得不与家境富足的塔兰特成婚。此外，黑露的兄长罗利是实用主义者，他将一切思想领域的活动视为交易，“我从没想过书是用来读的……书的精彩之处在于封皮”(《哈德逊河斗拱建筑》第130页)。罗利只关注书的外表，对书的内涵不屑一顾。一定程度上，在洛波恩小姐过世后，黑露可被视为优秀传统文化的传承者。如沃洛克所言，黑露得到的教育来自女性亲戚的图书馆，所得遗产来自女性；她还将住处修葺一新。[①] 万斯除了受到黑露的启迪，还受益于曾担任文学刊物《时刻》编辑的弗兰塞德的信任和鼓励。

万斯在未结识弗兰塞德之前，黑露已洞察到后者在文坛上的引领作用。弗兰塞德有着非凡的文学造诣，他的文集《枯燥言论》颇有创见，一度在文化圈传为美谈。出版社高价请他写教育方面的书籍，他生活捉襟见肘，却不为名利所惑。弗兰塞德反对世俗成功，常撰写犀利的文字抨击时事，他“常常拒绝接受约稿——尤其当对方出巨资约稿时——接着他会突然写篇妙语连珠的檄文，没人会读这些文章，稿子会接二连三地被编辑退回。”(《哈德逊河斗拱建筑》第76页)弗兰塞德不为物质利益出卖自己的天赋，而万斯和黑露也同样秉信精神至上。弗兰塞德这样告诫黑露：“一个人为钱工作时的最出色表现，是判断他是否是天才的最确定无疑的标志之一。”(《哈德逊河斗拱建筑》第76页)是否能够在物质诱惑面前保持定力，是衡量真正艺术家的标准。弗兰塞德是黑露所敬仰的批评家，“弗兰塞德持守自己的经济独立，经常接受斯皮尔一家和几个老友的款待，但从未听说他借过他们当中任何人的钱”(《哈德逊河斗拱建筑》第76页)。弗兰塞德的这一品格，决定了他以坚持忠于艺术、不趋炎附势为办刊原则。弗兰塞德因经营《时刻》不利而失去编辑身份，反映出文学市场化的残酷现实。万斯通过黑露结识弗兰塞德，逐渐受到后者的影响。弗兰塞德可被视为万斯的精神导师，万斯的创作初次告捷后，弗兰塞德警告道：“你的问题是，你为成功带来的不自信而感到痛苦。世上没有什么能比成功更让人崩溃的了：书封上的一句简介，可以比毁灭济慈的《季刊》更能确定无疑地毁灭人的灵魂。对你这样的年轻人来说，你第一次成功后，世界就是一句庞大的

① Werlock, “Edith Wharton's Subtle Revenge? Morton Fullerton and the Female Artist in *Hudson River Bracketed* and *The Gods Arrive*”, p. 193.

评语。所以，你得用棉花堵上耳朵，继续前行……”(《哈德逊河斗拱建筑》第 393 页)万斯取得成功的前提是遵从内心的召唤，然而他在成功后不可避免地会受到褒贬不一的评价。一方面，万斯需维持生计，其作品有市场是一种物质诱惑。另一方面，他在创作过程中需听从内心。保持灵魂不受功利主义的腐蚀，是万斯在成长中需面对的挑战。

万斯在坚守优秀传统文化的过程中遇到诸多阻碍，如黑露的丈夫路易斯·塔兰特给他施加的压力。塔兰特财力雄厚，他担任编辑后将刊物更名为《新时刻》，意味着办刊宗旨将改弦易辙。如果说弗兰塞德代表 19 世纪中期为文学繁荣作出贡献的“绅士出版人”，那么企图牟取文化资本的塔兰特则可被称作“出版商”(Businessman Publisher)。[①] 这从塔兰特与黑露的谈话可见一斑，如前所述，两人讨论文学作品与出版市场的关系时，塔兰特认为作家依赖市场，黑露则反对这一观点。(《哈德逊河斗拱建筑》第 234 页)两人的分歧显而易见，塔兰特信奉市场，认为作家应迎合大众口味。黑露则认为，文学期刊应发挥引导作用，表明她认可前编辑弗兰塞德的办刊原则。如前所析，弗兰塞德更喜欢与志同道合的朋友交流思想。从刊物更换编辑这一细节可以推测，弗兰塞德或许因坚守办刊原则而导致刊物经营不利。即便如此，他依然甘守清贫，极力保护万斯不受功利主义的腐蚀。塔兰特与之相反，将万斯视作摇钱树。万斯发表短篇小说取得市场成功后，塔兰特催促他交出相同主题的故事。类似情节出现在华顿的众多作家主题小说中，出版社一旦发现作家的某部小说畅销，便要求作者如法炮制。毋庸置疑，这将影响作家发挥其创造力，甚至会给作者带来毁灭性的打击。譬如，万斯迫于生计，不得不违心加快产出塔兰特要求的短篇。他内心矛盾重重，被迫迎合大众的需求。(《哈德逊河斗拱建筑》第 297 页)

万斯在思想和生活上的焦虑，揭示出小说对唯利是图的出版文化的批判。“《文学》一书的创作笔记表明，华顿对市场存有着复杂的看法，正如她对其信件的复杂看法一样。一次，她用法语词‘cabotin’(哗众取宠的人)描述‘不断努力以开创其受欢迎度的作者……因此，很自然就成为受到自制的虚幻名人假象欺骗的傻子’。”[②]一般作家很容易受到名利诱惑，他们在

---

① Coultrap-McQuin, *Doing Literary Business: American Women Writers in the Nineteenth Century*, p. 32.

② Lee, *Edith Wharton*, p. 175. 着重号为原文所有。

创作过程中迎合读者的趣味，以满足自己的虚荣心。然而，这种行为不过是自欺欺人。万斯在这一文化语境中饱受压力，所遭遇的迷茫和痛苦可想而知。小说的文学市场化主题，还表现在有闲阶级利用作家的名气增加他们的文化资本方面。塔兰特与铁路大亨遗孀普尔瑟法太太(Pulsifer)主导的文学奖项商业运作即为一例。如前所述，万斯不仅没有得到塔兰特的认可，反而被刊物当作出名的工具。普尔瑟法太太掌握经济资本，为占有文化资本，她专门设立普尔瑟法文学奖，并掌控评奖规则。塔兰特身为编辑，仅仅关注如何让期刊扬名和盈利。为了达到这一目的，塔兰特竟鼓动万斯接近普尔瑟法太太。(《哈德逊河斗拱建筑》第 347 页)万斯沦为塔兰特增加其经济和文化资本的工具，他虽有优秀作品问世，但终因婉拒普尔瑟法太太的求爱而丧失获奖机会。谄媚、功利的二流作家与普尔瑟法太太结婚后，顺利捧回普尔瑟法文学奖。商界与出版界的唯利是图行为，由此被揭露得淋漓尽致。

万斯对利欲熏心的文学界的观察，构成小说最尖锐的反讽和批判内容。作为一战后的作家，万斯注意到文学批评标准频繁更换的乱象，这加剧了他的困惑。如弗兰塞德所言："的确——有创造力的人不该出生在这个问题重重的时代，战后这个时期一片混乱，每天早晨都会产出新的长生不老秘籍。"(《哈德逊河斗拱建筑》第 392 页)20 世纪初，英美文坛一度盛行现代主义。华顿认为，作家的独创性与他的视角相关，而不是写作手法。"真正的独创性不体现在新的写作手法上，而体现在新视角上。"[①]譬如，意识流写作手法并不像人们想象得那样新颖。[②] 此外，华顿反对不假思索地盲目模仿时兴的写作手法。作家在选择他要再现的创作主题过程中，必然会形成自己的判断。小说中，万斯像多数有创造力的作家一样面临困境，在创作主题的选择和写法上均受到出版市场的限制。这些作家遭遇的压力来自批评界和大众读者，两者的不同需求使作家无所适从。有的为取悦文学批评界，力求使用新的写作手法，却无法迎合读者的口味。譬如，小说中的作家人物格拉兹·布莱默(Gratz Blemer)曾著有优秀作品，却因过度关注流行的写作手法最终落得江郎才尽。他向万斯兜售其"成功"经验："不要去读预言家的作品，也不要过于关注自己的作品，不然你就会用 50

① Wharton, *The Writing of Fiction*, p. 17.

② Wharton, *The Writing of Fiction*, p. 13.

页篇幅描写天花板上的裂缝——椰子树俱乐部就会特别崇拜你，可你的作品销量会急速下降。"(《哈德逊河斗拱建筑》第 419 页)

作家生活在写作手法不断更新换代的时期，其创作自主性随之受到威胁。文学批评界舍本求末，过于强调写作手法，需解决生计问题的作家为得到认可变得无所适从。文学批评界的混乱无序，是加剧作家的危机的最后一根稻草。小说中，一些作家堕落成商人，很大程度上是缺乏职业操守和盲目追新所致。布莱默迎合出版商的需求，将创作活动视为做生意。万斯注意到，"布莱默说起自己的书，就像做生意似的"(《众神来临》第 390 页)。文学创作已演变成他追名逐利的手段，造成文学界的悲剧性处境。如前所析，弗兰塞德主张作家坚持自主创作，不为名利所累。布莱默是向市场妥协的作家代表，该群体不惜为名利牺牲它最应珍视的自主创作原则。万斯代表众多困惑的作家，面对为名利和为自己创作两种选择，他选择聆听弗兰塞德的教导。万斯的作品在出版后受到冷遇，布莱默熟知出版界的潜规则，便向他传授秘诀。不过，万斯坚定地给出自己的回答：

> "关键是得先和评论者一致。"布莱默继续疲惫不堪地说，"人通常到有足够权威那样做的时候，就不在乎他们说什么了。"
>
> "我不觉得我在乎过他们怎么说。"万斯马上反驳道。
>
> 布莱默眯起厚厚的眼皮。"你不觉得他们或多或少会影响你作品的销路吗？不过，这是一种观点——"
>
> "我不是这个意思。我只在乎我对自己作品的看法。"万斯说话的同时，坚信这一点千真万确。(《众神来临》第 390—391 页)

布莱默并不关注读者是否阅读他的作品，他在乎的只是作品是否为他赢得名利。布莱默的功利主义行为满足了他的欲念，但他也为此付出惨重代价。小说中，布莱默衣食无忧，不过他承认自己已丧失创造力。(《众神来临》第 391 页)布莱默的沉沦有重要的警示意义，作家如何在商业大潮中抵抗诱惑，坚持为自己创作，值得深思。万斯与布莱默不同，他拒绝向市场妥协。在万斯看来，坚持自主创作、写取悦自己的作品，胜过为迎合批评界而创作。从万斯的努力和收获可以看出，他所秉信的成功表现在不盲从任何思潮和创造出自己满意的作品两方面。如华顿所写，"对于艺术家而言，为某种理论毁灭自己的艺术本能，要比为名利牺牲自己的艺术本能更危险”。[①] 在华顿看来，艺术家需警惕流行文学理论的影响和名利诱惑两种危险。这里所说的“艺术本能”指的是听从内心的召唤，作家如果有意识地为某一理论代言，忽视自己的本能想法，无异于否定自己的独创性。如上所述，布莱默在盲从评论界的同时也受到名利的诱惑，最终付出丧失创造力的代价。万斯也曾写过失败作品，但他逐渐意识到功利主义的危害性，最终感悟到遵从艺术本能的重要性，体会到精神追求赋予的力量。“万斯在狂热中完成小说《庞大》，但他的新书正在深刻的精神奋斗状态中成形，这是他躁动不安的思想从未企及的领域，这几周超越时间的体验，让他初次认识到连续性的魔力。”(《众神来临》第 409 页)这种体验的产生，与他的性别观息息相关。

万斯最初受到弗洛斯和劳拉的吸引，但随着他与黑露的交往不断加深，其性别观发生了改变。万斯的二元对立女性观，随着他与黑露交往的深入逐渐发生改变，“她是他臂膀渴望的女人，但她也是女神，是奇迹，总萦绕在他的脑际，不可企及。”(《哈德逊河斗拱建筑》第 439 页)在万斯看来，黑露似乎象征女性的形体与思想的和谐统一。《众神来临》中，万斯在建构其作家身份过程中与黑露的关系更加紧密。然而，万斯无法接受黑露的文学才华。他们在文学创作上有共同话题，但两人在谈话间逐渐显露出分歧。例如，黑露发现万斯来回跳跃在不同主题之间，便提醒他应集中一个主题。如前所析，万斯虽然在大学接触过经典文学作品，但未能把握作品的精髓。黑露展现出的文学才华，令这一阶段的万斯感到自卑，可以说这是其男权思想的体现。

只有在万斯与黑露短暂分离后，他们才分别意识到保持思想独立的重要性。小说结尾处，万斯与黑露各自深刻反省，前者表示能够坦然接受黑露的文学评论；后者幡然醒悟，认识到甘作缪斯和牺牲自我的局限性。起初，黑露满足于扮演缪斯的角色，她的生活一度以万斯为中心。但随着她与万斯的关系开始降温，她逐渐有意识地转变其缪斯角色，努力构建思想更独立的自我。黑露独处时突然发现写作的益处，思念之痛使她突然理解万斯的创作动力。“没错——一定就是这样的过程。万斯一定经历过磨

① Wharton, Edith. “Permanent Values in Fiction”. *Edith Wharton: The Uncollected Critical Writings*. Ed. Frederick Wegener. Princeton: Princeton UP, 1996. 175-179, p. 176.

难——不过，他在故事中倾诉了自己所有的痛苦，这样他就能清空自己的灵魂。啊，幸福的艺术家！他们天生能医治自己的痛苦，难怪不在乎他人的痛苦……"(《众神来临》第 323 页)创作是作家与自我对话的一种思想活动，作者的精神在对话中得以升华。黑露意欲写信告知万斯她决定离开的原因，写信的念头与万斯的短篇集带给她的启示，表明她开始摆脱缪斯身份。[①] 小说中，尽管黑露并未发表任何作品，但此刻她的书写行为是其主体性的体现。她曾心甘情愿地为万斯付出一切，为他创作小说出谋划策，却从未考虑过自己的需求。黑露曾像劳拉一样以万斯的生活为中心，但她更具洞察力。这一阶段，黑露认识到自己不能继续充当万斯的附属品，而应保持独立的空间。

也正是在黑露考虑离开万斯的同时，万斯回到她的身边，并开始反思他的狭隘。"自从他们在柳树苑相识以来，他写作时从未真正和她交流过他的内心想法。即便在他写小说《西班牙的清教徒》时(他俩在卡迪兹期间有很长时间在私密交谈)，他也只是让她倾听，而不是让她提出批判性的思想。"(《众神来临》第 333 页)需要指出的是，尽管万斯将黑露视为理想女性，但如引文所示，他一度缺乏勇气与黑露交流其创作思想。万斯的反省意识说明，在经历过创作成败的考验后，他认识到自己对黑露的提防与排斥，实则是缺乏自信的表现。如今，他不再排斥黑露，勇于请黑露评价他的新作。"'哦，我想是时候一起讨论这本小说了。我想知道你对小说的看法。'她试图抑制自己的激动情绪，试图表现得友好一些，但也显得过于自足。'亲爱的，我也想知道——你什么时候让我读你写的小说都可以。'"(《众神来临》第 333 页)万斯终于回到黑露的身边，黑露意识到自己的力量。这一力量以倡导两性互相尊重、以诚相待为核心，这将助力双方的全面成长。黑露过去一味牺牲自我，对万斯有着强烈的占有欲。在她发现这一局限性之时，万斯也意识到自己对黑露存有偏见。只有两人各自经历过反省后，他们之间的关系才得以趋于平衡。

小说的结局是开放性的，万斯与黑露是否结合并不确定，但他们有着乐观的发展前景。小说书名"众神来临"出自爱默生的诗歌《把一切献给爱》

① Singley, Carol J. *Edith Wharton: Matters of Mind and Spirit*. Cambridge: Cambridge UP, 1995, p. 194.

(“Give All to Love”)中的诗句——“虚假的众神离去后/众神来临”[①]，旨在揭示劳拉和弗洛斯并不是值得崇拜的对象。万斯通过与她们交往意识到，女性如果是男性的附属品或物质的奴隶或缺乏思想独立，有害于双方的成长。这两段经历对他的成长均起到了积极作用，劳拉或弗洛斯的出现，使万斯得以纠正他的女性观。书名中的“众神”，指的是万斯与黑露的和谐存在。两人将孕育出新生命，表明他们拥有美好的未来。这自然不能被视为欢乐大结局，因为一切未卜。万斯在黑露面前表现出的自我审视，是他从未有过的：“黑露，你不明白吗？——你看不出来吗？我不能因为自己走投无路就回到你身边。我可以回到任何女人的身边——但不是回到你身边。不过，我走之前必须告诉你，如果不说出这句话，我就不够坚强；现在我唯一剩下的就是去除伪装的力量，或是捏造一些缺乏诚意的理由。这不算多。”(《众神来临》第 431 页)万斯意识到自己的不足，在他勇敢地告知黑露自己的内心想法的同时，已彰显出他渴求得到的力量。万斯与黑露之间的爱，超越物质诱惑和精神牺牲，如爱默生的诗歌题目《把一切献给爱》所示，当男性不再用谎言维护尊严、女性不再为取悦他人而存在、两性共同维护的爱来临时，他们的结合才有延续的可能性。《众神来临》以两个独立的个体相互接纳结尾，暗示万斯二元对立的性别观将有所改观。

万斯从美国中西部来到东部，旨在逃离物欲横流的人文环境。东部的人文环境对他建构作家身份起到了重要作用，黑露和弗兰塞德启发并鼓励他保持纯粹的阅读动机，接纳多元性文化传统，坚持自身的创作理念，不崇拜任何时尚思潮，不为功名利禄所束缚。小说不仅有力地嘲讽了中西部典型的功利主义教育，而且还揭示出东部各阶层人士染指文学创作和批评的社会乱象，他们不断压榨作家甚至通过毁灭作家的创造力以捞取各种资本。万斯从最初的困惑和逃离，发展到认清并排斥功利主义，吸收并传承优秀传统文化，秉信并坚持自主创作，最终走向成熟。小说的开放式结尾表明，万斯能否得到文学界和大众的认可并不重要，重要的是他尊崇自主创作法则，并与认可精神富足的文化建立了密不可分的联系。华顿的姊妹篇呈现出万斯与黑露携手共创美好未来生活的图景，詹姆斯的《其中的故事》有关潜在女作家的身份建构，以小说艺术与性别的关联为主题。

---

① 诗歌最后两行是“When half-gods go/The gods arrive”。Emerson，“Give All to Love”，pp. 773-775.

《其中的故事》("The Story in It", 1902)发表于1902年，而詹姆斯于1895—1899年间在创作笔记中先后四次提及该短篇。第一次是在1895年10月18日，詹姆斯在创作笔记中写道："这个小小主题或许是，研究一个有着浪漫思想的人。"[①]第二次是在1898年5月8日，詹姆斯对短篇创作过程作了说明，并强调了短篇的性别主题。"诚实女性没有故事——写个漂亮的'文学性'主题的短篇。试验、展示、证明：——要么这不是'故事'，要么不诚实。它若成了真品，就会让人感到内疚；它若没有让人感到内疚，就不能算是真品。"[②]性别、小说创作及个体的道德行为构成短篇主题的内容，短篇不仅关乎对"诚实女性"的界定，而且涉及小说家塑造女性形象时的两难困境。小说家或选择迎合大众的需求去写故事性较强的作品，或坚持自主创作，呈现他对道德意识的理解，为读者提供"真品"。

第三和第四则创作笔记均写于1899年。詹姆斯写于该年2月的第三则创作笔记内容更加详细，介绍了短篇人物及其观点，还强调短篇必须做到短小精悍：

> 《诚实女性》("Honnête Femme")中，难道不能这样写吗？——篇幅必须非常、非常短：3000或4000词。一个文人或艺术家，就诚实女性这一有争议的话题，向一个年轻、"天真"、渴望得到爱的女性(姑且说她是个寡妇)再现、表达了自己的观点。这个女性就"法国小说"、书籍、绘画等——总之是"艺术"话题——一定和他争辩了良久——而她的"盎格鲁-撒克逊"对手则固执己见，坚信以下不可思议的观点。他很明确：假如她诚实，就没有故事——假如她有故事，那她就不是诚实女性。他已婚——是艺术家——直率、坚定。与此同时，她暗恋着他——这种爱不为人知，令人费解，毫无结果。不过她有个亲戚，是证人，是朋友。这个亲戚也爱着艺术家，她亲眼目睹这一纯真而棘手的关系，并推动这种关系继续发展下去。她(这个亲戚)放纵自己——艺术家成为她的情人。他们的情人关系成功地做到了不为人知。不过，我要呈现的是：存在这样一种激情和关系，它热烈，饱受

① James, *The Complete Notebooks of Henry James*, p. 136.

② James, *The Complete Notebooks of Henry James*, p. 170.

折磨，不为人知。[①]

首先，短篇主题与小说创作及女性人物形象塑造相关，界定故事性成为理解短篇的关键内容。故事性也是詹姆斯在《小说的艺术》中探讨的话题之一，他在文中反驳了皮赞特的观点。皮赞特提出，小说写作应遵循一系列法则，其中就包括小说要具备故事性。詹姆斯则认为，这是对作家的创作自由的限制。詹姆斯在《小说的艺术》中这样论述故事性：

> 皮赞特意在表明，一个故事必须由"冒险事迹"构成，否则它就不成其为一个故事。我觉得他的话并未把问题说清楚。为什么一个故事得由冒险事迹构成而不能由绿色的眼镜构成呢？他列举了一大堆荒唐无稽的东西，其中包括"没有冒险事迹的小说"。为什么是没有冒险事迹，而不是没有结婚生活，或者独身生活，或者分娩，或者霍乱，或者水疗法，或者詹森教义呢？在我看来，这是使小说回到成为一个人为的、玲珑巧妙的东西那个不幸的小角色上去——使它离开和生活之间有着广阔和精微的呼应的那种宏大而自由的特性，从而使它受到贬抑。[②]

皮赞特之所以提出"冒险事迹"应成为创作法则之一，主要因为此类小说能迎合大众的阅读趣味。詹姆斯则认为"冒险事迹"可以有多种理解，这表明他主张作家应听从心声。詹姆斯在此强调作家创作的自主性，在他看来，创作应像生活一样包罗万象。其次，如上所述，詹姆斯在创作笔记中明确交代，他刻画了两个截然不同的女性形象。他对两个女性形象的态度一目了然，比如，他在创作笔记中写道，第一个女主人公出于自重，只将自己对艺术家的情感告知了她的朋友；詹姆斯还表示，他首先要呈现的是"艺术家与这个彻彻底底的女人之间的关系"，"彻彻底底的"、"'迷失方向'的女人"，以及"把她作为与他人有关系的形象呈现出来"这些表述均暗示詹姆斯对该女性人物的谴责。[③] 该女性认为浪漫就是"发生关系"，而且她觉

① James, *The Complete Notebooks of Henry James*, pp. 176-177. 着重号为原文所有。

② 亨利·詹姆斯，《小说的艺术：亨利·詹姆斯文论选》，第 25—26 页。

③ James, *The Complete Notebooks of Henry James*, p. 177.

得朋友的克己行为无利可图。不过，她向艺术家表明这一观点时遭到了后者的驳斥，艺术家认可她朋友的这种“意识”。[①] 当该女性表示发展这种意识毫无用处时，艺术家这样回应道：“这种意识只对我有用！”詹姆斯指出，这句话构成短篇的“高潮”部分。[②] 男主人公的回应暗示，他认可浪漫思想的价值，并对自己的行为感到内疚。这则笔记强调个体为其道德行为负责的重要性，可以说是对第二则笔记的回应。第四则创作笔记大致写于 1899 年 10 月，詹姆斯为自己已完成 5000 字的写作感到高兴。[③]

詹姆斯的以上创作笔记以诚实女性和故事性为核心，小说发表时更名为《其中的故事》（“The Story in It”），体现了两个核心内容的融合，彰显出詹姆斯在创作笔记与《小说的艺术》中所阐明的主旨，具体表现在短篇的性别、阶级、小说创作及道德观。《其中的故事》的女主人公是寡居的莫德·布莱辛伯恩（Maud Blessingbourne），她喜欢阅读文学作品，有着非凡的洞察力，尤其关注小说中的女性形象。沃特上校（Voyt）是有妇之夫，与寡居的狄奥特夫人（Dyott）有染，莫德在拜访狄奥特夫人期间对此有所察觉。莫德与沃特谈及英法小说中的女性形象时产生分歧，前者认为法国小说中缺少体面的女性人物形象，后者则以英美小说在这方面的纯洁性为豪。莫德谈及小说的故事性时指出，有必要界定“故事”这一概念，她认为小说家应再现诚实女性。沃特则认为，小说的故事性应取决于它是否满足大众读者的阅读趣味。沃特与狄奥特夫人担心败露他们的关系，抢先指责莫德不是诚实女性。尽管莫德最初对沃特有好感，但她克制自己的情感，并未向他表白。狄奥特夫人揣测到莫德的秘密，并告知沃特。狄奥特夫人起初担心自己与沃特的关系受到莫德的谴责，不过在她了解到莫德无意评判他人后，她对莫德的敬意油然而生。两人的关系由对立转向和谐，狄奥特夫人开始反省自我。小说末尾，狄奥特夫人再次与沃特会面，但性质与之前的完全不同。她将莫德的秘密告知沃特后，洞察到沃特的虚荣心和性别偏见。小说中，莫德作为诚实女性，最终赢得了狄奥特夫人的支持，表明以诚实女性为主题的小说同样具有故事性。

对比《其中的故事》及其创作笔记，可以发现三个明显的差异。第一，

---

① James, *The Complete Notebooks of Henry James*, p. 177.

② James, *The Complete Notebooks of Henry James*, p. 177.

③ James, *The Complete Notebooks of Henry James*, p. 186.

创作笔记中的男主人公是艺术家，而小说女主人公莫德是潜在的小说家。第二，创作笔记中，与艺术家争论小说观的年轻女性，向她朋友吐露了自己的情感，而小说中的年轻女性莫德并没有这样做，尽管莫德阐明了自己对小说的故事性和诚实女性的认识。第三，创作笔记中，年轻女性的朋友在否定前者追求浪漫情怀的意义时，艺术家为年轻女性作出辩护；小说中则是狄奥特夫人为莫德打抱不平，认为后者应该得到支持。这些差异均表明，小说女主人公莫德更符合艺术家身份。

莫德与沃特的对话，点明小说关于故事性与女性人物塑造的主题。莫德表示更愿意读法国小说，沃特则提出他对法国小说和英美小说的看法：

> "毫无疑问，他们法国作家在这个话题上取之不尽用之不竭，"他承认说，"但是我们英美作家就不写这个话题，甚至都不去简略地写这个话题。好像我们否认了这个话题的存在，就否认了它的可能性。不过，毫无疑问，你会告诉我，"他继续说，"既然对我们来说，这些关系最多是更简单的，我们才对这个话题没那么多话好说。"[①]

沃特认为，法国作家经常写男女之间的关系，而英美国家男女之间的关系比较简单，因此英美小说很少涉及这一主题。他标榜英美人及英美小说的纯洁性的同时，意欲标榜自己的道德品行无可指摘。这在一定程度上反映了詹姆斯对小说艺术与道德的关系的思考，他在《小说的艺术》中就小说话题反驳了沃尔特·皮赞特的观点。皮赞特认为，鉴于小说读者多为年轻人，为了防止年轻人的思想不受腐蚀，小说家在创作中应回避某些话题，他还认为这样的英国小说值得赞美和庆贺。[②] 詹姆斯提出反对意见，他这样评价皮赞特的观点："人们普遍认为，在年轻人面前不宜讨论某些事情，甚至连提也不能提。那样固然很好，可是不予讨论却并非道德上的热情的一种表现。因此英国小说的目的——'一种真正令人赞美的东西，也是一

① James, Henry. "The Story in It". *Complete Stories*: *1898-1910*. Ed. Denis Donoghue. New York: The Library of America, 1996. 403-420, p. 410. 下文引用该作品时直接在文中标注页码，不再另注。

② 亨利·詹姆斯：《小说的艺术：亨利·詹姆斯文论选》，第28页。

桩非常值得为之庆贺的事情'——在我看来毕竟是相当消极的。"[①]在詹姆斯看来，皮赞特实则回避了社会现实，是缺乏道德自信的体现。詹姆斯指出，不去呈现某些话题是出于道德的羞涩。[②]《其中的故事》中，莫德之所以偏爱法国小说，是因为较英美小说而言，它们并没有回避男女之间的关系。不过，就女性形象塑造而言，这类小说缺乏丰富性。如莫德所指出的，这类小说缺少"体面的女性形象"(第 412 页)，而在莫德看来，生活中不乏体面的女性。

莫德的观点是，小说家塑造女性形象时应善于观察并忠实于生活，沃特则认为生活的趣味性胜过艺术。莫德指出，生活中有很多体面的女性，但小说家对这些女性形象的塑造却远远不够。她的这一观点遭到沃特的反驳："'你会呈现出想象力可及的最美的人物'——沃特对莫德说。'不过，难道这证明不了一点吗，这和你的看法不同，即生活要比艺术更有趣？你可以装饰和提升生活；但艺术只能和你无关，而且在你不可能满足这个条件时，艺术还会毁掉你。'"(第 412 页)沃特认为莫德所说的女性经想象力加工而成，然而，"最美的人物"并不是莫德的想象的产物，而是与生活紧密相关。沃特对生活和艺术的界定，以他的喜好为标准。他把莫德观察现实生活中的女性的行为，概括成"装饰和提升生活"，与莫德忠实于生活的小说观相背离。显然，沃特割裂了艺术与生活的关系，这是对莫德的艺术和生活观的曲解。莫德认为，生活中有许多女性诚实可信，她们还善于冒险，小说家创作时不应选择性地忽视这些女性。沃特故意曲解莫德的观点，实则否定了体面女性的重要性。莫德在与他讨论的过程中指出，有必要界定某些术语，而沃特却坚持认为自己代表权威。他与莫德的谈话暴露出他的男权思想，沃特指出，坏女人渴望浪漫，"诚实的女士没有——也不可能有冒险经历"(第 413 页)。莫德质疑他对"冒险经历"和"浪漫"等词的定义，但沃特坚持认为这些词有固定含义，"我们用的这些词的背后——冒险经历、小说、戏剧、传奇、场景，简单地说，说得全面些——这些词的背后都有同一个明确的事实，即它们都以不同方式代表某些内容。"(第 413—414 页)沃特甚至不屑回应莫德的质疑，转而强调界定这些术语的权威，只能是他或与他观点相同的人。沃特以权威自居，认定自己可以"说

① 亨利·詹姆斯：《小说的艺术：亨利·詹姆斯文论选》，第 29 页。
② 亨利·詹姆斯：《小说的艺术：亨利·詹姆斯文论选》，第 29 页。

得全面些”。可以明确的是，沃特所用的“明确的”“一些内容”和“不同方式”这类词语含混不清。

莫德的观点是，女性人物形象特点中的“诚实”与“浪漫”可以并存，说明她希望现实生活与小说艺术相融合。莫德观察到，小说中的女性形象与现实生活中的女性之间存在差距。在她看来，小说家之所以没有呈现丰富多样的女性形象，是忽视了生活与艺术的密切关系。事实上，此类小说家的创作是出于功利主义的考虑。如沃特所说，“生活要比艺术更有趣”。他更多地将女性视为增加生活趣味的工具，他把女性分为体面的和不体面的两种，前者诚实、缺乏冒险经历，后者不诚实、有冒险经历。沃特的二元对立女性观，同样适用于他的小说观。他认为故事必须有冒险经历，“小说要是不写男女之间的关系，它的故事性在哪里?”(第 414 页)莫德则持相反观点，《其中的故事》其实蕴含了莫德作为诚实女性的故事。如果用沃特的标准衡量该短篇，可以说“故事性”体现在沃特与狄奥特夫人的关系上，只是它成为小说的反讽对象。如多纳特拉·伊佐(Donatella Izzo)所写，“沃特代表了‘双重标准’以及当今批判‘法国小说’及其女性读者的虚伪本质。”[①]沃特认为，英国小说缺乏“坏女人”或坏男人形象，是因为英国不存在这类人。这一论断显然缺乏可信度，如前所述，詹姆斯与沃尔特·皮赞特就小说与道德体系有一番论争。值得指出的是，《其中的故事》的男主人公的名字沃特(Voyt)，与英国批评家沃尔特·皮赞特的名字(Walter)在发音上接近。或许可以说，该短篇再现的小说观争论，是詹姆斯反驳皮赞特的“自觉的道德方面的目的”小说观的延续。如前所述，皮赞特认为英国小说应为年轻读者负责，不能在小说中讨论可能会腐蚀年轻人思想的话题。[②]詹姆斯在《小说的艺术》中则指出，小说家可以自由选择创作话题，不应受道德教化目的的限制。个体是其道德品行的塑造者，人物形象为其道德品行负责，从这一角度看，生活与小说创作有着相通之处。《其中的故事》中，沃特指出，英国小说不写有伤风化的男女之间的关系，是因为英国男女之间的关系比较简单。事实上，他的行为是驳斥其观点的最有力的论据。同时，小说再现了莫德这位诚实女性的故事。她最初对沃特有好感，

---

① Izzo, Donatella. *Portraying the Lady: Technologies of Gender in the Short Stories of Henry James*. Lincoln: U of Nebraska P, 2001, p. 218.

② 亨利·詹姆斯:《小说的艺术:亨利·詹姆斯文论选》，上海译文出版社，2001 年版，第 29 页。

但她对自己的情感有所克制。莫德在察觉沃特与狄奥特夫人的关系后也无意对此谴责，赢得了狄奥特夫人的敬佩。

故事在沃特离去后发生逆转，莫德的表现赢得了狄奥特夫人的尊重。狄奥特夫人已观察到莫德对沃特有好感，她对莫德秘而不宣的做法表示不解。在狄奥特夫人看来，浪漫意味着激情和戏剧性，莫德将其情感深藏不露，不属于真正的浪漫。然而，对莫德而言，浪漫关系的核心是她自己的"小小的体面"(第 416 页)。小说开端，莫德对沃特心怀好感，却并未在沃特的面前表现出来。在她察觉沃特与狄奥特夫人的关系后，无意对此加以评判。莫德向狄奥特夫人表示，她只为自己的道德行为负责。"噢，我不装出一副事情应该或可能怎样的样子。我只为自己的行为负责。"(第 417 页)[①]狄奥特夫人为此深表感激："狄奥特夫人听到莫德的这番话后，表情异常复杂，她突然转过身。她不知所措地转来转去，似乎要找什么东西；随后发现自己走近朋友，突然很怪异地吻了朋友一下，这一吻可以说代表了她的惯常行为方式，也可以说是她优雅地结束对话的方式。'你值得有人替你说句话！'"(第 417 页)狄奥特夫人在确认莫德的态度后，仿佛意识到自己与沃特的行为不妥，对莫德油然产生敬意。狄奥特夫人与莫德在随后的几天内相处融洽："两位女士的活动更加丰富多彩。她们一起驱车出游，一起出门拜访，去远处一起观赏有趣的展览；她们的谈话更加轻松自在，沉默不语时也更轻松自在。"(第 418 页)狄奥特夫人与沃特最后一次会面时，后者迫切想知道莫德是否已发现他们之间的关系，狄奥特夫人没有告之实情。不过，她将莫德的秘密告诉了沃特。她发现沃特的虚荣心得到极大满足，沃特用"很有魅力"(第 419 页)形容莫德。至此，狄奥特夫人对沃特有了进一步的认识。同时，她也更新了对莫德的认识。(第 419 页)狄奥特夫人对沃特的态度上的改变，暗示了莫德对她的影响，反映了"一种害羞的浪漫关系"的价值所在。《其中的故事》颠覆了沃特对诚实女性的界定，也颠覆了诚实女性的故事没有读者这一观点，小说的故事性得以凸显，小说主题——"浪漫思想"的价值——由此可见。如果《其中的故事》最终反映了女性共同体的作用，那么华顿的《缪斯的悲剧》再现的是由两性构成的文学共同体的力量。小说聚焦于路易斯·丹叶斯的视角，讲述了女主人公由缪斯身份转为作家身份的过程。

---

① 着重号为原文所有。

《缪斯的悲剧》(“The Muse's Tragedy”, 1899)中，安纳尔顿夫人在丹叶斯的眼中最初只是缪斯身份，是名诗人文森特·伦德尔诗作中的西尔维娅。安纳尔顿夫人曾被公认为伦德尔的缪斯，人们以为她为伦德尔提供了创作灵感。(第51页)梅莫奥夫人给丹叶斯讲述了安纳尔顿夫人的过去，该人物的名字暗示，她对伦德尔及其缪斯的记忆较为可靠。在梅莫奥夫人的帮助下，丹叶斯与安纳尔顿夫人取得联系。丹叶斯有种感觉，“在他已经发现的内容之外，还有更精彩的区域等待他探索”(第50页)。丹叶斯的研究对象进一步增加，既包括作为缪斯的安纳尔顿夫人，又包括安纳尔顿夫人本人。随着他对安纳尔顿夫人的熟悉程度的增加，丹叶斯的探索将揭示出“缪斯”的真实身份。丹叶斯逐渐发现，安纳尔顿夫人更接近创作者身份，而不是缪斯形象。“安纳尔顿夫人的思想像座肥沃的花园，伦德尔的想象力无法不在那里扎根、开花。丹叶斯开始发现，诗人伦德尔有很多复杂思路都归功于他将她的性格熔铸其中；某种程度上讲，西尔维娅是《致西尔维娅的十四行诗》的作者。”(第56页)丹叶斯欣赏安纳尔顿夫人的创造力，而后者也启发并鼓励丹叶斯研究伦德尔的著作。安纳尔顿夫人与丹叶斯探讨伦德尔诗作的过程，也是她建构其作家身份的过程。她的创作最终通过聚焦于丹叶斯的第三人称叙事，以书信体的形式得以再现。短篇以她写给丹叶斯的书信结尾，在一定程度上是对安纳尔顿夫人的作家身份的认可。需要指出的是，安纳尔顿夫人在信中坦陈她编辑书信的过程。伦德尔去世后，她应出版社的要求编辑他写给她的书信。安纳尔顿夫人希望成为伦德尔的生活的一部分，而不仅仅被视作他的缪斯。但她清楚地知道，伦德尔只钟情于她在“思想上的共鸣”(第59页)，并如是告知丹叶斯。她在为出版社抄写伦德尔的书信时故意增补了一排星号，误导读者相信那是被略去的情话。伦德尔二元对立的女性观由此可见，而安纳尔顿夫人的做法，也表明她试图颠覆被强加的缪斯身份。

《缪斯的悲剧》中伦德尔对女性的分类，与《其中的故事》中沃特对女性的分类有着惊人的相似之处。伦德尔将他接触的女性分为代表形体和精神两种，他认可安纳尔顿夫人的精神，却否定她的形体。伦德尔认可的另一种女性可以让他神魂颠倒，却思想匮乏。有个文艺女青年夸赞他的诗作“有深度”(第61页)，并送他诗体小说《露西尔》(*Lucile*)。安纳尔顿夫人向丹叶斯讲述说：“女青年很漂亮，望着她就让人赏心悦目；但伦德尔说，她一开口，就能看出她‘笨得一塌糊涂’。"(第 61 页)如前所述，安纳尔顿夫人希望自己被视作完整的个体，而不是被割裂成精神和形体两部分。在艺术由男性主导的社会，有天赋的女性常被视为缺乏女性特质。最富悲剧意义的是，伦德尔满足于安纳尔顿夫人启发他创作，却并不认可她的作家身份。短篇批判了伦德尔二元对立的性别观，如前所述，《其中的故事》中，莫德质疑传统小说将女性形象脸谱化的做法。莫德与沃特曾谈及小说中的女性人物形象塑造，两人发生争执。沃特把女性分为两类：一，名声不好、有冒险经历的女人；二，名声好、但因缺乏冒险经历而不值得塑造的女人。更令人费解的是，狄奥特夫人内化了沃特的观点。莫德则勇于面对这些挑战，提出自己的女性观。

《其中的故事》中，莫德有勇气与沃特当面争论女性观，华顿的《缪斯的悲剧》则借助丹叶斯揭示出伦德尔狭隘的性别观。《其中的故事》中，莫德最初并未得到狄奥特夫人的理解和支持。譬如，莫德与沃特辩论女性观时，狄奥特夫人曾附和沃特的观点。她盛赞莫德的穿戴，却忽略她的思想，还支持沃特所有对女性不利的观点。她对莫德说："哦，亲爱的，我和你这么可爱的人的看法不一样，真是非常抱歉——你今晚真是太漂亮了，你身上这条连衣裙，是你穿过的最美的一件了。不过沃特要多正确，就有多正确。"(第 416 页)狄奥特夫人的这番话，暴露出她内化男权思想的事实。在她看来，女性的外貌更重要，男性则是智慧的象征。莫德既需克服男性的偏见，又需面对来自内化这种性别偏见的女性的挑战。华顿的《缪斯的悲剧》中，伦德尔的诗歌创作更多地受到安纳尔顿夫人的影响，但他并未向读者交代这一事实。令读者感到欣慰的是，安纳尔顿夫人的叙述声音通过丹叶斯呈现给读者。丹叶斯倾听安纳尔顿夫人的讲述，逐渐了解到后者遭遇的压力。对比这两个短篇后不难发现，詹姆斯的《其中的故事》中，莫德最终得到狄奥特夫人的理解和支持，但沃特的小说和女性观并未发生改变。相比之下，华顿的《缪斯的悲剧》中，丹叶斯不再将安纳尔顿夫人视为缪斯，后者的书信也确立了她的作家身份。

本章分析比较了詹姆斯的《格里维尔·费恩》("Greville Fane"，1892)、《折翼》("Broken Wings"，1900)、《其中的故事》("The Story in It"，1902)及《天鹅绒手套》("The Velvet Glove"，1909)与华顿的《缪斯的悲剧》("The Muse's Tragedy"，1899)、《试金石》("The Touchstone"，1900)、《一个战

争故事的创作过程》("Writing a War Story", 1919)、《天鹅绒耳套》("Velvet Ear-pads", 1926)、《哈德逊河斗拱建筑》(*Hudson River Bracketed*, 1929)及《众神来临》(*The Gods Arrive*, 1932),探究了女性作家主人公所遭遇的性别偏见。

詹姆斯的以上短篇中,当短篇内容涉及作家普遍存在的危机时,男性作家主人公意识到,有必要与女性同行共同维护他们的职业尊严。譬如,《折翼》中,男女主人公在面对有闲阶级利用他们的才智增加其文化资本时,两人一致表示反对。有时,詹姆斯笔下的女主人公之间会结成共同体,共同抵制父权文化价值观。《其中的故事》中,沃特与狄奥特夫人在混淆是非、一味粉饰自我时,叙述者通过聚焦女主人公莫德,揭示他们的狭隘性,凸显出莫德的洞察力。在莫德表明无意评判他人时,狄奥特夫人受到启发,两人因此增进了相互理解,进而有望瓦解沃特对女性的偏见。华顿的《缪斯的悲剧》刻画的男主人公丹叶斯,在帮助安纳尔顿夫人建构作家身份方面发挥了重要作用。此外,华顿的《试金石》与《一个战争故事的创作过程》再现了女性作家主人公与文学团体成员共同努力的经过,她们借助朋友的理解和帮助,克服了作家身份建构过程中的一些困难,尽管《一个战争故事的创作过程》并没有以女主人公成功地建构作家身份结尾。不过,《试金石》中,格莱纳德在阿莱克萨的影响下消除了性别偏见,最终完成道德成长。华顿的姊妹篇小说《哈德逊河斗拱建筑》与《众神来临》,既再现了万斯的作家成长历程,又勾勒出黑露这一潜在的女作家的成长经过。詹姆斯的《格里维尔·费恩》与《天鹅绒手套》都是第一人称叙事,叙述者分别质疑费恩和埃米的小说的艺术性,剥夺了她们的话语权,这与男作家主人公的创作危机感和性别偏见密切相关,而华顿的《天鹅绒耳套》则巧妙地套用《天鹅绒手套》的叙事结构,揭示出男主人公的性别偏见;《格里维尔·费恩》与《天鹅绒手套》中,男主人公因女性作家主人公的作品更畅销而感到焦虑,并倾向于认为她们的作品以取悦读者为目的。

第四章　雅俗文学主题作品

19 世纪 80、90 年代，英美两国的文学市场发生了巨大的变化。英国借鉴美国的做法，不再将小说出版成价格昂贵的三卷本，而是以一卷本的形式出版，弱化了图书馆借阅制度，更多读者可以自己消费，“到 19 世纪 90 年代，英美两国的图书销售已成为大买卖，19 世纪最后十年的一个特点是书店、出版社以及行业期刊的激增——当然，还有作者数量上的激增。”[①]随着作家人数的增加，文学市场上的竞争变得更加激烈。坚持追求文学艺术事业的作家，会因作品不合读者趣味而遭遇市场冷落，导致他们产生彷徨心理。迎合读者趣味的作家取得市场成功后，仍希望得到文学界的认可。

高雅和通俗的称法主要指涉作者和作品，其次指涉读者。作者的创作常被界定为高雅或通俗，这在詹姆斯的《下一次》(“The Next Time”，1895)和华顿的《传奇》(“The Legend”，1910)中有所体现。两个短篇中的作家主人公，为满足生计或虚荣心所需而创作，他们的高雅作品并未得到认可。《下一次》中，拉尔夫·林伯特(Ralph Limbert)屡遭失败。《传奇》中，佩勒林(Pellerin)在小说结尾再次出走。《下一次》中，拉尔夫即便尝试创作通俗作品，依旧没有取得成功。只有当他不再为作品是否受欢迎感到焦虑时才得到认可，可见作家过于关注高雅和通俗的区分，反而会给他们带来不利影响。《传奇》中，佩勒林隐居多年后发现自己之前发表的作品突然开始畅销，便化名温特曼(Winterman)复出。佩勒林的前期作品以高雅为特点，而他隐居期间的创作则以通俗为特点。尽管温特曼的新作是其前期作品的

① Jacobson, Marcia. *Henry James and the Mass Market*. Tuscaloosa: U of Alabama P, 1983, p. 4.

延伸和拓展，但大众读者拒绝接纳他的新作。此外，华顿的《人类的堕落》（“The Descent of Man”，1904）中的作家主人公林亚德（Linyard），旨在通过写小说反讽社会现象，未曾想读者不解小说的反讽含义，小说反而立刻走红。雅俗可以是读者给作品或艺术家贴的标签，但更重要的是，艺术家本人有权决定其作品的雅俗性质。假如艺术家有意识地坚持自主创作原则，并努力再现有思想性的内容，就有机会避免庸俗之名。如詹姆斯在其小说《罗德里克·哈德逊》（*Roderick Hudson*）的序言中所写：

> 艺术家在表现某些事物的形象和意义的同时，要使这些事物仍然从属于自己的计划，使它们同更直接和更明显的事物保持联系；总之，要在完全没有实体和外表的情况下表示出它们的全部意义来，要概括和节要，要使它们的价值既丰富又鲜明，从而不仅使整个纯粹的这一系列事物和形象在这个场合中被取代，而且在本质上它们几乎遭到了“损害”——凡是希望既要处理好自己选定的主题，又要限制自己必要的描绘的旨在表现生活的画家，随时都会遇到这种棘手的情况。但是唯有做到了这些事情，艺术才会变得高雅，而且只有当艺术确实变得高雅的时候，它才能避免流于庸俗，才能摒弃那种假艺术之名而行事的粗鄙的行为。①

雅俗的另一层含义则体现在对读者的分类上。有意愿阅读作品并有鉴赏力的读者，可被视为高雅意义上的读者。带着功利目的接触文学艺术的读者，难免“流于庸俗”。就本书所分析的作品而言，读者群体的特点表现得较为清晰。

本章通过细读詹姆斯的短篇《格里维尔·费恩》（“Greville Fane”，1892）、《下一次》（“The Next Time”，1895）与《约翰·德拉维》（“John Delavoy”，1898），以及华顿的短篇《善会降临》（“That Good May Come”，1894）、《人类的堕落》（“The Descent of Man”，1904）、《传奇》（“The Legend”，1910）与《鑫谷》（“Xingu”，1911），旨在再现詹姆斯与华顿的雅俗文学观。

---

① 亨利·詹姆斯：《小说的艺术：亨利·詹姆斯文论选》，第 273 页。

第一节　雅俗文学、叙述者与性别意识

詹姆斯的《格里维尔·费恩》(“Greville Fane”，1892)从第一人称叙述者的视角讲述了费恩建构其作家身份的过程，尤其强调她的商业化写作目的。小说开篇，叙述者与费恩同为作家的竞争关系已明确化，这与小说的第一人称叙述相关。小说篇名“格里维尔·费恩”预示，叙述者对费恩作家身份的解读将具有主观性。小说中，叙述者受报纸编辑委托，将撰文介绍费恩的生平，这表明叙述者在文学场的地位高于费恩。叙述者在费恩即将病逝时撰写报道她的文章，暗示费恩成为被书写的对象。摆在读者面前的问题是，叙述者与费恩作品的艺术性孰高孰低？小说伊始，叙述者的有利地位便随之凸显。叙述者的文学地位高于费恩，他的自足心理显露无遗。叙述者应邀为报纸撰稿，报道即将辞世的费恩——斯多摩(Stormer)夫人。叙述者这样转述编辑的约稿要求：“放过她，不过不要太便宜她。”(第217页)编辑的言外之意是，费恩略有影响力，不报道她显然不合适，但其作品的艺术性令人质疑。编辑的目的非常明确，费恩或许自我感觉良好，但报道权和阐释权分别掌握在编辑与叙述者手中，她的作家身份的合法性有赖于后者定夺。

叙述者旋即抛出几个线索，使他贬低费恩这一行为显得有理有据。“我跟和我一起出去的女士提起费恩，但这位女士从没听说过格里维尔·费恩。我又问另一个邻居，她说费恩的书‘太恶心了’。我从没觉得费恩的作品写得非常出色，不过，我还是应该放过她，不用说那么重。”(第217页)叙述者先后举出两例，试图论证费恩不知名，或说明她的作品不堪卒读。然而，读者有理由质疑叙述者的讲述。首先，以上引文中的女士及邻居的判断出自叙述者之口。考虑到第一人称叙述者的作家身份，他的转述令人质疑。如前所述，叙述者出于对费恩的嫉妒，不可能客观地介绍费恩。他没有客观地描写费恩养家糊口的艰难，反而指责她染指文学创作，并认为她的小说为迎合大众趣味所写，小说的雅俗文学创作主题得以再现。

《格里维尔·费恩》与华顿的短篇《人类的堕落》，均以雅俗文学创作为主题，但前者采用第一人称叙述者兼作家的视角，尖锐地批判了女性作家

费恩的通俗作品；后者则从第三人称叙述视角出发，冷静地再现了林亚德在学术与通俗创作上的矛盾。《人类的堕落》的主题不是作家之间的竞争，但叙述者以林亚德为核心，描述了他对雅俗文学创作上的矛盾的认知。如果说《格里维尔·费恩》中费恩与叙述者之间的矛盾反映了后者所理解的雅俗文学之间的冲突，那么《人类的堕落》中林亚德的内心挣扎，则更全面地展示了这一冲突。华顿擅长深入作家主人公的内心，挖掘他们对创作的认识。不同人称的叙述手法，在呈现主题的过程中发挥了不同的作用。在詹姆斯的《格里维尔·费恩》中，费恩的话语权完全掌握在叙述者手中，读者无从得知费恩本人的文学批评观。华顿的《人类的堕落》采用了第三人称叙述视角，显得更为客观、全面。林亚德不是职业作家，他偶尔创作的小说旨在讽刺市面上那些不尊重科学的通俗书籍，却让他红极一时。林亚德不经意的创作给他带来意外丰收，而他中意的学术研究却遭遇阻碍，这令他感到矛盾重重。他必须将自己一分为二，用一半精力完成出版社要求写的通俗作品，另一半精力则用来撰写学术论著。由于缺乏经费支持，他无法进行科学实验。他的困境在于，通俗作品固然让他受益，但也导致他丧失专注力。值得关注的是，林亚德的通俗作品备受欢迎只是巧合。作品原本是用来反讽大众的，大众读者却并未捕捉到反讽含义。这多少让人啼笑皆非，更明显地反映出该短篇的雅俗文学主题的微妙之处。此外，林亚德成名后，公众对其个人生活以及他对各种话题的看法有着强烈的好奇心。由此可见，出版界在引导公众品味方面扮演了重要角色。如豪威尔斯所写，“在所有商人当中，出版人可能最有信仰，最受人敬仰，只有在文人经商后，出版人的美德才会被超越。”①出版人应指引读者关注作品，并努力欣赏作品的精神价值，从而发挥它的文化守望者作用。然而，《人类的堕落》中的出版人，并未完成文化使命。与华顿的短篇有所不同的是，詹姆斯短篇的雅俗主题体现在两个人物身上，即第一人称叙述者和费恩，他们分别代表“高雅”和“通俗”。华顿的短篇则将雅俗主题的呈现聚焦于林亚德，这有利于烘托他的内心矛盾，突出小说对愚钝读者的嘲讽，以及对出版市场唯利是图的批判。詹姆斯的短篇则凸显了雅俗对立主题，第一人称叙述者的二元对立小说观尤其反映出他的性别偏见。

《格里维尔·费恩》中，第一人称叙述者对费恩的评价以负面为主。叙

---

① Howells, *Literature and Life Studies*, pp. 18-19.

述者认为费恩多产，因此她的作品缺乏艺术性。叙述者对费恩的第一印象，清晰地反映出叙述者强烈的竞争意识。“我第一次认识她时，她已经出版了六本小说，我觉得自己的一本小说可以流芳百世。”(第219页)费恩已出版多部小说，但他质疑这些小说的质量。根据上述引文，费恩出的书是他的六倍，但他用“流芳百世”(perpetuate)形容自己的小说，试图突出自己的文学成就。叙述者出版的小说数量远不及费恩，但他认为自己仅需写一部小说即可名垂千古。他对费恩持鄙夷态度，认为多产是通俗作家的特点。叙述者仅凭多产便断定费恩的作品没有价值，这显然有失公允。毋庸讳言，评价作家应以其作品为基础。但叙述者评论费恩时仅根据其相貌及谈吐判断她是否有作家气质，却闭口不谈她的作品。叙述者声称自己喜欢她，是因为她未曾与他探讨过文学，暗含了他对费恩的嘲讽。然而，叙述者注意到，费恩的谈吐与其创作并无关系。“她看上去不像名人，身体有些发福，面部表情不丰富，但透着和蔼，不过我猜想，和她谈话后也许能发现她的伟大之处。我尽可能地利用一切机会和她接触，但我发现她很乏味，很和气，我并不觉得特别失望。这就是我喜欢她的原因——她让我从文学话题讨论得到休息。”(第219页)叙述者根据外表判断费恩，认为她不适合从事文学创作。如果说詹姆斯的《格里维尔·费恩》的雅俗文学主题涉及费恩与叙述者两个人物，华顿的《人类的堕落》的同一主题则集中体现在林亚德身上。

《人类的堕落》(“The Descent of Man”，1904)中，尽管林亚德没有竞争对象，但他的两半自我始终在争斗。一方面，他的经典著作无人问津。另一方面，他的通俗著作一炮打响，并连连为他赢得丰厚的稿酬。林亚德的内心纠结于雅俗主题的选择，通俗作品可以给他带来经济回报，缓解生活压力。《格里维尔·费恩》中的叙述者则面临费恩的挑战，费恩“很聪明，很庸俗，也很势利，她特别表现出外国特点时，其英国特征从未这么显著过。正是这两种特征给她带来早期的成功，我记得自己带着羡慕和嫉妒听说过，她在那个年代写本小说，就能‘拿到’很多钱”(第221页)。叙述者给费恩贴上诸如“聪明”、“庸俗”和“势利”这些标签，但这些判断均缺乏细节支撑，其叙述的可靠性令人质疑。他的羡慕和嫉妒暗示出其焦虑心理，指向两人之间的竞争关系。需要指出的是，读者对费恩的了解，须经由叙述者过滤。叙述者并不赋予费恩应有的话语权，读者对费恩及其作品的认识，不得不受到叙述者的操控。叙述者不仅擅长误导读者接受他对费恩的评断，而且还精于标榜自己作品的优越性。叙述者为自己积极辩护，认为稿酬高的作品有通俗性质，他本人的作品才称得上是经典。“了解到这一点让我很伤心：这可是个论据，我和她的风格完全不一样，我根本不会有任何发财机会。”(第 221 页)叙述者贬低费恩的风格，但并未提供相应的论据。同时，他标榜自己不是出于赚钱目的而创作。费恩的话语权被剥夺，读者对费恩的认知很大程度上取决于叙述者。第一人称叙述者以自我为中心，其自足和妒忌心理昭然若揭。

詹姆斯的《格里维尔·费恩》再现了雅俗对立这一主题，揭示出叙述者二元对立的雅俗文学观及其性别偏见。不同人称的叙事，给读者理解小说主题和人物特点带来不同程度的挑战。《格里维尔·费恩》中，第一人称叙述者虽然和盘托出，讲述了他对费恩的印象，但这应引起读者的警觉，读者可根据相关细节对费恩和叙述者作出独立的判断。华顿的《人类的堕落》旨在揭示主人公林亚德的矛盾心理，第三人称叙述者再现了林亚德的两难境地，读者对他的同情油然而生。诚然，有关林亚德的故事以开放式的结尾告终。面对通俗与经典对立的困境，林亚德无力应对。他注定在两半自我的撕扯中过着双重生活。读者对林亚德怀有的同情，因此变得更为深切。华顿的这类作品当中，男主人公多以受害者身份出现，作品的批评对象主要是趣味低下的大众读者以及唯利是图的出版人。

小说采用不同叙述视角会影响读者对人物的理解，尤其在叙述者无法客观呈现人物特点时，更易误导读者得出错误的判断。《人类的堕落》是第三人称叙事，林亚德需养家糊口，为满足妻子的物欲，他被迫放弃学术研究。小说中，林亚德的妻子怂恿他写出更多通俗作品，以满足自己和儿子的非理性消费需求。相比之下，林亚德似乎从未给自己谋取过什么。林亚德成为妻子的拜金主义的受害者，其学术追求无法得到保障。《格里维尔·费恩》中，费恩在丈夫去世后，用所得的稿酬支付儿女教育和生活开支，本应博得读者的同情，却因第一人称叙述者的误导而未能实现。读者从叙述者转述费恩的担忧或愿望的过程得以看到，费恩完全信任叙述者，而后者则始终质疑、排斥、嘲讽费恩。究其原因主要有两个：其一，叙述者思想狭隘，对费恩有妒忌心理。其二，叙述者对女性作家的偏见根深蒂固。譬如，“费恩和我不止一次地解释说，她发现，在她的职业里性别是个致命缺点。她喜欢讲乔治·桑早期的反抗行为，还认为假如她像男士一样着装，就能像乔治·桑一样写出杰作”(第225页)。费恩将所思所想毫无保留地告诉了叙述者，不但没有得到同情，反而遭到讥讽。叙述者将费恩塑造成负面形象，究其原因在于，他被男性权威赋予了话语权。《人类的堕落》采用的第三人称叙事，聚焦于作家主人公林亚德。对比两个短篇不难发现，华顿塑造的叙述者善于理解男性作家在雅俗文学创作方面的矛盾心理，詹姆斯笔下的第一人称叙述者则难以认识到自我的局限性。在《格里维尔·费恩》的第一人称叙述者眼里，雅俗文学分别与男女作家的性别对应。

此外，詹姆斯笔下的男性作家主人公创作时可以不受题材的限制，而像费恩这样的女性作家却受到重重阻碍。费恩与叙述者同样写英国上流社会，叙述者却固执地认为，费恩出身贫寒，没有资格写超越其阶级身份的话题，他的性别与阶级偏见由此可见。即便费恩试图通过创作养家糊口，叙述者又开始对她的生活方式和写作主题指手画脚。叙述者以文学权威自居，认定唯有自己有资格写国际性题材。费恩因经济条件不允许，旅居国外时只能住简陋的旅馆，却遭到叙述者的冷嘲热讽。(第224页)叙述者不仅没有援助费恩，反而嘲讽她自不量力，只因费恩“闯入”了叙述者的领地。奥尔森这样描述女性作家所遭遇的“不自然沉默”，这些是“对努力却无法存活的女性作家的不自然的打击。用古老而明显的比喻就是说：种子在萌芽状态撞到石头；土壤无法助力可持续发展；泉水有问题；旱灾、疫病和虫害频频发作；严寒天气过早降临”[①]。叙述者在文学场中占据重要位置，掌握着写作合法性的决定权，规定了写作题材的界线。事实上，费恩的创作题材受到叙述者的限制，而读者只有在叙述者披露其心理活动时才得以了解这些内容。费恩信任叙述者，后者却并未平等对待费恩。可见，叙述者之前与费恩的交往缺乏真诚性。

叙述者与费恩的对话，反映出他心胸狭隘的特点和他对女性的偏见。费恩敞开心扉，将其创作观和苦衷毫无保留地告知叙述者，后者却一味诋毁她。叙述者对费恩的仇恨，根植于他的不同的创作观。如前所述，叙述者认为作品应与生活有直接联系，而费恩毫不迟疑地提出反对意见。(第222页)对以权威自居的叙述者而言，这无疑是致命一击。在叙述者看来，

① Olsen, *Silences*, p. 6.

费恩的小说脱离生活，而且她的小说前后没有任何变化。事实上，费恩的小说仍有忠实读者，叙述者却无端指出，这些读者的思想缺乏深度。（第225页）读者注意到，叙述者对费恩的评价，很大程度上脱离了小说本身。如前所析，他更关注费恩的外貌与她的作家身份是否相符。叙述者这种以貌取人的态度，暴露出他的性别偏见。此外，他还以费恩的作品主题为由否定其作品的价值。如前所述，叙述者认为费恩的作品以情感泛滥为特点，指出费恩的日常对话内容也以生活开销为主。（第226页）费恩的日常对话主题表明她不堪生活重压，可见叙述者对费恩的作品主题的抨击是否属实令人质疑。叙述者有意对费恩的多元身份视而不见，这与他的性别偏见和漠不关心不无关系。作家不分性别，在创作过程中不同程度地会受到维持生计等因素的影响。譬如，《人类的堕落》中，林亚德为满足家人的物质追求，需继续炮制通俗小说。《格里维尔·费恩》中，叙述者并没有养家糊口的负担。然而，费恩的作家身份与其寡妇和母亲身份不可分割，她从事写作的一个主要目的是维持生计。为了养活儿女，她不得不满足市场需求，出卖自己的文学天赋。叙述者不仅没有给予费恩同情，反而奚落她。从费恩对叙述者话语的反应来看，她并不赞成叙述者的艺术观。叙述者强调作者与生活的直接联系，但他并未给出令人信服的解释。事实上，叙述者对费恩作品的上述评论，有悖于他所倡导的“和生活建立起某种直接联系”这一观念。费恩需通过写作减轻生活压力，写作活动本身与她的日常对话内容，恰恰说明她的创作与生活之间有着直接联系。叙述者的定式思维使他认为，费恩从事创作旨在争夺读者，占领市场。费恩代表众多女性作家，她们在生活困窘的情况下，依靠自己的勤奋在文学天地耕耘。如豪威尔斯所写，文人和其他行业的人一样，都凭借自己的劳动维持生计，“他能挣到的工资，严格取决于他的技巧和勤奋。对此我既不感到遗憾，也不觉得惭愧；相反，我为自食其力而不是不劳而获感到高兴和自豪”。[①]

詹姆斯的短篇《格里维尔·费恩》虽未直接描写费恩与出版商的接触，但她的稿酬不断减少，说明其小说逐渐缺乏市场。而出版商支付作者稿酬又与读者群相关，叙述者企图通过费恩的稿酬减少这一事实，论证费恩的作品已不再受读者欢迎。然而，这并不意味着费恩的作品缺乏艺术性。叙述者的双重标准由此可见：费恩的稿酬丰厚时，他矜夸说自己虽然无法发

① Howells, *Literature and Life Studies*, p. 34.

财，但创作出了“流芳百世”的作品；而当费恩的作品逐渐缺乏销路时，叙述者又指出费恩的作品没有价值。叙述者多变的价值观，印证了他对费恩的性别偏见。

叙述者对费恩的作品发难，原因在于他认为这些作品的主题与情感相关。叙述者否定费恩的原因在于她写的小说以情感为主题，然而畅销小说缺乏艺术性的断论并不符合逻辑。如上所述，费恩的后期创作仍以情感生活为主题，但并未取得市场成功。可见，以主题作为小说艺术性的判断标准值得质疑。詹姆斯笔下的叙述者，企图将超越情感生活的作品界定为高雅文学，其根深蒂固的性别偏见可见一斑。事实上，费恩的创作兴趣并未受到其作品缺乏市场的影响。一定程度上，费恩的创作动机出自她对文学创作的兴趣。如豪威尔斯在《作为商人的文人》中所写：

> 计划出其不意，为了迎合大众而写书，这是所有努力中最无望的，因为这是最不值得做的事情之一；无论作为文人或商人，我都不建议青年作家这样做。你能做的最有意义的事情是，写本能给你带来无限乐趣的书，尽可能全身心地投入创作，尽可能地希望自己触动多数同人的心灵。唯有如此，也只有如此，才是在做文人该做的事情。①

作家是否发自内心地喜爱创作，是判断其作品是否真正具有价值的标准。费恩与叙述者积极探讨文学创作，表明她对文学创作有着真诚的兴趣。然而，叙述者的创作焦虑与其性别偏见，使他无法客观地认识费恩及其小说。

从主人公的特点来看，华顿的《人类的堕落》并没有像詹姆斯的《格里维尔·费恩》那样充分再现小说艺术观。究其原因，这主要因为林亚德并没有遇到相应的作家同人与之探讨小说艺术观。华顿的短篇《善会降临》（“That Good May Come”，1894）与詹姆斯的短篇《下一次》（“The Next Time”，1895）均塑造了作家同人形象，是透视19世纪末美英两国职业作家艺术观的两扇窗口，对比这两个文本有助于读者了解雅俗文学之间的关系，认识华顿与詹姆斯在小说艺术观上的异同。

---

① Howells, *Literature and Life Studies*, pp. 20-21.

第二节　文本内外艺术观的微妙平衡

19 世纪上半叶，美国作家基本遵循贵族化的斯文传统，追求文艺复兴意义上的名望，反对把受欢迎度作为衡量艺术家的标尺。[①] 但自 19 世纪下半叶开始，作家逐渐受到市场化的影响，美国在 1870—1900 年间，人口增长两倍，报纸数量增加三倍，全国报纸的总发行量增加六倍。[②] 文学界受到发行量大、价格低廉的报纸杂志的严重冲击，新闻故事更是受到读者大众的青睐。在现实主义文学进驻美国文化空间之时，“作者在大众市场扮演一种新型的公众角色”。[③] 一些作家主张维持“少数高品位居上、更多低级趣味垫底的严格分化的读者群构架”，而另一些作家则认同市场是衡量文学成功的标准。[④] 纳尔逊·利希斯坦(Nelson Lichtenstein)指出：“19 世纪 90 年代，美国许多重要青年作家面对这种变化(杂志的黄金时代)，采取彻底的职业主义做法，他们推翻早期以浪漫主义为特点的工作观，在一定范围内接受市场是衡量文学成功的标准。”[⑤]文学史家威廉·查维特这样定义职业作家的特点：“写作要像其他职业一样，为作者提供生计；写作是作家的主要活动，持续时间久，不是间断性的或偶发的活动；作家希望自己产出的作品像商品一样在大范围内公开出售；作家创作考虑了买家的趣味和读者的阅读习惯。”[⑥]“生计”、“商品”以及“买家的趣味”这些词语表明，文学市场在作家职业化过程中越来越成为影响作家艺术观的外在因素。

探究华顿的《善会降临》(“That Good May Come”, 1894)与詹姆斯的《下一次》(“The Next Time”, 1895)，是了解 19 世纪末美、英两国职业作家艺术观的两扇窗口，尤其有助于读者认识华顿与詹姆斯的小说艺术观。《善会降临》中，主人公毛里斯·柏克顿(Maurice Birkton)无法靠作诗维持

---

① Bruccoli, *The Profession of Authorship in America, 1800-1870: The Papers of William Charvat*, p. 292.

② Wilson, Christopher P. *The Labor of Words: Literary Professionalism in the Progressive Era*. Athens: U of Georgia P, 1985, p. 18.

③ Kaplan, “Edith Wharton's Profession of Authorship”, p. 13.

④ Lichtenstein, “Authorial Professionalism and the Literary Marketplace: 1885-1900”, p. 47.

⑤ Lichenstein, “Authorial Professionalism and the Literary Marketplace: 1885-1900”, p. 42.

⑥ Bruccoli, *The Profession of Authorship in America, 1800-1870: The Papers of William Charvat*, p. 3.

生计，为帮助家人，他写了花边新闻故事，起初深感内疚，但最终受好友何芬利奇(Helfenridge)启发，领悟到新闻故事的伦理意义。《下一次》中，主人公拉尔夫·林伯特是作家兼杂志编辑，受叙述者"我"的影响，曾一度坚持精英主义立场，之后为生活所迫，试图写通俗小说，却屡遭失败，最终意识到创作的核心原则应是自主性，而其天鹅作《背离》是叙述者眼中的成功之作。

国外学界较关注华顿与詹姆斯的职业作家身份研究。迈克尔·阿耐斯克从詹姆斯与文学市场的关系出发，指出詹姆斯逐渐学会了调和艺术与市场之间的矛盾。[①] 约翰·阿特里奇(John Attridge)认为，詹姆斯更注重通过创作实现"社会理想"的目标。[②] 评论家霍希·安东尼奥·阿尔瓦雷斯·阿莫罗斯(José Antonio Alvarez Amorós)基于巴赫金的框架和参照物概念指出，《下一次》中有关价值判断的表达法，与"文学性与文学实用主义"两个框架相关。[③] 华顿的同类短篇也受到关注，埃米·卡普兰从女性主义角度论证了《试金石》("The Touchstone")颠覆女性写作传统的特点。[④]《下一次》与《善会降临》均涉及作家的艺术观主题，从高雅文学与通俗文学的关联切入，可揭示华顿与詹姆斯如何在文本内外实现其艺术观的平衡。

《善会降临》与《下一次》均从作者、出版人及市场角度审视了作家的艺术观，主要体现在作家在高雅文学与通俗文学之间纠结。19 世纪的最后十年内，美国进入"记者时代"，斯文传统受到挑战，现实主义与"理想性"(ideality)的对立就此形成。[⑤] 印刷技术将真正的叙事与现代化形式的写作

---

① See Anesko, "*Friction with the Market*": *Henry James and the Profession of Authorship*. 1888 年詹姆斯的短篇故事稿酬约 5,400 美元，而 1893 年詹姆斯的短篇故事收入只有约 550 美元(Anesko, "*Friction with the Market*": *Henry James and the Profession of Authorship*, pp. 190-192)。以下对《善会降临》与《下一次》的研究，均出自李晋《文本内外艺术观的微妙平衡——伊迪丝·华顿的〈善会降临〉与亨利·詹姆斯的〈下一次〉》，文字上略有改动。

② Attridge, John. " 'Human Expertness': Professionalism, Training, and the Prefaces to the New York Edition". *Henry James Review* 32.1 (2011): 29-44. *Project Muse*. Web. 2014-12-15, p. 29.

③ Álvarez, Amorós José Antonio. "Relativism and the Expression of Value Judgments in Henry James's 'The Next Time' ". *Studies in Short Fiction* 34.3 (1997): 271-287. *Ebsco*. Web. 2012-11-07, p. 276.

④ Kaplan, "Edith Wharton's Profession of Authorship", pp. 433-457.

⑤ Budd, Louis J. "The American Background". *The Cambridge Companion to American Realism and Naturalism: Howells to London*. Ed. Donald Pizer. Shanghai: Shanghai Foreign Language Education P, 2000. 21-46, p. 39.

区分开来，即小说和新闻写作。一方面，新闻故事写作试图将故事性与文学性相结合，以赢得更多读者。另一方面，“文学品味制定者……也试图在高雅文化与通俗文化的矛盾日益强化的氛围中保持霸权地位。”[①]这对文化矛盾在《善会降临》与《下一次》中均有显著体现。

《善会降临》中，这对矛盾体现在柏克顿建构职业作家身份的过程中。短篇中，柏克顿辞职、专门从事文学创作，其魄力可见一斑。他写的十四行诗以古希腊神话英雄为主题，得到好友何芬利奇的称赞：“‘我很喜欢《老奥德赛》这首诗，’何芬利奇轻声说，‘你的想象力中有一点很明确，人们对英雄人物的传统认识是错误的……’”[②]对柏克顿而言，占有并传播知识是艺术家的文化使命。柏克顿将启蒙大众视作神圣职责，着眼于提升阅读层次的襟怀，宁可扮演“高度物化的知识的守护人”。[③] 然而，何芬利奇的认可与柏克顿的执着无法改变社会现实，柏克顿的投稿均在《斯克里布纳氏杂志》及《世纪》杂志碰壁，因为“诗歌‘早已过时’”。(第 629 页)文学市场化以来，即便像《斯克里布纳氏杂志》《世纪》《大西洋月刊》《哈珀氏杂志》这样的文学名刊，也需适应大众的阅读趣味以维持发行量。豪威尔斯在《作为商人的文人》中这样写道，尽管他认识的杂志编辑不会迎合低级趣味，刊发低劣作品，但“再优秀的文学杂志，其三分之二内容也缺乏文学性”。[④] 可见，满足大众的阅读兴趣是大势所趋，柏克顿投稿屡屡受挫，促使他尝试创作新闻故事。柏克顿根据所见所闻写了一篇涉及上流社会成员的故事，并在俱乐部朗读了该故事，他虽然潜意识里希望得到大众的认可，但他在这一阶段仍痴迷于“纯艺术”。在柏克顿看来，这篇故事只是“胡乱写成的短文”，不能登大雅之堂。(第 630 页)正是出于他的这一价值观，《社会风筝》杂志出价 150 美元购买该故事时，遭到柏克顿断然拒绝。柏克顿认同的是传统意义上的名望，而不是实用意义上的“成功”。柏克顿本阶段倾向于坚持精英主义立场，何芬利奇俨然是柏克顿的另一自我，支

① Freedman, *Professions of Taste: Henry James, British Aestheticism, and Commodity Culture*, p. xxiii.

② Wharton, "That Good May Come", 1894. Web. 2012-03-21. 〈http://public.wsu.edu/~campbelld/wharton/shortstories.htm〉, p. 629. 该短篇未被收入《伊迪丝·华顿短篇集：1891—1910》(*Collected Stories: 1891-1910*)。下文引用该作品时直接在文中标注页码，不再另注。

③ Keen, Paul. " 'The Most Useful of Citizens': Towards a Romantic Literary Professionalism". *Studies in Romanticism* 41. 4 (2002): 627-654. *JSTOR*. Web. 2015-05-03, p. 645.

④ Howells, *Literature and Life Studies*, p. 11.

持他保持两人共同认可的道德操守。

与《善会降临》相比，《下一次》中高雅文学与通俗文学的对比更为突出。《下一次》中出现了通俗文学代表海默夫人，她多产、畅销，其名字折射出她渴望其作品接近高雅这一事实。她甚至希望经历一次“精妙的失败”，[①] 即艺术上的成功、市场意义上的失败。拉尔夫的小说堪称高雅，符合第一人称叙述者“我”的审美趣味。他与拉尔夫立场一致，他们反对为市场写作，坚决抵制海默夫人迎合大众读者的行为。“我和拉尔夫都知道自己太挑剔了，这让我们很是乐于浸淫其中，让我们感觉很高尚；我们相信自己尽了义务，或者说，我们希望尽义务，这让我们自由地去追求梦想。”（第 493 页）“高尚”、“义务”以及“梦想”这些词语无不指向叙述者的审美原则，“我们”肩负排斥低级趣味、提高人们精神境界的使命，有义务创作高尚作品。

与《善会降临》的第三人称叙事相比，《下一次》的第一人称叙事更突显出雅俗之间的对立关系。《善会降临》与《下一次》中均有一对作家及批评家，但前者是第三人称叙事，受叙述视角的影响，业余批评家何芬利奇对柏克顿艺术观的指导机会极为有限，而后者中的“我”作为职业批评家，则可自由、充分地发挥作用。《善会降临》中的第三人称叙事聚焦于柏克顿，他虽然写了新闻故事，但他蔑视这种通俗叙事，而何芬利奇在本阶段未作过多评论，因为柏克顿尚未同意与《社会风筝》做交易。《下一次》则采用了第一人称叙述视角，更直接、深入地揭示了“我”对通俗文学的深恶痛绝。譬如，“我”鄙视拉尔夫为取悦大众而写新闻故事的行为：“拉尔夫用那种口气写作，让我有点不快……要是他必须写新闻故事——没错，他写的就是新闻故事。要是他不得不‘拉家常’——没错，他就是在拉家常……我讨厌他写个人隐私文章；但话说回来，要是写这类文章能让他发财——！”（第 493—494 页）与《善会降临》的第三人称叙事不同，《下一次》中拉尔夫的心理活动被“我”上述的尖锐评论所代替，“我”对拉尔夫的“经济”艺术观的反对态度，就传达雅俗之分这一主题而言，较《善会降临》的第三人称叙事更直截了当。

---

① James, Henry. “The Next Time”. *Complete Stories*: *1892-1898*. Ed. David Bromwich and John Hollander. New York: The Library of America, 1996. 486-524, p. 487. 下文引用该作品时直接在文中标注页码，不再另注。

此外，《下一次》中通俗文学与高雅文学的对峙，还可从周刊内容及拉尔夫作品的接受看出端倪。拉尔夫受“我”代表的高雅文学的影响，在《黑港灯塔》(*The Blackport Beacon*)周刊上对“我”的作品发表评论。周刊貌似要为大众指明方向，其实主要刊登小道消息，该刊在形式上利用文学的体面性，内容却庸俗不堪。刊名“黑港灯塔”的反讽含义可见一斑。由此可见，拉尔夫的评论文章显然不符合要求，拉尔夫被解聘的根由是他认同“我”代表的精英主义立场。另一方面，“我”的评论文章发表在另一刊物，虽“没那么赚钱，但也没有《黑港灯塔》那么琐碎”(第494页)。“经济”与“反经济”的艺术观之间的对立再次得到凸显。这种对立还体现在“我”为拉尔夫的小说写书评后导致他失去读者，以及“我”拒绝为海默夫人写书评一事上，“我”的象征资本得到进一步印证，“我”是高雅文学的旗手，与通俗文学势不两立。然而，任何充满张力的对立都以动态的形式存在，高雅文学作出妥协便是可能性之一。

《善会降临》中，柏克顿的高雅艺术观在两个条件作用下开始妥协。一方面，柏克顿身为职业作家和评论家，坚持认同诗歌文类属于高雅文学，而诗歌文类在文学市场上的尴尬遭遇，导致他生活异常窘迫。柏克顿的母亲有心支持女儿安娜特(Annette)入教，但无力购买教会规定的平纹细布白裙，柏克顿身为长子，为母分忧、让妹开心是他义不容辞的责任。在这种情况下，柏克顿受到《社会风筝》杂志高额稿酬的诱惑，同意卖出其“短文”。19世纪末美国职业作家的艰难生存状况还可从何芬利奇的职业选择上得到印证。单身汉何芬利奇在柏克顿曾就职的公司工作，他的文学造诣很高，却无力专门从事文学创作。另一方面，柏克顿的妥协行为还与《社会风筝》杂志同意发表其诗歌相关。何芬利奇虽被视为柏克顿的伯乐，但伯乐仅能提供精神安慰。面对残酷的生活现实，柏克顿别无选择，只得让诗作屈尊于新闻故事，暂时放弃高雅艺术观而妥协于市场需求。值得注意的是，柏克顿要求杂志匿名发表其“短文”，表明他内心也为其妥协行为感到羞愧。

《善会降临》既流露出华顿对职业作家的同情，又讽刺了规定统一着装的教会所代表的唯美主义思想，《下一次》同样传达了詹姆斯对唯美主义的批判。《善会降临》中，柏克顿为资助妹妹买白裙子、实现入教愿望，不惜妥协自己的艺术观。然而，妹妹的不成熟心理与华而不实的入教仪式构成强烈反讽，这让柏克顿的牺牲显得荒唐至极。《下一次》中，拉尔夫则须满足妻儿老小的“高雅”生活标准，从房子到车子(马车)，从穿衣打扮到雇佣保姆，凡是中产阶级家庭有权享用的，拉尔夫均有义务提供。“他入不敷出——这是问题所在：他的花销也在飞涨。”(第504页)从妻子的“昂贵裙装”(第503页)以及孩子的保姆等侧面，不难看出唯美主义对英国中产阶级家庭生活的成功渗透。

《善会降临》中，文学的雅俗之分体现在文类上的区别，诗歌与新闻故事在柏克顿看来是对立的，这表明他更尊崇纯艺术。《下一次》中，文学的雅俗之分集中体现在小说文体特征上，“直白”文体显然符合市场需求，海默夫人的作品之所以畅销，是因为她迎合了大众趣味。拉尔夫向“我”表白他要放弃精英主义立场、采取以市场为核心的“成功”准则的决心：

> ……去它的成功！——我想让我的书有市场。这是生死问题。我必须钻研这个方法……我必须培养市场——这和其他事情一样，是门科学……我写得不够直白——我必须写得直白些。我没做到通俗——我必须成为通俗作家。通俗作品是另一门艺术——或许根本不是艺术……(第506页)[①]

拉尔夫的这些话映现出他蔑视通俗文学的心理，他内心认同的艺术观与以感官享受为主的大众艺术观完全相反。如西蒙·弗朗西斯卡托(Simone Francescato)所写，詹姆斯的后期作品以反对具体描写为特点，“在19世纪末文化高度市场化的条件下，艺术品为维护它们在人类生活中的重要性，为维护它们的崇高品质，必须且只能以间接的方式呈现出来——换言之，艺术品必须从读者‘感官享受’的视野消失”。[②]

与《善会降临》中的柏克顿相比，拉尔夫因其编辑身份更占优势，他可通过在其编辑的刊物上发表作品或评论文章，建立美学导向，践行其文学使命感。拉尔夫受雇于鲍斯菲尔德(Bousefield)，负责编辑文学月刊，鲍斯菲尔德虽然希望月刊办得有品味，但这须以发行量为前提。拉尔夫深知鲍

① 着重号为笔者所加。

② Francescato, Simone. *Collecting and Appreciating: Henry James and the Transformation of Aesthetics in the Age of Consumption*. New York: Peter Lang, 2010, p. 131.

斯菲尔德的经济原则，了解鲍斯菲尔德设定的“中等标准”。事实上，鲍斯菲尔德的“中等标准”意义上的文学性仅仅起点缀作用，如克里斯托弗·P.威尔逊(Christopher P. Wilson)所写，美国激进时代的出版人欣赏文学的“体面性”，但他们更强调“故事性”及其市场价值。[①] 短篇中，鲍斯菲尔德对“我”在月刊上频频发表作品及评论表示焦虑，担心这会影响到刊物订阅量。鲍斯菲尔德的名字“Bousefield”可看作“base”(基础)与“field”(场域)的组合，既表明他占有经济资本，尊崇“经济”原则，这会直接影响拉尔夫与“我”所秉信的艺术的内在标准，又暗示他的办刊品味流于低俗。“我”则象征文化资本，拉尔夫与“我”联手对抗鲍斯菲尔德，意味着高雅与通俗的角逐。这对矛盾的存在，便使下列现象显得不足为奇。拉尔夫的连载小说非但没有做到通俗，反而离通俗越来越远，而“我”的默契则成全了拉尔夫的殉道行为：“拉尔夫解释说，我太理解他了，他说，我一语道出他的意图，说我几乎没有让他脱离苦海。他越没有得到解救，他的作品就越没有市场：其字面意思是，后果显然很致命。”(第 509 页)另一方面，“我”的月刊栏目文章也没有满足“公众需求”。拉尔夫与“我”的精英主义立场反映在他们的创作中，而这与詹姆斯的创作主张相呼应，“在‘报道与统计数字’于世纪之交迅速发展成美国文化最富特权的知识形式之时，詹姆斯不仅承认自己在‘报道与统计数字’方面无能为力，甚至还为此感到自豪”。[②]

与华顿笔下的柏克顿不同，詹姆斯笔下的拉尔夫不仅有盟友，而且掌握一定话语权。《善会降临》中，何芬利奇曾担任文学刊物编辑，但他面对柏克顿的困境只能望洋兴叹，以虚拟语气表达自己的愿望。詹姆斯塑造的拉尔夫担任刊物编辑，具备一定文化资本。“我”积极参与到文学场中的权威争斗过程中，而何芬利奇则扮演旁观者。下面将探讨柏克顿与拉尔夫如何分别在“我”与何芬利奇的影响下重构他们的艺术观。

《善会降临》中，柏克顿的妹妹如愿穿上洁白无瑕的平纹细布裙，称心如意地完成入教仪式，而此刻柏克顿却备受煎熬，认定自己是出卖灵魂的鄙俗之辈。原来，柏克顿的新闻故事涉及托尔奎特(Tolquitt)夫人与一男子的暧昧关系，故事发表后引起的社会舆论可想而知：当柏克顿在入教仪

---

① Wilson, *The Labor of Words: Literary Professionalism in the Progressive Era*, p. 42.

② Barrish, Philip. *American Literary Realism: Critical Theory and Intellectual Prestige, 1880-1995*. New York: Cambridge UP, 2001, p. 2.

式上巧遇托尔奎特夫人并看到这位母亲也为女儿入教感极而泣时，他意识到自己“出卖了”灵魂。(第 637 页)他不无内疚地向何芬利奇坦言：“《圣经》里说，做坏事后，善会降临。我已经做了能让善降临的坏事，但善还没有降临……”(第 641 页)假如文本以柏克顿的反省结尾，仅把该文本的意图理解为华顿关注高雅文学的危机、谴责包括新闻故事在内的通俗文学的话，这样的阐释未免过于简单。善恶之分果真如此简单、鲜明吗？尼采(Nietzsche)说得好：“更高雅的人必须聆听所有粗俗或文雅的愤世嫉俗的话语，为小丑在自己面前无所顾忌，或为头脑清楚的好色之徒对自己侃侃而谈而感到庆幸。”[①]使柏克顿认识到这点的正是何芬利奇，后者作为旁观者发挥了重要作用。

叙述者在文末极巧妙地安排何芬利奇道出文本主旨。在何芬利奇看来，柏克顿的妥协并非纯粹是“坏事”。何芬利奇向柏克顿透露，根据他的观察，柏克顿短文涉及的那对男女的行为的确有失检点。文本到此戛然而止，叙述者虽未交代柏克顿的反应，但何芬利奇此前已暗示，柏克顿的短文有“善”的一面。“谁说得清？大千世界里，你的吹毛求疵和妥协要是能帮助其他人的话，或许对托尔奎特夫人也有帮助。”(第 641 页)新闻故事是大众了解社会现实的一个窗口，与柏克顿的十四行诗所体现出的对传播知识的追求并不矛盾，新闻故事虽满足了大众的猎奇心理，但同时也丰富了大众对社会的认识。恰如威廉·迪安·豪威尔斯所写，城市新闻主义是“了解现实的学校”。[②] 就社会效应而言，新闻故事的道德约束作用不可抹杀。作为旁观者的何芬利奇更具洞察力，他认为不能机械地谴责通俗文学，而应看到它的积极作用。新闻故事带来的“善”在于，社会舆论或许在一定程度上可约束人们的道德越界行为。

与何芬利奇的旁观者角色相比，《下一次》中的“我”是参与者，自然成为阐明拉尔夫的艺术观的喉舌。《下一次》中，“我”通过在拉尔夫编辑的文学月刊上发表书评，参与了拉尔夫的妥协行为。然而，与柏克顿的妥协行为相比，拉尔夫的妥协结果与其初衷完全相反。如前所述，拉尔夫炮制通

---

① Nietzsche, Friedrich. *Beyond Good and Evil*: *Prelude to a Philosophy of the Future*. Trans. Helen Zimmern. Mineola: Dover, 1997, p. 20.

② 转引自 Roggenkamp, Karen. *Narrating the News*: *New Journalism and Literary Genre in Late Nineteenth Century American Newspapers and Fiction*. Kent: Kent State UP, 2005, pp. xiv-xv.

俗小说的努力终属徒劳，其连载小说《隐秘的心》(*The Hidden Heart*)依旧没有市场。拉尔夫虽宣称要采用直白写法，但《隐秘的心》的书名暗示，他仍继续排斥通俗文学的直白文体。值得指出的是，《下一次》发表在《黄皮书》杂志的第一期(1894)，其主题为“文学中的含蓄”，旨在回应以创作内容毫无节制、语言通俗为特点的现实主义写作。① 拉尔夫试图妥协却无济于事，这点以“我”的艺术逻辑可得到解释，“我”认为真正的艺术家具备无法摧毁的内在品质。“我”在小说前面部分早已向拉尔夫传授该理念：“一贯性本身就是优秀品质，天赋是什么，天赋难道不正是做真正的自我吗?”(第496页)“我”秉信的“天赋”与浪漫主义天才观如出一辙，“天才不是通过无视所有法则表现其自主性，而是通过自己制定法则来表现其自主性”。② 拉尔夫通过创作实践证明，市场强加的符合“经济”逻辑的艺术观并不能约束他，他的天才身份决定他必须自己制定艺术法则。

拉尔夫注定自主制定艺术法则，而该法则的核心正是超越高雅与通俗的界限。之前，“我”的高雅情结无时无刻不在影响着拉尔夫，以至于拉尔夫与叙述者成为高雅文学阵营的代表，与鲍斯菲尔德形成对立。表面上看，“我”似乎为月刊撰写符合大众趣味的烂文章：“我一月一月地以怪诞的轻浮形式呈现我自己”(第508—509页)，实质上，“我”写的尽是“纯粹的思想”(第513页)。“我”以巧妙的方式成功地戏弄了鲍斯菲尔德，只为抵制满足“大众的需求”的办刊宗旨(第508—509页)，可见，“我”有意识地在捍卫高雅文学，然而在“我”与拉尔夫演变成某一派的斗士时，却忽略了作家最应具备的素养，即艺术家应独立制定法则。拉尔夫饱经困惑和挫折后，生活每况愈下，这却促使他最终产生顿悟，“‘我看到一个可能性，我发誓，这一点包含一切，’他说道，‘我怎么从没想到过这个。’”(第524页)根据“我”的观察，拉尔夫所说的“这一点”正是超越雅俗之分的境界，是作家创作的根基。“市场的声音突然减弱，变得遥远：像所有人经常经历的那样，他最终回归到一种状态，重新获得他全盛时期所拥有的一切真诚。”(第524页)拉尔夫完全抛弃雅俗之争，潜心为自己创作，书写自己经历的

① Diebel, “‘The Dreary Duty’: Henry James, *The Yellow Book*, and Literary Personality”, p. 49.

② Kneller, Jane. “Imagining Freedom and the German Enlightenment.” *Kant's Critique of the Power of Judgement: Critical Essays*. Ed. Paul Guyer. Lanham: Rowman and Littlefield, 2003. 181-198, p. 184.

道德困惑及妥协行为。尽管他英年早逝，没能告诉读者小说《背离》的结尾，但在“我”看来，这本天鹅作最终会成为他“最辉煌的一部成功作品”（第 524 页）。叙述者同时运用表示高雅的词“high”以及“成功”一词形容《背离》，表明该小说融合了雅俗，同时，暗示出“我”的艺术观上的微妙转变，这也应是该小说的主旨：通俗与高雅并非绝对对立，作家只有遵循自主性原则，才能对艺术家称号当之无愧。与《善会降临》的结尾相同，“我”像何芬利奇那样道出结束语。何芬利奇启发柏克顿看到新闻故事的优势，这将促使柏克顿修订其二元对立的艺术观。《下一次》中，拉尔夫穿过布满荆棘的道路，突破二元对立的艺术观，发现艺术家成功的奥秘源自个人对生活的深刻体验和认识。《善会降临》与《下一次》就这样从不同角度呈现出两对作家与批评家对高雅文学与通俗文学之分的参悟。

两篇小说在很大程度上映现出华顿与詹姆斯作为文学家及生产者的双重意识，他们在高雅文学与通俗文学之间探求一种合作。华顿的处女作是诗歌，《斯克里布纳氏杂志》编辑威廉・C. 布劳内尔曾写信咨询华顿，问她即将出版的短篇集是否会像她的诗歌一样是阳春白雪，[①] 这暗示出诗歌在 19 世纪末的美国几乎没有市场的事实。19 世纪的最后十年是期刊繁荣发展的时代，大众的阅读趣味不会像之前那样以精英主义为特点。[②] 华顿的自身经历以及她对特殊时代的洞察力，促使她捕捉到柏克顿在艺术观上的困惑心理，呈现出何芬利奇对雅俗文学的洞见，同时还借助诗歌与新闻故事巧妙组合的写作手法，表明其符合时代特点的艺术观。新闻故事固然在某种程度上迎合了大众的猎奇心理，但它毕竟具备规范道德行为的作用，诗歌与新闻故事不应相互对立。再者，小说大量引用柏克顿写的诗歌片段，是对诗歌的美学意义的认同，而新闻故事的伦理意义也得到阐发和认可。《善会降临》发表在《斯克里布纳氏杂志》上，说明文学名刊在呈现严肃主题的同时，也借助小说中的新闻故事增加了看点。华顿在《阅读的罪恶》一文中这样写道：“很多作者视保护文学不受愚蠢人士毁灭为使命。”[③]在华顿看来，大众的低级趣味不是洪水猛兽，真正对作家造成威胁的是缺乏责任感的文学评论，“只有机械的读者通过讨论、批评、谴责，自恃有义务

① Lewis, *Edith Wharton: A Biography*, p. 113.

② Jacobson, *Henry James and the Mass Market*, p. 4.

③ Wharton, “The Vice of Reading”, p. 100.

保护文学不受侵略时，或更糟的是，只有当这些机械的读者赞美文学作品时，只有在此刻，阅读的罪恶才开始威胁文学”。[①] 明智的读者不应将任何意识形态强加于文学，不应机械地把文学认定成高雅的或通俗的。

詹姆斯在《下一次》中主要写“一个可怜人，一位艺术家，一个文人，他终生都在努力写些粗俗作品——假如只是为了存活——以满足公众庞大、无味的需求”。[②] 詹姆斯尝试创作剧本《盖伊·多姆维尔》(*Guy Domville*)失败后，曾批判粗俗的大众趣味。事实上，詹姆斯指责大众趣味低俗时，也不忘艺术家也是常人这一事实。詹姆斯的后期作品没有销路，[③] 他被《纽约论坛报》解雇对他是一大打击，文学名刊也不再刊登詹姆斯的作品，然而詹姆斯仍具备象征资本。《黄皮书》创刊时依靠詹姆斯的名气造势，同时，詹姆斯也靠为该刊投稿维持生计。豪威尔斯在《作为商人的文人》中最准确地概括了职业作家的困境，在19世纪末的美国，“赚钱是唯一能紧密联系人类的东西，我们每个人都与该链条相连，尽管我们的利益、趣味和原则都各不相同”。[④] 詹姆斯在《下一次》中并非采取拥护高雅或批判通俗的立场，相反，他注意到保持两者平衡的必要性。“詹姆斯明显与大众文化保持距离，但这却说明，我们可以看出他与大众文化亲近的关系。”[⑤]《下一次》发表在《黄皮书》上，既反讽了杂志利用詹姆斯的象征资本的做法，又充分体现出詹姆斯的艺术观的核心所在，艺术家应超越高雅与通俗之分，自主制定艺术法则。

华顿与詹姆斯作为职业作家，以他们丰富的阅历、敏锐的洞察力以及多元化的方法，揭示出作家及评论家在文学商业化中的困境与感悟，这些艺术家没有用机械的眼光消极待命，而是勇敢地追寻艺术的真谛。柏克顿与拉尔夫期盼的“善”或者“下一次”，并非出自高雅文学与通俗文学的生死决斗，而是以逐步建构自主艺术观为目的，这一自主性的价值在于，作者能怀着诚挚的心，与读者分享他/她的人生体验，既不去刻意完成某种终极使命，又不去媚俗以换取优越的物质生活，这样的精神境界才是有机统

---

① Wharton, “The Vice of Reading”, p. 100.

② James, *The Complete Notebooks of Henry James*, p. 109.

③ Anesko, *“Friction with the Market”: Henry James and the Profession of Authorship*, pp. 190-192.

④ Howells, *Literature and Life Studies*, p. 4.

⑤ Salmon, Richard. *Henry James and the Culture of Publicity*. Cambridge: Cambridge UP, 1997, p. 5.

一的艺术观。《约翰·德拉维》、《传奇》与《鑫谷》三个短篇均涉及认真阅读文学的批评家和消费文学的社会群体，它们从不同角度呈露出文学批评界的乱象。

第三节　文学消费现象

《约翰·德拉维》(“John Delavoy”, 1898)讲述的是名作家约翰·德拉维过世后被媒体炒作的经过。小说的雅俗文学主题在两类读者间展开。《约翰·德拉维》开篇，名作家约翰·德拉维已过世，第一人称叙述者与德拉维的妹妹是其忠实读者。叙述者详细剖析了德拉维的小说，但文学杂志编辑贝斯顿(Beston)迟迟不肯刊登该文，却试图利用叙述者的文章骗取德拉维的妹妹的信任，以获取德拉维的唯一肖像。他向她保证说，只要她提供肖像，杂志就发表叙述者的文章。贝斯顿得到肖像后，却以叙述者的文章将影响杂志订阅量为由拒绝刊用。不过，他要求德拉维的妹妹写篇回忆其兄长的文章时遭到了拒绝。杂志最终刊登了德拉维的肖像，并匿名发表了庸俗肤浅的访谈文章。

《约翰·德拉维》反映了詹姆斯对庸俗化的文学批评的批判态度。詹姆斯曾写过一篇评论小仲马的文章，在遭到《世纪插图月刊》[①]的拒稿后，他产生写《约翰·德拉维》的念头。该刊编辑告知詹姆斯，假如文章涉及作家的个人生活，就不会遭遇拒稿。[②] 詹姆斯最初计划塑造两个完全相反的人物，一个是“认真、聪颖”的青年，与一个不再发挥作用的伟大而优雅的作家相关，该青年做过细致研究或发表过考究的言论，另一个则粗俗、肤浅、深谙世道，只写花边新闻和耸人听闻的故事；不过，前者失败了，后者却取得成功。[③] 短篇中，叙述者与名刊《焦点》(*Cynosure*)的编辑贝斯顿，分别与以上两个人物相对应。

---

① 该杂志的前身是《斯克里布纳氏月刊》，理查德·沃森·吉尔德(Richard Watson Gilder) 1881年担任主编后更名为《世纪插图月刊》。Noonan, Mark J. *Reading The Century Illustrated Monthly Magazine: American Literature and Culture, 1870-1893.* Kent: Kent State UP, 2010, p. xiii.

② James, *The Complete Notebooks of Henry James*, p. 154.

③ James, *The Complete Notebooks of Henry James*, p. 155.

在剧作家“可怜的温德恩”(poor Windon)[①]的第一场也是最后一场剧作表演会上，约翰·德拉维的妹妹与贝斯顿同时出现，第一人称叙述者对两人的差异洞察入微。他在这一场合发现两者有所不同，他眼中的那位女性“具有那种与众不同的特点，那种特点与美貌毫无关系。”(第1页)当时，他并不知晓该女性是德拉维的妹妹。在叙述者看来，该女性“与众不同”的特点区别于“美貌”，“美貌”代表公共价值观，而该女性则代表另一种价值观，叙述者认同与美貌无关的“与众不同的特点”。叙述者眼里的贝斯顿则相反，“德拉维妹妹的朋友具有那种美，完全和与众不同无关。”(第1页)贝斯顿相貌英俊，但他的“美”与德拉维妹妹的“与众不同”完全相反，这为叙述者随后揭示两者之间的差异做了必要的铺垫。叙述者与德拉维的妹妹最初有所交集，他深谙贝斯顿编辑身份的重要性。

> “贝斯顿根本不是亚雷卡姆男爵。他只不过是贝斯顿先生。”
>
> 我几乎快跳起来了；我现在回忆起来才明白，当时的我似乎刹那间预见了未来。“只不过是贝斯顿先生——？那个大编辑只不过是贝斯顿先生？”
>
> “没错，是那个名刊《焦点》的编辑。”和我对话的女性，这次决定不再出错。“他总出席初演会。”(第3页)

德拉维的妹妹第一次提及贝斯顿时不以为然，全然不知贝斯顿代表的是有权有势的新兴阶层。叙述者立即提醒德拉维的妹妹，因为他对贝斯顿的权威地位深有体会。叙述者因受雇于贝斯顿编辑的杂志直接受制于贝斯顿，而德拉维的妹妹则似乎在贝斯顿的影响范围之外。叙述者为杂志写了一篇有关约翰·德拉维作品的文章，有待贝斯顿的裁决，德拉维的妹妹得知此事后问叙述者：“发表文章要靠贝斯顿先生吗？”(第4页)叙述者坦言道：“哦，我的文学收入是要靠他。”(第4页)贝斯顿对叙述者的文章，有着生杀予夺的影响。可见，叙述者作为评论家并不具备自主性。

---

① James, Henry. “John Delavoy”. *Complete Stories*: *1898-1910*. Ed. Denis Donoghue. New York: The Library of America, 1996. 1-35, p.1. 下文引用该作品时直接在文中标注页码，不再另注。此处的“poor Windon”可以有两层含义，一是“可怜的”，一是“贫穷的”，与该短篇的作家和成败这一主题相呼应。

叙述者欣赏德拉维妹妹“与众不同”的特点，预示他同样会欣赏约翰·德拉维的作品。他鄙视“美貌”所代表的主流社会价值观，也同样轻视那些妄想成为公众人物的作家。他认为，作家不被大肆宣传是件好事。媒体对约翰·德拉维“宣传、报道、采访、拍照得最少，他的作品在所有原创作品当中评论得也最少。我们当今是不是对他的个人生活了解得很少？这难道不让人高兴吗？”（第3页）显然，叙述者主张保护作家的个人隐私。此处，“宣传”、“报道”、“采访”和“拍照”均不是严肃读者从事的活动。严肃读者应关注作家的作品，而不是他的隐私。作家成为公众人物后，往往会受到各种形式的追捧，以至于人们忘却了他的作家身份，忽视了他的作品。但严肃读者应是能够欣赏德拉维的作品的人。

叙述者是严肃读者，不幸的是，此类读者并没有市场。叙述者基于对约翰·德拉维的作品的分析撰写了相关评论文章，贝斯顿却并不看重这类文章。尽管贝斯顿同意发表叙述者的评论文章，但他提出附加条件。如叙述者所说，“假如德拉维小姐同意提供她为哥哥画的唯一肖像，他就会原封不动地发表我的文章。”（第6页）这一赤裸裸的交易暴露出贝斯顿的实用主义目的，叙述者对此有所洞察：“这种做法向我揭示了一种最罕见的思想经济。除了我很快要谈到的情况，他不会无缘无故看重世上任何东西，他只了解某样东西是否具备价值，其他一概表示不屑。”（第6—7页）“思想经济”一词，一针见血地点明贝斯顿的实用主义本质：一切艺术性内容在贝斯顿看来只是待沽货物，他认为，凡是能为期刊带来经济效益的内容才值得关注。刊名“Cynosure”的字面意思是“关注的对象”，暗示编辑贝斯顿的办刊宗旨是吸引读者。贝斯顿对此毫不掩饰，他对叙述者说：“我的第一义务也是唯一的义务，就是取悦我的订户和股东。”（第6页）小说通过突出贝斯顿的这一特点，表明詹姆斯反对期刊以获取经济利益为宗旨。此外，贝斯顿的名字“Beston”颇具反讽含义，他的职位要求他具有最佳判断力，但他的行为却与此相悖。虽然他自称非常喜爱约翰·德拉维，希望得到他的肖像，但他从未读过德拉维的小说。如德拉维小姐对叙述者所言，“你说贝斯顿还没有读过你的文章，还说这并不重要。但他读过我哥哥写的书吗？难道这个不重要吗？”（第14页）[①]德拉维小姐义愤填膺，她与贝斯顿分别代表的价值观形成鲜明对照。作家最本质的特点反映在他的创作

① 着重号为原文所有。

中，一个从不读作品的读者，将无从把握作品主旨，更遑论了解作者。在德拉维小姐看来，读者只有阅读作品才有能力去了解作家的其他方面。

小说中，已故作者德拉维无法阻止贝斯顿大肆渲染其隐私的行为，可以说德拉维小姐和叙述者代表了德拉维的观点。叙述者写了最佳作品，却无法得到贝斯顿的认可。叙述者"我"幽默地说道："和贝斯顿先生打交道，就是为《焦点》做事。"(第7页)编辑贝斯顿的商人身份很明确，为其杂志写文章的作者，需增加杂志销量，任何杂志利益以外的内容均需排除。此外，读者观察到，德拉维小姐和叙述者与贝斯顿相互对峙。贝斯顿希望借助叙述者的努力，促使约翰·德拉维的妹妹交出她哥哥生前的唯一肖像，以便使其刊物名声大噪(第9页)，贝斯顿唯利是图的本质暴露无遗。他要求德拉维小姐写一篇"充满兄妹情谊的故事"，以代替叙述者的文章，其商业目的和性别偏见显而易见。叙述者虽已撰写一篇评论德拉维的文章，但文章并不符合贝斯顿的标准。叙述者直面贝斯顿时被无情地告知："事实上，你明白的，你的东西没用。没用——一点儿用都没有。"(第15页)贝斯顿的实用主义本质可见一斑。叙述者的文章在贝斯顿看来曲高和寡，多数读者并没有兴趣阅读德拉维的作品，文章于是成为"没用"的东西。贝斯顿明确告诉叙述者，他的目的不在于呈现约翰·德拉维，而是要经营"一本成功的杂志"(第16页)。成功的杂志取决于订户，即大众读者。贝斯顿要求德拉维小姐提供"充满兄妹情谊的故事"，是要迎合读者大众的猎奇心理，这无疑将会误导读者偏离德拉维的作品。贝斯顿不仅要求德拉维小姐讲述生活故事，而且还要求她提供约翰·德拉维的肖像。贝斯顿转而向德拉维小姐索要生活方面的文章，再现了他的性别观，也反映出大众读者的阅读趣味。在贝斯顿看来，德拉维的妹妹擅长写情感生活，他认为这些内容可以轻而易举地赢得更多读者。认识作家的方式有多种，但作家的生活故事或肖像并不能代替他的作品。贝斯顿请人写有关德拉维的文章，旨在增加期刊销量，对传播德拉维的文学价值并无多大益处。

叙述者持有不同看法，他认为文章应言之有物，而贝斯顿却认为应考虑大众读者的兴趣。叙述者所写的评论文章与贝斯顿的这一标准不符，贝斯顿指出，该文一旦刊出，杂志就会失去五千个订户。(第19页)该杂志以瞄准读者对象的需求为宗旨，对德拉维的文学价值却不闻不问。贝斯顿与德拉维的妹妹会面时，要求她只谈其兄长的个人生活。(第18页)刊物一味迎合大众的阅读趣味，旨在满足他们消费文学的欲望。然而，作家因此受到的伤害，并不是贝斯顿关注的内容。叙述者对贝斯顿的实用主义目的颇具洞察力，他尖锐地指出，贝斯顿要的是“逸闻趣事、见闻、闲话、闲谈；‘生活’照、生活习惯、饮食、穿着、日程安排”(第22—23页)。令人感到荒唐至极的是，在贝斯顿看来，凡涉及作品分析的文章内容均被视为“不体面的”(第21页)，而大谈特谈作家的个人生活，反倒成为“体面”的表现。对贝斯顿而言，凡是能生产经济效益的就是“体面”的内容。叙述者和德拉维小姐反对这种办刊宗旨，他们倡导杂志刊登有实质内容的文章。贝斯顿在乎的是如何攫取经济利益，而叙述者和德拉维小姐则提倡尊重作家的思想性。叙述者与约翰·德拉维的妹妹观点一致，在他们的一致努力下，贝斯顿的真实目的终于暴露，他约稿并非要弘扬约翰·德拉维的精神，而是要通过增加该刊订量获取物质利益。(第19页)

以贝斯顿与德拉维小姐为代表的两派力量的对立，随着故事情节的不断发展变得愈加明显。贝斯顿得到德拉维的肖像后，却拒绝发表叙述者的文章。贝斯顿得寸进尺，反而要求德拉维小姐附上一篇介绍德拉维的个人生活的小文章。德拉维小姐得知后决定撤回肖像，理由是捍卫德拉维的“荣誉”。(第24页)贝斯顿对德拉维的崇拜和溢美之词只是假象，他的真正目的是获取肖像所有者的信任。他从德拉维的妹妹那里骗到肖像后却违背诺言，其功利目的显露无遗。贝斯顿否定了德拉维的文学价值，认为德拉维的肖像和家人的回忆文章可以吸引读者，从而使期刊盈利。贝斯顿经营文学杂志，并未发挥引导读者客观地认识作家的文学价值的作用。相反，他助长了文学消费行为。贝斯顿将德拉维包装一番后兜售给读者，企图引导读者消费名家。贝斯顿本可以向读者介绍德拉维的作品并宣扬其文学价值，但这些内容反而缺席。他变相地兜售名家德拉维，大众读者则耽于消费德拉维的个人隐私。德拉维的妹妹所看重的“荣誉”，与贝斯顿所强调的经济原则构成鲜明对照。

小说反映的两种价值观之间的差异变得愈加明显。德拉维小姐与叙述者是捍卫德拉维荣誉的代表，贝斯顿却唯利是图。贝斯顿再三强调自己并不在乎德拉维：“我谁也不在乎。在乎不是我要做的。经营期刊不是那么做的。当然简单的人除外!”(第29页)“在乎”一词反映出德拉维小姐与叙述者的价值取向，他们一致认为，名刊轻视德拉维的作品、选择刊登作家的肖像或透露作家个人隐私的小文章，以及排斥货真价实的文学评论的行为，都是对已故作家的不敬。然而，贝斯顿的唯一兴趣是追求物质利益。他认为与其价值观不同的另一群体不可理喻，后者仅考虑精神需求，似乎与世隔绝。叙述者与德拉维小姐是约翰·德拉维的代言人，而德拉维或许像赫尔曼·麦尔维尔那样，尽管得知自己的作品有市场，但并不接受那些肤浅读者只满足于收集作品或作家肖像表示其推崇作家的方式。[①] 读者从叙述者和德拉维小姐的行为可推测，优秀作家最欣赏的是能够理解其作品的读者。"艺术家的成功完全取决于他创造的作品，不存在任何个人的外在表现。"[②]

德拉维小姐与叙述者怀念老一代出版人，这些出版人具有文学情怀，被称为"绅士出版人"。贝斯顿俨然是商人，关注的只是刊物的销量。至于德拉维的作家身份，他一概置之不顾。在贝斯顿的眼中，德拉维的象征资本为期刊增值。他贪图名利，但作为期刊编辑的他却掌握话语权，"贝斯顿就是正确的一边"(第 34 页)。文学批评所遭遇的困境由此可见，掌控评论文章发表权的是贝斯顿。叙述者与德拉维小姐对此无能为力，不得不接受德拉维的肖像被强行发表的事实。更可悲的是，德拉维的肖像见刊时，旁边还配有匿名作者撰写的"最有趣、最生动的评论"文章(第 35 页)，暗示叙述者和德拉维抵抗出版商的行为彻底失败。尽管叙述者后来重新撰写了一篇评论文章，但贝斯顿依然坚决不予发表。叙述者的第一篇评论文章发表在其他杂志上，"但我承认，文章在文学圈里对该话题的影响，让我感到很失望"(第 35 页)。可见，该杂志的影响力大不如《焦点》。叙述者不无悲哀地指出，像《焦点》那样的文学名刊，虽然拥有庞大的读者群，但鲜有人真正对所刊登作品的价值感兴趣。读者对文字的兴趣被图画所代替，文化危机显而易见，表明詹姆斯对文学名刊不断物化持悲观态度。詹姆斯在创作笔记中犀利地指出："他们希望有人写篇关于名作家的'私密生活'的文章，但仅仅简略地、有所保留地、用通俗语言概括该作家的作品，而他的作品又因过于耸人听闻不宜出版。他们想假装写这位作家，因为他有

---

① Ryan, *The Moral Economies of American Authorship: Reputation, Scandal, and the Nineteenth-Century Literary Marketplace*, p. 17.

② Herford, Oliver. *Henry James's Style of Retrospect: Late Personal Writings, 1890-1915*. Oxford: Oxford UP, 2016, p. 190.

名，他之所以有名，是因为他写了些连他们都不愿清清楚楚讲述出来的作品。”[①]引文的反讽含义不言而喻，刊物对名作家的兴趣仅限于通过迎合大众的猎奇心理牟取更多利益，作家的作品仅仅被当作工具。《约翰·德拉维》写的是作家亲属与出版人之间在阐释作家方面产生的分歧，华顿的短篇《传奇》(“The Legend”, 1910)则是作家与批评家、权威阐释者兼公众人物以及大众读者之间关系的写照。

《传奇》以20世纪初的美国文学评论界为背景，通过聚焦于批评家亚瑟·伯纳德(Arthur Bernald)，再现了以温特曼(Winterman)身份复出后又失踪的作家主人公佩勒林(Pellerin)的传奇经历。佩勒林先后受到市场的影响，这体现在他的隐遁与复出。毋庸置疑，作者在产出作品的过程中会受到读者接受情况的影响。小说中，佩勒林因其作品缺乏市场而隐居多年。他选择隐居，很大程度上是因为他过于在意大众的评论。之前，大众不认可他的作品，但个中原因小说并未交代。小说中的两个评论者人物形象构成鲜明对比：伯纳德是佩勒林的忠实读者，不过他的研究手稿并没有读者；相反，传记家豪兰·韦德(Howland Wade)肆意杜撰，谎称佩勒林已驾鹤西去，但大众对他的传记竟然趋之若鹜。佩勒林发现自己的作品突然受到公众青睐时，他选择复出。佩勒林复出时用了假名“温特曼”，或许希望以旁观者身份确认自己得到认可，从而获得些许满足感。“温特曼”(Winterman)是“冬天”(Winter)与“人”(man)的组合，是对佩勒林此前蛰居的写照。他似乎一直在冬眠，冬眠结束后或许会迎来生机盎然的春天。小说中，伯纳德与温特曼之间的交往，逐渐使他了解后者的创作思想。温特曼根据创作经验提出，作家的新旧作品之间存在内在相似性，只有专业人士方能辨识这些细微差别：

> 我们和斯芬克斯的第一个回合，也许能从我们内心激发出一些东西——一本书，或一幅画，或一曲交响乐；我们为自己的成功感到喜悦，让处女作继续培育下面的著作，就像动物形体没有经历新一轮孵化就不断繁殖似的。结果，我们一直执着于对谜语的最初猜测；我们的作品看似是对同一只盘子先后产生的一系列

① James, *The Complete Notebooks of Henry James*, p. 154.

> 印象，每个印象都较前一个更模糊；实际上，假如我们能时不时地关注现实，作品应与其他生物一样具有多样性——比如水母，它们不是一类吗——它们的后代会繁衍出新形体，只有动物学家才能辨识它们的内在相似性……[①]

这是温特曼复出后与伯纳德交谈的内容，温特曼刚刚完成书稿，与他隐居前的作品相比，书稿更具多样性。在此，温特曼表达了他的文学观。作家应遵循自主性原则进行创作，坚持不计利害地培育著作。同时，作家需不断付出艰辛劳动，进而挑战自己写出更多优秀作品。作家对读者提出较高的要求：首先，读者应接纳作者特点各异的作品，认可作品的多样性。其次，只有专业读者方可辨识作者不同作品之间的"内在相似性"。温特曼在隐居期间完成小说书稿，但书稿是他"关注现实"的产物。由此可见，他的新旧小说之间存在必然的内在关联。只要读者用心阅读作品，即可发现温特曼正是佩勒林本人。短篇中的读者可分三类，分别是理想读者伯纳德、伪批评家豪兰·韦德，以及思想浅薄、沽名钓誉的俱乐部成员。

伯纳德赞同温特曼的"内在相似性"提法。伯纳德指出，普通读者无法发现这一"内在相似性"："大众读者从未看到，佩勒林的思想正是佩勒林本人……"(第 792 页)[②]伯纳德信奉作家与作品之间的密切关系，他对佩勒林的了解基于他对其作品的参悟。可以说，正是因为伯纳德客观、真诚的阅读态度，才使他独具慧眼，率先辨出温特曼的真实身份是佩勒林。华顿在《阅读的罪恶》中这样评价读者的品质："最佳读者能从中汲取最多思想精华的书籍，才称得上是杰作，而能力低下的读者，从这些书籍获得的内容往往最少。"[③]伯纳德可谓佩勒林的"最佳读者"。在对待佩勒林的新旧作品上，伯纳德始终坚持与作家进行精神上的对话。叙述者并未直接交代伯纳德对佩勒林新作的反应，但伯纳德辨识出并接纳了佩勒林新旧作之间的"内在相似性"。他尊重佩勒林作品的多样性，无意区分作品的雅俗。

然而，韦德并非如此，他对温特曼的新作妄加评论，暴露出他企图凌

---

① Wharton, Edith. "The Legend". *Collected Stories: 1891-1910.* Ed. Maureen Howard. New York: The Library of America, 2001. 782-809, p. 795. 下文引用该作品时直接在文中标注页码，不再另注。

② 着重号为原文所有。

③ Wharton, "The Vice of Reading", p. 99.

驾于作家之上的心理。韦德读过温特曼的新作后，发现温特曼与佩勒林的写作特点极为相似，却拒绝接受新作的“粗鲁”风格。如前所述，温特曼认为只有专家才能鉴别出“内在相似性”。从这一角度看，韦德似乎称得上是专家，但他并不接受佩勒林的新风格。如韦德的兄弟所言，“豪兰不喜欢温特曼。说他很粗鲁——粗鲁得可怕。你知道的，豪兰讨厌粗鲁”(第 804 页)。“粗鲁”一词包含两层含义。一方面，该词清晰地印证了佩勒林作品的多样性。之前温特曼与伯纳德交谈中提及“多样性”，预示他的新作与他之前写的高雅文学作品有所不同，他的写作风格呈现多样化特点。韦德讨厌“粗鲁”，表明他有能力辨别温特曼的作品特点，也发现了温特曼与佩勒林的极大相似之处。这表明佩勒林的新作取得了成功，因为他一反之前的粗鲁文风，表现出其艺术创造的多样性。另一层含义是，就韦德而言，他代表将作家本质化的群体，该群体认为佩勒林的小说风格应保持不变。韦德的理由是，凡是“粗鲁”的文学作品，均会威胁到审美活动。毋庸置疑，韦德先入为主，试图给作家贴标签。韦德的逻辑令人想到詹姆斯在《其中的故事》中刻画的沃特这一形象，沃特自诩肩负捍卫文学的使命，实际却采取了双重标准。伯纳德的文学观则相反，他发现温特曼与佩勒林是同一作家时，欣然接纳两种文风。评论家对作家的认识应是客观而动态的，文学评论应坚持从作品出发。

小说中，伯纳德与韦德的文学观形成鲜明对比。伯纳德同样发现，温特曼的新作以粗鲁的文风为特点，但他能够客观地对待温特曼的作品。尽管小说并未详细交代他如何评价温特曼的新作，但他尊重并接纳温特曼及其作品。遗憾的是，伯纳德的这一正确认识却不被认可。如前所述，伯纳德研究佩勒林作品的书稿无人问津，而韦德的佩勒林传记却变得炙手可热。豪兰·韦德的传记之所以有市场，是由于存在这样一个文学消费群体：该群体成员借机出席韦德的讲座，企图标榜他们的文化品位。

韦德的俱乐部讲座，满足了有闲阶级成员附庸风雅的心理。如果说高雅的表征是佩勒林的作品，庸俗则是试图阐释该作品的群体的本质。韦德在“提升俱乐部”读书会上大谈“佩勒林主义”，俱乐部成员竟认为自己有“使命感”，自恃有权作“选民”(第 801 页)，有义务“提高”大众的阅读品味。该群体对文学潮流的跟风行为，被恰如其分地比作在穿衣打扮上赶时髦。“伯纳德甚至认为，那些聚在一起的女士们，她们当中多数人的信仰要比她们的服装更时尚。"(第800页)文学鉴赏是精神活动，读者需认真阅读作品方可形成自己的思想。讲座是交流个人阅读体会的理想形式，然而韦德作为讲座人未能客观地对待他所探讨的作品，而参加讲座的人的动机也令人质疑。例如，伯纳德出席讲座时发现，有些参加者对通俗杂志更感兴趣。(第803页)

《传奇》中的文学消费群体与《雄狮之死》中的相比，有过之而无不及。19世纪末，文学名家的个人隐私日益成为大众关注的焦点。"随着19世纪的发展，反映名家公共形象的个人信息通过五花八门的物品大范围曝光。"[①]《传奇》中，"提升俱乐部"看似为增长成员的文学知识所设，其实以双向消费活动为主旨。韦德已将"佩勒林主义"产业化，而身为消费主体的俱乐部女性，则依赖消费"佩勒林主义"以增加其文化资本。叙述者对此类文化消费者的鄙夷态度一目了然，以下引语中的排比句，深刻地揭示出以艾丽斯·福斯迪克(Alice Fosdick)为首的文学消费现象。福斯迪克对温特曼侃侃而谈：

> 是我们，我们是佩勒林的门徒，是他的阐释者，是我们发现了他，把他献给世界的——是我们，我们是选民，是圣书的守护者，用豪兰·韦德的话说——是我们一直处于滑落到昔日陈旧思想中并践行那七条害人的美德的危险之中；是我们需要感恩，应该重新意识到他为我们所做的一切，应该意识到我们应该为他做些什么！……(第801页)[②]

"提升俱乐部"成员反复自称"门徒"、"阐释者"、"选民"及"守护者"，但以上话语内容空洞，并未阐述各成员的观点。她们声称自己的观点区别于"陈旧思想"，认为自己"重新"发现了作者的贡献，对作家充满感激之情。奇怪的是，读者对作者的贡献以及这些成员的感恩缘由不得而知。该俱乐部组织的活动并未探讨佩勒林的思想，成员们不过企图借机显得更有品位。"应该"一词在以上引文中反复出现，而这些成员最应去翻阅作品，而

① Hawkins, Ann R., and Maura Ives, eds. *Women Writers and the Artifacts of Celebrity in the Long Nineteenth Century*. Farnham: Ashgate, 2012, p. 4.

② 着重号为笔者所加。

不是试图增补其文化底色。这些成员至多是高雅文化的消费者，他们的消费行为以牺牲作家和作品为代价。

韦德肆意曲解佩勒林的作品，然而他的讲座竟产生轰动效应，伯纳德潜心研究佩勒林的作品，他的成果却无人问津，小说的反讽意味由此可见。听众甚至将韦德奉为佩勒林的化身，佩勒林本人虽然在场却被迫失声，并在讲座结束后神秘失踪。伯纳德的旁观者身份也暗示，最熟知"佩勒林主义"的群体，却被"兴旺发达"的大众文化消声。作家佩勒林和批评家伯纳德面对读者，却无权阐释作品，只得任由伪批评家肆意妄为。文末，韦德放弃"佩勒林主义"，转而研究东方文化，进一步印证了他的文学消费行为。文学批评界与文化市场的混乱无序，以及作家在伪批评家手中的可悲结局，着实令人咂舌。以韦德为代表的这一群体迎合消费市场需求，伺机攫取物质利益，这正是19世纪末和20世纪初美国文学批评界的堪忧之处。詹姆斯的《雄狮之死》("The Death of the Lion"，1894)从更广阔的视角再现了这一主题。

如前所述，詹姆斯的《雄狮之死》中，在平霍恩和莫罗的"引导"下，大众读者一味消费名作家帕拉迪。譬如，第一人称叙述者向读者交代说，帕拉迪被迫与社会名流交往。(第371页)帕拉迪成名后，迅速遭到有闲阶级成员的包围，他们将帕拉迪看作能提升其品味的符号。如前所述，叙述者注意到威姆布什夫人对帕拉迪的围猎。(第371页)小说中与捕获相关的一系列词语，有力地再现了威姆布什夫人靠帕拉迪提升其文化地位的庸俗行为，这与平霍恩视帕拉迪为"猎物"的行为相差无几。詹姆斯在创作笔记中曾用"女猎狮人"及"猎狮女主人"[①]描述企图榨取大师象征资本的有闲阶级成员，其用意或许正是出于这一考虑。

以威姆布什夫人为首的新富，邀请帕拉迪前往其住处"普雷斯蒂奇"(Prestige)，"prestige"一词的词意为"特权"，揭示出威姆布什夫人自诩属于特权阶层这一事实。帕拉迪来到"普雷斯蒂奇"后，病情开始加重，暗示威姆布什夫人所象征的特权对作家的危害性。特权阶层成员与帕拉迪接触，旨在增加其文化资本。随着帕拉迪病情的恶化，其象征资本必将随之消失。以威姆布什夫人为首的群体，见到帕拉迪日薄西山，立即转而追捧其他名家。该夫人的名字无疑指向她消费名家的特点："Wimbush"中的

① James, *The Complete Notebooks of Henry James*, p. 87.

"wim"与"whim"一词(一闪而过的念头)的发音和拼写相近，表明她对帕拉迪的兴趣只是心血来潮。帕拉迪一旦被该群体绑架，他的死亡是即刻的。而夺去帕拉迪生命的不仅有威姆布什夫人[①]，平霍恩和莫罗也难逃其责，后者及其同类无异于吸血鬼，他们不顾帕拉迪的身体状况，一味要求他发表对"小说的未来"的看法，想方设法利用帕拉迪的名人效应增加刊物的销量。帕拉迪视书稿为生命，而对贪图经济利益的群体而言，书稿意味着高额利润。而书稿在篇末莫名遗失是不祥之兆，预示帕拉迪的生命将走向终结。

《传奇》中，佩勒林与帕拉迪有着相同的命运。导致佩勒林失踪的根本原因莫过于韦德对"佩勒林主义"的肆意"阐释"事件。以温特曼身份复出的佩勒林出席韦德的讲座，原本期待了解韦德及听众对其作品的认识。然而，这种期待注定以失败告终，小说虽然没有交代佩勒林对讲座的感受，但伯纳德所观察到的内容，足以再现佩勒林的幻灭感。他在讲座现场上注意到，韦德佯装崇拜佩勒林并成功地蛊惑大众，使大众误以为自己熟知"佩勒林主义"。几年后，伯纳德与"提升俱乐部"成员艾丽斯·福斯迪克偶遇，后者介绍道："你知道吗，豪兰的讲座'佩勒林主义的含义'已经译成22门语言，冰岛语都出第5版了。"(第807页)对福斯迪克而言，大众的欢迎度是衡量作家成功的标准。佩勒林主义讲座火爆，佩勒林的小说销量必然增加。然而，对追求艺术事业的佩勒林而言，他的小说竟以如此方式占有市场，他的心情可想而知。如前所述，他以温特曼的身份复出后与伯纳德促膝交谈，表达了他渴望读者理解其作品的意愿。韦德炒作小说的行为，显然与温特曼的这一原则相悖。他发现自己作品畅销的原因与所期待的完全不同，这或许是导致他再次出走的原因。佩勒林亲睹"佩勒林主义"的炫耀性消费后选择隐遁，不啻是对文学界名利场的无声鞭挞。

佩勒林的虚荣心也是导致他以悲剧性结局告终的部分原因。先前，佩勒林因其作品一度受冷落而选择隐居，但当他发现自己的作品多次印刷后决定复出。他这样解释自己的隐居："我失望至极，带着受伤的自尊离群

---

① 埃尔克·德·霍克尔(Elke D' hoker)认为帕拉迪之死由崇拜名人的群体所致，而这一群体显然以女性为主体(D' hoker, Elke. "Artist Stories of the 1890s". *Reconnecting Aestheticism and Modernism: Continuities, Revisions, Speculations*. Ed. Bénédicte Coste, Catherine Delyfer and Christine Reynier. New York: Routledge, 2017. 92-106, p. 94)，但小说诸多细节表明，消费文学名家帕拉迪的主体并不只限于女性。

索居——不是自尊，是虚荣心!”(第 794 页)佩勒林此刻虽然对其虚荣心反躬自省，然而当他向伯纳德长篇累牍地诉说其经历时，他自以为消失的虚荣心卷土重来。华顿安排叙述者讲述佩勒林的悲剧，旨在提醒作家群体避免受到大众读者的影响。作家应尽力提出有理有据的艺术观，避免受到任何群体或个人评论的影响。佩勒林隐居多年后突然发现自己走红，来自社会的关注令他喜出望外。他摆脱自己曾选择的隐居状态，试图品尝得到认可的喜悦。而当他发现大众读者利欲熏心、各取所好时，或许已意识到自己的复出是个错误决定。当艺术家内心中的精神与物质两股力量相互交织时，其矛盾心情可想而知。华顿塑造佩勒林这一形象有其用意，她给莫顿·富勒顿的信中曾写道，她所刻画的佩勒林“对人际交往极为敏感，但又和大众保持安全距离”，并说她塑造该人物时想到了亨利·詹姆斯。[①] 事实上，佩勒林“远离大众”时才会“安全”，因为假如他不太看重大众的评价，其悲剧或许可以避免。[②]

《雄狮之死》与《传奇》中，有两个批评家人物与作家主人公亲密无间，他们的观察揭示出作家主人公的困境的另一面。《雄狮之死》中的叙述者自我剖析道：“我怕他遇到更不计利害的人，这些人会让他受启发，从而发现我的真实动机。所有不计利害的人都是他的真正崇拜者，而且还是精挑细选出来的。”(第 382—383 页)“不计利害的”(disinterested)一词在此处出现两次，该词也出现在阿诺德的评论文章《当前文学批评的功能》中。[③] 叙述者虽然认同理想批评家应“不计利害”的观点，但他本人甚至难以达到这一标准。或许可以说，詹姆斯对阿诺德提出的理想文学批评抱怀疑态度。詹姆斯在纽约版小说集的序言中写道，《雄狮之死》及其他四个短篇都富含“反讽精神”，“为了维护普遍意义上的自尊，我们必须将一些体面内容设想成自然存在的，出于维护文明的利益，我们必须至少假装存在一种最基本的精神荣誉感”。[④] 尽管如此，叙述者的反省行为表明，他依然具备“最

① Wharton, *The Letters of Edith Wharton*, p. 202. 莫顿·富勒顿是伊迪丝·华顿与亨利·詹姆斯的共同朋友。

② R. W. B. 路易斯认为，《传奇》真实地再现了詹姆斯的“自杀式绝望”，这种绝望主要由其文学事业的失败所致，表现在他的纽约版小说集出版后无人问津。(Wharton, *The Letters of Edith Wharton*, p. 204.)着重号为原文所有。

③ 马修·阿诺德：《“甘甜”与“光明”——马修·阿诺德新译 8 种及其他》，第 15 页。

④ James, “Preface. *The Lesson of the Master*, *The Death of the Lion*, *The Next Time*, *The Figure in the Carpet*, *The Coxon Fund*”, p. 1229.

基本的荣誉感”。

《传奇》中，伯纳德虽然是佩勒林的知音，却未能成功保护佩勒林，再现了真诚派与功利派力量悬殊的事实。佩勒林亲临韦德的讲座现场，目睹伪批评对其作品的践踏，却无能为力。伯纳德注意到佩勒林孤立无援，但他没有挺身而出与韦德及其帮凶交锋。叙述者没有交代伯纳德退缩的原因，但读者不难猜测，即便伯纳德有足够勇气挑战以韦德为首的群体，试图分享自己的文学观，恐怕也是心有余而力不足。小说结尾处，伯纳德与艾丽斯·福斯迪克的对话就充分论证了这一点。他们之间的对话，与佩勒林和豪兰·韦德相关。福斯迪克的夸夸其谈以及自诩文化守护者的行为，使伯纳德陷入沉默。“哦，韦德的讲座内容太丰富了，我现在没法告诉你；不过你要是哪天下午来喝茶——除周三外哪天都可以——我愿意给你讲讲——”(第 809 页)福斯迪克像俱乐部其他成员一样思想匮乏，却缺乏勇气坦陈自己的无知。福斯迪克所指的讲座是韦德最新热衷的内容，他赶时髦的行为在小说末尾得到有力的揭示。伯纳德与佩勒林处境相同，后者被韦德剥夺话语权后最终失语，前者则在韦德的忠实“粉丝”面前遭到消声。

《传奇》中，韦德借“佩勒林主义”传播虚妄评论，其荒诞之处与《雄狮之死》中上演的消费帕拉迪的闹剧性质相同，揭示出文学消费行为对文学批评的危害。两个文本中，伯纳德与第一人称叙述者均代表严肃文学批评家，然而文学消费现象却使他们难以与诸如豪兰·韦德、艾丽斯·福斯迪克、平霍恩、莫罗、威姆布什夫人等人所代表的力量抗衡。詹姆斯的《雄狮之死》反映出英国出版人与有闲阶级女性消费文学的现象，19 世纪末深陷危机的英国文学批评环境得以再现，传达出詹姆斯对文学批评现状的焦虑。华顿的《传奇》，则凸显了两类美国文学评论者与作家主人公佩勒林的交集。一方面，读者认识到批评家与作家之间有可能通过建立深厚友谊积极助推两者的相互支持。另一方面，小说也揭示出伪批评家给文学创作和文学批评造成的巨大阻力。这一主题在华顿的短篇《鑫谷》中有进一步反映。

《鑫谷》(“Xingu”，1911)以名作家奥斯里克·戴恩(Osric Dane)的作品《鑫谷》(“Xingu”)为线索，再现了小城市暴发户企图攫取文化资本的经过。与《传奇》相同，《鑫谷》借助作家与两类读者之间的交集，呈现了小说的雅俗文学主题。《鑫谷》聚焦于小城市的文化活动——“午餐俱乐部”读书会，该读书会有两类读者：第一类是沽名钓誉的新兴有闲阶级成员，第二类则是有思想的读者。读书会的名称颇具反讽意味，俱乐部主要负责招待名作家，会长由“大把追求文化的”巴林杰夫人(Ballinger)担任，[①] 而经济条件更胜一筹的普林斯夫人(Plinth)则觊觎着该职位。短篇开始就营造了竞争氛围，有闲阶级女性争先恐后，以招待名作家奥斯里克·戴恩为荣，每个成员都为其雄厚的财力感到自豪，她们关注的仅仅是招待名家的地点是否足够奢华，并不了解戴恩最关心读者对其作品的反应。会长巴林杰夫人藏书丰富，却束之高阁，只有在她准备招待戴恩来访时，才慌忙将各色书籍堆垛出来。会员对名作一无所知，却羞于承认这一事实。会长及大部分会员希望假借名作家以抬高自己的身份，并赋予自己使命感。譬如，小说中反复出现“义务”和“权利”两个词。她们自命精英，却无法掩盖其实用主义本质，暴露出她们迫切占有文化资本的心理。有闲阶级成员的附庸风雅行为，导致文学沦为消费品，而这一切未能逃脱范尼·罗比夫人(Fanny Roby)的敏锐观察。

罗比夫人与众不同，她观察到第一类读者生活富裕却精神贫瘠。罗比夫人身边的俱乐部成员并未读过戴恩的小说，却争先恐后地引用他人对戴恩小说的看法，普林斯夫人尤其如此。罗比夫人问及她对小说《死亡之翼》的见解时，包括普林斯夫人在内的所有午餐俱乐部成员面面相觑，认为这有悖俱乐部的规定。“她们都知道，普林斯夫人最不喜欢有人问她对书的看法了。书写出来是让人读的；人们要是读了书，还需要期待什么呢？……”(第5页)普林斯夫人仅满足于赶时髦，对小说没有真正的兴趣。叙述者将普林斯夫人的思想与其房屋加以对比，突出该“读者”徒有家产、精神空虚的特点。“她的思想如同她家的房子，装饰有‘大件’，这些大件的位置不能轻易更换；午餐俱乐部有个不成文的规定：在俱乐部范围内，每个成员的思维习惯都应受到尊重。”(第5—6页)普林斯夫人在固定位置陈列大件家具这一细节，暗示她家财万贯，思想匮乏。然而，她的社会地位赋予她特权，其“思维习惯都应受到尊重”。俱乐部活动以炫耀成员的社会地位和财力为目的，但与思想交流无关，这与俱乐部的名称形成强烈的

---

① Wharton, Edith. “Xingu”. *Collected Stories: 1911 -1937.* Ed. Maureen Howard. New York: The Library of America, 2001. 1-25, p. 1. 下文引用该作品时直接在文中标注页码，不再另注。

反讽。

罗比夫人思想敏锐，她洞悉戴恩的局限性以及俱乐部成员的不堪行为。罗比夫人是唯一真正读过戴恩小说的读者，她问及《鑫谷》的具体内涵时，甚至连戴恩本人都无言以对。俱乐部成员纷纷语焉不详，她们没有读过该作品，自然无法提供任何有价值的回应。但这一群体善于掩盖自己的无知，甚至不惜违背事实，为自己的无知辩护。譬如，俱乐部组织者得知《鑫谷》不适合体面的女性阅读后，立即要求更改讨论题目。至此，俱乐部成员思想狭隘的事实不言而喻。小说末尾，戴恩与罗比夫人一起离开俱乐部，暗示两人志同道合，反衬出俱乐部成员荒诞庸俗的一面。不过，这些成员始终缺乏自省意识，她们的反应令人啼笑皆非。戴恩离开后，范·瓦鲁雅克(Van Vluyck)甚至以为她们打赢了一场战争。"'我们能让戴恩看到一点，我很高兴，'范·瓦鲁雅克小姐补充道，'博大和新兴的文化，并不只限于那些伟大的文化中心城市。'"(第 17 页)小市民的狭隘无知和自欺欺人，让人忍俊不禁。在一定程度上，短篇预示了辛克莱·路易斯(Sinclair Lewis)的《大街》(*Main Street*)反讽中产阶级自足和狭隘这一主题。

《鑫谷》对俱乐部成员的无知、狭隘和虚荣的讥讽无处不见。巴林杰夫人自称"我们力求跟上艺术、文学和伦理领域的最高雅的文化"(第 10 页)，但该地区居民的狭隘令人震惊。凡是她们眼中不洁的内容，她们一律拒绝接受，甚至包括她们自称感兴趣的艺术创作。罗比夫人不无惭愧地承认，戴恩的小说不适合女性阅读。俱乐部成员得知后忧心忡忡，担心她们的讨论被人听到，甚至担心其思想受到腐蚀。巴林杰夫人这样说道："一般情况下，讨论这个话题也许不太合适；但既然这个话题对奥斯里克·戴恩这样出名的女性显然很重要，我觉得我们不该害怕这个话题——不用防备什么——不过如果有必要的话，还是要关上门讨论。"(第 18 页)范·瓦鲁雅克表示同意："'我同意您的观点，'范·瓦鲁雅克很快表示支持，'前提是，要回避粗俗的语言。'"(第 18 页)她们避重就轻，全然忽略小说的实质内容。在翻阅过百科辞典后，她们终于发现"鑫谷"词条，但并不认为阅读小说《鑫谷》会有助于理解小说的篇名和主题。此刻，更富有的普林斯夫人设法挤入俱乐部，她急忙央求道："要是有什么冒犯性的内容，求您千万别念出来。"(第 21 页)该女性群体囿于闭塞狭隘的文化，对文学阅读毫无兴趣，却羞于承认自己的无知，并极力避免接触所谓有伤风化的作品。颇具反讽意味的是，她们反倒为自己“纯洁”的思想沾沾自喜。小说的反讽含义还表现在，这些女性的藏书汗牛充栋，但仅用于摆设。同理，她们的语言也徒有装饰功能。作家奥斯里克·戴恩原本期待与午餐俱乐部成员切磋，未曾料到她们试图借用时髦词汇武装自己，并掩盖其思想匮乏的事实。“Xingu”一词让该群体大伤脑筋，戴恩与罗比夫人的对话中用到比喻性的语言，而俱乐部成员却理解成了字面意思。小说淋漓尽致地揭示了该群体企图伪装成文化人的丑行。罗比夫人是小说中唯一有思想的女性，随着罗比夫人被劝退和普林斯夫人的粉墨登场，俱乐部此后的伪文化实践行为可想而知。小说通过讥讽这一群体，揭示出伪文化组织的肤浅庸俗行为。如霍纳(Horner)和比尔(Beer)所写，“华顿坚持认为，小说应该提供一扇窗，透过这扇窗可以观察社会行为以及个体和群体的道德品行。”[①]

诚然，戴恩对男性批评家观点的依赖以及罗比夫人的表现，也反映出女性作家的劣势和文学界的性别歧视。戴恩和罗比夫人尽管有思想，但她们极为关注男性批评家对《鑫谷》的看法。譬如，从戴恩关注男性批评家如何评论其作品这一细节，足以看出女性创作受到由男性主导的文学界的限制。无独有偶，《一个战争故事的创作过程》中，艾薇同样看重男性批评家的创作观，但叙述者使读者认识到一点，即艾薇与男性批评家的观点完全重合，只是前者缺乏勇气坚持自己的观点。如前所析，《一个战争故事的创作过程》较详细地描写了女性作家的困境。作家主人公艾薇原本与批评家哈利信奉同一创作原则，却不得不违心认可期刊宣称的流行文学创作方法。可见，她的文学才华并不亚于知名批评家，只是她因缺乏自信而无力表达自己的思想，这与文学界对女性作家的偏见不无相关。相比之下，本节分析的詹姆斯笔下的男性作家主人公则无此顾虑。

本章分析比较了詹姆斯的《格里维尔·费恩》(“Greville Fane”，1892)、《下一次》(“The Next Time”，1895)及《约翰·德拉维》(“John Delavoy”，1898)与华顿的《善会降临》(“That Good May Come”，1894)、《传奇》(“The Legend”，1910)及《鑫谷》(“Xingu”，1911)。这些作品表明作家的创作初衷至关重要，纯粹以获取市场成功为目的的行为，无疑会削减作品的文学价值，作家也不会得到相应的尊重。相反，作家如果抛开物质考量，

---

① Horner, Avril, and Janet Beer. *Edith Wharton: Sex, Satire and the Older Woman*. New York: Palgrave Macmillan, 2011, p.5. 着重号为原文所有。

心无旁骛地追求自主创作，终将赢得大众的认可。谈及大众读者群体，以上作品均出现两个作家或作家与读者群体的人物形象。《格里维尔·费恩》中，由于第一人称叙述者的操控，费恩作品的文学性并未得到客观呈现，显而易见，性别偏见导致雅俗文学相互对立。《下一次》同为第一人称叙事，但与《格里维尔·费恩》有所不同：前者中的叙述者将焦点集中在拉尔夫上，读者对拉尔夫的同情之感油然而生，而后者的叙事并未赋予费恩话语权，费恩的创作遭到不公对待。《下一次》中，拉尔夫在创作过程中曾受到家庭消费观的影响，导致他一度迷失方向。不过，他的命运表明，作家唯有坚持自主创作，才有可能产出有价值的作品。同理，出版人只有摒弃物质至上，才能赢得严肃读者的认可。《约翰·德拉维》中，主人公遭到大众的消费，有思想的文学评论却无法发表在重要期刊上。华顿的《善会降临》反其道行之，柏克顿的新闻故事虽然迎合了部分读者的需求，但他的诗歌与新闻故事同时发表在一个期刊上，表明雅俗文学相融合必将有利于凸显文学的教化作用。雅俗文学同样有可能春风化雨，这在《善会降临》中有所体现。华顿的这一主题作品，相较于詹姆斯的同类作品有着更广阔的维度。譬如，《善会降临》《鑫谷》及《传奇》均塑造了与作家人物相对应的志同道合的人物形象，其中的读者人物形象均体现出文学消费群体与文学团体的对立，短篇对消费文学行为的反讽及批判表现得淋漓尽致，在后两个短篇中尤其如此。詹姆斯与华顿在其作品中还塑造了批评者形象，探讨这些形象以及华顿与詹姆斯的文学创作理念，将为深入理解他们的作家题材作品提供必要的视角。

第五章　作家与文学批评主题作品

詹姆斯与华顿塑造了不少文学评论者形象，这些形象在不同程度上反映出两位作者的文学观和文学批评观。詹姆斯的理论基石以生活经验为核心，“事实上，詹姆斯始终对过于理论化的文学批评抱有一份警惕之心，因为在他看来，‘文学’与‘经验’之间存在着的丰富联系，包括它们之间的矛盾和张力，都不可能被任何理论话语所完全涵盖和解释。”[①]詹姆斯不仅在诸如《小说的艺术》等文学评论著述中阐述了他对文学和文学批评的见解，还创作了大量作家及批评家主题作品，如《地毯里的图案》《雄狮之死》和《阿斯彭文稿》等。这些作品中的作家及评论者主人公，以不同方式探究了文学创作与文学批评主题。华顿著有《小说创作》和其他文学评论文章，涉及文学创作与文学批评主题的短篇包括《传奇》与《回到原处》等，小说则包括《哈德逊河斗拱建筑》及《众神来临》。

本章将考察詹姆斯与华顿的文学观与文学批评观，这些观点均反映在他们的作家与文学批评主题作品中，具体包括文学批评界的荒诞、文学团体建构过程以及小说创作活动、艺术与人生三方面内容。本章将研究詹姆斯的《阿斯彭文稿》(*The Aspern Papers*，1888)、《中年》(“The Middle Years”，1893)、《雄狮之死》(“The Death of the Lion”，1894)、《地毯里的图案》(“The Figure in the Carpet”，1896)及《悲剧缪斯神》(*The Tragic Muse*，1890)与华顿的《回到原处》(“Full Circle”，1909)、《传奇》(“The Legend”，1910)、《哈德逊河斗拱建筑》(*Hudson River Bracketed*，1929)及《众神来临》(*The Gods Arrive*，1932)。本章分析的文学批评著作包括詹姆

① 毛亮：《自我、自由与伦理生活：亨利·詹姆斯研究》，北京大学出版社，2015年版，第3页。

斯的《小说的艺术》("The Art of Fiction", 1884)及其他文学评论文章，与华顿的《小说创作》(*The Writing of Fiction*, 1924)及其他评论文章。

第一节　文学批评界的荒诞

《阿斯彭文稿》(*The Aspern Papers*, 1888)突出了詹姆斯对评论者道德意识的关注。小说讲述了伪评论家第一人称叙述者企图获取阿斯彭文稿未果的经过，詹姆斯在《阿斯彭文稿》的创作笔记中介绍了小说的创作背景。詹姆斯在笔记中写道，1887 年 1 月 12 日，英国小说家弗农·李(Vernon Lee)[①]的兄弟尤金·李-汉密尔顿(Eugene Lee-Hamilton)讲述了有关波士顿艺术批评家爱德华·西尔斯比(Edward Silsbee)的有趣经历。西尔斯比崇拜雪莱，他听说拜伦的情人克莱蒙特(Claremont，通常拼写为"Clairmont")已年近八旬，她与其未婚侄女住在意大利佛罗伦萨市。西尔斯比得知克莱蒙特存有拜伦和雪莱的信件后，一直试图占为己有，于是计划接近老妪及其侄女，企图趁其不备获取这些信件。老妪过世后，他向其侄女索要信件，后者答应的前提是，他必须和她结婚。詹姆斯在笔记中表示，以上创作素材颇有价值，"突降手法并不一定与可怜的西尔斯比相关；不论怎样，整个故事本身就是一个主题，就是一幅画。这让我对它饶有兴趣。有趣的内容大概会是，此人不得不付出代价——按照老妪或幸存者为那些文稿设定的价格支付。西尔斯比的迟疑——他的努力——因为他真的几乎愿意付出一切。"[②]詹姆斯在听汉密尔顿讲述以上故事时，甘坝(Gamba)伯爵夫人恰巧走进房间，伯爵夫人的丈夫是拜伦最后一个情人特蕾莎·吉克伊奥里(Teresa Guiccioli)的侄子，他们掌握拜伦的大量书信，在汉密尔顿看来，他们是"限制他人思想的、危险的信件保管者"。[③] 有关《阿斯彭文稿》的创作笔记，凸显出该小说的道德主题。

小说中，以评论人形象出现的第一人称叙述者自恃有权威感。小说题目中的诗人杰弗里·阿斯彭(Jeffrey Aspern)业已过世，与詹姆斯在创作笔记中所述的艺术批评家西尔斯比相对应，而与小说叙述者相对应的人物则

① 维奥莉特·佩吉特(Violet Paget)的笔名。

② James, *The Complete Notebooks of Henry James*, p. 34.

③ James, *The Complete Notebooks of Henry James*, p. 34.

是批评家约翰·卡姆诺(John Cumnor)。叙述者的自我评价颇高，他认为自己与约翰·卡姆诺是诗人阿斯彭的“指定守护者”(appointed ministers)。[①] 叙述者竟自比哲人，认为自己的使命高于一切。“他不用害怕我们，因为他不用害怕事实，间隔了这么长的时间，我们就想认定一些事实。”(第5页)[②]以上引语中的“就想”(alone)一词旨在突出一点，即叙述者对阿斯彭的研究兴趣纯属客观。显然，叙述者认为他代表“事实”。然而，叙述者何以判定自己有能力揭开“事实”真相？叙述者的以上话语暗示出他与诗人的对立关系，具体体现在以下方面。叙述者认为阿斯彭生活中的“事实”或许与其道德品行相关，而且阿斯彭的隐私将有可能暴露在公众视野中。叙述者似乎以权威自诩，认定自己的使命在于揭示诗人不为人知的“事实”，而他颇为自己肩负这一使命感到自豪。第一人称叙述者自诩代表真理，打着“认定一些事实”的幌子，但其真实目的令人质疑。如上所述，小说还刻画了另一评论家形象约翰·卡姆诺，读者得以从叙述者的视角审视卡姆诺。

叙述者掌握话语权，标榜自己作为批评家的优越性，却暴露出他唯利是图的本质。叙述者表明，他比卡姆诺更易包容阿斯彭的缺点。上段中，读者得知叙述者对阿斯彭的“事实”比较感兴趣。然而，叙述者在小说的同一段文字中提及与“事实”无关的内容，这一细节令读者质疑他的研究动机。譬如，叙述者指出，阿斯彭对他生活中的女性一样恶劣。且不论这是否符合事实，仅凭叙述者对这一细节的关注，读者便可推测叙述者对阿斯彭的兴趣旨在打探其个人隐私，达到发财致富的目的。他对阿斯彭表示好奇，而“curiosity”一词除了表示“好奇心”外，还有“珍品、古董、奇人(事)”的含义。事实上，叙述者将阿斯彭的恋人朱莉安娜·波德罗小姐(Juliana Bordereau)比作“珍品”。言外之意，波德罗小姐掌握大笔财富。叙述者得知她住在威尼斯，不由慨叹自己知道得太晚了。“她能在喧闹的城市里安然隐居的一个浅显的秘密，就是威尼斯有太多更让人们感到好奇的事物。”(第7页)叙述者选择将波德罗小姐与威尼斯众多其他“珍品”(古董)并列，表明他认为波德罗小姐的实用价值非同一般。叙述者身为编辑，却对

① James, Henry. *The Aspern Papers*. London: Penguin, 1994, p. 4.

② 亨利·詹姆斯：《阿斯彭文稿》，黄协安译，上海：上海译文出版社，2012年版，第5页。下文引用该作品时直接在文中标注页码，不再另注。

有利可图的藏品有浓厚兴趣，其功利目的显而易见。可以说，波德罗小姐在叙述者眼里已变成潜在的摇钱树，叙述者所谓追求“事实”真相的研究目的可想而知。

叙述者在波德罗小姐家住下后，企图打探阿斯彭的个人隐私。叙述者难耐寂寞，甚至希望仆人与厨师之间发生一些事情，还想方设法让仆人搜集有关女主人的信息。显然，这与他所宣称的“文学追求”(第 42 页)目的不符。然而他狡辩说，自己觉得能与诗人阿斯彭感同身受，在艺术追求和道德规范方面可以称兄道弟。“我甚至很奇怪地感觉我和他们是一伙儿的，自己和那些曾经倾情于艺术、献身于艺术的人们有一种道德亲切感。他们追求美，我不也是一样吗？杰弗里·阿斯彭的一切作品里都包含着美，而我的使命就是展现他的美。”(第 43 页)叙述者并未界定“美”的含义，却急于证明自己是艺术家，与诗人阿斯彭有着“道德亲切感”。读者从叙述者的评价中无从了解诗人作品的美，对诗人如何追求艺术事业更是无从得知。叙述者含糊其辞，自称欣赏阿斯彭代表的美，并自诩有使命“展现”这种美。他夸夸其谈的本事，不亚于华顿笔下的有闲阶级成员。譬如，华顿的《传奇》中，消费文学的群体成员声称自己担负着传播佩勒林主义的光荣使命，而他们对佩勒林的作品却一无所知。《阿斯彭文稿》中，叙述者自称要展现诗人的美，实则挖空心思，企图收集诗人的个人隐私。叙述者认为自己不远万里来到威尼斯，住在诗人曾造访的房屋，这就是“献身于艺术”的表现。其实，叙述者的“文学追求”不过是他所戴的面具，面具背后隐藏着不可告人的目的。他佯装对园艺感兴趣，甚至将书本带入花园的亭子里，“每天我都会把书和书稿(我一直有东西要写)搬到亭子里去，一边工作，一边等待，一边思考，一边翘首盼望。”(第 46 页)原文中的“business of wri-ting”可谓一语双关，叙述者的写作活动属于商业性质，他借机住在波德罗小姐家，旨在刺探阿斯彭的隐私，因为后者能为他带来巨大的商业利益。

叙述者对阿斯彭仅有笼统的认识，他对后者的崇拜别有用心。如上所述，叙述者对阿斯彭的了解程度值得质疑，这可从他介绍阿斯彭对美国文学的贡献得到印证。他对阿斯彭的总结是，阿斯彭“任何事物都能够感受、理解和表达，随心所欲、不落俗套，潇洒大气，无所畏惧。”(第 50 页)这些表述内容空洞，无助于读者认识阿斯彭的文学成就。叙述者缺乏也无法提供相关的具体实例，以论证他对诗人及其诗作的感受，恰恰说明他的文学认知缺乏真诚的态度。叙述者摆出这些事实，旨在掩饰其商业动机，企图误导读者认同他是有“文学追求”的人。

与叙述者对应的则是阿斯彭文稿保管人波德罗小姐，后者敏锐地洞察到叙述者的不良动机。蒂娜小姐与叙述者的第一次谈话，揭示出波德罗小姐的洞察力。波德罗小姐已察觉到叙述者居心叵测：叙述者租住波德罗小姐家，意在打探阿斯彭的隐私，以便通过撰写阿斯彭传记达到名利双收的目的。叙述者在波德罗小姐的要求下陪同蒂娜小姐游玩，他内心盘算着如何利用后者获取阿斯彭文稿。蒂娜错过了青春年华，又不幸沦为叙述者实现其功利目的的工具。读者注意到，被蒙蔽的蒂娜尽情享受着他的陪伴。叙述者在自然风景面前依然工于心计，盘算着如何最大限度地利用蒂娜，这一对置更有效地揭示出叙述者的冷漠和自私。叙述者为达到个人目的，毫不顾忌蒂娜的处境。当蒂娜表示无法背叛亲人时，叙述者却漠然处之。他以发扬光大阿斯彭的历史为借口，以此掩饰其不可告人的目的。以下对话暴露出叙述者的卑劣性：

> “嗯，蒂娜小姐，”我说，“我就是希望你阻止她这样做。”
>
> “我怎么能阻止她呢？”
>
> “你能不能把那些文稿从她手里拿出来？”
>
> “拿来给你吗？”
>
> 于是，这件事就变得很蹊跷，尽管我很肯定她并没有嘲讽的意思。“哦，我是说你可以让我看看，让我研究研究。这不是为我自己，我对它们没有个人的欲望。只是大众对这些文稿具有无限的兴趣，它们对研究杰弗里·阿斯彭的生平也具有极大的作用。”(第 83 页)

“无限的兴趣”和“极大的作用”与前面所分析的内容相同，均指向叙述者试图粉饰其功利性的研究目的。叙述者假借大众的名义，试图表明自己的研究不掺杂个人利益。前面提过，叙述者对阿斯彭的艺术性含糊其辞，暗示他并不是合格的批评家。叙述者对阿斯彭的兴趣只是出于商业考量，他意欲通过迎合大众消费名人隐私的趣味，达到获取名利的目的。叙述者搜集到阿斯彭文稿，旨在通过撰写他的传记捞取名利。对叙述者而言，阿斯彭的手稿象征金钱和名誉，具有市场属性。

波德罗小姐将阿斯彭文稿视为暖心的珍贵信物，这一行为与叙述者的功利主义态度构成鲜明对照。读者从蒂娜小姐得知，姑妈过去常取出阿斯彭的信件反复端详，是出于对诗人的怀念。诗人的信件想必给年迈体衰的波德罗小姐带来慰藉，那些文字一定不时地温暖着她的心灵。信件应当是见证两人情感的文档，叙述者没有意愿更没有能力理解这些信件的价值。蒂娜小姐虽然愿意帮助叙述者，但她深知这些文稿的意义所在。这些文稿一旦落入这些消费者手中，给信件当事人造成的伤害可想而知。由此可见，大众“无限的兴趣”是缺乏道德意识的表现。叙述者之前对书信保管者作过一番猜想，他认为波德罗小姐年轻时不检点，还猜测阿斯彭曾狠心抛弃了波德罗小姐。这种猜测表明叙述者缺乏同情心，是其实用主义的体现，与他标榜的尊重“事实”相矛盾。叙述者利欲熏心，宁愿支付巨额房租以获取书信。蒂娜用情于他时，他与蒂娜的谈话内容始终围绕阿斯彭手稿，为的是确保波德罗小姐手中的文稿安然无恙。叙述者如此功利的处世态度，与波德罗小姐恪守真情形成鲜明对照。不过，叙述者偶尔也会评价自己的行为。例如，他认为波德罗小姐企图压榨他，最初是他给了她这个想法。(第 88—89 页)只可惜这种想法仅说明波德罗小姐识破了他的来访目的，并不意味着他将反躬自省。叙述者将波德罗小姐视为“珍品”，其实波德罗小姐手中确有“珍品”——阿斯彭肖像。(第 95 页)波德罗小姐的身体每况愈下，她召见叙述者时给他出示了阿斯彭青年时代的肖像，旨在试探叙述者。果不其然，叙述者已开始留意可能藏有阿斯彭文稿的箱柜。波德罗小姐对叙述者的观察以及蒂娜所提供的帮助，均有利于揭露叙述者的真实意图。两股力量展开角逐，代表人物分别是叙述者和波德罗小姐。

叙述者的不端行为在他与蒂娜的交往中得到揭示。他要求蒂娜偷来肖像，却从未考虑过波德罗小姐的感受，更无从认识阿斯彭肖像的真正价值。蒂娜与叙述者的对话，凸显出两人的差异。叙述者全然不顾波德罗小姐病重，也不顾蒂娜是波德罗小姐的侄女，一味要求蒂娜查找阿斯彭文稿的藏匿之处。

“你会再看看吗？看看别的地方？”

> 她刚才说话的时候带着一种意想不到的奇怪的情绪，这时她又用这种语气接着说，“不行，不行，她躺在那里，这样不妥。”(第112页)

蒂娜扮演了重要角色，她的一句“不行”，流露出她的恻隐之心，彰显出她的道德意识。小说中，蒂娜虽然没有青春或美貌，但她的善良和忠诚是叙述者不可比拟的。阿斯彭文稿的主人最终是蒂娜，而不是叙述者，也暗示了詹姆斯的立场。蒂娜的“不妥”一词凸显了她的道德准则，她虽然也享受叙述者的关注和呵护，也曾答应帮助叙述者找到并保留文稿，但她始终坚守道德底线。蒂娜对姑妈怀有感恩之心，她或许不解阿斯彭文稿的重要性，但她的言行充满诚意和善意，与叙述者的伪善和贪婪形成强烈对比。叙述者始终将蒂娜视为可利用的工具，他用来描述蒂娜的那些词汇揭露出他的自负、虚伪和冷漠。

叙述者在文稿这一巨大诱惑面前经历了激烈的思想斗争，但在关键时刻他仍然选择服从本能。“房间里没有灯光，这可能是要防止我进去，但我还是进去了。”(第116页)叙述者明知不该破门而入，却一意孤行，可见他的贪欲战胜了理智。然而，叙述者并未反省自我，反而企图为自己开脱罪名。“我想这是我做过的最坏的坏事，但在目前的情况下，我这样做也是可以原谅的。”(第117页)在这一阶段，叙述者缺乏反省意识，这无疑会阻碍他的道德成长。人间真情最应受到褒扬，正如波德罗小姐爱护阿斯彭文稿以及蒂娜照顾她姑妈那样，蒂娜尽一己之力保护了那些有温度的文字。蒂娜与叙述者的行为形成鲜明对比，凸显出小说的道德主题。

蒂娜抵制了叙述者的诱惑，持守了自己的道德底线。蒂娜与叙述者有所不同，她对姑妈怀有感恩之心。尽管她失去心中的白马王子，但这一损失与她坚守道德底线的行为相比并不算什么。叙述者曾认为自己成功地捕获了蒂娜的芳心，认为她会为他牺牲一切。然而，利己主义终将败给善良和忠诚。蒂娜将阿斯彭的肖像赠给叙述者，意味隽永。小说末尾，叙述者寄给蒂娜一笔钱，谎称是卖掉阿斯彭肖像的钱，这可被视为叙述者的自我救赎：

> 这一幕我一直没有忘记，有时还让我感到很不安，尽管她的眼神之中并不是愤恨。不，可怜的蒂娜小姐一点也没有愤恨，没

> 有一点冷酷甚至报复性的心理，因为，后来我写了一封信告诉她说，我卖掉了阿斯彭的画像，得到一笔超乎我想象的大价钱，并把这笔钱给她汇去的时候，她欣然接受了，没有把它们退回来。我写信告诉她说我卖了画像，但我对普雷斯特太太坦白承认，秋天的时候我在伦敦见到她，对她说那幅画正挂在我的书桌上方。每当我看着那幅画时，我都会为我遭受的损失而懊恼不已——我指的是那些珍贵的文稿。(第146—147页)

蒂娜的宽容与大度，令叙述者自惭形秽。蒂娜没有退回这笔钱，表示她已原谅叙述者。蒂娜将所有文稿付之一炬，是对诗人的致敬之举。叙述者珍藏着阿斯彭的肖像，表明一定程度上他实现了道德成长。叙述者感到悲切，因为他永久性地失去了"那些珍贵的文稿"，可以说这是对其功利主义行为的惩罚。可见，阿斯彭文稿和他的肖像在小说中发挥了试金石的作用。

作家肖像的试金石作用，在詹姆斯的《约翰·德拉维》中也有所体现。《约翰·德拉维》中，德拉维的肖像被诡计多端的杂志编辑窃取到手并在杂志上刊出，实现了编辑理想中的市场效应。真正爱好文学的读者和评论家，却无力反抗这样的功利主义者，小说更多地充满了德拉维妹妹与叙述者的无奈。《阿斯彭文稿》中，肖像仅在小说末尾出现，出现的方式也与《约翰·德拉维》中的有所不同。《约翰·德拉维》中，肖像保管人德拉维妹妹坚持不让肖像流失到编辑手中，却未能如愿以偿。这揭示出编辑巧取豪夺的行径，也凸显了酷爱文学和尊崇作家的群体的无奈。《阿斯彭文稿》中，馈赠行为由肖像的主人发出。这蕴含着一种感化精神，表明蒂娜没有接受叙述者代表的实用主义价值取向。蒂娜焚烧文稿并将阿斯彭肖像赠予叙述者时，俨然已化作读者心中的丰碑。叙述者将永生面对肖像，他的懊悔之情自不待言。小说从叙述者伺机获取手稿和肖像开始，以手稿的毁灭与肖像的馈赠结束。手稿的消失与肖像的留存，象征蒂娜所代表的道德力量取得胜利。与《约翰·德拉维》相比，《阿斯彭文稿》更具立体感。

《阿斯彭文稿》与华顿的《传奇》同样以评论人与作家之间的纠葛为主题。两部小说都勾勒了企图通过消费名作家牟取名利的批评者形象，前者是中篇，更清晰地描述了该评论者与名作家守护者之间斗争后的失败，后者则写了作家遭到评论者曲解和消费后的失落与退隐。《阿斯彭文稿》中，身为编辑的叙述者可算作评论人，因为他需要判断文稿质量。叙述者声称非常崇拜已故诗人阿斯彭，视阿斯彭为“神明”，“人们一般不会为他们的神明辩护，神明是不用辩护的。”(第 4 页)而且，他还试图否认诗人身份适合女性。他伺机与阿斯彭文稿的保管者朱莉安娜·波德罗小姐接触，这一行为表明他与自称的绅士身份不符。第一，他隐瞒了自己的编辑身份。第二，他甚至想到利用波德罗小姐的侄女蒂娜骗取文稿。更甚者，叙述者竟对自己矜弄聪明之举毫无愧疚心理。小说中的叙述者与《地毯里的图案》(“The Figure in the Carpet”, 1896)中的叙述者如出一辙，都企图利用作家达到功利目的。《地毯里的图案》的叙述者与作家主人公维瑞克有过亲密接触，却未能领略其创作主旨。《阿斯彭文稿》的叙述者自恃他与阿斯彭在精神上更接近，他这样记述自己与波德罗小姐的第一次晤面：“她的存在似乎在一定意义上包含并表达着他本人的存在，刚看她第一眼的时候，我比此前乃至此后任何时候都觉得更接近他。”(第 24 页)然而，《阿斯彭文稿》的叙述者就像《地毯里的图案》中的叙述者一样，并未真正读过作家主人公的作品。

《传奇》中的韦德与《阿斯彭文稿》中的叙述者“我”均脱离作品，他们迎合大众的猎奇心理，企图通过肆意曲解作家主人公达到名利双收的目的。韦德杜撰佩勒林死亡的谎言，以满足大众读者的猎奇心理。《阿斯彭文稿》中，叙述者自称是阿斯彭的崇拜者，并标榜自己是精英，却无端猜测阿斯彭的恋人波德罗小姐，与韦德迎合大众趣味的行为相仿。《阿斯彭文稿》中，叙述者反复使用“必定是”“应该”“应该是”等字眼，以论证自己对波德罗小姐身世的揣测。他这样猜测波德罗小姐的父亲：“在我的假想中，他必定是个和蔼可亲的好人，应该遭遇中年丧妻的厄运，事业不顺家境贫寒，还有一个性格与波德罗小姐迥异的女儿。根据我的猜测，他应该是在这两位小姐的陪伴之下来到欧洲的，然后就在那里度过艰难而悲伤的余生。”(第 47 页)[①]原文中“should have”在句中重复五次之多，该句还用了

① “It was essential to my hypothesis that this amiable man should have lost his wife, should have been poor and unsuccessful and should have had a second daughter, of a disposition quite different from Juliana's. It was also indispensable that he should have been accompanied to Europe by these young ladies and should have established himself there for the remainder of a struggling, saddened life.” James, *The Aspern Papers*, p. 45. 正文与脚注的引文中的着重号和下画线，均为笔者所加。

“很重要”(essential)以及“不可或缺”(indispensable)这些字词。叙述者先入为主，任意虚构他所关注的对象，不屑了解波德罗小姐的真实经历。叙述者似乎担心读者质疑他的推测，随即引用阿斯彭的诗歌以解释这些猜测。然而，这无法掩盖他的真实目的。联系到类似主题，读者可从华顿的《缪斯的悲剧》中的描述得到启示。譬如，《缪斯的悲剧》中，路易斯·丹叶斯与读者从安纳尔顿夫人的讲述认识到，伦德尔的创作会误导读者相信安纳尔顿夫人是缪斯，而事实远非如此。《阿斯彭文稿》中，叙述者的一孔之见极不可靠，他单方面认为阿斯彭的诗歌再现了波德罗小姐充满激情、毫无责任感的一面。该叙述者还企图以大多数读过阿斯彭诗歌的读者有类似看法为由来说服读者，这其实是欲盖弥彰。“毋庸置疑的是，不管是对是错，大多数读过阿斯彭的某些诗篇的人(这些诗不如莎士比亚的十四行诗那么晦涩，我觉得也没那么神圣)，都想当然地认为波德罗小姐并未始终坚守在克己禁欲的陡坡上面。她的名字周围萦绕着不顾一切的激情的香水味，表明她并不完全是个高尚的年轻人。”(第48页)。叙述者竟不顾正误，无端质疑波德罗小姐的人品。其实，他是在千方百计为其道德失范行为辩护。他企图炒作波德罗小姐与诗人的个人隐私，使自己成为众人瞩目的中心。

詹姆斯的《阿斯彭文稿》与华顿的《传奇》在塑造评论者形象的方式上有所不同，前者倾向于集中突出评论者的行为，[①] 后者则倾向于对比两个评论者。《阿斯彭文稿》中只有叙述者的声音，约翰·卡姆诺本有可能反衬叙述者的卑劣行径，却被叙述者边缘化，后者反而成为主导叙事的权威人物。《传奇》塑造了两类评论者，即缺乏学术道德的韦德，以及严谨求实的伯纳德。小说旨在赞美伯纳德脚踏实地的品质，批判韦德所代表的伪学术权威。在塑造评论者形象方面，詹姆斯多采用第一人称叙事，并突出地表现了该叙事的特点。譬如，《阿斯彭文稿》的第一人称叙述者唯我独尊。再如，《地毯里的图案》中，科维克的意外死亡使第一人称叙述者独占鳌头。读者不加小心，极易陷入此类叙述者的圈套。读者需根据叙述者的言行，谨慎地判断其可靠性。需要指出的是，《阿斯彭文稿》与《约翰·德拉维》的第一人称叙述者分别扮演不同角色，前者企图窃取诗人隐私，后者则承担

---

① 詹姆斯的其他作品也出现两个评论者人物，但主要以第一人称叙述者为主。譬如，《地毯里的图案》中的叙述者“我”与约翰·卡姆诺均参与探索维瑞克的作品“奥秘”，但约翰·卡姆诺只是出于剧情需要而存在，他推荐叙述者完成评论文章的写作，而维瑞克的奥秘旨在考验叙述者，约翰·卡姆诺的去世不仅能更清晰地再现叙述者的探索，而且能突出叙述者缺乏道德意识的行为。

保护作家遗产的使命。《阿斯彭文稿》中，叙述者最初并未交代自己前来租住蒂娜住处的动机，蒂娜第一次问他是否写东西时，他起初只说读过阿斯彭的诗歌，并不写什么。但蒂娜第二次问他同一问题时，他答道："是的，我写过他的书，现在正在寻找新的材料。你到底有没有他的材料?"(第66页)至此，叙述者的功利主义目的暴露无遗。叙述者的这一行为，与《约翰·德拉维》中出版商的行为如出一辙，他们均企图猎取作家的私人物品。两个文本均提及作家肖像，《约翰·德拉维》中的第一人称叙述者洞察到，编辑仅对德拉维的妹妹收藏的肖像感兴趣，因为作家肖像可满足大众读者的猎奇心理。同样，《阿斯彭文稿》中的叙述者也试图收集到类似阿斯彭肖像的更多材料。他听说波德罗小姐手中有阿斯彭肖像时，顿时表现出强烈的占有欲。至此，蒂娜已开始怀疑叙述者的真诚。两个文本中的第一人称叙述者的行为构成鲜明对照，《约翰·德拉维》中，叙述者倡导保护作家的个人隐私，是小说褒扬的内容；《阿斯彭文稿》中，叙述者一味设法牟取利益，是小说批判的对象。华顿塑造评论者形象时多采用第三人称叙事，有助于凸显主题。比如，华顿的《传奇》中，两个评论者主人公之间有着密切的交集，突出了反面角色的特征。这一叙事的不利之处则在于，读者一定程度上失去了观察人物特点的机会。

詹姆斯与华顿分别在《阿斯彭文稿》和《传奇》中塑造了叙述者与韦德两个伪评论者形象，这两个功利主义者都觊觎着作家的声望。《阿斯彭文稿》中，叙述者潜意识里希望自己是阿斯彭，幻想蒂娜成为自己的情人。詹姆斯塑造的叙述者工于心计，但他的拙劣表演终被波德罗小姐揭穿。波德罗小姐对诗人阿斯彭感情真挚，她倾其一生保护阿斯彭文稿，侄女蒂娜在她的影响下竭尽全力保护文稿不受亵渎。叙述者在传承爱的力量这一精神面前，其卑劣行径最终未能得逞。《传奇》中，韦德阐释佩勒林主义时让读者感到自己就是佩勒林，但颇具反讽意味的是，他们并没有注意到佩勒林本人就在讲座现场。《阿斯彭文稿》与《传奇》中的评论者试图取代作家主人公，他们的功利目的显而易见。

对比两个叙事，不难窥见詹姆斯与华顿的不同写作特点。除了少数几个回顾性叙述声音外，《阿斯彭文稿》的叙述者呈现的几乎都是经历性叙述声音，即使在少数几个回顾性叙述声音中，叙述者也鲜有反省意识。小说采用第一人称叙事时，读者只能期待叙述者有一定程度的自省意识。《阿斯彭文稿》中，叙述者最初并没有真正的忏悔意识，即便在蒂娜指出他行为“不妥”时，他的惭愧也并非发自内心。譬如，叙述者擅自来到波德罗小姐的房间，美其名曰自己是在履行诺言，希望了解波德罗小姐的身体状况。事实上，他不过是在为自己偷盗文稿找一个冠冕堂皇的理由。如前所述，他在回顾性叙述中说自己很过分，却又立即解释说，他的行为有充分理由。(第117页)叙述者利用蒂娜的天真与慷慨，企图得到波德罗小姐保管的阿斯彭文稿。波德罗小姐接见叙述者时已洞察到他为文稿而来，于是故意设下陷阱。波德罗小姐与叙述者在对话中虽未明确提及阿斯彭的名字，但两人在文稿出版方面产生分歧。波德罗小姐并不赞同出版作家的文稿，她认为这样对双方不公平，而且读者得到的仅仅是“谎言”。叙述者却坚持认为，出版这些文稿会使真相大白。他与蒂娜的谈话，已暴露出他对波德罗小姐的负面评价。如前所述，他质疑波德罗小姐的责任感，认定阿斯彭为此抛弃了她。叙述者关注的只是阿斯彭与波德罗小姐的个人隐私，他撰写的文学评论也将以捕风捉影为特点，他的功利目的和欺骗性由此可见。读者虽然不能明确得知两位相依为命的女性对叙述者的态度，但根据蒂娜与叙述者的谈话，不难推断出蒂娜与姑妈的盟友关系。蒂娜向叙述者提到，波德罗小姐有阿斯彭的一幅肖像。当时，叙述者无法掩饰自己的喜悦心情。之后，波德罗小姐似乎不经意地向叙述者展示这幅肖像并请他估价，叙述者按捺不住内心的狂喜。他虽然佯装不知这是阿斯彭的肖像，但阅历丰富的波德罗小姐早已洞穿其阴谋。尽管叙述者竭力掩饰，但他自私、贪婪和冷漠的特性在整个叙事中暴露无遗。《传奇》中，聚焦于韦德的第三人称叙事，传达出小说对人物的谴责，与读者的期待相符。

与《传奇》相比，《阿斯彭文稿》的道德意识维度更加丰富。《传奇》中，除韦德与伯纳德参与评论温特曼/佩勒林的作品外，艾丽斯·福斯迪克是讲座圈里的女性代表，但她关注的只是韦德讲座内容的受欢迎度，对温特曼的作品缺乏兴趣，更谈不上了解。《阿斯彭文稿》则突出了主人公对诗人文稿的不同理解。对波德罗小姐而言，这些文稿使她的生命得到延续，文稿若被叙述者之类的人侵占，她的隐私和尊严将随之遭到践踏。叙述者则一味收集诗人的个人隐私，为自己捞取名利，并未考虑过波德罗小姐的感受。波德罗小姐称他是“出版界的恶棍”(第120页)，算是轻描淡写。此外，叙述者不择手段地欺骗蒂娜，当他发现无法利用蒂娜获取文稿时，便无情地抛弃了她。蒂娜的要求其实为叙述者提供了洗心革面的机会，她对冷酷无情的叙述者这样说道："如果你不是个外人。那么，给你和给我都是一样的。我的一切……就都是你的，你想怎么样都可以。我就不能阻止你，你就没有任何责任。"(第135页)蒂娜旨在说明，叙述者假如是家庭的一员，他将自然成为文稿主人，有权决定是否出版文稿。蒂娜铭记姑妈对她的关爱(第137页)，她之所以告诉叙述者自己的这些感受，是希望他善待死者。蒂娜最终烧毁文稿，恰恰说明她比叙述者更理解文稿的价值。上句引文中的"责任"是核心所在，暗示出蒂娜的道德困境，也折射出小说对叙述者的谴责。一方面，蒂娜对姑妈感情深厚。另一方面，叙述者计划出版阿斯彭文稿的要求使她陷入矛盾。所幸的是，她最终没有辜负姑妈的关爱。[①]《传奇》中没有出现诸如蒂娜或波德罗小姐的女性形象，所塑造的两位男主人公以评论人身份出现。就男主人公的道德自省而言，《传奇》中的韦德始终缺乏内省意识，《阿斯彭文稿》中的叙述者在小说末尾受蒂娜的影响有一定程度的自省。《传奇》中，佩勒林(温特曼)的再次失踪与《阿斯彭文稿》中阿斯彭文稿的毁灭如出一辙，佩勒林的愤怒与无奈可想而知，后者中的叙述者则因其亵渎行为受到了应有的惩罚。华顿在另一短篇《回到原处》中刻画的作家主人公，与文学批评家主人公有更直接的交集。

《回到原处》("Full Circle"，1909)讲述了作家主人公无法正视大众评论的经历，隐含作家人物相互竞争与帮助的关系，以及文学批评与批评家生存之间的关系等主题。小说中，作家杰弗里·贝顿继第一部作品成功后又发表新作，反响却不大。他的老同学邓肯·费斯因创作无果，前来受聘担任他的秘书。贝顿不肯让费斯发现自己的窘境，于是杜撰读者和出版社来信，不久便被有批评天赋的费斯识破，但费斯出于生计考虑将错就错，继续替贝顿写回信。贝顿最终恍然大悟，原来费斯早已发现他的伪装。

短篇中，贝顿与费斯这两个小说家形象构成鲜明对照，他们分别代表成功和失败。华顿与詹姆斯的短篇作品再现了作家成败的主题，如《善会降临》和《下一次》。《善会降临》再现了作家受到物质诱惑后产生的反省意识，《下一次》则勾勒出作家主人公纠结于追求艺术事业与世俗成功之间的

---

① 蒂娜的抉择与华顿的《试金石》中格莱纳德的选择构成鲜明对照。《阿斯彭文稿》中，蒂娜与波德罗小姐深谙文稿的价值。尽管蒂娜渴望得到爱情，但她抗拒了诱惑，最终没有将姑妈保存的文稿拱手交给叙述者。《试金石》中，格莱纳德最初为了达到结婚目的，不惜出卖奥冰夫人写给他的书信。

境况。两个短篇塑造了未曾体验过创作成功的作家人物形象，《回到原处》对比了两个作家。《善会降临》与《下一次》中，作家主人公的成长环境因其家庭成员、文学杂志编辑及其他作家人物的在场而变得复杂多元，《回到原处》则精雕细刻，小说叙事聚焦于两个作家主人公，有利于突出主人公贝顿的成长历程。贝顿的处女作为他赢得成功，不过小说的叙述重点放在了他的第二部小说创作上。

贝顿创作第二部小说时怀着功利目的，小说最后失败也在预料之中。他试图通过写第二部小说赢得更广泛的认可，这本身就有悖自主创作原则。贝顿从事创作前是公司职员，没有自由，收入也不高。贝顿写小说一炮打响，过着舒适的生活，他期待获得更多成就。贝顿给他第二部小说取名为《富足》，暗示他的创作动机不纯，而他本人对此也有所意识。(第 760 页)

贝顿与费斯是老同学，喜好创作，但他们的创作动机有所不同。两人均是哈佛大学毕业生，贝顿从商失败后转而写小说并取得成功；费斯钟情于创作，却迫于生计不得不放弃小说创作而受雇于贝顿。贝顿创作第二部小说，很大程度上是以获取世俗成功为目的。物质与精神的对立，体现在贝顿与费斯两个人物形象的再现上。成功与失败的这一鲜明对比，反映在他们的外在形象上。贝顿春风得意，生活安逸，但他的形象却与其作家身份相距甚远。(第 764 页)贝顿也为自己的形象感到惊讶，世俗成功的负面影响由此可见。费斯则终日为生计奔波，苦不堪言。小说通过再现这两个形象，揭示出华顿对世俗成功的批判态度。贝顿取得成功后，不再有生存压力，但这导致他不再产出优秀作品。作家的创作是否具有价值，很大程度上取决于他的创作动机。

贝顿在其第一部小说走红后判若两人，这表现在他的心理活动以及他对待费斯的方式上。贝顿在其小说畅销后已有虚骄恃气之习，尤其表现在他对费斯的态度上。费斯派人上门索要书稿，但贝顿并没有反省自己的过错。(第 762 页)贝顿自满自足，与穷困潦倒的费斯构成鲜明对照。费斯写出小说，却苦于与出版社没有交情而无法使小说面世。将同窗的小说推荐给出版社，对贝顿来说本是举手之劳，他却没有这样做。他终日沉湎于自恋，却声称自己一直帮助费斯打听其小说的出版事宜。(第 766 页)贝顿的虚荣、自负和虚伪，预示他的第二部小说将以失败告终。

贝顿心胸狭隘，以自我为中心，这些特点在他与费斯的交往过程中均有所体现。贝顿一再强调他的确忘记催出版社朋友了解其书稿下落，但他对费斯的猜忌，使读者质疑其话语的可靠性。譬如，费斯担任贝顿的秘书后的一天，贝顿怀疑费斯故意扣留了部分信件。(第 767 页)贝顿的虚荣和自负预示他无法做到虚怀若谷。比如，他对读者来信中的负面评论大光其火："这人真是胆大包天，居然这样写。要是他不喜欢这本书，谁还在乎他怎么看这本书?"(第 767 页)作家的作品出版后，读者自然会从不同角度评论。作家应具备判断力，勇于面对各种评论。贝顿的自我意识过于强烈，他的第二部小说最终没有取得成功，也就变得不难理解。贝顿与费斯是同窗也是同行，原本有可能建立文学团体，却因前者的虚荣和自负心理未能实现。

费斯的小说虽未出版，但他在担任秘书期间充分体现出其写作才能和评论天赋。费斯冒充佛罗里达州的少女读者写信恭维贝顿，贝顿居然要求与少女见面，费斯的文学天赋可想而知。对比贝顿冒充女性读者所写的来信不难发现，贝顿的写作水平也不如费斯。费斯有洞察力，能成功做到以假乱真，这些都说明他是出色的小说家。需要指出的是，叙述者反复强调费斯"面色苍白"。这是费斯日夜笔耕、卖文为生所致，小说再现了优秀小说家的生活困境。费斯的小说书名《明灯高照》象征含义丰富，小说旨在高举明灯，照亮世界。小说的具体内容虽未披露，但读者可以想见，小说应以针砭时弊为主。该小说未能面世，是对文学批评界的有力嘲讽。他与贝顿通过书信交流文学批评方法，有力地突出了两者文学观的差异。贝顿本应是这些书信的受益者，但颇具反讽意味的是，他在这一阶段并不知道写信人的真实身份。

现实生活中，贝顿与费斯有望得到彼此的支持并建立文学团体，然而前提条件是贝顿需消除其自负心理和冷漠态度。小说并未描写贝顿与家庭成员或朋友的来往，暗示他习惯以自我为中心，无法客观冷静地接受他人的评论。贝顿出于虚荣心理，不惜自欺欺人，竟冒充出版界和读者写信吹捧自己的小说。他心胸狭隘，随着第二部小说的评论书信逐渐减少，他开始怀疑费斯做了手脚。费斯发现这些书信出自一人之手时，贝顿立刻恼羞成怒。同时，他与费斯的交往也反映出其自私冷漠的本质。他与费斯的关系，令人不由联想到赫尔曼·麦尔维尔在《抄写员巴特比——一个华尔街的故事》中塑造的两个人物。麦尔维尔的小说中，巴特比无视雇主的命令，明确表示反抗。华顿的小说中，费斯别无选择，任由其人格、天赋和生命遭到侮辱、消费和压榨。费斯终日面色惨白，贝顿却熟视无睹。不过，同样是处理死信，巴特比的抄写毫无创造性，费斯却充分发挥了他的创造力。费斯文采斐然，其评论话语富含哲理，但贝顿接纳他的前提是确保其虚荣心得到满足。直到小说末尾，贝顿依然没有意识到自己的不足。他对费斯的状况漠不关心，最终仍旧谎话连篇，企图为自己开脱："我总觉得你可能会记仇——你这样做也不是没有道理；这……这书信的事……你对我的同情……我觉得你是同情我……?"(第 780 页)[①]"同情"是麦尔维尔小说的主题，巴特比的雇主在小说末尾发出的感慨意味深长。贝顿在费斯面前表现出的"同情"如出一辙，如上述引文所示，他一味期待费斯同情他，却未曾尝试兑现他曾许下的诺言。费斯最终向贝顿说明，他这样违心写假信只是为了糊口。小说在此戛然而止，其中的丰富内涵耐人寻味。

如前所述，贝顿像多数当红作家一样，无暇顾及自己的精神生活。作为曾经品尝过成功的作家，贝顿并不希望返回昔日的艰辛岁月，但他比以往更强烈地感到自己的思想空间受到了限制。贝顿的第一部小说出版后赢得一片赞誉，但这些评论往往内容浮泛。贝顿与其他作家一样爱慕虚荣，但他也认为内容空洞的评论是对其智商的侮辱。小说并没有塑造具体的评论生产者形象，暗示生产劣质评论文章是普遍存在的社会现象。一定程度上，《回到原处》反映出华顿对质量低劣的文学批评的批判。这一内容也体现在詹姆斯的《地毯里的图案》中的叙述者身上。这类评论者对文学作品缺乏真正的兴趣，所撰写的文学评论文章言之无物。在日益讲求功利主义的文化中，艺术品的地位已逐步降低，艺术品所代表的思想价值已遭到非利士人的亵渎。在这一错误理念的影响下，出现辞藻华丽、质量堪忧的作品和评论文章就变得不足为奇。

《回到原处》中，叙述者通过聚焦贝顿的心理活动，反映出文学批评面临的危机，这一问题的确存在于华顿生活的时代。华顿在《阅读的罪恶》中写道，机械读者缺乏甄别能力，随波逐流，"那种将阅读视为道德义务的读者，自然会混淆道德及思想判断。"[②]平庸读者自然导致恶劣的文学批评生态，《回到原处》中贝顿的经历即为一例。作家成功后，其生活空间常被

---

① 着重号为原文所有。

② Wharton, "The Vice of Reading", p. 102.

社会活动吞没。他们被尊崇为各种问题的专家，殊不知这将威胁到作家的生命力。小说中，贝顿的生活失去了往日的平静，取而代之的是各种世俗搅扰。(第 759 页)作家成名后，其社会“责任”变得更加重大，但在公众盲目崇拜名作家的权威时，作家本人需保持头脑清醒。上段引文中，各类群体蜂拥而至，他们希望贝顿为之代言，是因为看重他的文化资本，其目的是利用其声誉获取更多经济或文化资本。作家如何不被世俗成功绑架，依旧坚持从事平实的创作，这是他们需要面对的挑战。需要指出的是，华顿在成长为作家的过程中受益于沃尔特·贝里的友情。华顿一生受益于贝里对其作品客观冷静的评论，表明她认同批评家的真诚品格。

从吸引读者的角度看，短篇《回到原处》通过设置悬念讲述了贝顿与费斯捉迷藏的游戏，两人的身份谜底最终均得以揭示。詹姆斯的《地毯里的图案》中，叙述者同样埋下伏笔，“地毯里的图案”似乎是读者和叙述者共同揭秘的对象，然而这取决于读者的洞察力。詹姆斯倾向于采用规模宏大的叙事结构，但纷繁复杂的人物关系为读者解读文本增添了挑战。与詹姆斯相比，华顿更擅长绘制精微画卷。譬如，《回到原处》只有贝顿与费斯两个人物，聚焦在两人身上的众多细节均有利于更明确地突出主题。贝顿过于在乎大众对其第二部小说的评论，他发现作品少有人评论，唯恐遭到费斯的轻视，于是伪装成出版社或一般读者评论自己的小说。从他杜撰的信件可以看出，贝顿缺乏勇气面对负面评论，试图在费斯面前维持其优越感。这些信件多来自出版社，内容多是提供非常丰厚的稿酬。(第 770 页)根据该信件的内容不难看出，贝顿期待自己的作品有市场。此刻，费斯并不知该信件为贝顿本人所作。不过，费斯颇具洞察力。他指出，该女性读者的来信充分表达了对贝顿的崇拜之情，但信件不应过于简短，因为女性书写通常以详尽为特点。费斯的分析说明两点：第一，费斯具有扎实的文学功底；第二，贝顿不熟悉女性写作，其文学批评能力逊色于费斯。从这些分析来看，费斯称得上是真正的批评家。他不仅有见地，而且能判断出性别与写作之间的关联。贝顿明知自己的小说不受欢迎，宁愿自欺欺人，也不愿听取费斯对其小说的评论。当费斯指出那些来信均出自一人时，贝顿恼羞成怒，但依旧佯作不知。(第 772 页)

贝顿缺乏勇气认错，还拒绝接受费斯的文学天分比他高的事实。就文学创作天赋而言，贝顿与费斯构成鲜明对比。贝顿出版第一部小说后品尝成功的喜悦，这很大程度上是因为他的创作动机相对纯粹。他创作第二部小说《富足》时动机不纯，没有收获正面评论也是自然。如前所析，费斯的文学天分从其小说《明灯高照》的书名即可窥见一斑。他在担任贝顿的秘书期间认真阅读每封来信，并能洞悉书信作者的特点，这些都可说明他的文学批评才华。叙述者借费斯反衬贝顿为名利所累的行为，费斯高举的“明灯”将有望帮助贝顿认识到不良创作动机的危害性。

相比之下，詹姆斯与华顿在塑造作家和评论者形象上有所不同。譬如，华顿的《回到原处》精细地勾勒了作家与评论家交往的经过，但该叙事结构也牺牲了再现人物社会生活的描写。詹姆斯的作品则更多地描绘了人物的社会生活。比如，《地毯里的图案》中，叙述者对维瑞克仍与那些对文学并不感兴趣的人士来往表示不解，也就促成他对此作进一步的观察。这在詹姆斯的其他作品中也有所体现，再如，《雄狮之死》中的叙述者也曾劝说帕拉迪放弃社会生活。帕拉迪与维瑞克境遇相同，身为作家的他无法摆脱社交圈，他接受简女士的宴请便是一例。然而，如前所析，正是这些社交场合使叙述者与帕拉迪相遇成为可能，两人的创作及批评观才分别得以有效的揭示。《地毯里的图案》与《雄狮之死》中的叙述者，均通过社交场合了解到作家主人公的创作观。作家与作家、作家与评论家之间唇齿相依，《地毯里的图案》中，维瑞克与格温多琳通过创作传递灵魂的愉悦感，科维克则通过阅读他们的作品感受并传递这种愉悦感。科维克在印度韦史努寺庙(Vishnu)(创造神祇)突然领悟到维瑞克所说的奥秘，并得到后者的认可。科维克深入理解作品，同时也对生活有深刻感悟。第一人称叙述者则恰恰相反，他企图捷足先登，从维瑞克处套取其创作主旨，殊不知作家的创作主旨既不是小说的主题也不是形式，而是生活的有机体。

对比《地毯里的图案》与《回到原处》可以看出，詹姆斯短篇中的叙述者与华顿的主人公贝顿有相似之处。他们均动机不纯，倾向于以不当的方式显示自己的优势，不过均以荒诞不经的结局收尾。《回到原处》中，贝顿偶尔有自省意识，但总体上自相矛盾。《地毯里的图案》中的叙述者利欲熏心，反映在他对维瑞克和科维克的态度上。叙述者在小说结尾处仍缺乏自省，小说的悲观论调由此可见。

詹姆斯的中篇《雄狮之死》(“The Death of the Lion”，1894)与华顿的短篇《传奇》(“The Legend”，1910)，均从名作家与大众的交集角度，讲述了作家、批评家和读者之间的纠葛。两部作品分别反映出詹姆斯和华顿对作家和文学批评家的同情，揭示了他们对文学消费社会现象的批判。《雄狮之死》的第一人称叙述者是批评家身份，对消费文学的大众及有闲阶级成员的行为洞察入微。帕拉迪大器晚成，被视为国家典范。具有反讽意味的是，帕拉迪的文学作品并未受到应有的重视。以严肃批评家形象出现的叙述者所撰写的批评文章，不但没有通过“辛迪加”转载在诸多报纸上，反而遭到周刊编辑的拒稿。《帝国》报纸上刊登的文章，只是大肆宣扬帕拉迪的名气，对帕拉迪作品的特点却只字不提。帕拉迪的文学才华没有得到真正赏识，叙述者的批评才华也遭到忽略。他们的不幸遭遇，反映出詹姆斯对文学界乱象的批评态度。帕拉迪的书稿最终不知去向，象征大众对帕拉迪的消费走向了极端。这是对帕拉迪的莫大否定，因为这直接导致帕拉迪的生命走向终结。詹姆斯在小说中有选择地集中再现了四个群体的拙劣表现：第一，以平霍恩和莫罗为代表的报刊编辑只刊登能带来经济效益的访谈文章；第二，暴发户借助贵族成员的社会地位，通过组织帕拉迪等作家参加聚会进行炫耀性消费，以增加其文化资本；第三，二流作家群体成员通过与暴发户勾结，出入帕拉迪的社交圈以赚取名利；第四，以赫特小姐为代表的大众读者，以牟取帕拉迪的签名为荣。华顿的短篇《传奇》以20世纪初美国文学评论语境为背景，通过聚焦批评家伯纳德，呈现出以温特曼身份复出的作家主人公佩勒林在目睹伪批评家豪兰·韦德上演“阐释”怪现状后失踪的传奇经历。该短篇是第三人称叙事，不像詹姆斯的《雄狮之死》中的叙述者亲历英美两国的文学消费现象，但集中表现了作家主人公与两类评论家以及众多文学消费者之间的交集。

《传奇》中，韦德医生的弟弟豪兰·韦德被称作“阐释者”，不过他的阐释多属无稽之谈。荒诞不经的阐释行为也见于詹姆斯的作品中，例如，《雄狮之死》与《约翰·德拉维》中，两个报刊编辑为满足大众读者的猎奇心理，想方设法收集作家的个人隐私，争相发表庸俗评论。华顿的《传奇》中，韦德则更擅长演绎。他著有佩勒林传记，但传记内容有悖事实。佩勒林原本只是隐居，在韦德的传记中却已驾鹤西去。韦德甚至还虚构了他的死亡经过，以此吸引大众读者。富有戏剧性的是，韦德荒诞不经的虚构竟使大众读者对佩勒林的小说趋之若骛。佩勒林本人甚至也被迷惑乃至化名温特曼复出，而这不过是韦德“做”“佩勒林主义”的结果。

韦德的“做”法同样以获取名利为目的，他通过讲演的方式兜售“佩勒林主义”。《雄狮之死》中，平霍恩和莫罗专靠贩卖帕拉迪的隐私赢利，而《传奇》中的韦德竟荒唐到谎称佩勒林死亡。两个文本阐释作家的形式有所不同，但均以炒作作家的个人隐私为主。《传奇》的想象力更具反讽意味，韦德竟在讲座中操起作家的生杀大权。小说中，韦德的实用主义哲学从其名字可见一斑，“Howland”由“how”（如何）和“land”（登陆/赢得）两词构成，而“Wade”（蹚水）与“land”这一“水陆”组合均揭示出韦德沽名钓誉、见风使舵的特点。他深谙大众读者的猎奇心理，借佩勒林隐居一事肆意发挥。其姓名中的“如何”一词，暗示此人的社会影响力，小说对有悖事实的文学评论的尖锐批判隐含其中。

韦德的实用主义与伯纳德不计利害的思考形成鲜明对照，伯纳德始终尊重佩勒林，而韦德却时刻借助佩勒林牟利。伯纳德不仅通读了佩勒林的所有作品，而且还得以领悟佩勒林的品格。如前所述，华顿在给富勒顿的信中曾提及《传奇》，她说自己在刻画该短篇的主人公时想到了亨利·詹姆斯。[①] 在詹姆斯看来，有效评论作品的人莫过于认真阅读作品的读者。“詹姆斯寻找的是富含思想的倾听和心有灵犀的回应，而不是19世纪80年代和90年代的大众读者所能提供的内容。”[②]伯纳德与佩勒林心有灵犀，他对佩勒林的研究可谓准确把握了精髓。

然而，颇具反讽意味的是，伯纳德富含思想的研究却没有市场。前面说过，伯纳德的批评精神固然值得嘉奖，但他的影响力极为有限。一方面，由于韦德的佩勒林传记有市场，伯纳德只好将书稿藏之深山古井。另一方面，尽管伯纳德日后发现温特曼正是佩勒林，但伯纳德在公共领域处于失语状态。与之相对应的却是以韦德为中心的场面，韦德不学无术，反倒成为权威人物，大众读者乐于消费名家传记，对名家的价值所在却毫无兴趣，小说对文学批评危机的揭示功能由此得到凸显。需要指出的是，伯纳德坚持以个人名义抵制韦德背离事实的不道德行为。“可是，虽然伯纳德已接受韦德的专著得到公认这一事实，而且该书已立于不败之地，并会再版，但他经过无数次考验后，还是无法让自己适应韦德对佩勒林的评论。”（第789页）聚焦于伯纳德的叙事，反映出小说对伪批评行为的批判。

---

① Wharton, *The Letters of Edith Wharton*, p. 202.

② Jacobson, *Henry James and the Mass Market*, p. 139.

伯纳德的研究脚踏实地，但没有得到认可。韦德的著作罔顾事实却受到追捧，文学批评界的乱象遭到无情嘲讽，不过这未能阻止伯纳德继续坚定信念。

《传奇》中，直接导致温特曼/佩勒林失踪的原因，莫过于韦德当面肆意“阐释”“佩勒林主义”的行为。佩勒林以温特曼身份复出并出席韦德的讲座，期待看到听众如何欣赏其作品。然而，根据伯纳德所观察到的情形，读者不难想象温特曼的幻灭感。韦德读过温特曼的新作后，辨出它与佩勒林作品接近，但无法接受前者“粗鲁”的风格。（第 804 页）伯纳德同样发现温特曼的新作以粗鲁的文风为特点，但他尊重温特曼的作品。相比之下，豪兰·韦德对“佩勒林主义”的“阐释”，以其个人喜好为中心，甚至凌驾于佩勒林的作品之上。豪兰·韦德佯装崇拜佩勒林并成功地蛊惑大众，使他们误以为自己熟知“佩勒林主义”，其伪批评家实质被进一步揭露。韦德的伪批评实践愈演愈烈，以至于佩勒林本人最终选择离去，而韦德和他对“佩勒林主义”的“阐释”却颇受欢迎。几年后，伯纳德与“提升俱乐部”成员艾丽斯·福斯迪克偶遇，后者介绍说韦德的讲座“佩勒林主义的含义”已享誉全球，其夸张特点显而易见，但讲座甚至代替了文学阅读，暗含对良莠不分的文学批评界的犀利嘲讽。小说中，真正严肃的学术研究无人问津，伪批评家的无稽之谈却堂而皇之地取代了对作品和作家的真知灼见。

韦德的讲座助推了有闲阶级消费文学的行为，而这一群体成为小说反讽的另一对象。韦德在“提升俱乐部”读书会上侈谈“佩勒林主义”，既成全了他名利双收，又满足了有闲阶级成员附庸风雅的需求。由于韦德的推波助澜，俱乐部成员竟认为自己有义务提高大众的阅读品味。（第 801 页）文学作品遭到有闲阶级的消费，是导致佩勒林悲剧性地失踪的另一原因。《传奇》中的俱乐部成员多为女性，她们对文学作品的了解浮于表面，在谈及文学作品时一味回避细节，羞于暴露自己的无知。“提升俱乐部”看似为增长成员的文学知识所设，实则以双向消费活动为主旨。韦德已将“佩勒林主义”产业化，而芸芸大众则靠消费“佩勒林主义”以增加文化资本。叙述者对此类文化消费者的鄙夷态度一目了然，如前所述，以艾丽斯·福斯迪克为代表的群体自称是佩勒林的“门徒”和“阐释者”（第 801 页），企图抬高其文化地位。具有反讽含义的是，俱乐部成员对佩勒林的作品一无所知。事实上，这些门徒最应认真阅读佩勒林的作品。詹姆斯的《雄狮之死》

中，美国读者赫特小姐长途跋涉前来拜访帕拉迪，竟只为索求帕拉迪的亲笔签名，这种不当的崇拜行为反映出詹姆斯对消费文学现象的批评态度。

《雄狮之死》中，莫罗自称是研究帕拉迪的第一人，而《传奇》对相关内容的反讽更进一步。《雄狮之死》中，作家主人公帕拉迪在一定程度上受到叙述者的保护。《传奇》则将作家主人公的观察如实地呈现给读者。如上述引文所示，作家佩勒林亲耳听到福斯迪克的矜夸，他的惶恐可想而知。这是两部小说采用不同人称叙事产生的不同效果。《雄狮之死》中，第一人称叙述者因其特殊经历，得以向读者再现了期刊两任主编的不同办刊原则。一方面，读者了解到他与帕拉迪的亲密接触，以及社交圈消费帕拉迪的经过。另一方面，读者也可从其书信了解他对"雄狮之死"现象的认知。此外，读者还可从第一人称叙述者的讲述，窥探到他的自省意识。《传奇》中，第三人称叙事则将社会乱象以及温特曼与伯纳德尝试建构文学团体的过程，完整地呈现给读者。第三人称叙事凸显了消费文学现象的荒诞性，发人深思。韦德及其尾随者迎合大众文化消费市场的需求，并伺机攫取利益，是19世纪末和20世纪初美国文学批评危机的写照。韦德追名逐利，企图打着阐释佩勒林主义的名义招摇撞骗。这种伪研究竟然受到社会吹捧，反映出小说对知识民主化的批评。

一定程度上，《传奇》是华顿质疑普遍传播知识的有效性的体现。1796年乔治·华盛顿倡导的"知识的普及"①奠定了美国建国初期的文学观，然而随着美国出版业的兴盛和报纸的普及，人们对"知识的普及"有了新的认识。艾尔弗雷德·奥斯汀(Alfred Austin)早在1874年撰写了《阅读的罪恶》，他指出，"阅读……已变成十足的罪恶——一种庸俗、有害的习惯，像饮少量烈酒一样……弱化思想、消沉意志、减少约束的行为假如一直持续下去，将会使人们的思想变得软弱，肌肉变得松弛，民族活力遭到削减。"②阅读的罪恶给个体带来极大危害，还会影响民族文化的发展。华顿对文化传播同样有着警觉意识，她在《阅读的罪恶》中明确指出盲目追新的危害性，"那种常与蒸汽热以及普法权一起被归为现代进步的'知识传播'，

---

① Warner, Michael. *The Letters of the Republic: Publication and the Public Sphere in Eighteenth-Century America*. Cambridge: Harvard UP, 1990, p. 123.

② 转引自 John O., and Robert L. Patten, eds. *Literature in the Marketplace: Nineteenth-Century British Publishing and Reading Practices*. Cambridge: Cambridge UP, 2003, p. 170.

同时也生产了一种新型罪恶——阅读的罪恶。”[①]现代文明进步受益于知识传播，但也滋生出问题，主要体现在令人质疑的阅读动机上。如华顿在《阅读的罪恶》中所写，机械读者缺乏思考能力，却自诩文学守护者。[②] 小说中，韦德代表了华顿所反讽的对象群体。韦德所在的“提升俱乐部”读书会这一群体，企图攫取文化特权，该群体成员与韦德一唱一和，各取所需。该群体消费文学的不齿行为，被叙述者恰如其分地比作赶时髦。“提升俱乐部”活动并没有探讨佩勒林的思想，成员们不过以“佩勒林主义”为谈资。不学无术的韦德所作的“佩勒林主义”报告竟产生轰动效应，听众竟将韦德奉为佩勒林的化身。佩勒林本人虽然在场，却被迫保持沉默，并在出席讲座后再次神秘失踪。他或许再次隐居，或许将是《雄狮之死》中帕拉迪的结局。

与詹姆斯的《雄狮之死》相比，华顿在《传奇》中塑造了一对评论人形象。严格而言，韦德是伪批评家。他只是根据自己的意愿，肆意阐释作家的作品。伯纳德与温特曼惺惺相惜，是真正的批评家。如同《雄狮之死》中叙述者与帕拉迪的关系，伯纳德与温特曼的友情体现在相互扶持上。韦德与伯纳德之间的差异，从前者受到大众吹捧和后者受冷遇便可看出。韦德信口雌黄，甚至谎称佩勒林已逝。可悲的是，面对这样的情形，温特曼与伯纳德束手无策。虚假的阐释者鼓动唇舌，俨然成为研究温特曼的专家。从这一角度看，《传奇》中批评家人物的话语权同样遭到剥夺。《雄狮之死》中，真正使叙述者失语的是威克斯·威姆布什夫人。她指责叙述者企图独享帕拉迪，而她对帕拉迪的控制和打击，与韦德肆意阐释温特曼作品的行为如出一辙。

《传奇》中，伯纳德虽自比佩勒林的知音，却未能保护佩勒林，凸显出小说对消费文学现象的批判。佩勒林亲临韦德的讲座现场，他的所见所闻最终导致他遁逃。伯纳德虽然发现佩勒林向他投去求助的眼神，却未能及时上前营救。叙述者并未明确交代伯纳德未施救的原因，但伯纳德一人显然难以抵挡包括韦德及所有追名逐利的有闲阶级成员在内的种种阻力。韦德医生及其母亲代表了大众读者，他们或将佩勒林神秘化，或将韦德奉为阐释佩勒林的权威。从这一角度看，《传奇》的结尾更显悲观。

---

① Wharton, “The Vice of Reading”, p. 99.

② Wharton, “The Vice of Reading”, p. 100.

希冀抵达理想的文学批评境界多少会显得不切实际，但这并不影响个体付出不懈努力。如果说詹姆斯的《雄狮之死》提供了一线希望，使读者看到阅读文化会有所转机的可能性，那么华顿的《传奇》则以悲观的口吻告诉读者，文学批评界的乱象已到了众声喧哗的地步。

詹姆斯与华顿均著有作家与评论界主题的小说，分析这些小说可以深化对两人的文学及文学批评观的理解。遗憾的是，詹姆斯最终未能完成该主题小说《象牙塔》(*The Ivory Tower*)。华顿的《哈德逊河斗拱建筑》(*Hudson River Bracketed*，1929)与《众神来临》(*The Gods Arrive*，1932)，从男主人公万斯·韦斯顿的视角出发，再现了他对欧美文学界的观察。两部姊妹篇小说提供了更广阔的语境，通过聚焦万斯与女主人公黑露·塔兰特的叙事，得以呈现文学与文学批评主题。华顿一战前许诺给斯克里布纳氏出版社写小说《文学》(*Literature*)，她于 1913 或 1914 年开始撰写自传体小说《文学》，最后完成的是姊妹篇小说《哈德逊河斗拱建筑》与《众神来临》。华顿在创作过程中将小说规模扩展为姊妹篇，与她塑造主人公万斯在黑露的影响下建构其作家身份相关。

第二节　文学团体的建构

华顿的姊妹篇小说《哈德逊河斗拱建筑》(*Hudson River Bracketed*，1929)与《众神来临》(*The Gods Arrive*，1932)的雏形是《文学》(*Literature*)，《文学》这一书名反映了华顿对文学主题的关注。华顿亲历 19 世纪末盛行的现实主义和自然主义两大流派的纷争，还对 20 世纪初出现的现代主义流派有所洞察。她对左拉的自然主义和马克·吐温等现实主义作家，以及弗吉尼亚·伍尔夫和 F. 司各特·菲茨杰拉德(F. Scott Fitzgerald)的小说均有自己的认识。[①] 华顿对以上流派尤其是现代主义小说的理解，在《哈德逊河斗拱建筑》与《众神来临》中有所体现。如前所述，华顿的其他作家主题作品如《缪斯的悲剧》、《试金石》以及《一个战争故事的创作过程》中的女主人公，均在创作过程中遇到种种困难。《缪斯的悲剧》中，安纳尔顿夫人一度被视作缪斯形象。《试金石》中，奥冰夫人去世后才逐渐进入读者的视野。《一个战争故事的创作过程》中的艾薇则直接被告知，创作不属于

① See Wharton, *The Writing of Fiction*; *The Letters of Edith Wharton*.

女性职业。需要指出的是，《缪斯的悲剧》与《试金石》中的丹叶斯与格莱纳德最终改变了他们的女性观。《哈德逊河斗拱建筑》与《众神来临》则再现了女性是自己的缪斯这一思想。小说中，真正从事创作的是万斯。黑露的文学天分尽管很高，但她的创作建议却遭到万斯的排斥。直到万斯和黑露最终意识到各自的局限时，两人才得以实现真正意义上的成长。

华顿在《哈德逊河斗拱建筑》与《众神来临》中细致地描绘了万斯的作家成长经历。万斯走上文学创作之路，与他和弗洛斯·德拉尼的初恋息息相关。万斯与弗洛斯交往后开始从事诗歌创作，对万斯而言，写诗是他抒发对弗洛斯的情感的方式。在这一意义上，弗洛斯扮演了缪斯角色。万斯在建构其作家身份过程中所经历的情感纠葛，在这一阶段成为主要内容，为万斯积累创作素材提供了必要基础。

万斯最初的创作赢得社会认可，而华顿其他作品中的女主人公却很难得到认可。华顿的短篇《缪斯的悲剧》与中篇《试金石》中，女主人公都是一定意义上的作家，但前者中的安纳尔顿夫人的主体性在小说中几乎被遮蔽，而后者中的奥冰夫人的小说和书信最初仅得到女性读者的理解和欣赏。万斯的处女作不仅为他赢得创作的自信，而且促使他来到东部继续追寻作家梦。《缪斯的悲剧》与《试金石》中的作家女主人公都有创作天赋，却并未得到充分认可。《缪斯的悲剧》中，安纳尔顿夫人的思想和情感在伦德尔看来是割裂的存在，安纳尔顿夫人只得沦为伦德尔的缪斯。只有当丹叶斯开始研究伦德尔的诗歌创作过程时，他才得以了解安纳尔顿夫人的主体性。《试金石》中，奥冰夫人虽然发表有作品，但只有少数女性读者认真读过她的作品，而且她的书信沦为大众的消费品。阿莱克萨的严肃阅读行为和她的正义感，逐渐使格莱纳德幡然醒悟，促使他意识到奥冰夫人的真诚品质及其小说的价值。詹姆斯的作品中不乏女性作家人物，但除短篇小说《折翼》外她们多为负面形象。譬如，詹姆斯塑造的女性作家，有的被认为适合写畅销作品，如《格里维尔·费恩》中的费恩以及《下一次》中的海默夫人，有的则被认为擅长利用女性特质达到进入文学场的目的，如《天鹅绒手套》中的埃米。《哈德逊河斗拱建筑》中的作家主人公之所以是男性，或许因为万斯的男性身份可使他享有更多的创作自由，更有利于再现当时的文学现象。万斯在建构作家身份的过程中需面临一个重要挑战，即以市场需求为导向的文学期刊。

《哈德逊河斗拱建筑》中，文学期刊编辑路易斯·塔兰特认为刊物应以市场需求为导向，这严重制约了万斯的创作。万斯喜好从事诗歌创作，但大众更愿意读短篇小说。万斯发表短篇处女作《未被领取的》后，刊物催他交出第二篇类似的故事。类似主题见于华顿和詹姆斯的众多小说，出版社只要发现某部小说畅销，就会要求作者如法炮制。其实，这将导致作家和读者的双重毁灭。作家的创造力体现在其作品的不可复制性上，而读者品味的丰富多样化，应以接纳作家的各类作品为前提。《哈德逊河斗拱建筑》中，万斯在市场化的环境下，无法继续从事他的诗歌创作，反而被迫创作短篇小说，以迎合大众读者的需求。小说通过再现作家从事自主创作与满足市场需求之间的这种矛盾，揭示出华顿对市场化社会的批判。万斯与《善会降临》中的毛里斯·柏克顿相似，他们热爱诗歌创作，但现实并没有为他们提供诗歌发表空间。所不同的是，万斯只得埋没其诗歌创作才华，而柏克顿的诗歌则得以和《善会降临》同时与读者见面。柏克顿与华顿的创作经历有些类似，华顿在创作初期最先发表的是诗歌，不过，她对诗歌创作的热爱与当时的文学市场需求不相符。在出版人的要求下，华顿开始发表短篇小说，并逐步树立信心。诗歌曲高和寡，而短篇小说形式更受读者欢迎，这也是《哈德逊河斗拱建筑》与《众神来临》中万斯需要迎接的挑战。

作家的身份建构危机与不同形式的文学市场化相关，文学刊物逐渐商业化即为一例。万斯的作品最初发表在文学刊物《新时刻》，该刊前身是《时刻》，编辑弗伦赛德颇有文学造诣，但不善经营。路易斯·塔兰特接管该刊物后担任编辑，主要因为他财力雄厚。然而，与传统文学批评家不同，路易斯·塔兰特只是希望通过编辑该刊牟取一些文化资本。路易斯·塔兰特的行为，反映了20世纪初美国文学出版文化的特点。文学刊物缺乏文学性的根本原因在于，杂志不再由19世纪中期盛行的绅士出版人掌管。杂志编辑已沦为“出版商”，他们的兴趣仅限于获得奖项或增加销量，而对奖项性质或作品的艺术性漠不关心。华顿通过刻画路易斯·塔兰特这一形象，尖锐地批判了有闲阶级企图主导出版渠道并增加其文化资本的行为。幸运的是，路易斯·塔兰特的妻子黑露持有不同主张，她反对丈夫采取销量第一的办刊原则，鼓励万斯坚持为自己创作。不过，黑露的文学才华和热诚帮助也令万斯感到焦虑，究其原因是他的性别偏见在从中作梗。

万斯逐渐排斥黑露的影响，是他的性别偏见的体现。如前所述，万斯意识到独处的重要性。(《众神来临》第 7 页)万斯此刻追求独立的心情，是他保守的性别意识的写照。黑露对他的创作方法与作品评论颇具洞察力，但如上所析，万斯选择排斥黑露的建议。万斯的表现令人联想到《缪斯的悲剧》中的伦德尔，伦德尔的诗歌创作与安纳尔顿夫人的启发密不可分，但他并不认可她的作者身份。无论是伦德尔还是万斯，他们均惧怕被认为缺乏独创性，尤其不愿看到“缪斯”的文学天赋比自己更胜一筹。

就詹姆斯与华顿的作家题材作品而言，他们处理作家主人公的创作过程的方式有所不同。詹姆斯笔下的作家人物，往往不交代其创作如何受到“缪斯”的影响。相反，华顿笔下的作家人物如万斯或柏克顿、林亚德、伦德尔等的创作过程，在小说中均得到具体再现，其中，女性缪斯形象见于《哈德逊河斗拱建筑》、《众神来临》以及《缪斯的悲剧》。《缪斯的悲剧》中，读者从安纳尔顿夫人的回忆得知，伦德尔的创作离不开安纳尔顿夫人的启发和帮助。就姊妹篇《哈德逊河斗拱建筑》及《众神来临》而言，万斯的作家成长之路与黑露的影响息息相关。两部小说中，万斯既从黑露那里汲取精神养料，又设法摆脱她的影响。

就作家主人公的女性观而言，詹姆斯的作品着重以男主人公的意识为中心，而华顿的作品则以更均衡的视角再现了主人公的作家身份建构过程。詹姆斯倾向于将女性塑造成男性作家的崇拜者，《本福利奥》中的伯爵夫人和斯格拉斯迪克以及《大师的教诲》中的玛丽安都崇拜男作家主人公。一定程度上，这表明詹姆斯对男性作家的虚荣心了如指掌。华顿笔下的女性人物形象则更加多元化。譬如，在《哈德逊河斗拱建筑》与《众神来临》中，弗洛斯、劳拉分别与黑露构成对比。华顿笔下的女性人物除诸如劳拉这样的形象外，其余女性多少都具备一定的反抗意识。《试金石》中，阿莱克萨为奥冰夫人鸣不平，不仅使格莱纳德的道德意识得到增强，而且促使他逐渐改变了对奥冰夫人的态度。华顿与詹姆斯这类主题作品的侧重点有所不同，华顿的作品多批判男权思想对女性的束缚，褒扬那些挑战男权思想的主人公。詹姆斯的作品中出现了建构文学团体的活动，不过这些活动多在男性人物之间进行，如《中年》(“The Middle Years”，1893)。

詹姆斯的《中年》再现了作家主人公丹寇牧(Dencombe)偶遇知音后释怀的经过。短篇发表在《斯克里布纳氏杂志》上，1895 年收录于短篇集《结局》(*Terminations*)，同被收录的还有《雄狮之死》、《考克森基金》(“The Coxon Fund")及《死者圣坛》("The Altar of the Dead")。《中年》于1917年11月再次发表在《斯克里布纳氏杂志》上，斯克里布纳氏出版社于同期还出了单行本。该小说以丹寇牧的小说《中年》(*The Middle Years*)命名，丹寇牧因身体不佳在其小说出版后来到瑞士疗养，他为其未来发展颇感焦虑。这时，他发现年轻的休医生(Hugh)在读自己的小说，受到极大的鼓舞。休医生受雇于罹患重病的伯爵夫人，他得知丹寇牧是小说《中年》的作者后，与后者结为知音。照顾伯爵夫人的还有福汉姆小姐(Vernham)，后者表示丹寇牧不应过多接触休医生，这样休医生就能专心照顾伯爵夫人，从而成功获得伯爵夫人的大笔遗产，最终与她完婚。丹寇牧听从福汉姆小姐的吩咐，拒绝与休医生探讨文学和人生。不过，休医生最后选择放弃继承丰厚遗产的机会，始终陪伴着丹寇牧。丹寇牧觅到知音后感到释怀，尽管他韶华已逝，但其作品的力量会通过休医生传承下去。故事后半部分写得非常感人，突出了文学的道德指引作用。

丹寇牧较看重创作与生活的关联。他久病初愈，虽然出版有小说《中年》，但他已习惯出名。"丹寇牧已经出名，经常会抛头露面，也太熟悉他应以怎样的面貌出现了。"[①]作为作家，丹寇牧更注重个体读者如何欣赏他的写作才能。他在疗养期间偶遇三人，并受到他们的吸引。身为小说家，他渴望与这三人建立某种关联。"再说了，要是得到认可的小说家无法和这些人物建立起联系，那又有什么用?"(第336页)创作与生活密切相关，小说家应有意识地关注生活中的人和事。显然，丹寇牧更愿意融入现实生活。小说脱离生活将无法引起读者共鸣，其作用必然微乎其微。小说对丹寇牧的最初描写，与伍尔森在《忧伤小姐》里塑造的第一人称叙述者较接近。《忧伤小姐》中的第一人称叙述者是作家，喜好研究周围的人和事，并试图验证自己的理论。丹寇牧与该叙述者相似，喜好根据外表判断人。丹寇牧有个"聪明理论"，认为男青年(休医生)是那个胖女人(伯爵夫人)的儿子，女青年(福汉姆小姐)则暗恋男青年。(第336页)其实，他的猜测与事实相差不远。福汉姆小姐对休医生有好感，尽管她的意图是鼓动休医生取悦伯爵夫人，从而达到获得伯爵夫人的遗产以及与休医生完婚的目的。从

---

① James, Henry. "The Middle Years." *Complete Stories: 1892-1898*. Ed. David Bromwich and John Hollander. New York: The Library of America, 1996. 335-355, p. 335. 下文引用该作品时直接在文中标注页码，不再另注。

可能获得遗产的角度看，休医生可被视作伯爵夫人的儿子。猜测与事实之间存在差距，这一安排旨在强调，作家的生活印象与现实生活之间存在距离。从两个人物都善于给现实生活中的人物下判断这一角度看，《中年》与《忧伤小姐》有所不同。后者对叙述者的反讽溢于言表，而前者则反映出丹寇牧渴望融入生活和增强自己判断力的意愿。下面是聚焦于丹寇牧的心理活动的一段文字："他写的是小说；小说封皮非常吸引眼球，他置身边的浪漫生活于不顾，却将自己关在流通图书馆里。"(第 336 页)他的小说创作与生活严重分离，这是丹寇牧的自我认知。

随着丹寇牧的病情不断恶化，他的危机意识日益增强。丹寇牧之前已远近闻名，但其作品价值并未得到认可。这种认可与先前他所说的"出名了"("just out")或"经常抛头露面"("come out too often")有所不同。丹寇牧出名这一事实表明他的小说有市场，但他无从得知读者对其小说的具体反应。他认为自己缺乏认可，是因为他写的小说不够出色。在他看来，只要小说家写得足够出色，自然会遇到知音。"如今，让他感慨的与其说是他错过了最后一个机会，不如说他的最后一个机会也确实消失了。"(第 337 页)不过，丹寇牧的自我怀疑很快消失。他重读《中年》后，发现小说仍能打动自己。对丹寇牧而言，只有他对自己的作品满意时才会感到心安。此时，他确认自己的小说已获得成功。即便这需要付出健康的代价，他也觉得值得。"他的事业结束了，这毫无疑问，不过毕竟是以这本小说结束的。"(第 337 页)[①]小说取得成功，但他耗尽心血，几乎付出了生命代价。一部优秀作品必须是自己满意的作品，但需付出时间和精力，才有可能使天赋扎根、成长、收获。丹寇牧的成功来之不易，正如他所感受到的，"他成熟得很慢，慢得非同一般，而且很怪诞"(第 338 页)。

丹寇牧在漫长的作家身份建构过程中积累了丰富的生活阅历，他对周围人的判断力也相应地增强，读者得以领悟到生活与艺术之间的紧密关联。丹寇牧的小说《中年》取得成功，主要因为他将自己对生活的洞察和感悟融入小说。丹寇牧的小说人物再现了现实生活中人们的行为举止，使读者体会到印象和经验对小说创作的重要性，认识到小说家的生命力和完整性。如詹姆斯在《小说的艺术》中所写：

① 着重号为原文所有。

> 从已经看见的东西揣摩出从未见过的东西的能力、探索出事物的含义的能力、根据模式判断出整体的能力，对于普遍的生活感受得如此全面以至你能够接近于了解它的任何一个特殊的角落的这种品质——几乎可以说，这一组才能构成了经验，而且这些才能在农村、在城市以及在教育程度较为悬殊的各个阶层里都出现过。如果经验是由许多印象构成的，也许可以说许多印象就是经验，正如(我们不是已经见到过它了吗?)它们就是我们所呼吸的空气……一部小说是一个有生命的东西，像任何一个别的有机体一样，它是一个整体，并且连续不断，而且我认为，它越富于生命的话，你就越会发现，在它的每一个部分里都包含着每一个别的部分里的某些东西。①

丹寇牧在休养期间，得以观察身边的人和事。聚焦于丹寇牧的叙事表明，他尤其对休医生和福汉姆小姐观察入微。丹寇牧注意到福汉姆小姐极力讨好伯爵夫人，并指责休医生对伯爵夫人照顾不周。“我不认为你知道自己亏欠伯爵夫人很多!”(第 340 页)在福汉姆小姐看来，休医生受雇于伯爵夫人，他的所有时间和精力均应受伯爵夫人和她本人的支配。福汉姆小姐限于俗虑，不仅不尊重休医生，而且企图将后者看作可以消费的商品。她的功利、谄媚和傲慢，被丹寇牧尽收眼底。福汉姆小姐的言行举止，令丹寇牧想起文学作品中的某个形象：“某个邪恶的家庭教师，要么是个结局悲惨的老处女。”(第 340 页)成功的文学作品，可以使读者清晰地看到文学与生活的关联。人物刻画得真实与否，可以从作品的感召力看出。丹寇牧亲眼观察到的福汉姆小姐，与他所想到的小说或戏剧人物形象相对应，不仅反映出他的洞察力，而且暗示该小说或戏剧取得了成功。显然，丹寇牧认同詹姆斯所倡导的“予人以真实之感”的小说创作理念。②

优秀读者的品质之一，体现在他愿意阅读并理解作家的作品。譬如，《雄狮之死》反映出詹姆斯的这一主张，即尊重作家的最佳方式不是拜访他本人，而是阅读其作品。《中年》里，休医生虽然不是文学批评家，但他的文学爱好发自内心。这表明，詹姆斯强调文学批评没有门槛，职业批评家

---

① 亨利·詹姆斯：《小说的艺术：亨利·詹姆斯文论选》，第 15—17 页。

② 亨利·詹姆斯：《小说的艺术：亨利·詹姆斯文论选》，第 15 页。

并非一定胜于业余读者。休医生对丹寇牧的小说爱不释手，“休医生发现《中年》里有些段落异常精彩，他主动给丹寇牧朗读这些段落，以证明自己的观点。”(第 342 页)休医生的文学爱好体现在他对小说的认真研读和用心感悟方面，他并不像一般读者那样以不相关的方式表达对作家的崇拜之情。“休医生还没有给丹寇牧写信——他出于尊敬作家，才没有这样做。”(第 342 页)休医生对文学的挚爱，与《雄狮之死》中的文学消费者的行为构成鲜明对照。《雄狮之死》中，赫特小姐千里迢迢来拜访帕拉迪，只是为了收集他的亲笔签名；威姆布什夫人则肆无忌惮地利用帕拉迪获取文化资本。衡量一部小说是否成功，并不取决于作家是否受到追捧。小说家门前车水马龙，只能说明他成为公众关注的中心，但来访者未必是真正阅读并欣赏小说的读者。

丹寇牧在得知休医生仰慕其作品后，自信心为之一振，可见读者的悉心阅读无疑会激发作家的创造力。丹寇牧与休医生接触后，更是信心百倍。他憧憬着创造出更多优秀作品，“他害怕的是，他的名气会停留在未完成的作品上。他关注的不是过去，而是未来”(第 346 页)。丹寇牧与休医生的来往，富有象征含义。丹寇牧生命垂危，而休医生的职业身份象征他具有拯救的力量。治病救人是休医生的本职工作，但他的劳动如同商品被伯爵夫人购买，他的时间和精力受到伯爵夫人的控制。然而，休医生拒绝了这种资本控制。他决定跟随丹寇牧的同时，也就拒绝了资本对他的占有权，这一细节反映了小说对功利主义行为的批判。丹寇牧在疗养期间得到治愈，这更多地源自休医生给予的精神力量。丹寇牧的康复得益于休医生的救治，因为后者对其小说的欣赏使他意识到自己的存在意义，从而受到鼓舞继续创作。“作为一种补充，休医生弥补了丹寇牧的不足，照料了后者的身体，还让他恢复了创造力。”[①]另一方面，休医生从阅读小说中获得无限人生启迪。

读者与作家的交往有助于深化对作品的理解，这一主题在《中年》里有所体现，在华顿的《传奇》和詹姆斯的《地毯里的图案》也有所反映。休医生对小说《中年》的理解，只有在他与丹寇牧有所接触后才得以完善。“出于

① Rivkin, Julie. “Revision and ‘The Middle Years’.” *Tales of Henry James: The Texts of the Tales; The Authors on His Craft Criticism*. Ed. Christof Wegelin and Henry B. Wonham. 2nd ed. New York: Norton, 2003. 470-479, p. 479.

了解这位伟大作家的兴趣，这个年轻人重读了《中年》，这会帮助他从小说的每一页里发掘出更深层的含义。丹寇牧告诉了他小说的‘潜在动机’；即便休医生很聪明，第一次读得很仔细，也没有猜到小说的这个动机。”(第349页)读者理解作家的最佳方式莫过于带着真诚的兴趣去读作品，而读者与作家的有效交流，也将促使他深入理解作品。上述引文还暗示，即使读者认真对待作品，也未必能把握作者的创作意图。譬如，《传奇》中，伯纳德对温特曼/佩勒林的作品的深入理解，得益于他之前的认真探究，更得益于他与温特曼的促膝长谈。在两人的交谈中，温特曼将其创作体会一一告知伯纳德，这些都促成后者更进一步认识佩勒林主义的实质。类似的例子也出现在詹姆斯的作品中。如詹姆斯的《伟大而神奇的地方》所示，作家主人公与“兄弟”的对话使他受益无穷。再如，《雄狮之死》中，叙述者之所以写出评论帕拉迪的优秀文章，既受益于他对作品的“不计利害的”的真诚的欣赏，又受益于他与帕拉迪的面对面交流。尽管叙述者的文章并未在文学周刊上发表，但其价值不容忽视。《地毯里的图案》中，科维克与维瑞克之间的交往，也促使他领悟到维瑞克的创作意图。有趣的是，《地毯里的图案》和《中年》均使用了“珍珠”这一隐喻来形容作家主人公的得意之作。

找寻珍珠离不开读者的努力。休医生得知丹寇牧需要第二次机会后指出：“哎呀，第二次机会已经过去了——第二次机会已经过去了！第二次机会是大众的机会——是大众发现视角、捡起珍珠的机会！”(第353页)读者的作用在于发现作家创作中的“珍珠”，有心的读者方能慧眼识珠，最终完成作家希望读者与之合作才能完成的使命。读者从作品中汲取力量，不仅反映在他能够欣赏小说的价值，而且反映在他能够从中发现人生的真谛。譬如，休医生最终决定放弃继承伯爵夫人的财产机会，这主要源自小说的启迪作用。他对丹寇牧说：“去它的财产！要是我念念不忘您的小说，那是您自己的责任。”(第354页)当小说影响到读者的人生时，便实现了它的最大价值。这也是丹寇牧的最初梦想，他希望自己的小说能与现实有所关联。小说给休医生带来的启迪，恰恰是丹寇牧希望读者捡起的“珍珠”，如获至宝的休医生放弃了财产，他的精神境界因此得到提升。“回答得这么干脆，结果如此确定，他意识到这些要素的效果，内心油然产生一种奇怪的涌动，他的绝望感逐渐发生改变并彻底消除。”(第354页)小说家丹寇牧不希望仅仅陶醉于自我欣赏，当他真切地发现小说对休医生的影响时，便意识到自己的生命有可能延续下去。这里所说的延续，指的是丹寇牧的价值观已得到休医生的传承。丹寇牧明确表示："重要的是让人能够在乎。你碰巧很疯狂，当然了，不过这也不影响法则。"(第 354 页)作品能够引起读者共鸣是作家最珍视的，也是詹姆斯的同期作品探讨的主题。丹寇牧最终意识到，第二次机会并不重要。"第二次机会——这可是幻觉。从来就只有一次机会。我们在黑暗中写作——尽力而为——实事求是。我们的疑惑就是激情，我们的激情就是任务。其余都是艺术的疯狂。"(第 354 页)[①]可见，小说家只需尽力完成创作，不必期待读者完全理解小说。所有困惑都很正常，如休医生所言，"假如您怀疑过，假如您绝望过，那么您一直都'完成了'任务"(第 355 页)。小说旨在说明，作家的疑惑或绝望感，在其成长过程中不可或缺。但彷徨和绝望中的作家，往往会以虔诚的态度对待其创作。如埃德尔所写，《中年》是"一定意义上的半个世纪的宣言"。[②]

值得注意的是，《地毯里的图案》与《中年》两个作品中均出现名为"休"(Hugh)的主人公。《地毯里的图案》中，休·维瑞克(Hugh Vereker)是知名作家，人们争相了解他的创作主旨。《中年》里，作家主人公丹寇牧在疗养期间偶遇休医生(Hugh)，后者喜好读丹寇牧的文学作品，可被视作丹寇牧的治愈者。文学创作与生活之间的关联极为紧密，更重要的是，作家需克服功利主义的影响。作家只有不再考虑自己的作品是否取得成功，才有可能给其作品赋予生命力。

詹姆斯的《地毯里的图案》("The Figure in the Carpet", 1896)以文学创作与批评为主题，围绕作家休·维瑞克(Hugh Vereker)讲述了评论人兼叙述者"我"、同行乔治·科维克(George Corvick)、科维克的妻子格温多琳(Gwendolen)以及格温多琳的第二任丈夫德雷顿·迪恩(Drayton Deane)与维瑞克的创作主旨之间的关联。[③] 学界的观点多以批评叙述者为主，譬如，多萝西·M. 博兰(Dorothy M. Boland)从因果律角度指出，叙述者忽略了个体行为构成他所追求的内容这一规律。[④] 帕米拉·瑟斯斯维尔(Pamela

---

① 着重号为原文所有。

② Edel, *Henry James: A Life*, p. 375.

③ 下文出自李晋：《作为"生命有机体"的文学创作与文学批评——〈地毯里的图案〉中叙述者的"聪明"》，文字略有改动。

④ Boland, Dorothy M. "Henry James's 'The Figure in the Carpet': A Fabric of the East". *Papers on Language & Literature* 13. 4 (1977): 424-429. *Ebsco*. Web. 2011-08-16, p. 427.

Thurschwell)通过对比奥斯卡·王尔德(Oscar Wilde)的《W. H. 先生的画像》(*The Portrait of Mr. W. H.*)与詹姆斯的《地毯里的图案》指出，两部作品“展示了批评家之死或许可以像‘作家之死’这一隐喻一样，以多种方式成为未来文学批评的内容”。[①] 斯蒂文·玛西尔(Stephan Mussil)认为，科维克和叙述者希望代替作家成为众人羡慕的对象；维瑞克和格温多琳“极度自私”，闭口不谈创作的愉悦感。[②] 毛亮批评了叙述者忽视文本的“私密性阅读”模式，指出“詹姆斯的文学观究其根本是一种黑格尔式的伦理想象”。[③] 以上研究对理解叙述者及其他人物和詹姆斯的文学观及文学批评观有所启发，但在科维克与格温多琳的订婚一事上存在误读，而对这一细节的重新解读，有助于读者领悟“地毯里的图案”的精髓，发现文学批评与生活的密切关系。

詹姆斯在纽约版作品的序言中对《地毯里的图案》中的文学批评主题表达了关切，他认为文学批评界缺乏敏锐的观察力和理解力：“多年来人们形成这样一种习惯，这适用于我们所有人，这种习惯古怪而且顽固。我们所称的文学批评——文学批评人应有的好奇心永远无法摆脱无力状态——总习惯于远离作品中的意义，远离作者眼中经过仔细验证的内容，文学批评人却坚持自己的精神和形式，坚持自己的偏见和逻辑。”[④]詹姆斯认为，文学批评关键在于“洞察力这一秘密武器是否丧失”，[⑤] 并指出《地毯里的图案》“呈现的是一小批意愿良好的人如何接受一种考验的画面。读者需依照证据得出自己的结论”。[⑥] 叙述者自作“聪明”，将评论维瑞克的小说视作提高自己声望的工具。科维克坚持遵循以善良为根基的做人准则，提倡撰写

① Thurschwell, Pamela. “Theory to Die for: Lunging at the Arras in Wilde's *The Portrait of Mr. W. H.* and James's ‘The Figure in the Carpet’”. *Henry James Review* 39. 1 (2018): 1-22. *Project Muse*. Web. 2020-01-25, p. 19.

② Mussil, Stephan. “A Secret in Spite of Itself: Recursive Meaning in Henry James's ‘The Figure in the Carpet’”. *New Literary History* 39. 4 (2008): 769-799. *JSTOR*. Web. 2019-09-06, p. 795.

③ 毛亮:《文学阅读模式的伦理想象——亨利·詹姆斯的〈阿斯本文稿〉与〈地毯中的图案〉刍议》, 第8页。

④ James, “Preface. *The Lesson of the Master*, *The Death of the Lion*, *The Next Time*, *The Figure in the Carpet*, *The Coxon Fund*”, p. 1235.

⑤ James, “Preface. *The Lesson of the Master*, *The Death of the Lion*, *The Next Time*, *The Figure in the Carpet*, *The Coxon Fund*”, p. 1235.

⑥ James, “Preface. *The Lesson of the Master*, *The Death of the Lion*, *The Next Time*, *The Figure in the Carpet*, *The Coxon Fund*”, p. 1236.

以真诚为核心的文学评论，逐渐领悟到维瑞克的创作主旨，赢得格温多琳的爱情和“文学批评的桂冠”。叙述者尽管以其“聪明”最终发现了“地毯里的图案”，但他深陷功利主义泥沼，在与维瑞克、科维克、格温多琳和德雷顿的交集中暴露出其自私、虚荣、冷漠和恶毒的本性。格温多琳与科维克则将生活、文学创作和文学批评视作“生命有机体”，彰显出他们对维瑞克的艺术观的传承。

詹姆斯在创作笔记中点明《地毯里的图案》的创作与批评主题，并指出，一个优秀作家关注的是读者能否深刻领会其作品的本质。小说中，作家主人公的作品出类拔萃；评论其作品的有两类文学评论人：第一人称叙述者“我”代表报纸评论，他的朋友（小说中的乔治·科维克）则代表真正的文学评论。詹姆斯在创作笔记中写道：

> 作家在艺术、风格和技巧方面具有精美而崇高的品质，这毫无疑问，但他认为，那些不明白、还没有感受、猜测或洞察到他作品中的这一内在思想——这一弥漫并控制和制动这些优秀品质的独特的美（这个词比较公允）——的人，并不理解他的作品。没有评论人，没有“批评家”梦想过这点：这就为那种兄弟情谊主题所作的巧妙反讽提供了绝佳机会。不过，他毕竟和唯一一个人——是和我——提到了这一事实，姑且说，此人以这一恰当身份，讲述了这一小故事。姑且说我是“批评家”，又一个名不见经传的作家，一个报人。[①]

上述引语中，“评论人”（reviewer）和“批评家”（critic）并列出现，暗示存在两类评论，而区分这两类评论的关键在于是否理解作品的“内在思想”。詹姆斯在创作笔记中这样写道：“作家生活中的一大乐趣，就是要发现是否有人会注意到这点——评论家这一伟大群体（the great race of critics）是否首先会具备足够的洞察力，会在某天突然眼前一亮，发现这点。”[②]这种暗含的美是“唯一意义，是作品的唯一灵魂和核心”，而不是报纸所说的“神

---

① James, *The Complete Notebooks of Henry James*, pp. 136-137. 着重号为原文所有。

② James, *The Complete Notebooks of Henry James*, p. 137.

秘的意义”。[①] 詹姆斯在创作笔记中两次提到与“报纸”相关的内容，第一次用“报人”描绘叙述者，言辞中透出鄙视，第二次引用了报纸对作家主人公的作品所作的空泛评价，“神秘”一词言之无物，揭示出报人脱离作品的令人质疑的文学批评态度。

詹姆斯在创作笔记中强调，作家主人公真正欣赏的仅限于那些对他的作品有着浓厚兴趣的读者。[②] 叙述者“我”与朋友虽然都从事文学批评，却有着天壤之别。“我朋友也是批评家——不过他有廉耻之心，对批评比较敏感。我不敏感，我不在乎，我坚持自己的庸俗解释：我不是特别崇拜小说。”[③]“我”与朋友截然相反的文学批评观，暗示了詹姆斯的创作主旨：以“我”朋友的批评方法反衬“我”的不负责任。从上述引文不难看出，真正的批评家首先应具备“敏感”和“在乎”的品质。作家主人公告知叙述者其作品有意义，可理解成是对叙述者的文学鉴赏力的测试。

第一人称叙述者“我”与乔治·科维克的文学批评观，在开篇就构成鲜明对照。叙述者自以为是，其名利观念暴露无遗：“我做了几件事，也赚了几个便士——我可能甚至一度开始以为自己比关照我的那些人认为的更优秀。”[④]叙述者的自负心理一览无余，然而这里所说的“优秀”值得关注。叙述者将科维克视作对手，认为他与自己无法媲美。科维克原本承诺要评论名家休·维瑞克的新作，却因要照顾格温多琳的母亲而无暇阅读小说，便将书评撰写任务托付给叙述者。需要指出的是，书评将发表在重要文学刊物《中流砥柱》(*The Middle*)上。叙述者为科维克未能把握这个出头露面的机会感到惋惜：“乔治·科维克比我做的事情更多，挣的钱也更多，尽管我认为他有时错过了施展他聪明的机会。不过，那天晚上我只能对他说，他从不失去一个展示善良的机会。”(第 572 页)“聪明”是叙述者衡量一个人是否成功的标准，在他看来，科维克错过成名机会是愚蠢的举动。叙述者深知科维克秉持善良第一的为人准则，他深爱着格温多琳，尽管格温多琳的母亲强烈反对他与女儿结婚，但在她病重时，科维克放弃出名机会

---

① James, *The Complete Notebooks of Henry James*, p. 137.

② James, *The Complete Notebooks of Henry James*, p. 137.

③ James, *The Complete Notebooks of Henry James*, p. 138.

④ James, Henry. “The Figure in the Carpet”. *Complete Stories*: 1892-1898. Ed. David Bromwich and John Hollander. New York: The Library of America, 1996. 572-608, p. 572. 下文引用该作品时直接在文中标注页码，不再另注。

前来照顾她。对科维克而言，动机纯洁的“善良”之举是他的生活方式，这可从叙述者对他的评语——“从不失去一个展示善良的机会”——得到印证。然而，对叙述者来说，施展“聪明”要比展示“善良”更重要。科维克和叙述者分别代表利他主义和功利主义，前者乐于助人，后者则热衷于捞取利益。以下引文使叙述者的急功近利心理昭然若揭：“这是维瑞克新写的小说的样本，不论小说将给维瑞克的声望带来多大的影响，小说应该为我的声望做些什么，我当时很清楚。”(第 572 页)叙述者面对维瑞克的小说，首先考虑的并非如何做合格的评论人，而是如何利用维瑞克提升自己的声望。叙述者得知简女士(Jane)宴请维瑞克后，便决定趁机向维瑞克展示自己对其小说的了解：“相信这个场合应该需要我表现一下我了解维瑞克的‘最新小说’。”(第 572 页)叙述者企图利用与维瑞克见面的机会，施展自己的“聪明”，反映出他脱离作品、对作家缺乏最基本的尊重的特点。

科维克与叙述者恰好相反，他的文学评论以认真对待作品为原则。科维克对叙述者的利己主义了如指掌，他提醒叙述者要尊重维瑞克的小说，尊重自己的评论人身份。科维克似乎已料到叙述者将伺机利用维瑞克牟取私利，他与叙述者的这段对话揭示出两种迥然不同的文学批评观：

> “你当然不会有问题，你知道的。”乔治·科维克看到我有些不太明白的样子，便补充道，“我是说你别犯傻。”
>
> “犯傻——在评论维瑞克的问题上犯傻！怎么，我什么时候没觉得他特别聪明吗？”
>
> “哦，这不是犯傻是什么？你说的‘特别聪明’到底什么意思？看在上帝分上，尽量去认真理解他。不要让他因为我们的做法而受罪。你明白的，要是可能的话，尽量按照我可能评论他的方式去评论他。”
>
> 我想了一会儿。“你是说尽可能别把他写得那么鹤立鸡群，那么与众不同？”
>
> 科维克几乎是叹了口气。“唉，你知道的，我不做那种比较；这种看待艺术的方式最幼稚！不过维瑞克真的让我很愉悦，这种感觉非常罕见；是这样一种感觉，”他沉思片刻，“就是某种感觉吧。”

> 我又想了想，问道："是哪种感觉，请问?"
>
> "伙计，这正是我想让你说出来的内容!"(第573页)[①]

科维克熟知叙述者，他希望叙述者放弃热衷功利的不良动机，客观地评价维瑞克的小说。他告诫叙述者"别犯傻"，"犯傻"一词与叙述者所说的"聪明"相对应。叙述者将不顾维瑞克的作品优劣如何，争先为己赚得名望，他认为这是"聪明"的做法。科维克则持完全相反的观点，他希望叙述者认真阅读维瑞克的新作。事实上，科维克试图启发并引导叙述者。科维克的文学评论准则是忠实于小说，小说给予他怎样的感觉，他的评论就会呈现怎样的感觉。他对维瑞克的作品的喜爱溢于言表："维瑞克真的让我很愉悦，这种感觉非常罕见。"这一评论观与詹姆斯在《小说的艺术》中所倡导的"真挚"创作观相呼应："但是我所能够想到的附在小说写作上的唯一条件，正如我已经说过的那样，无他，只是它必须真挚而已。"[②]科维克对叙述者的提醒便在于此，文学评论的书写者需具有纯洁的动机，应以个人的具体阅读感受为基础。叙述者回应科维克的提醒时用到"鹤立鸡群"和"与众不同"这样的词语，相比之下，科维克分享了他阅读维瑞克作品所体验到的愉悦感，既具体又朴实，与叙述者华而不实的词汇形成鲜明对照。两人之间的这段对话折射出不同的艺术观，叙述者完全脱离小说，本末倒置，是"最幼稚"、最愚蠢的行为；科维克则以小说为本，实事求是地体验文本带来的愉悦。科维克对以叙述者为代表的不良风气并不陌生，他在上述引文中提及的"我们的做法"暗示，文学批评界被一股追名逐利的风气所主导，这种不良风气需要共同努力才能得到扭转，尤其不能使作家成为这一风气的牺牲品。科维克对叙述者的提醒与其说是针对个人，不如说是他洞彻文学批评界华而不实的风气，寄希望于批评界同人的齐心协力。可以说，科维克的书评撰写任务被转给叙述者后，就为叙述者提供了施展"聪明"的机会，将更有效地揭示叙述者的自私本性，彰显出维瑞克与科维克的高尚灵魂。

叙述者撰写的书评受到维瑞克的负面评价，验证了科维克的预见。简女士在宴请维瑞克的场合询问他对其小说书评的看法，简女士和维瑞克对

---

① 着重号为原文所有。

② 亨利·詹姆斯：《小说的艺术：亨利·詹姆斯文论选》，第30页。

叙述者是书评作者一无所知。当时在场的叙述者听到维瑞克的以下评价："和往常读到的一样，都是胡言乱语。"(第576页)"写评论的人什么也没发现。"(第577页)叙述者受到的伤害可想而知，因为他认为书评写得颇"有洞察力"(第577页)。然而，即便他的书评与他对小说的理解毫无关联，他依旧对维瑞克愤愤不平，"人家对他的羡慕之情，本可以留作他未来需要时享用的，至于让他那么愤怒吗?"(第577页)叙述者对自己的书评评价甚高，但他的标准与维瑞克大相径庭。从"胡言乱语"这一评语可以推测，维瑞克坚持忠实于小说的批评原则。如詹姆斯所写，"在这场盛况中，所探讨的话题与所发表的相应文字之间的比例令人始料未及，这首先让观察者触目惊心：这些文字缺乏实例、论证和结论；玄虚的教义让人应接不暇；空话连篇，缺少论据，充斥着姑且称之为文学行为的内容。的确，只要我们看看当今报刊文化的现状，这一切就不再显得反常。"[①]叙述者言之无物的评论，使维瑞克感到"愤怒"，验证了科维克之前向叙述者表示的担忧：批评界的流行做法倾向于忽视作家的作品，盲目比较作家，使作家深受其害。根据以上引语，叙述者仅表达了对维瑞克的"羡慕之情"，目的是提升自己的声望，并未书写其阅读体会。维瑞克对此类书评的愤怒，反映出詹姆斯对功利主义文学批评的声讨。事实上，叙述者缺乏文学批评素质和能力，这在小说第一部分就已阐明。叙述者曾写过维瑞克的小说评论，但并未在《中流砥柱》期刊上发表，他在该期刊上发表的文章基本写的是"女士和没名气的诗人"(第572页)。叙述者第一次有机会在要刊上发表名家维瑞克的书评，的确如他所言，可以充分"施展聪明"。然而，维瑞克的一句"什么也没发现"有力地挫败了叙述者的自负心理。不过，叙述者并未因此开始反省，他反而宽慰自己道："如果没人看得见什么，那么乔治·科维克也和我一样不了解。"(第577页)维瑞克的评论非但没有引起叙述者的反思，反而促使他否定乔治·科维克的能力。叙述者与科维克的最重要的区别在于，前者的文学阅读受功利主义驱使。有关文学阅读和文学创作的认识与思考，通过叙述者与维瑞克的对话得到再现。

叙述者与作家维瑞克的交集，揭示出后者真挚、耐心的文学创作思想。维瑞克坦陈其文学批评观，他表示自己只信赖知己写的评论。"我不

---

① James, Henry. "The Science of Criticism". *Literary Criticism*. Ed. Leon Edel and Mark Wilson. Vol. 1. New York: The Library of America, 1984. 95-99, p. 95.

读报纸，除非别人硬强迫我读，像这篇文章一样——好的书评总是自己最要好的朋友写的。”(第578页)维瑞克的这一观点表明，报纸发表的多为劣质书评，优秀的文学评论十分罕见。“文学批评能力实际上是最复杂、最特别的艺术。”[①]在他看来，值得阅读的评论文章是作家的另一自我所作，“最要好的朋友”最知悉作家的内心世界。理想的文学创作与文学评论情同手足：“从这一角度看，人们把批评家看作艺术家的真正助手，是手举火炬的先驱，是阐释者，是兄弟。对作品的曲调把握得越多，对其方向观察得越多，我们就越能获得文学批评带来的便利。”[②]詹姆斯认为，文学批评是艺术，需要评论家深入观察与思考，尽可能地把握作品的“曲调”及“方向”，是“艺术家发明了艺术，批评家发明了批评，而不是相反的过程。”[③]无论是艺术家还是批评家，第一要素是他们的精神追求。维瑞克向叙述者这样阐释其创作要旨：

> 我所说的小小要点是这个意思——我该怎么描述它？——我倾尽全力写作，主要为的就是这一特别要素。每个作家的创作中难道没有某种特别要素吗，这种要素最令他全力以赴，如果不需要他为这种要素去奋斗的话，他根本就不会从事创作，这种要素是他激情中的激情，是他投身的事业的组成部分，对他而言，艺术火焰在这一事业中最热烈地燃烧着。对的，我说的要点正是这一要素！(第579页)[④]

维瑞克将他的创作动机比作一种精神力量，这一力量激励他辛苦劳作，并使他获得丰厚奖赏。这一力量是他永不言弃的精神源泉，是照亮他人生的艺术之光。他概括这一要点时，强调的是内在因素，与叙述者所追求的“声望”形成鲜明对照。“声望”源自外界对作家或评论家的认可，维瑞克的话语表明他的创作动力源自其激情。以这一精神作指引所完成的创作，需要同样仰赖精神力量完成的文学评论与之对应。维瑞克的作品始于执着、激情和火焰，也以丰收和喜悦结束。作家对创作的执着坚守和为创作付出

---

① James, “The Science of Criticism”, pp. 97-98.

② James, “The Science of Criticism”, p. 98.

③ James, “The Science of Criticism”, p. 98.

④ 着重号为原文所有。

的不懈努力，成为他们的幸福源泉。文学评论家亦如此，他们对优秀作品的热爱和执着使他们收获甘甜和光明。如詹姆斯所写，文学评论家会自得其乐，“他们付出努力所感受到的艰辛，会很容易转化为追求新事物的热情”。[①]

叙述者千方百计地试图从维瑞克口中获取其作品主旨，他希望维瑞克透露其文体或思想上的奥秘，然而后者倡导形式和思想相结合。叙述者脱离作品讨论维瑞克的创作主旨，企图投机取巧，从作者口中探取奥秘，不料遭到作者的反驳。叙述者一味要求维瑞克提供理解其作品主旨的线索，遭到委婉拒绝后，他依然纠缠不放：“‘给些暗示也许会破坏它?’我仍不放维瑞克走。他迟疑了一下。‘这样说吧，你体内是有心脏的。心脏是形式还是情感？我所说的从未有人在我的作品里发现的内容，就是生命有机体。’”(第 581 页)维瑞克的回答表明，语言和思想相互交织、相互依存，两者的和谐共生构成作品。评论作品时需关注双方，缺一不可。先后评论维瑞克作品的人物包括叙述者、科维克以及格温多琳的第二任丈夫德雷顿·迪恩，观察他们对待维瑞克的创作主旨的态度，便可获知他们迥然不同的人生观和批评观。叙述者的功利主义观念贯穿小说始末，不仅体现在他的善于钻营和功利主义思想上，而且反映在他对科维克、格温多琳以及德雷顿的评断上。并且，叙述者的这些负面评断最清晰地揭示出他的功利主义目的。

科维克与叙述者有着不同的阅读观。科维克希望通过阅读了解维瑞克的创作主旨，在他看来，维瑞克提供的信息越多，就越会减少读者产出有创新性见解的机会。“然而，另一方面，他不希望自己被告知的内容太多——那样会减少发现新内容的乐趣。”(第 584 页)对科维克而言，阅读小说的乐趣重在有所发现，而不是获取类似“声望”的结果。叙述者则代表另一个群体，精于算计、懒于思考，这种功利主义思想正是詹姆斯所需批判的。叙述者反复用“聪明”一词，以区分自己与科维克的不同，然而“聪明”的含义因人而异。对叙述者而言，“聪明”意味着占便宜、捞好处，维瑞克用“聪明”形容叙述者，其中的反讽不言而喻。“你们这些聪明的年轻人所说的小贴士，我真的不想告诉任何人。”(第 585 页)维瑞克反对叙述者这类评论人弄虚作假、自作聪明的做法。叙述者深知科维克的文学批评方法，

① James, “The Science of Criticism”, p. 99.

如前所述，科维克提倡实事求是地阅读小说，写出相应的评论文章。科维克的这种文学阅读方式，在叙述者与格温多琳的对话中得到验证。叙述者从格温多琳得知，远赴印度担任通讯作者的科维克发现了维瑞克的创作要旨，他认为科维克在艰苦条件下能有这样的发现极为特别。格温多琳这样回应道：

> 他没有钻研小说，我是了解的；过去六个月里，他没有考虑这方面内容，是创作主旨自动跳出来的，像从林里跳出一只母老虎一样。他没有带小说——专门没带；的确，他根本不需要带小说——他和我一样，小说的每页内容都能倒背如流。这些内容全部印在他脑海里，某一天，某个地方，他无所事事的时候，这些内容就精巧地汇成一幅准确无误的组合图。地毯里的图案就出来了。（第 592 页）

如叙述者所言，科维克的生活条件的确艰苦：一方面他需要撰写特约通讯维持生计，另一方面他虽然爱慕格温多琳，却因入不敷出无法赢得格温多琳母亲的认可。然而，科维克恰恰在困境中发现了维瑞克的创作主旨。如格温多琳所说，科维克的思想已完全与维瑞克的小说融为一体。这种精神契合以脚踏实地的阅读和真心实意的领悟为根基，维瑞克的小说俨然成为他的另一自我。由此，科维克发出“尤里卡”欢呼的那一刻，正是他达到与维瑞克在精神上对话的境界的标志。可见，对科维克而言，“地毯里的图案”得来全不费工夫，是水到渠成的结果。

对叙述者、科维克和格温多琳而言，获得知名作家维瑞克的创作主旨，无疑便赢得文学批评界的最高奖赏。叙述者将科维克和格温多琳甚至德雷顿均视作竞争对手，他对此并不隐瞒，其心理活动充分论证了这一点。叙述者观察到科维克具有发现维瑞克的创作主旨的潜能，内心充满焦虑。“令我最困惑的是——我在焦虑的过程中充满好奇心——我强烈地感到，科维克可能最终会有所发现。”（第 588 页）叙述者的焦虑与上述引文中科维克和格温多琳对维瑞克的作品的热爱形成鲜明对照，叙述者关注的是能否获知“地毯里的图案”，科维克却是维瑞克的真正读者。然而，具有反讽意义的是，叙述者的关注和焦虑并未使他如愿以偿。相反，科维克的阅读与思考，为他领悟维瑞克的创作主旨做了坚实的铺垫。不过，科维克的发现并不仅限于文学性内容。他发现并得到维瑞克的认可后，与格温多琳分享好消息，并提出条件，许诺在她同意和他结婚后再告知这一秘密。事实上，假如我们可以认定叙述者是缺乏应有的责任感的批评家，他在引导读者理解科维克的决定以及之后发生的事件方面发挥了重要作用。叙述者并未交代科维克为何要与格温多琳结婚后再告知维瑞克的创作主旨，然而众多细节指向科维克的善良品质。

叙述者借助他的“聪明”，逐步发现维瑞克与格温多琳之间的秘密恋情。科维克作为优秀批评家，对维瑞克和格温多琳的小说均非常熟悉，其中他还为后者的《内心深处》(*Deep Down*)写过评论。根据叙述者对科维克的善良品质的了解，加上科维克对两位小说家的熟悉程度，读者可以判断出维瑞克的创作主旨。叙述者从维瑞克那里得知，他的小说均贯穿了同样内容，而且创作这些小说给他带来灵魂上的愉悦。如维瑞克所说，“嗯，我不打算告诉你这些；不过它让我的灵魂感到愉悦。”(第 582 页)[①]维瑞克与格温多琳同为作家，两人对艺术的追求或许使他们结为灵魂伴侣，然而前者的已婚身份与后者的未婚身份并不允许他们公开这一情感。科维克发现“地毯里的图案”后，提出与格温多琳结婚，这样做旨在避免叙述者根据其发现进行炒作，从而影响维瑞克和格温多琳的声誉。科维克的这一做法体现了他的洞察力、同情心和牺牲精神。由于科维克与格温多琳的婚事和“地毯里的图案”相关，叙述者自然关注两者之间的关联。叙述者根据他对科维克和格温多琳的多方面观察推测出“地毯里的图案”：维瑞克的秘密在于他与格温多琳之间的相互欣赏。

叙述者发现格温多琳和科维克对两人婚前是否订婚有不同说法。小说开篇，叙述者推测只有在格温多琳的母亲去世后科维克才有望与格温多琳结婚。(第 573 页)在科维克发现维瑞克的创作主旨后，叙述者从格温多琳那里得知她与科维克早已订婚(第 596 页)，而叙述者从科维克得知的却是他与格温多琳并未订婚(第 591 页)。格温多琳告知叙述者她已与科维克订婚，旨在表明她与科维克结婚顺理成章。如前所述，科维克为人善良，因此他所说的与格温多琳没有订婚更为可信。叙述者还注意到，维瑞克得知科维克与格温多琳要结婚时表示惊讶：“你是说他们要结婚吗?”(第 586 页)

---

① 着重号为原文所有。

这暗示出维瑞克对格温多琳的情感。另一方面，叙述者观察到，科维克计划前去拜访维瑞克以确认其发现是否准确时，格温多琳表示不愿同行。此外，叙述者观察到格温多琳面容憔悴。叙述者告知科维克他与维瑞克有关创作主旨的谈话后，发现格温多琳“面色苍白、神情憔悴”(第 588 页)。他还想象，格温多琳在丈夫面前表情不自然(第 589 页)。叙述者的这些发现非但没有激发他对格温多琳产生同情，反而令他为此感到兴奋。他利用这些细节，旨在破解维瑞克的秘密，以达到出名的目的。从这一角度看，叙述者的“聪明”实则是他自私自利、毫无责任感、缺乏同情心的体现。

叙述者根据格温多琳的母亲突然过世推测到，格温多琳为了能与科维克迅速结婚而谋害母亲。叙述者之前了解到，格温多琳的母亲因科维克无力维持生计，反对女儿与科维克的婚事。由此，叙述者认为格温多琳从中做了手脚：“我很快写信给格温多琳了解详情，她回信说她母亲长期以来有心脏病。她没有这样说，不过我自己根据她的这些话总结出以下内容：从她的婚姻以及她的迫不及待来看——其实我也是迫不及待——她母亲心脏病发作这一解决办法，要比能期待的解决办法更便捷，要比等着老太太吞下药片更彻底。”(第 598 页)叙述者怀疑格温多琳与她母亲之死有关，这令他思考格温多琳迫不及待要完婚的目的。事实上，科维克和格温多琳的选择均出于保护维瑞克的名声的考虑。一方面，科维克的自我牺牲精神显而易见，他辨出“地毯里的图案”时已意识到格温多琳的真爱是维瑞克，然而他选择与她结婚。这是出自科维克对格温多琳和维瑞克的爱护，这种爱护基于他对两人的作品的真挚欣赏。譬如，叙述者这样交代科维克对格温多琳的印象：“科维克给我看了格温多琳的照片，说她并不漂亮，但是非常有趣；她 19 岁那年发表三卷本小说《内心深处》，他在《中流砥柱》上发表的评论文章对该小说大加赞赏。”(第 573 页)科维克认可格温多琳的小说其实与他的真诚和善良品质息息相关，他在发现维瑞克的秘密后向格温多琳求婚，是其博爱精神的体现。科维克深知叙述者的本质，叙述者一旦掌握维瑞克与格温多琳的秘密，便会借机大肆渲染，无疑会毁掉维瑞克和格温多琳的声誉。科维克的选择源自他以善良为根基的做人准则，如叙述者所知，“科维克从不失去一个展示善良的机会。”(第 572 页)科维克婚后不幸遇难，但维瑞克和格温多琳对科维克的感激之情应该可以想见。相比之下，叙述者在格温多琳痛失丈夫并担心自己的隐私遭到侵犯之时，竟企图要挟她，确认维瑞克的秘密，其利欲熏心与冷漠残酷的本性暴露无遗。格温多琳的英勇无畏与之形成鲜明对照，她拒绝透露任何信息，并厉声驳斥叙述者丧失人性的卑劣行径：

> “好啦，究竟是什么秘密？”
>
> ……
>
> “你永远别想知道！”我一生多次遭到别人拒绝，这次就只能直面了。我强忍着，也知道这一沉重打击让我泪目……我摸了下帽子，说道，“我明白了。毫无意义！”
>
> 她淡淡一笑，透出一丝蔑视和同情。接着，她用一个声音吼道，这声音至今仍如雷贯耳：“它是我的生命！”我站在门口，她又补充了一句：“你侮辱他！”
>
> “你是说维瑞克？”
>
> “我说的是——你侮辱死者！”(第601—602页)[①]

叙述者企图要挟格温多琳，但后者坚定地维护着她与科维克和维瑞克之间的纯洁情感。叙述者满怀报复心理，拒绝理解格温多琳、科维克和维瑞克，伺机炒作这一秘密从而达到名利双收的目的。叙述者意识到从格温多琳那里无法获取维瑞克的秘密时，他试图变本加厉，暗指科维克对格温多琳的爱“毫无意义”。科维克婚后便出车祸过世，这一悲剧已令格温多琳痛苦万分。如果说格温多琳之前仅爱慕维瑞克，那么她这一刻对科维克的感激和敬佩溢于言表。因此，她在叙述者说出“毫无意义”时，厉声斥责他不应侮辱死者。科维克虽然壮志未酬，但他得到了格温多琳的真爱，尽管他未完成评论文章，但他的守护行为已为他摘取桂冠。可以说，科维克用心守护两位他敬佩的作家，献出了自己的生命。上述引文中，格温多琳的一句“它是我的生命！”振聋发聩，触及每个灵魂。不幸的是，缺乏灵魂的叙述者始终无动于衷，他在不归路上越走越远。

格温多琳去世后，叙述者依然企图报复，无耻地标榜自己的“聪明”。他对维瑞克和格温多琳充满仇恨，为自己发现“地毯里的图案”感到沾沾自喜。他不仅漠视格温多琳的痛苦，而且在她焕发青春时心怀恶意：

---

① 着重号为原文所有。

> 格温多琳发表了第三部小说，比以前更热衷于和文学圈打成一片，我显然属于这类人，我认为这本小说不如第二本写得好。这本小说质量不高，是因为她周围的人不够优秀吗？假如她的秘密如她所说的那样是她的生命，显然，她日复一日地焕发着青春，显示出自己拥有某种特权，她又将这种表现通过一些让人感动的乐善好施巧妙纠正过来，这让她的相貌发生显著变化——不过还没有直接影响到她的作品。仅仅这一点——这一切——就更让人渴望获知该影响，用更精妙的秘密妥善地成功收尾。(第 605 页)

叙述者无法接受挫败感，无论是维瑞克还是科维克或格温多琳，均使他成名的美梦落空。然而，他丝毫没有自省意识，反而变本加厉。他蔑视为维瑞克的新作写评论的德雷顿："德雷顿只是缺乏利用所掌握的内容的艺术；说白了，他没有能力承担起科维克未完成的义务。"(第 606 页)他这样对德雷顿说："你必须让我告诉你心里话。我很高兴和你做个交易，用你觉得合适的方式，是格温多琳从乔治·科维克那里得知的信息——你知道的，这个信息，是乔治，这个可怜的家伙，在他生命中最幸福的某个时刻，亲自从维瑞克那里得到的。"(第 606 页)叙述者试图在格温多琳去世后从她的第二任丈夫德雷顿这里换取"地毯里的图案"，"我所知道的只是，知识是无限宝贵的，我想让你理解的是，假如你告诉我这个信息，会给我巨大帮助，我会一生感激不尽"(第 607 页)。[①] 可见，叙述者始终深陷功利主义泥沼，他认为"知识"是无价之宝，却并不知"地毯里的图案"正是科维克和格温多琳用生命守护彼此以及他们共同敬佩的维瑞克。叙述者毫无廉耻之心，即便在科维克和格温多琳过世、维瑞克身患重病时，依然坚持毁坏他们的声誉，伤害对"地毯里的图案"一无所知的德雷顿，并以此为乐。当德雷顿表示自己对这一秘密一无所知时，叙述者作出如下猜测："我看出一点，尽管我没有说出来，是他妻子并不认为他值得知道这点。这让我觉得很奇怪，一个认为值得和她结婚的女人，竟然觉得丈夫不值得知道这一点。"(第 607 页)叙述者的卑劣品行得到最有力的揭露：

> ……我从维瑞克的唯一一次下凡开始讲起，给他讲述了那一

① 着重号为原文所有。

> 系列神奇的事件，这些事件之前我都蒙在鼓里，现在才明白。我把我写在这里的一切都一股脑告诉了他……或许我今天可以说，作为欲望没有得到满足的受害者，我们之间没有什么区别。可怜的家伙，他那种状态几乎让我感到安慰；的确，有些时候我觉得他的状态几乎就是我复仇的结果。(第608页)

叙述者对文学创作和文学评论缺乏最基本的感知，不仅与他脱离作品相关，更重要的是，他缺乏对作家的基本尊重。作家的秘密深藏于其文本，忽视文本就是忽视作家。叙述者与维瑞克有最直接的接触，原本赋予他理解维瑞克及其作品的特权，然而这种特权却并未受到重视。叙述者的内心完全被自私、虚荣、冷漠和恶毒吞噬，在深陷功利主义泥沼后，他的这一自我毁灭恐怕是其不二选择。

某种程度上，詹姆斯的《地毯里的图案》可被视作是对其好友康斯坦斯·费尼莫尔·伍尔森的《忧伤小姐》(“Miss Grief”, 1880)的呼应。《忧伤小姐》塑造了忠于艺术的女作家形象“忧伤小姐”，她敢于坚持自己的艺术观，并未按照叙述者的建议删除构成其剧本中“地毯里的图案”的核心人物。“忧伤小姐”对文学艺术的真挚热爱和求索，与叙述者沽名钓誉和自私狭隘的特点构成强烈对比。同理，《地毯里的图案》中的作家与批评家形象的“生命有机体”艺术观，与叙述者的功利主义形成鲜明对照。维瑞克、科维克和格温多琳将自己对文学艺术的热爱融入自己的生命，造就出优秀作品和优秀文学评论。如林德尔·戈登(Lyndall Gordon)所写，“对艺术的巨大力量作出响应的读者，艺术融入其生命。艺术塑造了她，锻造了她，成为她。从这一角度看，这个短篇可被视为专门为悼念伍尔森而作，也是探讨艺术的挑战性的公开声明。”[①]

文学创作与文学批评是两种活动，均需从事创作和批评活动的主体自主完成，创作主体动机的纯洁性尤为关键。文学评论与文学创作同样具有挑战性，均与生活紧密相连。科维克对维瑞克的解读以真诚、善良和理解为根基，并用行动诠释了“地毯里的图案”。第一人称叙述者利欲熏心，尽管他与维瑞克有过直接接触，却未能实事求是地评论后者的作品。随着叙

---

① Gordon, Lyndall. *A Private Life of Henry James: Two Women and His Art*. New York: Norton, 1998, p. 177.

述者对格温多琳以及科维克与维瑞克之间关联的观察，他逐渐发现“地毯里的图案”，然而他的自私、虚荣、冷漠和恶毒在功利主义的驱使下暴露得一览无余。文学创作与文学批评的艺术，仿佛是由真诚、善良和理解串起的珍珠，叙述者所用的“地毯里的图案”这一比喻只能说明他看到了表面现象，却选择性地忽视了人与人之间的相知、相守和相助。维瑞克的作品传递着人与人之间的相知、相守、相助这一精神，格温多琳的作品以及科维克以实际行动书写的文学评论，传承着这一精神，叙述者企图玷污并破坏这一精神的传承，但注定以失败告终。

詹姆斯与华顿的这些文学主张，还反映在他们的长篇小说如前者的《悲剧缪斯神》(*The Tragic Muse*, 1890)和后者的姊妹篇小说《哈德逊河斗拱建筑》(*Hudson River Bracketed*, 1929)与《众神来临》(*The Gods Arrive*, 1932)中。《悲剧缪斯神》通过讲述戏剧演员米丽娅姆·鲁斯(Miriam Rooth)和画家尼古拉斯·多默(Nicholas Dormer)的经历，再现了艺术追求与实用主义之间的博弈。《哈德逊河斗拱建筑》与《众神来临》则通过勾勒小说家万斯·韦斯顿和潜在的小说家与批评家黑露·塔兰特的成长经历，描绘出20世纪早期英美文学界的情形。

第三节 《悲剧缪斯神》、《哈德逊河斗拱建筑》与《众神来临》

亨利·詹姆斯为《悲剧缪斯神》(1890)作序时特别认可了小说的价值：“《悲剧缪斯神》中一致的、可持续的以及保鲜的语气，以恒久和确信无疑的精雕细刻的方式，忠实于小说特意追求的高度和风格，这两点严格而言是它的主要优点——这种内在和谐，或许我可以冒昧允许自己将它比作一种未蒸发的香气。”[①]学界有的根据米丽娅姆与纳什的肖像有待完成这一细节，判定小说反映了詹姆斯美学标准所认可的“过程性和不确定性的价值”。[②] 有的认为小说是詹姆斯对奥斯卡·王尔德有关肖像与人物个性相对

---

① James, Henry. “Preface. *The Tragic Muse*”. *Literary Criticism*. Ed. Leon Edel and Mark Wilson. Vol. 2. New York: The Library of America, 1984. 1103-1119, pp. 1104-1105.

② Scherzinger, Karen. “The Problem of Representing ‘Truly’ in Henry James's *The Tragic Muse*”. *Journal of Literary Studies* 19. 2 (2003): 179-204. *Ebsco*. Web. 2012-11-07, p. 199.

应的主张的回应。[①] 有的通过剖析摄影在再现人物过程中的真实性指出，米丽娅姆"融真诚与表演性为一体"。[②] 有的学者发现米丽娅姆"在职业和创造力两个维度上对自己的外貌有掌控力"。[③] 有的学者认为，个体的身份只有在他能胜任多种角色时才能永恒，个体的多元性反映出统一性。[④] 毛亮洞察到，小说的社会批判体现在个体自由和个体自我实现的伦理想象方面。[⑤] 我们认为，小说从戏剧艺术与社会性别两个角度表明，米丽娅姆提倡真诚的艺术准则，认为女性思想独立对戏剧艺术或任何艺术的发展至关重要。

《悲剧缪斯神》画布上的三位女演员，分别讲述了戏剧艺术与社会性别的关系发展史。这三位女性分别是法国喜剧大师卡雷夫人(Carré)、法国新秀沃伊津小姐(Voisin)，以及英国犹太女性米丽娅姆。小说以米丽娅姆为中心，再现了戏剧艺术如何从被消费的地位提升到震撼灵魂的历程。亨利·詹姆斯在纽约版序言中写道，该小说旨在"做些艺术方面的事情"。[⑥] 詹姆斯在创作初期即游历欧洲各国，从他接触到的小说家那里汲取到丰富的艺术养分。譬如，他对法国文化洞察入微，并称赞巴尔扎克的写作手法。"大仲马、乔治·桑夫人，安东尼·特洛普都特别多产；但他们织的网很松散，似乎是这样，巴尔扎克织的网非常紧密。"[⑦]然而，高超的写作手法并不是小说艺术的精华所在。詹姆斯认为创作动机非常重要，他认为"巴尔扎克的方式中有一个总体缺陷：如我们所见，缺少新鲜空气，缺少不计利害的观察的痕迹"。[⑧] 作家从事创作自然会考虑生计问题，然而创作首先是精神活动。在詹姆斯看来，巴尔扎克的经济原则并不可取，"巴尔

---

① Miller, J., Hillis. "Oscar in *The Tragic Muse*". *Arizona Quarterly: A Journal of American Literature, Culture, and Theory* 62. 3 (2006): 31-44. *Project Muse*. Web. 2020-09-10, p. 44.

② Sonstegard, Adam. "Painting, Photography, and Fidelity in *The Tragic Muse*". *Henry James Review* 24. 1 (2003): 27-44. *Project Muse*. Web. 2020-09-13, p. 37.

③ Allen, Elizabeth. *A Woman's Place in the Novels of Henry James*. London: Macmillan, 1984, p. 109.

④ Jobe, Steven H. "Representation and Performance in *The Tragic Muse*". *American Literary Realism: 1870-1910* 26. 2 (1994): 32-42. *JSTOR*. Web. 2020-08-14, pp. 40-41.

⑤ 毛亮：《自我、自由与伦理生活：亨利·詹姆斯研究》，第 99 页。

⑥ James, "Preface. *The Tragic Muse*", p. 1103.

⑦ James, "Honoré de Balzac", p. 37.

⑧ James, "Honoré de Balzac", p. 33.

扎克放弃了谈论情感，他从不讨论‘话题’；他只谈生意”。[①] 詹姆斯认为，作家应保持“不计利害”的态度，不以牺牲人类情感为代价去追名逐利。他引用法国批评家圣伯夫的话形容巴尔扎克：“我们记得圣伯夫的一句话，在他那些充满恶意的脚注里有一句话这样描述巴尔扎克，‘就他认识的文学圈内人而言，巴尔扎克最粗俗，最贪得无厌，最爱慕虚荣。’”[②]詹姆斯对巴尔扎克的这一评价，表明他反对物质利益至上的态度。

> 总体来说，‘生意’是巴尔扎克最看重的东西……我们已有机会在文中指出，他远非一个热爱思想的人，他对物品有着极大热情。我们刚才说，他的书富含思想；但我们必须补充一句，他的书信让我们感到，这些思想在某种程度上本身就是‘物品’。它们是颜料、财产、无用的东西；它们总是非常具体，可以获取。只有它们适合成为他墨盒内的内容，巴尔扎克才喜欢这些东西。[③]

巴尔扎克将思想等同于“物品”，对这些东西加以利用，为他获取物质利益是其创作初衷。在詹姆斯看来，这有悖于“不计利害”的艺术准则。

米丽娅姆致力于追求戏剧表演艺术，拜谒喜剧大师卡雷夫人是她迈出的第一步，叙述者分别再现了纳什、彼得和尼克眼中的大师，也绘出了自画像。米丽娅姆在母亲和纳什的带领下，前来向法国喜剧大师卡雷夫人学艺。彼得将卡雷夫人比作演艺界的巴尔扎克：“我见过卡雷夫人扮演剧中人物，现代保留剧目轮演时，她表演生动形象，她扮演的瓦莱丽·马纳夫(Valérie Marneffe)形象挥之不去。她就是女演员里的巴尔扎克。”[④]读者像米丽娅姆一样，对大师饱含期待。颇具反讽意味的是，卡雷夫人虽然身为老艺术家，却并不看重艺术的恒久价值。叙述者对卡雷夫人住处的描写，反映出她对物品的迷恋。加布里埃尔·纳什注意到卡雷夫人的房间布置：

---

① James，“Correspondance de H. de Balzac”，p. 72.

② James，“Correspondance de H. de Balzac”，p. 77.

③ James，“Correspondance de H. de Balzac”，pp. 82-83. 着重号为原文所有。

④ James，Henry. *The Tragic Muse. Novels：1886 -1890.* Ed. Daniel Mark Fogel. New York：The Library of America，1989. 701-1255，pp. 748-749. 下文引用该作品时直接在文中标注页码，不再另注。

> ……纳什看了看表示谢意的礼品，这些礼品把整个小嵌板盒子变成了戏剧博物馆，盒子表面是浅白和金色装饰：里面是礼物、肖像、花环、王冠、信件、有装框的，有上釉的，奖杯，献词，遗物，都是卡雷夫人成名半世纪以来的藏品。这一丰富多样的证词，和对某些错过以及压抑的东西的忏悔相比，都一样令人惊叹，这些东西似乎全部从中飘扬起来，让氛围变得忧郁，好像提到那些鼓掌时分，说到底现在只能以沉默的形式存在：若说这个地方弥漫着历史，那也是没有事实的形式，或者至多是一种拆东墙补西墙——一种面具的历史，是一声吱吱呀呀，是空谷足音的记录。（第 778 页）

卡雷夫人因扮演名角而获得各种奖项，然而在小说家纳什看来，这些藏品空有形式，独缺面具背后的真实自我。值得关注的是，喜剧大师卡雷夫人的辉煌岁月陷入失语状态，各类象征获取和占有的符号隐约慨叹着恒久价值的遗失，折射出其生命意义的悲剧性。19 世纪晚期的英国唯美主义运动掀起人们重新认识艺术的浪潮，戏剧形式因接近大众，在影响人们的审美观方面有着独特的优势。然而，戏剧并不像人们所期待的那样发挥了积极的文化传播作用。小说中，纳什对戏剧的危机洞察入微。他认为戏剧“为商业和社会提供了便利，这可以无限发展。但戏剧在艺术性和思想性上的重要性又怎样？戏剧如此贫瘠、如此有限的形式，如何才能做到这个呢？”（第 746 页）[①]如卡雷夫人昔日的成功所示，戏剧为剧务组带来丰厚的物质利益，满足了大众的娱乐需求。然而，喧哗背后却内容空洞，缺乏艺术性和思想性。纳什的两段文字暗示他思想丰富，不过他的这番评论与他的实际行为构成强烈对比。譬如，人们对“某些错过以及压抑的东西”具体指代什么不得而知。纳什的观察缺乏一贯性，他对卡雷夫人和对戏剧形式以及内容的评价都是概括性的。这种言之无物的艺术观反映在纳什的生活现实中，他多数时候都是孤身一人，游离于社会之外。纳什虽然指出社会环境不利于艺术发展，却没有意愿投入其中，更遑论增强人们对戏剧艺术性和思想性的意识。

尼克的视角反映了他对时代和艺术关系的认知。尼克注意到，“这位

① 着重号为原文所有。

名艺术家展出的有些物品，比如她的早期肖像，平版印刷画或微型肖像，再现了一个远古时代的装束和行为方式。尼克·多默瞥了一眼，都觉得很好奇，要定睛看看这位曾经生动活泼的女性是如何作出妥协、如何生活在当今这个时代的”(第778页)。尼克的画家身份，决定他将关注服饰的时代性。尼克关注的是形式，他认为卡雷夫人的表情和装束属于远古时代。卡雷夫人已步入老年，是远古时代的产物，与当今时代有着隔膜。在尼克看来，人们的外貌反映出时代特征。卡雷夫人的肖像留存了她的容颜，却并未反映出她的品质。

外交官彼得赞赏卡雷夫人的天赋，也窥见她庸俗的一面，但他对天赋和庸俗的理解含糊不清。“不过，卡雷夫人的描述更多地让他感到困惑，而不是安慰，越发印证了他的理论，即演员的艺术一般在达到炉火纯青的地步后便开始走下坡路，半世纪前，该女士的天赋发挥到极致后就是这种情况，她最终坠入庸俗的深渊，他的这个理论常常有很多证据支撑。”(第779页)彼得的艺术理论与以上所述的纳什的观察有相似之处，都不乏抽象的术语。“完美”、“天赋”和“庸俗”如同他所强调的“理论”一样含糊不清，他对前两者的判断依据来自卡雷夫人所获的奖项。彼得将完美与庸俗对立，也是对优雅表演的肯定和对现实生活的否定。这段文字聚焦于彼得的心理活动，不免流露出他的自我中心主义倾向。

米丽娅姆拜访卡雷夫人当天，后者的姗姗来迟已透露出她的傲慢，其言行举止反映出她的艺术和女性观。鲁斯夫人介绍说女儿米丽娅姆懂四门语言，卡雷夫人一语道破天机，“关键是用其中一门语言做些事情”。(第781页)显然，她衡量天赋的标准是实用主义性质。她紧接着评价米丽娅姆的外表，“她的头型很好”。(第781页)卡雷夫人将演员的长相视为“做些事情”的前提，实则演绎了她的艺术和女性观。女演员首先是大众关注的客体，如前所述，卡雷夫人住处的摆设折射出她的这一美学观。米丽娅姆并不认同卡雷夫人的观点，她认为一个人的内在品质更能凸显他的艺术性。米丽娅姆的以下心理活动表明她质疑卡雷夫人的大师地位，也预示米丽娅姆将取得不同意义上的成功。

> 假如卡雷夫人认为她不会做到勤奋，她可以听听她朗诵，那会证明一切。不过，她并不觉得卡雷夫人有资格评判什么；说她

> 的头型不错，这不是评判。当然，她的头型不错；她不需要长途跋涉，来到远离市中心的地方验证自己的头型不错。是她母亲——她母亲的说话方式——让大家胡乱猜测的，人们以为她想举止优雅，道德高尚，想成为都会名媛等等。(第 811 页)

头型好坏与优雅举止都是外在形式，这些会给人带来视觉享受，但肤浅的模仿行为并不能造就淑女或绅士。卡雷夫人迟迟不露面，让远道而来的客人久等，已然与大师身份不符。鲁斯夫人的表现如出一辙，她希望女儿米丽娅姆有淑女的举止，并将她视作赚钱工具。詹姆斯借着写法国大师，实则反讽英国社会流于形式的审美追求。詹姆斯对 19 世纪末英国社会徒有其表的美学观念洞察入微，他极力反讽这种形式主义。

> 对波提切利(Botticelli)的热爱实则重塑了很多人的外貌特征。多年来，伦敦到处是类似波提切利笔下的女性，她们面色苍白，眼神黯淡，裹着皱巴巴的衣袍，显得神秘莫测。她们的谈吐和表情倾向于一致；都操着古怪的口音，夹杂着喃喃自语，抑扬顿挫。她们愉快地发出惊呼声；但表情和举止却毫无快乐可言。[①]

缺乏真诚的态度便失去了自我，这种审美观将女性禁锢在一个模子里。卡雷夫人第一次出现时，即被描写成有着“矫揉造作的性情”(第 781 页)。与她相反，米丽娅姆第一次表演时就表现出真诚的品质。当时，她因胆怯当众情绪失控。这与大众的期待相距甚远，但这毕竟是米丽娅姆的真情实感。然而，她的遭遇并未得到大师的同情。谈及出演角色的选择，即便在卡雷夫人没有发表道德感论说前，米丽娅姆已认定自己情愿扮演各种角色。她言谈中透着真诚，她对表演艺术的纯粹的喜爱溢于言表。“‘我只想表演——这就是我想做的事情……’女孩情绪激昂地说，言辞铿锵坦率，语气中的诚恳让她显得质朴纯净。‘至于演坏人，我不担心这个。’”(第 813 页)米丽娅姆对舞台表演的兴趣发自肺腑，与卡雷夫人的教诲构成鲜明对照。卡雷夫人所说的“做些事情”莫过于追名逐利，而米丽娅姆天才高逸，

① Collister, Peter, ed. *Henry James on Art and Drama*. Vol. 2. Cambridge: Cambridge UP, 2016, p. 383.

她深知戏剧艺术环境的恶劣，但勇于表达自己的思想。

彼得随后带着米丽娅姆等人观看沃伊津小姐的表演，进一步印证了她对恶劣的戏剧艺术环境的认知。可以说，卡雷夫人代表了以做作为特点的法国老一代戏剧演员。沃伊津小姐则是法国新一代演员代表，不过她的表演以诠释现代舞台淑女形象为特点，与卡雷夫人的审美观如出一辙。米丽娅姆与巴兹尔·达什伍德洞彻这一形象的虚无特点，对该形象进行了专业性的阐释。米丽娅姆与达什伍德不约而同地洞穿沃伊津小姐的致命缺陷，他们一致认为后者的表演缺乏自我。“他们教她们如何像淑女一样，沃伊津总想表现出淑女范。‘看我怎么走路，看我怎么坐下，看我怎么表现得很安静，看我怎么少用手势。你能说我不是淑女吗?’她的表演，让人觉得她有身份。”(第 943 页)戏剧舞台是协助社会塑造女性的媒介之一，而沃伊津小姐的行为与之前提到的伦敦女性的模仿行为极为相近。在追求美的过程中，个体一旦剥去真实的心理世界，将无异于作秀。这幅“淑女”画像不应是真正的美学家追求的目标，这正是后来成为米丽娅姆丈夫的巴兹尔·达什伍德的观点。达什伍德身为演员颇具洞察力，他一针见血地指出舞台“淑女”形象的虚假性。达什伍德认为，沃伊津小姐忸怩做作，努力迎合观众的趣味，在炫耀自己的淑女身份时迷失了自我，牺牲了戏剧应有的艺术性。“‘我不羡慕沃伊津小姐抱胳膊的样子，’巴兹尔·达什伍德说，‘活像服装店里的小姐试穿衣服似的。’”(第 943 页)沃伊津小姐的表演浮于形式，她始终戴着纯真少女的面具，缺乏对现实生活的关注。沃伊津小姐的光鲜容貌、华丽服饰与端庄仪态的背后缺乏思想性和艺术性，她在个人剧院展出的肖像，在巴兹尔·达什伍德看来尤其丑陋(第 947 页)，这些肖像也表明沃伊津小姐在戏剧表演事业上的失败。

达什伍德与米丽娅姆对沃伊津小姐的评论可谓一语中的。沃伊津小姐演出结束后，米丽娅姆跟随彼得前往沃伊津小姐的房间参观。彼得将沃伊津小姐视作战利品，试图说服米丽娅姆成功唾手可得，暗示他可以帮她获得这种成功。不过，他期待米丽娅姆放弃舞台表演：

> “这个沃伊津很神奇——她成功了，完全成功了：牢固、绚丽，是真正意义上的成功，是我想给你的成功。”米丽娅姆默默看着他，脸上依然怒气冲冲，他重复道，“放弃它——放弃它。”

> 她的双眼过了一会儿变得柔和起来；她微笑着说：“没错，你比可怜的达什伍德先生更优秀。”
>
> “放弃它，我们为自己生活，在我们自己的内心生活，在某个能有神圣感的地方生活。”
>
> “一句话，你真的很恨我们。”女孩继续说。(第950页)

彼得欣赏沃伊津小姐的成功之余，并不掩饰这是他的功劳这一事实。彼得还明确表示，他也可以让米丽娅姆享有同样的成功。米丽娅姆意识到，彼得试图显示其优越感。如她所说，“你比可怜的达什伍德先生更优秀”，但其中的反讽意味不言而喻。彼得表示希望“我们为自己生活”时，他指的其实只是自己，并不包括米丽娅姆。彼得的后半句表明他鄙视戏剧表演行当，他认为舞台表演缺乏“神圣感”，语气中流露出对达什伍德的排斥。米丽娅姆对此洞察入微，她认识到彼得将她与达什伍德视为同类，并察觉到彼得对他们持有偏见。在米丽娅姆看来，坚定不移地追逐自己的梦想更加珍贵。她虽然羡慕沃伊津小姐取得成功，但她认为后者只不过是“你预料不到的价值连城的瓷器”(第956页)。她直抒胸臆，犀利地指出沃伊津小姐的致命弱点，巧妙地讽刺了彼得的品味：

> “沃伊津小姐很怪，很神秘，”米丽娅姆称道，看着炉火，“她什么也没有展示——没有展示她的真实自我。”
>
> “那样更好，更安全。”
>
> “她生活中有各种其他东西吧？我相信这个。”米丽娅姆继续说，抬起眼睛看着他。
>
> “这种女人生活中有什么，我不能告诉你。”(第956页)

米丽娅姆发现并指出，沃伊津小姐的表演缺乏真实的自我。彼得不以为然，他的回应暗示他并不主张女性展示真实的自我，甚或拥有真实的自我。米丽娅姆进而指出，沃伊津小姐的生活中至少还有其他东西，表明她认同女性的生活应有价值这一观点。换言之，在米丽娅姆看来，表演艺术应是演员呈现给观众的首要要素。“演员不是指定艺术家的接替，他本人就是艺术家。这种完全的透明性只可以借助演员‘真实’感受的情感内在化而得以维系。”[①]彼得与米丽娅姆的观点相左，他并不认为女性的生活中必须有任何有价值的内容。假如将彼得的这一观点与他之前自称坚持的艺术观对比，不难发现他持有双重标准。

彼得陈述其艺术观时，虽然反对将女性视为消费品，但在实践中却暴露出他的消费行为。他在小说中常以艺术批评家身份出现，譬如：

> 这些文章给出很多细节，强调“我”的成分，自由地谈论外观特点，比如演员形体上的优点，有些时候这样做很不合适，应该谴责。谢林哈姆无法祛除对这些特点的偏见；说到女演员，这些文章尤其显得很粗俗，不体面——似乎评论家就坐在椅子上，抽着烟，很不像样。同时，他也知道困境所在(他讨厌这个困境；他觉得更惭愧)，这种反感更是挥之不去。如果人们可以喜欢演员的艺术，应该对每个真诚的评论感兴趣，遇到特殊情况，应该考虑周全，行为也应该合法。假如坦诚地指出这些条件的批评显得低劣，或者很冒犯人，那谈论艺术还有什么意义？(第 837 页)

彼得认为巴黎的报刊剧评都是空疏之论，而且评论家将女性当作消费对象。他质疑这些文章之时，似乎主张女性应受到尊重，文艺评论界应以真诚为准则。然而，对比他的理论和实践不难发现，两者大相径庭。如上述引文所示，彼得反感不体面的文章。然而，小说中并未出现他阅读评论文章的相关细节。不过，根据他姐姐朱莉娅与报刊文章相关的一个情节或许可以这样揣测，两人只是假装对阅读评论文章感兴趣而已。朱莉娅声称喜欢读某杂志的文章，与尼克出游时还随身携带了该杂志，但自始至终她并未读杂志。可见，她对阅读活动并没有真正的兴趣。同理，彼得对米丽娅姆的表演缺乏真诚的兴趣。他有机会评价米丽娅姆的表演时言辞空洞：“思想性是她表演整幕的全部精神，让他暗自不断惊呼：‘她感受到的真强烈——她看到的真深刻——她创造得真精彩！’”(第 933 页)他形容米丽娅姆的感受、认识和创造力时，连续用了“真强烈”、“真深刻”和“真精彩”三个词，但这些表述言之无物。如上所示，彼得倡议以真诚的态度谈论艺术，

---

① 玛丽安·霍布森：《艺术的客体：18 世纪法国幻觉理论》，胡振明译，上海：华东师范大学出版社，2017 年版，第 252 页。

但当米丽娅姆谈及艺术追求者的真实自我和美德并切中要害时，他却回避该话题。彼得采取双重标准，显然不是真正的艺术爱好者。他观看戏剧为的只是满足其感官享受，他认同戏剧艺术的高雅旨在说明其享受该艺术的合法性，他其实对戏剧艺术存有根深蒂固的偏见。可以说，彼得将戏剧视为上流社会成员消遣娱乐的形式。如前所析，米丽娅姆勇于袒露真实的自我，彼得试图利用她的这一品质填补自己内心的空虚。他向米丽娅姆求婚，不是出于他对戏剧艺术的爱好，更不是建立在平等的基础上。彼得在与米丽娅姆交往的过程中发现她"十全十美"(第1188页)，这华而不实的评价不过是他消费其容貌和精神的体现。彼得希望米丽娅姆放弃戏剧表演，企图独占米丽娅姆的精神，这一意愿无异于否定戏剧艺术的美育作用。可以预见，他与米丽娅姆结婚后即会把她当作珍贵瓷器一样收藏起来。

彼得对戏剧的爱好最终被证实是扼杀戏剧艺术的行为，有趣的是，他率先将米丽娅姆比作"悲剧缪斯神"。《悲剧缪斯神》是乔舒亚·雷诺兹(Sir Joshua Reynolds)的画作(1784)，画的是最杰出的悲剧演员西登斯(Siddons)夫人，再现了18世纪英国戏剧与肖像画的历史关联。"18世纪下半叶戏剧肖像画的发展，伴随着演员地位的兴起、快速扩张的印刷业、报纸评论的激增，以及公共艺术展览的发展。"[①]小说中有众多细节指向这一社会现象，譬如，米丽娅姆在成名后发现她的照片广为流传，再如，尼克先后为她画像等。需要指出的是，乔舒亚·雷诺兹主张作肖像画时要抓住人物的本质，而不是喧闹的外在场景。"假如画家努力复制剧院的华丽，炫耀服饰和坐姿，而不是展示简朴性——要知道绘画中的简朴性要比生活中的简朴性更美——那么这种画的风格最卑劣。"[②]彼得虽然不是画家，但从他盛赞沃伊津小姐的表演不难发现，他关注的是女性的相貌。同理，彼得仅仅关注米丽娅姆的相貌，而不是她的品质。他反复劝说米丽娅姆放弃舞台事业，与他之前将她比作杰出戏剧演员西登斯夫人相矛盾。彼得欣赏的并不是米丽娅姆精湛的表演艺术，他将她比作缪斯只是出于私心。他期待米丽娅姆帮助他完成精神救赎，她"是治愈他郁闷、羞愧和生活困惑的良药"。(第1053页)彼得·谢林哈姆与米丽娅姆的对话，暴露出前者的男权

---

① McPherson, Heather. "Picturing Tragedy: Mrs. Siddons as the Tragic Muse Revisited". *Eighteenth-Century Studies* 33.3 (2000): 401-430. *JSTOR*. Web. 2020-09-10, p. 408.

② McPherson, "Picturing Tragedy: Mrs. Siddons as the Tragic Muse Revisited", p. 409.

思想。"'你坦诚，率真，慷慨；你非常优秀。悄悄嫁给我吧，我会管好你。''管好我?'女孩的语调很滑稽；谢林哈姆脸红了起来。"(第1189页)米丽娅姆的平权意识，使她勇于挑战彼得的男权思想。她不接受被管理者的身份，相反，她提出另一解决方案："站在我的舞台上；从你的舞台上下来。"(第1190页)[①]彼得的男权思想根深蒂固，他认为自己能为米丽娅姆提供更好的未来。"这两种情况不同。你让我变成演员的丈夫。可我能让你成为大使夫人。"(第1191页)彼得的优越感溢于言表。在他看来，舞台表演者的地位卑微。他邀请米丽娅姆、她母亲鲁斯夫人以及米丽娅姆的朋友达什伍德看剧时，安排后者坐在远离他们的位置，其阶级偏见显而易见。

米丽娅姆敏锐地洞察到，彼得试图阻止她追求独立。她这样对谢林哈姆说道：

> 但你不够坚强，你没有勇气公开为我让步。你为此感到羞愧，正如你在这方面所作的那些高尚的声明一样；你于是便亵渎它，努力掩饰你的后退行为，掩饰你的背叛，而保全自己……彻底放开这个女孩吧——一个自食其力的、可怜的女孩——要不你就真诚地去帮助她，让你的智慧为她带来福利。不要假装为她好，而把她终身监禁起来。(第1195页)

米丽娅姆挚爱表演艺术，强调精神独立的重要性。她坚持追求戏剧表演艺术，并希望彼得克服阶级和性别偏见，真诚地帮助她实现梦想。米丽娅姆的坦诚和勇气令她卓尔不群，之前提过的沃伊津小姐相形见绌。诚然，米丽娅姆在实现梦想的过程中受益于达什伍德的支持和帮助。

达什伍德坚定不移地支持米丽娅姆追求经济和精神独立，小说对他着墨不多，读者却对他印象深刻。米丽娅姆追求表演艺术，先后遭遇重重阻碍。她反对母亲的功利主义和狭隘的道德观，相信自己可以通过勤奋得到大众的认可。米丽娅姆忍受卡雷夫人的轻视，反对彼得否定自己追求精神和经济独立的行为，勇于与戏剧表演艺术爱好者达什伍德共同开辟属于他们的舞台。达什伍德不仅鼓励米丽娅姆忠实于自我，而且鼓励她追求精神和经济上的独立。譬如，达什伍德鼓励米丽娅姆用自己的名字，而不是艺

① 着重号为原文所有。

名。鲁斯夫人说："达什伍德想让米丽娅姆用自己的名字；他很喜欢她的名字。他说，她的名字就很不错——没有比这个名字更合适的了。"(第928页)这一阶段的达什伍德与卡雷夫人观点不同，他将女性的事业而不是天赋或相貌放在首位。卡雷夫人虽然强调女性工作的重要性，但如前所析，她认为女性的天赋和长相更重要。鲁斯夫人对两人不同的价值观有所观察，如她与彼得之间的对话所示：

> "哦，米丽娅姆已经进步了；她对自己很满意。'工作，工作，工作。'卡雷夫人以前说过。没错，她一直在工作，工作，工作。达什伍德先生对她很满意，比对她的其他方面都满意。"
>
> "你说的其他方面指什么？"
>
> "哦，她的天赋和长相。"(第929页)

达什伍德与米丽娅姆志同道合，不仅支持后者追求自己喜爱的事业，而且对戏剧表演有着独到见解。达什伍德认为，艺术不能只展现达官贵人的生活，应接近普通人的生活。"'他们恐怕不想看《约翰王》这个剧，我觉得他们也不会看《安东尼和克莱奥帕特拉》，'巴兹尔·达什伍德建议道，'大船，围困，军队，金字塔，你知道的：我们的话题不能太沉重。'"(第938页)达什伍德认为，艺术不应专属贵族阶层。卡雷夫人或沃伊津小姐强调女性相貌的重要性，女性俨然沦为消费品。就舞台表演而言，她们推崇的是急功近利。她们认为成功的秘诀在于，找到一个大众认可的剧本，不断重复上演内容雷同的节目。然而，这无疑牺牲了演员的思想性和艺术性。

达什伍德与米丽娅姆并肩努力，最终赢得观众的认可，这些经历远非纳什的空谈和彼得的炫耀与诱导可以比拟。两人通过改编剧本，寻觅出演机会，最终拥有自己的剧院，都基于他们对戏剧艺术的共同热爱。达什伍德与彼得在观赏过米丽娅姆的演出后，对她的表演评价不一。彼得的社会地位使他油然产生优越感，认为他对米丽娅姆有着所有权。达什伍德与彼得相反，他对米丽娅姆的评论基于她的具体表演水平。米丽娅姆代表艺术，达什伍德对她的好感，以及鼓励她追求戏剧艺术的行为，再现了他的艺术追求。彼得关注个人利益，他不仅曲解米丽娅姆的性格，而且歪曲达什伍德的形象。以下引文彰显出达什伍德这一阶段对艺术的执着追求，揭示出彼得的狭隘心理。

> 达什伍德给彼得·谢林哈姆说了很多关于米丽娅姆的事情——她的性格、脾气、特点、日常行为方式以及她产生某些效果的形式。他如数家珍，信心百倍——好像是他发明或发现了她，在某种意义上是她的主人或担保人。他说的都是买卖方面的事情，他显然很精明，这青年的热诚让人感动；他代表商业精神，他在放松的状态下作总结发言时滔滔不绝，因为他知道，和行会的另一成员说这些是安全的。（第 1041—1042 页）

彼得自恃社会地位高，理应对米丽娅姆有所有权。同时，在他谴责达什伍德的商业头脑时，却选择性地忽视了一点，即经济独立对他们寻觅出演机会不可或缺。对达什伍德而言，米丽娅姆的演出效果并不仅限于满足他的感官需求。米丽娅姆值得欣赏的地方在于，她懂得生活与表演紧密相连。达什伍德与彼得的女性观有所不同，前者认为艺术与生活相互关联，出演坚强的角色符合米丽娅姆的性格特点。更重要的是，他对米丽娅姆充满信任。这种精神支持在米丽娅姆成长为艺术家的过程中尤为重要，如果说彼得试图扼杀米丽娅姆的创造力，达什伍德则相反：

> 达什伍德的观点是，鲁斯小姐必须表演一个坚强的角色，之前提到的令人尊敬的那部新作品中，恰好有一个适合她的角色。她不得不随遇而安；她不是不现实。这是权宜之计——她以后会扮演更多角色；她将不得不四处找寻；你不可能每天都在家门口发现有价值的新鲜东西。谢林哈姆可以放心一点：鲁斯小姐是这样的女人，她会去做每件美好的事情。给她时间，她会穿越各种剧目。她是会做这件事情的女人，——她是会做那件事情的女人：巴兹尔·达什伍德总用这个句式，让谢林哈姆感到很不安，他起身扔掉手里没抽的烟。他心想，鲁斯小姐当然是女人：达什伍德没必要说一百遍！（第 1042 页）

达什伍德向彼得讲述他对米丽娅姆·鲁斯小姐的认识，在他眼里米丽娅姆足够坚强，可以胜任各种角色，达什伍德的言谈中流露出对米丽娅姆的赞赏态度。然而，这种赞许并不是彼得期待听到的，彼得的一系列心理活动透露出他的焦虑。他自恃其社会地位更高，认为达什伍德无权在他面前评论米丽娅姆。不过，如果将他和达什伍德对米丽娅姆的评价加以对比，读者不难发现达什伍德更真诚，也更专业，而彼得的内心活动则暴露出他的自负和狭隘心理。前面提过，彼得评价米丽娅姆的演出时言辞空泛，缺乏真诚。米丽娅姆拒绝了他的求婚，无疑否定了他自诩的社会地位。在他承诺的物质成功面前，仍有更珍贵的品质与之抗衡。米丽娅姆这样告知彼得：

> “我是说你经常滔滔不绝说的东西，”女孩回答道，自在地耸耸肩——“我说的是我们简单地震撼人们灵魂的方式。哦，生活就是在这个地方能助我们一臂之力，”她换了语气，突然说，“人类之间的关系和情感能帮助我们；爱、信念、喜悦、痛苦和经历——我不知道怎么命名这些内容！这些内容都很深刻，这些点亮人类关系和情感，让人类关系和情感变得很神圣，姑且这么说；这些内容让人觉得，值得为它们做事。”有那么一刻，她光彩照人，似乎眼前浮现出一幅壮丽图景；接着，她的话语融化成另一种语调，似乎由天性与和谐构成，她继续说：“我得告诉你，在我们能为彼此做什么这方面，我有个特别宏大的理想。我追求志同道合的紧密结合。像人们说的那样，真正的婚姻，必须让人受益无穷！”(第1198—1199页)

如前所述，彼得建议米丽娅姆要在“能有神圣感的地方生活”。此处，米丽娅姆同样使用“神圣”这个词，但她所理解的“神圣”指的是人类关系和情感，而不是自私狭隘的内容。这种“神圣”的人类关系和情感，囊括各种可感知的具体内容，它们让人与人之间建立起坚强有力的关联。这些话是对詹姆斯的创作主题的呼应，如哈奇森所写，“詹姆斯的小说表达了他对人类关系的深切关注，既包括那些决定事件发展和挑战身份认同的人类关系，又包括观察者洞察社会现实所依赖的精神层面的关系。"[①]米丽娅姆在经受母亲、卡雷夫人、彼得和沃伊津的接连打击后，从达什伍德那里获得力量。正是他的信任和支持，让她有可能获得试听机会并崭露头角。小说在这方面没有提供过多细节，但米丽娅姆下面这句话仿佛道出她的辛酸经历。"你出名后，人们会关注你，但这些人之前从不努力去发现他们为什么应该关注你。"（第 983 页）[②]事实上，读者主要从达什伍德那里获知米丽娅姆的优秀品质和她的奋斗历程。但颇具反讽意味的是，这些重要品质多由彼得或尼克的意识中心所转述。小说中，达什伍德正面出现的机会并不多，叙述者这样处理与小说实情相符。或许是因为达什伍德与彼得或尼克相比其社会地位悬殊，他的话语基本以彼得或尼克转述为主。

米丽娅姆最终获得机会出演莎士比亚名剧中的朱丽叶，但这并不是她钟爱的角色，她更愿意在表演中表达自己的思想。

> 她解释说，这好像是自我发现，仿佛有两类场景和演讲：那些自己表演的处理方式很普通，那是唯一方式，你不得不接受；另一类是那些可以自由阐释的表演，你必须每一步都在奋斗，解释，整理，根据自己的想法表演。有些最有效的内容，最知名、最受爱戴的段落，像朱丽叶在狂热中喝下药的那段，属于前者；但她最喜欢其他类的表演。（第 835 页）

米丽娅姆明确表达了自己的追求，也明知现实条件无法满足她对理想角色的期待。这其实是对卡雷夫人所代表的戏剧美学观的挑战，米丽娅姆赋予戏剧表演艺术思想性，并将之提升到更高的地位。这是米丽娅姆的风格，她的一切行为都是其风格的演绎。如奥希所写，"解决'人'与'艺术家'之间的对立的术语是'风格'。"[③]对米丽娅姆而言，戏剧艺术的发展任重道远。

因此，尼克将米丽娅姆视作其精神救赎者，便显得不难理解。尼克的意愿与彼得对米丽娅姆的态度相仿。尼克与彼得的相似点在于，他们仅关注米丽娅姆的外表。米丽娅姆的第二次表演结束后，尼克意识到，她不再

---

① Hutchison, Hazel. *Seeing and Believing: Henry James and the Spiritual World*. New York: Palgrave Macmillan, 2006, p. xvi.

② 着重号为原文所有。

③ Ohi, *Henry James and the Queerness of Style*, p. 138.

像上次哭哭啼啼，而是变得“温和，现代”。(第 993 页)尼克所用的“现代”一词含糊不清，不过可以说，他依然按照淑女的标准衡量米丽娅姆。他对彼得说：“我应该做的是，试着画一幅尽可能不一样的画：不是女预言家，不是缪斯，不是了不起的人，而是有魅力的女人，人们所了解的女人，她的服饰完全不同，用米丽娅姆的话说，就是城里的她。”(第 1144 页)尼克认为，他的肖像画主要展示人们在服饰上的差异。如前所述，他目睹卡雷夫人的肖像后，产生自己的憧憬，认为肖像人物的装束可以反映时代特征。然而，肖像人物的装束只是外在的差异，而米丽娅姆真正区别于卡雷夫人的地方在于她的真诚，在于她对人类关系和情感的理解和认同。遗憾的是，尼克并没有真正意识到这一区别。

尼克发现米丽娅姆成功后有所改变，认为她也是非利士人。尼克发现取得成功的米丽娅姆不再那么认真，甚至变得轻浮起来。(第 1220 页)他的道德优越感不言而喻，他表示自己对米丽娅姆的事业发展没有兴趣，他“主要而且根本上把米丽娅姆视为画像的客体”(第 1220 页)。他们谈及纳什的主张时米丽娅姆指出，纳什所反对的“简单化的实践行为”(第 1225 页)正是人们所需要的。尼克将纳什奉为精神导师，自然会提出与米丽娅姆不同的观点。“但是，如果我们需要他们，那是因为我们并不比别人优越。我们是可怕的非利士人。”(第 1225 页)米丽娅姆坦率地告诉尼克她自己是非利士人，并决定不再让尼克为她画像。“我们太不一样了——如你所说，我是非利士人。”(第 1227 页)正如她勇于指出彼得的虚伪和自私那样，她对尼克的优越感洞察入微。尼克注意到米丽娅姆获得成功后表现得像非利士人，却全然忘记她追求戏剧艺术时的执着精神以及她的感染力。正是米丽娅姆对戏剧艺术的热爱，唤醒了尼克对绘画艺术的热爱。事实上，这恰恰是米丽娅姆所说的人类关系和情感。不过，尼克并未意识到这是米丽娅姆的馈赠。由此，米丽娅姆的悲剧性得以凸显。尼克与彼得相仿，他们都将米丽娅姆视作缪斯，先后否定了她的主体性。米丽娅姆的不凡之处在于，她勇于承认自己流于世俗的一面。正是她的真诚和勇敢，使读者对她油然产生敬意。华顿在姊妹篇小说《哈德逊河斗拱建筑》与《众神来临》中也刻画了类似的女主人公。

《哈德逊河斗拱建筑》中，黑露最早发现万斯具有文学天赋。黑露认为万斯有“真正的天赋”(《哈德逊河斗拱建筑》第 106 页)，她自己的天赋在于欣赏他人的天赋，“能有创造天赋相称该多好！她会涂鸦，能写点儿东西，但她真正的天赋(她自己知道)是欣赏别人的天赋。”(《哈德逊河斗拱建筑》第109页)这与詹姆斯的《悲剧缪斯神》中米丽娅姆的情况恰好相反。如前所析，米丽娅姆的外表被外界赋予更多价值。在卡雷夫人和彼得看来，她的天赋仅占次要地位。彼得虽然认可米丽娅姆的天赋，但他宁愿她放弃舞台事业。直到巴兹尔·达什伍德出现，米丽娅姆的天赋才受到真正的重视。就詹姆斯与华顿的小说主人公的家庭影响而言，他们多被父母视作改善家庭物质生活条件的工具，这一影响构成了主人公追求艺术事业征途上的首要障碍。詹姆斯的《悲剧缪斯神》中，米丽娅姆的母亲指望她能利用其语言天赋换得功名利禄。华顿的姊妹篇小说中，黑露渴求经济独立，她反对通过婚姻实现获取财富的目的。“财富对她而言，除了用来取得经济独立外别无他用；通过结婚得到财富，然后冷漠地实现自己的目的，这对她而言最令人作呕。不过，她渴望自由，她看不到有别的选择……即便她通过自律和勤奋滋养她那可怜的天赋，也几乎无法维持生计。”(《哈德逊河斗拱建筑》第109页)可见，在当时的社会语境下，女性很难通过创作获取经济独立。与黑露相比，米丽娅姆在舞台上的表演可以实现这一目的。不过，需要指出的是，米丽娅姆与黑露都认为经济独立只是界定她们身份的一个因素。对她们而言，经济独立是女性思想独立的前提，但后者更为重要。如前所析，尽管米丽娅姆最初通过重复扮演固定角色以获取经济独立，但她从根本上反对牺牲创造力的表演。如前所述，《悲剧缪斯神》刻画了米丽娅姆和尼克两位艺术家。有趣的是，如詹姆斯在《悲剧缪斯神》的序言中所写，他的理想设计是分别从米丽娅姆和尼克两个角度讲述艺术家的成长故事，但最终他对米丽娅姆的肖像更为满意。换言之，尼克的艺术家形象塑造得不如米丽娅姆完整。尼克的形象塑造更多的是围绕他与朱莉娅的情感纠葛和他的从政经历展开，他的绘画艺术追求很大程度上是以碎片形式呈现的。他与米丽娅姆的交集，主要体现在他观看她的表演并为后者画像两方面。相比之下，华顿的小说则有机地结合了万斯与黑露的艺术家成长历程。尽管詹姆斯的小说也再现了米丽娅姆与巴兹尔·达什伍德共同努力赢得经济独立并实现艺术家梦想这一经过，但两者之间的交集主要集中在小说末尾，而且小说着墨不多。从这一角度看，华顿的小说更完整地塑造了两个艺术家形象。

万斯在实现其作家梦想的过程中不得不出卖自己的天赋，这与文学期刊的以消费为导向的办刊特点相关。万斯必须取得经济独立，不得已接受刊物提出的条件。

> 《时刻》建议万斯每月写篇文章评论文坛动态。他们会选一个吸引人的标题，让他自由发展——如果第一批文章能吸引读者，编辑不会干涉。新视角和个人观点是他们要求的内容——不是那些老掉牙的传统观念。三年合同，每年写12篇文章，工资是1500美元，还不算他自己写小说得到的收入：《未被认领》("Unclaimed")之后发表的两个短篇150美元，第二年加倍，如果他能保证一年写三四个短篇的话。只是，当然他必须保证不给其他报刊或出版社写东西——不在其他出版社出版作品，因为《时刻》杂志的要求包括一条，即由他们自己的出版社德雷克与萨尔泽(Dreck and Saltzer)出书。(《哈德逊河斗拱建筑》第255页)

万斯专为《时刻》杂志撰写文章，却不得不以牺牲其自主性为代价。他必须产出一系列吸引读者的文章，方能满足生活需求。刊物要求他提供新视角，并和他签约规定文章的篇数，他的收入多少完全取决于他是否满足刊物的这些条件。在这种情况下，万斯已沦为被该杂志及其出版社利用的工具。万斯似乎取得经济独立，却不得不放弃决定写作内容和方式的权利。万斯的被动处境，很难不让读者对他产生同情。

万斯在写作过程中对文学奖项的商业性质洞察入微，他认为文学创作活动应远离商业交易。

> 万斯理解这一切，他知道普尔瑟法奖项是铁路大亨遗孀设立的，知道"评委也是人"，想到这里他不禁打了个寒战。商业语言是他回避的东西。商业活动里有"交易"，交换，妥协，对他而言是想当然的事情。那是商业活动，他是这么理解的；他父亲的生活就是个迷宫，全是这些私下安排的内容。不过，万斯对商业活动从来都没有兴趣，也从未听说过商业活动遵循忠诚这一准则，而这些应该用来约束个人生活，他总以为这些准则应该在文学共

> 和国中占主导作用。对他来说，艺术家的作品本质上就是个人生活的一部分，这种生活要比骨髓和骨架的关系还要亲密无间。任何触碰创造性艺术的神圣性和不可腐蚀性的东西，都令人鄙视，不值得认真对待。（《哈德逊河斗拱建筑》第257页）

在万斯看来，艺术家应遵循忠诚这一准则，而商业活动与创作活动恰恰相反。此外，艺术家的作品反映了个人的思想境界。创作活动是神圣的，不应沾染商业气息。文学奖项若纯粹为褒奖作品的艺术性而设，便值得作家去争取。然而，如万斯所领悟到的，普尔瑟法奖项属于商业性质：奖项设立者为铁路大亨遗孀，她试图诱惑万斯与她结婚，这样奖项自然会归属于她。这种赤裸裸的交易性质与评价作品的艺术性毫无关系，小说的反讽意味由此可见。

万斯注重自主创作，然而文学界强调作家为大众读者写作。“知名女作者尤拉·马菲（Yula Marphy）建议万斯直接回到西部，回到属于他的地方，接着做新闻，写些纯男人味的故事。”（《哈德逊河斗拱建筑》第269页）为读者创作只能满足一时的市场所需，无益于作家发挥其主体性。万斯并不赞同一味迎合读者趣味的做法。他还发现文学期刊虽然宣称革故鼎新，实则缺乏新意，因为它提倡批量生产标准化评论，这无疑否定了作家和评论家的自主性。“埃里克·劳赫（Eric Rauch）笑着回应道：‘怎么，这就是我们《时刻》需要的东西：纯正的第一印象。我们想完全抹掉过去，要的是看待所有事情的新视角。我们可以批量生产标准化的评论文章。’”（《哈德逊河斗拱建筑》第270页）

黑露反对《时刻》期刊和大众读者追名逐利。万斯的小说发表在《时刻》后引起反响，但大众并不认为万斯的作品发挥了重要作用。他们认为期刊编辑更重要，因为后者能让作者成名。编辑诱导作者产出迎合大众趣味的作品，作家却被迫牺牲自主创作原则。黑露对蔓延的功利主义行为表示不满：“人们在评论里紧盯一件好东西——尤其是一本新的评论杂志——似乎这是受欢迎的主要原因，如果不是唯一原因的话。但真正的功劳属于编辑，他负责引导和甄选，要论这件事的话，就是发现万斯·韦斯顿，发现让他成名的人，正如他今后要发现并让更多人成名一样。黑露一想到大众的愚钝，就怒不可遏……”（《哈德逊河斗拱建筑》第283页）只关注成名而对作品的品质漠不关心，并不限于塔兰特，上流社会成员消费作家的行为也屡见不鲜。如前所析，铁路大亨遗孀设置奖项的目的仅在于增加其文化资本。这与其说是她的个人行为，不如说是一种社会现象。黑露对此洞察入微，“普尔瑟法太太实际上不是一个人：她是一个症状。就是弗雷尼（Frenny）[①]和我说的那种什么都轮着当的人。他们从我们说的那种细菌携带者身上染上另外一种东西；他们是染上各种新型文学和艺术病的病菌并传给别人的那些人。”(《哈德逊河斗拱建筑》第 285 页)这种社会现象给作家带来恶劣影响。例如，大众读者对万斯的创作习惯表示好奇，但这无助于他提高写作质量：

> 他们想知道他还写了什么东西，他在做什么，他何时开始动手写本小说，何时能出短篇集，最近是否有新话题，是否觉得在大城市要比在他僻静的家乡更容易写作，大自然是否给他灵感，还是他不得不和人们交往才能有写作动力，什么时候工作效率最高，是否强迫自己一天写几个小时，是否认为固定时间写作无法养成习惯，是否认为真正的艺术家不应总是我行我素(这个问题是两三个更年轻的女性提出来的)，是否发现他能够口述，还是不得不自己打字……(《哈德逊河斗拱建筑》第 290—291 页)

这些问题仅浮于表面，表明他们对万斯的作品毫无兴趣。了解作家的写作习惯，对理解其作品有多大帮助，提问者显然并不关心。万斯认真回答这些问题时，却发现提问者早已兴趣索然。万斯对消费文学的这一群体的行为洞察入微，他逐渐意识到这种消费行为对他从事创作的危害作用。“他发现自己坐在餐厅里的某张小餐桌前，大快朵颐地享受着鸡尾酒和鹅肝，身边最后围着些熟悉的面孔——似乎他游过波涛汹涌的大海，来到沙滩，有老友专程守候在那里。弗伦赛德在那里，还有埃里克·劳赫……黑露脚步轻盈地走来，停下来给他介绍新人，或者把手放在他肩膀上说：‘成名后感觉如何?’”(《哈德逊河斗拱建筑》第 291 页)万斯的期待与现实完全相反，那些提问者表面上对他的创作习惯感兴趣，实则不然。黑露的一句“成名后感觉如何?”道出了万斯的心声。大众热衷于跟风，无休止的吹捧

① 即乔治·弗伦赛德。

很大程度上破坏了万斯的创作心境。万斯成名后，黑露扮演的正是提醒者角色。她一面鼓励万斯全身心地投入创作，一面要求丈夫为万斯提供自由的创作空间。“但是，万斯，你千万不能照他们说的去做——你必须放下一切，全身心地去写小说。你的小说题目是什么呢？《抢劫》？——对了，小说的视角非常广博！路易斯，你真的必须让他自己做主；你不能给他限制截稿日期。要让他自由掌握时间。记住，精神只有在闲暇时才会飞扬……天才就是精神；对吗，弗伦赛德？”(《哈德逊河斗拱建筑》第292页)

万斯受到出版合同的束缚，不得不舍弃自己钟爱的诗歌创作，而去完成专栏文章。“他想写的诗歌百般折磨着他，一想到自己被下个月的专栏文章牢牢拴住，他就暴跳如雷(这些文章必须提前一个月完成)，还有要写的一个短篇，最后还有本小说，此刻他什么都不想写。”(《哈德逊河斗拱建筑》第295页)万斯出于生计所需，不得不与期刊签约，违心写专栏文章。他被迫放弃自主创作权，无法掌控自己的时间，内心的焦虑可以想见。然而，期刊编辑塔兰特不惜牺牲万斯的才华，一味追求经济效益。

> “我签合同是因为我是新手，因为我没办法……”
>
> 塔兰特停顿了一会儿，伸手拿了根烟。“哦，你还是个新手……你得记住……你错过了普尔瑟法奖：那个失误不是我们的责任，这个你不会有意见；不过，这给我们造成的危害，要比给你造成的危害大多了。我们是指望那个奖项给你提升机会的；让你更有价值，事实就是如此。”(《哈德逊河斗拱建筑》第475页)

万斯无法自由发挥想象力进行创作，他痛恨自己因缺乏经验而不得不受合同束缚。然而，塔兰特并不因此同情万斯的遭遇。他不仅不掩饰其功利主义行为，反而明确说明获得普尔瑟法奖项正是期刊的意图。他堂而皇之地指出，获奖也是为了让万斯赢得提升机会。塔兰特与黑露的言行形成鲜明对照，毋庸置疑，黑露发自肺腑地热爱文学创作，并努力呵护着万斯的创造力。

万斯在探索创作的过程中不断受益于黑露的鼓励。他向黑露解释自己的作品主题：“我不知道该怎么解释……不过我觉得我能发现小说的一个重大话题——和其他人尝试发现的不同。我感兴趣的是，回到曾住在这些房屋里的人们的思想深处，努力发现自己能写出些什么。不这样做，我就永远不能理解为什么我们变成了今天的自己……”(《哈德逊河斗拱建筑》第341页)万斯发现自己与众人在作品主题上有所不同，他希望触及人的灵魂深处。这一愿望表明他关注现实生活，并着眼于过去与现在之间的关联。他没有像多数作家拾人牙慧，而是善于独辟蹊径。万斯的求索和创新意识，预示他的创作将成为文学领域中的一道亮丽风景。“黑露感慨道：‘当然——我用你的眼睛理解一切，也用我的眼睛理解这一切。这很奇妙——也是美的所在。哦，万斯，你是怎么写出来的？我真高兴！’她起身走近他。他似乎取得了成就，神采奕奕。‘你必须坚持下去——你必须放弃一切，把小说写完。’”(《哈德逊河斗拱建筑》第342页)万斯受到鼓舞，这是因为黑露与他在创作主题上产生共鸣。黑露似乎预料到，万斯在小说创作过程中将遭遇诸多艰难险阻，但她鼓励他坚持下去，并要求他放弃从事一切与创作无关的事情。应该说，万斯在创作过程中遭遇的最大障碍，莫过于路易斯·塔兰特施加的压力。黑露对此观察入微，并竭力使路易斯·塔兰特意识到自己的错误。

黑露明确反对路易斯·塔兰特将万斯看作摇钱树。她与塔兰特的对话，反映了她的洞察力和对塔兰特的尖锐批评，流露出她对万斯的同情。

> “我们是什么人，”塔兰特的妻子继续说，“知道杰特·普尔瑟法是什么人，让男孩接触她，让她对男孩产生幻想，都是为了……”她突然不说了，她为自己过于情绪化感到懊恼，但无法控制自己的情绪。
>
> 相反，塔兰特的语气变得异常冷静。“都是为了——什么？”
>
> “为我们的期刊偷盗奖项。”
>
> 他扬起眉毛，颇具反讽地看着她。“你管这叫什么？叫偷盗吗？”(《哈德逊河斗拱建筑》第347页)

黑露洞穿塔兰特的动机，他将万斯当作工具，为的是赚取所谓的文学奖项。首先，这是欺骗行为。其次，铁路大亨的遗孀普尔瑟法夫人设置的奖项性质令人质疑。万斯有着严肃的文学追求，他渴望成为作家，却迫于生计所需不幸沦为塔兰特操控的工具。黑露在指出丈夫行为不当的同时，并未考虑她可能会付出什么代价，表明她真正热爱文学，也反映出她对万斯的坚定支持。黑露与塔兰特的文学观完全不同，后者对文学缺乏真正的兴趣，编辑期刊只是他成名的途径。黑露可被视作万斯的知己，创作几乎成为两人共同参与的活动。

> 事实是，不论是黑露·斯皮尔，还是黑露·塔兰特，她对万斯而言，不像是普通人，更像是掌管未知的神秘守护者，掌管着知识宝库的钥匙，可以让他获取知识，让知识显得更有魅力。她第一天发现他开始写短篇那会儿，就纵身一跃，融入他那方神奇天地，他们每天下午都在那里会面。她立刻就进入他的思想王国，时刻准备唤回老房子和房客的过去。他的写作任务有进展时，她都会在每个转折点等候着他，双手捧着宝物，像是学徒给专注工作的艺术家送来点心。只不过他是学徒，黑露并不是：每一阶段，他都能从她身上学到新东西。他带着自己从未发挥过的新鲜的想象力，来到老房子的学习室，迎接生活在那里的生命——她对这个话题特别熟悉，话题的趣味性虽然不够，但对他来说遥远而又陌生，诗意盎然，像是十字军东征或亚历山大的战争。他发现，她为他提供那些古怪的家庭生活细节时，这些细节和他的想象熔铸在一起，织进他的故事，她觉得妙不可言。(《哈德逊河斗拱建筑》第 357 页)

黑露更多扮演的是导师角色，万斯与她交往时了解到丰富的传统文化。这些内容都成为他的创作话题，可见，两人之间的交流建立在平等的基础上。黑露提供创作素材，万斯则发挥他的想象力。与华顿的《缪斯的悲剧》有所不同，黑露在这一阶段不像安纳尔顿夫人那样被视为缪斯。相反，黑露在万斯的创作过程中发挥了主导作用。她掌管着知识宝库的钥匙，并能提出自己的见解。

最重要的是，她的鼓励使万斯颇为受益。黑露反复提醒万斯思想要独立，不应受他人的影响。“你的书已经写到一个阶段，这时你最好独立完成。作家不应过于依赖任何人的建议。”(《哈德逊河斗拱建筑》第 362 页)此外，她认为自己是万斯作品的另一创作者。

> “但你的书写完了，这会更好；这是能发生的最令人愉快的事情了……”
>
> “我根本不在乎这本书。”
>
> 她站在那里凝视着他，微微一笑说：“你要说这本书是我俩一起写的，你应该在乎的。”(《哈德逊河斗拱建筑》第363页)

黑露主动强调自己是小说的合作者，表明她充满自信。这一阶段，黑露与《缪斯的悲剧》的女主人公安纳尔顿夫人有所不同，因为尽管后者参与了伦德尔的诗歌创作，但她一度被视为缪斯。如果说安纳尔顿夫人的作家身份最终通过她所撰写的书信得到呈现，那么黑露的作家身份则更多地以评论的形式得以呈现。她对万斯的热情鼓励，总体上以激发他思想独立为主：

> 万斯，你知道的，艺术家总会有缺乏勇气的时候……这常常就发生在他们完成最佳作品后；这是通过努力取得成功之后的反应。就目前而言，这是你的最佳作品；哦，这是你的最佳作品！我相信你接下去会写出更杰出、更优秀的作品；不过，亲爱的孩子，为了你的灵魂，你必须相信这点，必须相信自己……(《哈德逊河斗拱建筑》第364页)[①]

与华顿早期塑造的女性形象不同，黑露不仅思想更独立，而且性格更坚强。以上引文中，她俨然是批评家形象：她对万斯作品所作的评定基于他是否付出努力。在她看来，艺术家只有勤奋工作才能写出最佳作品。此外，黑露的语气令人觉得她更像万斯的母亲。从这一角度看，黑露扮演了精神导师的角色。万斯的成功秘诀在于努力工作，但他取得成功后却受到文学批评界一味求新的思潮的困扰。他周围的作家关注流行的写作手法，并不遵循自主创作原则。“‘当然了。他们去年相信你，直到后来出现格拉兹·布莱默。你现在要做的是，要比布莱默更胜一筹——用他的风格写本有关大纽约的小说。’劳赫最后大笑一声，两人各自走开。”(《哈德逊河斗拱建筑》第388页)这里所说的竞争便是小说要批判的，小说创作本是作家的个性的反映，但文学批评界的判断标准却趋于单一，结果导致作家之间相

① 着重号为原文所有。

互模仿。这种氛围不利于鼓励自由开放的创作活动，黑露在万斯百般困惑时能及时指点迷津，而万斯也认识到黑露对他提升自我的重要性。

> "哦，你好像很努力地在和各种有影响的思潮挣扎。不过在你真的投入自己的话题后，就会摆脱这些影响。"
>
> ……
>
> "万斯，"她突然说，"你拿给我这几章时还不是这个想法。你一小时前还信心十足；艺术家不应太在乎别人的评论……"
>
> ……
>
> "我想做的就是帮助你完成你的书……"
>
> "我的书？我的书？"他朝她走近一两步，见她一动不动，便停下脚步。"你以为书是怎么写出来的？"他高声说，"用的是纸墨，还是心血？可你就在我的书里，你就是书里的内容，不管你想不想，不管你相信还是鄙视它们，不管你相信还是鄙视我；你在我的心里，在我的体内，在我的血液里，就像你在我的书里一样，一切都命中注定……"(《哈德逊河斗拱建筑》第435—437页)

万斯此刻意识到黑露对他从事创作的重要性，他将黑露视为精神伴侣。万斯的写作活动从一开始就有黑露的参与，从黑露对万斯的创作的坚定信念可以推断，她将万斯的创作当作自己的精神活动。

她鼓励万斯完成创作时，其实也是在完成自己的创作。唯一不同的是，黑露自身并不具备创作条件。如第一章所述，华顿在成长为作家的过程中遭遇性别偏见等障碍，这或许是她在《哈德逊河斗拱建筑》与《众神来临》中决定塑造男性作家形象的主要原因。华顿为了更有效地呈现女性成长为作家的不易，才在塑造黑露这一形象时突出了她的这些特点。一方面，黑露受到家庭束缚，父母将她视作改善家庭生活状况的工具，使她与文学创作无缘。另一方面，她设法保持对文学创作和评论的兴趣。她发现万斯有文学天赋后，全身心地指导他发挥潜能，热情鼓励他坚持自己的艺术观。因此，尽管万斯是小说的作家主人公，但由于黑露多数时候都参与万斯的创作，她可被视为小说的另一作家主人公，这一阶段两人自然构成文学团体。"作他的缪斯，成为他的灵感——这个陈旧的意象真的含义丰富！她知道自己的确和他共同创作了《与事实相反》，她把这个秘密像颗珍珠一样深藏在自己心中……"(第 485—486 页)黑露将自己视作万斯的缪斯和灵感，然而这并不同于《缪斯的悲剧》中的缪斯形象。如黑露所言，"缪斯"这一陈旧意象"含义丰富"。黑露清晰地意识到自己的作家身份，并珍视这一身份。

此外，万斯也不同于《缪斯的悲剧》的诗人主人公伦德尔。伦德尔将安纳尔顿夫人的思想占为己有，却没有平等地将她视为诗篇的合作者。万斯则与之相反，他认为黑露是其小说的共同创作者。不过，这并不意味着两人建构的文学团体将进一步稳固。万斯仍然是父权文化的产物，他期待黑露扮演传统女性的角色。"他需要的不是她在文学批评方面的帮助，而是她在他身边。他的学徒时期结束了；他知道自己在哪方面努力做得比别人期待得更好，甚至包括黑露；他渴望的是一种可以让他拓宽想象力的媒介，那就是黑露自己。"(《众神来临》第 16 页)万斯之前缺乏自信，黑露的热情鼓励使他备受鼓舞。不过在他建立自信后，他不再认可黑露的文学批评才华。然而事实证明万斯的思想并不完全独立，黑露对此有所察觉：

> "我有动力做什么就做什么；任何艺术家，即便是最伟大的艺术家都会告诉你，这就是他能做的。这永远是不足之处……黑露，你明白吗，我说这些不是要惹你心烦。只有作家才能明白——不过你必须相信我，我知道自己在追求什么；我知道自己的目标，可以这么说。"
>
> 她能听出这是奥尔德斯(Alders)常用的词语，她微微耸耸肩说："我明白一点，那就是你接着写作对你会有好处。"(《众神来临》第 64 页)①

万斯的话语看似表明他非常清楚自己的目标，其实他并不知道坚持写作的重要性。可见，万斯并没有真正实现思想独立。如上所示，黑露辨出万斯受到其他作家如奥尔德斯的影响后建议他继续写作。在这一阶段，万斯不再希望黑露参与他的写作。在之后的交往过程中，他甚至开始主导黑露的生活。他的这一表现与其根深蒂固的性别偏见不无关系："这是他们在一

① 着重号为原文所有。

起后他第一次想象黑露会有自己的生活，有自己的性格、计划、安排，或许有不为他所知的兴趣和同情心。‘奇怪……’他陷入沉思。‘我走到哪里，总把她像玩具一样放进箱子里；要么想象她在墙上，像幅没有画完的画’……”(《众神来临》第 119 页)万斯将黑露当作物品，无形中抹杀了她的主体性。黑露被动地成为万斯想象的客体，不过，万斯既然意识到他将黑露视为装饰物，这预示着他将有可能改变对黑露的看法。同时，万斯的行为并没有阻碍黑露继续建议他坚持写作。“我能提的唯一一个建议就是，你应该特别想独自待着，强迫自己写作，不管你想不想。”(《众神来临》第 180 页)黑露仍开诚布公地指出万斯的不足，这再次印证了前面所述的观点，即创作由万斯与黑露两人共同完成。与其说万斯独自从事小说创作，不如说黑露与他同为作家身份的建构者。

> “你是说，你不知道怎么说得更委婉些，”他打断她，“哦，别劳神了！就直接说出你对这本书的印象吧。记住，艺术家从不会受业余评论的影响。”
>
> 这句蔑视她的话让她非常恼怒。“那，我的评论当然可以随后再告诉你。”
>
> “哦，不必了！我已经知道你的想法了。你不明白我追求的是什么，你以为我搞砸了。就是这样的，难道不是吗？”
>
> 这种嘲弄让她难以容忍。如果他要不惜代价地得到表扬，她觉得他是迷失方向了，他必须走出自我欣赏这个惰性的怪圈。(《众神来临》第 335 页)

万斯的以上反应是他缺乏自信的表现，他自诩是艺术家，将黑露视作业余评论家。他之所以排斥黑露的评论，主要因为她对万斯的小说持批评态度。万斯并不认为自己的小说有局限性，却认定黑露不明白他的追求。他缺乏直面负面评论的勇气，一味渴望得到赞赏，表明他的思想仍不够独立。随着万斯的自我意识的增强，黑露担心激怒他，但她再三考虑后仍说出了自己对小说的看法。

> 把他的文学成就放在第一位，而她或者他的内心的幸福感次

之，这样做值得吗？她不确定；不过她不得不说出心里话。“我尽量说说自己的看法吧。我还是有些困惑；不过我有个印象，你还没有发现自己——没有表达出真实自我的想法，我是说——这本书不像其他书道出了你的真实自我。你没有……你还没有摆脱其他人的影响……那些模仿……”她说出这些话的时候知道，这些对艺术家的自爱是最致命的打击。不过，如果她要说，就必须说实话；她无法不忠于自己的思想，也无法不忠于他的思想。

……

“艺术家要倾听他人的意见，只是要取悦他们，不是要帮助自己。帮助我们艺术家的只有一个批评家，那就是生活！……”

黑露的心一沉。她不反对他的语气；她知道他很焦虑，他是在用情绪而不是用理性说话；不过她再次感到恐惧，他发现她的真诚过于严肃，或许不会让他主动询问她的建议，或寻求得到她的同情。“不管怎样，”她沉思道，“同情更重要。从某种角度看，他说的没错，艺术家唯一需要的是朋友之间的同情。”（《众神来临》第336—337页）

黑露指出了万斯的新作的局限性，她内心充满矛盾。一方面，她希望能开诚布公地阐述自己的观点，另一方面又担忧万斯无法接受她的评论。将万斯的文学成就放在首位，她内心的幸福感次之，意味着她需掩饰自己的观点，无条件地认可万斯的小说。然而，对黑露而言，只有如实表达她对万斯文学成就的看法，才能给予她内心的幸福感。黑露坚持忠于自己的想法，也是在忠于万斯的想法，表明她始终将自己视为万斯创作的组成部分。万斯的情绪化表述暗示他并不成熟，他拒绝倾听黑露的建议，表明他的性别优越感在从中作梗。黑露深知万斯的社会性别偏见，她对他深表同情，而这有助于万斯接受她的建议。如前所析，万斯的自省心理对他取得进一步成长极为关键。

黑露说得没错——他逐渐开始发现这一点。《巨人》不是他自己写的书，不是他的所思所想，不是他的血肉，他开始写书时还不是这样，但写到最后就成了一只杂糅的怪物，是他的想象力、

> 那些文学思潮和当时的影响强加于他的合成物。他原本可以忍受这一发现带来的痛苦，忍受负面批评和不断锐减的销量这一令人不快的事实，这本书没有引起关注，反而受到冷落，大众完全无法理解小说内容。这些或许会说明两个事实：第一，他的内心深处不得不承认，他在完成杰作的同时写成了臃肿不堪、毫无生机的小说，小说的确死于他手；第二，小说的失败无疑影响了他和弗洛斯·德拉尼的关系。他一直知道，她只会根据带给她的物质和社会利益来衡量他是否成功，他知道她只想让成功伴随她左右。(《众神来临》第386—387页)

万斯意识到，他的新作《巨人》受到了外界的影响。各种有影响的思潮，使他无法独立思考，结果导致小说有模仿的痕迹。这种失败也相应地体现在批评界和文学市场，批评家对小说的负面批评让他备受打击。小说受到负面评价，销量也受到相应的影响。来自专业人士和大众读者的双重否定，让万斯不得不反思小说失败的原因。他没有听从黑露的建议，没有坚持表达自己的观点，结果导致小说以失败告终。万斯也考虑到，这一失败意味着弗洛斯·德拉尼将不再和他交往，暗示他的创作动机不纯。万斯亲身体会到失败的滋味后，发现身边的作家有着相同的经历，这些都促使他意识到坚持自主创作的重要性。“万斯和格拉兹·布莱默重新有了联系后也让他感到很失望。万斯历来都尊重格拉兹·布莱默的小说，他的小说内容积极向上，现实主义写法也很沉稳，小说人物虽然众多，但他能让这些人物变得生动形象，还能区分这些人物。万斯回想起他当时感到震惊的经历，他第一次在塔兰特家见到布莱默这个小说家时，听他说起自己的小说就好像在搞商业投资似的。”(《众神来临》第389页)格拉兹·布莱默的转变对万斯起到了警醒作用。布莱默的小说曾经可圈可点，但他后来的创作沾染了铜臭气。

万斯对利欲熏心的文学创作和批评界的观察，构成小说最尖锐的反讽和批判内容。作为一战后的作家，万斯注意到文学批评界的乱象。艺术标准频繁更换，加剧了万斯的困惑。(《哈德逊河斗拱建筑》第392页)多数有创造力的作家面临困境，他们在创作主题选择和写作手法上均受到出版市场的限制。这些作家遭遇的压力来自批评界和大众读者，两者的不同需求使作家无所适从。有的为取悦文学批评界，力求使用新的写作技巧，却无法迎合读者群的口味。作家人物格拉兹·布莱默即为一例，他曾出版过优秀作品，如今已江郎才尽，而他过于关注作品销量是根本原因。他向万斯兜售其“成功”经验，流露出他急功近利的创作动机。(《哈德逊河斗拱建筑》第419页)作家在时兴新潮写作手法和主题的时代，其创造力受到威胁。一方面，作家追求艺术，但颇具反讽意味的是，衡量艺术的批评界却舍本求末，迫使作家不得不为了获得认可而牺牲自主创作原则。另一方面，作家还需解决生计问题，这一问题对作家而言并不陌生。然而，文学批评界的混乱无序，是加剧作家危机感的最后一根稻草。有些作家堕落成商人，很大程度上由他们缺乏职业操守和盲目追新所致。布莱默迎合出版商的需求，为增加作品的销路不惜把创作等同于做生意。(《众神来临》第390页)文学已演变成追名逐利的手段，这种乱象波及文学批评界，直接影响到作家对自主创作的坚持。需要指出的是，布莱默的“指导”与弗兰塞德的教导完全相反。弗兰塞德主张作家坚持自主创作，摆脱物累世虑。布莱默则代表向市场妥协的作家群体，这个群体不惜为名利牺牲作家最应捍卫的准则，即坚持自主创作。万斯代表众多遭遇困惑的作家，面对以上两种声音，他选择聆听弗兰塞德的教导。万斯的作品出版后受冷遇，熟知出版界潜规则的布莱默传授秘诀，但万斯坚定地给出自己的回答：

> “首要任务是和评论者的观点保持一致，”布莱默继续带着疲惫不堪的语气说，“通常当一个家伙有足够权威给出评论时，他就不会在乎那些人说什么了。”
>
> “我不认为我在乎过他们说什么。”万斯马上反驳道。
>
> 布莱默抿了抿厚厚的嘴唇。“你不觉得他们或多或少会影响到你作品的销路吗？不过，这也是一种观点——”
>
> “我不是这个意思。我只在乎我对自己作品的看法。”万斯说话的同时，坚信这一点千真万确。(《众神来临》第390—391页)

万斯与布莱默不同，他拒绝向市场妥协。在万斯看来，坚持自主创作、创造出取悦自己的作品，要胜过为迎合批评界而创作。小说中，布莱默尽管衣食无忧，但他承认自己已丧失创造力。(《众神来临》第391页)布莱默的沉沦无疑是个警示，作家在商业大潮中如何排除诱惑坚持为自己创作，这是小说启发读者思考的内容。读者从万斯的努力和收获看出，作家的成功在于不盲从任何思潮，创造出自己满意的作品。如华顿所写，“对于艺术家而言，为某种理论毁灭自己的艺术本能，要比为名或为利而牺牲自己的艺术本能更加危险。”[①]在华顿看来，艺术家需警惕流行的文学理论和名利诱惑两种危险。如上所述，布莱默在盲从批评者的同时也受到名利的诱惑，最终付出了永久性地失去创造力的代价。万斯也曾写过失败的作品，但他历尽千帆，逐步意识到功利主义的危害，感悟到精神力量的可贵，体会到珍惜创作时间的重要性。(《众神来临》第409页)

万斯从美国中西部到东部，旨在逃离丧失信仰的人文环境。东部的人文环境对他建构作家身份起到重要作用，黑露和弗兰塞德启发并鼓励他保持纯洁的阅读动机，扎根多元性传统文明，坚持自身的创作信念，不亦步亦趋，不为名利所羁绊。小说不仅有力地嘲讽了中西部典型的功利主义教育，而且还揭示出东部各阶层人士染指文学创作和批评的丑陋乱象，这些人士通过压榨甚至毁灭作家的创造力捞取各种资本，构成小说强烈的社会批判内容。万斯从最初的困惑和逃离，发展到认清并排斥现代文明中的功利主义、吸收并传承传统文明、坚定自主创作的信念，最终得以走向成熟。小说是开放式结尾，万斯有待完成的作品是否得到文学界和大众的认可并不重要，重要的是他尊崇自主创作，并与认可精神富足的文化建立了密不可分的联系。

《悲剧缪斯神》写的是尼克和米丽娅姆两个艺术家的成长经历，但如詹姆斯所说，尼克并不像他期待的成为书中最出色的部分[②]；华顿的《哈德逊河斗拱建筑》与《众神来临》中虽然只有万斯是作家身份，但他的成长与黑露的指引密不可分。华顿的姊妹篇小说围绕万斯的成长展开，但在他成长的每一阶段黑露始终伴他左右，这一安排更有效地集中再现了两人的文学艺术追求。詹姆斯的小说分别再现了尼克和米丽娅姆的艺术追求，不过在与他人交往和情感关联的丰富性方面，尼克逊色于米丽娅姆。米丽娅姆在建构其戏剧表演家身份的过程中，受益于她和卡雷夫人、彼得以及达什伍德的交往。如前所析，卡雷夫人认为女性外表的重要性胜于她的思想，反

---

① Wharton, “Permanent Values in Fiction”, p. 176.

② James, “Preface. *The Tragic Muse*”, p. 1118.

映出她对父权文化价值观的内化，不过这反而激发米丽娅姆更重视思想独立。米丽娅姆在成长为艺术家的过程中遭遇性别偏见，代表人物包括彼得。譬如，她在事业发展的关键时期，受到彼得的阻挠。如前所析，她的艺术追求得到同行巴兹尔·达什伍德的支持和帮助。然而，需要指出的是，达什伍德为米丽娅姆的戏剧事业发展铺平了道路，但他之后试图利用米丽娅姆获取更多利益。米丽娅姆曾受到成功的诱惑，但她勇于承认自己是非利士人，彰显出她的诚实品质。詹姆斯塑造的米丽娅姆突破了传统女性的局限，她追求思想独立，渴望扮演不同角色。此外，在她受到世俗成功的蛊惑后能及时自我反省，令人敬佩。

华顿的姊妹篇小说中，万斯在与劳拉和弗洛斯的交往过程中暴露出他的男权思想。与詹姆斯笔下的彼得相仿，万斯持有二元对立的女性观。但随着万斯与黑露的交往不断加深，后者意识到自己不应仅仅扮演缪斯角色。需要指出的是，黑露与詹姆斯《悲剧缪斯神》中的巴兹尔·达什伍德不同，她并不期待万斯成名。相反，在万斯成名后，她及时提醒他继续坚持写作。从这一点上看，华顿笔下艺术家的精神导师对艺术的追求相对地更纯粹、更笃定。如詹姆斯与华顿的短篇作品所示，詹姆斯塑造的主人公较少一以贯之地建构文学团体，而华顿则倾向于塑造有意愿构建文学团体的人物形象。譬如，《悲剧缪斯神》中，即便达什伍德和尼克也无法做到完全支持米丽娅姆按自己的方式追求戏剧艺术的梦想。如前所析，达什伍德认为，米丽娅姆的肖像应在重要场所展出。再如，尼克将米丽娅姆视为非利士人，并在她面前流露出自己的道德优越感。需要指出的是，詹姆斯与华顿的小说共有一个特点，即女主人公背后缺乏理解和支持她们追求艺术事业的女性。《悲剧缪斯神》中，米丽娅姆的导师、母亲以及沃伊津与她所持的价值观有所不同。米丽娅姆信奉女性的经济和思想独立，她周围的女性却看重外表。这一形象的塑造无疑凸显了詹姆斯的主题，即女性追求经济和思想独立任重道远，但米丽娅姆可谓女性中的佼佼者。华顿的姊妹篇小说中，黑露与劳拉和弗洛斯有所不同。黑露渴求经济独立，秉信思想独立的重要性，而劳拉和弗洛斯不同程度地内化了男权思想。不过，对比詹姆斯的《悲剧缪斯神》后不难发现，华顿的姊妹篇小说中的黑露的经济独立源自亲戚的遗产，而《悲剧缪斯神》中的米丽娅姆的经济独立则是依靠她的个人努力和朋友的帮助得以实现的。

在处理艺术家与物质成功之间的关系方面，詹姆斯与华顿在小说中分别塑造了为物质成功牺牲艺术追求的人物形象，与艺术家主人公形成对照。詹姆斯的《悲剧缪斯神》中，沃伊津小姐迎合大众趣味，其表演肤浅单调，毫无艺术性可言。如前所述，尽管沃伊津小姐取得了巨大成功，但她不能被称为真正的艺术家。沃伊津小姐被比作价格不菲的瓷器，其装饰功能不言而喻。(第956页)一个人外在的优雅和价值，并不能确保他的思想性。叙述者巧妙地在叙述中融入米丽娅姆的心理活动，进一步强化了她与沃伊津小姐之间的差异。“沃伊津小姐的相貌中有一种极致的完美，米丽娅姆立即联想到自己：她自己相形见绌，个子高大，性情粗俗。”(第952页)米丽娅姆对外表较为敏感，并将外表与成功相关联，一定程度上反映了她母亲、卡雷夫人以及彼得看重女性外貌的事实。叙述者将米丽娅姆的心理活动以及她对沃伊津小姐的评论和盘托出，有效地凸显出小说对男权思想的批判。与詹姆斯的《悲剧缪斯神》不同，华顿的姊妹篇小说除了塑造取得物质成功的小说家人物，还刻画了消费文学的有闲阶级成员群像。譬如，铁路大亨的遗孀以自己的名字命名奖项，企图通过与万斯结婚达到增加文化资本的目的。小说中，此类文学消费者比比皆是，有效地强化了万斯建构作家身份的不易。就本书研究的短篇作品而言，詹姆斯刻画的多数人物呈多元性特点；相比之下，华顿多数作品中的人物不多，作品更多地聚焦于主人公的作家身份建构。不过，本章分析的小说则有所不同。《悲剧缪斯神》中的人物关系较简单明确，《哈德逊河斗拱建筑》与《众神来临》中的人物关系则呈现多元复杂的特点。

就主人公的性格特点而言，由于两个作家采用的叙事手法有所不同，呈现形式也有所不同。《悲剧缪斯神》中的对话居多，米丽娅姆在很多场合都直抒胸臆，表达了自己对戏剧艺术的认识。这种形式更加直截了当，使主人公和其他人物的性格特点和思想一目了然。譬如，米丽娅姆与彼得的对话，清晰地揭示出后者的性别偏见：

> “放弃它——放弃它！”谢林哈姆结结巴巴地说。
>
> “放弃它？”米丽娅姆像是性格温和的美杜莎。
>
> “你放弃的话，我明天就娶你；你为我牺牲的，我会加倍补偿你，你会比任何女人得到的都多。”

> “今晚表演之后，放弃一切？你说这是计划？”米丽娅姆问。“那些都是陈词滥调，愚蠢至极：你一年前就想这么做。”(第 1187 页)

米丽娅姆洞穿彼得的心思，她直言不讳地指出，彼得的计划和承诺荒诞不经。对话中，米丽娅姆的率真形象跃然纸上。彼得强调自己的事业更重要，在米丽娅姆表演成功之时，他要求她放弃戏剧表演。米丽娅姆的反问表明她挚爱戏剧表演并且全身心地投入，不会轻易为任何奖赏而放弃自己的艺术追求。她还尖锐地指出，她早在一年前已洞穿彼得的自私想法。彼得自负自私的性格特点也显露无遗，他试图通过让米丽娅姆放弃表演完全占有她。华顿的姊妹篇小说中，有关性别偏见的内容主要通过万斯的心理活动得以呈现，他对劳拉、弗洛斯以及黑露的遐想等内容即为一例。读者从聚焦于万斯的心理活动可窥探到他的女性观，也可发现他的女性观的发展变化。以他对黑露的态度转变为例，他最初的确感受到黑露的指引作用。“他从未体会到那种精神的陪伴，只是从他初次与黑露·斯皮尔的谈话中才隐约感受到那种神奇，她说的每句话都指引他有进一步的发现。”(《哈德逊河斗拱建筑》第 337 页)不过，在万斯受益于黑露的指引时，他的男性意识也令他产生焦虑心理。“万斯似乎感受到自身的缺陷，黑露总能立即发现这些缺陷，甚至在他创作的白热化状态中，他希望黑露能忽视这些缺陷，但也料到她会发现这些不足；这让他在她面前失去独立判断力，让他不安，时而兴奋，时而沮丧。”(《哈德逊河斗拱建筑》第 434—435 页)万斯的不安与他无法正确看待黑露的评论有关，他认为黑露指出他的不足会威胁到他的权威感。究其原因，是他的优越感在作怪。黑露的文学造诣令万斯感到缺乏自信和判断力，但他却无法勇敢面对这一事实。小说呈现了人物的心理活动，有助于读者发掘人物性格特点的成因。

詹姆斯与华顿对文学批评界的怪现象洞察入微，他们都善于用讽刺的笔触再现伪批评家对作家的危害性。詹姆斯的《地毯里的图案》中，叙述者挖空心思企图获取维瑞克的创作主旨，即便在小说结尾处依旧缺乏自省意识。华顿的《传奇》中，韦德始终缺乏自省意识。不过，与詹姆斯的作品不同的是，华顿将她笔下消费名家的群像刻画得栩栩如生。面对消费文学的这一怪现象，志同道合者有必要携手克服各种挑战。詹姆斯的《中年》《雄狮之死》《地毯里的图案》《悲剧缪斯神》与华顿的《回到原处》《传奇》《哈德逊河斗拱建筑》《众神来临》都再现了主人公建构文学团体的过程。需要指出的是，两位作家均认可文学创作与文学批评的密切关联。只有坚持自主创作和自主批评的原则，才有可能产出优秀的作品和文学评论。就文学创作与文学批评主题而言，詹姆斯与华顿的这些作品均塑造了男性主人公，反映了女性处于边缘地位的社会现实。就写作手法而言，詹姆斯倾向于采用宏大的叙事结构，而华顿则擅长绘制精微画卷。

詹姆斯的《悲剧缪斯神》与华顿的《哈德逊河斗拱建筑》《众神来临》分别映现出两人的艺术观。他们分别描写了典型艺术家的成长过程，使读者领悟到个体与社会、物质与精神的关系。艺术应与生活密切相关，但需独立于物质追求。两性之间应平等对待，在追求艺术事业的道路上不分性别、种族或阶级。这也反映出詹姆斯与华顿的艺术主张的实践性。在詹姆斯的笔下，米丽娅姆对戏剧表演的真挚热爱和执着追求，与她的独立精神和勤奋努力以及相关人物的影响和帮助息息相关。在华顿的笔下，万斯与黑露最初分别是作家与“缪斯”形象，但最终两人实现了精神上的契合，反映出他们彼此相互建构作家身份的关系。

詹姆斯与华顿在他们的文学评论著作中充分表达了他们的艺术观。詹姆斯与华顿都重视小说家的自由，分别在《小说的艺术》和《小说创作》等文学评论文章中指出，小说家创作时可以自由选择题材。他们也强调选择相关细节的重要性，认为细节可以反映作家的写作风格。华顿更倾向于客观地看待文学批评的发展，她认为性别不应成为衡量作家艺术标准的主要因素。詹姆斯重视思考创作过程，善于探索小说写作手法，这在他的小说序言和文学批评论著中有所体现。华顿则认为，作家的独创性在于其视角，而不是写作手法。

第四节　亨利·詹姆斯与伊迪丝·华顿的小说艺术

在詹姆斯和华顿生活的时代，文学职业话题广受关注。19 世纪末，英美文学界公开讨论文学创作方法，詹姆斯在这一阶段发表的《小说的艺术》(“The Art of Fiction”, 1884)具有划时代意义。《小说的艺术》是詹姆斯针对当时的作家协会会长沃尔特·皮赞特的演讲《作为一种艺术的小说》

(“Fiction as One of the Fine Arts”, 1883)所写的回应，最先发表在《朗文杂志》(*Longman's Magazine*, 1884)。詹姆斯之后修改的版本《小说的艺术》，于1888年收录于其散文集《一组不完整的肖像》(*Partial Portraits*)。[①] 詹姆斯与以皮赞特为首的成员，在文学职业论方面有分歧。譬如，皮赞特强调作家应遵循一定原则，詹姆斯则认为作家有权选择创作主题。皮赞特认为文学是一种交易(trade)，小说无异于商品，他主张作家迎合缺乏修养的大众读者。[②] 皮赞特还指出，作家创作时应有自觉的道德目的，詹姆斯则反对将小说创作和道德说教混为一谈。

詹姆斯的《小说的艺术》的主要观点如下。第一，小说像其他艺术一样反映生活。詹姆斯认为，皮赞特不应提升文学艺术的地位。詹姆斯的观点是，小说家和画家同样反映生活，前者并不比后者更高贵。譬如，在《小说的艺术》中，他多次将小说家与画家相提并论。他指出，先前人们对小说的看法极为负面，认为小说与戏剧表演均对读者或观众的身心健康有害，这与柏拉图在《理想国》中对诗人的谴责一脉相承。但是，詹姆斯提出，皮赞特抬高小说的地位属于矫枉过正。在詹姆斯看来，小说的地位既不卑微也不高贵，它与生活相对应，与绘画等其他艺术平起平坐。“在我刚才提到的那个时期里，普遍存在着一种惬意而随和的感觉，认为一部小说就是一部小说而已，正如一个布丁就是一个布丁一样，而我们和它打交道的唯一方式，无非就是把它吞下肚去而已。”[③]詹姆斯将小说看作一种普通的艺术形式，并不认为小说比其他艺术更胜一筹。

第二，衡量小说优劣的标准很难确定，因为小说具有较强的个性化特征。“按照它的最广泛的定义，一部小说是一种个人的、直接的对生活的印象：这印象首先构成了其大小根据印象的强烈程度而定的价值。但是，除非有着感觉和说话的自由，否则就根本不会有任何强度，因而也不会有任何价值可言。”[④]詹姆斯强调小说家的自由，由于印象因人而异，设定优秀小说的标准近乎不可能。小说家应随时准备在小说形式(form)方面做试

---

① Haralson, Eric, and Kendall Johnson, eds. *Critical Companion to Henry James: a Literary Reference to His Life and Work*. New York: Facts on File, 2009, p. 310.

② Anesko, “*Friction with the Market*”: *Henry James and the Profession of Authorship*, p. 114.

③ 亨利·詹姆斯：《小说的艺术：亨利·詹姆斯文论选》，第4页。

④ 亨利·詹姆斯：《小说的艺术：亨利·詹姆斯文论选》，第10—11页。

验，但形式的重要性在事实(fact)之后。詹姆斯反复强调，作家应有充分的自由去发现生活。“小说家的优越的地位，他的奢华的享受，如同他的痛苦和责任一样，在于作为一个创作的实践者，可以供他尝试的东西是没有限度的——他的各种可能的试验、努力、发现、成功，都是没有限度的。”[①]小说家可以自由呈现其个性化特征，因此小说创作唯有依赖个体去探索，他人的写作方法无法完全适用。《地毯里的图案》即为一例，叙述者企图从维瑞克那里获取小说的奥秘，但最终无果。皮赞特还强调有必要制定小说创作法则，但在詹姆斯看来，这些法则大大削减了小说创作手法的多样性，试图总结这些法则本身就牺牲了小说创作的多样性。詹姆斯引用皮赞特规定的这些法则时，多次出现“应该”一词。詹姆斯质疑这种束缚，他认为皮赞特限制的内容恰恰是文学创作应该包容的。例如，皮赞特提出：“如果一个作家的朋友和他本人的经历属于下层的中产阶级的话，他就应该小心避免把他的人物引进上流社会中去。”[②]詹姆斯的观点与之相反：作家的特征就在于发挥想象力，加工自己的见闻，反映现实的一个侧面。一个来自非上流社会的作家如能捕捉生活场景，同样能展示出上流社会的侧面。詹姆斯这样写道：

> 经验是从无止境的，它也从来不会是完整无缺的；它是一种漫无边际的感受，是悬浮在意识之室里的用最纤细的丝线织成的一种巨大无朋的蜘蛛网，捕捉着每一颗随风飘落到它的怀中来的微粒。它就是头脑的氛围；当头脑富于想象力的时候——如果碰巧那是一个有天才的人的头脑的话，就更是如此——它捕捉住生活的最模糊的迹象，它把空气的脉搏转化为启示。[③]

詹姆斯主张作家不受其阶级身份限制，小说家只要有想象力，就能将生活点滴再现给读者。《格里维尔·费恩》中叙述者的行为有悖于这一理念，小说中费恩出身贫寒，其小说常以上流社会生活为题材。叙述者多次暗示费恩出身低微，不适合写这一主题。叙述者关注的是费恩的阶级身份，以先

---

① 亨利·詹姆斯：《小说的艺术：亨利·詹姆斯文论选》，第11页。
② 亨利·詹姆斯：《小说的艺术：亨利·詹姆斯文论选》，第12页。
③ 亨利·詹姆斯：《小说的艺术：亨利·詹姆斯文论选》，第13—14页。

入为主的态度评论其创作。

尽管詹姆斯认为很难决定小说的衡量标准，但他指出真实地反映现实是衡量小说的最高标准：

> 各人根据自己的情趣说话时，就能说得最好，因此我不妨大胆地提出：我认为，予人以真实之感（细节刻画得翔实牢靠）是一部小说的至高无上的品质——它就是令所有别的优点（其中包括皮赞特先生谈到的那个自觉的道德方面的目的）都无可奈何地、俯首帖耳地依存于它的那个优点。如果没有这个优点，别的优点就全都变成枉然，而如果有了这些优点，那么它们所产生的效果就归功于作者在制造生活的幻觉方面所取得的成功。这个成功之取得，对这个精致微妙的过程的研究，就我的情趣来说，构成了小说家的艺术的开始和终结。它们是他的灵感，是他的绝望，是他的报酬，是他的痛苦，是他的欢乐。[①]

如何贴近生活，应成为小说家关注的首要问题。如詹姆斯所写，小说以个性化为特点。作者再现生活时，唯有从自己的角度出发，才能体现出他对生活的独特认知。“有理想的小说家，应该既不尊崇‘盎格鲁-撒克逊’式的写法，也不尊崇法国式写法，而应培养自己的洞察力。”[②]失去支撑起作者个性化特点的诸多细节，小说也就索然无味。小说家为选择细节殚精竭虑，因为小说是否能提供真实感取决于细节。詹姆斯指出，小说家的艺术就表现在对这些细节的选择和组织上。这看似容易，却是“精致微妙的过程”。细节的选定和再现，取决于小说家的观察和思考。作家缺少洞察力或表现力，都将影响其小说的成败。小说以细节赢得读者时，小说家便会得到最佳回报。读者也正是根据细节是否提供了真实感来衡量小说的质量，因此詹姆斯强调作者“制造生活的幻觉”的能力。詹姆斯认为，与细节的真实性和详细程度相比，皮赞特提出的自觉的道德目的并不重要。《格里维尔·费恩》中，费恩的儿子的经历可以说贴切地再现了有关小说家接

---

① 亨利·詹姆斯：《小说的艺术：亨利·詹姆斯文论选》，第15页。

② Daugherty, Sarah B. *The Literary Criticism of Henry James*. Columbus: Ohio State UP, 1981, p. 122.

受训练的这一内容。他接受母亲的任务去体验生活，并为之提供创作素材。他与叙述者探讨创作时询问后者是否可将不堪的内容写入小说，这与皮赞特所强调的自觉的道德方面的目的如出一辙，费恩的儿子优先考虑的不是“制造生活的幻觉”，而是道德目的。在詹姆斯看来，这违背了小说艺术的真实感标准。小说的这一细节隐含了詹姆斯对皮赞特的小说观的批评。

第三，小说家展示生活多样性的同时应强调选择的重要性。“为了从中选择少数几条，他一定得记下许许多多条笔记来……”[①]詹姆斯判断事件重要性的标准是，所选的事件能否反映生活。小说家需要百里挑一，这意味着他们不仅要善于积累素材，还需严格选择最佳素材，这意味着小说家需辛苦劳作，并充分利用其智慧。詹姆斯认为不加选择地呈现负面内容的做法，反映了小说家的特点。[②] 他举例说明，萨克雷之所以在其书信中没有选择呈现朋友的负面信息，是出于他的道德意识，这是作家责任感的体现。[③] 詹姆斯在《阿斯彭文稿》中也塑造了反映这一主题的人物形象，叙述者工于心计，一心通过获得已故诗人的文稿赚取名利。作家所选择的细节，一定程度上是其道德意识的体现。从人物关系处理的角度看，詹姆斯的作家题材作品中的人物及人物关系多纷繁复杂，容易造成人物刻画得不够细致。

第四，小说及传奇故事、情节小说及人物小说等传统区分法值得质疑。在詹姆斯看来，有关情节小说与人物小说的区分只是传统做法而已。他问道：“除了决定情节以外，性格又是什么呢？除了说明性格以外，情节又是什么呢？”[④]他进而指出：

> 小说和传奇，情节小说和性格小说——这些笨拙的区分，在我看来，都是批评家和读者为了他们自己贪图方便而搞出来的把戏，以此来帮助他们摆脱一些他们偶然碰上的古怪的困境，但是对于作者，它们却没有什么现实意义或者兴趣可言，而我们当然

---

① 亨利·詹姆斯：《小说的艺术：亨利·詹姆斯文论选》，第 16 页。

② James，Henry. “The Journal of The Brothers De Goncourt”. *Literary Criticism*. Ed. Leon Edel and Mark Wilson. Vol. 2. New York：The Library of America，1984. 404-428，p. 417.

③ James，“The Journal of The Brothers De Goncourt”，p. 415.

④ 亨利·詹姆斯：《小说的艺术：亨利·詹姆斯文论选》，第 17 页。

恰恰正试图从作者的角度来考虑小说的艺术。[①]

詹姆斯强调作者的主体性，作者有充分自由设计自己的创作。在他看来，作者不应受到任何批评术语的限制。创作蕴含多种可能性，术语只是为了便于进行文学评论而作区分，作家不应受这些“笨拙的区分”所左右。詹姆斯在强调作家的自由时，其实也在提倡文学批评者的自由。换言之，文学批评者最好不主动限制自己的思维。

最后，詹姆斯针对皮赞特的自觉的道德目的论发起挑战，他认为真诚是小说创作的核心要素。皮赞特颇以英国小说的道德教化功能为豪，詹姆斯反驳道，“这样的英国小说是缺乏自信的体现，而不是具有道德教育目的。”[②]这在詹姆斯的短篇《〈拜尔德拉夫廖〉的作者》中有相应的再现，安辨夫人反对丈夫与儿子接触，因为丈夫的作品涉及违背道德规范的内容。安辨夫人关注的恰恰是皮赞特所提出的自觉的道德目的，而这与詹姆斯倡导的小说家艺术的真实感标准相背离。詹姆斯认为，小说家有无限创作自由，衡量其成功的标准是“制造生活的幻觉”。以上所说的避免在年轻人面前提及某些话题，实际是在限制小说家的自由。詹姆斯认为，小说家的思想与道德观念紧密相关。“道德观念和艺术观念在一点上是非常接近的，那就是根据这个非常明显的真理：一部艺术品的最深刻的品质，将永远是它的作者的头脑的品质。”[③]艺术家的头脑的品质与他的创作动机密切相关，动机纯粹的创作能使艺术家感到心安，也能给读者留下深刻印象。某种程度上，詹姆斯认同爱默生有关知识和美德的论述。爱默生写道：“这些劳动(知识和美德)最终的补偿，只能通过思想的真正努力得以实现，通过遵从纯洁的动机得以实现。”[④]在这一点上，詹姆斯仍然强调自由的小说艺术手法，小说家不应受任何条条框框的限制，但要做到真诚。“但是我所能够想到的附在小说写作上的唯一条件，正如我已经说过的那样，无他，只是它必须真挚而已。这种自由是一个了不起的特权，因此那位年轻的小说家要上的第一课就是学习他怎样才能不至于辜负了它。我要对他说：‘尽

① 亨利·詹姆斯：《小说的艺术：亨利·詹姆斯文论选》，第18页。

② 亨利·詹姆斯：《小说的艺术：亨利·詹姆斯文论选》，第29页。

③ 亨利·詹姆斯：《小说的艺术：亨利·詹姆斯文论选》，第29—30页。

④ Emerson, Ralph Waldo. “Compensation.” *The Complete Essays and Other Writings of Ralph Waldo Emerson*. Ed. Brooks Atkinson. New York: Modern Library, 1950. 170-189, p. 182.

情地享受它吧，占有它，最大限度地探索它，宣扬它，为了它而欢欣鼓舞吧。全部的生活都属于你，既不要听那些想把你关进生活的某些角落里去，并且告诉你说艺术只栖息在某些地方的人们的话，也不要听信那种人的话，他们想让你相信，艺术这位超凡的使者完全在生活以外飞翔，呼吸着一种纯而又纯的空气，并且从事物的真相面前掉首他顾。没有任何一个对生活的印象，没有任何一种观察和体验生活的方式，是小说家的计划所不能给予一席之地的……'"[①]皮赞特认为小说家应回避生活的负面内容，只表现美好的一面。詹姆斯反对这一观点，他认为艺术应像生活一样包罗万象。事实上，皮赞特的观点与豪威尔斯的"微笑现实主义"相仿，詹姆斯则反对盲目乐观的写作观。他建议小说家"不要过多地考虑乐观主义和悲观主义；努力捕捉生活本身的色彩"。[②]

詹姆斯提倡文学评论应更加专业化。詹姆斯对19世纪末泛滥美国的劣质文学批评提出批评，他认为文学作品与文学评论在出版方面比例失调，大量文学评论没有质量保障。詹姆斯指出，文学创作与文学批评的关系非常密切，假如文学评论以空洞、虚无为特点，文学创作也会失去深度，最终导致优秀文学作品的匮乏。"目前我们不无焦虑地意识到，我们为作品和机遇的传播付出昂贵代价……文学基本生存在神圣的至高境地，文学依靠的是例证，依靠锻造出的完美；像其他各种敏感有机体一样，文学极易变得道德沦丧，而且没有比令文学封闭起来的不负责任的教育方式更险恶的了。"[③]詹姆斯认为，"例证"是文学的核心内容。文学作品要以"例证"为中心，作家应培养敏锐的洞察力。在写作过程中，作家应在丰富的事例基础上采取妥当方式为读者呈现相关内容。任何不负责任的行为将降低文学的品位，甚至导致道德滑坡。文学批评也是如此，只有"例证"才能丰富文学评论。评论人需付出努力，通过阅读作品积累感悟，并有意识地将所阅读的作品相互比较并加以综合。这些感悟和分析构成文学批评的基础，夯实这一基础是从事文学批评工作的前提。文学创作本是作家辛苦耕耘的劳动成果，文学评论也要相应地有难度。泛滥成灾的"文学评论"只能给文学创作带来负面影响，只能降低文学作品的价值。文学创作与文学评论情同

① 亨利·詹姆斯：《小说的艺术：亨利·詹姆斯文论选》，第30—31页。
② 亨利·詹姆斯：《小说的艺术：亨利·詹姆斯文论选》，第31页。
③ James, "The Science of Criticism", pp. 96-97.

手足，文学批评需要评论家深入观察与思考，尽可能地把握作品的“曲调”及“方向”。[①] 詹姆斯最后补充道，批评家付出的努力，会成为他们了解新事物的动力。[②]

詹姆斯赞赏真正的批评精神，但他同时深知商业社会对文学创作及批评的负面影响。譬如，詹姆斯一方面肯定巴尔扎克的创作，指出其他多产作家相形见绌。他在《文学评论》文集第二卷中指出，巴尔扎克的小说结构非常紧凑严密。[③] 詹姆斯的《小说的艺术》中也用到蜘蛛网这一隐喻，在詹姆斯看来，巴尔扎克的创作建立在精选并加工生活素材的基础上。另一方面，詹姆斯洞察到巴尔扎克的不足之处。他认为作家创作时应“不计利害”，“巴尔扎克的方式中一个总体缺陷是，如我们所见，缺少新鲜空气，缺少不计利害的观察的痕迹”。[④] 巴尔扎克的经济原则在詹姆斯看来并不可取，如詹姆斯所写：“一部小说刚刚开始着手，他就立即开始扑向另一部小说，一只手还在摸索一样东西，一只胳膊就雄心勃勃地伸出去，动手开始写第三个故事了。他的计划总是先于行动；他每页纸上写的满是从未完成的小说的书名。”[⑤]作家假如以获取稿酬为创作目的，其创作质量必然会受到影响。詹姆斯旨在告诫作家，在创作过程中作家应始终保持“不计利害”的态度，不应受到物质利益的诱惑。在詹姆斯看来，巴尔扎克重视的是“物品”而不是思想。[⑥] 获取这些“物品”是巴尔扎克的创作初衷，他在认同“经济”逻辑的同时便否定了作家应有精神层面的追求这一前提。作家的思想境界决定了其作品的品质，“一个浅薄的头脑绝对产生不出一部好小说来——我觉得对于写小说的艺术家来说，这是一条包括了所需的一切道德基础的原则”。[⑦]

华顿的《小说创作》(*The Writing of Fiction*, 1924)记录了她的创作理念。韦格纳通过列举华顿与出版社的通信往来，论证了《小说创作》的艰难过程，他认为，华顿在给出版社的书信中反复说明她需要时间修改《小说

① James, “The Science of Criticism”, p. 98.
② James, “The Science of Criticism”, p. 99.
③ James, “Honoré de Balzac”, p. 37.
④ James, “Honoré de Balzac”, p. 33.
⑤ James, “Correspondance de H. de Balzac”, p. 72.
⑥ James, “Correspondance de H. de Balzac”, pp. 82-83. 着重号为原文所有。
⑦ 亨利·詹姆斯：《小说的艺术：亨利·詹姆斯文论选》，第30页。

创作》书稿，这是她在文学评论写作上信心不足的表现。[①] 华顿的《小说创作》结构清晰，内容上还增加了评论马赛尔·普鲁斯特(Marcel Proust)的文章，却并未受到应有的重视。相反，虽然珀西·卢伯克(Percy Lubbock)的批评著作《小说的创作技巧》(*The Craft of Fiction*)在结构上不像华顿的《小说创作》清晰，却更有影响力。韦格纳为华顿的《小说创作》辩护道：

> 华顿的评论对比了英法小说的发展脉络，至少临时组成了《小说的创作技巧》所缺乏的更大框架，《小说的创作技巧》只谈及笛福和福楼拜、菲尔丁与托尔斯泰、理查森与司汤达，似乎要把这些作家组合成存在于真空的艾略特式的"理想的秩序"，很安然地脱离国家传统及历史语境，而这些作家的作品却因其国家传统及历史语境独具一格。[②]

卢伯克的《小说的创作技巧》一书评论的作家有限，且没有结合作家所处的语境加以评论。华顿的《小说创作》在内容上胜过卢伯克的著作，但《小说创作》在出版五年后没有再版。如韦格纳所论，尽管华顿的《小说创作》"也一样有形式主义的特征，这部曾被称为'继约瑟夫·沃伦·比奇(Joseph Warren Beach)与卢伯克之后的该领域的最重要作品'，却从英美文学批评界销声匿迹，甚至在华顿研究繁荣开展的当代仍未受到足够重视，而《小说的创作技巧》最终获得经典地位，在美国新批评主义兴盛的20世纪50年代后期，该书以平装书再版"。[③] 尽管韦格纳并未给出华顿的评论著作没有市场的具体原因，但考虑到华顿发表评论文章时的顾虑[④]，或许可以说社会性别偏见不仅是华顿在从事文学创作过程中需要克服的障碍，而且还影响其文学批评著作的接受。如上所述，《小说创作》汇聚华顿的文学创作和文学批评观，细读该评论著作将有助于理解华顿的作品。

华顿的《小说创作》阐述了她的艺术观，该书出版后加了副标题："短篇及小说艺术的经典导读"(*The Classic Guide to the Art of the Short Sto-*

---

① Wegener, "Edith Wharton and the Difficult Writing of *The Writing of Fiction*", p. 68.

② Wegener, "Edith Wharton and the Difficult Writing of *The Writing of Fiction*", p. 74.

③ Wegener, "Edith Wharton and the Difficult Writing of *The Writing of Fiction*", p. 76.

④ 华顿曾希望豪威尔斯能向《北美评论》推荐她的评论文章。Wharton, *The Letters of Edith Wharton*, p. 62.

ry and Novel)，包括总论、短篇小说讲述、小说构建、小说人物与场景以及马赛尔·普鲁斯特五部分内容。华顿在《小说创作》中也对比了小说家与画家，她指出小说家较之画家异常不易。“要在油画、雕塑或音乐中还原生活的任一碎片，这一做法以转位为先决条件，即‘树立自己的风格’。用词语再现更有难度，因为艺术家与模型之间的联系非常紧密。”[①]华顿发现绘画与小说创作存在本质区别：画家可以对比画作及现实中的物品或人物，小说家则不同。“通过绘画或大理石雕塑或铜雕再现物品时，把它的艺术视觉与它现实中复杂而缠结的模样区分开相对容易些；但要用构成思想的文字展现人的思想比登天还难。”[②]华顿从呈现人物形象的直观效果出发，指出了小说复杂、多元和动态的特点。她在“总论”中列举了巴尔扎克和司汤达等作家，他们的独到之处是，“首先将任务视为特定物质和社会场景的产物”。[③] 华顿对现代小说的理解，主要体现在她对灵魂、视角和经验的认同，同时她窥测到现代小说与古典小说的密切关联。“现代小说真正出自于这一点：小说的‘动作’从街道转移到灵魂；这或许是拉法耶特夫人(Madame de La Fayette)在17世纪率先迈出的一步，她写了短篇《克莱芙王妃》(*La Princess de Clèves*)，讲述了毫无希望的恋爱以及沉寂的放弃，这种放弃和恋爱当中所再现的庄重基调，几乎不会因隐匿的此起彼伏的快感和痛苦的影响而变得波澜起伏。”[④]可见，现代小说中强调人物的内心世界变化自古有之。华顿认为，现代小说的标新立异之处不应是写作手法，而是独特视角。“真正的创新不是表现在新方法上，而是表现在新视角上。那种新颖的个性化视角，只有通过长期观察再现那个物体，并将这一物体变成作家本人的一部分才能实现；让这粒秘密种子开花结果的思想，必须能够用作家所积累的丰富知识和经验来滋养它。”[⑤]华顿在此提及“经验”，与詹姆斯所论的“经验”有相通之处。詹姆斯在《小说的艺术》中强调经验的间接性，小说家通过观察人与事，利用所掌握的知识和经验进行大胆猜测。华顿同样强调观察的重要性，她还认为经验的全面性非常重要。小说家根据自己积累的经验，才能准确判断所观察到的人或事。“要了解任何

① Wharton, *The Writing of Fiction*, p. 16.
② Wharton, *The Writing of Fiction*, p. 16.
③ Wharton, *The Writing of Fiction*, p. 9.
④ Wharton, *The Writing of Fiction*, p. 7.
⑤ Wharton, *The Writing of Fiction*, pp. 17-18.

一样事情，人们不仅必须了解一些很多其他方面的知识，而且，如马修·阿诺德早已指出的，还需更多地了解自己熟悉的话题，并且要比对这一话题表面包括的任何片面呈现的内容还要熟悉。”①

华顿认为，选择相关的生活素材是作家的首要任务。在华顿看来，有选择性地加工素材构成小说理论的基础。“小说领域如同任何艺术领域，唯一的答案似乎在于，任何理论必须从接受选择的必要性开始。”②她指出，作家面对包罗万象的生活需作出相应选择，这是进行有效创作的前提。“无论人们努力描述的事件如何受限制，情况无非是该事件的周围会出现很多极不相关的细节，除此之外，还有那些大量外在的不相关的事实，这些不相关的事实可能仅仅因为偶然的时空因素集中在叙述者身上。从所有这些材料中选择，是做到表达有条理的第一步。”③华顿与詹姆斯都认为，在小说中选择呈现恰当事件至关重要。詹姆斯在《小说的艺术》一文中强调小说以反映生活现实为目的，并举例说明了这一观点。

然而，小说家在选择素材和写作手法的过程中又常被诟病。“但是采用或承认自己在艺术创作中遵循这一准则的小说家，如今被指控说过于关注技巧，而排除了理应是相反的要素，即‘人类的相关生活’。”④作家过度关注写作技巧，自然不能自由选择生活素材，也就无法真实地再现生活。谈及写作技巧，华顿这样评论道：“那个聪明的作家群体，发明了曾风靡一时的生活截面，像拍照一样准确地复制某场景或事件，包括该场景或事件的声响、味道、现实描绘的各方面，但是这些场景或事件的更深层的相关性，以及更广范围的含义，却被有意或无意地忽略了。”⑤在华顿看来，现代小说家当中流行的意识流与上述的生活截面大同小异，“并不像它的倡导者所说的那么新颖”。⑥ 两种写作手法均以堆砌生活细节为主，无疑牺牲了作品的可读性。“意识流手法与生活截面的不同之处在于，它们既记录人物的心理反应，又记录他们的视觉反应。不过，两者在一点上没有区别，即它们一字不落地记录生活见闻，某些情况下并不关注这些素材的适

① Wharton, *The Writing of Fiction*, p. 18.

② Wharton, *The Writing of Fiction*, p. 11.

③ Wharton, *The Writing of Fiction*, p. 11.

④ Wharton, *The Writing of Fiction*, p. 11.

⑤ Wharton, *The Writing of Fiction*, pp. 11-12.

⑥ Wharton, *The Writing of Fiction*, p. 13.

切性，或者使用者想当然地认为，他们不加分类地堆砌丰富资料本身就是作者的主题。”[①]在华顿看来，以上两种写作手法的不足之处在于，采用这些手法写作的作家没有重视选择。而“相关性”就是华顿所说的“选择”的必要性，如前所述，意识流手法与生活截面均未关注素材的相关性。[②] 华顿认为，所谓相关性就是在作品中起到关键作用的内容。[③] 她指出：“通过小说展示生活的艺术，最终除了从生活大杂烩摘取重要时刻外别无他法，也不需要有其他办法。”[④]这里，华顿同样使用“时刻”(moments)一词指代生活经历，表明小说家应善于捕捉重要时刻，在此基础上加工成文学作品。在众多主题面前，作家要学会“坚决放弃更宏大的场景，选择更小的领域，将视野缩小到自己能驾驭的范围，细致深入地进行研究，而不是贪大，浮于表面，敷衍了事”。[⑤] 华顿的《试金石》涉及奥冰夫人、格莱纳德、弗兰梅尔及阿莱克萨四位主人公，清晰地呈现了格莱纳德的成长经历。华顿的作家题材作品常集中于细微之处，读者更易抓住要害。值得注意的是，决定作品重要性的内容同样适用于生活，如人们的道德水平。华顿强调，作品拥有读者的前提是关注人类的精神状态。“假如小说要吸引读者的注意力，要流芳百世，必须具备使它们(外部事件)变得非常关键的某些特点，譬如，要与大众熟悉的社会或道德标准有某种可辨认的关系，要明确意识到人类冲动之间纷争的恒久性。”[⑥]华顿强调，文学创作无法脱离生活，作家需有选择地组织创作素材，有效地再现人物的内心世界。

在华顿看来，思想性胜于抽象概念和写作手法。她反对将小说严格分为人物小说和情境小说，“所谓的人物小说，即便在不太老练的作家手里，当然也不会将戏剧性冲突的情境排除在外”。[⑦] 性格和情境互相关联，不应生硬区分。人物是情境中的人物，情境必然包括人物。小说家创作时不应考虑情境对人物的作用，而应考虑人物对情境的影响。[⑧] 在这一点上，华顿与詹姆斯观点一致。不过，华顿并不像詹姆斯那样认为小说家应尝试新

---

① Wharton, *The Writing of Fiction*, p. 13.

② Wharton, *The Writing of Fiction*, p. 13.

③ Wharton, *The Writing of Fiction*, p. 14.

④ Wharton, *The Writing of Fiction*, p. 14.

⑤ Wharton, *The Writing of Fiction*, p. 20.

⑥ Wharton, *The Writing of Fiction*, p. 14.

⑦ Wharton, *The Writing of Fiction*, p. 97.

⑧ Wharton, *The Writing of Fiction*, p. 99.

的写作手法。她相信传统写作手法的优越性，譬如，她指出普鲁斯特就坚持传统写作手法，不像其他小说家热衷于尝试新的写作手法。华顿写道："普鲁斯特的强项就是坚持采用传统写作手法。"[①]她指出，普鲁斯特继承了两种模式：心理学上沿袭了拉辛(Racine)的写法；在罗列逸闻趣事方面则继承了圣·赛萌(Saint-Simon)的手法，但在这两方面他有意做得比较传统。[②] 普鲁斯特在创作中让背景及远景中的一切服务于"占中心地位的前景"("center front")，而活动在前景的主要人物，很自然地保持原定发展计划。[③] 华顿在创作中体现出这种影响，她写道："对于任何'情境'不是最重要的主题而言，小说的最大优势是那种自由，是可以自由穿梭于各种形式之间的呈现，那种叙事所允许的解释和澄清的可能性。"[④]这与普鲁斯特的手法比较接近，华顿对普鲁斯特有如下评论："普鲁斯特能自由穿梭于充斥着各色人物的场景之间，让读者一开始就有安全感，只有杰出艺术家才能做到这点。"[⑤]诚然，华顿也指出普鲁斯特的创作同样存在"盲点"(blind spots)。[⑥] 但她补充道，普鲁斯特出现"盲点"后，他的视野更加敏锐。华顿指出，普鲁斯特在塑造人物方面缺乏判断力，人物行为有的很可耻，但作者没有注意到，"结果人物就失去真实性，与皮格马利翁的举动相反，把活生生的人变成了石头"。[⑦] 这其实隐含了华顿对普鲁斯特所持的优越感的批评，因为普鲁斯特声称仅对会见公爵感兴趣，他这种非贵族不来往的行为准则，或许是导致他面对不同阶层人群时缺乏判断力的原因。不过，瑕不掩瑜，华顿概括普鲁斯特的一生时引用了尼采的名言："一切有价值的物件，无论怎样都是有成就的。"[⑧]

华顿与詹姆斯一样重视小说家的自由，小说家可以通过"制造生活的幻觉"触及读者。相对而言，华顿更详细地描述了小说家的世界：

对艺术家而言，他的世界像他所经历的世界一样真实可及，

---

① Wharton, *The Writing of Fiction*, p. 109.

② Wharton, *The Writing of Fiction*, p. 110.

③ Wharton, *The Writing of Fiction*, p. 112.

④ Wharton, *The Writing of Fiction*, p. 54.

⑤ Wharton, *The Writing of Fiction*, p. 113.

⑥ Wharton, *The Writing of Fiction*, p. 121.

⑦ Wharton, *The Writing of Fiction*, p. 122.

⑧ Wharton, *The Writing of Fiction*, p. 125.

> 或者甚至更真实，但方式完全不同；在这个世界，他可以不费力气地自由穿梭，但总会不断地意识到这个穿梭活动。在这个世界，他孕育并产生其想象力的成果，这些人物要比他本人更加真实，但他从不像读者那样简单地认为这些人物是活生生的。[①]

华顿反复强调小说家的世界“真实可及”“甚至更真实”，这与詹姆斯所说的“制造生活的幻觉”有异曲同工之妙。两人都认为小说家的自由体现在他们对生活的感悟和再现上。华顿更进一步指出，人物的重要性胜过小说家本人，反映出她对小说家责任感的重视。这自然也包括小说家的性别观。

詹姆斯的文学批评论著反映出他的性别偏见，而华顿认为人们不应根据性别衡量小说家的成就。詹姆斯认为，作家应在发挥想象力和忠实于真实性之间保持平衡。他评价美国女作家伊丽莎白·斯托达德(Elizabeth Stoddard)的文章时指出，斯托达德作品中的人物对话缺乏特点，“斯托达德夫人的做法是，把她作为讲故事人的所有责任都转移到读者身上，在关键时刻她放弃努力，满足于炮制前后不连贯的对话，或对其笔下的人物作出毫不相关的乏味论断”。[②] 詹姆斯主要质疑斯托达德夫人作品的真实性，他认为作者有责任引导读者从人物对话或描写中获取有效信息，进而理解人物的特点。在詹姆斯看来，斯托达德夫人塑造人物时想象力有余，而真实性不足，“我们说过她的想象力。她在运用想象力时背离了真实性。让她面对真实性，她可以让想象力稍作休息：事实上，想象力只给她带来麻烦”。[③] 联系到《格里维尔·费恩》中的女主人公，读者不难看出想象力与真实性之间的关联。费恩的作品同样被叙述者诟病，后者认为她的作品缺乏与生活的关联，而事实上费恩受其性别限制无法收集到相关素材。詹姆斯在上述评论文章中指出，斯托达德夫人的写作缺乏真实性。然而，斯托达德夫人或许与费恩处境相同，受其性别限制无法获取相关素材。或许可以说，单方面批评女性作家的创作缺少真实性，很大程度上忽略了她们缺少体验生活的机会这一事实。如前所述，华顿在《小说创作》中认可了女性作家的贡献，优秀女性作家往往会成为写作传统的开拓者。华顿更倾向于客

---

① Wharton, *The Writing of Fiction*, p. 85. 着重号为原文所有。

② James, Henry. “Elizabeth Stoddard.” *Literary Criticism*. Ed. Leon Edel and Mark Wilson. Vol. 1. New York: The Library of America, 1984. 614-617, p. 616.

③ James, “Elizabeth Stoddard”, p. 617.

观地看待文学批评的发展，她认为性别不应构成衡量作家的艺术标准的主要因素。

就作家的文学市场观而论，华顿与詹姆斯同样反对作家的功利主义动机。一些作家会受到市场诱惑，沉迷于追名逐利。“有时，人们会不由自主地认为，发明‘小说课程’的一代，得到了它值得拥有的小说。无论怎样，‘小说课程’使青年作家培养了一种信念，即艺术之路既不漫长也不艰难，可能蒙蔽了他们的双眼，使他们忽略了臭名昭著和平庸常常可以互换这一事实。”[①]华顿质疑开设创作课程的有效性，在她看来，存在一批更看重职业尊严的作家。“有很多作家对市场成功表示冷漠，甚至还鄙视市场成功，他们真诚地相信，这标志着真正的职业之路。”[②]华顿认为，作家创作初期或许会受到读者的影响，但作家不应为读者写作。

> 没有作家能够不受期待阅读其作品的那些读者的品质的影响，在他事业发展的初期尤其如此。青年小说家或许会问，读者若无法给他提供经验或想法，那么经验和思考有何用处。答案是，作家首先需要彻底停止考虑他的读者(以及编者和出版人)，然后再开始写作。作家不是为自己写作，而是为另一个自我写作。有创造力的艺术家，总是与这一自我保持神秘的联系。令人欣慰的是，艺术家在某处有个客观存在，而且有朝一日他会收到一个消息，尽管发送者或许永远不会知道这一点。如果不能满足以上条件，他将永远无法写出杰作。[③]

华顿与詹姆斯同样强调作家“思想品质”的重要性，不过华顿在此更详细说明了锻造该品质的方式。如上文所示，华顿主张艺术家培养独立性，努力克服对读者的依赖性。在她看来，艺术家需保持客观看待自我的独立性，在这一客观自我的引导下逐渐充分利用其艺术才华。艺术家在发展初期或许需要汲取外在力量，但最终能够听从其心声的才是真正有创造力的艺术家。如前所析，华顿的这一艺术思想在《哈德逊河斗拱建筑》与《众神来临》

---

① Wharton, *The Writing of Fiction*, p. 18.

② Wharton, *The Writing of Fiction*, p. 18.

③ Wharton, *The Writing of Fiction*, p. 19. 着重号为原文所有。

中得到充分体现，詹姆斯的《悲剧缪斯神》同样刻画了寻觅心声的艺术家形象。

詹姆斯的《阿斯彭文稿》(*The Aspern Papers*，1888)、《中年》(“The Middle Years”，1893)、《雄狮之死》(“The Death of the Lion”，1894)、《地毯里的图案》(“The Figure in the Carpet”，1896)及《悲剧缪斯神》(*The Tragic Muse*，1890)，与华顿的《回到原处》(“Full Circle”，1909)、《传奇》(“The Legend”，1910)、《哈德逊河斗拱建筑》(*Hudson River Bracketed*，1929)及《众神来临》(*The Gods Arrive*，1932)，再现了两位作者的文学和文学批评观。他们均认同作家和批评家动机纯粹、自主创作以及善于自省的重要性，都对消费文学的群体进行了犀利的批判。就女性艺术家形象塑造而论，詹姆斯与华顿有所不同。詹姆斯大体上支持女性追求艺术事业，但受社会现实以及他的性别意识的限制，这些女性人物在小说中相对较难完全自主地追求艺术事业，具体表现在她们难以完全获得男性的支持。究其原因，主要在于男主人公大多受到男权思想的禁锢。此外，他们多缺乏自省意识。华顿的小说中更多地表达了她对追求思想和经济独立的女性的赞赏，她塑造的男主人公多受益于女主人公的指引，他们虽然最初会排斥女性的积极影响，但多数在建构作家身份的过程中逐渐接受了这些影响，并且相应地产生了自省意识。本章还分析比较了詹姆斯的《小说的艺术》(“The Art of Fiction”，1884)及其他文学评论文章，与华顿的《小说创作》(*The Writing of Fiction*，1924)及其他评论文章。这些著作为读者进一步了解他们的文学和文学批评观提供了有益的补充，而詹姆斯与华顿的出版经历，将丰富读者对他们的文学和文学批评观的认识。

第六章　亨利·詹姆斯、伊迪丝·华顿与出版社的往来

作家与出版社的交集，是了解作家和出版文化的一个重要窗口。“任何出版的文本，文学性或其他类的，都不是孤立的存在：而是很多人的共同努力——作者和编者、造纸工和印刷商、出版人和读者等等——这些努力在由这些历史性合作者构成的社会与文化世界中扮演了一种政治力量。”[①]詹姆斯与华顿走上创作之路，均与出版人有着密切的关联。早在18世纪，美国出版业还算不上一种职业。“多数出版人并不想伪装成文化人，不把自己看作文化守门人或仲裁者。出版业不被当作职业，之间也少有为保持价格平衡而开展的合作。”[②]19世纪末20世纪初，美国出版业逐步发展壮大起来，形成职业化的特点。譬如，约翰·特贝尔(John Tebbel)认为：“1865年到1919年间的出版文化，可以用最恰当的词——扩张——来形容。”[③]19世纪美国小说最初以连载形式出版，连载形式始于18世纪的英国，“第一部在美国连载的小说是杰里米·贝尔纳普(Jeremy Belknap)的《林中人》(*The Foresters*)，连载于18世纪80年代的《哥伦比亚杂志》(*Columbian Magazine*)上”。[④] 詹姆斯与华顿早期发表的小说最初多在杂志上连载。当时“出版小说的标准做法是，首先在杂志上连载，然后以三卷本

---

① Winship, Michael. *American Literary Publishing in the Mid-Nineteenth Century: The Business of Ticknor and Fields*. Cambridge: Cambridge UP, 1995, p. 7.

② West III, *American Authors and the Literary Marketplace Since 1900*, p. 17.

③ Tebbel, John. *Between Covers: The Rise and Transformation of Book Publishing in America*. New York: Oxford UP, 1987, p. 88.

④ Nettels, Elsa. "Serialization". *Edith Wharton in Context*. Ed. Laura Rattray. Cambridge: Cambridge UP, 2012. 137-145, p. 137.

小说的形式出版……到19世纪60年代，多数小说都在《麦克米伦杂志》及《康黑尔杂志》等杂志上连载过，这些小说主要靠杂志连载'扩大市场'"。[①] 詹姆斯与华顿的小说在出版前一般先在杂志上连载，出版人在一定程度上推动了两人的作家身份建构。这些连载小说促使詹姆斯与华顿有机会赢得大众的认可，进而奠定其文学地位。

不过，詹姆斯和华顿与出版人之间并不仅仅是商业性质的关系。如沃尔特・海茵斯・佩奇(Walter Hines Page)在《出版人的自白》(1905)中所写，"出版人为作者提供的是个性化服务，几乎像医生为病人、律师为当事人提供个人服务一样。出版不仅仅是商业服务"。[②] 在詹姆斯与华顿逐渐取得认可后，他们也先后与多家杂志和出版社有所往来，在创作过程中经常得到出版界友人的鼓励和帮助。随着19世纪"绅士出版人"逐渐被追逐经济利益的出版人代替，詹姆斯与华顿的作品出版也受到影响。有一点可以确定，詹姆斯和华顿均坚定地捍卫他们的自主创作权，并竭力争取自己的应得利益。此外，华顿在詹姆斯遭遇困境时雪中送炭，成为文学界美谈。

第一节　亨利・詹姆斯与出版社的往来

亨利・詹姆斯最先发表的是文学评论文章，可以说他的批评家身份的建构先于其小说家身份。詹姆斯似乎"对写文学评论驾轻就熟"，很难记起自己也是"多产的小说家。"[③]1864年7月30日，亨利・詹姆斯给查尔斯・艾略特・诺顿编辑的《北美评论》杂志投稿，文稿评论的是几个月前出版的《小说评论集》(*Essays on Fiction*)。他给编辑部的信件简明扼要："先生们：我斗胆附上西尼尔[④]的《小说评论集》的一篇短评，该书几个月前在伦敦出版。希望您们认为文章值得拥有贵刊'文学公告'(Literary Notices)栏目的一席之地。"[⑤]詹姆斯交代了所评作品及其出版信息，说明了文章议题

---

① Nettels, "Serialization", p. 137.

② 转引自 West III, *American Authors and the Literary Marketplace Since 1900*, p. 17.

③ Goodman, Susan. *Republic of Words: The Atlantic Monthly and Its Writers, 1857-1925.* Hanover: UP of New England, 2011, p. 121.

④ "纳索・威廉・西尼尔(Nassau William Senior, 1790—1864)，英国经济学家，写过政论、传记、评论文章及讲座稿，包括著名的沃尔特・司各特《威弗利》小说系列评论文章。"(James, *The Complete Letters of Henry James: 1855-1872*, Vol. 1, p. 104.)

⑤ James, *The Complete Letters of Henry James: 1855-1872*, Vol. 1, p. 103.

的重要性。此外，他还表示文章适合"文学公告"栏目，表明他熟悉该刊栏目。詹姆斯熟悉英国的文学动态，评论了较重要的作家及著作，并瞄准杂志特定栏目，这些都促成他的文章很快在《北美评论》上发表。詹姆斯在一周内接到《北美评论》的用稿通知，编辑部请他继续赐稿。他在表示感激的同时，还要求校对自己的文稿。此外，詹姆斯向诺顿咨询撰写书评方面的建议，表示愿意根据自己的阅读兴趣和编辑部的需求投稿。"我还恳请增加一点，假如您希望我写任何一部具体作品的短评文章，我会很乐意撰写的——如果这些作品在我狭窄的知识范围之内。另外，我还经常读法国小说。"[①]詹姆斯了解文学动态和文学期刊栏目，并善于毛遂自荐，这些均有助于他发展成为文学批评家。

1865年，詹姆斯在《大西洋月刊》上署名发表短篇《一年的故事》("The Story of a Year")，之后便一发不可收。同年，该短篇还刊载在埃德温·劳伦斯·戈德金(Edwin Lawrence Godkin)创办的《民族》周刊上，戈德金先后请亨利·詹姆斯为该刊撰写评论和旅游见闻。尽管该刊的稿费不够丰厚，但詹姆斯成为"国内重要新书、新画、戏剧新作、国外文学发展动态及政治新闻的评论家"。[②]《北美评论》与《民族》周刊成为詹姆斯发表文学评论文章的阵地，不过他更倾向于从事的是文学创作。

《大西洋月刊》等杂志为亨利·詹姆斯发展成为职业作家提供了重要渠道。该刊的重要性在于，它为职业文人"提供了畅想成为他们努力想成为的理想作家的方法：全身心地追求艺术形式，他们的作品正因为掌握了这些艺术形式才变得有价值"。[③]詹姆斯发表作品初期，威廉·迪安·豪威尔斯当时任《大西洋月刊》的助理编辑，他的信任和支持极大地激发了亨利·詹姆斯的创作热情。詹姆斯的第一个短篇《一年的故事》在《大西洋月刊》上发表后未受到好评，编辑J. T. 菲尔茨(J. T. Fields)不确定是否要刊发詹姆斯的第二个短篇《可怜的理查德》("Poor Richard")。这时，豪威尔斯建议该刊接受詹姆斯的所有作品[④]，《可怜的理查德》随即得以发表。《民族》周刊发表了负面评论，但豪威尔斯仍坚信詹姆斯的才华。在豪威尔斯的热

---

① James, *The Complete Letters of Henry James: 1855-1872*, Vol. 1, p. 105.

② Edel, *Henry James: A Life*, p. 74.

③ Brodhead, Richard H. *Cultures of Letters: Scenes of Reading and Writing in Nineteenth-century America*. Chicago: U of Chicago P, 1993, p. 81.

④ Edel, *Henry James: A Life*, 89.

情鼓励和帮助下，詹姆斯逐渐树立了成为作家的信心。“突然，詹姆斯比以前更容易在稿酬优厚的《大西洋月刊》上发表作品了。他有了私交，一个热情的青睐者，一个担任要职的志同道合的盟友。”[①]在这一阶段，詹姆斯除了写评论文章和小说，还像豪威尔斯一样写游记。詹姆斯在游历欧洲期间所写的游记文章，有的发表在《民族》周刊上。这些游记文章可谓一石三鸟，为他赢得读者，解决了他游历欧洲的费用，还激发他立志成为作家。

不过，文学期刊的作品刊载量毕竟有限。威廉·迪安·豪威尔斯在《作为商人的文人》中这样写道，尽管他认识的杂志编辑不会迎合低级趣味，刊发低劣作品，但“再优秀的文学杂志，其三分之二内容也缺乏文学性”。[②] 詹姆斯对那些为市场写作的人表示不屑，他更看重作家写作的内涵。詹姆斯在写给格蕾丝·诺顿的信中指出，布雷特·哈特(Bret Harte)“这个引进的加州诗人——很聪明，和人相处起来也很愉快，但他是以给报纸撰稿出名的，这很不好，让他变得很庸俗，尽管这不是他的意愿”。[③]对詹姆斯而言，作家因重物质利益而出卖自己的才华，有失作家的尊严。

詹姆斯向多家期刊投稿，有时会遭遇拒稿，但他依然坚持努力。1873年，斯克里布纳未能录用詹姆斯的稿件，他在给父亲的信中表示遗憾：

> 《银河系杂志》发表了我的另一篇文章，我猜想他们也会发表这篇文章，所以我请您把这篇文章和我随信附上的留言转给他们。我不喜欢《银河系杂志》的做法和风格，不过我也较真不起，最好的办法是坚持下去，让《银河系杂志》做它要做的。斯克里布纳虽然拒稿，但显得比较友善。我最近给斯克里布纳寄了由两部分内容构成的短篇，正要寄给他们同样内容的作品。希望《大西洋月刊》1月那期能设法把我的东西加进去。[④]

詹姆斯熟知《银河系杂志》的特点，尽管他并不欣赏该杂志的做法，但这并不妨碍他给该刊投稿。詹姆斯并非一帆风顺，他在遭到《斯克里布纳氏月

---

① Kaplan, Fred. *Henry James: The Imagination of Genius: A Biography*. Baltimore: The Johns Hopkins UP, 1999, p. 73. 这里指豪威尔斯。

② Howells, *Literature and Life Studies*, p. 11.

③ James, *The Complete Letters of Henry James: 1855-1872*, Vol. 2, p. 400.

④ James, *The Complete Letters of Henry James: 1872-1876*, Vol. 2, p. 81.

刊》的拒稿后仍按照该刊的特点坚持投稿。詹姆斯尝试在各重要文学杂志上发表作品，这些做法均有助于他不断拥有更多读者。

亨利·詹姆斯选择从事创作，同样需要考虑维持生计。1874 年，威廉·詹姆斯写信提醒他从事作家职业会很艰难，并劝他不要过于留恋欧洲，"'显然，'他写道，'你将不得不在这里过段苦日子。'威廉问道，亨利'是做好准备要付出英雄式的努力了吗?'……这是你的困境。"[①]威廉·詹姆斯提醒詹姆斯创作时需全身心投入，而如果将写作视为一种职业，他会缺乏生活保障。詹姆斯的创作与出版，离不开父亲老詹姆斯的物质和精神支持，具体表现在老詹姆斯为他预支生活费和提供出版机会上。不过，詹姆斯努力做到自立。譬如，《斯克里布纳氏月刊》编辑乔赛亚·霍兰德(Josiah Holland)曾希望詹姆斯为该刊写连载小说，并答应支付他 1000 美元连载稿酬。亨利·詹姆斯看到商机，在给豪威尔斯的信中告知自己的想法。他表示，假如《大西洋月刊》支付他 1200 美元的连载稿酬，他将同意该刊连载其小说。最终，豪威尔斯与詹姆斯签约，小说连载 12 期，每期 100 美元。詹姆斯的困境不言而喻，他在创作的同时既要考虑作品的发表渠道，又要考虑如何更好地维持生计，争取自己的应得利益。《斯克里布纳氏月刊》与《大西洋月刊》之间存在的竞争，一定程度上表明作家必须面对社会现实。詹姆斯一方面看重豪威尔斯的友情，愿意在《大西洋月刊》上发表其优秀作品，另一方面又受生活所迫，不得不权衡自己的选择。如他向豪威尔斯所表明的那样，"从感情上说，我更倾向于《大西洋月刊》，但具体到我的情况，我无权不把这个问题看作纯粹是钱的问题"。[②]

詹姆斯在选择发表作品的文学杂志时，无法排除经济考虑。他给豪威尔斯这样写道："得知《大西洋月刊》转售后，我开始担心您，我想要您亲自告诉我您很知足，免得我担惊受怕。祝新的安排一切顺利，愿我俩的名望和财运都发展得不错。"[③]詹姆斯原计划给《斯克里布纳氏月刊》投稿，不过当豪威尔斯表示欣赏他的作品时，詹姆斯写信致谢：

> 我打算把稿件寄给斯克里布纳，但您贬低斯克里布纳的那些

---

① Edel, *Henry James: A Life*, p. 161.

② James, *The Complete Letters of Henry James: 1872-1876*, Vol. 2, p. 137.

③ James, *The Complete Letters of Henry James: 1872-1876*, Vol. 2, pp. 100-101.

> 话，让我不得不面对现实。非常感谢您认可我；不过总的来说，的确如此，我在创作过程中无法不从斯克里布纳那里寻求认可。这不过是钱的问题。《大西洋月刊》期刊不可能按我的意愿发表作品。在国内可以做到这点，因为我不需要那么多收入。目前我住在这些可爱的地方，需要法郎维持生计，我需要多方赚取稿酬。不过，我真心向您承诺，《大西洋月刊》会得到我最优秀的作品。①

可以说，詹姆斯对《大西洋月刊》的青睐，与他和豪威尔斯的深厚交情密切相关。从某种程度上讲，两人的莫逆之交体现在，詹姆斯愿意为豪威尔斯编辑的《大西洋月刊》提供优秀作品。然而，最终起决定性作用的仍是稿酬因素，这是詹姆斯生活拮据的境况所致。

詹姆斯生活窘迫这一实情也体现在他给父母的书信中。詹姆斯在给父母的信中，表达了他对《大西洋月刊》和《斯克里布纳氏月刊》两份文学期刊的矛盾心理。

> 我觉得自己有个默契的承诺，首先，把我现在写的任何一部小说拿给《大西洋月刊》连载——假如我事先没有和豪威尔斯说明情况，就和斯克里布纳达成协议，我会认为自己对豪威尔斯很不友好。这一点我非常确定，《大西洋月刊》和斯克里布纳都愿意发表我的作品，我也愿意在这两个杂志上发表作品。不过，必须完全看稿酬多少。哪家期刊给的稿酬更多，我就把作品给哪家期刊。假如《大西洋月刊》愿意和斯克里布纳支付相同数额的稿酬，那我应该把作品投给《大西洋月刊》。我隐约觉得，斯克里布纳会更加自由，或许他们一收到书稿就会支付全部或大半稿酬。②

一方面，他对《大西洋月刊》情有独钟。另一方面，他又需考虑稿酬支付的早晚和多少问题，这些考虑都是詹姆斯艰难创作的体现。

詹姆斯在游历欧洲期间遭受压力，他渴望回国创作。1874 年 5 月，詹姆斯生活困窘，他在给母亲的信中表明有信心通过创作取得经济独立：

---

① James, *The Complete Letters of Henry James: 1872-1876*, Vol. 2, p. 101.

② James, *The Complete Letters of Henry James: 1872-1876*, Vol. 2, pp. 133-134.

"我感觉不应该过分担心未来，不过，我要尽可能地安排好当下。目前，我需要回国，尝试发表更多作品。我之所以很难决定，是因为我在美国虽然应该能赚到更多稿费，但美国的物价会以两倍的速度吞没我的稿费：不过，即便如此，我在美国的生活也比在这里更能量入为出。"[①]詹姆斯一方面希望回美国，以便发表更多作品，另一方面又担心入不敷出。1871 年至 1875 年间，詹姆斯出版了两部小说和两个短篇集，还有一系列评论文章和游记。纽约高昂的生活费，让他决定返回欧洲。

詹姆斯的生活陷入困境，愈发使他意识到经济独立的重要性。1875 年 7 月 21 日，他给《纽约论坛报》(*New York Tribune*)的助理编辑约翰·弥尔顿·海(John Milton Hay)写信，希望能固定时间在该报发表作品。

> 我基本确定了秋季返回欧洲的计划，我将在巴黎住相当长一段时间。假如可以的话，我希望能和一家报纸建立固定联系——非政治的联系(我当然指的是通信)，而且在可以接受的范围内经常联系：一个月大概三到四封信。我说"报纸"的时候，我的意思当然指的是《纽约论坛报》，不是别的。我的抱负是，要么给《纽约论坛报》写稿件，要么就不写。美国公众显然对所有与巴黎相关的内容感兴趣，而且有长期需求。总的来说，该报内容肤浅庸俗。我的想法是，给该报提供更有思想和品味的内容——从美国视角提供某种概括当下时事和人们关心的话题的总结性内容。(尽可能从大都市角度写报道，假如这样说不显得唐突的话。)[②]

就稿酬而言，报纸比杂志更具有优势。不过，詹姆斯的首要关切是作家的使命感。如上所述，詹姆斯在给《纽约论坛报》投稿前，就对其庸俗肤浅的品味表示不满。他出于作家的使命感，希望能引导读者关注思想性强的内容。

詹姆斯为《纽约论坛报》撰稿时，表达了他的初衷。1875 年 11 月 22 日，詹姆斯在给编辑怀特洛·里德(Whitelaw Reid)的信中这样写道：

---

① James, *The Complete Letters of Henry James: 1872-1876*, Vol. 2, pp. 168-169.

② James, *The Complete Letters of Henry James: 1872-1876*, Vol. 2, pp. 225-226.

> 我附上写给《纽约论坛报》的第一封信。我希望信件能符合要求。我刚来几天，不熟悉情况，或者说没有调整到写作状态。这事得慢慢来；过段时间我会逐渐按照自己的想法做得更好。同时，我会尽力而为。很不幸，我手头没有《纽约论坛报》，没法让我的文章完全符合报纸的要求。我担心篇幅太长，而不是太短。不过我希望篇幅刚合适。我还希望这封信的标题尽量简明扼要。[①]

詹姆斯间接表示自己不了解该报的要求，所写的内容与报纸的品味不符便情有可原。同时，詹姆斯关心篇幅是否符合要求，暗示他的文章与报纸文章在文体上有所差异。詹姆斯的这一做法可被视作一种迂回战术，这将有助于他改善报纸品味的现状。

詹姆斯与《纽约论坛报》之间的交集，使他深刻意识到作家的天职与生存之间的矛盾。1875 年 11 月 11 日，詹姆斯到达巴黎后很快给《纽约论坛报》投稿。该报对詹姆斯的稿件表示不满，认为稿件内容"写得太含糊、太散"。[②] 詹姆斯深知，该报要求他提供更多个人隐私方面的内容，但他反对新闻期刊的写作风格。詹姆斯的审美标准与报纸的要求相距甚远，他洞悉读者的低级趣味以及报刊的功利目的。他给怀特洛·里德编辑的信这样写道：

> 我知道您所说的信件是怎样的——毫无疑问，这是《纽约论坛报》要的正确的那种东西。但我无法写出这样的信件——我不知道怎么写，也学不会。写这样的信件，要比写我一直在写的信件更麻烦(后者对我来说还容易些)，要让我努力写得更"轰动"、更八卦，会很费事。我很容易焦虑，会时不时地担心自己写得过于有文采，而报纸并不要求这样。抵抗这种倾向如同逆水行舟，会花费大量的时间和心血。假如我的信件写得"太好了"，我真的很担心，我会怀疑它们是我写得最差的信件，尤其是为了钱去写！所以，我最好干脆停笔不写了。不过，我很喜欢写这些信件，假如《纽约论坛报》没有因为这些信件变得更出色，我希望它

① James, *The Complete Letters of Henry James: 1872-1876*, Vol. 3, p. 12.

② Edel, *Henry James: A Life*, p. 192.

没有变得更糟。[①]

詹姆斯的以上话语，令人联想到《下一次》中拉尔夫的经历。小说中，畅销女作家希望得到文学界的认可，而真诚热爱艺术的拉尔夫却不得不牺牲自己的追求，努力模仿畅销作家以赢得市场。就创作内容及形式而言，詹姆斯极力捍卫自己的创作原则。

詹姆斯反对《纽约论坛报》擅自为其文章增加标题。1876 年 4 月 23 日，詹姆斯强烈反对怀特洛·里德擅自增加其文章标题的做法。“我以最强烈的方式抗议，我请求您停用那个标题。”[②]里德提供的标题与詹姆斯所写的信件内容不符，里德的目的很明确——希望标题引起读者的兴趣，对报纸而言这意味着利润。詹姆斯在与里德的交往中明确了自己的态度，他认为以上做法是对其书写内容的不尊重。他拒绝按照里德的标准撰写稿件内容，不愿妥协自己的艺术追求。1876 年 8 月 30 日，詹姆斯向怀特洛·里德表示，他无法按照《纽约论坛报》的要求撰写信件。詹姆斯写道：“我有个疑问，不知您能否在国内发表这些信件，现在或将来都可以，我很容易就能想象得到，普通读者不会喜欢花时间读这些信的。如您所说，这些信件更适合发表在杂志上。不过，我恐怕不能同意您的建议，不能试着以另外一种方式写作。”[③]詹姆斯深知，普通读者只对故事性强的内容感兴趣。里德的建议与詹姆斯的艺术标准相冲突，然而詹姆斯拒绝妥协。他坚持自己的标准，拒不迎合读者的猎奇心理。詹姆斯意识到，迎合里德和大众读者的猎奇心理，无异于出卖自己的艺术标准，这种出卖行为会让他深感内疚，带来更多困扰。此外，杂志和报纸的区别从上述引语可以看出。杂志刊登的内容并没有报纸文章的故事性强、“更八卦”。杂志与报纸的竞争可见一斑，报纸内容的更新速度之快与受众面广这两个优势，使杂志面临危机。詹姆斯亲历市场对文学的冲击，坚持信奉原则，认为艺术家要以创造有“价值”的内容为己任。

詹姆斯这样做并不是缺乏市场意识，相反他为拥有更多读者付出了艰辛努力。1876 年 12 月，詹姆斯来到伦敦，设法在英美两国发表其著作，

---

① James, *The Complete Letters of Henry James*: *1872-1876*, Vol. 3, p. 177.

② James, *The Complete Letters of Henry James*: *1872-1876*, Vol. 3, p. 104.

③ James, *The Complete Letters of Henry James*: *1872-1876*, Vol. 3, pp. 176-177.

而在英美两国连载小说，会遭遇诸如稿酬支付时间推迟、校对时间紧张以及连载时间推后等问题。譬如，詹姆斯之前在与《银河系杂志》沟通的过程中，明确了他对连载时间和稿酬的要求。1876 年 3 月 3 日，詹姆斯在给弗朗西斯·法塞勒斯·丘奇或威廉·柯南特·丘奇的信中写道：

> 我得和您确认一点，立即出版我的小说至关重要。我以为我在上封信已经说清楚了——这当然是我的意图——我给您寄去书稿的前提是，你们会立即发表。这不仅对我很重要，而且绝对必须做到，这和钱有关系。因此，假如您无法最迟在 4—5 月那期的《银河系杂志》上发表《美国人》，我必须放弃在贵刊发表作品的荣幸了。我想说清楚一点，每期的稿酬定价(150 美元)是我唯一能接受的条件。我特别希望您能在 3—4 月那期发表，现在已经推迟了一个月，我感到很遗憾。您如果觉得这些条件无法或者不便接受，请您在决定后速将书稿转给我父亲，他的地址是剑桥市昆西街 29 号。①

詹姆斯态度明确，语气坚定，因为连载时间推迟意味着他的收入将会受到影响。詹姆斯生活困窘，以上是他的自然反应。同时，他要求《银河系杂志》将书稿转给父亲，意味着他将选择在《大西洋月刊》发表小说。詹姆斯为其小说据理力争，表明他出版小说的不易，也体现出他的市场意识。詹姆斯的焦虑以及他选择《大西洋月刊》的理由在下列书信中有所体现，他于 1876 年 3 月 14 日写给威廉·詹姆斯的信表达了对《银河系杂志》的不满。"我把小说开头部分寄给《银河系杂志》已有一段时间，可是现在遇到一些麻烦，他们要推迟发表，这很是让人心烦。我已经明确告知他们，假如他们推迟发表，就让他们把书稿寄给父亲，父亲收到书稿后会寄给豪威尔斯。我不知道结果会怎样，我很烦躁。"②

詹姆斯意识到其作品的价值，千方百计克服以上困难，试图实现在英美两国先后出版作品的梦想。这样的尝试有助于增加詹姆斯的收入，提高他的知名度。当然，这些尝试与詹姆斯之前遭遇里德的打击密不可分。詹

① James, *The Complete Letters of Henry James: 1872-1876*, Vol. 3, p. 77.

② James, *The Complete Letters of Henry James: 1872-1876*, Vol. 3, p. 82.

姆斯深知开拓出版市场的重要性，他意识到英国出版市场对提升其文学声誉的重要作用。如玛莎·班塔(Martha Banta)所写：

> 詹姆斯与美国最佳期刊先前的联系非常重要，但假如他能被英国顶级出版社所接纳，这些联系会有极大的改善。确保他的评论文章、散文以及小说在英美两国发表——短篇或长篇——可以让他获得双倍利润。达到这一目标，将全面提升詹姆斯的文学声誉。他在公众心目中再提升几个层次后，将不只是“美国”微不足道的作家，不再仅仅依靠怀特洛·里德，不再为迎合里德的《纽约论坛报》的读者需求而写些篇幅短小、内容八卦的新闻故事，尤其在里德言辞激烈地宣布《纽约论坛报》可以不发表詹姆斯写的那些适合在“杂志”上发表的散文之后(致怀特洛·里德的[1876]年12月21日以及[1877]年2月2日的信件)。①

詹姆斯受益于豪威尔斯的友情，不过他并不避讳自己与后者在小说《美国人》的结尾方式上的分歧。詹姆斯反对迎合读者的需求，不希望给出皆大欢喜的结局。1876年4月4日，詹姆斯在给豪威尔斯的信中这样写道：

> 很高兴得知您收到我的小说，愿小说为您带来财运。您竟然向丘奇提议，我很高兴——不过，我始终觉得他的行为很是让人困惑。不论怎样，完成就好。我希望您也会这样看待我的小说，既然您喜欢小说开头。小说命运悬而未决那会儿，我一直停笔没有继续往下写，不过，过几天我会给您寄下一篇连载内容，后续内容我尽可能固定时间及时寄给您。②

尽管詹姆斯有意识地为自己和出版社争取更多读者，但他并未放弃自己的原则。譬如，有关《美国人》的结尾方式，詹姆斯没有迎合读者的需求。1877年3月30日，詹姆斯致信豪威尔斯，回应后者对《美国人》结尾的

---

① Banta, Martha. Introduction: Settling Down, Moving Up. *The Complete Letters of Henry James: 1876-1878.* Ed. Pierre A. Walker and Greg W. Zacharias. Vol 1. Lincoln: U of Nebraska P, 2012. xvii-lvi, p. xxiv.

② James, *The Complete Letters of Henry James: 1872-1876*, Vol. 3, pp. 94-95.

指责：

> 您作为编辑，希望小说有个"欢乐大结局"，我非常理解；不过，您作为个体读者，没有看到《美国人》中突降的必然性，这让我感到很遗憾。我想，多数人会以为，在关键时刻西特雷(Cintré)夫人无法与纽曼先生结婚。和我探讨过该小说的少数几个人表达了他们的想法(譬如肯布尔夫人)(Kemble)，他们担心我安排他俩结婚。的确如此；这完全不可能：他俩面临一个无法解决的问题，他俩不可能是一对……我们每个人都是环境的产物，高大石墙将我们以致命的方式分隔开来。我的故事从纽曼这侧墙写起，我非常清楚，西特雷夫人无法真正从她那侧墙翻越过来！假如我这样写，我当然会提供一个更乐观的结尾；但我会觉得，自己把粗俗的安抚物扔给那些丝毫不了解现实的读者，他们不会根据小说与现实的对应性来衡量小说的品质的。这些读者当然有娱乐的自由，但我不认为自己有义务满足他们的愿望，提供他们所需求的娱乐。①

如前所述，詹姆斯与豪威尔斯志同道合，但他坚持自主创作的理念。豪威尔斯主张迎合读者的需求，希望詹姆斯修改《美国人》的结尾，认为皆大欢喜对作者、读者和出版社均有利。詹姆斯的选择，无疑与豪威尔斯主张的"微笑现实主义"相抵牾。詹姆斯对豪威尔斯回避现实的倾向有所洞察，如前所述，詹姆斯认为他需阅读法国批评家圣伯夫的著作。② 在詹姆斯看来，这一时期的豪威尔斯缺乏批评家应有的勇气。

詹姆斯与豪威尔斯交情深厚，但他也敏锐地洞察到后者的不足。譬如，詹姆斯认为，豪威尔斯的生活过于安逸，缺乏好奇心：

> 豪威尔斯目前是《大西洋月刊》的绝对主管，生活安逸，收入颇丰。他的才华日渐增长，不过几乎没有派上用场。我记得你前段时间说过，过几年等他读了圣伯夫的著作，就会变得很优秀。

① James, *The Complete Letters of Henry James: 1876-1878*, Vol. 1, pp. 87-88.

② James, *The Complete Letters of Henry James: 1855-1872*, Vol. 2, pp. 414-415.

> 可问题是，他永远不会读圣伯夫的著作，也不会有兴趣。他几乎没有求知欲；他目前是这样一种令人艳羡的风格，像个可怜的家伙，手持钻石，琢磨如何佩戴那颗钻石。美国青年没有意识到，他们应该肩负追求卓越这一使命感，也没有这样的渴求，我觉得这很可悲。①

生活安逸会使作家忘却使命感，生活压力可以检验一个作家的使命感，继而激发作家推陈出新。詹姆斯对精神的重视，与职业化强调的机械被动的理念相反。“詹姆斯建构职业小说家在这一意义上的确与专业化的压力进行抗争，反对马克斯·韦伯在《新教伦理与资本主义精神》所写的职业化‘牢笼’。”②需要指出的是，詹姆斯在小说中突出了其人文主义思想。詹姆斯“将他的事业界定为独特的人文主义性质的专业化，是对‘人文专业性’的投资”。③

詹姆斯在英国出版的第一本书是评论集《法国诗人与小说家》，受益于弗雷德里克·麦克米伦的帮助。当时，该出版社审稿人约翰·莫利(John Morley)认为书稿“缺乏魅力、敏感性和技巧”，“作为评论，丝毫没有趣味性”。④ 不过，麦克米伦完全忽略这些评语，他单独与詹姆斯签约出版了该书。麦克米伦可谓慧眼识珠，詹姆斯的文学评论集出版后得到好评，应该说在其创作发展初期极大地鼓舞了他的士气。⑤ 弗雷德里克·麦克米伦作为出版人不仅独具慧眼，而且还促进了出版业的发展。譬如，他联合出版人协会(the Publishers' Association)，共同抵制《泰晤士报》(*The Times*)降低文学图书价格，迫使后者签署《净收入图书协议》(*Net Book Agreement*)，该协议于 1900 年 1 月 1 日生效，一定程度上推动了英国的图书贸易发展。⑥

---

① James, *The Complete Letters of Henry James: 1855-1872*, Vol. 2, pp. 414-415.

② Attridge, John. " 'Human Expertness': Professionalism, Training, and the Prefaces to the New York Edition." *Henry James Review* 32. 1 (2011): 29-44. *Project Muse*. Web. 2014-09-15, p. 31.

③ Attridge, " 'Human Expertness': Professionalism, Training, and the Prefaces to the New York Edition", p. 31.

④ Edel, *Henry James: A Life*, p. 214.

⑤ Edel, *Henry James: A Life*, pp. 214-215.

⑥ Towheed, *The Correspondence of Edith Wharton and Macmillan, 1901-1930*, p. 3.

詹姆斯常无法按时收到稿酬，需要父母预支生活费，他建构作家身份的艰辛可见一斑。如前所述，詹姆斯对杂志无法确定连载日期表示不满。譬如，1877年，詹姆斯在给弗朗西斯·法塞勒斯·丘奇的一封信里这样写道："您说，对他们而言，印我的作品意味着接受了我的条件，但我不能继续在不确定中等待下去，让我等后续信件，我等不起。我必须这样认为，我们的协商已经中断——或者，可以说已经结束。"①《银河系杂志》尽管连载了《美国人》的前两部分，但因无法确保小说后续部分的连载日期，詹姆斯最终只好选择在《大西洋月刊》连载小说的后续部分。詹姆斯在这一阶段仍需父母的帮助，他力求做到经济独立，努力平衡其生活开支与稿酬收入。这期间的经济往来，在詹姆斯给父母的书信中有明确记录。1878年，詹姆斯在给母亲的一封信中这样写道：

> 9月1日到12月底，我从汇票上支取了500美元，父亲将会收到以下还款：
>
> 《民族》周刊的支票：100美元
>
> 从巴黎寄来的《利平科特》的支票，这个您已经收到：100美元
>
> 奥斯古德(Osgood)：314美元
>
> 共计514美元
>
> 假如《大西洋月刊》仍将支票汇到昆西街，您将收到600美元(或实际是614美元)，这样的话——您明白吗？——您欠我100美元。(14美元我忽略不计，可用作兑换费。)②

从詹姆斯与父母明算账这一细节看，读者不难想象他建构作家身份的不易。詹姆斯与父母有着以上的经济往来，表明他自尊心较强。19世纪和20世纪初的作家在创作时不仅需要观察力和想象力，还需具备市场眼光，考虑作品完成后是否能发表。某种程度上看，詹姆斯像众多作家一样，作品

---

① James, *The Complete Letters of Henry James: 1876-1878*, Vol. 1, p. 199.

② James, *The Complete Letters of Henry James: 1876-1878*, Vol. 2, pp. 18-19. 着重号为原文所有。

一经产出便如同待沽货物。读者的反应决定出版社是否能盈利，詹姆斯是否获得稿酬最终取决于读者。

《黛西·米勒》发表后，詹姆斯一举成名。1878年1月，詹姆斯厌倦了写游记和粗制滥造的小说，决定重新开始从事"创意性"写作。同年4月中旬，他在《康黑尔杂志》上发表《黛西·米勒》，为他成为"足够伟大的人"奠定了基础。[①] 不过，该小说在发表过程中经历了一番周折。最初，小说因"激怒了美国女性"而遭到《利平科特杂志》(*Lippincott's*)的拒稿。[②] 詹姆斯对此并不认同，他认为这或许是因为小说篇幅过长。他给《康黑尔杂志》编辑斯蒂芬·莱斯利(Stephen Leslie)寄去小说后，"受到热烈欢迎"；《黛西·米勒》首次在英国杂志上连载，小说随后迅速在纽约和波士顿盗印，《哈珀氏杂志》以小册子形式出版后，几周内就售出2万册，詹姆斯因此声名鹊起。[③]《黛西·米勒》的出版为詹姆斯打开局面，然而由于小说当时是在英国出版，没有得到美国版权，盗印给詹姆斯带来的巨大损失可想而知。詹姆斯之后几年发表的作品陆续取得了成功。譬如，1878年至1880年间，《欧洲人》(*The Europeans*,《大西洋月刊》)、《华盛顿广场》(*Washington Square*,《康黑尔杂志》)及《一位女士的画像》(*The Portrait of a Lady*,《麦克米伦杂志》,《大西洋月刊》)先后在英美两国的重要文学期刊上连载。詹姆斯的小说在英美两国同时连载，使他名声大噪。詹姆斯意识到自己的名望有所增加，但他也希望自己的收入能有所增加，这意味着他有时需作出妥协。

随着詹姆斯在英美两国打开局面，其作品受到两国读者的欢迎，他渴求获得更大的成功。他给好友佩里的信里这样写道："我的名望增加了不少，希望有一天我能得到些钱。"[④]再如，詹姆斯向豪威尔斯表示："我必须努力获取更大成功，要比现在做得更大……我迫切需要取得——更大成功。"[⑤]詹姆斯的成功激励他在戏剧创作上有所发展：譬如，《黛西·米勒》的成功促使他希望将小说搬上舞台。然而，在改编过程中，詹姆斯出于对观众需求的考虑不得不让步。詹姆斯在与纽约马洛里(Mallory)兄弟商讨改

---

① Edel, *Henry James: A Life*, p. 215.

② Edel, *Henry James: A Life*, p. 216.

③ Edel, *Henry James: A Life*, p. 216.

④ Edel, *Henry James: A Life*, p. 229.

⑤ Edel, *Henry James: A Life*, p. 251.

编剧本时，不得不安排黛西(Daisy)与温特伯恩(Winterbourne)结婚。然而，即便如此，剧本的文学性仍使编剧组经理望而却步，波士顿和伦敦的剧院同样以剧本动作少为由拒绝上映，詹姆斯最终只好将剧本以1000美元的价格售给《大西洋月刊》。①

詹姆斯关注社会焦点，善于通过创作再现自己观察到的内容。譬如，《波士顿人》的创作与詹姆斯关注当时时兴的女性主题相关。1883年，詹姆斯在美国居住期间，希望写本颇具美国特色的小说：

> "我问自己，目前的社会生活中什么最显著，最特别。答案是：妇女状况、对性的感知力的衰落以及为女性感到的不安。"另一个关注点就是一个词，"改革者们"，该词潦草地写在《托马斯·卡莱尔与拉尔夫·沃尔多·爱默生的书信集》的扉页上。那页有爱默生信件中的一段文字："我们都对无数社会改革项目有点儿疯狂。"②

妇女状况和社会改革是大众读者当时关注的内容，詹姆斯在小说中再现这些主题，也是贴近现实生活的体现。该小说在连载过程中，威廉·詹姆斯认为小说中的伯宰(Birdseye)小姐以伊丽莎白·皮博迪(Elizabeth Peabody)为原型。对此，詹姆斯回应道，他本人已有25年没有与皮博迪小姐见面了，而"伯宰小姐像我刻画的所有人物一样，完全从我的道德意识演变而来"。③ 在詹姆斯看来，人物原型基于他的道德感知。小说以女主人公建构自我身份为主题，批判了多股势力自私、虚伪和贪婪的本性。小说题目《波士顿人》最直接地反映出詹姆斯的美国主题，也无疑成为批判焦点。然而，詹姆斯指出他给小说命名为《波士顿人》是出于"简单、便捷"的考虑，没有任何"恶意"，"只是用该题目指代奥利弗(Olive)和韦雷娜(Verena)，兰塞姆(Ransom)这个南方人和局外人，是从纽约视角观察她们的。我甚至无意让这个指示词包括伯宰小姐及其他人物，尽管这样做应该很不错"。④ 詹姆斯预言该小说将是自己最成功的作品，小说在《世纪》杂志上连载时

① Edel, *Henry James: A Life*, p. 276.

② Edel, *Henry James: A Life*, p. 311.

③ 转引自 Edel, *Henry James: A Life*, p. 313.

④ Henry James to William James (June 13, 1886).

(1885年2月至1886年2月)没有人发表评论，曾令詹姆斯感到担忧[①]，但小说以书的形式出版后得到英国评论界的好评。“小说人物很有新意，甚至场景也很有新意。”[②]威廉·詹姆斯对《波士顿人》的诟病，与亨利·詹姆斯在小说中批判美国实用主义社会现象不无相关。詹姆斯在此之前出版有《美国人》(*The American*，1877)、《黛西·米勒》(*Daisy Miller*，1878)、《欧洲人》(*The Europeans*，1878)、《霍桑传》(*Hawthorne*，1879)、《华盛顿广场》(*Washington Square*，1880)、《一位女士的画像》(*The Portrait of a Lady*，1881)。作为美国和欧洲文化的旁观者，詹姆斯在其作品中表达了他的比较意识，也蕴含了他对两种文化特征的认识。值得指出的是，《黛西·米勒》和《华盛顿广场》均在《康黑尔杂志》上发表。如前所述，这与他对美国文化的深刻洞察以及英国对该话题的兴趣相关。不过，《美国人》在连载期间遭遇不顺，即便小说后来在《大西洋月刊》上连载，詹姆斯的好友豪威尔斯也表示希望修改小说结尾。再如，詹姆斯在麦克米伦出版的《霍桑传》，遭到美国文学界的抨击。詹姆斯往返于美国和欧洲各国，后来长期居住在英国，这种中间身份使他具备得天独厚的视野。然而，这也注定他将无法回避来自双方的评判。《波士顿人》是他最看好的小说，但威廉·詹姆斯和一些评论家对小说题目和小说原型的塑造方式表示反对。这些都侧面反映出詹姆斯无意迎合市场的创作观，尽管他也希望过上优裕的生活，但并不会以牺牲其艺术追求为代价。

詹姆斯对英国文学界的狭隘洞察入微。他认为英国人缺乏艺术性：“他们没有自发的艺术生活；他们的品味是良心、反思和义务，我们这个时代的作家以艺术的名义全力追求这些内容，把自己的诉求定位在道德水准上——他们只讨论正误。”[③]如前所述，《其中的故事》便是对英国人道貌岸然本性的深刻揭露。成功之余，詹姆斯对社会生活持保留态度。譬如，他与霍平(Hoppin)先生(第一秘书)拜访过贵妇朴茨茅斯(Lady Portsmouth)的乡下豪宅后，霍平在日记中记录道：“詹姆斯认为，去乡下别墅拜访有一大不利……最好是我们情绪好的时候再去，我们自己表现最佳

① Henry James to William James (October 9, 1885).

② Hayes, Kevin J. *Henry James: The Contemporary Reviews*. Cambridge: Cambridge UP, 1996, p. 153.

③ Edel, *Henry James: A Life*, p. 281.

时，再出门参加社会生活。"[①]有关社会生活对作家的危害作用，在詹姆斯的《雄狮之死》中表现得最充分。小说刊登在《黄皮书》杂志第1期，当时的杂志编辑亨利·哈兰(Henry Harland)为宣传其新创办的期刊请詹姆斯撰稿。如前所述，该作品对消费名作家的社会现象进行了入骨的反讽。这一时期发表的《雄狮之死》等一系列艺术家题材作品，均表达了"詹姆斯对市场和文学界的失望"。[②]

詹姆斯认为，剥去艺术精髓的作品毫无意义，尤其是那些一味追求市场成功的作品。譬如，詹姆斯对英国畅销小说家赖德·哈格德(Rider Haggard)没有好感，他读过《所罗门宝藏》(*King Solomon's Mines*)，认为"如此庸俗的野蛮行径居然在英国如此成功，这不大好。'无休止的杀戮，无休止的丑陋……'"[③]豪威尔斯认为，这一时期的英国文学要比以詹姆斯为首的美国文学逊色。"小说艺术……在我们这个时代，变得更加优秀，超过了狄更斯和萨克雷。"[④]詹姆斯的欧洲阅历为他提供了开阔的视野，他的创作和出版经历促使他有兴趣深入探索艺术与市场话题。《悲剧缪斯神》揭示出詹姆斯对艺术与市场关系的思考，早在1886年，他就开始构思该小说。当时的英国社会中，非利士人极度崇拜世俗成功，对戏剧艺术的本质缺乏足够关注，詹姆斯对此洞察入微。《悲剧缪斯神》在连载小说中篇幅最长，共17期，连载时间为1889年1月到1890年5月，小说的"'政治主题'与他的'戏剧主题'齐头并进"。[⑤] 此时，詹姆斯已人到中年：

> 他需要的是双重自由：伟大艺术的自由，以及市场自由，两者竞相"胜出"……不过有一个可能，他告诉自己，他要认真检测一下。他能屈尊进入市场，努力成为剧作家——对文人来说，这是尊贵而又有收入的事业——同时还可使其小说艺术不受从事金钱交易的人士的干涉，将小说艺术留给自己神圣的富有创造力的时刻。[⑥]

---

① Edel, *Henry James: A Life*, p. 236.

② Edel, *Henry James: A Life*, p. 396.

③ Edel, *Henry James: A Life*, p. 324.

④ 转引自 Goodman, *Republic of Words*, p. 122.

⑤ Edel, *Henry James: A Life*, p. 351.

⑥ Edel, *Henry James: A Life*, p. 354.

"尊贵"与"收入"并置，暗示艺术事业的双重属性。如前所述，小说通过再现女艺术家主人公与分别代表物质占有和精神追求的人物之间的交集，反映出詹姆斯向往融艺术性与市场为一体的追求。詹姆斯在这里也表达了他对出版人的不满，他认为出版人不应一味因迎合读者大众的趣味而干涉作家的创作。他在《尴尬年代》的序言中对出版人和编辑一味要求在小说中提供对话进行了指责。[①] 小说《悲剧缪斯神》以书的形式出版时出师不利，麦克米伦出版社对其市场并不看好。[②] 小说在《大西洋月刊》连载后，麦克米伦不像以往预付 250 英镑稿酬，而是只支付詹姆斯 70 英镑。詹姆斯对此表示抗议："我宁愿不出版，也不愿出版了却得不到报酬——至少其他人没有得到报酬……除非我把事情放在更有利可图的角度上看，否则我就放弃在英国的'市场'——老天保佑这个市场——将我的作品只限于美国市场。"[③]可以说，小说对英国非利士人的抨击，导致它不受英国读者欢迎。詹姆斯深信，连载小说《悲剧缪斯神》富含价值，他为自己的作者权益受损感到愤怒。也正是在这一情况下，他首次求助于文学代理人。在文学代理的帮助下，詹姆斯与麦克米伦出版社签约，五年之内该小说的所有版权属于出版社，詹姆斯最终得到 250 英镑稿酬。他的文学作品不受市场欢迎，这对他的文学事业追求来说是一个重创。詹姆斯转而写剧本，希望能改善经济状况。然而，他于 1892 年至 1894 年期间创作的四个喜剧未能搬上舞台，他只得出版这些剧本，"这是一次令他蒙羞的失败"。[④] 可以说，《悲剧缪斯神》表达了詹姆斯借助舞台表演形式传递艺术真谛和改善生活现状的愿望。

1888 年至 1902 年间，詹姆斯发表了一系列作家题材作品，反映出他对创作与市场关系的思考。他先后发表《阿斯彭文稿》(*The Aspern Papers*, 1888)、《格里维尔·费恩》("Greville Fane", 1892)、《私密生活》("The Private Life", 1892)、《中年》("The Middle Years", 1893)、《雄狮之死》("The Death of the Lion", 1894)、《下一次》("The Next Time",

---

① Chapman, Raymond. *Forms of Speech in Victorian Fiction*. London: Longman, 1994, p. 239.

② Novick, Sheldon M. *Henry James: The Mature Master*. New York: Random, 2007, p. 139.

③ Edel, *Henry James: A Life*, p. 363.

④ Edel, *Henry James: A Life*, p. 404.

1895)、《地毯里的图案》("The Figure in the Carpet", 1896)、《约翰·德拉维》("John Delavoy", 1898)、《真正正确的事情》("The Real Right Thing", 1899)、《伟大而神奇的地方》("The Great Good Place", 1900)、《折翼》("Broken Wings", 1900)及《其中的故事》("The Story in It", 1902)等作品。这些作品密切关联，仿佛属于一个家族，不同程度地反映出詹姆斯对文学创作的理解。这些林林总总的人物当中，有的千方百计通过消费文学沽名钓誉，有的妄想走捷径达到名利双收，有的企图采取双重标准自欺欺人，有的则笃定地追求艺术事业，尽管他们也会经历彷徨和磨难，但因为有志同道合的友人的陪伴，他们依然坚持追求自主创作。与他们的理想相比，世俗成功显得并不重要。"成功是个令人感到廉价的过程。詹姆斯重新审视他过去遵循的较高标准以及这些标准与现实之间的关系，深思艺术家应如何准备面对与市场妥协这一问题；他还深思生活是否就是一种'销售'。"[①]

詹姆斯发表作品与代理人平克的帮助密不可分。平克之前是杂志编辑，"智慧、精明、足智多谋、友善"。[②] 从1903年开始，詹姆斯为纽约版作品集撰写序言。他离开伦敦前往美国时，通过平克告知查尔斯·斯克里布纳，可以准备出版他的权威版作品全集。平克对詹姆斯的想法表示赞赏："詹姆斯先生要给每卷写序，内容相当个性化，这样的序言无疑会使这些书受益无穷。"[③]序言共18篇，而且从一开始，詹姆斯就计划给每卷配图，要求图画质量上乘，而且配图设计需与卷内的故事对应，这意味着出版社需付出昂贵的代价。詹姆斯的纽约版作品集于1907年12月开始发行，持续到1909年。詹姆斯为潜心撰写序言历尽艰辛，然而作品集出版后却遭冷落。作品集的前两期稿费分别为211美元和596.71美元，与之前作品的收入相比，詹姆斯从未如此落魄过。[④] 他为其纽约版作品集精心作序，不仅没有得到认可，反而遭遇始料未及的沉重打击，他的身体状况也受到影响。在这种情况下，他将最新发表的短篇汇编成集，《更微妙的》短篇集由斯克里布纳氏与英国的梅休因出版社(Methuen)出版，他们分别预付詹姆

① Edel, *Henry James: A Life*, p. 347.

② Edel, *Henry James: A Life*, p. 506.

③ Edel, *Henry James: A Life*, p. 591.

④ Edel, *Henry James: A Life*, p. 664.

斯1000美元稿酬。[①] 詹姆斯的精神为之一振，身体也开始有所好转。

需要指出的是，在詹姆斯遭受危机时华顿慷慨相助。詹姆斯的作品集出版后，伊迪丝·华顿“督促并帮助莫顿·富勒顿为亨利·詹姆斯做些事情……富勒顿写了篇幅较长、内容完整的纽约版作品集评论文章，论述詹姆斯在小说史上的重要性。富勒顿给《季刊评论》投稿后，文章于1910年4月发表”。[②] 华顿同时希望《斯克里布纳氏杂志》发表该文，但该杂志不感兴趣，该文最后在《当今时代》(*Living Age*)上转载。如前所述，为帮助詹姆斯摆脱困境，华顿通过查尔斯·斯克里布纳将自己的部分稿费转给詹姆斯，由斯克里布纳氏出版社向詹姆斯说明这是他下部小说《象牙塔》的预付稿酬，[③] 而詹姆斯对预付稿酬背后的实情一无所知。

如前所述，詹姆斯早期就熟悉文学动态和文学评论期刊栏目特点，这对他后来发表评论文章有很大裨益。他从事创作后，先后得到威廉·迪安·豪威尔斯与麦克米伦等出版人的鼎力相助，极大地推动了他的文学事业的发展。尽管詹姆斯与志同道合的出版人结下深厚友情，但他能客观地对待作品出版事宜，并能开诚布公地提出不同的见解。此外，出版界的唯利是图，使詹姆斯的创作与生活步履维艰。即便如此，他坚持信奉自主创作，反对迎合大众的审美趣味，努力尝试改善出版媒介的文化品味。詹姆斯在创作过程中兼顾艺术性与市场的需求，并善于争取自己的应得利益。他遭遇拒稿等挫折后并不气馁，依然尽力设法克服各种困难。“归根结底，詹姆斯的小说既不是意识的残余物，也不仅仅是物品；相反，他的小说是无限聚集的关系大融汇的组成部分。这些关系越丰富，小说就越出色。”[④]

第二节　伊迪丝·华顿与出版社的往来

伊迪丝早年创作的诗歌，由母亲自费出版成《诗集》(*Verses*, 1878)。伊迪丝15岁左右时，便以笔名戴维·奥利维亚里(David Olivieri)完成中篇小说《朝三暮四》(*Fast and Loose*)。小说写的是一对青年的爱情故事，但

---

① Edel, *Henry James: A Life*, p. 667.

② Edel, *Henry James: A Life*, p. 661.

③ Edel, *Henry James: A Life*, p. 681.

④ Evans, Brad. “Relating in Henry James”. *Henry James Today*. Ed. John Carlos Rowe. Newcastle upon Tyne: Cambridge Scholars, 2014. 7-40, p. 34.

直到1977年才首次出版。值得一提的是，伊迪丝还用笔名模仿期刊的风格写了三篇评论文章。在《星期六评论》(*The Saturday Review*)中，她这样写道："这是一个忧郁的人性研究，从中可以观察到某个由众多成员构成的阶级的行为，这些狂热分子本无恶意，他们激情澎湃，义无反顾地从事小说写作，泛黄的传奇故事一派胡言，泛滥成灾，这些狂热分子毫无文学天赋，他们缺乏训练，自行出版作品，让长期饱受折磨的大众深受其害。"[①]这篇文章中，伊迪丝笔触幽默，以旁观者的姿态审视了自己的写作行为。她颇具洞察力，发现当时的文学作品数量可观，但良莠不齐。她说自己没有写作天赋，也没有受过专门训练，但这些未能阻挡她的写作激情。她用男性的名字作笔名，暗示文学界由男性主导的社会现实。不过，这段文字也流露出她的自信，"长期饱受折磨的大众"或许不会为这部小说感到失望。伊迪丝自拟的第二篇评论文章来自《帕尔·玛尔周刊》(*Pall Mall Budget*)，文章指出作者处理人物关系的方法过于古板，小说的语调过于悲观。[②]伊迪丝没有给出欢乐大结局，预示了她今后作品的写作风格，还暗示她洞悉英国杂志关注道德主题的特点。伊迪丝的第三篇评论文章模仿的是《民族》周刊的文风，该文全盘否定了小说的价值，将作者比作"有着病态式的感伤情怀的女中学生"。[③]伊迪丝似乎预见到，女性作家的作品面世后将遭受各种非议，这也促使她未雨绸缪。华顿1933年开始写小说《海盗》(*The Buccaneers*)，小说虽然剩余三章未写，但内容大体完整，最终发表于1938年。伊迪丝的第一部小说《朝三暮四》和最后一部小说《海盗》于1977年结集出版，从小说篇名来看，与她的短篇《回到原处》相对应。此外，就文学评论撰写而言，也可感受到华顿的洞察力和幽默感。

《欢乐之家》出版后成为畅销作品，但华顿对出版社的宣传文字表示不满，她认为广告宣传应实事求是。《欢乐之家》的连载受到读者广泛欢迎，与小说的思想性不无关系。小说最初名为《毁灭》("Disintegration")，小说构思于1902年，揭示了纽约上层社会道德沦丧这一主题。出版社为追求市场效应，在小说封皮上印上了以下文字："纽约社会的面纱第一次被揭

① Wharton, Edith. "Three Reviews". *Fast and Loose & The Buccaneers*. Ed. Viola Hopkins Winner. Charlottesville: UP of Virginia, 1993. 113-117, p. 113.

② Wharton, "Three Reviews", p. 116.

③ Wharton, "Three Reviews", p. 117.

开。”[①]华顿对此表示强烈抗议，她要求去掉这些夸张的广告文字。华顿希望小说被视为“严肃作品，而不是社会丑闻”。[②] 她还厌恶出版社借用作家的照片做文章，譬如，“我上次看到的那张‘照片’，像是南达科他州的离婚女子和气场十足的治愈者的组合”。[③] 1905 年，华顿给出版社寄去《欢乐之家》的封面照，照片里的她显得谦逊恭顺。尽管如此，“相片所附的标题或作品，会否定美国女性作家的形象。相片背后的文学作品，因此就形成超出读者期待的藏匿在息怒和服从背后的更具进攻性的凝视。”[④]华顿强调，出版社应以正确的方式宣传其小说。1913 年 9 月 30 日，麦克米伦写信询问华顿是否可以寄来照片“用作广告宣传”，[⑤] 但华顿答复说：“我好多年没有拍照了，我特别仔细地翻找了旧照片，结果没有找到。非常抱歉！不过，我希望该书(《国家的习俗》)不借助我的照片也能卖出去。”[⑥]不言而喻，华顿更希望小说依靠自己的力量走向读者。

宣传小说的最佳途径，莫过于恰如其分的书评。尽管华顿对夸大其词的广告表示不满，但这并不意味着她反对出版社宣传其小说。相反，她认为出版社有责任宣传她的小说。譬如，短篇集《更大的倾向》(*The Greater Inclination*，1899)出版后，她写道：“当然了，在目前这个活力充沛、看重广告的时代，斯克里布纳先生的方法，无法吸引人再次给他投稿。”[⑦]华顿在小说《国家的习俗》出版后，和以往一样关注出版社对小说的宣传力度。小说出版两个半月后，华顿写信建议麦克米伦利用书评增加宣传力度：“我可以借此机会提个建议吗，您是否可以利用英国出版的《国家的习俗》书评来增加此书的宣传力度？我经常关注您在泰晤士文学副刊上刊登的广告，我觉得，受到大众青睐和广泛好评的书，似乎可作更多宣传。”[⑧]麦克米伦让出版社工作人员执笔回信说：“我们已经广泛宣传了这本书，

---

① Lee, *Edith Wharton*, p. 202.

② Lee, *Edith Wharton*, p. 203.

③ Lee, *Edith Wharton*, p. 165.

④ Cikes, Ivana. “Portrait of the American Author: Photography and Identity in 19th Century and Early 20th Century American Literature”. Diss. Brandeis U, 2011. *ProQuest*. Web. 2016-11-06, p. 185.

⑤ Towheed, *The Correspondence of Edith Wharton and Macmillan, 1901-1930*, p. 149.

⑥ Towheed, *The Correspondence of Edith Wharton and Macmillan, 1901-1930*, p. 149.

⑦ Lee, *Edith Wharton*, p. 164.

⑧ Towheed, *The Correspondence of Edith Wharton and Macmillan, 1901-1930*, p. 156.

已引用了书评文字，我们将再给《泰晤士报文学副刊》增添一两份广告。”[①]华顿主张，出版社宣传小说应以尊重事实为前提，而不应以市场考量为初衷。不过，评论家有不同看法。譬如，赫米奥娜·李指出，华顿在看待《欢乐之家》与《纯真年代》(*The Age of Innocence*，1920)的宣传评语的态度上自相矛盾。李认为，“华顿之所以更换出版社，是要确保她获得更高的预付稿酬、更有市场竞争力、她的小说销量更高。”[②]李提供的论据是阿普尔顿出版社宣传《纯真年代》的文字：“她(艾伦)要求离婚是正当的吗?”宣传材料这样概述小说情节：“为什么这个美国女孩要被迫离开她野蛮的波兰丈夫? ……就因为她不幸福就会制造丑闻吗?”[③]李认为，这类宣传关注的焦点是社会丑闻，旨在吸引大众读者的注意力[④]，然而华顿并没有表示反对。事实上，这段文字客观地呈现了小说情节，并没有渲染丑闻的嫌疑。此外，李选择性地忽略了第一段宣传文字中更关键的内容。宣传文字这样写道：“从地域上讲，小说再现了一种对语境中道德观更确定的理解，小说呼唤新鲜事物，这恰是吸引纽约纯真年代的孩子们的内容。”[⑤]小说的主旨在于，启发读者重新认识旧纽约社会的伪善。华顿选择阿普尔顿出版社的另一原因在于，该出版社有人文情怀。如李所写，“阿普尔顿是一家基础坚实和名声显赫的出版社，威廉·阿普尔顿会被称作‘旧时代出版人当中的最后一位’。”[⑥]

华顿反对出版社不尊重作品和被金钱蒙蔽的宣传行为。1900 年 3 月至 4 月，华顿的中篇小说《试金石》在《斯克里布纳氏杂志》上发表，4 月该小说以书的形式由斯克里布纳氏出版社出版，当年销量达 5000 册。英国一家出版社为增加销量，未经华顿的允许，擅自将《试金石》(“The Touchstone”)更名为《坟前馈赠》(“A Gift from the Grave”)。华顿这样评论道：

> 《试金石》是我最安静的故事之一，“试金石”是我仔细挑选的一个安静的题目——在美国几乎没有取得成功。约翰·莱恩买了

① Towheed, *The Correspondence of Edith Wharton and Macmillan*, *1901-1930*, p. 156.
② Lee, *Edith Wharton*, p. 592.
③ Lee, *Edith Wharton*, p. 593.
④ Lee, *Edith Wharton*, p. 592.
⑤ 转引自 Lee, *Edith Wharton*, p. 593.
⑥ Lee, *Edith Wharton*, p. 424.

> 英国版权，他觉得题目太不生动形象，就更名为《坟前馈赠》(他自然小心翼翼，没有征求我的意见!)。这个题目有诱惑力，却又误导人，一定符合当时感伤小说读者的口味，让我哭笑不得的是，这个短篇在英国很畅销。一想到那些购书人读完前几页后的感受，我就忍俊不禁。①

《试金石》中，男主人公为了和心上人成婚，竟高价出售曾挚爱过他的女性作家的书信，不过，后来他在妻子的帮助下逐渐意识到自己的错误，最终实现了道德成长。小说中，作家书信发挥了试金石的作用。在利益和情感面前，男主人公最先输给了利益，隐含华顿对见利忘义行为的批判。如上所述，出版社将短篇更名后，会误导读者将重点放在“馈赠”上，而这与小说情节并不相符。出版社更改小说篇名旨在吸引读者的注意力，华顿的上述话语有效地讥讽了出版社唯利是图的行为。

华顿坚持自己的美学追求，不盲从出版社的要求。她写意大利历史的小说《决定之谷》(*The Valley of Decision*，1902)出版后非常成功，很快就再次印刷。鉴于此，《世纪》杂志编辑向华顿约稿，希望她写本有关意大利别墅和花园的书，并支付其路费。该书的卖点是当时著名的美国艺术家马克斯菲尔德·帕里什(Maxfield Parrish)的插图，人们惊诧于“其梦幻般的城堡和魔幻色彩的风景”。② 但华顿不满于插画家的艺术，因为插画家“‘童话般’的别墅绘画看上去过于多愁善感，令人想起‘月光和夜莺’，而不是她心目中严肃的技术和历史分析”。③ 可见，华顿主张严肃书写，她还善于表达自己的观点。最初，编辑理查德·沃森·吉尔德认为华顿的写作过于“枯燥”，但华顿指出：“我又写了个序言，相信这更符合您的要求，我会尽力扩充这些文章，让文字更简单些……不过，把建筑话题和无聊的八卦对话糅在一起并不容易。”④最后一句表明，华顿对《世纪》瞄准市场效应的实用主义做法持批判态度。她在《世纪》将杂志文章收录成书的过程中，特别对单词拼写和插画提出要求。她要求所有单词遵循英式英语的拼写规

---

① Wharton, *A Backward Glance*, pp. 125-126.

② Lee, *Edith Wharton*, p. 111.

③ Lee, *Edith Wharton*, p. 111-112.

④ Lee, *Edith Wharton*, p. 112.

则，还对出版社不同意选用她收集到的插画表示不满。[①] 这些都表明，华顿勇于坚持自己的美学主张。

此外，华顿强烈反对他人随意改动自己的作品。“最后，我可以要求校对人员对标点和分段不作任何改动吗？我非常关注这些细节，已经非常细心地修改了我寄去的清样。”[②]华顿之后写给麦克米伦的信中反复强调这一点，她在交代《欢乐之家》出版事宜的信中再三叮嘱道：“我已经仔细修改过《欢乐之家》书稿，我觉得该书的英国清样只需您自己的校对者修改，前提是您告诉他(她)不要修改标点，拜托了！”[③]此外，华顿非常在意其作品的译文质量。德国译者曾希望翻译华顿的一首诗，华顿给麦克米伦的回信说，译文质量没有达到她的要求，这对译者或她本人均无好处。[④] 可见，华顿不仅关注作品的出版事宜，而且严格要求作品的译文质量。

华顿多数情况下拒绝迎合期刊不合理的要求，主张将故事原委交代给读者，由读者自行评判。短篇《石榴籽》(“Pomegranate Seed”，1931)即为一例，这是一个有关书信的鬼故事。肯尼思·阿什比(Kenneth Ashby)在第一任妻子去世后与夏洛特·戈斯(Charlotte Gorse)结婚，一度幸福美满。但阿什比会不定期地收到神秘来信，他与夏洛特的幸福婚姻随之受到了影响。《石榴籽》最初投给了《淑女家庭期刊》(*Ladies' Home Journal*)，但该刊认为故事没有交代清楚前因后果，要求华顿修改小说结尾，“很多期刊读者会很茫然，感到不满，因为没有解释故事的来龙去脉”[⑤]。华顿拒绝修改，小说后来刊登在《周六晚报》(*Saturday Evening Post*)。前面提过，华顿对《试金石》被出版社擅自更名为《坟前馈赠》提出批评。她认为，小说是否具备价值，取决于读者的品味。肤浅的读者更关注小说的结局，希望作者提供现成答案。华顿则期待读者认真阅读小说，独立领悟其中的奥秘。以《石榴籽》为例，女主人公夏洛特根据观察，形成自己对婚姻和丈夫的认识。“尽管夏洛特从一开始就确定灰色信封上是女人的笔迹，但她过了好久才把这些神秘来信和伤感的秘密联系起来。她十分确定丈夫对自己的

---

① Lee, *Edith Wharton*, p. 112.

② Towheed, *The Correspondence of Edith Wharton and Macmillan, 1901-1930*, p. 75.

③ Towheed, *The Correspondence of Edith Wharton and Macmillan, 1901-1930*, p. 86. 着重号为原文所有。

④ Towheed, *The Correspondence of Edith Wharton and Macmillan, 1901-1930*, p. 125.

⑤ Lee, *Edith Wharton*, p. 693.

爱，满以为自己会让他的生活很充实，所以从未有过这种想法。"[①]读者由此可以推断，夏洛特开始质疑自己的婚姻，并怀疑丈夫心中藏匿着秘密。读者进而发现，夏洛特开始猜测信件书写者的身份。她注意到诸多细节，譬如，肯尼思收到信后会神色慌张。她也观察到，肯尼思暗中亲吻那些神秘来信。夏洛特痛苦不堪，以为肯尼思念念不忘第一任妻子埃尔茜(Elsie)。夏洛特渴望与肯尼思拥有新的生活，于是建议他们出去旅行一段时间。肯尼思表示答应，但表现出莫名的恐惧。随着情节的发展，读者揣测信件的主人是肯尼思的第一任妻子，但这与后者已经过世的事实又相互矛盾。小说的哥特式写作特点给故事蒙上了神秘的面纱，读者需进一步分析背后的隐情。夏洛特与阿什比夫人拆开信封后，发现字迹模糊不清。读者从叙述者得知，埃尔茜向来颐指气使，肯尼思只得听从摆布，表明他们的婚姻生活并不幸福。夏洛特的回忆也进一步证实了这一点，她当初计划与肯尼思结婚时有人对她说："和一个伤心欲绝的鳏夫结婚！不冒险吗？你知道的，埃尔茜过去可是绝对控制了他。"(第680—681页)可见，肯尼思与埃尔茜的婚姻并不幸福。夏洛特想到这些愈加困惑，她向肯尼思倾诉自己的痛苦，后来用质问的语气说："要么是因为她不让你离开这里。肯尼思，你必须回答我！是因为这个吗？是因为她不让你跟我一起离开这里吗？"(第696页)肯尼思的反应暗示了他的恐惧和不安："他抓住夏洛特的手时透露出恐惧，他的手颤抖不已；一个感觉自己将要坠入深渊的人，就是这么紧紧地攥着别人的手的。"(第696页)小说并未交代埃尔茜的死因，但读者根据以上细节不难推断，肯尼思的恐惧与埃尔茜之死有关。埃尔茜的过世或许与他意欲过上理想的幸福生活而永久性地摆脱埃尔茜的控制相关。小说的道德和情感维度在此得到揭示，肯尼思最终并未出现。

小说的开放式结尾暗示，华顿期待读者自行评判相关人物的行为。阿什比夫人的话暗示她本人对此也负有责任，不过她将勇于接受读者的评判。"阿什比夫人退后几步，挺直了身子，颇有英雄气概。'肯尼思自己会解释。'她的声音坚强有力。夏洛特沉默不语，老女人继续说，'不过，咱们得行动起来；咱们得报警。就现在，一会儿也不能耽误。咱们得全力以

① Wharton, Edith. "Pomegranate Seed". *Collected Stories: 1911-1937*. Ed. Maureen Howard. New York: The Library of America, 2001. 678-709, p. 681. 下文引用该作品时直接在文中标注页码，不再另注。

赴——全力以赴。'"(第708页)小说留下的悬念不仅为夏洛特出了难题，也挑战了读者的判断力。华顿期待读者根据以上细节理解小说主旨并产生共鸣，对她而言，这远比告知读者故事的来龙去脉更有趣味性。如前所述，《试金石》中，奥冰夫人著有《石榴籽》。两部作品均关涉道德评判，只是同情的对象有所不同。《试金石》中，奥冰夫人的慷慨真诚和不幸遭遇，赢得阿莱克萨的欣赏和同情。《石榴籽》中，肯尼思的隐忍和矛盾与阿什比夫人的内心矛盾，很难不令读者为之感到同情。华顿的另一短篇《圣灵日》("All Souls"，1937)的出版也曾经历了《石榴籽》的遭遇。文学编辑埃里克·S. 平克尔(Eric S. Pinker)曾要求华顿修改《圣灵日》的情节，华顿修改短篇后将之称为"专为杂志白痴读者所用"。[①] 其中的反讽意味不言而喻。华顿反对迎合大众趣味的书写，她认为作品的思想性会因此大打折扣。

华顿重视小说出版细节，还体现在她选择小说书名一事上。在小说《树之果》(*The Fruit of the Tree*，1907)出版之际，华顿发现威廉·泰金冒斯·肖尔(William Teignmouth Shore)的同名小说由胡金生出版社(Hutchinson)于1906年出版，于是致信向麦克米伦表明自己的担忧。麦克米伦这样答复道："这个书名很贴切，放弃该书名会很遗憾，而且，一本书连载时用一个书名，出书时换成另一个书名，这个错误会非常严重。泰金冒斯·肖尔的胡金生出版社承诺说，他不会反对您用《树之果》这个书名。"[②]可见，华顿有意识地维护自己小说的权益至关重要。再如，华顿发现吉普林(Kipling)的法国前线系列报道文章名为《战争中的法国》(*France at War*)后立即联系麦克米伦，表明该书和自己的书同名，"这个书名经斯克里布纳先生允许而定，早在2个月前已在美国宣布；吉普林先生大概不愿采用他人已经用过的书名——尤其因为我觉得我的书会先于他的书出版。"[③]在亨利·詹姆斯的建议下，该书后来更名为《战争中的法国：从敦刻尔克到贝尔福特》(*Fighting France*：*From Dunkerque to Belfort*)。吉普林

---

① Balestra, Gianfranca. " 'For the Use of the Magazine Morons': Edith Wharton Rewrites the Tale of the Fantastic". *Studies in Short Fiction* 33.1 (1996): 13-24. *Ebsco*. Web. 2014-12-15, p. 21.

② 麦克米伦1906年12月10日的信件(Towheed, *The Correspondence of Edith Wharton and Macmillan*, *1901-1930*, p. 96)。

③ Towheed, *The Correspondence of Edith Wharton and Macmillan*, *1901-1930*, pp. 162-163.

的书于1915年10月初出版，华顿的书则在一个月后出版。[①] 两个作家的作品先后在短时间内出版，两部书如果冠以同名，读者的确会感到困惑。华顿更改书名后，书的主题得到进一步凸显。

不过，当出版社质疑华顿小说《国家的习俗》的书名时，[②] 她坚持自己的观点。华顿在信中这样解释道：

> 感谢您询问《国家的习俗》的书名——确实很不幸，但是弗雷泽夫人(Fraser)的书至少于十年前出版，而且内容完全不同，我想，假如我保留这个书名，是否会给售书造成困惑或危害呢？当然，我绝对有权这样做，这个书名“属于公共领域”，而且博蒙特(Beaumont)与弗莱彻(Fletcher)(他们不是[书名的]创始者吗？——不是，我认为后来的剧作家才是[书名的]创始者)，不会因为我们的盗用而感到不安！——无论怎样，谢谢您提议给小说取名为《醒来》(*The Wake*)，或许我不得不用这个书名来替代旧书名。[③]

华顿坚持自己的观点，捍卫自己的权利，因为“国家的习俗”这一书名可以准确地反映其创作主题。华顿有意识地维护自己的作品，不仅体现在命名小说上，还体现在她关注书籍装帧等细节上。

华顿对出版细节的重视，还反映在她关注作品的装帧上。《伊坦·弗洛美》出版后，华顿就该书封皮的颜色设计以及封面纸质向麦克米伦表示不满，她明确要求该出版社在出版《暗礁》时要采用“更简单的风格”，“我不明白为什么小说就一定要比其他形式的文学作品包装得更华丽”。[④] 再如，《步入成人世界》(*The Valley of Childish Things*)出版后，她给威廉·C. 布劳内尔致信表示愤怒：

> 我无法形容我的愤怒。第一，题目的字体应该比现在的大三

① Towheed, *The Correspondence of Edith Wharton and Macmillan, 1901-1930*, p. 163.

② “《国家的习俗》是约翰·弗莱彻(John Fletcher)和菲利普·马辛杰(Philip Massinger)1620年左右写的剧本，内容尤其低级下流。”(Wharton, *The Letters of Edith Wharton*, p. 264.)

③ Wharton, *The Letters of Edith Wharton*, p. 263.

④ Towheed, *The Correspondence of Edith Wharton and Macmillan, 1901-1930*, p. 139.

> 倍。第二，引文部分的问题。引文是全书的中心句，应该和题目完全分开，用较小字号的斜体表示。第三，我用红笔标注的地方，应该有装饰设计(我忘记专业术语怎么说了)。第四，题目那页显得很普通，似乎用一半红色字体比全黑字体更美观。①

华顿注重严谨，她认为作品内容应与作品装帧设计相对应。"您说您感觉书的篇幅不应超过12万字；可是，即便如此，选择这么小的纸张是否是个失误？我觉得至少应该征求我的意见。我认为，这本书的'外观制作'和故事风格不符，和篇幅也不符。"②可以说，华顿将其创作视为生命的一部分，书的外表设计对她也同样重要。纸张尺寸、字体大小和装帧设计是否美观，是否符合阅读需求，这些都是华顿综合考虑的因素。同时，华顿力图做到不卑不亢。在华顿看来，她在完成创作后是否受到足够重视和公平对待，直接决定了她的成就感。华顿对其作品创作和出版环节倾注了满腔热情，希望出版社在彻底理解其作品的基础上完成出版。华顿在其小说出版时，同样关注扉页献辞和插图等材料的选用。譬如，《欢乐之家》出版后，华顿认为该小说与《步入成人世界》不同，小说富含道德寓意，不能像《步入成人世界》那样只选用诗歌作它的扉页献辞。此外，华顿后悔自己出版《欢乐之家》时使用了插图："我甚至沦落到允许他们把插图放入书中(《欢乐之家》)——哦，我真希望自己当时没有那样做！——我从未想过在封面上附上一句话。"③华顿不仅关注其作品的出版细节，而且还注重与出版社进行有效的交流。

华顿亲自关注作品在英美两国的出版情况，并不轻信斯克里布纳氏出版社提供的销量数额。《伊坦·弗洛美》于1911年9月出版后，斯克里布纳氏出版社在两个月后(11月16日)告知她，小说共印6 000册，到写信的当天只售出4 200册；然而，华顿在11月22日给麦克米伦的信中这样写道："我希望《伊坦·弗洛美》在英国也像在美国这么畅销，它在美国出版几周后就'脱销了'。"④这说明华顿了解《伊坦·弗洛美》在美国很畅销的事实，同时她也希望该小说在英国有市场。那么，斯克里布纳氏出版社与华顿提

① Wharton, *The Letters of Edith Wharton*, pp. 47-48.

② Wharton, *The Letters of Edith Wharton*, p. 48.

③ Wharton, *The Letters of Edith Wharton*, p. 94.

④ Towheed, *The Correspondence of Edith Wharton and Macmillan, 1901-1930*, p. 134.

供的信息究竟哪个更可信？沙浮夸特·托希德的观点是，华顿在11月27日写给查尔斯·斯克里布纳的信中表示，她对作品的销路感到失望。这里提到的三个日期尤为关键：11月16日，斯克里布纳发电报告知华顿小说的销售情况；11月22日，华顿告知麦克米伦该小说在美国脱销；11月27日，华顿对小说的销路表示失望。华顿在11月27日写给斯克里布纳的信中，具体描述了她对小说销量的认识：

> 我对您谈及的售出册数感到困惑。您说您写信的当天，小说售出4 200册。我有十几个纽约和波士顿朋友来信说(发信日期是11月1日)，小说的第一版当时已经脱销，这本书到处都买不到。我以为您一定印了5 000册，所以您给的数字自然让我感到很惊讶。第一版到底印了多少册？——从书评和我不断收到的私人信件来看，《伊坦·弗洛美》要比《欢乐之家》更受欢迎，也更畅销，这个印象那天也得到我朋友的确认。她大概11月1日出国，她说她试图在布伦塔诺(Brentano's)买这本书，但被告知该书已脱销，而且今年秋天出版的小说当中，没有其他小说像这本小说这么抢手。——您应该能理解我为什么会对您提供的数字以及您没有提及出第二版感到惊讶。①

如华顿在给查尔斯·斯克里布纳的信件中所说，朋友提供的该书的出版信息与出版社提供的有出入。华顿选择相信朋友而不是出版社，表明她质疑出版社的做法。华顿在给麦克米伦的通信中告知小说在美国畅销，便不难理解。华顿在给麦克米伦的信中没有提及她与斯克里布纳氏出版社之前沟通过，应是出于职业考虑。假如不通读以上这封信，读者会误以为华顿的《伊坦·弗洛美》在美国不畅销，而且会认为华顿没有向麦克米伦交代实情，会以为她企图利用麦克米伦为其小说在英国找到市场。而根据沙浮夸特·托希德的看法，“华顿对《伊坦·弗洛美》的相对失望的销量的即时反应就是，暂时从斯克里布纳氏出版社转到阿普尔顿出版社，这一变动在1919年后成为她永久性的做法。华顿指责斯克里布纳氏出版社没有充分宣

① Wharton, *The Letters of Edith Wharton*, pp. 262-263.

传《伊坦·弗洛美》。”[①]托希德认为华顿无端指责出版社没有做好小说宣传工作，然而如华顿在以上书信中所写，她只是质疑斯克里布纳氏出版社提供的《伊坦·弗洛美》的印数。事实上，这封信的内容表明华顿与斯克里布纳氏出版社之间存在信任危机。

华顿关注其小说在评论界的接受情况，勇于指出评论有失公允的地方。《战争中的法国：从敦刻尔克到贝尔福特》一书同时在英美两国出版，英国有评论指出，华顿未向读者交代她亲临战场。然而，这与事实不符。华顿在给麦克米伦的信中写道：

> 信中我还指出，《泰晤士报文学副刊》宣传这本书的文章是低调陈述，文章说我一直在“后方”。我有好几次都亲临第一战壕，离德军只有几米远——都可以被狙击手击毙！——我在前线那时，多次前往女性从未涉足的地方。我为了写这些报道，几次专门奔赴前线，都得到了乔夫(Joffre)将军的特许。[②]

华顿在给麦克米伦的信中还补充说：“我去过五次前线，而这篇文章给人的感觉是，我到那里只是匆匆一瞥。——我自然非常愿意让自己的书在英国卖得好些，我想会这样——从读者接受那些文章的情况来判断，的确如此——假如再加强广告宣传，也会是同样效果。——我非常希望这本书能对我成功组织抗战募捐活动有所帮助。”[③]华顿在《斯克里布纳氏杂志》中发表了自己的前线经历文章，这些文章被收入《战争中的法国：从敦刻尔克到贝尔福特》。华顿在一战期间成立了佛兰德斯儿童救助委员会(Children of Flanders Rescue Committee)，在巴黎和诺曼底海岸之间建立了六个避难所，为儿童组织公益性课程讲授活动，还为750名左右佛兰德斯儿童提供医疗救助，他们当中多数患结核病；委员会组织了义演和画展；华顿还组织包括豪威尔斯、亨利·詹姆斯、哈代等在内的作家编写了《无家可归者之书》(*The Book of the Homeless*, 1916)，该书在英美两国同时出版，

① Towheed, *The Correspondence of Edith Wharton and Macmillan*, *1901-1930*, p. 136.

② Towheed, *The Correspondence of Edith Wharton and Macmillan*, *1901-1930*, pp. 167-168.

③ Towheed, *The Correspondence of Edith Wharton and Macmillan*, *1901-1930*, p. 170.

其中在美国出版的书所得的稿酬约8000美元，画作义卖活动所得的收入约7000美元，这些收入均被用于医疗救助。[①]《无家可归者之书》在英国出版后，华顿向麦克米伦提议，希望英法大书店张贴告示，并宣传该书的慈善目的以增加销量。她甚至亲自设计了书店门口的宣传牌，不过麦克米伦认为"先售书、后退货"的做法行不通。[②]

华顿与斯克里布纳氏出版社交涉其短篇集出版事宜的同时，善于提出合理要求，确保她在篇目选择上的主动性。斯克里布纳氏出版社表示，出版华顿的短篇集的前提条件是她需在杂志上发表作品。她在给伯林盖姆的回信中这样回应道：

> 我同意您的看法，在出版短篇集前，我至少应该在杂志上发表两个短篇。我好久没有发表短篇了，而且假如短篇迟迟没有发表，短篇集也必须耐心等待出版。——我提供的单子上的那些短篇，都没在其他杂志上发表过；事实上，我只给您投过稿，您当然可以选择发表哪些短篇，假如我能及时完成其余短篇的话。[③]

华顿同意采纳伯林盖姆的建议，在她的短篇集出版前应发表更多作品。她在上述信中颇有策略地指出，她一方面有创作动力，一方面希望该出版社的杂志发表其短篇作品。她还表明，出版社计划出版短篇集的时间，取决于出版社是否能如期发表她的两个短篇。同时，华顿在选择出版篇目上掌握主动权。她在信中表示，早期作品"'我是在呼声最高时写成的'，《生活的圆满》("The Fullness of Life")发出了长长一声尖叫。——我可能不会写出更优秀的作品，但至少我希望能写得更低调些，我恐怕早期作品的那种声音会淹没其他声音：出于这一考虑，我不愿把这些作品收入短篇集"。[④]华顿认为，短篇集出版后将证明她是怎样的作家。如前所述，华顿关注作品的宣传效果。她在给威廉·C. 布劳内尔的信中指出，斯克里布纳氏出版

---

① Howard, Maureen. "Chronology." *Collected Stories: 1911-1937.* Ed. Maureen Howard. New York: The Library of America, 2001. 823-841, pp. 835-836.

② Towheed, *The Correspondence of Edith Wharton and Macmillan, 1901-1930*, pp. 175-177.

③ Wharton, *The Letters of Edith Wharton*, p. 36.

④ Wharton, *The Letters of Edith Wharton*, p. 36.

社没有公正地对待她的短篇集《更大的倾向》。“您要原谅我这么说，我认为在短篇集《更大的倾向》的宣传上，我没有受到公正的对待。”[①]她列举大量证据后指出，她的短篇集在出版后受到广泛好评，如《纽约时报》(*The New York Times*)等报刊均对短篇集表示赞赏。此外，英国出版社在短篇集出版两周后还购买了版权。在这一阶段，华顿并不满足于仅仅出版作品集，她认为作家的自主性尤为重要。

华顿认为，出版社应尊重作家的创作节奏。1900 年，她在给威廉·C. 布劳内尔的信中，为自己没能及时完成短篇创作表示歉意，但她坚持遵循自己的写作节奏。华顿解释说自己当时刚开始创作《步入成人世界》，无法忽视这种创作冲动。“我非常抱歉，但这对我来说同样出乎意料，《步入成人世界》写得很快，进展非常顺利，即便我能放弃不写，也不想现在放弃。”[②]同年 11 月，华顿再次给布劳内尔致信说明，她完成四万字的《步入成人世界》创作后，感到灵感枯竭，随即转而写短篇，“换换环境，让我立刻精神焕发”。[③] 华顿希望她的短篇集于第二年 2 月出版，这样不会影响 6 月份出版《步入成人世界》。尽管华顿未能如期完成短篇创作，未能促使她的短篇集按时出版，但她坚持听从创作灵感，保持自己的创作节奏。华顿与出版社交涉时表明，出版社应遵从作家的创作规律。遵从创作规律对华顿的后续创作显然有所帮助，“我近一个月没能碰《步入成人世界》，我对小说结尾没那么自信，不过经过一段时间的休整后，我总会发现自己的精力更充沛，可以继续开展被中止的工作”。[④]

华顿希望出版社尊重自己的创作节奏，而且她并不隐瞒自己争取应得权益的事实。华顿原计划 1916 年春完成《文学》书稿，但由于当时一战仍在进行，她无法按时完成小说创作。她给斯克里布纳的信中写道：“我可以提个建议吗？在接下来的六个月内，我给您四到五个短篇，它们不完全是战争故事，而是与战争相关的故事。”[⑤]这里所指的作品是《夏天》(*Summer*)以及华顿写的其他短篇，但出版社当时坚持要求华顿先完成《文学》。最终，华顿将《伊坦·弗洛美》的姊妹篇小说《夏天》的连载权给了《麦克卢尔

① Wharton, *The Letters of Edith Wharton*, p. 37.

② Wharton, *The Letters of Edith Wharton*, p. 42.

③ Wharton, *The Letters of Edith Wharton*, p. 43.

④ Wharton, *The Letters of Edith Wharton*, p. 43.

⑤ Wharton, *The Letters of Edith Wharton*, p. 357.

氏杂志》。1917 年 1 月，华顿向斯克里布纳解释了她这样做的原因：

> ……我寄给你们《夏天》和同时写的一个短篇时，您写信说，好长时间之内你们没有版面发表这两部作品，而且，您希望等我在战争结束后完成《文学》这本小说。所以，我接受了阿普尔顿出版社提出的长期约定，以上提到的作品不仅在该出版社旗下的一个杂志上连载，也由该出版社出书，他们提供的条件非常丰厚，考虑到您拒绝连载以上作品，我认为我没有理由拒绝阿普尔顿出版社。①

事实上，华顿努力满足她与斯克里布纳氏出版社之前商定的《文学》的交稿日期，但她希望出版社了解她的创作环境。关于推迟完成《文学》的原因，华顿这样向斯克里布纳氏出版社解释说：

> 我刚摆脱战争带来的焦虑，开始思考是否可能忘掉让所有小说家备受折磨的问题："书里的相关冒险经历，发生在战前还是战后？"回答这一问题非常困难：假如这些经历发生在战前，我似乎忘记了人们的感受和观点。假如我没有发现自己认识的所有小说家都陷入同一困境，那我应该为自己的犹豫感到惭愧。或许不久之后，我们都会找到某个角度；但目前大众抵制战争小说，作为作者，我又很难想象战前的情形，我真的很困惑。②

如前所述，华顿在战争期间不仅从事创作，而且参加并组织救援比利时难民等活动。她经历时间点上的困惑，推迟交稿在情理之中。华顿最终没有授权斯克里布纳小说的连载权和出版权，主要因为后者无法接纳她的创作节奏。相比之下，阿普尔顿出版社更能理解华顿的创作困境。

华顿善于掌握其创作及出版的主动权。她与伯林盖姆交涉有关《国家的习俗》的出版情况时指出，假如伯林盖姆接受她提出的连载日期，她将按时提交书稿，否则她将调整写作安排。"假如伯林盖姆无法做到，我就

---

① Wharton, *The Letters of Edith Wharton*, p. 387.

② Wharton, *The Letters of Edith Wharton*, p. 425.

没有足够动力固定一个时间交稿，我暂时把《国家的习俗》放一边，希望先完成另一部作品。”[①]小说的连载日期之所以对华顿很重要，是因为她希望自己的劳动成果能够得到及时回报。这与之前她答复出版社时提出的要求类似，华顿的要求有理有据，再次印证了她的自主意识。

华顿深知女性作者发表文学评论的困难，在她取得一定文学成就前，这种情况更是如此。譬如，她曾求助于威廉·迪安·豪威尔斯推荐其文章。在给豪威尔斯的信中，华顿表示愿意为菲利普斯(Phillips)、克劳福德(Crawford)及大阿纽恩兹奥(d'Annunzio)的著作写书评。同时，她在信中表示，希望豪威尔斯能向《北美评论》推荐她的评论文章："我想过把这篇文章投给《北美评论》，但我不认识哈维(Harvey)先生，我不太确定他是否会屈尊接受一个女人写的戏剧评论文章，我冒险乞求您和他取得间接联系，不知您是否可以把我的建议转给他，假如您认为这篇文章可以接受的话。”[②]这一阶段的华顿尚未成名，上述引文表明，她深知文学界存在性别歧视现象。豪威尔斯与出版界交往甚广，华顿请豪威尔斯引荐，无疑会有助于她顺利发表评论文章。“我提前这样建议，因为我得节省力气，除非这篇文章能刊登在《北美评论》上，否则不可能写成。”[③]值得指出的是，华顿注重评论文章的选题及质量，如上所述，她希望豪威尔斯能客观地评论她的文章。

华顿根据对朋友的了解，秉持客观公正的原则向出版社推荐撰稿人。麦克米伦出版社的编辑曾请华顿写一本法国方面的书，她推荐了朋友莫顿·富勒顿。她指出，富勒顿在《国家评论》(*National Review*)上发表了《法国的政府危机》("The Crisis of the State in France")一文。同时，她指出亨利·詹姆斯是富勒顿的密友。诚然，她负责任地声明，自己并不了解詹姆斯是否愿意确认富勒顿有能力完成该书的撰写工作。华顿在与出版社的交往中，注重遵循客观和透明性原则。需要指出的是，尽管华顿在创作后期由于客观原因与斯克里布纳氏出版社终止了合作关系，但是她对该出版社牵线搭桥为詹姆斯提供了及时援助心怀感激。

如前所述，詹姆斯对外界的评论极为敏感，对他所熟悉的女性同行的

① Wharton, *The Letters of Edith Wharton*, p. 263. 华顿计划先完成的这部小说是《暗礁》。

② Wharton, *The Letters of Edith Wharton*, p. 62.

③ Wharton, *The Letters of Edith Wharton*, p. 62.

评论更是如此。女性作家在文学市场上取得成功，无形中会导致詹姆斯产生焦虑心理，詹姆斯与康丝坦斯·费尼莫尔·伍尔森的交往便是一例。伍尔森曾对詹姆斯说，她经常需要誊写稿件。詹姆斯回应道："哦，我从不用誊写稿件。"詹姆斯见伍尔森小姐沉默不语，便接着说："你觉得我的作品是誊写出来的，对吗？也许誊写得还不止一次？"[①]詹姆斯的敏感心理由此可见。他对大众的评论比较敏感，在他与成功女作家谈论文学市场话题时表现得更明显。伍尔森对此深有体会，她与詹姆斯提及自己的小说《安》(*Anne*)时说，哈珀氏出版社要支付双倍稿酬，但她马上懊悔不已，急忙向詹姆斯解释道：

> 我的长篇小说目前和以后得到的所有稿酬，可能都不及您的第一部小说或篇幅最短的小说的稿酬的一半。理应如此。即便我的一个短篇更"畅销"(我并不指望如此)，也无法改变一个事实：我最优秀的作品也无法企及您的第一部或最不受欢迎的作品。和您的作品相比，我的作品粗制滥造。完全是另一个档次，不可同日而语。请您相信我，我有自知之明。[②]

伍尔森小姐表示谦虚，一再强调自己的作品质量远不及詹姆斯，侧面映现出詹姆斯的焦虑心理。华顿深知詹姆斯天性敏感，她发现詹姆斯深陷困境后采取了间接支援的方式。如前所述，华顿通过出版社将自己的部分稿费转给詹姆斯，使后者不受经济拮据和精神打击的影响，进而能够正常从事创作。

华顿在创作过程中对詹姆斯的创作和出版也给予热切关注。詹姆斯后期创作的小说不受大众欢迎，其创作积极性受到一定挫伤。詹姆斯当时年事已高，身体每况愈下，生活困窘不堪。华顿希望为詹姆斯提供援助，但不希望他受到伤害，便通过出版社间接表达她的关心。她将自己的一部分稿费交给斯克里布纳氏出版社，由后者以预付稿酬的名义转给詹姆斯。

---

① Edel, *Henry James: A Life*, p. 297.

② Rioux, Anne Boyd. *Constance Fenimore Woolson: Portrait of a Lady Novelist*. New York: Norton, 2016, pp. 151-152.

> 该计划先于詹姆斯的生日好几个月开始筹划。前年夏天，伊迪丝·华顿在英国拜访过詹姆斯，她确信，经济上的焦虑影响了詹姆斯的创作。她写信给查尔斯·斯克里布纳，让出版社为詹姆斯的下一本小说预支8千美元稿酬，出版社与詹姆斯签合同后，可由华顿为詹姆斯支付一半稿酬。这笔交易成功完成。斯克里布纳附上詹姆斯4月3日的信，詹姆斯收到出版社为其小说《象牙塔》预支的稿酬4千美元支票，不算代理的报酬在内，他"表示十分感激"。"我们邪恶的计划成功实现，"斯克里布纳这样告知华顿，"我感到自己特别卑鄙，特别无耻，一辈子都会有这种感觉。请您永远不要泄密。"①

华顿通过查尔斯·斯克里布纳间接救济亨利·詹姆斯，无异于雪中送炭，应该说极大地鼓舞了詹姆斯。华顿对出版社表示感激，她在给查尔斯·斯克里布纳的信中这样写道："谢谢您寄来詹姆斯的信件，您非常善解人意，很高兴这个计划能彻底取得成功，特别感激您所做的一切……詹姆斯先生的状态似乎好了很多，听说他非常热情地提起他正在写的小说。"②

华顿不仅在选择出版社方面更具自主性，而且高度重视作品的质量而不是宣传。譬如，她反对成为公众人物。1928年，摄制组邀请华顿参加宣传知名女性的纪录片《女性继续前进》("Woman Marches On")的录制，但遭到她的拒绝。"我必须承认，对我来说，把我和那些将在这个系列节目里宣传的女性关联在一起，不是很高的荣誉。"③华顿始终认为，人们对她的认识应基于她的作品，而不是她的形象。这与她和出版社在发表其作品的过程中所反映出的创作理念一脉相承，华顿并不希望哗众取宠。相反，她希望出版社能正确引导读者阅读并理解她的作品。借助她的照片进行宣传或曲解其创作旨意只能误导读者。华顿从最初寻找自信、立志当作家，到形成自己的文学观和文学市场观，并最终完成作家身份建构，走出了自己的道路。华顿与19世纪女性作家有所不同，她既不是为满足生计所需而创作，也无意通过写作进行道德说教。索弗(Sofer)说："内战后女性作家

---

① Wharton, *The Letters of Edith Wharton*, p. 300. 着重号为原文所有。

② Wharton, *The Letters of Edith Wharton*, p. 300. 着重号为原文所有。

③ Wharton, *The Letters of Edith Wharton*, p. 515.

与文学市场的关系特别复杂：一方面，她们成为作家是出于道德和经济需求；另一方面，她们拒绝接受内战前将女性视为'面包加黄油'的作家的看法，她们认同高雅文化的观点，认为艺术的精湛与通俗性如果不是互不相容的关系，那么两者是不稳定的同伴关系。"[①]与19世纪一些女性作家相比，华顿更加游刃有余，与出版社朋友保持讲原则的合作关系。

华顿在创作早期受到鼓舞，与《斯克里布纳氏杂志》编辑发表其诗作分不开。她不仅能产出优秀作品，而且善于处理其出版事宜。譬如，华顿的成名作《欢乐之家》为其奠定了文学地位，但她反对出版社以哗众取宠的方式宣传小说。华顿在与出版社交往的过程中不卑不亢，遵循自主创作原则，勇于发表对出版社的评论。例如，在出版社因小说主题不符合道德规范而拒绝出版某些作品时，华顿指出该做法不明智。她尽最大可能保护其创作和出版过程不受干扰，并尽力争取自己身为作者的应得利益。华顿在创作的同时积极参与管理其作品的出版事宜，充分体现了她的主体性。她强调出版社应尊重作家的创作节奏，并重视其小说出版的各个细节，还亲自关注其作品在英美两国的出版情况。

本章分析比较了詹姆斯和华顿与出版社的交集。詹姆斯与华顿早期的作家身份建构，与出版人的提携、他们各自对自主创作和出版原则的坚持，以及两人之间的相互扶持密不可分。所不同的是，华顿除了从事文学和文学评论创作，还克服了性别偏见等障碍。她赞成出版社宣传其小说，但反对它们误导读者消费其女性作家身份。詹姆斯与华顿在出版其作品方面，均坚守其文学创作的自主性，尽管他们都受到文学市场的限制，比如他们在一些作品的书名选定或情节设计等方面被迫接受出版社的决定。不过，他们也设法在小说中融入反讽性的内容，期待读者捕捉到其中的寓意。与詹姆斯相比，华顿市场意识更强，也能够更加积极主动地交涉相关的出版事宜。

---

① Sofer, Naomi Z. " 'Carry[ing] a Yankee Girl to Glory': Redefining Female Authorship in the Postbellum United States". *American Literature* 75.1 (2003): 31-60. *Ebsco*. Web. 2011-09-05, pp. 44-45.

结　语

亨利·詹姆斯生活在重商轻文的时代，他在父亲的影响下选择从事创作，这是他传承坚定的艺术信念的体现。青年时期的詹姆斯受父亲影响，体悟到文学的力量，认识到个体的自由发展能够促进人格培养：

> 我们要做的是仅仅成为某种人，与具体做什么没有关系，成为某种自由的、无须承诺的人，总之，要比成为其他任何一种人所包含的内容更加精美。"艺术事业"反复在充满焦虑的人群或者权威人士口中遭到强烈反对和谴责，他们说它背离了商业的事业发展，背离了工业和体面的所谓正常生活的发展，但或许从未有人因为艺术事业没有像它所宣称的那样用不同的方式升华精神而反对它。[①]

在詹姆斯看来，个体"成为"怎样的人，要胜于"做什么"。他笔下不乏崇拜"做"的人物，他们或主宰文学期刊，或觊觎作家的声誉，或自封权威阐释者，或设法捕获名家。这些"权威人士"忧心忡忡地追名逐利，时刻不忘以"体面"的名义为其言行的合法性辩护，甚或指责追求"艺术事业"的作家或批评家。然而，即便这些操控话语权的人士有权界定"体面"，也很难劝阻艺术家放弃他们"升华精神"的追求。对詹姆斯而言，"生活中没有什么能比精神上的体面更重要"。[②] 而且，艺术家的表达方式也是其行为和生活的

---

① James, *Notes of a Son and Brother*, p. 286. 着重号为原文所有。

② Bosanquet, Theodora. *Henry James at Work*. Ed. Lyall H. Powers. Ann Arbor: U of Michigan P, 2006, p. 57.

内容。艺术家眼里的成功意味着能够始终不渝地承担起自己的责任并坚持自主创作，而这显然与宣扬世俗成功的做法相悖。詹姆斯在《金碗》序言中这样论述道：

> 艺术家不和他的种种价值断绝关系，不放弃他的种种"重要性"，这完全取决于他本人。为了保持行为的传统而并不与之分离，他只需感到他是并非与之分离的；整个关系和责任之链就由他的轻轻的笔触重新建立起来。因此，如果他始终不停地行事，按照他自己的方式来衡量，他就几乎不可能成功。①

与詹姆斯相比，华顿步入文坛不得不克服旧纽约社会的保守性别规范的束缚。她在成为詹姆斯的"内部圈子"的一员以及能够与詹姆斯平等交流文学创作之前，曾内化父权文化价值观，多少反映出其建构作家身份的不易。华顿与詹姆斯最初有两次邂逅，对此她印象深刻，当时她精心装扮自己，以吸引詹姆斯的注意力。② 华顿深知年轻女性挣脱父权社会束缚的艰难，因为一方面她们像《纯真年代》中所描写的旧纽约社会的产物一样，由男性权威掌握的"得体"(form)和"家族"(family)③规范主宰其生活，另一方面还受到内化父权文化价值观的女性前辈的训诫。这些"得体"和"家族"规范，不过是伪善的群体试图维持旧纽约社会所谓的体面和尊严的借口。这些权威人物试图将女性禁锢在这些规范之内，否认她们是有思想的个体。19世纪的女性要想成为作家，首先不得不论证其阅读和写作的合法性。青年时代的华顿像那个时代的多数女性一样没有博览群书的自由，在尝试创作的过程中也频频遭到奚落。华顿能够以其写作成果获得认可，与她挑战父权文化价值观的勇气、追求艺术事业的执着以及志同道合的友人的鼓励、支持和帮助密不可分。譬如，华顿的成名作《欢乐之家》是她在为满足杂志的小说连载截止日期的情况下完成的，这不仅增强了她的自信心，而且培养了她的写作习惯。④

詹姆斯与华顿的作家职业选择主题作品，反映了他们在再现作家人物

---

① 亨利·詹姆斯：《小说的艺术：亨利·詹姆斯文论选》，第362—363页。

② Wharton, *A Backward Glance*, pp. 171-173.

③ 伊迪丝·华顿：《纯真年代》，第6—7页。

④ Wharton, *A Backward Glance*, p. 208.

的小说创作与现实生活之间的矛盾时的不同。詹姆斯的作家职业选择主题作品中，作家主人公多为男性，女性人物多被男性作家视为缪斯，如《本福利奥》中的伯爵夫人和斯格拉斯迪克，再如《大师的教诲》中的玛丽安。华顿的作家职业选择主题作品中，女性作家或潜在的女性作家人物形象的主体性得到凸显，比如《缪斯的悲剧》中的安纳尔顿夫人，以及《试金石》中的奥冰夫人和阿莱克萨·特伦特。需要指出的是，这些女主人公的作家身份建构的实现，与一些男主人公所给予的理解和帮助密切相关。就社会性别而论，詹姆斯的男性作家人物多持有二元对立的女性观。相比之下，华顿的该主题的部分作品中，在一些男主人公的协助下，女性作家或潜在的女性作家主人公的文学才华、道德力量和人格魅力得以凸显。华顿的这些作品在再现男性作家主人公的成长过程中，既揭示出这些作家人物所面临的社会挑战，又呈现出一批积极引导男性人物进行自省的女性形象，如《哈德逊河斗拱建筑》与《众神来临》中的黑露。詹姆斯与华顿的作家主人公的私密空间深受社会生活侵蚀之害，他们的作品多传达出对作家人物的深切同情。华顿的主人公更倾向于寻求志同道合的朋友，如《缪斯的悲剧》中的丹叶斯与安纳尔顿夫人、《坟冢天使》中的保利娜与科尔比、《哈德逊河斗拱建筑》及《众神来临》中的万斯与黑露等，而詹姆斯的作品中鲜有共同维护作家私密空间的男女主人公形象。詹姆斯的这一主题作品的叙述者也多为男性，他塑造的女主人公多以文学消费者形象出现，她们给作家的创作制造了诸多障碍，如《私密生活》、《雄狮之死》与《真正正确的事情》中的女性人物。华顿的叙事倾向于聚焦个别人物，突出反映人物的心理活动，詹姆斯的小说则善于从家庭和社会角度观察人物的言行举止。

詹姆斯与华顿的创作与性别意识主题作品的对比分析表明，詹姆斯塑造的作家人物在共同遭受文学市场压力的情形下可以做到相互激励，但在作家因文学市场竞争而产生矛盾时，双方的创作与发展会受到一定制约。譬如，詹姆斯的短篇小说《折翼》中，男女艺术家主人公在遭遇有闲阶级消费其想象力时，逐步从竞争、排斥或隔阂走向合作。当詹姆斯塑造的作家主人公成为竞争对象时，男性作家主人公的性别和阶级偏见表现得较明显，女性作家主人公常被边缘化。例如，《格里维尔·费恩》与《天鹅绒手套》的女主人公费恩和埃米均取得市场成功，而前者中的第一人称叙述者与后者中的约翰·贝里奇分别主观臆断，贬低她们的文学成就，暴露出他们的性别和阶级偏见。詹姆斯的《其中的故事》主要揭示了男主人公沃特上校的男权思想与狭隘的艺术观，但值得指出的是，女主人公莫德的言行令她赢得狄奥特夫人的尊重，并促使后者实现道德成长。就女性作家形象塑造而言，华顿更关注她们所遭遇的性别偏见，其作品反映出的作家观和性别观表明，华顿主张男女之间应建立平等、和谐、互助的关系。华顿的《一个战争故事的创作过程》与《试金石》反映出女性之间相互理解和支持的积极作用，《缪斯的悲剧》、《试金石》、《哈德逊河斗拱建筑》及《众神来临》从不同角度揭示出男性作家主人公的性别偏见和道德上的怯懦，也反映出他们在女主人公的影响下实现道德成长并相应修订其性别偏见的可能性。

雅俗文学主题作品的剖析表明，詹姆斯与华顿对消费文学的群体持反讽和批判态度，两人均秉信平衡的雅俗文学观。詹姆斯与华顿的作品揭示出他们对文学消费群体的不齿，庸俗阐释者以发表评论文章和做讲座的形式抹杀作家的价值以及疯狂攫取各类资本的卑劣行径，均遭到詹姆斯和华顿的无情鞭挞。詹姆斯的作品倾向于将作家人物塑造成分别代表高雅文学与通俗文学的形象，如《格里维尔·费恩》中的第一人称叙述者与格里维尔·费恩，再如《下一次》中的拉尔夫与海默夫人。詹姆斯的第一人称叙事如《格里维尔·费恩》暴露出叙述者对费恩的不公对待，他利用话语权给费恩贴上通俗畅销作家的标签。另一方面，刊载在通俗刊物上的短篇，却也成功地表明雅俗文学之间有可能相互融合。譬如，华顿的《善会降临》既包括发人深省的新闻故事，又包括阐发美的诗作。再如，詹姆斯的《下一次》中，当主人公拉尔夫不再纠结于雅俗主题时，其创作却得到认可。詹姆斯与华顿的作家主人公遭到大众消费时，均会有志同道合的友人相助，如《约翰·德拉维》中的第一人称叙述者和德拉维小姐，或《传奇》中的伯纳德，以及《鑫谷》中的罗比夫人。然而，残酷的社会现实导致他们无法完全阻止文学名家被消费的行为，小说的悲观色彩和反讽意味蕴含其中。

詹姆斯与华顿在小说家标准与人物塑造方面大致持有相同理念，他们的作家与文学批评主题作品在褒扬尊重和热爱文学艺术的群体之时，鞭挞了唯利是图的群体的行为。此外，华顿对思想独立的有批评家潜质的女性表示赞赏。詹姆斯的《小说的艺术》与华顿的《小说创作》的共同点在于，他们强调小说应呈现真实感，作者细致精确的感知力和甄选细节的能力，决定小说是否会取得成功。在他们的笔下，那些真诚的并能直面现实的作家或批评家，最终均会取得他们所定义的成功。与华顿相比，詹姆斯更倾向于塑造男性作家或批评家形象。他笔下的作家或批评家，尤其是以第一人称叙述者身份出现的人物，多喜好美化自我，并缺乏深刻的反省意识和相应的行动能力。相比之下，华顿的人物形象塑造，多侧重女性的道德引领作用。尤其需要指出的是，在这些女主人公的影响下，那些有性别偏见的男主人公逐渐发生转变。詹姆斯与华顿分别在《悲剧缪斯神》、《哈德逊河斗拱建筑》及《众神来临》中描写了典型艺术家对生活的感悟，揭示出个体与社会以及物质与精神的关系。他们刻画的艺术家主人公，内心无不充满矛盾，但他们在艺术的吸引和精神导师的指引下，竭尽全力地忠于艺术事业，并勇于迎接各种挑战。

梳理并分析詹姆斯和华顿与出版人交往方面的异同，有助于揭示出他们的创作和出版理念。詹姆斯与华顿早期从事创作时，均受益于有着文学情怀的出版人，在这些出版人的鼓励和帮助下，他们不断推出脍炙人口的作品。随着文学日益市场化，詹姆斯与华顿勇于批判出版界迎合低级趣味的社会现象，有意识地维护作者的合法权益。在促成其作品出版的过程中，两人均表现出对主题把握、人物塑造、人名选用、字词和标点使用、装帧设计等方面的关注。华顿捍卫其作者权益，还体现在她与出版社有效交涉书名选择、小说翻译、出版社更换等问题上。此外，在对出版社宣传其作品建言献策方面，华顿更加积极主动。

詹姆斯与华顿的作家题材作品和文学批评论著内容丰富深邃，本研究仅尝试结合他们的作家题材作品、创作笔记、回忆录、书信及文学批评论著等，探索他们在文学观、文学批评观以及文学市场观上的异同，在理解和分析上难免存在谬误之处，恳请读者不吝批评指正。

参考文献

Acton, Carol. "Diverting the Gaze: The Unseen Text in Women's War Writing". *College Literature* 31. 2 (2004): 53-79. *Project Muse*. Web. 2012-04-05.

Allen, Elizabeth. *A Woman's Place in the Novels of Henry James*. London: Macmillan, 1984. Print.

Álvarez, Amorós José Antonio. "Relativism and the Expression of Value Judgments in Henry James's 'The Next Time' ". *Studies in Short Fiction* 34. 3 (1997): 271-287. *Ebsco*. Web. 2012-11-07.

Anesko, Michael. *"Friction with the Market": Henry James and the Profession of Authorship*. New York: Oxford UP, 1986. Print.

Armstrong, P. B. "Art and the Construction of Community in 'The Death of the Lion' ". *Henry James Review* 17. 2 (1996): 99-107. *Project Muse*. Web. 2012-11-07.

Attridge, John. " 'Human Expertness': Professionalism, Training, and the Prefaces to the New York Edition". *Henry James Review* 32. 1 (2011): 29-44. *Project Muse*. Web. 2014-12-15.

Auchincloss, Louis. *Edith Wharton: A Woman in Her Time*. New York: Viking, 1971. Print.

Baker, Jennifer J. "Science and Technology". *Ralph Waldo Emerson in Context*. Ed. Wesley T. Mott. Cambridge: Cambridge UP, 2014. 136-144. Print.

Balestra, Gianfranca. " 'For the Use of the Magazine Morons': Edith Wharton Rewrites the Tale of the Fantastic". *Studies in Short Fiction*

33. 1 (1996): 13-24. *Ebsco*. Web. 2014-12-15.

Banta, Martha. Introduction: Settling Down, Moving Up. *The Complete Letters of Henry James: 1876-1878*. Ed. Pierre A. Walker and Greg W. Zacharias. Vol 1. Lincoln: U of Nebraska P, 2012. xvii-lvi. Print.

Barrish, Philip. *American Literary Realism: Critical Theory and Intellectual Prestige, 1880-1995*. New York: Cambridge UP, 2001. Print.

Bauer, Dale. M. *Edith Wharton's Brave New Politics*. Madison: U of Wisconsin P, 1994. Print.

Baym, Nina. *Woman's Fiction: A Guide to Novels by and about Women in America, 1820-1870*. 2nd ed. Urbana: U of Illinois P, 1993. Print.

Bell, Millicent. *Edith Wharton & Henry James: The Story of Their Friendship*. New York: Braziller, 1965. Print.

—. Introduction. *The Complete Letters of Henry James: 1872-1876*. Ed. Pierre A. Walker and Greg W. Zacharias. Vol. 1. Lincoln: U of Nebraska P, 2008. xv-lvii. Print.

—. "Lady into Author: Edith Wharton and the House of Scribner". *American Quarterly* 9. 3 (1957): 295-315. *JSTOR*. Web. 2011-05-11.

Bennett, Andrew. *The Author*. London: Routledge, 2005. Print.

Benstock, Shari. *No Gifts From Chance: A Biography of Edith Wharton*. New York: Scribner's, 1994. Print.

Blackall, Jean Frantz. "Henry and Edith: 'The Velvet Glove' as an 'In' Joke". *Henry James Review* 7. 1 (1985): 21-25. *Project Muse*. Web. 2013-08-10.

Boland, Dorothy M. "Henry James's 'The Figure in the Carpet': A Fabric of the East". *Papers on Language & Literature* 13. 4 (1977): 424-429. *Ebsco*. Web. 2011-08-16.

Bosanquet, Theodora. *Henry James at Work*. Ed. Lyall H. Powers. Ann Arbor: U of Michigan P, 2006. Print.

Brittan, Lorna. "Edith Wharton's Alchemy of Publicity". *American Literature* 79. 4 (2007): 725-751. *Project Muse*. Web. 2011-05-10.

Brodhead, Richard H. *Cultures of Letters: Scenes of Reading and Writing in Nineteenth-century America*. Chicago: U of Chicago P, 1993. Print.

Bruccoli, Matthew J., ed. *The Profession of Authorship in America, 1800-1870: The Papers of William Charvat*. Columbus: Ohio State UP, 1968. Print.

Budd, Louis J. "The American Background". *The Cambridge Companion to American Realism and Naturalism: Howells to London*. Ed. Donald Pizer. Shanghai: Shanghai Foreign Language Education P, 2000. 21-46. Print.

Buell, Lawrence. *New England Literary Culture: from Revolution Through Renaissance*. Cambridge: Cambridge UP, 2008. Print.

Burke, Seán, ed. *Authorship: From Plato to the Postmodern: A Reader*. Edinburgh: Edinburgh UP, 2006. Print.

Cagidemetrio, Alide. "Henry James and the American Evolution of the Snob". *The American Bourgeoisie: Distinction and Identity in the Nineteenth Century*. Ed. Sven Beckert and Julia B. Rosenbaum. New York: Palgrave Macmillan, 2010. 45-61. Print.

Caramello, Charles. *Henry James, Gertrude Stein, and the Biographical Act*. Chapel Hill: U of North Carolina P, 1996. Print.

Cardinal, Agnès, Dorothy Goldman, and Judith Hattaway, eds. *Women's Writing on the First World War*. Oxford: Oxford UP, 1999. Print.

Chapman, Raymond. *Forms of Speech in Victorian Fiction*. London: Longman, 1994. Print.

Charvat, William. *Literary Publishing in America, 1790-1850*. Philadelphia: U of Pennsylvania P, 1959. Print.

Cikes, Ivana. "Portrait of the American Author: Photography and Identity in 19th Century and Early 20th Century American Literature". Diss. Brandeis U, 2011. *ProQuest*. Web. 2016-11-06.

Collister, Peter, ed. *Henry James on Art and Drama*. Vol. 2. Cambridge: Cambridge UP, 2016. Print.

Coulson, Victoria. *Henry James, Women and Realism*. Cambridge: Cambridge UP, 2007. Print.

Coultrap-McQuin, Susan. *Doing Literary Business: American Women Writers in the Nineteenth Century*. Chapel Hill: U of North Carolina P, 1990. Print.

Daugherty, Sarah B. *The Literary Criticism of Henry James*. Columbus: Ohio State UP, 1981. Print.

D' hoker, Elke. "Artist Stories of the 1890s". *Reconnecting Aestheticism and Modernism: Continuities, Revisions, Speculations*. Ed. Bénédicte Coste, Catherine Delyfer and Christine Reynier. New York: Routledge, 2017. 92-106. Print.

Diebel, Anne. " 'The Dreary Duty': Henry James, *The Yellow Book*, and Literary Personality". *Henry James Review* 32.1 (2011): 45-59. *Project Muse*. Web. 2016-10-06.

Dowling, David. *Literary Partnerships and the Marketplace: Writers and Mentors in Nineteenth-Century America*. Baton Rouge: Louisiana State UP, 2012. Print.

Drummond, Roy. "Work". *Henry James in Context*. Ed. David McWhirter. Cambridge: Cambridge UP, 2010. 389-399. Print.

Edwards, Rebecca. *New Spirits: Americans in the Gilded Age, 1865-1905*. New York: Oxford UP, 2006. Print.

Edel, Leon. *Henry James: A Life*. Cambridge: Harper & Row, 1985. Print.

Emerson, Ralph Waldo. "Compensation". *The Complete Essays and Other Writings of Ralph Waldo Emerson*. Ed. Brooks Atkinson. New York: Modern Library, 1950. 170-189. Print.

—. "Give All to Love". *The Complete Essays and Other Writings of Ralph Waldo Emerson*. Ed. Brooks Atkinson. New York: Modern Library, 1950. 773-775. Print.

Erlich, Gloria C. "The Female Conscience in Wharton's Shorter Fiction". *The Cambridge Companion to Edith Wharton*. Ed. Millicent Bell. Cambridge: Cambridge UP. 98-116. Print.

Evans, Brad. "Relating in Henry James". *Henry James Today*. Ed. John Carlos Rowe. Newcastle upon Tyne: Cambridge Scholars, 2014. 7-40. Print.

Francescato, Simone. *Collecting and Appreciating: Henry James and the Transformation of Aesthetics in the Age of Consumption*. New York: Peter Lang, 2010. Print.

Freedman, Jonathan. *Professions of Taste: Henry James, British Aestheticism, and Commodity Culture*. Stanford: Stanford UP, 1990. Print.

Gardner, Jared. *The Rise and Fall of Early American Magazine Culture*. Urbana: U of Illinois P, 2012. Print.

Gilmore, Michael T. *American Romanticism and the Marketplace*. Chicago: U of Chicago P, 1985. Print.

Goldsmith, Meredith. "Of Publicity, Prizes, and Prestige: The Middle-Zone of the Marketplace in *Hudson River Bracketed*". *American Literary Realism* 48.3 (2016): 232-250. *Project Muse*. Web. 2019-08-01.

Goodman, Susan. *Edith Wharton's Inner Circle*. Austin: U of Texas P, 1994. Print.

—. *Republic of Words: The Atlantic Monthly and Its Writers, 1857-1925*. Hanover: UP of New England, 2011. Print.

Gordon, Lyndall. *A Private Life of Henry James: Two Women and His Art*. New York: Norton, 1998. Print.

Gorra, Michael. *Portrait of a Novel: Henry James and the Making of an American Masterpiece*. New York: Liveright, 2012. Print.

Graham, Kenneth. *Henry James: A Literary Life*. New York: Palgrave Macmillan, 1995. Print.

Griffin, Dustin. *Authorship in the Long Eighteenth Century*. Newark: U of Delaware P, 2014. Print.

Haralson, Eric, and Kendall Johnson, eds. *Critical Companion to*

Henry James: a Literary Reference to His Life and Work. New York: Facts on File, 2009. Print.

Hawkins, Ann R., and Maura Ives, eds. *Women Writers and the Artifacts of Celebrity in the Long Nineteenth Century*. Farnham: Ashgate, 2012. Print.

Hayes, Kevin J. *Henry James: The Contemporary Reviews*. Cambridge: Cambridge UP, 1996. Print.

Herford, Oliver. *Henry James's Style of Retrospect: Late Personal Writings, 1890-1915*. Oxford: Oxford UP, 2016. Print.

Hoag, Gerald. "The Death of the Paper Lion". *Studies in Short Fiction* 12. 2 (1975): 163-172. *Ebsco*. Web. 2014-07-11.

Horner, Avril, and Janet Beer. *Edith Wharton: Sex, Satire and the Older Woman*. New York: Palgrave Macmillan, 2011. Print.

Howard, Maureen. "Chronology". *Collected Stories: 1911-1937*. Ed. Maureen Howard. New York: The Library of America, 2001. 823-841. Print.

Howells, William Dean. *Literature and Life Studies*. New York: Harper & Brothers, 1902. Print.

Hutchison, Hazel. *Seeing and Believing: Henry James and the Spiritual World*. New York: Palgrave Macmillan, 2006. Print.

Izzo, Donatella. *Portraying the Lady: Technologies of Gender in the Short Stories of Henry James*. Lincoln: U of Nebraska P, 2001. Print.

Jackson, Leon. *The Business of Letters: Authorial Economies in Antebellum America*. Stanford: Stanford UP, 2008. Print.

Jacobson, Marcia. *Henry James and the Mass Market*. Tuscaloosa: U of Alabama P, 1983. Print.

James, Henry. "Anthony Trollope". *Literary Criticism*. Ed. Leon Edel and Mark Wilson. Vol. 1. New York: The Library of America, 1984. 1330-1354. Print.

—. "The Art of Fiction". *Literary Criticism*. Ed. Leon Edel and Mark Wilson. Vol. 1. New York: The Library of America, 1984. 44-65.

Print.

—. *The Aspern Papers*. London: Penguin, 1994. Print.

—. "The Author of 'Beltraffio' ". *Complete Stories: 1874-1884*. Ed. William L. Vance. New York: The Library of America, 1999. 865-912. Print.

—. "Benvolio". *Complete Stories: 1874-1884*. Ed. William L. Vance. New York: The Library of America, 1999. 82-125. Print.

—. "Broken Wings". *Complete Stories: 1898-1910*. Ed. Denis Donoghue. New York: The Library of America, 1996. 326-344. Print.

—. *The Complete Letters of Henry James: 1855-1872*. Ed. Pierre A. Walker and Greg W. Zacharias. 2 Vols. Lincoln: U of Nebraska P, 2006. Print.

—. *The Complete Letters of Henry James: 1872-1876*. Ed. Pierre A. Walker and Greg W. Zacharias. 3 Vols. Lincoln: U of Nebraska P, 2008-2009. Print.

—. *The Complete Letters of Henry James: 1876-1878*. Ed. Pierre A. Walker and Greg W. Zacharias. 2 Vols. Lincoln: U of Nebraska P, 2012-2013. Print.

—. *The Complete Letters of Henry James: 1878-1880*. Ed. Pierre A. Walker and Greg W. Zacharias. Vol. 1. Lincoln: U of Nebraska P, 2014. Print.

—. *The Complete Notebooks of Henry James*. Ed. Leon Edel and Lyall H. Powers. New York: Oxford UP, 1987. Print.

—. "Constance Fenimore Woolson". *Literary Criticism*. Ed. Leon Edel and Mark Wilson. Vol. 1. New York: The Library of America, 1984. 639-649. Print.

—. "Correspondance de H. de Balzac, 1819-1850". *Literary Criticism*. Ed. Leon Edel and Mark Wilson. Vol. 2. New York: The Library of America, 1984. 68-90. Print.

—. "The Death of the Lion". *Complete Stories: 1892-1898*. Ed. David Bromwich and John Hollander. New York: The Library of America,

1996. 356-392. Print.

—. "Elizabeth Stoddard". *Literary Criticism*. Ed. Leon Edel and Mark Wilson. Vol. 1. New York: The Library of America, 1984. 614-617. Print.

—. "The Figure in the Carpet". *Complete Stories: 1892-1898*. Ed. David Bromwich and John Hollander. New York: The Library of America, 1996. 572-608. Print.

—. "The Great Good Place". *Complete Stories: 1898-1910*. Ed. Denis Donoghue. New York: The Library of America, 1996. 152-177. Print.

—. "Greville Fane". *Complete Stories: 1892-1898*. Ed. David Bromwich and John Hollander. New York: The Library of America, 1996. 217-233. Print.

—. "Gustave Flaubert". *Literary Criticism*. Ed. Leon Edel and Mark Wilson. Vol. 2. New York: The Library of America, 1984. 314-346. Print.

—. *Hawthorne*. *Literary Criticism*. Ed. Leon Edel and Mark Wilson. Vol. 1. New York: The Library of America, 1984. 319-448. Print.

—. Henry James to William Dean Howells. 19 Oct. [1886]. TS. Howells Papers, Houghton Lib., Cambridge.

—. Henry James to William James. Letters to William James. TS. Houghton Lib., Cambridge.

—. "Honoré de Balzac". *Literary Criticism*. Ed. Leon Edel and Mark Wilson. Vol. 2. New York: The Library of America, 1984. 31-67. Print.

—. "John Delavoy". *Complete Stories: 1898-1910*. Ed. Denis Donoghue. New York: The Library of America, 1996. 1-35. Print.

—. "The Journal of The Brothers De Goncourt". *Literary Criticism*. Ed. Leon Edel and Mark Wilson. Vol. 2. New York: The Library of America, 1984. 404-428. Print.

—. "The Lesson of Balzac". *Literary Criticism*. Ed. Leon Edel and Mark Wilson. Vol. 2. New York: The Library of America, 1984. 115-139. Print.

—. "The Lesson of the Master". *Complete Stories: 1884-1891*. Ed. Edward Said. New York: The Library of America, 1999. 544-606. Print.

—. "A Letter to Mr. Howells". *Literary Criticism*. Ed. Leon Edel and Mark Wilson. Vol. 1. New York: The Library of America, 1984. 506-510. Print.

—. "Louisa M. Alcott". *Literary Criticism*. Ed. Leon Edel and Mark Wilson. Vol. 1. New York: The Library of America, 1984. 189-195. Print.

—. "Matthew Arnold". *Literary Criticism*. Ed. Leon Edel and Mark Wilson. Vol. 1. New York: The Library of America, 1984. 711-731. Print.

—. "The Middle Years". *Complete Stories: 1892-1898*. Ed. David Bromwich and John Hollander. New York: The Library of America, 1996. 335-355. Print.

—. "Modern Women". *Literary Criticism*. Ed. Leon Edel and Mark Wilson. Vol. 1. New York: The Library of America, 1984. 19-25. Print.

—. "The Next Time". *Complete Stories: 1892-1898*. Ed. David Bromwich and John Hollander. New York: The Library of America, 1996. 486-524. Print.

—. *Notes of a Son and Brother*. *Autobiographies*. Ed. Philip Horne. New York: The Library of America, 2016. 251-570. Print.

—. "The Novels of George Eliot". *Literary Criticism*. Ed. Leon Edel and Mark Wilson. Vol. 1. New York: The Library of America, 1984. 912-933. Print.

—. *Other Autobiographical Writings*. Ed. Philip Horne. New York: The Library of America, 2016. 633-721. Print.

—. "Preface. *The Lesson of the Master*, *The Death of the Lion*, *The Next Time*, *The Figure in the Carpet*, *The Coxon Fund*. *Literary Criticism*." Ed. Leon Edel and Mark Wilson. Vol. 2. New York: The Library of America, 1984. 1225-1237. Print.

—. "Preface. *The Tragic Muse*". *Literary Criticism*. Ed. Leon Edel and Mark Wilson. Vol. 2. New York: The Library of America, 1984. 1103-1119. Print.

—. "The Private Life". *Complete Stories: 1892-1898*. Ed. David Bromwich and John Hollander. New York: The Library of America, 1996. 58-91. Print.

—. "The Real Right Thing". *Complete Stories: 1898-1910*. Ed. Denis Donoghue. New York: The Library of America, 1996. 121-134. Print.

—. "The Science of Criticism". *Literary Criticism*. Ed. Leon Edel and Mark Wilson. Vol. 1. New York: The Library of America, 1984. 95-99. Print.

—. *A Small Boy and Others*. *Autobiographies*. Ed. Philip Horne. New York: The Library of America, 2016. 1-250. Print.

—. "The Story in It". *Complete Stories: 1898-1910*. Ed. Denis Donoghue. New York: The Library of America, 1996. 403-420. Print.

—. *The Tragic Muse*. *Novels: 1886-1890*. Ed. Daniel Mark Fogel. New York: The Library of America, 1989. 701-1255. Print.

—. "'The Velvet Glove'". *Complete Stories: 1898-1910*. Ed. Denis Donoghue. New York: The Library of America, 1996. 732-759. Print.

Jobe, Steven H. "Representation and Performance in *The Tragic Muse*". *American Literary Realism: 1870-1910* 26. 2 (1994): 32-42. *JSTOR*. Web. 2020-08-14.

Johanningsmeier, Charles. *Fiction and the American Literary Marketplace: The Role of Newspaper Syndicates, 1860-1900*. Cambridge: Cambridge UP, 1997. Print.

Jones, Gavin. *Failure and the American Writer: A Literary History*. New York: Cambridge UP, 2014. Print.

Jones, Howard Mumford. Forward. *The Profession of Authorship in America, 1800-1870*. By William Charvat. Ed. Matthew J. Bruccoli. Columbus: Ohio State UP, 1968. v-xiv. Print.

Jordan, John O., and Robert L. Patten, eds. *Literature in the Marketplace: Nineteenth-Century British Publishing and Reading Practices*.

Cambridge: Cambridge UP, 2003. Print.

Kaplan, Amy. "Edith Wharton's Profession of Authorship". *ELH* 53. 2 (1986): 433-457. *JSTOR*. Web. 2011-05-10.

Kaplan, Fred. *Henry James: The Imagination of Genius: A Biography*. Baltimore: The Johns Hopkins UP, 1999. Print.

Keen, Paul. " 'The Most Useful of Citizens': Towards a Romantic Literary Professionalism". *Studies in Romanticism* 41. 4 (2002): 627-654. *JSTOR*. Web. 2015-05-03.

Kelley, Mary. *Private Woman, Public Stage: Literary Domesticity in Nineteenth-Century America*. Chapel Hill: U of North Carolina P, 2002. Print.

Kim, Sharon. "Edith Wharton and Epiphany". *Journal of Modern Literature* 29. 3 (2006): 150-175. *JSTOR*. Web. 2011-05-10.

Kneller, Jane. "Imagining Freedom and the German Enlightenment". *Kant's Critique of the Power of Judgement: Critical Essays*. Ed. Paul Guyer. Lanham: Rowman and Littlefield, 2003. 181-198. Print.

Lee, Hermione. *Edith Wharton*. New York: Vintage, 2008. Print.

Lewis, R. W. B. *Edith Wharton: A Biography*. New York: Harper & Row, 1975. Print.

Lichtenstein, Nelson. "Authorial Professionalism and the Literary Marketplace: 1885-1900". *American Studies* 19. 1 (1978): 35-53. *JSTOR*. Web. 2013-09-10.

Litz, A. Walton, Louis Menand, and Lawrence Rainey, eds. *Modernism and the New Criticism*. Cambridge: Cambridge UP, 2005. Print. Vol. 7 of *The Cambridge History of Literary Criticism*. 9 Vols. 1989-2005.

McDowell, Margaret B. "*Hudson River Bracketed* and *The Gods Arrive*". *Modern Critical Views: Edith Wharton*. Ed. Harold Bloom. New York: Chelsea, 1986. 51-63. Print.

McGill, Meredith L. *American Literature and the Culture of Reprinting, 1834-1853*. Philadelphia: U of Pennsylvania P, 2003. Print.

McPherson, Heather. "Picturing Tragedy: Mrs. Siddons as the Tragic Muse Revisited". *Eighteenth-Century Studies* 33. 3 (2000): 401-430. *JSTOR*. Web. 2020-09-10.

Melville, Herman. *The Confidence-man: His Masquerade*. London: Penguin Books, 1990. Print.

Miller, J., Hillis. "Oscar in *The Tragic Muse*". *Arizona Quarterly: A Journal of American Literature, Culture, and Theory* 62. 3 (2006): 31-44. *Project Muse*. Web. 2020-09-10.

Modernist Journals Project (searchable database). Brown and Tulsa Universities, ongoing. www. modjourn. org. Web. 2020-01-25.

Møller, Marianne. "The Author in His Work: Henry James and the Changing Concept of Authorship in the Late Nineteenth Century". *Henry James and the Visual Culture of Modernity*. 2006. Web. 2011-05-15.

Moore, Rayburn S., ed. *The Correspondence of Henry James and the House of Macmillan, 1877-1914: 'All the Links in the Chain'*. London: Macmillan, 1993. Print.

Mussil, Stephan. "A Secret in Spite of Itself: Recursive Meaning in Henry James's 'The Figure in the Carpet'". *New Literary History* 39. 4 (2008): 769-799. *JSTOR*. Web. 2019-09-06.

Nettels, Elsa. "Serialization". *Edith Wharton in Context*. Ed. Laura Rattray. Cambridge: Cambridge UP, 2012. 137-145. Print.

Nietzsche, Friedrich. *Beyond Good and Evil: Prelude to a Philosophy of the Future*. Trans. Helen Zimmern. Mineola: Dover, 1997. Print.

Noonan, Mark J. *Reading The Century Illustrated Monthly Magazine: American Literature and Culture, 1870-1893*. Kent: Kent State UP, 2010. Print.

Novick, Sheldon M. *Henry James: The Mature Master*. New York: Random, 2007. Print.

Ohi, Kevin. *Henry James and the Queerness of Style*. London: U of Minnesota P, 2011. Print.

Olin-Ammentorp, Julie. *Edith Wharton's Writings from the Great*

War. Gainesville: UP of Florida, 2004. Print.

—. "Female Models and Male Mentors in Edith Wharton's Early Fiction". *American Literary Mentors*. Ed. Irene C Goldman-Price and Melissa McFarland Pennell. Gainesville: UP of Florida, 1999, 84-85. Print.

Olsen, Tillie. *Silences*. New York: Feminist P at the City U of New York, 2003. Print.

Oxford English Dictionary. Ed. John Simpson. 2nd ed. New York: Oxford UP, 2009. CD-ROM.

Pacheco, Derek. *Moral Enterprise: Literature and Education in Antebellum America*. Columbus: Ohio State UP, 2013. Print.

Piepmeier, Alison. *Out in Public: Configurations of Women's Bodies in Nineteenth-Century America*. Chapel Hill: U of North Carolina P, 2004. Print.

Rioux, Anne Boyd. *Constance Fenimore Woolson: Portrait of a Lady Novelist*. New York: Norton, 2016. Print.

Rivkin, Julie. "Revision and 'The Middle Years' ". *Tales of Henry James: The Texts of the Tales; The Authors on His Craft Criticism*. Ed. Christof Wegelin and Henry B. Wonham. 2nd ed. New York: Norton, 2003. 470-479. Print.

Roggenkamp, Karen. *Narrating the News: New Journalism and Literary Genre in Late Nineteenth Century American Newspapers and Fiction*. Kent: Kent State UP, 2005. Print.

—. Rev. of *The Fabrication of American Literature: Fraudulence and Antebellum Print Culture*, by Lara Langer Cohen. *African American Review* 46. 2-3 (2013): 542-544. *Project Muse*. Web. 2018-02-18.

Rowe, John Carlos. *The Theoretical Dimensions of Henry James*. Madison: U of Wisconsin P, 1984. Print.

Rowland, William G., Jr. *Literature and the Marketplace: Romantic Writers and Their Audiences in Great Britain and the United States*. Lincoln: U of Nebraska P, 1996. Print.

Ryan, Susan M. *The Moral Economies of American Authorship:*

Reputation, Scandal, and the Nineteenth-Century Literary Marketplace. Oxford: Oxford UP, 2016. Print.

Salmon, Richard. *Henry James and the Culture of Publicity*. Cambridge: Cambridge UP, 1997. Print.

Saltz, Laura. "From Image to Text: Modernist Transformations in Edith Wharton's 'The Muse's Tragedy' ". *Edith Wharton Review* 19. 2 (Fall 2003): 15-21. *Project Muse*. Web. 2016-07-25.

Saunders, David, and Ian Hunter. "Lessons from the 'Literatory': How to Historicize Authorship." *Critical Inquiry* 17. 3 (1991): 478-509. *JSTOR*. Web. 2016-07-25.

Scherzinger, Karen. "The Problem of Representing 'Truly' in Henry James's *The Tragic Muse*". *Journal of Literary Studies* 19. 2 (2003): 179-204. *Ebsco*. Web. 2012-11-07.

Sheldon, Sayre P. *Her War Story: Twentieth-century Women Write about War*. Carbondale: Southern Illinois UP, 1999. Print.

Sicherman, Barbara. "Connecting Lives: Women and Reading, Then and Now". *Women in Print: Essays on the Print Culture of American Women from the Nineteenth and Twentieth Centuries*. Ed. James P. Danky and Wayne A. Wiegand. Madison: U of Wisconsin P, 2006. 3-24. Print.

Singley, Carol J. *Edith Wharton: Matters of Mind and Spirit*. Cambridge: Cambridge UP, 1995. Print.

Sofer, Naomi Z. " 'Carry[ing] a Yankee Girl to Glory': Redefining Female Authorship in the Postbellum United States". *American Literature* 75. 1 (2003): 31-60. *Ebsco*. Web. 2011-09-05.

Sonstegard, Adam. "Painting, Photography, and Fidelity in *The Tragic Muse*". *Henry James Review* 24. 1 (2003): 27-44. *Project Muse*. Web. 2020-09-13.

Taylor, Charles. *Sources of the Self: The Making of the Modern Identity*. Cambridge: Harvard UP, 1989. Print.

Tebbel, John. *Between Covers: The Rise and Transformation of Book*

Publishing in America. New York: Oxford UP, 1987. Print.

Thurschwell, Pamela. "Theory to Die for: Lunging at the Arras in Wilde's *The Portrait of Mr. W. H.* and James's 'The Figure in the Carpet' ". *Henry James Review* 39. 1 (2018): 1-22. *Project Muse*. Web. 2020-01-25.

Tintner, Adeline R. " 'The Hermit and the Wild Woman': Edith Wharton's 'Fictioning' of Henry James". *Journal of Modern Literature* 4. 1 (1974): 32-42. *JSTOR*. Web. 2011-05-11.

—. "James's Mock Epic: 'The Velvet Glove,' Edith Wharton, and Other Late Tales". *Modern Fiction Studies* 17. 4 (Winter 1971-1972): 483-499. *JSTOR*. Web. 2011-05-11.

—. "The Metamorphoses of Edith Wharton in Henry James's *The Finer Grain*". *Twentieth Century Literature* 21. 4 (1975): 355-379. *JSTOR*. Web. 2011-05-11.

Toth, Margaret A. "Orientalism, Modernism, and Gender in Edith Wharton's Late Novels". *Edith Wharton and Cosmopolitanism*. Ed. Meredith L. Goldsmith and Emily J. Orlando. Gainesville: UP of Florida, 2016. 226-249. Print.

Towheed, Shafquat, ed. *The Correspondence of Edith Wharton and Macmillan, 1901-1930*. New York: Palgrave Macmillan, 2007. Print.

Unsworth, John M. "The Book Marketplace Ⅱ". *The Columbia History of the American Novel*. Ed. Emory Elliott et al. Beijing: Foreign Language Teaching and Research P, 2005. 679-696. Print.

Vanderlaan, Kimberly Marie. "The Arts and Artists in the Fiction of Henry James, Edith Wharton and Willa Cather". Diss. U of Delaware, 2006. *ProQuest*. Web. 2011-05-11.

Walker, Terri Lee. "The Influence of Henry James on Edith Wharton: An Analysis of Mentorship in Selected Short Fiction". M. A. thesis. Angelo State U, 2005. *ProQuest*. Web. 2011-05-11.

Warner, Michael. *The Letters of the Republic: Publication and the Public Sphere in Eighteenth-Century America*. Cambridge: Harvard UP,

1990. Print.

Wegelin, Christof and Henry B. Wonham, eds. *Tales of Henry James: The Texts of the Tales; The Authors on His Craft Criticism*. 2nd ed. New York: Norton, 2003.

Wegener, Frederick. "Edith Wharton and the Difficult Writing of *The Writing of Fiction*". *Modern Language Studies* 25.2 (1995): 60-79. *JSTOR*. Web. 2011-12-21.

—, ed. *Edith Wharton: The Uncollected Critical Writings*. Princeton: Princeton UP, 1996. Print.

Werlock, Abby H. P. "Edith Wharton's Subtle Revenge? Morton Fullerton and the Female Artist in *Hudson River Bracketed* and *The Gods Arrive*". *Edith Wharton: New Critical Essays*. Ed. Alfred Bendixen and Annette Zilversmit. New York: Garland, 1992. 181-199. Print.

West Ⅲ, James L. W. *American Authors and the Literary Marketplace Since 1900*. Philadelphia: U of Pennsylvania P, 1988. Print.

Wharton, Edith. "The Angel at the Grave". *Collected Stories: 1891-1910*. Ed. Maureen Howard. New York: The Library of America, 2001. 254-270. Print.

—. *A Backward Glance*. New York: Scribner's, 1964. Print.

—. "The Descent of Man". *Collected Stories: 1891-1910*. Ed. Maureen Howard. New York: The Library of America, 2001. 394-413. Print.

—. "Full Circle". *Collected Stories: 1891-1910*. Ed. Maureen Howard. New York: The Library of America, 2001. 758-781. Print.

—. *The Gods Arrive*. New York: Appleton, 1932. Print.

—. *Hudson River Bracketed*. New York: Appleton, 1929. Print.

—. "The Legend". *Collected Stories: 1891-1910*. Ed. Maureen Howard. New York: The Library of America, 2001. 782-809. Print.

—. *The Letters of Edith Wharton*. Ed. R. W. B. Lewis and Nancy Lewis. New York: Collier, 1989. Print.

—. "The Muse's Tragedy". *Collected Stories: 1891-1910*. Ed. Maureen Howard. New York: The Library of America, 2001. 50-64. Print.

—. "Permanent Values in Fiction". *Edith Wharton: The Uncollected Critical Writings*. Ed. Frederick Wegener. Princeton: Princeton UP, 1996. 175-179. Print.

—. "Pomegranate Seed". *Collected Stories: 1911-1937*. Ed. Maureen Howard. New York: The Library of America, 2001. 678-709. Print.

—. "That Good May Come", 1894. Web. [2012-03-21]. http://public.wsu.edu/~campbelld/wharton/shortstories.htm.

—. "Three Reviews". *Fast and Loose & The Buccaneers*. Ed. Viola Hopkins Winner. Charlottesville: UP of Virginia, 1993. 113-117. Print.

—. "The Touchstone". *Collected Stories: 1891-1910*. Ed. Maureen Howard. New York: The Library of America, 2001. 162-233. Print.

—. "Velvet Ear-Pads". *Collected Stories: 1911-1937*. Ed. Maureen Howard. New York: The Library of America, 2001. 402-435. Print.

—. "The Vice of Reading". *Edith Wharton: The Uncollected Critical Writings*. Ed. Frederick Wegener. Princeton: Princeton UP, 1996. 99-105. Print.

—. *The Writing of Fiction: The Classic Guide to the Art of the Short Story and Novel*. New York: Touchstone, 1997. Print.

—. "Writing a War Story". *Collected Stories: 1911-1937*. Ed. Maureen Howard. New York: The Library of America, 2001. 247-260. Print.

—. "Xingu". *Collected Stories: 1911-1937*. Ed. Maureen Howard. New York: The Library of America, 2001. 1-25. Print.

White, Barbara A. *Edith Wharton: A Study of the Short Fiction*. New York: Twayne, 1991. Print.

Wilson, Christopher P. *The Labor of Words: Literary Professionalism in the Progressive Era*. Athens: U of Georgia P, 1985. Print.

Wilson, R. Jackson. *Figures of Speech: American Writers and the Literary Marketplace, from Benjamin Franklin to Emily Dickinson*. New York: Knopf, 1989. Print.

Wineapple, Brenda, ed. *Nineteenth-Century American Writers on Writing*. San Antonio: Trinity UP, 2010. Print.

Winship, Michael. *American Literary Publishing in the Mid-Nineteenth Century: The Business of Ticknor and Fields*. Cambridge: Cambridge UP, 1995. Print.

Woodmansee, Martha. *The Author, Art and the Market: Rereading the History of Aesthetics*. New York: Columbia UP, 1994. Print.

Woolf, Virginia. "Mr. Bennett and Mrs. Brown". *Collected Essays*. Ed. Leonard Woolf. Vol. 1. London: Hogarth, 1966. 319-337. 4 Vols. Print.

Zboray, Ronald J. *A Fictive People: Antebellum Economic Development and the American Reading Public*. New York: Oxford UP, 1993. Print.

Zwerdling, Alex. *Improvised Europeans: American Literary Expatriates and the Siege of London*. New York: Basic, 1998. Print.

马修·阿诺德：《"甘甜"与"光明"——马修·阿诺德新译8种及其他》，贺淯滨译，郑州：河南大学出版社，2011年版。

马修·阿诺德：《文化与无政府状态：政治与社会批评》，韩敏中译，北京：生活·读书·新知三联书店，2013年版。

哈罗德·布鲁姆：《影响的焦虑：一种诗歌理论》，徐文博译，北京：中国人民大学出版社，2019年版。

皮埃尔·布尔迪厄：《艺术的法则：文学场的生成与结构》，刘晖译，北京：中央编译出版社，2011年版。

桑德拉·吉尔伯特、苏珊·古芭：《阁楼上的疯女人：女性作家与19世纪文学想象》，杨莉馨译，上海：上海人民出版社，2015年版。

玛丽安·霍布森：《艺术的客体：18世纪法国幻觉理论》，胡振明译，上海：华东师范大学出版社，2017年版。

亨利·詹姆斯：《阿斯彭文稿》，黄协安译，上海：上海译文出版社，2012年版。

亨利·詹姆斯：《小说的艺术：亨利·詹姆斯文论选》，朱雯、乔佖、朱乃长等译，上海：上海译文出版社，2001年版。

亨利·詹姆斯：《英伦印象》，蒲隆译，南昌：百花洲文艺出版社，2015年版。

凡勃伦：《有闲阶级论——关于制度的经济研究》，蔡受百译，北京：商务印书馆，2018 年版。

勒内·韦勒克、奥斯汀·沃伦：《文学理论》，刘象愚、邢培明、陈圣生、李哲明译，杭州：浙江人民出版社，2017 年版。

伊迪丝·华顿：《纯真年代》，吴其尧译，上海：上海译文出版社，2018 年版。

陈丽：《亨利·詹姆斯的艺术道德观》，上海：上海外语教育出版社，2014 年版。

陈秋红：《亨利·詹姆斯诗学研究》，北京：中国社会科学出版社，2020 年版。

程心：《伊迪斯·华顿、新女性和世纪之交的友谊话语》，上海：上海外语教育出版社，2014 年版。

代显梅：《亨利·詹姆斯笔下的美国人》，北京：中国人民大学出版社，2007 年版。

郭国旗：《亨利·詹姆斯小说的伦理叙事研究》，长沙：中南大学出版社，2019 年版。

李晋：《重构女性战争文学创作历史——从华顿的〈一个战争故事的创作过程〉谈起》，《解放军外国语学院学报》2009 年第 6 期。

李晋：《文本内外艺术观的微妙平衡——伊迪丝·华顿的〈善会降临〉与亨利·詹姆斯的〈下一次〉》，《国外文学》2014 年第 1 期。

李晋：《叙事权威的建构——亨利·詹姆斯的〈天鹅绒手套〉与伊迪丝·华顿的〈天鹅绒耳套〉比较研究》，《外国文学研究》2020 年第 1 期。

李晋：《“以更好的名义”——〈雄狮之死〉的反讽力量》，《国外文学》2018 年第 4 期。

李晋：《走向自我实现：伊迪丝·华顿小说研究》，北京：群众出版社，2005 年版。

李晋：《作为“生命有机体”的文学创作与文学批评——〈地毯里的图案〉中叙述者的“聪明”》，《国外文学》2020 年第 1 期。

刘艳君、熊莉：《亨利·詹姆斯与修订的艺术——〈一位女士的画像〉修订版研究》，长春：吉林大学出版社，2020 年版。

毛亮：《文学阅读模式的伦理想象——亨利·詹姆斯的〈阿斯本文稿〉

与〈地毯中的图案〉刍议》，《外国文学评论》2007 年第 1 期。

毛亮：《艺术自我与社会形式：亨利·詹姆斯的〈悲剧缪斯神〉》，《国外文学》2008 年第 1 期。

毛亮：《自我、自由与伦理生活：亨利·詹姆斯研究》，北京：北京大学出版社，2015 年版。

毛卫强：《技术批判、阅读习惯与现代主义小说实验——评亨利·詹姆斯的小说〈在笼中〉》，《国外文学》2013 年第 2 期。

孙薇：《精英传统与消费文化：伊迪丝·华顿"老纽约小说"研究》，成都：四川大学出版社，2014 年版。

王丽亚：《新中国六十年亨利·詹姆斯小说研究之考察与分析》，浙江大学学报(人文社会科学版)2013 年第 2 期。

王丽亚：《叙述技巧与性别意识：亨利·詹姆斯小说研究》，天津：天津社会科学院出版社，2004 年版。

王银瓶：《亨利·詹姆斯与三种思想文化思潮》，上海：上海交通大学出版社，2015 年版。

吴兰香：《性别·种族·空间：伊迪斯·华顿游记作品研究》，南京：东南大学出版社，2009 年版。